L'Épée de Vérité
2

TERRY GOODKIND

TERRY GOODKIND

La première règle du magicien
★★

L'Épée de Vérité
2

TRADUIT DE L'AMÉRICAIN
PAR VALENA MAGITOUBYAC

ÉDITIONS J'AI LU

*Collection créée et dirigée
par Jacques Sadoul*

Titre original :

WIZARD'S FIRST RULE
A Tor Book. Published by Tom Doherty Associates, Inc., N.Y.
All rights reserved.

Copyright © 1994 by Terry Goodkind
Pour la traduction française :
© Éditions J'ai lu, 1998

L'Épée de Vérité
2

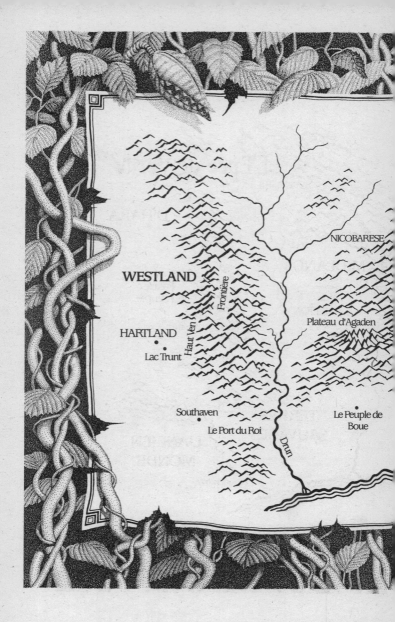

1

— *Essayez encore une fois*, dit l'Homme Oiseau. *Et cessez de réfléchir à l'oiseau que vous désirez appeler.*

Il frappa le front de Richard avec le poing.

— *Avec ça.*

Il enfonça un doigt dans son abdomen.

— *C'est avec ça qu'il faut penser !*

Richard opina à la traduction de Kahlan et porta le sifflet à ses lèvres. Ses joues se gonflèrent lorsqu'il souffla. Comme d'habitude, aucun son n'en sortit. L'Homme Oiseau, Richard et Kahlan parcoururent du regard la contrée désolée. Les chasseurs qui les avaient escortés dans la plaine, dont les têtes pivotaient nerveusement, s'appuyaient sur des lances fichées dans le sol herbeux.

Apparemment surgis de nulle part, des étourneaux, des moineaux et de petits oiseaux des champs, par milliers, fondirent sur la petite compagnie. Les chasseurs se baissèrent subitement, s'esclaffant, ainsi qu'ils l'avaient fait toute la journée. L'atmosphère était saturée de minuscules oiseaux qui voletaient frénétiquement autour d'eux. Le firmament en était noir. Les chasseurs s'aplatirent à terre, se couvrant le crâne, saisis d'un rire hystérique. Kahlan se détourna de Richard pour pouffer. L'Homme Oiseau amena vigoureusement son propre sifflet à ses lèvres et souffla jusqu'à en perdre haleine, ses cheveux argentés flottant, tentant désespérément de renvoyer les volatiles. Ils obtempérèrent finalement et disparurent une fois de plus. Le silence retomba sur la prairie excepté, bien sûr, pour les chasseurs, qui, écroulés de rire, se roulaient toujours par terre.

L'Homme Oiseau inspira profondément et se campa, les mains sur les hanches.

— *J'abandonne. Nous avons essayé toute la journée, et le résultat reste le même qu'au départ. Richard le Colérique*, annonça-t-il, *vous êtes le pire invocateur d'oiseau que j'aie jamais vu. Un enfant parviendrait à apprendre la technique au bout de trois essais, mais vous ne pourrez jamais réunir assez de souffle dans toute votre vie pour la maîtriser. C'est sans espoir. La seule phrase que votre sifflet prononce est : « Venez, il y a de la nourriture ici. »*

— Mais je me concentrais sur le faucon, sérieusement. Chaque espèce de volatile que vous mentionniez, j'y songeais avec autant d'application que possible, je vous jure.

Lorsque Kahlan traduisit, les chasseurs n'en pouffèrent que davantage. Richard les toisa d'un air mauvais, mais ils persistèrent dans leur hilarité. L'Homme Oiseau soupira.

— *C'est inutile. Le soir approche, l'assemblée aura bientôt lieu.*

Il passa le bras autour des épaules d'un Chercheur frustré.

— *Gardez quand même le sifflet. Il ne vous sera peut-être jamais d'aucun secours, mais je souhaite qu'il serve à vous rappeler que bien que vous surpassiez la plupart des gens en certains domaines, dans celui-ci, même un enfant vous bat.*

Les chasseurs éclatèrent de rire. Richard soupira et acquiesça. Tout le monde ramassa ses affaires et se dirigea vers le village.

Richard se pencha vers Kahlan.

— Je faisais de mon mieux. Vraiment. Je n'y comprends rien.

Elle sourit, prenant sa main dans la sienne.

— J'en suis convaincue.

Bien que la lumière déclinât, cette journée nuageuse s'était révélée la plus dégagée qu'ils aient connue du plus loin qu'elle s'en souvînt, et cela avait contribué à lui remonter le moral. Cependant, ce qui l'avait le plus aidée, c'était la manière dont Richard l'avait traitée. Il lui avait laissé le temps de se remettre de la nuit précédente sans rien lui demander, s'était contenté de la soutenir, sans l'ennuyer.

Bien que rien de plus ne soit arrivé, elle se sentait plus proche de lui que jamais, mais en même temps, elle savait que ce n'était pas une bonne chose. Cela ne faisait qu'accroître son dilemme. La veille, elle avait presque commis une erreur irréparable. La plus grosse erreur de son existence. Elle était soulagée qu'il l'en ait empêchée. En même temps, une partie d'elle le regrettait.

Quand elle s'était éveillée au matin, elle ne savait pas comment il la considérerait, s'il se sentirait blessé, furieux, ou s'il la haïrait. Bien qu'elle ait passé toute la nuit couchée contre lui la poitrine dénudée, elle s'était détournée de lui avec gêne pendant qu'elle reboutonnait sa chemise. Tandis que ses doigts faisaient glisser les boutons en place, elle lui avait avoué que personne n'avait d'ami aussi patient que le sien. Elle avait ajouté qu'elle espérait seulement pouvoir un jour se montrer aussi bonne amie qu'il l'était.

— C'est déjà fait. Tu as déposé ta confiance, ta vie, entre mes mains. Tu as voué ton existence à ma défense. Quelle preuve supplémentaire pourrais-je exiger ?

Elle s'était retournée, et résistant fortement au désir de l'embrasser, l'avait remercié de la supporter.

— Je dois admettre, toutefois, avait-il ajouté en souriant, que je ne regarderai plus jamais les pommes du même œil.

Ils avaient ri ensemble un long moment. Curieusement, elle s'était sentie mieux, et ce qui aurait pu devenir une source d'irritation s'était évanoui avec son enjouement.

Richard s'arrêta net. Elle fit de même, alors que les autres continuaient.

— Richard, qu'y a-t-il ?

— Le soleil.

Il blêmit.

— Pendant un instant, un rayon de lumière m'a éclairé la figure.

Elle pivota en direction de l'ouest.

— Je ne vois que des nuages.

— Une infime brèche, elle était là, mais je ne la discerne plus, maintenant.

— Crois-tu que cela signifie quelque chose ?

Il secoua le chef.

— Je l'ignore. Mais c'est la première fois que je distingue la moindre déchirure dans les nuées depuis que Zedd les a attirées. Peut-être est-ce anodin.

Ils reprirent leur progression, le bruit surnaturel des boldas leur parvenant par-dessus les grasses prairies balayées par le vent. Avant qu'ils n'atteignent le village, le soir les avait rattrapés. Le banquet battait encore son plein, comme la nuit précédente, comme il le ferait toute cette nuit, jusqu'à la fin de l'assemblée. Tout le monde s'activait avec énergie, sauf les enfants qui, pour nombre d'entre eux, déambulaient dans une stupeur somnolente ou dormaient avec contentement dans des recoins isolés.

Les six anciens se trouvaient sur leur plate-forme, sans leurs épouses. Ils mangeaient un repas servi par des femmes particulières, des cuisinières qui seules étaient autorisées à préparer le festin de l'assemblée. Kahlan les observa verser à boire à chacun des anciens. C'était un liquide rouge, différent de tout autre breuvage du banquet. Les yeux des six hommes étaient vitreux, perdus dans le lointain, comme s'ils contemplaient des scènes que les autres ne pouvaient voir. Kahlan fut prise de frissons.

Les esprits de leurs ancêtres les accompagnaient.

L'Homme Oiseau leur parla. Quand il sembla satisfait de ce qu'ils lui répondirent, il hocha la tête et les six se levèrent, marchant en file indienne en direction de la maison aux esprits. Le son des tambours et des boldas se modula d'une manière qui donna la chair de poule à Kahlan. L'Homme Oiseau revint vers eux, le regard aussi vif et intense qu'à l'accoutumée.

— *C'est l'heure*, déclara-t-il. *Richard et moi devons y aller maintenant.*

— *Que voulez-vous dire par « Richard et moi » ? J'y vais aussi.*

— *C'est impossible.*

— *Pourquoi ?*

— *Parce que les assemblées sont uniquement constituées d'hommes.*

— *Je suis le guide du Chercheur, ma présence est indispensable pour la traduction.*

Le regard de l'Homme Oiseau chercha où se poser, mal à l'aise.

— *Mais les assemblées ne sont composées que d'hommes*, répéta-t-il, apparemment incapable de concevoir un meilleur argument.

Elle croisa les bras.

— *Eh bien, celle-ci comportera une femme.*

Richard sonda alternativement son visage et celui de l'Homme Oiseau, devinant par le ton de sa voix qu'il se passait quelque chose, mais il décida de ne pas intervenir. L'Homme Oiseau se pencha un peu vers elle et baissa la voix.

— *Lorsque nous rencontrons les esprits, nous devons leur ressembler.*

Les yeux de Kahlan se plissèrent.

— *Insinuez-vous que l'on ne doit pas porter de vêtements ?*

Il inspira profondément et opina.

— *Et il faut être peint avec de la boue.*

— *Bien*, dit-elle, tête haute. *Je n'ai pas d'objections.*

Il se redressa un peu.

— *D'accord, mais qu'en est-il du Chercheur ? Peut-être devriez-vous lui demander ce qu'il pense de cette situation.*

Elle soutint son regard un long moment, puis se tourna vers Richard.

— J'ai quelques explications à te fournir. Quand une personne convoque une assemblée, les esprits lui posent parfois des questions, par l'intermédiaire des anciens, pour s'assurer que ses intentions sont nobles. Si l'on répond d'une façon qu'un esprit ancestral juge déshonorante ou mensongère... ils peuvent vous tuer. Pas les anciens, les esprits.

— J'ai l'épée, lui rappela-t-il.

— Non, tu ne l'auras pas. Si tu souhaites qu'une assemblée se tienne, tu dois imiter les anciens et affronter les esprits dans un dénuement total. Tu ne peux porter ni épée, ni vêtement, et tu dois te laisser badigeonner de boue.

Elle prit une inspiration, repoussa quelques mèches par-dessus son épaule.

— Si je ne suis pas là pour traduire, tu pourrais te faire tuer simplement en répondant de travers à une question que tu n'aurais pas comprise. Alors, Rahl l'emporterait. Je dois être présente afin d'interpréter leurs paroles. Mais si je suis là, il me faudra moi aussi me débarrasser de mes vêtements. L'Homme Oiseau se tracasse, et désire savoir ce que tu en penses. Il espère que tu m'interdiras d'y participer.

Richard croisa les bras, la fixant du regard.

— Je crois que tu es destinée et déterminée, d'une manière ou d'une autre, à te déshabiller dans la maison aux esprits.

Les commissures de sa bouche s'incurvèrent et ses yeux pétillèrent. Kahlan dut se mordre la lèvre inférieure pour s'empêcher de pouffer. L'Homme Oiseau les dévisagea à tour de rôle, troublé.

— Richard ! dit-elle sur un ton d'avertissement. C'est sérieux. Et ne te fais pas d'illusions. Il fera sombre.

Mais elle ne retenait son rire qu'avec difficulté.

Retrouvant son sérieux, Richard pivota vers l'Homme Oiseau.

— J'ai convoqué l'assemblée. J'ai besoin que Kahlan y assiste.

Elle traduisit, il soupira bruyamment.

— *Vous m'avez tous les deux poussé à bout depuis l'instant de votre arrivée. Pourquoi cela devrait-il changer maintenant ? Allons-y.*

Kahlan et Richard marchèrent côte à côte, sur les talons de la silhouette de l'Homme Oiseau qui les guidait dans les obscures ruelles du village, tournant plusieurs fois à droite, puis à gauche. La main de Richard trouva celle de Kahlan. Cette situation la rendait beaucoup plus nerveuse qu'elle ne voulait l'avouer, surtout à l'idée de s'asseoir nue au milieu de huit hommes nus. Mais il n'était pas question qu'elle laisse Richard participer à l'assemblée sans elle. Ce n'était pas le moment de se relâcher : ils avaient trimé trop dur ; le temps leur faisait défaut.

Elle afficha son masque de Confesseur.

Avant qu'ils ne rejoignent la maison aux esprits, l'Homme Oiseau leur fit franchir une porte étroite, qui s'ouvrait sur une petite salle dans un bâtiment contigu. Les autres anciens étaient là, assis en tailleur sur le sol, scrutant le vide devant eux. Elle sourit à Savidlin, mais il ne réagit pas. L'Homme Oiseau attrapa un petit banc ainsi que deux pots d'argile.

— *Lorsque j'appellerai votre nom, sortez. Patientez jusque-là.*

Tandis qu'il emportait son banc et ses pots, se faufilant en crabe par la porte, Kahlan traduisit à Richard ce qu'il avait dit. Au bout d'un moment, il appela Caldus, puis, à intervalles réguliers, chacun des autres anciens, Savidlin en dernier. Celui-ci ne leur adressa pas la parole ni même ne montra qu'il avait conscience de leur présence. Les esprits habitaient ses yeux.

Kahlan et Richard attendirent, assis en silence dans la pièce déserte et ténébreuse. Elle joua avec le talon de sa botte, tentant d'oublier dans quoi elle s'était embarquée, et malgré tout incapable de songer à autre chose.

Richard serait désarmé, sans son épée, sa protection. Mais elle ne serait pas dépourvue de son pouvoir. C'est elle qui lui servirait de protection. Bien qu'elle ne l'ait pas avoué, c'était l'autre raison pour laquelle elle devait entrer. Si quelque chose clochait, c'est elle qui devrait mourir, pas lui, voilà ce qu'elle savait. Elle y veillerait. Elle s'arma de courage, se concentra. L'Homme Oiseau appela Richard. Il se mit debout.

— Espérons que ça fonctionnera. Sinon nous serons dans de beaux draps. Je suis content que tu sois là.

Elle acquiesça.

— Souviens-toi seulement, Richard, que nous appartenons désormais au même peuple qu'eux. Ils veulent nous aider ; ils vont faire de leur mieux.

Kahlan étreignit ses genoux en attendant qu'on l'appelle, puis sortit dans la nuit froide et obscure. L'Homme Oiseau était assis contre le mur de la maison aux esprits, sur le petit banc. Elle s'aperçut dans les ténèbres qu'il était nu, le corps peint de lignes dentelées, de zébrures et de spires, sa chevelure d'argent cascadant sur ses épaules dénudées. Des poulets, perchés sur un parapet voisin, les guettaient. Un chasseur se tenait près de l'Homme Oiseau. Des peaux de coyote, des vêtements et l'épée de Richard gisaient à ses pieds.

— *Enlevez vos habits,* lui enjoignit l'Homme Oiseau.

— *Qu'est-ce que c'est ?* demanda-t-elle, désignant le chasseur.

— *Il est ici pour s'occuper des vêtements. Ils sont emportés jusqu'à la plate-forme des anciens, afin que le peuple se rende compte que nous tenons une assemblée. Avant l'aube, il les rapportera, pour faire comprendre au peuple que l'assemblée se termine.*

— *Bon, dites-lui de se retourner.*

Il donna un ordre. Le chasseur se retourna. Elle défit la boucle de sa ceinture puis s'arrêta, baissant les yeux vers l'Homme Oiseau.

— *Mon enfant,* dit-il doucement, *ce soir vous n'êtes ni homme ni femme. Vous faites partie du Peuple de Boue. Ce soir, je ne suis ni homme ni femme. Je suis un guide spirituel.*

Elle hocha la tête, se dévêtit et se planta devant lui, l'air glacé de la nuit faisant frissonner sa peau nue. Il saisit une poignée de boue blanchâtre dans l'un des pots. Ses mains s'arrêtèrent devant elle. Elle attendit. Il rechignait visiblement à la tâche, en dépit de ce qu'il avait déclaré. Voir était une chose, toucher en était une autre.

Kahlan tendit le bras, prit sa main et la pressa fermement contre son ventre, sentant la boue froide gicler contre elle.

— *Faites-le,* commanda-t-elle.

Quand il eut fini, ils ouvrirent la porte et entrèrent, lui s'installant parmi le cercle d'anciens peints, elle en face, près de Richard. Des lignes blanches et noires couraient en diagonale sur le visage de Richard, s'enchevêtrant pour former un masque, identique à celui que tous affichaient pour les esprits. Les crânes d'ordinaire juchés sur l'étagère étaient disposés au centre du cercle. Un faible feu se consumait lentement dans l'âtre derrière elle, crachant une étrange odeur âcre. Les anciens regardaient fixement devant eux tandis qu'ils psalmodiaient en rythme des mots qu'elle ne comprenait pas. Les yeux perdus de l'Homme Oiseau se levèrent. La porte se referma de sa propre volonté.

— *A partir de maintenant, jusqu'à ce que nous ayons fini, à l'aurore, personne ne peut sortir, personne ne peut entrer. La porte est barricadée par les esprits.*

Les yeux de Kahlan parcoururent la pièce, mais ne virent rien. Un frisson courut le long de sa colonne vertébrale. L'Homme Oiseau prit un panier tressé posé près de lui et fouilla à l'intérieur. Il en tira une petite grenouille, puis le fit passer à l'ancien suivant. Chacun prit une grenouille et commença à en frotter le dos contre sa poitrine. Quand le panier arriva à sa hauteur, elle le tint entre ses mains et dévisagea l'Homme Oiseau.

— *Pourquoi faisons-nous cela ?*

— *Ce sont des grenouilles esprits rouges, très dures à trouver. Elles sécrètent une substance sur leur dos qui nous permet d'oublier ce monde et de discerner les esprits.*

— *Vénéré ancien, je suis peut-être membre du Peuple de Boue, mais je suis également Confesseur. Je dois sans cesse contenir mon pouvoir. Si j'oublie ce monde, il se peut que je ne parvienne plus à le contenir.*

— *Il est trop tard pour reculer dorénavant. Les esprits nous entourent. Ils vous ont vue, ont vu les symboles sur vous. Vous ne pouvez pas partir. Si l'un des participants est aveugle, ils le tueront et déroberont son esprit. Je comprends votre problème, mais je ne peux pas vous aider. Vous devrez faire votre possible pour contenir votre pouvoir. Si vous n'y parvenez pas, alors l'un d'entre nous sera condamné. C'est un prix que nous devrons payer. Si vous désirez mourir, alors abandonnez votre grenouille dans le panier. Si vous désirez arrêter Darken Rahl, sortez-la.*

Elle le dévisagea, les yeux écarquillés, puis mit la main dans le panier. La grenouille se tortilla et se débattit entre ses doigts alors qu'elle passait le panier à Richard en lui répétant les instructions. La gorge serrée, elle appliqua le dos froid et gluant de la grenouille contre sa poitrine, entre ses seins, le seul endroit qui n'était pas recouvert de symboles, la fit glisser en rond comme l'avaient fait les autres. Là où la substance visqueuse touchait sa peau, elle ressentait des picotements, une tension. La sensation se propagea à travers elle. Le bruit des tambours et des boldas crût en amplitude dans ses oreilles jusqu'à ce que l'univers se résume à un martèlement. Son corps vibrait au rythme des battements. Elle se cramponna mentalement à son pouvoir, usa de toutes ses forces pour le contenir, le contrôler ; puis, espérant que ce serait suffisant, elle se sentit partir à la dérive.

Tous les participants se prirent par la main. Les parois de la salle s'éloignaient de sa vision. Sa conscience ondulait, telles les rides à la surface d'une mare, flottant, ballottant, tanguant. Elle se sentit entraînée avec les autres dans un tourbillon autour des crânes. Les crânes qui brillaient, éclairant tous les visages du cercle. Un doux vide les aspira. Des traits de lumière, jaillissant du centre, tournoyaient avec eux.

Tout autour, des formes se rapprochaient. Epouvantée, elle les reconnut.

Des créatures obscures.

Incapable de hurler, le souffle coincé dans sa gorge, elle attrapa la main de Richard. Elle devait le défendre. Elle tenta de se lever, de se jeter sur lui afin qu'elles ne puissent pas l'atteindre. Mais son corps ne voulait pas bouger. Elle se rendit compte avec horreur que c'était parce que des mains, les mains des créatures obscures, étaient sur elle. Elle lutta, lutta pour se mettre debout, pour défendre Richard. La panique l'envahit. L'avaient-elles déjà tuée ? Etait-elle morte ? N'était-elle rien de plus qu'un esprit désormais ? Incapable de se mouvoir ?

Les créatures obscures la toisèrent. Elles ne possédaient d'ordinaire pas de visage. Celles-là, si. Des visages appartenant au Peuple de Boue.

Il ne s'agissait pas de créatures obscures, comprit-elle avec une vague de soulagement, mais d'esprits ancestraux. Elle retrouva son souffle, apaisa sa panique. Se détendit.

— *Qui convoque cette assemblée ?*

C'étaient les esprits qui parlaient. Tous ensemble. De concert. Le son, vide, monotone et mort, la stupéfia. Mais c'était la bouche de l'Homme Oiseau qui remuait.

— *Qui convoque cette assemblée ?* répétèrent-ils.

— *Cet homme*, déclara-t-elle, *cet homme à mes côtés. Richard le Colérique.*

Les esprits flottèrent entre les anciens, puis se rassemblèrent au centre du cercle.

— *Libérez ses mains.*

Kahlan et Savidlin lâchèrent les mains de Richard. Les esprits tourbillonnèrent au milieu du cercle ; puis, soudain, le quittèrent, l'un derrière l'autre, traversant le corps de Richard.

Celui-ci inspira brusquement, balança la tête en arrière et hurla, à l'agonie.

Kahlan sursauta. Les esprits planaient derrière lui. Les anciens fermèrent tous les yeux.

— Richard !

Sa tête se redressa.

— Tout va bien. Je vais bien, articula-t-il d'une voix rauque, mais il souffrait manifestement toujours.

Ils parcoururent le périmètre du cercle, derrière les anciens, puis s'infiltrèrent dans leurs corps, à la fois esprits et hommes, au même endroit, au même instant. Les contours des anciens adoptèrent un délicat aspect indéfini. Leurs yeux s'ouvrirent.

— *Pourquoi nous avez-vous appelés ?* demanda l'Homme Oiseau, de leurs voix graves et harmoniques.

Elle se pencha un peu vers Richard, gardant les yeux rivés sur l'Homme Oiseau.

— Ils veulent que tu leur dises pourquoi tu as convoqué cette assemblée.

Richard prit quelques profondes inspirations, récupérant de l'épreuve qu'ils lui avaient infligée.

— J'ai convoqué cette assemblée parce que je dois retrouver un objet magique avant que Rahl ne s'en empare. Avant qu'il ne puisse l'utiliser.

Kahlan traduisit ce que les esprits disaient à Richard par l'intermédiaire des anciens.

— *Combien d'hommes avez-vous tués ?* s'enquit Savidlin avec la voix des esprits.

Richard répondit sans hésiter.

— Deux.

— *Pourquoi ?* demanda Hajanlet de leurs tons obsédants.

— Pour les empêcher de me tuer.

— *Tous les deux ?*

Il réfléchit un moment.

— J'ai tué le premier pour me défendre. J'ai tué le second pour défendre une amie.

— *Pensez-vous que la défense d'une amie vous donne le droit de tuer ?*

Ce fut la bouche d'Arbrin qui remua cette fois-ci.

— Oui.

— *Supposez qu'il s'apprêtait à tuer votre amie uniquement afin de protéger la vie de sa propre amie ?*

Richard inspira profondément.

— A quoi rime cette question ?

— *Le fait est que, d'après ce que vous croyez, il est légitime de tuer pour défendre un ami. Alors si c'est ce qu'il faisait, il avait le droit de tuer votre amie. Son action était justifiée. Et puisqu'elle était justifiée, votre droit était caduc, non ?*

— Toutes les questions n'ont pas de réponse.

— *Peut-être que toutes les questions n'ont pas de réponse qui vous convienne.*

— Probablement.

Kahlan devina par son ton que Richard se mettait en colère. Tous les yeux des anciens, des esprits, étaient braqués sur lui.

— *Avez-vous pris du plaisir à tuer cet homme ?*

— Lequel ?

— *Le premier.*

— Non.

— *Le second.*

Les muscles de la mâchoire de Richard se contractèrent.

— Où voulez-vous en venir avec ces questions ?

— *Toutes les questions ont une raison différente d'être posées.*

— Et parfois ces raisons n'ont rien à voir avec les questions ?

— *Répondez à la question.*

— Seulement si vous m'en révélez la raison.

— *Vous êtes venu ici pour nous interroger. Vous demandons-nous pourquoi ?*

— Il semblerait que oui.

— *Répondez à notre question ou nous ne répondrons pas à la vôtre.*

— Et si j'y réponds, promettez-vous de répondre à la mienne ?

— *Nous ne sommes pas là pour conclure des marchés. Nous sommes là parce que nous avons été appelés. Répondez à la question ou l'assemblée sera dissoute.*

Richard inspira profondément et expira lentement tout en fixant le néant.

— En effet. J'ai pris du plaisir à le tuer, à cause de la magie de l'Epée de Vérité. C'est ainsi qu'elle fonctionne. Si je l'avais tué d'une autre façon, sans l'épée, je n'y aurais pas pris de plaisir.

— *Hors de propos.*

— Quoi ?

— *Les hypothèses sont hors de propos. Pas les faits. Ainsi, vous nous avez maintenant fourni deux motifs pour tuer le second homme : afin de défendre une amie ; et parce que vous vous en êtes délecté. Quel est le motif véritable ?*

— Les deux le sont. Je l'ai tué pour protéger la vie d'une amie, et à cause de l'épée, je m'en suis délecté.

— *Et si vous n'aviez pas besoin de tuer pour protéger votre amie ? Et si votre jugement était erroné ? Et si la vie de votre amie n'était pas réellement en danger ?*

Kahlan se raidit à l'énoncé de la question. Elle hésita un moment avant de la traduire.

— Dans mon esprit, le fait ne revêt pas autant d'importance que l'intention. Je croyais fermement que la vie de mon amie était en danger, aussi me suis-je senti justifié dans le fait de tuer pour la défendre. Je ne disposais que d'un instant pour agir. Dans mon esprit, toute indécision aurait eu sa mort pour résultat.

« Si les esprits pensent que j'ai eu tort de tuer, ou que celui que j'ai tué était dans son droit, ôtant ainsi sa légitimité à mon acte, alors nous sommes en désaccord. Certains problèmes n'ont pas de solution claire. Certains problèmes ne nous accordent pas de temps pour les analyser. Je devais agir avec mon cœur. Ainsi qu'un sage me l'a un jour enseigné, tous les meurtriers s'estiment légitimes dans leurs actions. Je tuerai afin d'empêcher que moi, un ami, ou un innocent, se fasse tuer. Si vous jugez que j'ai tort, dites-le immédiatement pour mettre un terme à ces questions pénibles, et pour me permettre de partir en quête des réponses dont j'ai besoin.

— *Comme nous l'avons dit, nous ne sommes pas là pour conclure des marchés. Vous avez affirmé que pour vous, le fait revêtait moins d'importance que l'intention.*

21

Existe-t-il quelqu'un que vous avez souhaité tuer, mais que vous avez épargné ?

Leurs voix était douloureuses ; Kahlan eut l'impression qu'elles lui brûlaient la peau.

— Vous avez mal interprété le sens de mes paroles. J'ai dit avoir tué parce que j'estimais que c'était mon devoir, je présumais que son intention était de la tuer. Donc je pensais que je devais agir sans quoi elle mourrait. Il ne s'agit pas de mettre mon intention en équation avec l'action. J'ai probablement souhaité tuer bien des gens à un moment ou à un autre.

— *Si vous le souhaitiez, pourquoi ne pas l'avoir accompli ?*

— Pour de nombreuses raisons. Pour certains, aucune justification ne me motivait, ce n'était qu'un jeu de l'esprit, un fantasme, afin de contrarier le tourment causé par une injustice. Pour d'autres, bien que je me sois senti justifié, j'étais capable de m'échapper sans tuer. Pour d'autres encore, eh bien, j'ai seulement décidé de les épargner, voilà tout.

— *Les cinq anciens ?*

Richard soupira.

— Oui.

— *Mais vous en aviez l'intention ?*

Richard ne répondit pas.

— *S'agit-il d'un cas où l'intention équivaut à l'action ?*

La gorge de Richard se serra.

— Dans mon cœur, oui. Le fait de l'avoir désiré me blesse presque autant que l'action l'aurait fait.

— *Il semblerait donc que nous n'ayons pas totalement mal interprété vos paroles.*

Kahlan vit des larmes dans les yeux de Richard.

— Pourquoi me posez-vous ces questions ?

— *Pourquoi voulez-vous l'objet magique ?*

— Pour arrêter Darken Rahl !

— *Et comment le fait d'obtenir cet objet l'arrêtera-t-il ?*

Richard se redressa un peu. Son regard s'élargit. Il comprenait. Une larme roula le long de sa joue.

— Parce que, si je parviens à m'emparer de cet objet, et à en priver Rahl, murmura-t-il, il mourra. Je le tuerai de cette façon.

— *Ce que vous requérez de nous, en fait, c'est notre assistance pour assassiner quelqu'un.*

Leurs voix résonnèrent dans les ténèbres. Richard se contenta d'acquiescer.

— *Voilà pourquoi nous vous posions ces questions. Vous demandez notre aide dans une entreprise meurtrière. Ne croyez-vous pas qu'il soit juste que nous sachions quel genre d'individu nous allons peut-être aider dans cette tentative d'assassinat ?*

La sueur perlait sur son visage. Il ferma les yeux.

— Je pense que oui.

— *Pourquoi désirez-vous tuer cet homme ?*

— Pour de nombreuses raisons.

— *Pourquoi désirez-vous tuer cet homme ?*

— Parce qu'il a torturé et massacré mon père. Parce qu'il a torturé et massacré une multitude d'autres personnes. Parce qu'il me tuera si je ne le tue pas. Parce qu'il torturera et massacrera une multitude d'autres personnes si je ne le tue pas. C'est l'unique moyen de l'arrêter. Il est impossible de raisonner avec lui. Je n'ai d'autre choix que de le tuer.

— *Considérez attentivement la question suivante. Répondez-y avec sincérité, sinon l'assemblée sera dissoute.*

Richard opina.

— *Quel est le motif suprême qui vous pousse avant tout à tuer cet homme ?*

Richard baissa les yeux et les ferma de nouveau.

— Si je ne le tue pas, susurra-t-il enfin, les larmes inondant ses joues, il tuera Kahlan.

Kahlan eut l'impression de recevoir un coup dans l'estomac. Elle eut du mal à traduire ces mots. Un long silence suivit. Richard était nu, dans tous les sens du terme. Elle en voulait aux esprits de lui faire subir cela. Elle était aussi bouleversée par ce qu'elle lui infligeait. Shar avait raison.

— *Si Kahlan n'entrait pas en ligne de compte, essaieriez-vous malgré tout de tuer cet homme ?*

— Absolument. Vous avez exigé que je vous révèle le motif suprême. Je l'ai fait.

— *Quel est l'objet magique que vous recherchez ?* s'enquirent-ils soudainement.

— Cela signifie-t-il que vous approuvez les motifs de ma volonté de tuer ?

— *Non. Cela signifie que pour des raisons qui nous concernent, nous avons décidé de répondre à votre question. Si nous le pouvons. Quel est l'objet magique que vous recherchez ?*

— L'un des trois coffrets d'Orden.

Lorsque Kahlan traduisit, les esprits se mirent à hurler, comme s'ils souffraient.

— *Nous ne sommes pas autorisés à répondre à cette question. Les coffrets d'Orden sont en jeu. Cette assemblée prend fin.*

Les yeux des anciens commencèrent à se clore. Richard bondit sur ses pieds.

— Vous laisseriez Darken Rahl tuer tous ces gens alors que vous possédez le pouvoir de les aider ?

— *Oui.*

— Vous le laisseriez tuer vos descendants ? Votre chair et votre sang ? Vous n'êtes pas les esprits ancestraux de votre peuple, vous êtes des esprits renégats !

— *Faux.*

— Alors répondez-moi !

— *Impossible.*

— Je vous en supplie ! Ne nous abandonnez pas. Laissez-moi poser une autre question.

— *Nous ne sommes pas autorisés à divulguer la cachette des coffrets d'Orden. C'est interdit. Réfléchissez, et posez une autre question.*

Richard se rassit, relevant les genoux. Il se frotta les paupières du bout des doigts. Les symboles qui le recouvraient entièrement le faisaient ressembler à une espèce de créature sauvage. Il enfouit sa figure entre ses mains, méditant, puis se redressa brusquement.

— Vous ne pouvez me révéler l'emplacement des coffrets. Existe-t-il d'autres restrictions ?

— *Oui.*

— Combien de coffrets Rahl possède-t-il déjà ?

— *Deux.*

Il dévisagea les anciens.

— Vous venez de dévoiler l'emplacement de deux des coffrets. Ce qui est interdit, leur rappela-t-il. Ou bien jouez-vous sur les mots ?

Silence.

— *Cette information n'est pas confidentielle. Votre question ?*

Richard se courba en avant comme un chien qui aurait flairé une piste.

— Pouvez-vous me dire qui sait où se trouve le dernier coffret ?

Il connaissait déjà la réponse, suspecta Kahlan. Elle reconnaissait sa manière d'attaquer les problèmes à revers.

— *Nous connaissons le nom de la personne qui détient le coffret, et les noms de plusieurs de ses proches, mais nous ne pouvons vous les révéler car cela reviendrait à vous dire où il se trouve. Ce qui est interdit.*

— Alors, pouvez-vous me révéler le nom d'un individu, autre que Rahl, qui n'est pas en possession du dernier coffret, qui n'en est pas à proximité, mais qui connaît sa cachette ?

— *Nous pouvons citer quelqu'un. Elle sait où se trouve le coffret. Si nous vous avouons son nom, cela ne vous conduira pas au coffret, seulement à elle. C'est autorisé. Il vous appartiendra, et non à nous, d'en tirer les informations que vous souhaitez.*

— Voilà ma question, alors : de qui s'agit-il ? Nommez-la.

Quand ils prononcèrent son nom, Kahlan se figea sous le choc. Elle ne traduisit pas. Les anciens tremblèrent au seul nom proféré à voix haute.

— De qui s'agit-il ? Quel est son nom ? exigea Richard.

Kahlan leva les yeux vers lui.

— Cette fois, on est fichus, chuchota-t-elle.

— Pourquoi ? De qui s'agit-il ?

Kahlan se recroquevilla sur elle-même.

— De Shota, la sorcière.

— Sais-tu où elle habite ?

Kahlan hocha la tête, les sourcils froncés de terreur.

— Sur le Plateau d'Agaden.

Elle murmura ce nom comme si les mots étaient empoisonnés.

— Pas même un magicien n'oserait s'aventurer sur le plateau.

Richard étudia la peur sur son visage, puis regarda un par un les anciens tremblotants.

— Alors nous irons au Plateau d'Agaden, chez cette sorcière, Shota, annonça-t-il d'une voix calme, et découvrirons l'emplacement du coffret.

— *Nous souhaitons que le destin vous soit favorable,* dirent les esprits, par l'intermédiaire de l'Homme Oiseau. *L'existence de nos descendants dépend de vous.*

— Merci de votre aide, vénérés ancêtres, dit Richard. Je ferai de mon mieux afin d'arrêter Rahl. Pour aider notre peuple.

— *Vous devez utiliser votre tête. C'est la méthode de Darken Rahl. Affrontez-le selon ses règles, et vous perdrez. La tâche ne sera pas aisée. Vous devrez souffrir, ainsi que notre peuple, ainsi que les autres peuples, avant d'avoir ne serait-ce qu'une chance de l'emporter. Et selon toute probabilité, vous échouerez. Tenez compte de notre avertissement, Richard le Colérique.*

— Je me souviendrai de vos paroles. Je jure de faire de mon mieux.

— *Alors nous testerons la véracité de votre serment. Il y a autre chose que nous désirons vous dire.*

Ils s'attardèrent un instant.

— *Darken Rahl est là. Il vous cherche.*

Kahlan traduisit précipitamment, bondissant sur ses pieds. Richard se campa près d'elle.

— Quoi ! Il est ici en ce moment ? Où est-il, que fait-il ?

— *Il est au centre du village. Il tue des gens.*

La peur se déchaîna en Kahlan. Richard avança d'un pas.

— Je dois sortir d'ici. Je dois reprendre mon épée. Je dois tenter de l'arrêter.

— *Si vous le souhaitez. Mais écoutez-nous d'abord. Asseyez-vous,* ordonnèrent-ils.

Ils retombèrent à terre, se regardèrent, les yeux écarquillés, se serrant réciproquement les mains. Kahlan avait les larmes aux yeux.

— Dépêchez-vous, alors, fit Richard.

— *C'est vous que veut Darken Rahl. Votre épée est inefficace contre lui. Ce soir, la balance du pouvoir penche de son côté. Si vous sortez, il vous tuera. Vous n'au-*

rez aucune chance. Aucune. Pour gagner, vous devez rééquilibrer la balance, ce qui est impossible ce soir. Les gens qu'il massacre cette nuit mourront, que vous le combattiez ou non. Si vous sortez, davantage périront à terme. Beaucoup plus. Si votre destin est de vaincre, vous devez trouver le courage de les laisser mourir ce soir. Vous devez vous sauvegarder afin de l'affronter le moment venu. Vous devez supporter cette douleur. Vous devez vous fier à votre tête plutôt qu'à votre épée, si vous voulez avoir une chance de l'emporter.

— Mais je serai tôt ou tard obligé de sortir !

— *Darken Rahl a libéré une foison d'horreurs noires. Il doit prendre en compte une abondance de facteurs, dont celui du temps. Il ne peut patienter toute la nuit. Il est persuadé, avec raison, qu'il peut vous abattre au moment de son choix. Pourquoi attendrait-il ? Il s'envolera bientôt, afin de vaquer à diverses besognes obscures, et reviendra vous chercher un autre jour.*

« *Les symboles peints permettent à nos yeux de vous voir. Ils l'empêchent en revanche de vous repérer. A moins que vous ne dégainiez l'épée. Cela, il sera apte à le détecter ; alors il vous tiendra. Aussi longtemps que les symboles vous enveloppent et que la magie de votre épée demeure dans son fourreau, tant que vous resterez sur le territoire du Peuple de Boue, il ne pourra pas vous localiser.*

— Mais je ne peux pas rester ici !

— *Pas si vous souhaitez l'arrêter. Quand vous quitterez notre territoire, la puissance des symboles disparaîtra, et il sera de nouveau en mesure de vous repérer.*

Les poings crispés de Richard frémissaient. Kahlan devinait d'après l'apparence de son visage qu'il était prêt à ignorer leur conseil, prêt à sortir se battre.

— *Le choix vous appartient*, proclamèrent les esprits. *Attendez ici pendant qu'il extermine une partie de notre peuple, et lorsqu'il aura disparu, partez en quête du coffret, pour le tuer. Ou sortez immédiatement, et vous n'accomplirez rien.*

Richard ferma les yeux. Sa respiration était laborieuse.

— J'attendrai, déclara-t-il d'une voix qu'elle n'entendit qu'avec difficulté.

Kahlan jeta les bras autour de son cou, appuyant sa

tête contre la sienne, et ils pleurèrent ensemble. Le cercle des anciens recommença à tourbillonner.

Ce fut la dernière chose dont elle se souvint jusqu'à ce qu'elle et Richard soient réveillés en sursaut par l'Homme Oiseau. Elle avait l'impression d'émerger d'un cauchemar en se remémorant ce qu'avaient raconté les esprits au sujet du carnage du Peuple de Boue, et du coffret qui se trouvait chez Shota sur le Plateau d'Agaden. L'évocation de la sorcière la révulsa. Les autres anciens se tenaient au-dessus d'eux, et les aidèrent à se relever. Tous affichaient des mines sinistres.

L'Homme Oiseau ouvrit la porte sur le froid nocturne, sur une voûte céleste mouchetée d'étoiles.

Les nuages s'étaient évanouis. Même le nuage serpentin.

L'aube poindrait dans moins d'une heure, et déjà le ciel oriental se teintait d'une esquisse de couleur. Un chasseur à l'attitude solennelle leur tendit leurs vêtements, et à Richard son épée. Sans un mot, ils s'habillèrent et sortirent.

Une phalange de chasseurs et d'archers formait une barrière protectrice autour de la maison aux esprits. Nombre d'entre eux étaient ensanglantés. Richard passa devant l'Homme Oiseau.

— Racontez-moi ce qui est arrivé, commanda-t-il d'une voix calme.

Un lancier s'avança. Kahlan attendit aux côtés de Richard, pour traduire. La fureur brûlait dans les yeux du soldat.

— *Le démon rouge est venu du firmament, un homme sur le dos. Il vous cherchait.*

Du feu dans le regard, il appuya la pointe de son arme contre le torse de Richard. L'Homme Oiseau, le visage de marbre, posa la main sur la lance et éloigna la pointe de Richard.

— *Comme il ne parvenait qu'à trouver vos vêtements, il s'est mis à massacrer des gens. Des enfants !*

Sa poitrine se gonflait de colère.

— *Nos flèches ne l'atteignaient pas. Nos lances ne l'atteignaient pas. Nos poings ne l'atteignaient pas. La plupart de ceux qui ont essayé ont succombé aux flammes magiques. Ensuite il est entré dans une rage encore plus folle lorsqu'il s'est aperçu que nous nous servions du feu. Il a éteint tous nos foyers. Puis il est remonté sur le démon rouge et nous a dit que si nous utilisions de nouveau le feu, il reviendrait et achèverait tous les enfants du village. Grâce à sa magie, il a fait léviter Siddin et l'a pris sous son bras. Un cadeau, a-t-il indiqué, pour un ami. Puis il s'est envolé. Et vous, où étiez-vous avec votre épée ?*

Les yeux de Savidlin se remplirent de larmes. Kahlan plaça sa main contre son cœur pour le protéger de la peine déchirante qu'elle éprouvait. Elle savait à qui était réservé le cadeau.

L'homme cracha sur Richard. Savidlin se rua vers lui, mais Richard tendit le bras, le retenant.

— *J'ai entendu les voix des esprits de nos ancêtres,* annonça Savidlin. *Je sais que ce n'est pas sa faute !*

Kahlan enlaça Savidlin et le réconforta.

— *Soyez fort. Nous l'avons sauvé une fois alors qu'il paraissait perdu. Nous le sauverons encore.*

Il acquiesça bravement tandis qu'elle reculait. Richard lui demanda doucement ce qu'elle avait dit à Savidlin.

— Un mensonge, répondit-elle, pour soulager sa peine.

Richard se tourna vers le lancier.

— Montrez-moi ceux qu'il a tués, dit-il sans émotion.

— *Pourquoi ?* exigea le guerrier.

— Pour ne jamais oublier pourquoi je vais abattre celui qui a commis ces crimes.

L'homme jeta un regard empreint de colère aux anciens puis les mena tous jusqu'au centre du village. Kahlan arbora son masque inexpressif, afin de s'abriter derrière lui du spectacle qu'il allait falloir contempler. Elle en avait trop souvent été témoin, dans d'autres villages, en d'autres lieux. Et ainsi qu'elle s'y attendait, ce fut là encore la même chose. Entassés pêle-mêle contre un mur gisaient les corps lacérés et déchiquetés d'enfants, ceux, carbonisés, d'hommes et de femmes, certains sans bras, ou sans mâchoire. Parmi eux se trouvait la nièce de l'Homme Oiseau. Richard ne fit montre d'aucune émotion en traversant ce chaos qui mêlait cadavres et individus gémissants et hurlants. Il avança, imperturbable, tel le calme dans l'œil du cyclone. Ou peut-être, songeat-elle, tel l'éclair sur le point de frapper.

— *Voilà ce que vous nous avez apporté*, siffla le guerrier. *C'est votre faute !*

Richard vit que les autres acquiesçaient et tourna les yeux vers le lancier. Sa voix était aimable.

— Si cela apaise votre douleur, alors accusez-moi. Je préfère quant à moi accuser celui dont les mains sont tachées de sang.

Il s'adressa à l'Homme Oiseau et aux autres anciens.

— Jusqu'à ce que cette affaire soit terminée, n'utilisez pas de feu. Cela ne ferait que provoquer d'autres tueries. Je jure d'arrêter cet homme ou de mourir en tentant de le faire. Merci, mes amis, de m'avoir aidé.

Son regard se tourna vers Kahlan. Il était intense, reflétant la colère qu'il éprouvait après ce qu'il venait de voir. Il serra les dents.

— Allons chercher cette sorcière.

Ils n'avaient pas le choix, bien sûr. Mais elle connaissait Shota.

Ils allaient mourir.

Autant demander directement à Darken Rahl de leur révéler l'emplacement du coffret.

Kahlan avança jusqu'à l'Homme Oiseau et le serra brusquement dans ses bras.

— *Souvenez-vous de moi*, murmura-t-elle.

Quand ils se séparèrent, l'Homme Oiseau parcourut la foule d'un regard las.

— *Ils ont besoin de quelques hommes pour les escorter jusqu'aux limites de nos terres.*

Savidlin se proposa instantanément. Sans hésitation, un groupe de dix de ses meilleurs chasseurs avança à ses côtés.

2

LA PRINCESSE VIOLETTE PIVOTA SUBITEMENT ET GIFLA Rachel violemment. Rachel n'avait rien fait de mal, bien sûr ; la Princesse aimait simplement la frapper quand elle s'y attendait le moins. Elle trouvait cela amusant. Rachel ne tenta pas de cacher à quel point elle souffrait ; si elle s'y risquait, la Princesse la giflerait de nouveau. Elle appliqua la main sur la contusion, la lèvre inférieure frémissante, les larmes aux yeux, mais elle ne dit rien.

Se retournant vers le mur chatoyant et encaustiqué fait de minuscules tiroirs en bois, la Princesse Violette glissa un doigt boudiné dans une poignée dorée, ouvrit un autre tiroir et en sortit un collier d'argent scintillant aux larges pierres bleues.

— Celui-ci est joli. Relève mes cheveux.

Elle se mira dans l'immense miroir encadré de bois. Ses doigts accrochaient le fermoir sur sa nuque potelée pendant que Rachel maintenait sa longue chevelure brun foncé en l'air. Rachel avisa son reflet dans la glace, inspecta les marques rouges sur sa figure. Elle détestait se regarder dans le miroir, elle détestait voir ses cheveux, que la Princesse avait tailladés si court. Elle n'était pas autorisée à les laisser pousser, puisqu'elle n'était personne, mais elle aurait tellement souhaité qu'ils puissent au moins être coupés droits. Pratiquement tout le monde portait les cheveux courts, mais soigneusement taillés. La Princesse aimait les couper à sa place, n'importe comment. La Princesse Violette aimait que les autres trouvent Rachel laide.

Rachel se balança d'un pied sur l'autre et fit bouger sa cheville pour en évacuer la raideur. Elles avaient passé tout l'après-midi dans la chambre aux bijoux de la Reine, la Princesse essayant joyau après joyau, puis se pomponnant et pirouettant devant le grand miroir. C'était sa deuxième occupation favorite, essayer les bijoux de la Reine et s'admirer dans la glace. En tant que dame de compagnie de la Princesse, Rachel devait s'assurer qu'elle s'amusait. Des dizaines de petits tiroirs béaient, certains un peu, d'autres beaucoup. Des colliers et des bracelets en dépassaient, telles des langues étincelantes. Davantage jonchaient le sol, de même que des broches, des diadèmes et des bagues.

La Princesse inclina le nez et le pointa sur une bague ornée d'une gemme bleue.

— Donne-moi celle-là.

Rachel la lui passa au doigt, puis la Princesse considéra son image dans le miroir tout en tournant la main d'un côté et de l'autre. Elle la fit ensuite courir sur son élégante robe en satin bleu pâle, admirant la bague. Laissant échapper un long soupir de lassitude, elle se dirigea vers le luxueux piédestal de marbre blanc qui se dressait dans le coin opposé de la pièce et leva les yeux vers l'objet préféré de sa mère, celui qu'elle convoitait plus que tous les autres.

Les doigts rondelets de la Princesse Violette se tendirent, délogeant le coffret en or incrusté de joyaux de son sacro-saint lieu de repos.

— Princesse Violette ! lâcha Rachel sans réfléchir. Votre mère a dit que vous ne deviez pas y toucher.

La Princesse pivota, l'air innocent, et lui lança le coffret. Rachel l'attrapa au vol, horrifiée à l'idée qu'il puisse s'écraser contre le mur. Mais terrifiée à la perspective de le garder entre ses mains, elle le posa immédiatement sur le sol, comme s'il s'agissait d'un charbon ardent, et recula, par crainte d'être fouettée pour s'être approchée du précieux coffret de la Reine.

— Pourquoi en faire tout un plat ? aboya la Princesse Violette. La magie empêche quiconque de le sortir de cette pièce. Ce n'est pas comme si on allait le voler ou en faire quoi que ce soit.

Rachel ne comprenait rien à la magie, mais elle savait qu'elle ne voulait pas être prise en flagrant délit près du coffret de la Reine.

— Je vais descendre à la salle à manger, annonça la Princesse, levant le nez, pour voir les invités arriver, et patienter jusqu'au dîner. Range-moi tout ce désordre et va à la cuisine dire aux cuisiniers que si mon rôti ressemble à du cuir, comme la dernière fois, je demanderai à ma mère de les faire battre.

Rachel fit la révérence.

— Bien sûr, Princesse Violette.

La Princesse pointa son grand nez en l'air.

— Et ?

— Et... merci, Princesse Violette, de m'avoir amenée ici et de m'avoir autorisée à constater combien vous étiez splendide, parée de bijoux.

— Eh bien, c'est le moins que je puisse faire ; tu dois être fatiguée de voir ta figure hideuse dans la glace. Ma mère affirme que nous devons être gentils avec les moins fortunés.

Elle fourragea dans une poche et en sortit quelque chose.

— Tiens. Prends la clef et verrouille la porte quand tu auras tout remis en place.

Rachel fit de nouveau la révérence.

— Oui, Princesse Violette.

Pendant que la clef tombait dans la main tendue de Rachel, l'autre main de la Princesse surgit de nulle part et la gifla inopinément, plus fort encore que la fois précédente. Elle en resta étourdie tandis que la Princesse Violette sortait de la pièce avec un rire aigu, grinçant, un rire qui la blessa presque autant que le coup.

Des larmes ruisselèrent sur son visage alors qu'à quatre pattes elle ramassait des poignées d'anneaux sur les tapis. Elle s'arrêta et s'assit un moment, effleurant du bout des doigts l'endroit où elle avait été giflée. Elle souffrait comme jamais.

Rachel évitait délibérément le coffret de la Reine, lui accordant des regards de biais, appréhendant de le toucher, néanmoins consciente qu'elle y serait forcée, car elle devait le remettre en place. Elle travailla lentement, rangeant méticuleusement les joyaux, fermant soigneusement les tiroirs, espérant que d'une manière ou d'une autre elle ne terminerait jamais et ne serait ainsi pas obligée de ramasser le coffret, l'objet auquel la Reine tenait le plus au monde.

La Reine ne serait pas contente du tout si elle apprenait qu'une moins que rien y avait touché. Rachel savait que la Reine avait pour habitude de faire trancher des têtes. Parfois, la Princesse l'emmenait voir ce spectacle, mais Rachel fermait toujours les yeux. Pas la Princesse.

Lorsque tous les bijoux furent rangés, le dernier tiroir clos, elle considéra le coffret du coin de l'œil et eut le sentiment qu'il lui rendait son regard, comme s'il pouvait d'une certaine façon la dénoncer à la Reine. Finalement, elle s'accroupit et le ramassa. Le tenant à bout de bras, elle enjamba prudemment les franges des tapis, épouvantée à l'idée de trébucher et de le laisser choir. Elle remit le coffret en place aussi lentement, aussi délicatement qu'elle put, de peur qu'un joyau ne tombe. Puis elle écarta vivement les mains, soulagée.

En se retournant, elle avisa le bas d'une chasuble d'argent qui effleurait le sol. Sa respiration se bloqua dans sa gorge. Elle n'avait pas entendu de bruits de pas. Son regard remonta lentement, presque involontairement, le long de la chasuble, jusqu'aux mains enfouies dans les manches, jusqu'à la longue barbe blanche et pointue, jusqu'au visage anguleux, au nez aquilin, au crâne chauve et aux yeux sombres qui observaient sa mine ahurie.

Le magicien.

— Magicien Giller, gémit-elle, certaine qu'il allait la tuer dans la seconde, je ne faisais que le remettre en place. Je le jure ! Pitié, je vous supplie de ne pas me tuer !

Elle tenta de reculer, mais ses pieds refusaient de bouger.

— Pitié !

Elle ferma les yeux et se mit à trembler tandis que le magicien s'abaissait jusqu'au sol.

— Mon enfant, dit-il d'une voix douce.

Rachel ouvrit prudemment un œil, étonnée de le trouver assis par terre, le visage à la même hauteur que le sien.

— Je ne te ferai pas de mal.

Elle ouvrit l'autre œil, tout aussi prudemment.

— Vraiment ?

Elle ne le croyait pas. Elle sursauta en s'apercevant que la grande et lourde porte était close, condamnant la seule issue.

— Vraiment, confirma-t-il en souriant. Qui a descendu le coffret ?

— Nous étions en train de jouer. C'est tout, juste un jeu. Je le remettais en place pour la Princesse. Elle se montre très généreuse avec moi, tellement généreuse, je désirais l'aider. Elle est merveilleuse. Je l'adore, elle est si agréable avec moi...

Il posa un long doigt sur ses lèvres, afin de la faire taire gentiment.

— Je comprends, mon enfant. Ainsi, tu es la dame de compagnie de la Princesse ?

Elle opina avec ferveur.

— Rachel.

Son sourire s'élargit.

— C'est un joli prénom. Heureux de faire ta connaissance, Rachel. Je suis désolé de t'avoir effrayée. Je venais simplement inspecter le coffret de la Reine.

Personne ne lui avait jamais dit que son prénom était joli. Mais il avait fermé la grande porte.

— Vous n'allez pas me battre à mort ? Ou me transformer en quelque chose d'horrible ?

— Oh, bien sûr que non, s'esclaffa-t-il.

Il tourna la tête, la dévisageant d'un seul œil.

— D'où viennent ces marques rouges sur tes joues ?

Elle ne répondit pas, trop apeurée pour l'avouer. Lentement, précautionneusement, il tendit les doigts, qui caressèrent une joue, puis l'autre. Les yeux de Rachel s'écarquillèrent. La douleur avait disparu.

— Ça va mieux ?

Elle acquiesça. Ses yeux paraissaient énormes, tant il la regardait de près. Ils semblaient la contraindre à lui raconter son histoire, aussi s'exécuta-t-elle.

— La Princesse me frappe, admit-elle, honteuse.

— Elle n'est pas gentille avec toi, alors ?

Elle secoua la tête, les yeux baissés. Alors le magicien fit une chose qui la stupéfia. Il déploya les bras et l'enlaça tendrement. Elle se tint raide durant un instant, puis passa les bras autour de son cou, lui rendant son étreinte. Ses longs favoris blancs lui chatouillaient le visage et la nuque, mais cela lui plaisait.

Il la regarda avec des yeux tristes.

— Je suis navré, ma chère enfant. La Princesse et la Reine peuvent se montrer vraiment cruelles.

Sa voix est si agréable, songea-t-elle, comme celle de Brophy. Un large sourire s'épanouit sous le nez aquilin du magicien.

— Ecoute, j'ai quelque chose ici qui pourrait te rendre service.

Une main fine plongea dans les plis de sa lourde chasuble. Il tâtonna un instant et, enfin, trouva ce qu'il cherchait. Les yeux de Rachel s'écarquillèrent quand il sortit une poupée aux cheveux courts du même jaune que les siens. Il tapota le ventre du jouet.

— C'est une poupée problème.

— Une poupée problème ? murmura-t-elle.

— Oui.

De profonds sillons se creusaient aux extrémités de son sourire.

— Quand tu as des ennuis, tu les racontes à la poupée, et elle les emporte loin de toi. Elle est magique. Tiens. Essaie.

Rachel parvint tout juste à respirer tandis que ses deux mains se tendaient, ses doigts saisissant la poupée avec précaution. Elle l'attira prudemment contre sa poitrine et l'étreignit. Puis, lentement, maladroitement, elle l'écarta et contempla son visage. Les larmes lui montèrent aux yeux.

— La Princesse Violette affirme que je suis laide, confia-t-elle au jouet.

Les traits de la poupée ébauchèrent un sourire qui la laissèrent pantoise.

— Je t'aime, Rachel, dit-elle d'une minuscule petite voix.

Rachel eut un hoquet de surprise, gloussa de joie, enlaça la poupée aussi fort qu'elle le put et partit d'un rire joyeux, balançant son corps d'avant en arrière tout en serrant la poupée contre sa poitrine.

Et puis elle se souvint. Elle rendit le jouet au magicien, détournant le visage.

— Je ne suis pas autorisée à posséder une poupée. La Princesse l'a décrété. Elle la jetterait au feu, voilà ce qu'elle a dit. Si j'avais une poupée, elle la jetterait au feu.

Elle parvenait à peine à articuler, tant sa gorge était nouée.

— Voyons, laisse-moi réfléchir, dit le magicien, se frottant le menton. Où dors-tu ?

— La plupart du temps, je dors dans la chambre de la Princesse. Elle m'enferme dans la malle pour la nuit. Je trouve que c'est méchant. Parfois, quand elle estime que j'ai été vilaine, elle m'oblige à quitter le château pour la nuit et à dormir dehors. Elle pense que c'est encore plus méchant, mais j'aime vraiment ça, parce que je connais une cachette secrète, dans un pin rebelle, où je dors.

« Les pins rebelles n'ont pas de serrure, vous savez. Je peux aller au pot quand j'en ai besoin. Il fait assez frais parfois, mais j'ai une réserve de paille, et je m'y enfouis pour rester au chaud. Je dois revenir au matin, avant qu'elle n'envoie des gardes me chercher, afin qu'ils ne découvrent pas mon refuge secret. Je ne veux pas qu'ils le découvrent. Ils le diraient à la Princesse et elle ne m'enverrait plus jamais dehors.

Le magicien prit affectueusement le visage de Rachel entre ses mains. La fillette eut l'impression d'être quelqu'un de spécial.

— Ma chère enfant, chuchota-t-il, dire que j'aurai été complice de cette mascarade !

Ses yeux étaient humides. Rachel ne savait pas que les magiciens pouvaient pleurer. Puis son grand sourire revint, et il leva un doigt.

— J'ai une idée. Tu connais le jardin, le jardin à la française ?

Rachel opina.

— Je le traverse pour me rendre à ma cachette, quand je suis congédiée pour la nuit. La Princesse insiste pour que je franchisse le rempart extérieur par la grille du jardin. Elle ne veut pas que je passe par l'entrée principale, devant les échoppes et les gens. Elle craint que quelqu'un ne m'abrite pour la nuit. Elle m'a enjoint de ne pas aller en ville ni dans les champs cultivés. Je dois aller dans les bois, c'est mon châtiment.

— Eh bien, quand on descend l'allée centrale du jardin, il y a de petites urnes, de chaque côté, garnies de fleurs jaunes.

Rachel acquiesça. Elle savait où elles se trouvaient.

— Je dissimulerai ta poupée dans la troisième urne sur la droite. Je la recouvrirai d'une toile magique, ainsi personne à part toi ne pourra la voir.

Il prit la poupée et la glissa dans sa chasuble tandis que les yeux de la fillette la suivaient.

— La prochaine fois que tu seras renvoyée pour la nuit, va là-bas et tu récupéreras ta poupée. Alors tu pourras la conserver dans ton refuge, ton pin rebelle, là où personne ne pourra la trouver et te la subtiliser.

« Et je te laisserai également une baguette de feu magique. Il te suffira d'entasser une petite pile de brindilles, pas trop grosses, entourée de pierres, puis d'appliquer la baguette magique dessus et de dire : "Allumele pour moi", et elle s'enflammera, pour que tu aies chaud.

Rachel jeta ses bras autour de lui, l'étreignant tandis qu'il lui tapotait le dos.

— Merci, magicien Giller.

— Tu peux m'appeler Giller quand nous sommes seuls, mon enfant, juste Giller, c'est ainsi que m'appellent tous mes bons amis.

— Merci infiniment pour la poupée, Giller. Personne ne m'a jamais offert un cadeau aussi gentil. J'en prendrai le plus grand soin. Je dois partir, maintenant. Je dois réprimander les cuisiniers pour la Princesse. Ensuite je dois m'asseoir et la regarder manger.

Elle sourit.

— Puis je dois réfléchir à une mauvaise action pour que la Princesse me renvoie ce soir.

Giller émit un rire grave, ses yeux pétillaient. Il lui décoiffa les cheveux de sa grande main puis l'aida à ouvrir la lourde porte et la verrouilla pour elle avant de lui rendre la clef.

— J'espère que nous pourrons discuter à nouveau une autre fois, dit-elle, levant le regard vers lui.

Il lui sourit.

— Bien entendu, Rachel, bien entendu. J'en suis certain.

Après un signe d'adieu, elle fila dans le long couloir vide, plus heureuse qu'elle ne l'avait été depuis qu'elle était venue vivre au château. Le chemin était long jusqu'aux cuisines, au bas de l'escalier, au bout d'interminables corridors avec des tapis sur le sol et des tableaux aux murs, à travers d'immenses salles aux fenêtres revêtues de tentures or et écarlate, et meublées de fauteuils de velours vermillon aux pieds dorés, de tapisseries démesurées illustrant des scènes de batailles de cavalerie. Des gardes se tenaient aussi immobiles que des statues devant certaines grandes portes luxueuses ou déambulaient deux par deux. Des serviteurs affluaient de partout, chargés de linges, de plateaux, de balais, de chiffons et de seaux remplis d'eau savonneuse.

Aucun d'entre eux ne lui accorda la moindre attention, bien qu'elle courût. Ils savaient qu'elle était la dame de compagnie de la Princesse Violette et l'avaient déjà à de nombreuses reprises vue galoper dans le château sur ordre de sa maîtresse.

Elle était éreintée lorsqu'elle atteignit finalement les cuisines, qui étaient embuées, enfumées et saturées de bruit. Des marmitons se précipitaient de-ci de-là, portant des sacs pesants, des casseroles ventrues ou des plateaux brûlants, chacun essayant de ne pas cogner l'autre. Des gens hachaient des aliments qu'elle ne parvenait pas à distinguer sur de hautes tables et d'imposants billots. Des poêles s'entrechoquaient avec des bruits métalliques, des cuisiniers braillaient des ordres, des gâte-sauce attrapaient des poêlons et des bols en métal suspendus à des crochets et en remettaient d'autres en place. Partout on entendait le tintement des cuillères qui mélangeaient, battaient, touillaient, le crépitement du mélange d'huile, de beurre, d'oignons et d'épices en train de frire, et tout le monde semblait s'égosiller en même temps. Ce lieu chaotique sentait tellement bon que la tête lui tournait.

Elle tira sur la manche de l'un des deux chefs cuisiniers, tentant de lui signaler qu'elle avait un message de la Princesse, mais il était occupé et lui ordonna d'aller s'asseoir et de patienter jusqu'à ce qu'il ait terminé. Elle s'installa à côté, sur un petit tabouret près des fours, le dos appuyé contre la brique chaude. La cuisine sentait si bon, et elle avait si faim. Mais elle savait qu'elle aurait des ennuis si elle mendiait de la nourriture.

Les chefs cuisiniers se tenaient au-dessus d'une cruche pansue, gesticulaient, s'apostrophaient réciproquement. Soudain, la cruche tomba par terre dans un fracas impressionnant et se brisa en deux, éclaboussant le sol d'un liquide brun clair. Rachel se mit debout sur le tabouret pour que ses pieds nus ne soient pas mouillés. Les cuisiniers se figèrent, leurs figures quasiment aussi blanches que leurs tabliers.

— Qu'allons-nous faire, maintenant ? s'inquiéta le plus petit. Nous n'avons plus aucun des ingrédients que le Père Rahl nous a envoyés.

— Attends une minute, dit le plus grand, levant la main à son front. Laisse-moi réfléchir.

Le visage dans les mains, il se concentra un instant, puis il écarta les bras.

— Très bien. Très bien. J'ai une idée. Donne-moi une autre cruche, et contente-toi de garder le silence. Peut-être pourrons-nous préserver nos têtes. Donne-moi d'autres ingrédients.

— Quels ingrédients ? hurla le petit, la figure pourpre.

Le grand se courba vers lui.

— Des ingrédients marron !

Rachel les observa s'affairer et empoigner des choses, verser des bouteilles entières de liquides, ajouter des ingrédients, touiller, goûter. Enfin, ils sourirent en chœur.

— Très bien, très bien, ça va marcher, je crois. Laisse-moi parler le moment venu, c'est tout, dit le grand.

Rachel avança sur la pointe des pieds sur le sol trempé et tira de nouveau sur sa manche.

— Toi ! Tu es encore là ? Qu'est-ce que tu veux ? lâcha-t-il.

— La Princesse Violette vous fait dire que si son rôti est trop sec cette fois encore, elle demandera aux hommes de la Reine de vous donner la bastonnade.

Elle baissa les yeux au sol.

— C'est elle qui m'a forcée à le dire.

Il la toisa durant une minute, puis pivota vers le petit, agitant le doigt.

— Je te l'avais dit ! Je te l'avais dit ! Cette fois-ci, coupe ses morceaux dans la partie centrale et ne mélange pas les assiettes ou nous finirons par les perdre, nos têtes !

Il revint vers elle.

— Quant à toi, tu n'as rien vu de ce qui vient de se passer, dit-il, indiquant la cruche.

— Cuisiner ? Vous ne voulez pas que je révèle à quiconque que je vous ai vus cuisiner ? D'accord, répliqua-t-elle, quelque peu confuse. Je ne le dirai à personne, je le promets. Je n'aime pas voir des gens souffrir à cause de ces hommes avec des fouets. Je ne le dirai pas.

— Attends une minute, lui cria-t-il comme elle s'éloignait. Rachel, n'est-ce pas ?

Elle se tourna et acquiesça.

— Reviens ici.

Elle obtempéra à contrecœur et eut un mouvement de recul en le voyant sortir un grand couteau ; mais il se tourna vers un plat posé sur la table derrière lui et découpa un gros morceau de viande juteux. Elle n'en avait jamais vu de pareil, sans gras ni nerfs, du moins pas d'aussi près. C'était de morceaux de viande comme celui-là que la Reine et la Princesse se régalaient. Le cuisinier le lui mit dans la main.

— Désolé de t'avoir houspillée, Rachel. Installe-toi sur ce tabouret là-bas et mange tranquillement, ensuite tu te nettoieras bien, afin que personne ne remarque l'entorse au règlement. D'accord ?

Elle approuva et courut jusqu'au tabouret avec sa récompense. Ce fut le meilleur, le plus délicieux repas qu'elle ait jamais fait. Elle tenta de mâcher lentement pendant qu'elle observait les gens s'affairer en tous sens, heurtant des pots et transportant des ustensiles, mais elle n'y parvint pas. Le jus lui dégoulinait le long des bras et gouttait de ses coudes.

Lorsqu'elle eut fini, le petit cuisinier vint lui essuyer les mains, les bras et la figure avec une serviette, puis lui proposa une part de tarte au citron, la plaçant directement dans sa main ainsi que l'avait fait le grand cuisinier avec la viande. Il lui avoua qu'il l'avait cuite lui-même et qu'il désirait savoir si elle était bonne. Elle lui répondit, le plus sincèrement du monde, que c'était sûrement la meilleure qu'elle ait jamais goûtée. Il sourit.

Elle n'avait pas souvenir d'avoir déjà vécu une journée aussi agréable. Deux événements mémorables le même jour : la poupée problème, et maintenant ce festin ! Elle se sentait comme une reine.

Plus tard, tandis qu'elle s'asseyait dans la grande salle à manger, sur sa petite chaise derrière la Princesse, ce fut la toute première fois qu'elle n'eut pas faim pendant que les gens importants dînaient. La table principale, où elles avaient leurs places, était située trois marches plus haut que les autres, et si elle se tenait droite, même de sa chaise basse, elle pouvait voir toute la salle. Des serviteurs allaient et venaient prestement, apportaient de nouveaux plats, emportaient les précédents encore à moitié pleins de victuailles, versaient du vin.

Elle épiait les dames et les gentilshommes élégants, vêtus de robes magnifiques et de manteaux à galons colorés, assis aux longues tables, mangeant dans de la vaisselle luxueuse, et pour la première fois elle sut quel goût avaient ces aliments. Mais elle ne comprenait toujours pas pourquoi ces gens avaient besoin d'autant de fourchettes et de cuillères. Une fois, quand elle avait demandé à la Princesse pourquoi il y avait autant de couverts, celle-ci lui avait rétorqué que c'était quelque chose que les moins que rien comme elle n'auraient jamais besoin de savoir.

Rachel était la plupart du temps ignorée pendant les banquets. Elle était là uniquement parce qu'elle était la dame de compagnie de la Princesse Violette, pour les apparences, supposait-elle. La Reine aussi était entourée de gens assis ou debout derrière elle pendant qu'elle mangeait. Elle avait décrété que sa fille devait s'entraîner avec Rachel, s'entraîner à gouverner.

Elle se pencha en avant et murmura :

— Est-ce que votre rôti est suffisamment juteux, Princesse Violette ? J'ai dit aux cuisiniers que c'était méchant de vous donner de la mauvaise viande et que vous leur aviez recommandé de ne plus recommencer.

La Princesse Violette lui jeta un coup d'œil par-dessus son épaule, de la sauce lui coulant du menton.

— Il est assez bon pour leur éviter le fouet. Et tu as raison, ils ne devraient pas se montrer aussi méchants avec moi. Il est temps qu'ils l'apprennent.

A table, la Reine Milena tenait toujours son petit chien sous son bras. Il enfonçait ses pattes minuscules et frêles dans sa chair adipeuse. La Reine le nourrissait de restes de viande qui étaient meilleurs que ceux qu'on donnait à Rachel. Mais pas aujourd'hui, songea-t-elle avec un sourire.

Rachel n'aimait pas ce petit chien. Il aboyait beaucoup, et parfois, quand la Reine le posait par terre, il courait vers elle et lui mordait les jambes avec ses minuscules crocs acérés, mais elle n'osait pas se plaindre. Lorsqu'il la mordait, la Reine disait toujours à son chien de faire attention, de ne pas se faire mal. Elle utilisait toujours une drôle de voix, haut perchée et douce, pour lui parler.

Tandis que la Reine et ses ministres discutaient de quelque alliance, Rachel demeura assise à balancer légèrement les jambes, pensant à la poupée problème. Le magicien se tenait derrière la Reine, sur sa droite, offrant ses conseils quand on les lui demandait. Il était splendide dans son épaisse chasuble argentée. Rachel n'avait jamais vraiment prêté attention à Giller auparavant, le considérant comme l'un des multiples personnages importants qui gravitaient constamment autour de la Reine. Les gens avaient peur de lui, mais maintenant, quand elle le regardait, il lui apparaissait comme l'homme le plus gentil qu'elle connaisse.

Il l'ignora pendant la totalité du dîner, sans jamais tourner les yeux dans sa direction. Rachel s'imagina qu'il ne souhaitait pas attirer l'attention sur elle et rendre la Princesse folle de rage. C'était une bonne idée. La Princesse Violette serait fâchée d'apprendre que Giller avait déclaré qu'il trouvait que son prénom était joli. Les longs cheveux de la Reine tombaient en cascade le long du dossier de son fauteuil sculpté, ondulant lorsque des personnages importants lui parlaient et qu'elle hochait la tête.

A la fin du repas, des serviteurs apportèrent la fameuse cruche juchée sur un chariot. Des gobelets furent remplis à l'aide d'une louche et servis à chacun des convives. Tout le monde semblait penser qu'il s'agissait de quelque chose de relativement important.

La Reine se mit debout, levant son gobelet d'une main, tenant son chien de l'autre.

— Mesdames et messeigneurs, je vous offre le breuvage de lumière qui va nous permettre de discerner la vérité. Il s'agit d'une denrée très précieuse ; peu ont l'avantage de se voir offrir la lumière. J'en ai bien sûr plusieurs fois profité moi-même, pour discerner la vérité, le chemin tracé par le Père Rahl, afin de guider mon peuple vers le bien commun. Buvons.

Certains hésitèrent, mais ils burent tous, et la Reine avec eux, après s'être assurée que ses sujets lui obéissaient. Lorsqu'elle se rassit, elle faisait une drôle de tête. Elle se pencha vers un serviteur, lui murmura quelque chose. Rachel commençait à s'inquiéter ; la Reine fronçait les sourcils. Et quand la Reine fronçait les sourcils, des gens étaient décapités.

Le grand cuisinier apparut, souriant. La Reine lui fit signe de s'approcher. De la sueur perlait sur son front. Rachel supposa que c'était à cause de l'atmosphère torride des cuisines. Elle était assise derrière la Princesse, qui était elle-même assise à gauche de la Reine, aussi put-elle les entendre parler.

— Le goût est différent, dit-elle de sa voix méchante.

Elle ne prenait pas toujours sa voix méchante, mais quand elle le faisait, les gens avaient peur.

— Ah, eh bien, Votre Majesté, vous voyez, en fait, euh, eh bien, ça l'est, vous voyez. Différent, je veux dire.

Elle haussa les sourcils, et il reprit d'un ton plus rapide.

— Vous voyez, euh, en fait, eh bien, je savais qu'il s'agissait d'un dîner très important. Oui, je savais, vous voyez, que vous souhaitiez que tout se déroule bien. Vous voyez. Que vous souhaitiez que personne ne manque d'être éclairé, ne manque de constater votre lumineuse compréhension, au sujet de toute cette, euh, affaire, alors, vous voyez, eh bien... (il se courba vers elle et baissa le ton pour lui parler confidentiellement), alors j'ai pris la liberté de préparer un breuvage de lumière plus fort. Beaucoup plus fort, en fait, vous voyez. De façon que personne ne manque de discerner la justesse de vos propos. Je vous certifie, Votre Majesté, qu'il est tellement fort que personne ne manquera d'être éclairé.

Il se courba un peu plus, baissa un peu plus le ton.

— En fait, Votre Majesté, il est tellement fort que celui qui ne serait pas éclairé et s'opposerait à vous après l'avoir absorbé ne pourrait qu'être un traître.

— Vraiment, chuchota la Reine, surprise. Eh bien, je pensais précisément qu'il était plus fort.

— Très perspicace, Votre Majesté, très perspicace. Vous possédez un palais très raffiné. Je savais que je serais incapable de vous leurrer.

— En effet. Mais es-tu sûr qu'il n'est pas trop puissant ? Je sens déjà la lumière déferler en moi.

Les yeux du cuisinier se perdirent parmi les convives.

— Votre Majesté, quand votre autorité est concernée, je craindrais plutôt qu'il ne soit trop faible et qu'un traître ne vous échappe.

Elle sourit enfin.

— Tu es un cuisinier sage et loyal. Dorénavant, je te charge exclusivement du breuvage de lumière.

— Merci, Votre Majesté.

Il s'inclina à plusieurs reprises et se retira. Rachel était contente qu'il n'ait pas eu de problèmes.

— Mesdames et messeigneurs, un cadeau spécial. Ce soir, j'ai demandé au cuisinier de préparer un breuvage de lumière extrafort, afin qu'aucun de mes loyaux sujets ne manque de discerner la sagesse de la voie tracée par le Père Rahl.

Les gens sourirent et opinèrent tous de concert pour exprimer leur satisfaction. Certains prétendirent qu'ils éprouvaient déjà les facultés spéciales engendrées par cette boisson.

— Un cadeau spécial, mesdames et messeigneurs, pour votre plaisir.

Elle claqua des doigts.

— Amenez le fou.

Des gardes amenèrent un homme jusqu'au milieu de la salle, juste devant la Reine. Il était grand et musclé, mais il était enchaîné. La Reine se pencha en avant.

— Nous savons tous ici qu'un accord avec notre allié, Darken Rahl, rapportera de gros bénéfices à notre peuple, qu'il nous profitera à tous et surtout au petit peuple, aux ouvriers, aux fermiers, qui seront libérés de l'oppression de ceux qui ne désirent les exploiter que pour leur profit, pour l'or, pour l'appât du gain. Que désormais, nous travaillerons tous pour le bien commun, pas pour des buts individuels. Je te prie donc de raconter à tous ces seigneurs et dames ignorants (elle balaya la pièce de la main) comment il se fait que tu sois plus malin qu'eux, et pourquoi tu devrais être autorisé à travailler uniquement pour ton propre compte, au lieu de travailler pour ton prochain.

L'homme semblait en colère. Rachel espéra qu'il changerait d'attitude avant d'avoir des ennuis.

— Le bien commun, dit-il, balayant la pièce de la main ainsi que la Reine l'avait fait, sauf que sa main était chargée de chaînes. Est-ce cela que vous appelez le bien commun ? Toutes ces belles gens semblent apprécier la bonne nourriture, la chaleur du feu. Mes enfants ont faim ce soir parce que la majorité de nos récoltes a été confisquée, pour le bien commun, pour ceux qui ont décidé de ne pas se donner la peine de travailler, mais de manger le fruit de mon labeur.

Les convives s'esclaffèrent.

— Et tu voudrais leur refuser de la nourriture, simplement parce que tu as la chance que tes récoltes aient été plus abondantes que les leurs ? demanda la Reine. Tu es un égoïste.

— Leurs cultures pousseraient mieux s'ils acceptaient d'abord de semer des graines.

— Et tu fais donc si peu cas de ton prochain que tu le condamnerais à mourir de faim ?

— C'est ma famille qui meurt de faim ! Nourrir les autres, nourrir l'armée de Rahl. Nourrir ces belles dames et ces beaux seigneurs, qui ne font rien d'autre que discuter pour décider que faire de mes moissons, comment diviser le produit de mon labeur entre eux.

Rachel aurait aimé que l'homme se taise. Il allait se faire décapiter. Les convives et la Reine le trouvaient amusant, cependant.

— Et ma famille a froid, dit-il, parce qu'on lui interdit d'allumer du feu.

Il désigna quelques-uns des foyers.

— Mais ici il y a du feu, pour réchauffer les gens qui prétendent que nous sommes tous égaux maintenant, que bientôt plus personne ne dominera ses voisins et que je ne dois par conséquent pas être autorisé à garder ce qui m'appartient. N'est-il pas étrange que les gens qui me disent que nous devons tous être égaux, grâce à l'alliance conclue avec Darken Rahl, et qui ne travaillent qu'à se partager le fruit de mon labeur, soient tous bien nourris, et aient chaud, et aient tous de beaux habits sur le dos alors que ma famille a faim et froid ?

Tout le monde rit. Rachel ne rit pas. Elle savait ce qu'avoir faim et froid signifiait.

— Mesdames et messeigneurs, dit la Reine avec un gloussement, ne vous avais-je pas promis des réjouissances royales ? Le breuvage de lumière nous permet de voir quel fou égoïste est réellement cet homme. Vous rendez-vous compte ? Il croit en réalité qu'il est juste de prospérer pendant que d'autres meurent de faim. Il placerait son profit personnel au-dessus de la vie de ses prochains. Mû par sa cupidité, il assassinerait l'affamé.

Tout le monde rit avec la Reine.

La Reine frappa la table de la main. Des assiettes sautèrent et quelques verres tombèrent, teintant çà et là d'écarlate la nappe immaculée. Tout le monde se tut, sauf le petit chien, qui aboyait contre le prisonnier.

— Voici le genre de cupidité qui disparaîtra, lorsque l'Armée Pacifique du Peuple viendra nous aider à nous débarrasser de ces sangsues humaines qui nous sucent jusqu'à la moelle !

La figure ronde de la Reine était aussi rouge que les taches sur la nappe.

Tout le monde l'acclama et applaudit pendant un long moment. La Reine se rassit, souriant enfin.

Le visage du prisonnier était aussi empourpré que le sien.

— Etrange, n'est-ce pas, maintenant que les fermiers, les ouvriers de la ville travaillent tous pour le bien commun, qu'il n'y ait plus suffisamment de richesses pour tous, comme autrefois, ni assez de nourriture.

La Reine bondit.

— Bien sûr que non ! hurla-t-elle. C'est à cause d'avares de ton espèce !

Elle prit quelques profondes inspirations, jusqu'à ce que son visage perde de sa rougeur, puis elle se tourna vers la Princesse.

— Violette chérie, tu devras tôt ou tard apprendre les obligations d'Etat. Tu dois apprendre à servir le bien commun pour notre peuple. Par conséquent, je vais te confier cette affaire, de manière que tu acquières de l'expérience. Comment agirais-tu vis-à-vis de ce traître ? A toi de choisir, ma chérie, et il en sera fait comme tu l'entends.

La Princesse Violette se leva. Souriante, elle parcourut les convives du regard, pour se fixer sur le grand homme couvert de chaînes.

— Je dis : Qu'on lui coupe la tête !

Tout le monde l'acclama et applaudit de nouveau.

Des gardes emmenèrent le prisonnier de force tandis qu'il criait des noms que Rachel ne comprit pas. Elle avait de la peine pour lui et pour sa famille.

Après avoir papoté encore un moment, la foule décida d'aller jeter un coup d'œil à la décollation. Quand la Reine partit et que la Princesse se tourna vers elle pour lui dire qu'il était temps d'y aller aussi, Rachel se leva, les poings serrés le long du corps.

— Vous êtes vraiment méchante. Vous êtes vraiment méchante d'ordonner que l'on décapite cet homme.

La Princesse se campa les mains sur les hanches.

— Ah, c'est comme ça ? Eh bien, tu pourras passer la nuit dehors ce soir !

— Mais, Princesse Violette, il fait froid dehors !

— Eh bien, en essayant de te réchauffer, tu réfléchiras aux raisons qui t'ont poussée à oser me parler sur ce ton ! Et tu passeras aussi la journée de demain et la nuit suivante dehors !

Son visage avait l'air méchant, comme celui de la Reine parfois.

— Cela devrait t'apprendre le respect.

Rachel était sur le point de répliquer ; mais elle se souvint de la poupée problème, qui l'attendait dehors. La Princesse pointa le doigt vers le passage voûté fermé par une porte.

— Allez. Tout de suite, sans souper.

Elle tapa du pied.

Rachel baissa les yeux au sol, pour faire semblant d'être malheureuse.

— Oui, Princesse Violette, dit-elle, comme elle faisait la révérence.

Elle marcha le front bas, longea le passage et descendit le grand couloir aux murs tendus de tapisseries. Elle aimait d'habitude contempler les scènes représentées, mais, cette fois, elle garda la tête baissée, au cas où la Princesse l'épierait. Elle ne voulait pas avoir l'air contente d'être envoyée dehors. Des sentinelles, équipées de cuirasses étincelantes et d'épées, hallebardes à la main, ouvrirent les énormes, les immenses portes d'airain pour elle sans un mot. Ils ne lui disaient jamais rien quand ils la laissaient sortir, ni quand ils la faisaient rentrer. Ils savaient qu'elle était la dame de compagnie de la Princesse : une moins que rien.

Lorsqu'elle fut à l'extérieur, elle essaya de ne pas progresser trop vite, au cas où quelqu'un la regarderait. La pierre était aussi froide que de la glace sous ses pieds nus. Prudemment, et les mains fourrées sous les aisselles pour maintenir ses doigts au chaud, elle descendit le large escalier une marche à la fois pour ne pas tomber, atteignant finalement l'allée pavée en contrebas. D'autres sentinelles patrouillaient dehors, mais elles l'ignorèrent. Elles la croisaient tout le temps. Plus elle approchait du jardin, plus elle accélérait le pas.

Rachel ralentit sur le chemin principal du jardin, attendant que les gardes tournent le dos. La poupée problème était à l'emplacement exact que Giller avait annoncé. Elle mit la baguette de feu dans sa poche, puis serra contre elle la poupée aussi fort qu'elle le put avant de la cacher dans son dos. Dans un murmure, elle lui conseilla de rester tranquille. Elle avait hâte de rejoindre le pin rebelle pour lui raconter combien la Princesse Violette avait été méchante d'ordonner la décapitation de cet homme. Elle scruta les ténèbres autour d'elle.

Personne ne l'observait, personne ne la vit quitter le jardin avec la poupée. Elle atteignit la muraille extérieure, où davantage de soldats patrouillaient sur les chemins de ronde. Les sentinelles de la Reine se tenaient devant la grille, plantées au garde-à-vous dans leur armure. Elles portaient leurs uniformes luxueux par-dessus le métal, tuniques rouges sans manches arborant l'emblème de la Reine, une tête de loup noir. Tandis qu'elles levaient la lourde barre en fer et que deux d'entre elles poussaient le portail grinçant, elles ne tentèrent même pas de jeter un œil à ce qu'elle tenait derrière elle. Quand elle perçut le fracas de la barre qui retombait en place et qu'elle pivota pour voir que les sentinelles lui tournaient le dos, elle sourit et se mit à courir ; la route était longue.

Depuis une haute tour, des yeux sombres l'observaient. L'observaient passer la garde sans provoquer le moindre soupçon, tel un souffle à travers des crocs, franchir le rempart extérieur par la grille du jardin qui avait refoulé des armées déterminées et séquestré des traîtres, l'observaient passer le pont où des centaines d'adversaires avaient péri au combat, l'observaient courir à travers champs, pieds nus, sans armes, innocente, et pénétrer dans la forêt. Jusqu'à son refuge secret.

Furieux, Zedd frappa le froid panneau métallique de la main. L'imposante porte de pierre se referma lentement en crissant. Il dut enjamber les corps des sentinelles D'Haran pour avancer jusqu'au muret. Ses doigts vinrent se poser sur la pierre douce et familière tandis qu'il se penchait en avant, regardant la cité endormie en contrebas.

Depuis cette haute paroi taillée dans la montagne, la ville semblait paisible. Mais il s'était déjà faufilé dans les rues obscures et avait constaté l'omniprésence des troupes. Des troupes qui étaient là au prix de nombreuses vies, dans les deux camps.

Et ce n'était pas le pire.

Darken Rahl était forcément passé par ici. Zedd martela la pierre du poing. C'était forcément Darken Rahl qui l'avait pris.

Le réseau complexe de boucliers aurait dû tenir, mais il avait cédé. Il avait été absent durant trop d'années. Il avait été idiot.

— Rien n'est jamais facile, chuchota le magicien.

3

— KAHLAN, demanda RICHARD, tu te souviens, chez le Peuple de Boue, quand cet homme a dit que Rahl était venu à cheval sur un démon rouge ? Sais-tu de quoi il voulait parler ?

Ils avaient arpenté les plaines durant trois jours, en compagnie de Savidlin et de ses chasseurs, puis les avaient laissés en promettant à Savidlin de faire le maximum pour retrouver Siddin. Ils avaient pénétré ensuite dans le haut pays et entamé l'ascension des Rang'Shada, la grande chaîne de montagnes qui s'étalait jusqu'au nord-est du Midlands et abritait le lieu reculé connu sous le nom de Plateau d'Agaden. Un endroit réputé cerné de pics déchiquetés, telle une couronne d'épines censée écarter les intrus.

— Tu ne sais pas ?

Elle paraissait étonnée.

Quand il secoua la tête, elle se laissa tomber sur un rocher pour faire une halte. Richard fit glisser son sac à dos avec un grognement éreinté et s'assit par terre, adossé à un rocher. Il la considérait différemment, maintenant que son visage avait été lavé de la boue noire et blanche.

— Alors, de quoi s'agissait-il ? s'enquit-il de nouveau.

— D'un dragon.

— Un dragon ! Il y a des dragons au Midlands ? Je ne croyais pas que de telles créatures existaient !

— Eh bien, elles existent.

Elle haussa un sourcil.

— Je pensais que tu le savais. Mais comment aurais-tu pu, après tout, puisqu'il n'y a pas de magie au Westland. Or, les dragons sont magiques. Je suppose que c'est ainsi qu'ils volent, grâce à la magie.

— Pour moi, les dragons n'existaient que dans les légendes, les vieux contes.

Du pouce et de l'index, il lança un caillou et l'observa ricocher sur un rocher.

— Les vieux contes relatant des événements inscrits dans les mémoires, peut-être. Quoi qu'il en soit, ils sont tout ce qu'il y a de plus réel.

Elle souleva ses cheveux pour se rafraîchir la nuque et ferma les yeux.

— Il en existe de diverses sortes. Des gris, des verts, des rouges, et quelques autres, moins communs. Les gris sont les plus petits, plutôt timorés. Les verts sont bien plus gros. Les plus intelligents ainsi que les plus imposants sont les rouges. Certains habitants du Midlands élèvent les gris comme des animaux domestiques et pour la chasse. Personne ne fréquente les verts ; ils sont relativement stupides, ont mauvais caractère et peuvent se révéler très dangereux. Les rouges sont complètement différents, ils te friraient et t'avaleraient en un éclair. De plus, ils sont malins.

— Ils dévorent des gens !

Richard pressa la paume de ses mains contre ses yeux et émit un grognement.

— Seulement s'ils sont suffisamment affamés, ou suffisamment furieux. Nous ne constituerions pas un repas digne de ce nom pour eux.

Lorsqu'il écarta les mains et ouvrit les paupières, les yeux verts de Kahlan l'observaient.

— La seule chose que je ne comprenne pas, c'est ce que Rahl faisait sur le dos d'un dragon.

Richard se rappelait la chose rouge dans le ciel qui l'avait survolé dans la forêt du haut Ven, juste avant qu'il ne rencontre Kahlan. Il lança un autre caillou contre le rocher.

— Ce doit être ainsi qu'il couvre autant de terrain.

Elle secoua lentement la tête.

— Non, je ne comprends pas pourquoi un dragon rouge s'y soumettrait. Ils sont férocement indépendants, ne se mêlent pas des affaires humaines, en fait, ils ne pourraient pas s'en soucier moins. Ils préféreraient mourir plutôt que d'être domptés. Et ils ne se laisseraient pas battre comme ça, crois-moi. Ainsi que je l'ai dit, ils sont magiques, et pourraient donner du fil à retordre même à l'homme du D'Hara, du moins pour un temps. Même s'il menaçait de les tuer avec sa propre magie, ils ne s'en inquiéteraient pas ; ils préféreraient mourir plutôt que d'être asservis.

« Ils se contenteraient de combattre jusqu'à tuer ou être tués.

Elle se pencha un peu vers lui et baissa la voix.

— L'idée que l'un d'entre eux puisse promener Rahl sur son dos est très étrange. Il m'est impossible d'imaginer quiconque assujettir un dragon rouge.

Elle le fixa un moment, puis se redressa et entreprit de triturer un morceau de lichen.

— Ces dragons représentent-ils une menace pour nous ?

Il se sentait stupide de demander si les dragons étaient dangereux.

— C'est peu probable. Je n'ai vu des rouges de près que de rares fois. Un jour, je marchais sur la route quand l'un d'eux a fondu à proximité, dans un champ, et a attrapé deux vaches. Il les a emportées, une dans chaque serre. Si nous en croisions un, un rouge, et qu'il soit d'humeur exécrable, je présume que nous aurions de sérieux ennuis, mais ce n'est pas très plausible.

— Nous en avons déjà rencontré un rouge, lui rappela-t-il d'une voix calme, et nous avons effectivement eu de sérieux ennuis.

Elle ne répondit pas. D'après son expression, ce souvenir la peinait apparemment autant que lui.

— Eh bien, vous voilà, tous les deux ! lança une voix étrangère.

Ils sursautèrent en chœur. Richard bondit, main sur l'épée ; Kahlan se ramassa sur elle-même, prête à toute éventualité.

Le vieillard qui descendait le chemin dans leur direction leur fit signe des deux mains.

— Rasseyez-vous, rasseyez-vous. Je ne voulais pas vous effrayer !

Un petit rire fit frémir sa barbe chenue.

— Ce n'est que le Vieux John qui vient vous chercher. Asseyez-vous. Asseyez-vous.

Son gros ventre rond s'agitait sous sa robe marron foncé. Sa chevelure blanche était soigneusement séparée par une raie au milieu, de longs sourcils broussailleux au-dessus de paupières tombantes ombraient ses yeux noisette. Son visage joufflu et jovial se rida en un large sourire pendant qu'il attendait. Kahlan se réinstalla prudemment. Richard s'appuya plus qu'il ne s'assit sur le rocher qui lui avait servi de dossier. Il garda la main sur son épée.

— Qu'insinuez-vous en disant que vous nous cherchiez ? demanda-t-il sur un ton pas franchement amical.

— Mon vieil ami, le magicien, m'a envoyé vous chercher...

Richard bondit de nouveau sur ses pieds.

— Zedd ! Zedd vous a envoyé ?

Le Vieux John se tint l'estomac tout en se gondolant.

— Combien de vieux magiciens connais-tu, mon garçon ? Bien sûr qu'il s'agit du vieux Zedd.

Il agrippa sa barbe.

— Il devait s'occuper d'une affaire importante, mais

il a besoin de vous, besoin que vous l'accompagniez, maintenant. Il est donc venu me demander si j'accepterais d'aller vous chercher. Je n'avais rien de mieux à faire, aussi me voilà. C'est lui qui m'a appris où je vous trouverais. On dirait qu'il avait raison, comme d'habitude.

Richard sourit à cette réplique.

— Eh bien, comment va-t-il ? Où est-il, pourquoi veut-il nous voir ?

Le Vieux John tira un peu plus fort sur sa barbe, hochant la tête et souriant.

— Il m'avait prévenu. Il m'avait dit que tu posais beaucoup de questions. Il va bien. Le fait est que je ne sais pas pourquoi il veut vous voir. Quand le vieux Zedd se fait de la bile, on ne pose pas de questions, on se contente de s'exécuter. Ce que j'ai fait. Et me voilà.

— Où est-il ? A quelle distance ?

Le Vieux John se gratta le menton et se pencha un peu en avant.

— Ça dépend. Combien de temps envisages-tu de rester là à bavarder ?

Richard sourit, puis empoigna son sac, toute fatigue oubliée. Kahlan le gratifia de l'un de ses sourires particuliers tandis qu'ils emboîtaient le pas au Vieux John sur la pente rocailleuse du sentier. Richard laissa Kahlan passer devant lui pour mieux scruter les bois environnants. Elle lui avait révélé qu'ils n'étaient plus loin de chez la sorcière.

Il était excité à la perspective de revoir Zedd. Il ne s'était pas rendu compte à quel point il était inquiet pour son vieil ami. Il savait qu'Adie prendrait bien soin de lui, mais elle n'avait pas promis qu'il se rétablirait. Il espérait que Chase allait bien aussi. Quelle joie c'était pour lui de revoir Zedd ! Il avait tant de choses à lui raconter, à lui demander.

— Il va bien, alors ? cria Richard au Vieux John. Il est guéri ? Il n'a pas perdu de poids, n'est-ce pas ? Zedd ne peut pas se permettre de perdre le moindre gramme.

— Non, gloussa le Vieux John sans se retourner ni s'arrêter, il est identique à lui-même.

— Bien, j'espère qu'il n'a pas dévalisé votre garde-manger.

— Pas d'inquiétude, mon garçon. Que pourrait bien avaler un vieux magicien maigrelet ?

Richard sourit intérieurement. Zedd pouvait aller bien, mais il était impossible qu'il soit complètement rétabli, parce que, alors, le Vieux John n'aurait plus une miette de nourriture.

Ils marchèrent plusieurs heures, se hâtant pour demeurer dans le sillage du Vieux John. Les bois devinrent plus touffus, plus sombres, les arbres plus volumineux et plus serrés. Le sentier était rocailleux, d'un abord difficile, surtout à cette allure. Les appels d'étranges oiseaux se répercutaient dans l'obscurité. Le trio arriva à un embranchement. Le Vieux John prit à droite sans hésiter et continua à son train. Kahlan le suivit. Richard s'arrêta, troublé par quelque chose qu'il ne parvenait pas à extirper du fond de son cerveau. Chaque fois qu'il essayait, il se surprenait à repenser à Zedd. Kahlan l'entendit s'arrêter et se retourna puis rebroussa chemin.

— Quelle est la route pour aller chez la sorcière ? s'enquit-il.

— A gauche, répondit Kahlan, une pointe de soulagement dans la voix parce que le vieillard était parti à droite.

Elle accrocha un pouce sous la sangle de son sac à dos et désigna du menton plusieurs aiguilles rocheuses escarpées qu'il distinguait à peine à travers les plus hautes branches des arbres.

— Voici certaines des cimes qui entourent le Plateau d'Agaden.

Les sommets enneigés brillaient intensément dans l'atmosphère raréfiée de ces altitudes. Il n'avait jamais contemplé de montagnes aussi inhospitalières. Une couronne d'épines, en effet.

Richard tourna le regard vers le sentier de gauche. Il paraissait peu fréquenté et disparaissait rapidement sous la dense frondaison. Le Vieux John s'arrêta et pivota, les mains sur les hanches.

— Vous venez ?

Richard considéra encore le sentier de gauche. Ils devaient s'emparer de l'ultime coffret avant Rahl.

Même si Zedd avait besoin d'eux, ils devaient découvrir où était le coffret. C'était son devoir primordial.

— Croyez-vous que Zedd pourrait patienter ?

Le Vieux John haussa les épaules, puis tira sur sa barbe.

— Je ne sais pas. Mais il ne m'aurait pas envoyé si ce n'était pas important. C'est à toi de décider, mon garçon. Zedd est de ce côté.

Richard souhaitait ne pas avoir à faire de choix. Il souhaitait savoir si Zedd pouvait patienter. Il souhaitait savoir ce que voulait Zedd. Arrête de souhaiter et commence à réfléchir, se dit-il.

Il leva le visage vers le vieillard.

— Quelle distance ?

Le Vieux John examina le soleil de fin d'après-midi qui filtrait à travers les arbres.

— Si nous ne nous arrêtons pas trop tôt, et que nous ne dormons pas tard, nous y serons demain midi.

Kahlan ne dit rien, mais Richard savait qu'elle méditait. Elle préférerait ne pas s'approcher de Shota, et même s'ils allaient d'abord voir Zedd, ce n'était pas si loin et ils pourraient toujours revenir si besoin était. Et peut-être que Zedd savait où était le coffret, peut-être même qu'il le détenait et qu'ils ne seraient pas obligés de se rendre sur le Plateau d'Agaden. Il était plus logique de rejoindre Zedd. Voilà ce qu'elle dirait.

— Tu as raison, fit-il.

Kahlan semblait confuse.

— Je n'ai rien dit.

Richard lui adressa un grand sourire.

— Je pouvais t'entendre penser. Tu as raison. Allons avec le Vieux John.

— Je n'avais pas conscience que mes pensées étaient aussi sonores, marmonna-t-elle.

— Si nous ne nous arrêtons pas du tout, lança-t-il, nous pourrions y être avant le matin.

— Je ne suis qu'un vieil homme, se plaignit le Vieux John, puis il soupira bruyamment. Mais je sais à quel point vous êtes impatients. Et je sais à quel point il a besoin de vous.

Il agita le doigt vers Richard.

— J'aurais dû prêter attention aux avertissements de Zedd à ton propos.

Richard pouffa tandis qu'il laissait Kahlan passer devant lui. Elle progressa vite pour rattraper le vieillard, qui avait déjà repris la route. Il la regarda distraitement marcher, l'observa retirer une toile d'araignée de sa figure, en recracher des morceaux. Quelque chose le tourmentait. Quelque chose clochait. Mais quoi ? Si seulement il arrivait à mettre le doigt dessus... Il essaya pendant une minute, mais il ne pouvait songer qu'à Zedd, à quel point il désirait le revoir, à quel point il était impatient de lui parler. Il ignora délibérément l'impression qu'il avait d'être épié.

— Surtout, mon frère me manque, avoua-t-elle à la poupée.

Elle détourna le regard.

— Ils ont tous dit qu'il était mort, lui confia-t-elle doucement.

Rachel avait raconté ses problèmes à la poupée presque toute la journée. Tous les problèmes auxquels elle avait pu penser. Quand des larmes lui venaient, la poupée disait qu'elle l'aimait, ce qui la réconfortait. Parfois elle en riait.

Rachel mit une autre brindille dans les flammes. Cela lui faisait tellement de bien de pouvoir se réchauffer et d'avoir de la lumière. Mais elle limitait la grosseur du feu, comme Giller le lui avait demandé. Le feu l'empêchait d'avoir peur dans la forêt, et en particulier dans l'obscurité. Il ferait bientôt de nouveau nuit. Parfois il y avait des bruits dans les bois qui l'effrayaient, la faisaient pleurer. Mais elle préférait encore être ici dans cette forêt isolée plutôt qu'enfermée dans la malle.

— C'était quand je vivais dans cet endroit dont je t'ai parlé. Avec les autres enfants, avant que la Reine ne vienne m'enlever. Je préférais de loin cette période à ma vie avec la Princesse. Ils étaient gentils avec moi là-bas.

Elle regarda la poupée pour s'assurer qu'elle écoutait.

— Il y avait un homme, Brophy, qui venait de temps en temps. Les gens racontaient de vilaines choses à son sujet, mais il était agréable avec nous, les enfants. Il était gentil, comme Giller. Il m'a aussi offert une poupée, mais la Reine ne m'a pas autorisée à l'emporter lorsque je suis allée vivre au château. De toute façon, ça n'avait pas d'importance, j'étais trop chagrinée par la mort de mon frère. J'ai entendu des gens dire qu'il avait été assassiné. Je sais que ça signifie qu'il a été tué. Pourquoi les gens tuent-ils des enfants ?

La poupée se contenta de sourire. Rachel l'imita.

Elle songea au nouveau petit garçon que la Reine avait enfermé. Il parlait drôlement, et avait une drôle d'apparence, mais sa présence lui rappelait son frère. C'était parce qu'il semblait si craintif. Son frère aussi avait peur pour un rien. Rachel devinait invariablement quand son frère avait peur car il se mettait à gigoter et à se tortiller. Elle était tellement peinée pour ce garçon ; elle regrettait de ne pas être plus importante pour pouvoir l'aider.

Rachel leva une minute les mains devant le feu pour les réchauffer, puis en fourra une dans sa poche. Elle avait faim, et n'avait pu dénicher que quelques baies. Elle en sortit une grosse et la proposa à sa poupée. La poupée ne semblait pas avoir faim, aussi la mangeat-elle elle-même, puis une autre, et une autre encore, jusqu'à ce qu'il n'en reste plus. Elle avait toujours faim, mais n'avait pas envie de retourner en chercher. L'endroit où elles poussaient était loin, et le ciel s'assombrissait. Elle ne voulait pas être dehors dans les bois lorsqu'il ferait nuit. Elle voulait être sous son pin rebelle en compagnie de sa poupée. Près des chaudes flammes ; près de la lumière.

— Peut-être que la Reine sera plus aimable quand elle aura contracté son alliance, quelle qu'elle soit. Elle ne parle que de ça, combien elle désire cette alliance. Peut-être sera-t-elle plus heureuse alors et n'ordonnera plus que l'on décapite des gens. La Princesse me force à y assister aussi, tu sais, mais je n'aime pas regarder, je ferme les yeux. Désormais, même la Princesse Violette ordonne de trancher des têtes. Elle devient chaque jour plus méchante. Maintenant, j'ai peur qu'elle ordonne qu'on coupe la mienne. J'aimerais pouvoir m'enfuir.

Elle regarda sa poupée.

— J'aimerais pouvoir m'enfuir et ne plus revenir. Et je t'emmènerais avec moi.

La poupée sourit.

— Je t'aime, Rachel.

Elle souleva la poupée et l'étreignit longuement, puis l'embrassa sur le front.

— Mais si je m'échappe, la Princesse Violette enverra des gardes pour me retrouver, et ensuite elle te jettera au feu. Je ne veux pas qu'elle te jette au feu. Je t'aime.

— Je t'aime, Rachel.

La poupée contre son cœur, elle s'installa dans la paille. Demain, elle devrait rentrer, et la Princesse serait encore méchante avec elle. Elle devrait abandonner la poupée quand elle repartirait, elle le savait, sinon on la jetterait au feu.

— Tu es la meilleure amie que j'aie jamais eue. Toi, et Giller aussi.

— Je t'aime, Rachel.

Elle commença à s'inquiéter de ce qui allait arriver à sa poupée, abandonnée dans le pin rebelle. La poupée se sentirait seule. Et si la Princesse ne l'envoyait plus jamais dehors ? Et si elle venait à découvrir qu'elle souhaitait être envoyée dehors, et la gardait dans le château par méchanceté ?

— Sais-tu ce que je dois faire ? demanda-t-elle à la poupée comme elle levait les yeux vers la lumière qui dansait sur les branches sombres à l'intérieur de l'arbre.

— Aide Giller, dit la poupée.

Rachel s'appuya sur un coude.

— Aider Giller ?

— Aide Giller, répéta la poupée.

Les rayons du soleil couchant se reflétaient sur l'épaisse couche de feuilles, rendant le chemin brillant et chatoyant entre les masses ténébreuses des arbres qui les encadraient. Richard entendait les bottes de Kahlan faire rouler les cailloux cachés sous ce tapis coloré. Une odeur d'humus flottait dans l'air : des feuilles mortes se décomposaient dans les recoins humides et au creux des rochers, là où le vent les avait amassées. Bien que le temps se rafraîchît, ni Richard ni Kahlan ne portaient leurs manteaux, réchauffés par l'allure imposée par le Vieux John. Richard continuait de songer à Zedd, mais le fil de ses pensées était constamment interrompu car il devait courir pour se maintenir à leur hauteur. Il écarta finalement Zedd de son esprit quand il découvrit qu'il était en train de s'essouffler. Mais une pensée refusait de le quitter : quelque chose clochait.

Enfin, il laissa éclore le soupçon dans son esprit. Comment un vieillard pouvait-il le faire marcher à un rythme pareil, et cependant paraître frais et dispos ? Richard se tâta le front, se demandant s'il n'était pas malade, ou s'il avait de la fièvre. Il n'était pas chaud. Peut-être n'allait-il pas bien ; peut-être était-ce chez lui que quelque chose clochait. Ils avaient forcé durant plusieurs jours, mais pas tant que ça. Non, il se sentait bien, seulement essoufflé.

Pendant un moment, il observa Kahlan avancer devant lui. Elle aussi avait du mal à garder le rythme. Elle arracha une autre toile d'araignée de sa figure, puis trotta pour rattraper son retard. Il voyait que, comme lui, elle avait le souffle court. La suspicion de Richard se mua en prémonition.

Il entr'aperçut quelque chose sur sa gauche, dans les bois, qui se maintenait à leur hauteur. Juste un petit animal, pensa-t-il. Mais on aurait dit une créature dotée de longs bras ; puis elle s'évanouit. Sa bouche était sèche. Ce devait être son imagination, se rassura-t-il.

Il reporta son attention sur le Vieux John. Le chemin était large à certains endroits, étroit à d'autres, encombré de branchages. Quand Kahlan et Richard les dépassaient, ils les frôlaient parfois ou les écartaient simplement. Pas le vieillard. Il demeurait au centre du sentier, esquivant les branches, ses bras resserrant hermétiquement son manteau autour de lui.

L'œil de Richard fut attiré par une toile d'araignée brillant dans le soleil couchant, déployée en travers du chemin. Lorsque Kahlan passa, la toile se déchira contre sa cuisse.

Sur le visage de Richard, la sueur se glaça instantanément.

Comment se faisait-il que le Vieux John n'ait pas brisé la toile ?

Il leva les yeux et avisa une branche, dont l'extrémité saillait jusque sur le sentier. Le vieillard l'évita. Mais pas l'extrémité. Le bout traversa son bras comme il aurait traversé de la fumée.

Respirant plus vite, il jeta un regard aux empreintes de pas que laissait Kahlan là où la terre n'était pas couverte de feuilles. Il n'y en avait aucune du Vieux John.

La main gauche de Richard jaillit, saisit Kahlan par sa chemise, et la tira d'un coup sec derrière lui. Elle eut un cri de surprise. Il l'éloigna tandis qu'il dégainait son épée de la main droite.

Au tintement de l'épée, le Vieux John s'arrêta et se tourna à demi.

— Qu'y a-t-il, mon garçon ? Tu vois quelque chose ?

Sa voix ressemblait au sifflement d'un serpent.

— En effet.

Richard empoigna l'épée à deux mains, les jambes ployées en une posture défensive, la respiration courte. La colère submergeait sa peur.

— Comment se fait-il que vous ne déchiriez pas les toiles d'araignée quand vous les rencontrez et que vous ne laissiez pas d'empreintes ?

Le Vieux John esquissa un sourire rusé, l'évaluant d'un seul œil.

— Ne t'attendais-tu pas que le vieil ami d'un magicien possède des talents spéciaux ?

— Peut-être, fit Richard, le regard dardant à droite et à gauche, aux aguets. Mais dites-moi, Vieux John, quel est le nom de votre vieil ami ?

— Eh bien, il s'agit de Zedd.

Il haussa les sourcils.

— Comment le saurais-je, s'il n'était pas mon vieil ami ?

Il serrait toujours son manteau autour de lui. Sa tête s'était enfoncée entre ses épaules.

— C'est moi qui vous ai bêtement appris qu'il s'appelait Zedd. Maintenant, dites-moi son nom de famille.

Le Vieux John le dévisagea avec une moue sinistre, ses yeux bougeant lentement, calculateurs. Des yeux d'animal.

Avec un rugissement subit qui fit tressaillir Richard, le vieillard fit volte-face, ouvrant d'un coup son manteau. Le temps de pivoter sur lui-même, il avait doublé de taille.

Un chimérique cauchemar prenait vie : là où, un instant auparavant, s'était tenu un vieillard, il n'y avait plus que fourrure, griffes et crocs.

Une créature grondante et hargneuse.

Richard eut le souffle coupé devant la gueule béante de la bête. Dans un rugissement, elle avança brusquement d'un pas de géant. Il recula de trois pas, agrippant l'épée si fort qu'il en eut mal. Les bois résonnaient du hurlement assourdissant de la chose, un cri profond, sauvage, vicieux. A chaque rugissement, la gueule s'ouvrait un peu plus. La chose se pencha vers lui, ses yeux écarlates très enfoncés, faisant claquer ses crocs. Richard recula précipitamment, s'abritant derrière l'épée. Il jeta un rapide coup d'œil derrière lui, mais ne vit pas Kahlan.

La créature l'attaqua tout d'un coup. Richard n'eut même pas l'occasion d'abattre l'épée. Il trébucha contre une racine, tomba à la renverse et s'écroula. Guidé par son instinct, il brandit la lame pour empaler la bête, s'attendant qu'elle se jette sur lui.

Des crocs acérés et suintants cherchèrent à happer son visage par-dessus l'épée. Il la redressa, mais la bête demeura hors de portée, ses yeux rouges lorgnant furieusement la lame. Elle recula et inspecta les bois sur sa droite. Ses oreilles se plaquèrent contre son crâne tandis qu'elle lançait un grognement en direction de quelque chose.

Elle ramassa un rocher de deux fois la taille de la tête de Richard, leva son grossier museau, inspira profondément et serra le rocher entre ses griffes avec un rugissement. Ses muscles sinueux se bandèrent. Le roc se fissura avec un craquement assourdissant qui résonna à travers la forêt. De la poussière et des éclats de pierre volèrent. La bête sonda les alentours, pivota et se faufila prestement entre les arbres.

Richard gisait sur le dos, haletant, guettant les bois, les yeux écarquillés, s'attendant à voir la bête réapparaître. Il appela Kahlan. Elle ne répondit pas.

Il se redressait tout juste lorsqu'une chose couleur de cendre, pourvue de longs bras, bondit sur lui, le renversant de nouveau. Elle hurlait de rage. Ses puissantes mains noueuses tentèrent de lui arracher l'épée. D'un revers du bras dans la mâchoire, elle l'assomma presque. Ses lèvres blanches, exsangues, se retroussèrent, exhibant des dents pointues. La bête beugla, le fixant de ses yeux jaunâtres globuleux ; Richard se débattait, s'accrochant à l'épée.

— Mon épée, gronda la bête. Donne-moi mon épée.

Désespérément rivés l'un à l'autre, ils roulèrent ensemble sur le sol, envoyant voler feuilles et brindilles. L'une des robustes mains changea d'objectif, agrippa Richard par les cheveux, pour lui cogner le crâne contre un rocher. Avec un grognement, elle tenta à nouveau de se saisir de l'épée, réussit à faire lâcher prise à une main de Richard et referma ses griffes sur l'autre, dont elle laboura aussitôt la chair.

Richard savait qu'il était en train de perdre. La créature noueuse, en dépit de sa petite taille, était plus forte que lui. Il devait agir.

— Donne, siffla-t-elle, plantant sa tête blafarde face à la sienne, les crocs sortis, essayant de lui mordre le visage.

Entre ses dents pendaient des débris spongieux grisâtres. Son haleine lourde empestait la pourriture. Des éclaboussures noirâtres parsemaient son crâne chauve et cireux.

Quand ils roulèrent une nouvelle fois au sol, Richard tendit désespérément la main vers sa ceinture et dégaina son couteau, qu'il glissa aussitôt dans les plis du cou de la chose.

— Pitié ! hurla-t-elle. Pas tuer ! Pas tuer !

— Alors lâche l'épée ! Immédiatement !

Richard était sur le dos, la créature à l'odeur putride à califourchon sur son torse. Elle relâcha lentement sa prise, à contrecœur, et s'avachit contre lui.

— Pitié, pas tuer moi, répéta-t-elle dans un gémissement.

Richard se dépêtra de cette révoltante créature, la renversa sur le dos et ficha la pointe de l'épée contre sa poitrine. Ses yeux jaunes s'écarquillèrent.

La colère de l'épée, qui avait paru quelque peu confuse et égarée, déferla finalement en lui.

— Si tu me donnes ne serait-ce que l'occasion d'imaginer que tu vas faire quelque chose qui pourrait me déplaire, lança-t-il, je l'enfonce. Compris ?

La créature opina vigoureusement. Richard se pencha plus près.

— Où est parti ton ami ?

— Ami ?

— Cette grosse créature qui m'a attaquée avant que tu ne prennes le relais !

— Le Calthrop. Pas ami, geignit-elle. Homme chanceux. Calthrop tue la nuit. Attendait la nuit. Pour vous tuer. Il a du pouvoir la nuit. Homme chanceux.

— Je ne te crois pas ! Tu étais de mèche avec lui.

— Non, grimaça-t-elle. Je suivais seulement. Jusqu'à ce qu'il vous tue.

— Pourquoi ?

Ses yeux louchèrent sur l'épée.

— Mon épée. Donne. S'il te plaît ?

— Non !

Richard chercha Kahlan du regard. Son sac gisait par terre derrière lui, mais elle avait disparu, ce qui le glaça d'inquiétude. Il savait que le Calthrop ne l'avait pas capturée ; il était parti seul dans les bois. Tout en maintenant la pointe de l'épée contre la créature étendue sur le sol, il hurla son nom. Pas de réponse.

— C'est Maîtresse qui a la jolie demoiselle.

Le regard de Richard revint vers les yeux jaunes.

— De quoi parles-tu ?

— Maîtresse. Elle a pris jolie demoiselle.

Richard appuya un peu plus sur l'épée, indiquant qu'il désirait en entendre davantage, et sans délai.

— On vous traquait. On observait le Calthrop jouer avec vous. Pour voir ce qui arriverait.

Les yeux globuleux s'attardèrent de nouveau sur l'épée.

— Pour dérober l'épée, jeta Richard avec un regard furieux.

— Pas dérober ! A moi ! Donne !

Ses mains esquissèrent un geste vers la lame, mais Richard, d'une pression un peu plus forte, immobilisa la créature.

— Qui est ta maîtresse ?

— Maîtresse ! frémit-elle, implorant la clémence. Maîtresse est Shota.

Richard eut un léger sursaut.

— Ta maîtresse est la sorcière, Shota ?

La créature acquiesça énergiquement.

Sa main se resserra sur la poignée.

— Pourquoi a-t-elle enlevé la jolie demoiselle ?

— Sais pas. Peut-être pour jouer avec elle. Peut-être pour la tuer.

La chose leva des yeux interrogateurs.

— Peut-être pour vous attraper.

— Mets-toi sur le ventre, dit Richard.

La créature fit la grimace.

— Retourne-toi, ou je t'embroche !

Elle s'exécuta, tremblante. Richard planta sa botte dans le creux de ses reins, sous la saillie de sa colonne vertébrale. Il fourragea dans son sac et en extirpa une corde. Il passa un nœud coulant autour du cou de la bête.

— Est-ce que tu as un nom ?

— Compagnon. Je suis le compagnon de Maîtresse. Samuel.

Richard le remit debout ; des feuilles s'étaient agglutinées sur la peau grise de son torse.

— Eh bien, Samuel, nous allons rejoindre ta maîtresse. Tu vas me montrer le chemin. Si tu fais un faux mouvement, je te brise la nuque avec cette corde. Compris ?

Samuel opina prestement, puis, jetant un regard de biais à la corde, acquiesça lentement.

— Le Plateau d'Agaden. Compagnon t'emmène là-bas. Pas me tuer ?

— Si tu m'emmènes chez ta maîtresse, et si la jolie demoiselle va bien, je ne te tuerai pas.

Richard tendit la corde pour faire comprendre à Samuel qui commandait, puis écarta l'épée.

— Tiens, porte le sac de la demoiselle.

Samuel empoigna le sac des mains de Richard.

— A moi ! Donne !

De grosses mains commencèrent à farfouiller dedans.

Richard tira brutalement sur la corde.

— Ça ne t'appartient pas. Retire tes sales pattes de là !

Un regard rempli de haine se braqua sur lui.

— Quand Maîtresse te tuera, alors Samuel te mangera.

— Si je ne te mange pas d'abord, se moqua Richard. J'ai plutôt faim. Peut-être me cuisinerai-je un peu de ragoût de Samuel sur la route ?

La haine céda le pas à la terreur dans les yeux jaunes écarquillés.

— Pitié ! Pas tuer moi ! Samuel te guider chez Maîtresse, jusqu'à jolie demoiselle. Juré.

Il enfila le sac sur ses épaules et fit quelques pas. La corde se tendit.

— Suis Samuel. Dépêche, dit-il, désirant prouver la valeur de sa vie. Pas cuire Samuel, pitié, marmonna-t-il encore et encore comme ils redescendaient le sentier.

Richard ne parvenait pas à déterminer à quelle espèce de créature Samuel appartenait. Il y avait chez lui quelque chose de familier, d'inquiétant. Il n'était pas très grand, mais il était d'une résistance stupéfiante. La mâchoire de Richard le lancinait toujours là où Samuel l'avait frappé, et son cou ainsi que sa tête étaient encore douloureux d'avoir été projetés contre un rocher.

Ses longs bras atteignaient pratiquement le sol, il avançait avec un singulier dandinement, marmottant encore et encore qu'il ne voulait pas être cuit. Un court pantalon sombre tenu par des bretelles constituait son seul vêtement. Ses pieds étaient aussi disproportionnés que ses mains et ses bras. Son ventre était rond et plein, quant à savoir de quoi, Richard ne pouvait que se le demander. Il était totalement imberbe, et sa peau ne semblait pas avoir vu la lumière du soleil depuis des années. De temps en temps, Samuel attrapait une brindille, ou une pierre et s'exclamait : « A moi ! Donne ! » ne s'adressant à personne en particulier, abandonnant bientôt sa trouvaille.

Gardant un œil attentif à la fois sur les bois et sur Samuel, Richard accéléra l'allure. Il avait peur pour Kahlan, et il était furieux envers lui-même. Le Vieux John, ou le Calthrop, quoi que ce fût, l'avait complètement berné. Il ne pouvait croire à quel point il avait été stupide. Il avait gobé son histoire parce qu'il avait voulu y croire, parce qu'il avait ardemment désiré revoir Zedd. Le piège même dans lequel il avait enjoint aux autres de ne pas tomber. Et il avait sans réfléchir fourni des informations au monstre, qui les lui répétait en guise de preuves. Il était furieux de sa bêtise. Il avait douloureusement honte, aussi.

Les gens croient aux choses qu'ils veulent bien croire, avait-il dit à Kahlan. Et voilà. Il avait cru, et maintenant la sorcière la retenait prisonnière. Ce qu'il avait redouté le plus était arrivé, simplement parce qu'il s'était montré stupide et avait baissé sa garde. Il lui semblait que chaque fois qu'il baissait sa garde, c'était Kahlan qui en payait le prix. Si la sorcière lui faisait du mal, elle découvrirait ce que signifiait le courroux d'un Chercheur, se promit-il.

Mais il se blâma une fois de plus. Il se laissait emporter par son imagination. Si Shota souhaitait la tuer, elle l'aurait fait sur-le-champ. Elle ne l'aurait pas ramenée au Plateau d'Agaden. Alors pourquoi justement l'y ramener ? A moins, ainsi que Samuel l'expliquait, qu'elle ne veuille jouer avec elle. Richard essaya de bannir cette pensée de son esprit. Ce devait être lui qu'elle voulait, pas Kahlan. C'était probablement la raison du départ si précipité du Calthrop ; la sorcière l'avait effrayé.

Lorsqu'ils atteignirent l'embranchement qu'ils avaient dépassé plus tôt, Samuel prit sans hésitation le chemin de gauche. Le soir tombait, mais le compagnon ne ralentit pas. Le sentier commença à grimper en épingle à cheveux, et ils furent bientôt hors de la forêt, sur une route découverte taillée dans le roc, qui montait régulièrement vers les pics déchiquetés couverts de neige.

Dans la neige éclairée par la lune, Richard discerna deux types d'empreintes, dont l'une appartenait à Kahlan. Un bon signe, songea-t-il ; elle était toujours en vie. Apparemment, Shota n'avait pas l'intention de la tuer. Du moins pas dans l'immédiat.

Le chemin longeait la frange inférieure de la zone enneigée, et la progression était difficile. Sans Samuel pour le guider, pour lui indiquer le passage, Richard se rendit compte qu'il lui aurait fallu des jours pour franchir ces pics. La bise hivernale s'engouffrait dans les fissures du roc, pour en ressortir plus glaciale encore. Samuel frissonnait. Richard revêtit son manteau, puis sortit celui de Kahlan du sac que portait Samuel.

— Ceci appartient à la jolie demoiselle. Tu peux le mettre, pour l'instant, afin de rester au chaud.

Samuel lui prit le manteau des mains.

— A moi ! Donne !

— Si tu t'obstines à te comporter ainsi, je ne t'autoriserai pas à le mettre.

Richard tendit la corde et lui confisqua le manteau.

— Pitié ! Samuel froid, gémit-il. S'il te plaît ? Porter le manteau de la jolie demoiselle ?

Richard le lui rendit. Cette fois-ci le compagnon le saisit doucement et le passa autour de ses épaules. Richard prit un morceau de pain de tava et le mâchonna tout en marchant. Samuel n'arrêtait pas de regarder par-dessus son épaule, et Richard finit par lui en proposer un morceau.

Les grosses mains se tendirent.

— A moi ! Donne !

Richard mit le pain hors d'atteinte. Des yeux jaunes suppliants se levèrent vers lui dans le clair de lune.

— S'il te plaît ?

Richard posa précautionneusement le pain dans ses paumes avides.

Il avala le pain en une bouchée et continua à marcher en marmonnant. Richard savait que s'il en avait l'occasion, Samuel lui trancherait la gorge sans aucune hésitation, tant il semblait dépourvu de la moindre qualité rédemptrice.

— Samuel, pourquoi Shota te garde-t-elle ?

Il lui jeta un coup d'œil par-dessus son épaule, perplexe.

— Samuel compagnon.

— Ta maîtresse ne sera-t-elle pas en colère si tu me conduis à elle ?

Samuel produisit un gargouillement que Richard interpréta comme un rire.

— Maîtresse pas peur du Chercheur.

Aux premières lueurs de l'aube, le chemin amorça une descente vers une forêt ténébreuse ; le long bras de Samuel pointa vers la vallée.

— Plateau d'Agaden, gazouilla-t-il.

Il regarda par-dessus son épaule avec un rictus persifleur.

— Maîtresse.

La chaleur était oppressante dans la forêt. Richard enleva son manteau et le rangea dans son sac, puis fourra celui de Kahlan dans le sien. Samuel ne protesta pas. Il semblait heureux d'être de retour sur le plateau. Richard feignit de savoir où ils allaient, mais en réalité, il avançait à l'aveuglette dans l'obscurité épaisse et se laissait guider par la corde. Samuel avançait avec insouciance, et lorsqu'il se retournait, ses yeux jaunes brillaient comme deux petites lanternes.

Comme les lumières de l'aurore perçaient lentement le frondaison, Richard distingua des arbres majestueux, des guirlandes de mousse qui ondoyaient jusqu'au sol, des flaques de boue noire d'où montaient des vapeurs, des paires d'yeux qui épiaient et clignaient dans l'ombre. Des appels caverneux résonnaient dans la brume tandis qu'il enjambait prudemment les enchevêtrements de racines. Cet endroit lui rappelait un peu le Marais de Skow. L'air y était tout aussi fétide.

— C'est encore loin ?

Samuel sourit.

— Proche.

Richard tendit la corde.

— Souviens-toi, si quoi que ce soit tourne mal, c'est toi qui mourras le premier.

Le rictus s'effaça des lèvres exsangues.

Çà et là dans la boue, Richard aperçut les mêmes empreintes qu'il avait vues dans la neige. Kahlan marchait toujours. Des formes sombres les suivaient, restant dans l'ombre, cachées par les broussailles denses, poussant parfois des hurlements. Richard réfléchit et s'inquiéta de savoir s'il s'agissait des congénères de Samuel. Ou pire. Certains les suivaient depuis la cime des arbres. Un frisson remonta le long de sa colonne vertébrale.

Samuel quitta le chemin, contournant les racines biscornues d'un arbre courtaud au tronc large.

— Que fais-tu ? s'enquit Richard en le contraignant à s'arrêter.

Samuel lui répondit par un sourire.

— Regarde.

Il ramassa un solide bâton, aussi gros que son poignet, et le lança d'un revers dans les racines de l'arbre. Les racines jaillirent en fouettant l'air, se nouèrent autour du bâton et l'entraînèrent sous leur masse inextricable. Richard l'entendit se casser net. Samuel gazouilla de joie.

Alors que le soleil s'élevait, les bois du Plateau d'Agaden semblaient encore plus sombres. Des branches mortes s'entremêlaient au-dessus de leurs têtes, la brume ne se dissipait pas. Par moments, Richard ne discernait même plus Samuel à l'autre extrémité de la corde trempée. Mais il percevait toujours des choses : grattements, claquements, sifflements. Et parfois, la brume tourbillonnait et pirouettait au passage de créatures qui filaient, proches mais invisibles.

Richard se souvint de ce que Kahlan avait dit : ils allaient mourir. Il tenta de chasser cette idée. Elle lui avait avoué n'avoir jamais rencontré la sorcière, seulement entendu les gens en parler. Mais ce qu'elle avait entendu l'avait terrifiée. Ceux qui pénétraient chez elle n'en repartaient jamais. Pas même un magicien ne s'aventurerait sur le Plateau d'Agaden, lui avait-elle raconté. Mais il s'agissait de renseignements de seconde main, raisonna Richard. Elle n'avait jamais été confrontée à Shota. Peut-être que les histoires étaient exagérées. Il sonda du regard les bois menaçants, sinistres. Et peut-être que non.

Peu à peu, le paysage s'éclaircit. Ils atteignirent bientôt la lisière de la forêt. Le sentier s'arrêta net. Samuel gazouilla de plaisir.

Une longue vallée s'étirait en contrebas, verte, diaphane, illuminée par le soleil. Les gigantesques pics rocheux qui l'encerclaient montaient en flèche vers le firmament. Des champs d'herbe dorée ondoyaient sous la brise au milieu de bosquets de chênes, de hêtres et d'érables parés des couleurs de l'automne. De l'endroit où ils se tenaient à l'orée du bois, ils avaient l'impression de contempler le jour depuis le royaume de la nuit. De l'eau dégringolait des rochers à côté d'eux, plongeant dans l'abîme pour rejoindre dans un fracas lointain les bassins et les rivières en contrebas.

Samuel désigna le fond de la vallée.

— Maîtresse.

Richard opina et lui enjoignit de poursuivre son chemin. Samuel le conduisit à travers un labyrinthe de broussailles, d'arbres et de rochers couverts de fougères, en direction d'un endroit que Richard n'aurait jamais pu découvrir sans lui : un sentier dissimulé derrière des rocs et des lianes, au bord du précipice, descendant vers la vallée. La vue y était panoramique sur ce merveilleux paysage en contrebas : les arbres semblaient minuscules sur les douces collines, les rivières serpentaient entre les champs, le ciel était d'un azur étincelant.

Au milieu de tout cela, entouré d'arbres majestueux, se dressait un palais magnifique d'une grâce et d'une splendeur à couper le souffle. De délicates flèches s'élevaient vers les cieux, des ponts arachnéens reliaient les tours, des escaliers montaient en vrille autour des tourelles. Au sommet de chaque toit, des oriflammes et des bannières irisées claquaient légèrement dans le vent. Tout était d'une telle finesse que le palais semblait s'élancer joyeusement vers le firmament.

Richard demeura silencieux un instant, bouche bée, les yeux écarquillés, incrédule. Il adorait sa maison au Hartland, mais la beauté de ce lieu était incomparable. C'était tout bonnement l'endroit le plus somptueux qu'il ait jamais contemplé. Il n'aurait même jamais imaginé qu'un spectacle d'un charme aussi exquis existât.

Le duo reprit sa route vers le fond de la vallée. Des myriades de marches taillées dans la paroi rocheuse zigzaguaient, franchissaient des tunnels, rebroussaient parfois chemin en décrivant des spirales, passaient sous celles qui les surplombaient. Samuel les dévala en sautillant comme s'il l'avait déjà fait des milliers de fois. Il était visiblement content d'être de retour chez lui, de retrouver la protection de sa maîtresse.

En bas, au soleil, une route serpentait entre champs et collines. Samuel avançait de sa démarche étrange, gazouillant pour lui-même. Richard tendait la corde de temps en temps pour lui rappeler qui en tenait encore l'autre extrémité.

Dans la vallée, tandis qu'ils approchaient du palais, les arbres devinrent plus touffus, plus serrés, abritant la route et les champs du soleil éclatant. La route grimpait doucement. Au sommet d'un monticule, les arbres formaient un rempart tant ils étaient nombreux et serrés. A travers les branchages, Richard aperçut les flèches du palais.

Ils pénétrèrent dans cette cathédrale arborée, paisible, ombreuse.

Richard percevait le mélodieux ruissellement de l'eau qui s'écoulait sur les roches moussues. Des rais de lumière s'introduisaient çà et là dans cette zone tranquille. Il flottait une agréable odeur d'herbe et de feuilles.

Samuel tendit le bras. Richard regarda dans la direction qu'il indiquait, vers le cœur de la zone découverte et abritée. D'un rocher jaillissait de l'eau qui coulait le long de ses parois jusqu'à un ruisseau parsemé de pierres moussues. Une femme brune vêtue d'une longue robe blanche était assise au bord de ce rocher, dans la lumière pommelée, et faisait courir ses doigts dans l'onde pure. Elle tournait le dos, mais il lui sembla la connaître.

— Maîtresse, dit Samuel, les yeux dans le vague.

Il pointa de nouveau le doigt, du côté de la route, plus près d'eux.

— Jolie demoiselle.

Richard vit Kahlan. Elle était debout, raide. Son attitude n'était pas normale. Quelque chose remuait sur elle. Samuel pointa un long doigt grisâtre vers la corde.

— Chercheur promettre, fit-il dans un grognement caverneux.

Richard dénoua la corde, enleva le sac de Kahlan des épaules du compagnon et le posa par terre. Samuel retroussa ses lèvres exsangues à l'adresse de Richard et alla se tapir dans l'ombre pour observer la scène.

Richard se dirigea vers Kahlan, la gorge serrée, l'estomac noué. Il eut un choc en voyant enfin ce qui remuait sur elle.

Des serpents.

Kahlan était recouverte par une masse torturée d'ophidiens. Tous ceux qu'il reconnut étaient venimeux. De gros et gras serpents s'entortillaient autour de ses jambes ; l'un d'eux lui enserrait la taille, d'autres entouraient ses bras. De petits serpents se tortillaient, creusant des tunnels dans sa chevelure épaisse, dardant leur langue ; d'autres s'enroulaient autour de son cou ; d'autres encore ondulaient sur le devant de sa chemise, sortant leurs têtes entre les boutons. Il lutta pour contrôler sa respiration alors qu'il s'approchait. Son cœur battait la chamade. Des larmes coulaient sur les joues de Kahlan, elle essayait de trembler le moins possible.

— Reste calme, dit-il d'une voix sereine. Je vais les enlever.

— Non ! lui chuchota-t-elle, les yeux écarquillés par la panique. Si tu les touches, ou si je bouge, ils me mordront.

— Tout va bien, tenta-t-il de la rassurer, je vais te sortir de là.

— Richard, dit-elle dans un murmure implorant, je suis morte. Laisse-moi. Va-t'en. Cours.

Il avait l'impression qu'une main invisible lui garrottait la gorge. Dans ses yeux, il lut à quel point elle luttait pour contrôler sa panique. Il tenta de paraître aussi calme que possible, afin de l'encourager.

— Il n'est pas question que je t'abandonne.

— S'il te plaît, Richard, murmura-t-elle d'une voix rauque, fais-le pour moi, avant qu'il ne soit trop tard. Cours.

Une fine vipère arc-en-ciel, dont la queue s'enroulait dans sa chevelure, laissa tomber sa tête devant son visage. Sa langue écarlate jaillit. Kahlan ferma les yeux, et une autre larme roula sur sa joue. Le serpent glissa jusqu'à l'épaule et disparut sous sa chemise. Elle émit le plus léger des gémissements.

— Je vais mourir. Tu ne peux plus me secourir. Je t'en prie, Richard, sauve-toi. Je t'en supplie. Cours. Cours tant que tu en as encore la possibilité.

Richard avait peur qu'elle ne bouge délibérément, pour se faire mordre, pour essayer de le sauver. Il devait la convaincre que rien de bien n'en résulterait. Il la regarda sévèrement.

— Non. Je suis venu ici pour découvrir l'emplacement du coffret. Il n'est pas question que je parte avant de l'apprendre. Reste tranquille, maintenant.

Au contact du serpent sous sa chemise, elle écarquilla les yeux, se mordit la lèvre inférieure. Richard déglutit.

— Kahlan, tiens bon. Essaie de penser à autre chose.

Enragé, il marcha à grandes enjambées en direction de la femme assise sur le rocher. Une intuition l'avertit de ne pas dégainer l'épée, mais il ne pouvait pas, ne voulait pas réprimer sa colère devant ce qu'elle infligeait à Kahlan.

Lorsqu'il fut près d'elle, elle se leva et pivota doucement vers lui, prononçant son nom d'une voix qu'il reconnut.

Il se sentit défaillir lorsqu'il vit que le visage correspondait à la voix.

4

C'ÉTAIT SA MÈRE.

Richard eut l'impression d'avoir été foudroyé. Il se raidit, sa rage vacilla, et la colère relâcha son étau. Celle qu'il avait voulu tuer était sa mère.

— Richard.

Elle lui sourit tristement, son expression montrant combien elle l'aimait et souffrait de son absence.

Son esprit s'affola. Il aurait voulu comprendre, mais était incapable d'opposer ce qu'il voyait à ce qu'il savait. C'était impossible. Tout bonnement impossible.

— Mère ? murmura-t-il dans un souffle.

Les bras qu'il connaissait, dont il se souvenait, glissèrent autour de lui, le réconfortèrent. Les larmes lui montèrent aux yeux, une boule se forma dans sa gorge.

— Oh, Richard, dit-elle d'un ton apaisant, comme tu m'as manqué !

Elle fit courir ses doigts dans ses cheveux.

— Tu m'as tellement manqué.

Chancelant, il lutta pour reprendre le contrôle de ses émotions, pour reconcentrer son esprit sur Kahlan. Il ne pouvait la laisser de nouveau tomber, se laisser de nouveau leurrer. C'était à cause de sa naïveté qu'elle se retrouvait en si mauvaise posture. Cette femme n'était pas sa mère, mais Shota, une sorcière.

— Richard, pourquoi es-tu venu me voir ?

Richard posa les mains sur ses frêles épaules, la repoussa gentiment. Elle l'enlaça avec une affection familière. Ce n'est pas ma mère, se força-t-il à penser, mais une sorcière, une sorcière qui sait où se trouve le dernier coffret d'Orden et que je dois persuader de répondre à mes questions. Mais pourquoi agissait-elle ainsi ? Et s'il avait tort ? Cette vision pouvait-elle par miracle être authentique ?

Ses doigts remontèrent vers la courte cicatrice au-dessus de son sourcil gauche, dessinant une bosse familière. Une cicatrice dont il était à l'origine. Michaël et lui jouaient avec des glaives en bois, il venait de sauter du lit, fendant sauvagement et stupidement l'air en direction de son frère, lorsque sa mère était entrée. Son glaive l'avait heurtée au front. Son cri l'avait épouvanté.

Même la correction que son père lui avait administrée ne l'avait pas autant blessé que la pensée de ce qu'il avait fait à sa mère. Son père l'avait envoyé se coucher sans souper, et cette nuit-là, alors qu'il pleurait, elle était venue s'asseoir au bord de son lit, avait fait courir ses doigts dans sa chevelure. Il s'était redressé et lui avait demandé si elle avait très mal. Elle lui avait souri et avait répliqué...

— Pas autant que toi, murmura la femme qui se tenait devant lui.

Les yeux de Richard s'écarquillèrent ; les poils de ses bras se hérissèrent.

— Comment...

— Richard, articula une voix derrière lui, écarte-toi d'elle.

C'était la voix de Zedd.

La main de sa mère lui caressa la joue. Il l'ignora et tourna la tête.

Sur la route, au sommet de la butte, se tenait Zedd. Ou du moins il crut que c'était Zedd. Il lui ressemblait trait pour trait, mais c'était comme pour sa mère. Zedd se tenait là, dans une attitude qu'il connaissait, une attitude signalant le danger.

— Richard, énonça encore la voix de Zedd, obéismoi. Eloigne-toi d'elle. Immédiatement.

— S'il te plaît, Richard, souffla sa mère, ne me quitte pas. Tu ne me reconnais pas ?

— Si. Vous êtes Shota.

Il l'attrapa par les poignets, retira ses mains de sa taille et s'écarta d'elle. Au bord des larmes, elle le regarda reculer.

Et brusquement, elle se tourna vers le magicien et leva les bras. Avec un craquement sinistre, des éclairs bleutés jaillirent de ses doigts, striant l'air en direction de Zedd. Dans les mains du magicien apparut instantanément un bouclier. L'éclair de Shota l'atteignit dans un fracas étourdissant et ricocha pour aller frapper le tronc d'un énorme chêne, qui explosa littéralement. L'arbre s'effondra, le sol trembla.

Des doigts recourbés de Zedd fusa du feu magique, hurlant, traversant les airs avec une violence inouïe.

— Non ! s'exclama Richard.

La boule de feu liquide éclaira le paysage d'une intense lumière bleu et jaune.

Il ne pouvait permettre cela ! Shota représentait leur seul moyen de retrouver le coffret ! Leur seul moyen d'arrêter Rahl !

Le feu grondait. Il se dirigeait droit sur Shota, qui ne bougeait pas.

— Non !

Richard dégaina brutalement l'épée et bondit devant elle. Agrippant la poignée d'une main, la pointe de l'autre, il la brandit devant lui, tel un bouclier.

La magie déferla en lui. Le courroux l'envahit. Le feu approchait. Le grondement devint assourdissant. Il détourna la figure, ferma les yeux, retint sa respiration et crispa la mâchoire, se préparant consciemment à l'éventualité de la mort. Mais il n'y avait pas d'autre option. La sorcière représentait leur unique chance. Il ne pouvait permettre qu'elle soit tuée.

Il recula d'un pas sous l'impact et sentit la chaleur. Malgré ses paupières closes, il vit la lumière. Le feu magique explosa autour de lui en hurlant.

Et puis le silence se fit. Il ouvrit les yeux. Le feu s'était dispersé. Zedd ne perdit pas de temps et jeta aussitôt une poignée de poudre magique. Elle scintilla en approchant. La sorcière fit de même. Sa poudre magique brillait comme des cristaux de glace et absorba le scintillement de celle de Zedd, pour finalement percuter celui-ci.

Zedd se figea, immobile, une main en l'air.

— Zedd !

Il n'y eut pas de réponse. Richard se tourna vers la sorcière. Ce n'était plus sa mère. Shota portait une robe d'étoffe légère et diaprée flottant dans la brise. Sa chevelure ondulée était de couleur châtaine, sa peau satinée et sans défaut, ses yeux brillants en amande. Elle était aussi magnifique que le palais qui se dressait derrière elle, que la vallée qui l'entourait, et si attirante qu'il en eut presque le souffle coupé.

— Mon héros, dit-elle d'une voix mielleuse et indolente qui n'était plus celle de sa mère.

Un sourire espiègle s'épanouit sur ses lèvres pulpeuses.

— Totalement inutile, mais c'est l'intention qui compte. Je suis impressionnée.

— Et à qui suis-je censé avoir l'honneur ? Une autre vision de mon esprit ? A moins qu'il ne s'agisse de la véritable Shota ?

Richard était furieux. Il reconnaissait bien là la colère de l'épée, mais décida de ne pas rengainer l'arme.

— Est-ce que ces vêtements vous correspondent vraiment ? le taquina-t-elle. Ou ne sont-ils portés qu'un temps, dans un but précis ?

— Quel est le but de votre apparence actuelle ?

Elle eut l'air surprise.

— Eh bien, de vous plaire, Richard. Voilà tout.

— A l'aide d'une illusion !

— Non.

Sa voix s'adoucit.

— Ce n'est pas une illusion, c'est la manière dont je me vois, la plupart du temps du moins.

Richard ignora sa réponse, désignant Zedd de l'épée.

— Que lui avez-vous fait ?

Elle haussa les épaules.

— Je l'ai simplement empêché de me nuire. Il va bien. Pour le moment du moins.

Ses yeux en amande pétillèrent.

— Je le tuerai plus tard, après que vous et moi aurons discuté.

— Et Kahlan ?

Shota réorienta son regard vers Kahlan, toujours immobile, blême, la bouche tremblante, les yeux accrochés à chacun des mouvements de Shota. Richard savait que Kahlan craignait cette femme davantage que les serpents. Shota fronça les sourcils, puis réafficha son sourire coquet.

— C'est une femme très dangereuse.

Il y avait dans son regard une sagesse qui dépassait de loin celle à laquelle on s'attend chez quelqu'un de cet âge.

— Plus dangereuse encore qu'elle ne s'en doute. Je dois me protéger d'elle. Aussi ai-je fait cela pour qu'elle demeure tranquille. Si elle remue, ils la mordront. Si elle s'en abstient, ils feront de même.

Shota réfléchit un instant.

— Je la tuerai également plus tard, dit-elle d'une voix trop gentille, trop plaisante.

Richard envisagea de la décapiter d'un coup d'épée. Sa rage l'exigeait. Il s'imagina la scène avec force, espérant que Shota la verrait aussi. Puis il apaisa un peu sa colère, sans pour autant la ravaler.

— Et moi ? Vous n'avez pas peur de moi ?

Shota émit un petit rire.

— D'un Chercheur ?

Ses doigts voilèrent ses lèvres comme pour cacher son amusement.

— Non, je ne crois pas.

Richard pouvait à peine se contenir.

— Peut-être que vous devriez.

— Peut-être. En temps normal. Mais ce ne sont pas des temps normaux. Autrement, pourquoi seriez-vous ici ? Pour me tuer ? Vous venez de me sauver.

Elle lui adressa un regard qui signifiait qu'il aurait dû avoir honte de proférer de telles idioties, puis tourna autour de lui. Il tourna sur lui-même, maintenant l'épée entre eux, bien qu'elle semblât ne pas s'en soucier.

78

— Ce sont des temps qui réclament des alliances contre-nature, Richard. Seuls les plus forts sont assez sages pour l'admettre.

Elle s'arrêta et croisa les bras, le toisant avec un sourire pensif.

— Mon héros. Je ne me souviens plus de la dernière fois où quelqu'un a songé à me sauver la vie.

Elle se pencha vers lui.

— Très galant. Je suis sincère.

Elle glissa un bras autour de sa taille. Richard aurait voulu l'interrompre, mais il n'en fit rien.

— Ne vous flattez pas. J'avais mes raisons.

Il trouvait ses manières troublantes, et séduisantes aussi. Rien pourtant n'aurait dû l'attirer chez cette femme. Elle venait d'avouer qu'elle s'apprêtait à tuer deux de ses meilleurs amis, et à en croire l'attitude de Kahlan, il ne s'agissait pas de vaines vantardises. Pire, il avait sorti l'épée, la colère de l'épée. Il se rendit compte que même sa magie était ensorcelée. Il avait l'impression de se noyer et, à sa grande surprise, trouvait cette expérience plaisante.

Le sourire de Shota s'élargit, son regard pétilla.

— Ainsi que je le disais, seuls les plus forts sont assez sages pour ces nécessaires alliances. Le magicien n'était pas suffisamment sage ; il a tenté de me tuer. Elle n'est pas suffisamment sage ; elle souhaitait le faire aussi. Elle ne désirait même pas venir ici. Vous seul étiez assez sage pour voir que ces temps requéraient une alliance comme la nôtre.

— Je ne contracte pas d'alliance avec ceux qui veulent tuer mes amis.

— Même s'ils essaient d'abord de me tuer ? N'aurais-je pas le droit de me défendre ? Devrais-je m'allonger et mourir, parce que c'est par vos amis que le meurtre est perpétré ? Richard, allons, réfléchissez à ce que vous dites. Essayez de comprendre mon point de vue.

Il réfléchit, mais ne répondit rien. Elle étreignit affectueusement sa taille.

— Cependant, vous êtes très galant. Vous, mon héros, avez accompli quelque chose de très rare. Vous avez risqué votre vie pour moi, une sorcière. Ce genre d'exploit ne doit pas rester sans récompense. Vous avez mérité un souhait. Tout ce que vous voulez, contentez-vous de le nommer, et il vous sera accordé.

De sa main libre, elle esquissa des gestes virevoltants.

— N'importe quoi, vous avez ma parole.

Richard faillit ouvrir la bouche, mais Shota posa doucement un doigt sur ses lèvres. Son corps, chaud et ferme sous sa robe légère, se pressa contre lui.

— Ne gâchez pas l'opinion que j'ai de vous avec une réponse trop hâtive. Vous pouvez obtenir tout ce que vous désirez. Ne gaspillez pas votre souhait. Réfléchissez attentivement avant de le formuler. C'est un souhait important, offert pour une bonne raison, probablement le souhait le plus important qui vous sera jamais accordé. Tout empressement pourrait être synonyme de mort.

— Je n'ai pas besoin d'y réfléchir. Mon souhait est que vous ne tuiez pas mes amis. Que vous les épargniez et les laissiez partir.

Shota soupira.

— Je crains que cela ne complique nos affaires.

— Oh ? Alors, votre parole ne veut rien dire ?

Elle lui lança un regard plein de reproche. Sa voix contenait un soupçon d'âpreté.

— Ma parole veut tout dire. Je vous dis simplement que ça complique la situation. Vous êtes venu ici pour chercher la réponse à une question essentielle. Vous obtenez un souhait. Il vous suffit de poser votre question pour que je vous l'accorde. N'est-ce pas ce que vous désirez réellement ? Demandez-vous ce qui revêt le plus d'importance ; combien mourront si vous échouez dans votre mission.

Elle étreignit de nouveau sa taille, son sourire merveilleux réapparut.

— Richard, l'épée vous égare. La magie interfère avec votre jugement. Ecartez-la, et réfléchissez à nouveau. Si vous êtes sage, vous serez d'accord avec mon avertissement, il n'est pas sans fondement.

Richard rengaina furieusement son épée pour lui montrer qu'il ne changerait pas d'avis. Il regarda Zedd, figé sur place, puis Kahlan, couverte de serpents. Quand leurs yeux se rencontrèrent, son cœur pleura pour elle. Il savait ce que Kahlan voulait qu'il fasse ; il le lisait dans ses yeux ; elle voulait qu'il utilise le souhait pour retrouver le coffret. Richard se détourna d'elle, incapable d'assister plus longtemps à son martyre. Il regarda Shota avec détermination.

— J'ai éloigné l'épée, Shota. Ça ne change rien. Vous allez de toute façon répondre à ma question parce que votre existence en dépend aussi. Vous l'avez plus ou moins reconnu. Je ne gaspillerai pas mon souhait. M'en servir pour obtenir une réponse que vous aviez déjà l'intention de me donner serait laisser mourir mes amis pour rien. Maintenant, exaucez mon souhait !

— Cher Richard, fit-elle doucement, les Chercheurs ont besoin de leur colère, mais ne la laissez pas occuper votre esprit et en exclure toute sagesse. Ne jugez pas trop vite des actions que vous n'appréhendez pas totalement. Les actes ne sont pas tous ce qu'ils semblent être. Certains sont censés être salvateurs.

Sa main se leva lentement jusqu'à sa tempe, lui rappelant encore sa mère. Sa gentillesse le tranquillisait, et l'attristait d'une certaine manière. Il sentit alors qu'elle ne lui faisait plus aussi peur qu'avant.

— Je vous en prie, Shota, murmura-t-il. J'ai formulé mon souhait. Exaucez-le.

— Votre souhait, cher Richard, est accordé, annonça-t-elle dans un chuchotement empreint de tristesse.

Il se tourna vers Kahlan. Les serpents l'enveloppaient toujours.

— Shota, vous aviez promis.

— J'ai promis que je ne la tuerais pas et qu'elle pourrait partir. Quand vous vous en irez, elle pourra vous accompagner, je ne la tuerai pas. Mais elle représente toujours un danger pour moi. Si elle reste calme, les serpents ne lui feront pas de mal.

— Vous avez dit que Kahlan voulait vous tuer. C'est faux ; elle m'a conduit ici pour vous demander de l'aide, tout comme moi. Bien qu'elle n'ait pas eu de mauvaises intentions, vous vouliez la tuer. Et maintenant vous lui faites subir ça !

— Richard, vous êtes venu ici en pensant découvrir quelqu'un de maléfique, n'est-ce pas ? Même si vous ne saviez rien à mon sujet, vous étiez prêt à me faire du mal, sur la base de ce que vous aviez inventé dans votre tête. Vous vous êtes fié à ce que vous avez entendu dire. Ce sont les gens jaloux ou apeurés qui prétendent ce genre de choses. Les gens allèguent aussi que l'usage du feu est nocif, et que ceux qui l'utilisent sont mauvais. Est-ce pour autant vrai ? Les gens disent que le vieux magicien est mauvais, et que les gens meurent à cause de lui. Est-ce pour autant vrai ? Certains des membres du Peuple de Boue croient que vous avez apporté la mort dans leur village. Est-ce pour autant vrai, parce que des imbéciles le prétendent ?

— Quelle espèce d'individu essaierait de se faire passer pour ma mère décédée ? demanda-t-il amèrement.

Shota eut l'air sincèrement blessée.

— N'aimiez-vous pas votre mère ?

— Bien sûr que si.

— Quel cadeau plus fantastique pourrait-on offrir, que le retour d'un être cher disparu ? N'avez-vous pas éprouvé de la joie à revoir votre mère ? Ai-je demandé quoi que ce soit en échange ? Ai-je exigé une contrepartie ? Pendant un moment, je vous ai donné quelque chose de merveilleux, de pur, un souvenir vivant de l'amour que vous portiez à votre mère, et de celui qu'elle avait pour vous, ce qui m'a coûté un prix que vous ne pouvez concevoir, et vous considérez que ceci aussi est mal ? Et en conséquence, vous songeriez à me décapiter avec votre épée ?

La gorge de Richard se serra, mais il ne répondit pas. Il détourna le regard, se sentant honteux, soudain.

— Votre esprit est-il à ce point contaminé par les paroles des autres ? Par leurs craintes ? Tout ce que je demande est d'être jugée pour mes actes, d'être considérée pour ce que je suis, pas pour ce que les autres disent de moi. Richard, ne soyez pas un soldat dans cette armée silencieuse d'imbéciles.

Richard resta muet en entendant ses propres convictions sortir de la bouche de Shota.

— Regardez autour de vous, dit-elle, balayant l'air de la main. Est-ce un lieu de laideur ? De malheur ?

— C'est le plus bel endroit que j'aie jamais vu, concéda Richard d'une voix douce. Mais cela ne prouve rien, et qu'en est-il de là-haut ?

Il pointa le menton en direction du bois sombre au-dessus d'eux.

Elle jeta un bref coup d'œil.

— Considérez-le comme mes douves.

Shota sourit fièrement.

— Il me protège des idiots qui me voudraient du mal.

Richard gardait la question la plus difficile pour la fin.

— Et qu'en est-il de lui ?

Il loucha vers l'ombre, où Samuel se tapissait, les épiant de ses yeux jaunes luisants.

Tout en regardant Richard, elle appela, d'une voix lourde de regrets :

— Samuel, viens ici.

La créature dégoûtante traversa la surface herbeuse en trottinant jusqu'à sa maîtresse et se colla contre elle, poussant un étrange gargouillement guttural. Les yeux de Samuel s'arrêtèrent sur l'épée et n'en bougèrent plus. La main de Shota s'abaissa, caressa affectueusement son crâne grisâtre. Elle adressa à Richard un sourire chaleureux.

— Je suppose qu'une présentation dans les règles est de rigueur. Richard, puis-je vous présenter Samuel, votre prédécesseur. L'ancien Chercheur.

— Mon épée ! Donne ! cria Samuel en tendant les bras.

Shota prononça son nom d'un ton sec, sans quitter le regard de Richard ; la petite créature se calma instantanément et revint fourrer son nez contre sa hanche.

— Mon épée, gémit-elle à voix basse.

— Pourquoi ressemble-t-il à ça ? s'enquit prudemment Richard, craignant la réponse.

— Vous ne savez pas, vraiment ?

Le sourire triste de Shota refleurit.

— La magie. Le magicien ne vous a-t-il pas prévenu ?

Richard secoua lentement la tête, incapable d'articuler le moindre mot. Sa langue était soudée à son palais.

— Eh bien, je vous suggère d'avoir une discussion avec lui.

Il se força à parler, mais fut tout juste audible.

— Vous voulez dire que la magie me transformera de façon similaire ?

— Je suis navrée, Richard, je ne peux pas répondre à cela.

Elle soupira.

— L'un de mes talents consiste à pouvoir discerner le cours du temps, la manière dont les événements fluctuent dans le futur. Mais là, il s'agit d'un type de magie qui ne me permet pas de voir l'avenir.

« Samuel était le dernier Chercheur. Il est venu ici voilà de nombreuses années, désespérément avide d'aide. Mais je ne pouvais rien faire pour lui, à part le prendre en pitié. Alors, un jour, le vieux magicien est arrivé et s'est emparé de l'épée.

Elle haussa un sourcil d'un air entendu.

— Ce fut une expérience très désagréable — pour nous deux. J'ai peur de devoir admettre que je ne porte pas ce vieillard dans mon cœur.

Son visage s'adoucit de nouveau.

— Aujourd'hui encore Samuel considère que l'Epée de Vérité lui appartient. Mais je ne suis pas dupe. Les magiciens, depuis toujours, sont les gardiens de l'épée, et ne la confient aux simples Chercheurs que pour une période limitée.

Richard se souvint de ce que Zedd lui avait raconté : pendant que le dernier prétendu Chercheur était distrait par une sorcière, il était allé reprendre l'épée. Voilà ce Chercheur, voilà cette sorcière. Kahlan avait tort. Il existait au moins un magicien qui avait osé s'aventurer sur le Plateau d'Agaden.

— Peut-être est-ce parce qu'il n'était pas réellement Chercheur, bredouilla Richard, tentant de se rassurer.

Le visage de Shota afficha une inquiétude sincère.

— Peut-être. Je ne sais pas.

— Ce doit être ça, chuchota-t-il. C'est obligé. Zedd m'aurait averti, autrement. C'est mon ami.

L'inquiétude céda le pas à la gravité.

— Richard, des choses plus importantes que l'amitié sont en jeu. Zedd en a conscience, et vous aussi ; après tout, vous avez préféré ces choses à la vie de votre ami.

Richard leva les yeux vers Zedd. Il désirait tant lui parler. Il en avait tellement besoin maintenant. Pouvait-il avoir préféré le coffret d'Orden à la vie de Zedd si facilement, sans hésitation ?

— Shota, vous avez promis de le laisser partir.

Les yeux de Shota étudièrent son visage un moment.

— Je suis désolée, Richard.

Elle fit un geste de la main en direction de Zedd. Celui-ci chancela, puis disparut.

— Il ne s'agissait que d'une petite tromperie. Une démonstration. Ce n'était pas vraiment le vieux magicien.

Richard songea qu'il aurait dû être en colère, mais il était simplement froissé par cette tromperie et regrettait que Zedd ne fût pas là, avec lui. Puis une vague de terreur glacée déferla en lui.

— S'agit-il réellement de Kahlan ? Ou l'avez-vous déjà tuée ?

Shota soupira.

— J'ai peur qu'elle soit tout ce qu'il y a de plus réel. Et c'est bien là le problème.

Elle le prit par le bras et le conduisit jusqu'à Kahlan. Samuel les suivit.

Shota examina Kahlan durant un moment, apparemment perdue dans ses pensées, comme en proie à un dilemme. Richard voulait seulement la débarrasser des serpents. Malgré les paroles de la sorcière à propos d'aide et d'amitié, Kahlan était toujours terrifiée, et pas à cause des serpents. C'était Shota que ses yeux suivaient, de la même façon que les yeux d'un animal pris au piège suivent le trappeur, et non le piège.

— Richard, demanda Shota, tandis qu'elle soutenait le regard de Kahlan, seriez-vous capable de la tuer si vous le deviez ? Si elle représentait un danger pour votre entreprise, auriez-vous le courage de la tuer ? Si cela signifiait sauver la vie de tous les autres ? La vérité, maintenant.

Elle avait dit cela d'un ton léger, mais ses paroles le transpercèrent telle une dague de glace. Richard croisa les yeux écarquillés de Kahlan, puis dévisagea la femme à ses côtés.

— Elle est mon guide. J'ai besoin d'elle, dit-il simplement.

De grands yeux en amande lui rendirent son regard.

— Cela, Chercheur, ne répond pas à ma question.

Richard se tut, il essayait de ne pas trahir ses émotions.

Shota afficha un sourire de regret.

— C'est ce que je pensais. Et c'est pourquoi vous avez commis une erreur avec votre souhait.

— Je n'ai pas commis d'erreur, protesta Richard. Si je ne l'avais pas utilisé comme je l'ai fait, vous l'auriez tuée !

— Oui, acquiesça Shota sinistrement, je l'aurais fait. L'image de Zedd était une épreuve. Vous avez réussi, et en guise de récompense, je vous ai offert un souhait, non pas pour que vous obteniez quelque chose que vous désirez, mais pour que je puisse accomplir une action pénible en votre faveur, parce que vous manquez du courage nécessaire. C'était votre seconde épreuve. Cette épreuve, mon cher jeune homme, vous l'avez ratée. Je me dois d'honorer votre souhait. Voilà votre erreur ; vous auriez dû m'autoriser à la tuer à votre place.

— Vous êtes folle ! D'abord vous me racontez que vous n'êtes pas mauvaise, que je devrais vous juger sur vos actions, et maintenant vous révélez votre vraie personnalité en me déclarant que j'ai commis une erreur en ne vous permettant pas de tuer Kahlan ! Et au nom de quoi ? D'une quelconque menace invisible ? Elle n'a rien fait pour vous menacer. Son seul désir est d'arrêter Darken Rahl, comme moi. Comme vous !

Shota écouta patiemment jusqu'à ce qu'il ait terminé. Une fois encore, quelque chose d'intemporel traversa son regard.

— Vous n'écoutiez donc pas quand j'ai dit que tous les actes n'étaient pas ce qu'ils semblaient être ? Que certains étaient censés vous sauver ? Une fois encore, vous jugez trop hâtivement, sans connaître tous les faits.

— Kahlan est mon amie. C'est le seul fait qui compte.

Shota prit une inspiration, comme si elle s'efforçait de rester sereine, tel celui qui essaie d'inculquer une leçon à un enfant. Du coup, il se sentit un peu stupide.

— Richard, écoutez-moi. Darken Rahl a mis les coffrets d'Orden en jeu. S'il l'emporte, plus personne ne détiendra la puissance indispensable pour refréner ses ambitions. Jamais. Des multitudes de gens mourront. Vous, moi. Il est de mon intérêt de vous aider parce que vous êtes le seul qui ait une chance de l'arrêter. Comment, pourquoi, je l'ignore, mais je discerne le flux du pouvoir. Vous êtes le seul à avoir une chance.

« Cela ne signifie pas que vous réussirez, mais seulement que vous avez une chance. Peu importe qu'elle soit infime, elle est en vous. Sachez également qu'il existe des forces dont la vocation est de vous anéantir avant que vous ne puissiez saisir cette chance. Le vieux magicien ne possède pas le pouvoir d'arrêter Rahl. C'est pourquoi il vous a confié l'épée. Je ne possède pas non plus le pouvoir d'arrêter Rahl. Mais j'ai en revanche le pouvoir de vous aider. C'est tout ce que je désire faire. Je m'aide ainsi moi-même. Je ne veux pas mourir. Si Rahl gagne, c'est ce qui m'arrivera.

— Je sais tout cela. C'est pourquoi j'ai dit que vous répondriez à ma question sans que j'aie besoin d'utiliser mon souhait.

— Mais il y a d'autres éléments que je connais et que vous ignorez, Richard.

Son merveilleux visage l'étudia avec une tristesse qui l'affligea. Ses yeux contenaient le même feu que ceux de Kahlan ; le feu de l'intelligence. Richard sentait qu'elle avait besoin de lui venir en aide. Il craignit soudain ce qu'elle savait, parce qu'il réalisa qu'il s'agissait simplement de la vérité. Richard remarqua que Samuel scrutait l'épée et devint conscient de sa propre main gauche, qui reposait sur la poignée, conscient de l'énergie avec laquelle il l'agrippait, et de la pression qu'exerçaient les lettres du mot *Vérité* dans sa paume.

— Shota, quels sont ces éléments dont vous avez connaissance ?

— Le plus simple en premier, soupira-t-elle. Vous savez comment vous avez dévié le feu magique grâce à l'épée ? Travaillez ce mouvement. Je vous ai infligé ce test pour une bonne raison. Zedd utilisera le feu contre vous. Seulement, la prochaine fois, ce sera pour de vrai. Le cours du temps ne dit pas qui triomphera, mais juste que vous avez une chance de le battre.

Les yeux de Richard s'écarquillèrent.

— Ce ne peut être vrai...

— Aussi vrai, dit-elle, que le croc donné par un père pour désigner le gardien du livre.

Il fut profondément ébranlé.

— Et je ne sais pas qui est le gardien. Vous devrez le découvrir vous-même.

Richard eut du mal à poser la question suivante.

— Vous avez commencé par le plus simple, qu'en est-il du reste ?

Elle regarda Kahlan, immobile comme la pierre tandis que les serpents se tortillaient sur elle.

— Je sais ce qu'elle est, et en quoi elle représente une menace pour moi...

Sa voix s'estompa. Elle se retourna vers lui.

— Il est évident que vous ignorez ce qu'elle est, sinon vous ne l'accompagneriez pas. Kahlan dispose d'un pouvoir. Un pouvoir magique.

— Je sais cela, avança précautionneusement Richard.

— Richard, dit Shota, je suis une sorcière. Ainsi que je l'ai dit, l'un de mes pouvoirs consiste à deviner le cours que doivent prendre les événements. C'est l'une des raisons pour lesquelles les idiots me craignent.

Son visage s'approcha du sien. Son haleine embaumait la rose.

— Je vous en prie, Richard, ne devenez pas l'un de ces idiots ; ne me craignez pas à cause de choses sur lesquelles je n'exerce aucun contrôle. Je suis capable de voir l'avenir mais je ne peux le maîtriser, et encore moins le dicter. Ne croyez pas que le voir m'enchante. Seule l'action au présent peut nous permettre de modifier ce qui adviendrait autrement. Ayez la sagesse d'utiliser la vérité à votre avantage, ne vous contentez pas de la critiquer.

— Et quelle vérité voyez-vous, Shota ? murmura-t-il.

L'intensité du regard de Shota lui coupa le souffle.

— Kahlan possède un pouvoir, et si personne ne la tue, elle se servira de ce pouvoir contre vous. Il ne peut y avoir de doute quant à la véracité de cette affirmation. Votre épée peut vous protéger contre le feu magique, mais elle sera sans effet contre Kahlan.

Richard chancela, comme blessé en plein cœur.

— Non ! chuchota Kahlan.

Ils la regardèrent tous les deux, sa figure se contorsionnait de douleur.

— Je ne le ferai jamais ! Shota, je le jure, je ne pourrai jamais lui infliger cela.

Des larmes ruisselaient sur ses joues. Shota s'approcha d'elle et lui caressa tendrement le visage pour la consoler.

— Si l'on ne vous tue pas, mon enfant, j'ai bien peur que vous ne le fassiez.

Son pouce essuya une larme qui roulait.

— Vous avez déjà failli, une fois, dit Shota sur un ton surprenant de compassion. C'est vrai, n'est-ce pas ? Avouez-lui. Avouez la vérité.

Les yeux de Kahlan se fixèrent brusquement sur Richard. Il plongea dans leur profondeur verte et se souvint des trois fois où elle l'avait touché pendant qu'il tenait l'épée, et comment ce contact avait provoqué l'avertissement magique.

La dernière fois, c'était chez le Peuple de Boue, lorsque les créatures obscures avaient attaqué, la réaction de la magie avait été si forte qu'il l'avait presque passée par le fil de l'épée avant de se rendre compte de qui il s'agissait.

Kahlan fronça les sourcils, détourna le regard. Elle se mordit la lèvre inférieure alors qu'un petit gémissement s'échappait de sa gorge.

— Est-ce vrai ? s'enquit Richard dans un murmure. As-tu été à un cheveu d'utiliser ton pouvoir contre moi, ainsi que l'affirme Shota ?

Kahlan blêmit. Elle ferma les yeux et articula en une longue et déchirante plainte :

— Je vous en supplie, Shota. Tuez-moi. Vous le devez. J'ai voué mon existence à la défense de Richard, afin d'arrêter Darken Rahl. S'il vous plaît. C'est le seul moyen. Vous devez me tuer.

— Je ne peux pas, murmura Shota. J'ai exaucé un vœu. Un vœu très stupide.

Richard pouvait à peine supporter de voir ce qu'endurait Kahlan en demandant de mourir. La boule dans sa gorge menaçait de l'étouffer.

Kahlan hurla tout à coup et leva les bras, pour inciter les serpents à la mordre. Richard se précipita vers elle,

mais ils avaient disparu. Kahlan tâta son corps, cherchant des reptiles qui n'étaient plus là.

— Je suis navrée, Kahlan. Si je les avais laissés vous
mordre, cela aurait brisé le souhait que j'ai accordé.

Kahlan s'effondra à genoux, le visage contre terre, les
doigts enfoncés dans le sol.

— Je suis tellement désolée, Richard, pleura-t-elle.

Ses poings se cramponnèrent à l'herbe, puis à son
pantalon.

— Je t'en prie, Richard, sanglota-t-elle, je t'en prie.
J'ai juré de te protéger. Tant de gens sont déjà morts.
Prends l'épée et tue-moi. Fais-le. S'il te plaît, Richard,
tue-moi !

— Kahlan... je ne pourrai jamais...

Il ne parvint pas à terminer sa phrase.

— Richard, dit Shota, elle-même au bord des larmes,
si elle n'est pas tuée, alors avant que Rahl n'ouvre les
coffrets, elle utilisera son pouvoir contre vous. Je n'ai
aucun doute là-dessus. Aucun. Cette situation ne peut
être changée si elle vit. J'ai exaucé votre vœu, je ne peux
pas la tuer. Donc c'est à vous d'agir.

— Non ! s'exclama-t-il.

Kahlan se lamenta de nouveau d'angoisse et dégaina
son couteau. Tandis qu'elle le brandissait pour se transpercer le flanc, Richard attrapa son poignet.

— Je t'en supplie, Richard, cria-t-elle, tombant contre lui, tu ne comprends pas. Je le dois. Si je vis, je serai
responsable de ce qu'accomplira Rahl. De tout ce qui
arrivera.

Richard la releva et lui tordit le bras dans le dos de
façon qu'elle ne puisse pas utiliser le couteau contre
elle. Il darda un regard plein de colère sur Shota, qui
observait la scène. Ces prédictions pouvaient-elles contenir un soupçon de vérité ? Etait-ce possible ? Il
regretta de ne pas avoir écouté Kahlan et d'être venu
ici.

Il lâcha Kahlan quand il se rendit compte qu'il lui
faisait mal et se demanda d'un air hébété s'il ne devait
pas la laisser se suicider.

— S'il vous plaît, Richard, dit Shota, les larmes aux
yeux, haïssez-moi pour ce que je suis si vous le désirez,

mais ne me détestez pas parce que je vous ai appris la vérité.

— La vérité telle que vous la percevez, Shota ! Mais peut-être pas la vérité telle qu'elle se manifestera. Je ne tuerai pas Kahlan.

Shota hocha tristement la tête.

— C'est la Reine Milena qui détient le dernier coffret d'Orden, dit-elle d'une voix à peine plus forte qu'un murmure. Mais écoutez bien : elle ne le possédera plus très longtemps. Cela, bien sûr, si vous choisissez de croire la vérité telle que je la vois.

Elle pivota vers son compagnon.

— Samuel, appela-t-elle gentiment, guide-les hors du plateau. Ne dérobe rien qui leur appartienne. Je serais très mécontente si tu le faisais. Cela inclut l'Epée de Vérité.

Richard remarqua une larme qui coulait sur sa joue. Elle se détourna et commença à remonter la route. Puis elle s'arrêta un instant. Sa splendide chevelure châtaine cascadait sur ses épaules.

— Lorsque tout sera terminé, annonça-t-elle enfin d'une voix qui se cassa sous l'émotion, et s'il advenait que vous réussissiez... ne revenez jamais ici. Si vous le faites... je vous tuerai.

Elle reprit sa progression en direction de son palais.

— Shota, murmura-t-il d'une voix enrouée, je suis navré.

Elle ne s'arrêta ni ne se retourna.

5

Au détour d'un couloir, elle faillit lui rentrer dans les jambes, tellement il marchait silencieusement. Ses yeux remontèrent sur la longue chasuble d'argent.

— Giller ! Vous m'avez fait peur !

— Désolé, Rachel, je ne voulais pas t'effrayer.

Il regarda devant et derrière eux puis s'accroupit.

— Où allais-tu ?

— Faire des courses, lui répondit-elle en expirant

profondément. La Princesse Violette m'ordonne d'aller morigéner les cuisiniers pour elle, d'aller dire aux blanchisseuses qu'elle a trouvé une tache de sauce sur l'une de ses robes, qu'elle ne mettrait jamais de sauce sur ses robes, que c'est donc elles qui doivent l'avoir faite, et que si jamais elles recommençaient, elle ordonnerait qu'elles soient décapitées. Je ne veux pas leur dire ça, elles sont sympathiques.

Elle effleura les jolis galons argentés sur la manche de Giller.

— Mais elle a dit que si je ne le répétais pas, j'aurais beaucoup d'ennuis.

Giller hocha la tête.

— Eh bien, contente-toi de faire ce qu'elle dit, je suis sûr que les blanchisseuses comprendront qu'il ne s'agit pas vraiment de tes paroles.

Rachel scruta ses grands yeux sombres.

— Tout le monde sait qu'elle barbouille ses robes de sauce.

Giller eut un rire paisible.

— Tu as raison, j'en ai moi-même été témoin. Mais on ne fait pas fortune en tirant la queue d'un blaireau endormi.

Elle ne comprit pas et fit la grimace.

— Cela signifie que tu auras des ennuis si tu le lui fais remarquer, aussi vaut-il mieux rester muette.

Rachel acquiesça ; elle savait que c'était vrai. Giller parcourut encore le couloir du regard, mais il n'y avait personne d'autre dans les parages.

Il se pencha vers elle et chuchota :

— Je suis désolé de ne pas avoir pu te parler avant. As-tu trouvé ta poupée problème ?

Elle fit oui de la tête avec un sourire.

— Je vous remercie infiniment, Giller. Elle est merveilleuse. J'ai été envoyée dehors deux fois depuis que vous me l'avez offerte. Elle m'a confié que je ne devais pas vous adresser la parole tant que vous ne me disiez pas que c'était sans danger, aussi ai-je attendu. Nous avons discuté et discuté encore, et elle m'a aidée à me sentir tellement mieux.

— J'en suis ravi, mon enfant.

Il sourit.

— Je l'ai appelée Sara. Une poupée se doit d'avoir un nom, vous savez.

— Vraiment ?

Il haussa un sourcil.

— J'ignorais totalement ce détail. Eh bien, Sara est un joli nom pour elle, dans ce cas.

Rachel sourit ; elle était heureuse que Giller aime le nom de sa poupée. Elle passa un bras autour de son cou et plaça son visage près de son oreille.

— Sara m'a également raconté ses soucis, murmura-t-elle. Je lui ai promis de vous aider. Je ne savais pas que vous vouliez aussi vous enfuir. Quand pourrons-nous partir, Giller ? J'ai de plus en plus peur de la Princesse Violette.

Sa grosse main tapota son dos lorsqu'elle l'étreignit.

— Bientôt, mon enfant. Mais nous devons préparer certaines choses auparavant, pour ne pas être découverts. Il ne faudrait pas que l'on nous suive, nous retrouve et nous ramène, n'est-ce pas ?

Rachel secoua la tête contre son épaule ; c'est alors qu'elle entendit des bruits de pas. Giller se remit debout et sonda le couloir.

— Rachel, il serait très fâcheux que l'on nous voie bavarder. Quelqu'un pourrait... apprendre l'existence de la poupée. De Sara.

— Je ferais mieux de m'en aller, dit-elle précipitamment.

— Pas le temps. Appuie-toi contre le mur, montre-moi combien tu peux être courageuse et tranquille.

Elle fit ce qu'il lui enjoignait et il se mit devant elle, la dissimulant dans les replis de son habit. Rachel devina le cliquètement de plusieurs armures. Juste quelques sentinelles, songea-t-elle. Puis elle entendit les petits aboiements. Le chien de la Reine ! Il devait s'agir de la Reine escortée de ses gardes ! Ils seraient dans de beaux draps si la Reine la trouvait cachée derrière le magicien. Elle pourrait tout découvrir à propos de la poupée ! Elle se tapit plus étroitement dans les plis ténébreux. La chasuble remua un peu lorsque Giller fit la révérence.

— Votre Majesté, dit-il en se redressant.

— Giller ! dit-elle de sa méchante voix. Que faites-vous à rôder en ces lieux ?

— Rôder, Votre Majesté ? Je pensais qu'il entrait dans mes fonctions de vérifier justement que personne ne rôde. Je m'assurais simplement que le sceau magique fermant la chambre aux joyaux n'avait pas été altéré.

Rachel entendit le petit chien renifler le bas de l'habit de Giller.

— Si tel est votre bon plaisir, Votre Majesté, j'abandonnerai cette question au destin et je n'enquêterai pas là où l'inquiétude me guide.

Le petit chien s'approchait d'elle, elle percevait son sniff, sniff, sniff.

— Nous nous contenterons tous d'aller au lit ce soir après une simple prière aux bons esprits pour leur demander qu'à l'arrivée du Père Rahl tout se passe bien. Et si quoi que ce soit cloche, eh bien, nous lui dirons sans ambages que nous voulions que personne ne *rôde*, et que nous n'avons pas vérifié. Peut-être comprendra-t-il.

Le petit chien commença à grogner. Les larmes montaient aux yeux de Rachel.

— Ne vous froissez pas, Giller, je ne faisais que poser une question.

Rachel vit le petit museau noir s'insinuer sous l'habit.

— Trésor, qu'as-tu trouvé là ? Qu'y a-t-il, mon petit Trésor ? s'écria la Reine.

Le chien grogna puis lança un léger aboiement. Giller recula un peu, la poussant contre le mur. Rachel essaya de se concentrer sur Sara, regrettant qu'elle ne soit pas avec elle en ce moment.

— Qu'y a-t-il, Trésor ? Que flaires-tu ?

— J'ai bien peur, Votre Majesté, d'avoir également *rôdé* dans les écuries, je suis quasiment certain que c'est ce que sent votre chien.

— Les écuries ? demanda-t-elle d'un ton toujours aussi méchant. Qu'est-ce qui pourrait bien vous pousser à inspecter les écuries ?

La Reine se pencha vers son chien.

— Que fais-tu donc là, Trésor ?

Le chien passa sa tête sous l'habit et se mit à aboyer.

Alors Giller plongea les doigts dans une poche, où il prit une pincée de poudre étincelante qu'il lâcha sur la truffe de l'animal, qui se mit à éternuer. Puis Rachel aperçut la main de la Reine venir le cueillir.

— Là, là, mon petit Trésor. Tout va bien maintenant. Pauvre petit chéri.

Rachel l'entendit embrasser le museau du chien ainsi qu'elle aimait le faire sans cesse ; puis elle aussi éternua.

— Vous disiez, Giller ? Que fait donc un magicien dans des écuries ?

— Je disais, Votre Majesté (la voix de Giller pouvait également adopter un ton acerbe, que Rachel trouvait drôle quand il l'employait pour s'adresser à la Reine), que si vous étiez un assassin, et que vous vouliez pénétrer dans le château royal et larder la Reine d'une bonne grosse flèche, jugeriez-vous préférable de passer par la grille principale ? Ou alors préféreriez-vous entrer dissimulé dans un chariot avec votre arc, peut-être sous une meule de foin, ou derrière quelques sacs, pour sortir des écuries à la faveur de l'obscurité ?

— Eh bien... je... mais, y a-t-il, croyez-vous... avez-vous découvert quelque chose... ?

— Cependant, puisque vous ne voulez pas que je rôde dans les écuries non plus, eh bien, je vais également effacer cela de ma liste ! Mais si vous n'y voyez pas d'inconvénient, dorénavant, lorsque nous paraîtrons en public, je me tiendrai à distance. Je n'apprécierais pas d'être dans la ligne de mire si certains de vos sujets désiraient prouver de loin leur amour pour leur Reine.

— Magicien Giller (sa voix était aimable, tout à coup, comme quand elle parlait au chien), veuillez me pardonner. J'ai été surmenée ces derniers temps, avec l'arrivée prochaine du Père Rahl. Je désire simplement que tout se déroule convenablement ; alors nous aurons tout ce que nous voulons. Je sais que vous n'avez que mes intérêts à cœur. Veuillez poursuivre vos investigations, et oubliez la sottise momentanée d'une dame.

— Comme vous le souhaitez, Votre Majesté.

Il fit de nouveau la révérence.

La Reine s'éloigna en éternuant ; puis Rachel entendit ses pas sourds et les armures cliquetantes s'arrêter.

— A propos, magicien Giller, lança-t-elle par-dessus son épaule, vous ai-je dit qu'un messager était venu ? Pour m'annoncer que le Père Rahl serait là plus tôt que prévu. Beaucoup plus tôt. Demain, en fait. Il espère que le coffret scellera notre alliance, bien sûr. Veuillez y veiller.

La jambe de Giller se tendit si brutalement qu'elle faillit renverser Rachel.

— Bien sûr, Votre Majesté.

Il s'inclina de nouveau.

Il attendit que la Reine ait disparu avant de prendre Rachel dans ses bras et de la tenir contre sa hanche. Il était tout pâle. Il posa un doigt sur ses lèvres, pour qu'elle sache qu'il désirait qu'elle demeure muette. Il tendit le cou, scrutant à nouveau le couloir.

— Demain ! grommela-t-il pour lui-même. Maudits soient les esprits, je ne suis pas prêt.

— Que se passe-t-il, Giller ?

— Rachel, murmura-t-il, son grand nez aquilin près du sien, la Princesse est-elle dans sa chambre en ce moment ?

— Non, répondit Rachel tout aussi bas. Elle est allée choisir une étoffe pour sa nouvelle robe, pour la prochaine visite du Père Rahl.

— Sais-tu où la Princesse conserve la clef de la chambre aux joyaux ?

— Oui. Si elle ne la porte pas sur elle, elle la conserve dans son secrétaire. Dans le tiroir à côté de la fenêtre.

Il partit en direction de la chambre de la Princesse Violette. Ses pieds étaient si silencieux sur les tapis qu'elle ne parvenait même pas à distinguer le bruit de ses pas.

— Changement de plan, mon enfant. Peux-tu être courageuse pour moi ? Et pour Sara ?

Elle acquiesça et enlaça son cou pour se tenir car il accélérait l'allure. Il dépassa toutes les portes de bois sombres aux voûtes en ogive, jusqu'à ce qu'il atteigne la plus imposante, une double porte en retrait dans un couloir annexe, dont le montant en pierre était entièrement sculpté. C'était la chambre de la Princesse. Il la serra fort.

— Très bien, chuchota-t-il, entre et prends la clef. Je resterai dehors et ferai le guet.

Il la posa par terre.

— Fais vite.

Il referma la porte derrière elle.

Les rideaux étaient ouverts, laissant filtrer le soleil, si bien qu'elle vit immédiatement que la pièce était vide. Le feu se consumait, et les serviteurs n'étaient pas encore venus en préparer un autre pour le soir. Le grand lit à baldaquin de la Princesse était déjà fait. Rachel aimait cet édredon orné de jolies fleurs. Il était assorti au dais et aux rideaux. Elle ne comprenait pas pourquoi la Princesse avait besoin d'un lit aussi grand. Il était assez spacieux pour accueillir dix personnes. A l'orphelinat, six filles dormaient ensemble dans un lit deux fois plus petit, et l'édredon était ordinaire. Elle se demanda comment on se sentait dans celui de la Princesse. Elle ne s'était même jamais assise dessus.

Mais Giller voulait qu'elle se dépêche, aussi traversa-t-elle la pièce, foulant le tapis de fourrure, jusqu'au secrétaire ciré en bois tourné. Elle passa les doigts dans la poignée dorée et ouvrit le tiroir. Cela la rendait nerveuse, bien qu'elle l'eût déjà fait sans la permission de la Princesse. La grosse clef de la chambre aux joyaux était dans le gousset de velours écarlate, juste à côté de la petite clef de sa malle de couchage. Elle la mit dans sa poche et referma le tiroir.

Alors qu'elle s'apprêtait à se diriger vers la porte, elle avisa le coin où se trouvait sa malle. Elle savait que Giller voulait qu'elle se dépêche, mais elle courut quand même jusqu'à elle — elle devait vérifier. Elle se glissa à l'intérieur, dans l'obscurité, et alla dans le coin du fond où la couverture était pliée. Prudemment, elle la déroula.

Sara lui rendit son regard. La poupée était exactement là où elle l'avait laissée.

— Je dois faire vite, murmura-t-elle. Je reviendrai plus tard.

Rachel embrassa la tête de la poupée et l'enveloppa de nouveau dans la couverture, la dissimulant dans le coin afin que personne ne la trouve. Elle savait qu'elle prenait des risques en emmenant Sara au château, mais elle ne supportait pas l'idée de l'abandonner dans le pin rebelle, toute seule. Elle savait à quel point la solitude et la peur l'accableraient, là-bas.

Ensuite, elle courut à la porte, l'entrebâilla et interrogea Giller du regard. Il hocha la tête et lui fit signe qu'elle pouvait sortir.

— La clef ?

Elle l'extirpa de la poche où elle gardait sa baguette de feu magique et la lui montra. Il sourit et lui dit qu'elle était une gentille petite fille. Personne ne lui avait jamais dit cela auparavant, du moins pas depuis longtemps. Il la souleva de nouveau et longea rapidement le couloir pour descendre ensuite l'étroit et sombre escalier de service. Elle distinguait à peine le bruit de ses pas sur la pierre. Ses favoris lui chatouillaient le visage. En bas, il la reposa.

— Rachel, dit-il, s'accroupissant près d'elle, écoute attentivement, c'est très important, ce n'est pas un jeu. Nous devons sortir du château, ou nous serons tous les deux décapités, comme Sara te l'a dit. Mais nous devons nous y prendre intelligemment, ou nous serons rattrapés. Si nous agissons trop hâtivement, sans d'abord effectuer certaines opérations indispensables, nous serons découverts. Et si nous agissons trop lentement, euh... il vaut mieux ne pas être trop lent.

Des larmes lui montaient aux yeux.

— Giller, j'ai peur qu'on me coupe la tête, on dit que ça fait horriblement mal.

Giller la serra contre lui.

— Je sais, mon enfant. J'ai peur, moi aussi.

Il mit les mains sur ses épaules, la tenant droite pendant qu'il la fixait dans les yeux.

— Mais si tu me fais confiance, si tu agis exactement selon mes instructions, si tu te montres suffisamment brave, nous sortirons d'ici et irons là où personne ne coupe la tête des gens, ni ne les enferme dans des malles, où tu pourras avoir une poupée sans que les gens te la confisquent pour la jeter au feu. D'accord ?

Ses larmes commencèrent à refluer.

— Ce serait merveilleux, Giller.

— Mais tu dois être brave et faire ce que je te dis. Cela risque d'être difficile par moments.

— Je le promets.

— Je promets quant à moi, Rachel, que je ferai l'impossible pour te protéger. Nous sommes impliqués dans cette affaire ensemble, toi et moi, mais une multitude d'autres gens dépendent également de nous. Si nous faisons du bon travail, nous serons capables d'arranger tout ça pour que beaucoup d'innocents ne se fassent plus décapiter.

Ses yeux s'écarquillèrent.

— Oh, j'aimerais vraiment ça, Giller. Je déteste que les gens se fassent décapiter. Ça m'épouvante terriblement.

— Très bien, alors, la première chose que j'ai besoin que tu fasses est d'aller invectiver les cuisiniers, ainsi que tu es censée le faire, et pendant que tu es aux cuisines, prends une grosse miche de pain, la plus grosse que tu pourras dénicher. Peu importe comment tu te la procureras, vole-la si tu le dois. Pourvu que tu la prennes. Puis apporte-la dans la chambre aux joyaux. Utilise la clef et attends-moi à l'intérieur. Je dois m'occuper d'autres questions. Je t'en dirai plus à ce moment-là. Peux-tu faire cela ?

— Bien sûr, dit-elle. Facile.

— Alors vas-y.

Elle franchit la porte qui donnait sur le grand couloir du rez-de-chaussée tandis que Giller disparaissait en haut des marches sans un bruit. L'escalier qui conduisait aux cuisines était à l'autre bout, de l'autre côté du grand escalier central que la Reine utilisait. Rachel aimait y grimper en compagnie de la Princesse parce qu'il était moquetté et n'était pas froid comme les degrés de pierre qu'elle était supposée utiliser quand on l'envoyait faire des commissions. Le couloir s'élargissait au milieu, là où le grand escalier descendait vers une large salle dallée de carreaux de marbre noirs et blancs.

Elle essayait de penser à un moyen de récupérer une grosse miche de pain sans la voler, quand elle aperçut la Princesse Violette qui traversait la salle vers le grand escalier. La couturière royale et deux de ses assistantes la suivaient, les bras chargés de rouleaux d'un ravissant tissu rose. Rachel chercha en vitesse un endroit où se cacher, mais la Princesse l'avait déjà repérée.

— Rachel, dit la Princesse, viens ici.

Rachel s'approcha et fit la révérence.

— Oui, Princesse Violette ?

— Que fais-tu ?

— J'effectuais mes commissions. Je me rendais aux cuisines à l'instant.

— Bon... ne te soucie plus de cela.

— Mais, Princesse Violette, je le dois !

La Princesse renâcla.

— Pourquoi ? Je viens de te dire que ce n'était pas la peine.

Rachel se mordit la lèvre ; et tenta de réfléchir à la réponse que ferait Giller.

— Eh bien, si vous ne voulez pas que j'y aille, je n'irai pas, déclara-t-elle. Mais votre déjeuner était tout bonnement répugnant, et je détesterais vous voir avaler un autre de ces atroces repas. Vous devez mourir d'envie de manger quelque chose de convenable. Mais si vous ne voulez pas que j'aille le leur dire, je m'en abstiendrai.

La Princesse médita une minute.

— Après mûre réflexion, vas-y, c'était atroce. Assure-toi de leur dire également à quel point je suis furieuse !

— Oui, Princesse Violette.

Elle fit la révérence, pivota et s'éloigna.

— Je vais faire un essayage, lui lança la Princesse. Ensuite j'aimerais aller à la chambre aux joyaux et essayer quelques bidules pour aller avec ma nouvelle robe. Lorsque tu en auras fini avec les cuisiniers, va chercher la clef et attends-moi dans la chambre aux joyaux.

Rachel eut l'impression que sa bouche était irrémédiablement collée.

— Mais, Princesse, ne préféreriez-vous pas patienter jusqu'à demain, quand la robe sera terminée, pour voir si les bijoux sont bien assortis ?

La Princesse Violette parut surprise.

— Eh bien, oui, ce serait parfait de voir les bijoux en même temps que la robe.

Elle médita durant une autre minute, puis entama la montée des marches.

— Je suis contente d'y avoir pensé.

Rachel lâcha un soupir, puis se dirigea vers l'escalier de service. La Princesse la rappela d'en haut.

— A la réflexion, Rachel, je dois prendre quelque chose pour le dîner de ce soir, aussi ai-je de toute façon besoin d'aller à la chambre aux joyaux. Rejoins-moi là-bas dans un moment.

— Mais, Princesse...

— Mais rien du tout. Après avoir délivré mon message aux cuisiniers, va chercher la clef et attends-moi dans la chambre aux joyaux. Je viendrai dès que j'en aurai fini avec l'essayage.

Que faire ? Giller devait aussi la rejoindre dans la chambre aux joyaux. Elle avait le cœur battant, se sentait sur le point de fondre en larmes. Que faire ?

Elle allait agir ainsi que Giller le lui avait demandé, voilà tout. Elle allait se montrer brave. Afin qu'on ne tranche plus la tête des gens. Elle se retint de pleurer et descendit l'escalier en direction des cuisines, se demandant pourquoi Giller voulait une grosse miche de pain.

— Eh bien, qu'en penses-tu ? murmura-t-il. Une idée ?

Kahlan était allongée près de lui, par terre, le front plissé pendant qu'elle observait la scène en contrebas.

— Je ne parviens même pas à concevoir qu'une telle chose soit possible, lui répondit-elle. Je n'ai jamais vu autant de graz à queue courte rassemblés en un même lieu.

— Que peuvent-ils bien brûler ?

— Ils ne brûlent rien. La fumée émane du sol. Ce lieu s'appelle la Source de Feu. A certains endroits, la vapeur surgit du sol, et là c'est de l'eau bouillante qui jaillit, et plus loin, d'autres choses bouillent, un liquide pestilentiel et de la boue épaisse. Ces exhalaisons maintiennent les gens à l'écart. Je n'ai aucune idée de ce que des graz peuvent manigancer ici.

— Jette un œil de ce côté, au fond, vers la colline, là où se trouve le plus vaste des orifices. Il y a quelque chose au sommet, en forme d'œuf, et de la vapeur s'en échappe. Les graz n'arrêtent pas de monter le regarder, le toucher.

Elle secoua la tête.

— Tes yeux sont meilleurs que les miens. Je ne peux pas te dire de quoi il s'agit, ni même quelle forme ça a.

Richard entendait et ressentait des grondements venant du sol, dont certains étaient suivis par de gigantesques jets de vapeur. L'affreuse et suffocante odeur de soufre flottait jusqu'à leur cachette sur la crête.

— Peut-être devrions-nous aller voir de plus près, murmura-t-il, à demi pour lui-même, sans quitter les graz des yeux.

— Ce serait fou et stupide, chuchota-t-elle durement. Un seul graz pose déjà assez de problèmes, à moins que tu n'aies déjà oublié. Et il doit y en avoir des douzaines en bas.

— C'est ce qu'il me semble, oui, se lamenta-t-il. Qu'est-ce qu'il y a derrière eux, juste au-dessus, à flanc de colline ? Une grotte ?

Les yeux de Kahlan se portèrent sur la gueule ténébreuse.

— Oui. On l'appelle la Grotte du Shadrin. Certains prétendent qu'elle traverse la montagne de bout en bout, jusqu'à la vallée située de l'autre côté. Mais je ne connais personne qui s'en soit assuré, ou qui souhaiterait le faire.

Il scruta les graz qui déchiquetaient un animal, se battant pour en récolter un morceau.

— Qu'est-ce qu'un Shadrin ?

— Le Shadrin est une bête qui est supposée vivre dans les cavernes. Certains prétendent qu'il ne s'agit que d'un mythe, d'autres jurent que c'est la vérité, mais personne ne veut vérifier.

Il la regarda tandis qu'elle guettait les graz.

— Et toi, qu'en penses-tu ?

Kahlan haussa les épaules.

— Je ne sais pas. Il existe plein d'endroits censés abriter des monstres, au Midlands. J'en ai visité beaucoup, et n'en ai trouvé aucun. La plupart de ces histoires ne sont que cela, des histoires. Mais pas toutes.

Richard était heureux de l'entendre parler. Elle n'avait

pratiquement rien dit depuis des jours. L'étrange attitude des graz semblait l'avoir sortie, pour le moment, de sa claustration. Mais ils ne pouvaient rester là à papoter, ils gaspillaient du temps. En outre, s'ils restaient trop longtemps, les mouches des graz les trouveraient. Ils s'éloignèrent du bord en rampant souplement, tête baissée. Kahlan se retira une fois de plus dans le mutisme.

Lorsqu'ils furent loin des graz, ils empruntèrent de nouveau la route, en direction de Tamarang, contrée limitrophe des Terres Sauvages, pays gouverné par la Reine Milena. Assez vite, ils arrivèrent à un embranchement. Richard présuma qu'ils devaient prendre à droite, puisque Kahlan avait dit que Tamarang était à l'est. Les graz et la Source de Feu étaient à leur gauche. Kahlan choisit la route de gauche.

— Que fais-tu ?

Il avait dû la surveiller tel un faucon depuis qu'ils avaient quitté le Plateau d'Agaden. Il ne pouvait plus lui faire confiance. Tout ce qu'elle désirait était mourir, et il savait qu'elle se débrouillerait pour parvenir à ses fins s'il n'épiait pas ses moindres gestes.

Elle le regarda avec la même expression vague qu'elle avait adoptée depuis plusieurs jours.

— C'est ce qu'on appelle une fourche inversée. Loin devant, là où la configuration du terrain et la forêt touffue barrent la vue, les routes s'entrecroisent et changent d'orientation. A cause des arbres, il est difficile de déterminer la position du soleil, et la direction dans laquelle on va. Si nous empruntons la fourche de droite ici, nous finirons dans les griffes des graz. C'est celle-ci, à gauche, qui mène à Tamarang.

Il fronça les sourcils.

— Pourquoi prendrait-on la peine de construire une route comme celle-là ?

— Ce n'est que l'une des petites astuces des anciens dirigeants de Tamarang pour tromper les envahisseurs des Terres Sauvages. Parfois ce stratagème les ralentit un peu et donne aux défenseurs le temps de battre en retraite et de se regrouper s'ils en ont besoin, avant de s'abattre de nouveau sur l'ennemi.

Il étudia un instant son visage, essayant de juger si

elle disait la vérité. Ne pas savoir si Kahlan lui mentait ou non l'exaspérait.

— C'est toi, le guide, répliqua-t-il enfin. Conduis-moi.

A ces mots, elle pivota sans faire de commentaires et poursuivit son chemin. Richard ignorait combien de temps encore il pourrait endurer cela. Elle se contentait de parler lorsque c'était nécessaire, n'écoutait pas lorsqu'il tentait de faire la conversation, et reculait chaque fois qu'il s'approchait. Elle agissait comme s'il risquait de l'empoisonner en la touchant, mais il savait que c'était son propre contact qu'elle craignait. Il avait espéré que la façon dont elle avait parlé quand ils avaient repéré les graz annonçait un changement, mais il avait eu tort. Elle s'était prestement réfugiée dans son humeur sombre.

Elle s'était réduite à l'état de prisonnière, elle l'avait réduit à celui de geôlier. Il conservait son couteau à sa ceinture. Il savait ce qui se produirait s'il le lui rendait. A chaque pas, elle s'éloignait petit à petit de lui. Il savait qu'il la perdait, et n'avait pas la moindre idée de comment y remédier.

La nuit, quand c'était l'heure de son tour de garde, et l'heure pour lui de dormir, il devait lui lier les mains et les pieds pour l'empêcher de mettre fin à ses jours. Elle subissait cette épreuve sans réagir tandis que lui souffrait d'agir ainsi. Il se couchait ensuite à ses pieds de façon qu'au moindre bruit elle puisse le réveiller. Cette tension permanente l'épuisait.

Il regrettait de s'être rendu chez Shota. L'idée que Zedd puisse se retourner contre lui était impensable ; l'idée que Kahlan le fasse était insupportable.

Richard sortit de la nourriture. Il garda un ton enjoué, espérant la ragaillardir.

— Tiens, tu veux du poisson séché ?

Il sourit.

— Il est vraiment mauvais.

— Non, merci. Je n'ai pas faim, dit-elle, imperturbable.

Richard lutta pour maintenir le sourire sur son visage, lutta pour éviter que sa voix ne trahisse sa colère.

— Kahlan, tu n'as quasiment rien avalé depuis des jours. Tu dois manger.

— J'ai dit que je n'en voulais pas.

— Allez, pour moi ?

— Que vas-tu faire ensuite ? Me tenir et le pousser de force dans ma bouche ?

Le calme de la voix de Kahlan le rendit furieux, mais il dissimula sa colère.

— S'il le faut.

Elle pivota vers lui.

— Richard, s'il te plaît ! Laisse-moi partir ! Je ne veux pas demeurer en ta compagnie ! Laisse-moi partir !

C'était la première émotion qu'elle manifestait depuis leur départ du Plateau d'Agaden.

— Non.

Elle lui lança un regard enragé, il y avait du feu dans ses yeux verts.

— Tu ne peux pas me surveiller à chaque instant. Tôt ou tard...

— A chaque instant... s'il le faut.

Ils se tinrent plantés face à face ; puis sur le visage de Kahlan l'émotion s'évanouit. Elle se retourna vers la route et reprit sa marche.

Ils ne s'étaient arrêtés que quelques minutes, mais cela avait suffi pour que la chose qui les suivait commette une autre erreur, une erreur exceptionnelle. Elle avait brièvement baissé sa garde et s'était par trop approchée — permettant à Richard de discerner durant un court instant ses féroces yeux jaunâtres.

Il était conscient d'être suivi depuis leur seconde journée hors du plateau. Les années passées dans les bois lui avaient appris à détecter n'importe quel poursuivant. Lui et les autres guides avaient parfois joué à se suivre dans les Bois du Hartland, pour voir jusqu'à quelle distance ils pourraient se pister réciproquement sans se faire remarquer. Quelle que fût la créature qui les talonnait maintenant, elle était bonne à ce jeu. Mais pas autant que Richard. Par trois fois il avait vu les yeux jaunes, quand personne d'autre n'y serait parvenu.

Il savait que ce n'était pas Samuel ; la couleur était différente, plus sombre, et les yeux étaient plus rapprochés — et elle était plus maligne. Ce ne pouvait être un molosse de cœur ; ils auraient été attaqués depuis longtemps. Quoi qu'elle fût, la créature se contentait d'observer.

Richard était sûr que Kahlan ne l'avait pas vue ; elle était trop profondément perdue dans ses réflexions. Tôt ou tard, la créature se ferait connaître, et Richard serait prêt. Mais avec une Kahlan dans cet état, il se serait bien passé d'autres problèmes.

Aussi ne se tourna-t-il pas pour regarder, pour montrer qu'il soupçonnait quelque chose, et ne rebroussa-t-il pas chemin pour la prendre à revers. Il laissa plutôt errer son regard comme s'il ne cherchait rien de particulier dans les taillis. Il était presque certain que la créature qui les suivait ne savait pas qu'il était au courant de sa présence. Pour le moment, il désirait garder les choses en l'état, et par là même garder l'avantage.

Il observa Kahlan tandis qu'elle marchait, les épaules voûtées, et se demanda ce qu'il ferait dans quelques jours, lorsqu'ils atteindraient Tamarang. Que cela lui plaise ou non, elle remporterait cette guerre d'usure, simplement parce que les choses ne pouvaient pas continuer ainsi. Elle pouvait échouer, et échouer encore, il lui suffisait de réussir une seule fois tandis que lui devait réussir tout le temps. Echouer ne serait-ce qu'une fois signifiait l'autoriser à mettre fin à ses jours. Au bout du compte, il savait qu'il n'avait aucune chance. Il allait perdre, et ne pouvait rien y changer.

Rachel s'assit sur le petit tabouret devant le grand fauteuil recouvert de velours rouge, de boutons et de sculptures en or et attendit. Vite, Giller, se répétait-elle sans cesse, vite, avant que la Princesse n'arrive. Elle leva les yeux vers le coffret de la Reine. Elle espérait que lorsque la Princesse Violette viendrait essayer les bijoux, elle ne toucherait pas au coffret. Rachel détestait qu'elle le fasse ; cela l'effrayait.

La porte s'entrouvrit. Giller passa la tête.

— Vite, Giller, chuchota-t-elle.

Il entra, puis ressortit la tête, vérifia que personne ne l'avait vu et ferma la porte.

— As-tu pris le pain ? demanda-t-il en se tournant vers elle.

Elle acquiesça.

— Je l'ai ici.

Elle sortit le sac de sous le fauteuil et l'installa sur le tabouret.

— Je l'ai enveloppé dans une serviette pour que personne ne le remarque.

— Bonne fille.

— J'ai dû le voler. Je n'avais jamais rien volé avant.

— Je t'assure, Rachel, que c'est pour une bonne cause.

Il regardait le coffret.

— Giller, la Princesse Violette doit venir ici.

Il se retourna, les yeux écarquillés.

— Quand ?

— Après l'essayage de sa nouvelle robe. Elle est relativement tatillonne, alors ça peut prendre du temps, mais pas forcément. Elle adore essayer des bijoux et s'admirer dans la glace.

— Maudits soient les esprits, murmura Giller, rien n'est jamais facile.

Il enleva brusquement le coffret de la Reine de son piédestal de marbre.

— Giller ! Il ne faut pas y toucher ! Il appartient à la Reine !

Il la regarda d'un air un peu fou.

— Non ! Il ne lui appartient pas ! Attends un peu, et je t'expliquerai.

Il posa le coffret sur le tabouret, près du pain. Il fouilla dans les replis de sa chasuble et en extirpa une autre boîte.

— Qu'en penses-tu ?

Avec un sourire en coin, il lui tendit le nouveau coffret.

— On dirait exactement le même !

— Bien.

Il alla placer la seconde boîte sur le piédestal, puis s'assit par terre près de Rachel.

— Maintenant, écoute-moi très attentivement. Nous n'avons pas énormément de temps, et il est très important que tu comprennes.

Elle devinait à son expression qu'il était sérieux.

— C'est promis, Giller.

Il posa la main sur la boîte.

— Ce coffret est magique, et il n'appartient pas à la Reine.

— Ah bon ? A qui appartient-il ?

— Je n'ai pas le temps de t'expliquer cela pour l'instant. Après, peut-être, quand nous serons partis d'ici. Le plus important est de savoir que la Reine est mauvaise.

Rachel acquiesça ; elle savait que c'était vrai.

— Elle décapite les gens selon son bon plaisir. Elle ne se soucie de personne hormis d'elle-même. Elle détient le pouvoir, ce qui signifie qu'elle peut faire tout ce qui lui chante. Ce coffret est magique, c'est lui qui lui donne le pouvoir. C'est pour cela qu'elle s'en est emparée.

— Je comprends. La Princesse aussi a du pouvoir, et elle peut me gifler, et me couper les cheveux n'importe comment, et se moquer de moi.

Il hocha la tête.

— C'est ça. Très bien, Rachel. Bon. Il y a un homme qui est encore plus méchant que la Reine. Son nom est Darken Rahl.

— Le Père Rahl ?

Elle était troublée.

— Tout le monde dit qu'il est gentil. La Princesse prétend qu'il est l'homme le plus gentil du monde.

— La Princesse prétend également ne pas renverser de sauce sur ses robes.

— C'est un mensonge.

Giller posa les mains sur ses épaules, très doucement.

— Ecoute bien : Darken Rahl, le Père Rahl, est l'homme le plus mauvais qui ait jamais existé. Il fait du mal à davantage de gens que la Reine ne pourrait l'imaginer. Il est si méchant qu'il tue même des enfants. Sais-tu ce que ça veut dire, tuer des gens ?

— Ça veut dire qu'on leur coupe la tête ou quelque chose comme ça et ensuite ils sont morts.

— Oui. Et de même que la Princesse rit quand elle te gifle, Darken Rahl rit quand il tue des gens. Tu sais comment se comporte la Princesse pendant les dîners avec tous les seigneurs et leurs dames, elle se montre très affable, et bien élevée ? Mais quand elle est seule avec toi, elle te gifle ?

Rachel opina ; elle avait une boule dans la gorge.

— Elle ne veut pas qu'ils sachent qu'elle est vraiment méchante.

Giller leva un doigt.

— C'est exact ! Tu es une fillette très perspicace ! Eh bien, le Père Rahl agit de la même façon. Il ne veut pas que les gens sachent qu'il est réellement mauvais, alors il se montre très courtois et fait semblant d'être l'homme le plus aimable du monde. Quoi que tu fasses, Rachel, ne t'approche jamais de lui, si tu le peux.

— Je le promets, pour sûr.

— Mais s'il te parle, il faut que tu sois polie en retour, ne lui montre pas que tu es au courant. Tu ne dois pas révéler aux gens toutes les choses que tu sais. C'est un gage de sécurité.

Elle sourit.

— Comme Sara. Je ne révèle rien aux gens à son sujet afin qu'ils ne puissent pas me la confisquer. Elle reste ainsi en sécurité.

Il la serra contre lui.

— Les esprits soient loués, tu es une enfant intelligente.

Elle se sentait vraiment bien en entendant ces compliments. Personne ne lui avait jamais dit qu'elle était intelligente.

— Maintenant, écoute bien. Voici le plus important.

— J'écoute, Giller.

Il reposa la main sur le coffret.

— Ce coffret est magique. Lorsque la Reine le donnera au Père Rahl, celui-ci se servira de sa magie pour faire du mal à encore plus de gens. Il coupera encore plus de têtes. La Reine est méchante et désire qu'il agisse ainsi, aussi va-t-elle lui offrir le coffret.

Ses yeux s'écarquillèrent.

— Giller ! Nous ne devons pas la laisser lui offrir le coffret ! Sinon tous ces gens seront décapités !

Un grand sourire fleurit sous son nez crochu. Il lui tint le menton dans la main.

— Rachel, tu es la fillette la plus intelligente que j'aie jamais rencontrée. Vraiment.

— Nous devons le cacher, cacher le coffret, comme j'ai caché Sara !

— Et c'est précisément ce que nous allons faire.

Il désigna la boîte qu'il avait mise sur le piédestal.

— C'est un leurre. Cela signifie que c'est un faux coffret, qui devrait les berner pendant un moment, le temps de nous enfuir.

Elle avisa la copie. Elle ressemblait comme deux gouttes d'eau à l'original.

— Giller, vous êtes l'homme le plus intelligent que j'aie jamais connu.

Son sourire s'estompa quelque peu.

— J'ai bien peur, mon enfant, d'être trop intelligent pour mon propre bien.

Son sourire revint.

— Voilà ce que nous allons faire.

Giller saisit la miche de pain qu'elle avait dérobée aux cuisines et la rompit en deux. Avec ses grandes mains, il creusa la mie, en mit une partie dans sa bouche, et un peu dans la bouche de Rachel aussi. Elle mâcha le plus vite possible. C'était bon, encore chaud. Quand ils eurent fini de manger la mie, il attrapa le vrai coffret, l'inséra au milieu du pain et recolla les deux moitiés.

— Qu'en penses-tu ? demanda-t-il en lui montrant le résultat.

Elle fit la grimace.

— Il est tout craquelé. Les gens devineront qu'il est brisé.

Il secoua la tête.

— Maligne. Tu es vraiment maligne. Eh bien, puisque je suis un magicien, je devrais probablement pouvoir arranger cela.

Elle acquiesça.

— Probablement.

Il posa le pain et fit tournoyer ses mains au-dessus. Puis il écarta les paumes et lui présenta à nouveau le résultat. Les fissures avaient disparu, il avait l'air de sortir du four !

— Personne ne s'en rendra compte, c'est sûr, dit-elle en riant.

— Espérons que tu as raison, mon enfant. J'ai jeté une toile magique, un sortilège, sur le pain, pour faire en sorte que personne ne puisse discerner la magie du coffret à l'intérieur.

Il déploya la serviette sur le tabouret et mit le pain dessus, puis replia les quatre coins et les attacha. Il souleva le baluchon par le nœud, le posa sur son autre main et la regarda dans les yeux. Il ne souriait pas.

— Bon, voilà le plus difficile, Rachel. Nous devons sortir ce coffret d'ici. Nous ne pouvons pas le dissimuler dans le château, sinon on pourrait le trouver. Tu te souviens de l'endroit où j'avais caché ta poupée, dans le jardin ?

Elle sourit fièrement, elle s'en souvenait.

— La troisième urne sur la droite.

— C'est cela. J'y cacherai également ceci, comme ta poupée. Tu devras aller le récupérer, puis quitter le château avec.

Il se pencha un peu plus.

— Tu dois le faire ce soir.

Elle parut gênée. Des larmes lui montèrent aux yeux.

— Giller, j'ai peur de toucher le coffret de la Reine.

— Je sais que tu as peur, mon enfant. Mais tu te rappelles ? Il ne s'agit pas du coffret de la Reine. Tu veux aider tous ces gens à éviter de se faire décapiter, n'est-ce pas ?

— Oui, geignit-elle. Mais, ne pouvez-vous pas le sortir vous-même du château ?

— Si je le pouvais, je te le jure, Rachel, je le ferais. Mais cela m'est impossible. Des gens me surveillent, et ils ne veulent pas que je quitte le château. S'ils me trouvaient avec le coffret, alors le Père Rahl s'en emparerait, et nous ne pouvons pas le permettre, n'est-ce pas ?

— Non...

Alors elle prit vraiment peur.

— Giller, vous avez dit que vous alliez vous échapper avec moi. Vous l'avez promis.

— Et j'ai l'intention de tenir cette promesse, crois-moi. Mais je pourrais avoir besoin d'un ou deux jours pour me faufiler hors de Tamarang. Il serait trop dangereux de laisser le coffret ici un jour de plus, et je ne peux pas le sortir moi-même du château. C'est toi qui dois t'en charger. Emporte-le dans ta cachette, dans ton pin rebelle. Attends-moi là-bas, je t'y rejoindrai.

— Je crois pouvoir y arriver. Puisque vous affirmez que c'est important, j'essaierai.

Giller s'assit sur le tabouret et la prit sur ses genoux.

— Rachel, écoute-moi. Même si tu atteins l'âge respectable de cent ans, tu n'accompliras jamais rien d'aussi important que cela. Tu dois te montrer courageuse, plus courageuse que jamais. Tu ne dois faire confiance à personne. Tu ne dois laisser personne s'approprier le coffret. Je viendrai te chercher dans quelques jours, mais, s'il y a un problème et que je ne vienne pas, tu devras te cacher avec le coffret jusqu'à la venue de l'hiver. Alors la situation s'arrangera d'elle-même. Si je connaissais une autre personne qui puisse t'assister, je lui confierais cette tâche. Mais ce n'est pas le cas. Tu es la seule à pouvoir t'en acquitter.

Elle le regarda de ses grands yeux.

— Je suis si petite.

— C'est pourquoi tu seras en sécurité. Tout le monde croit que tu es une moins que rien. C'est faux. Tu es la personne la plus importante au monde, mais tu peux les berner parce qu'ils l'ignorent. Tu dois le faire, Rachel. J'ai — nous avons tous — besoin de ton aide. Je sais que tu es suffisamment intelligente et suffisamment courageuse pour réussir.

Elle devinait de l'humidité dans ses yeux.

— J'essaierai, Giller. Je serai brave et je le ferai. Vous êtes l'homme le meilleur du monde, et si vous me dites de le faire, je le ferai.

Il secoua la tête.

— J'ai été stupide, Rachel, je n'ai pas agi comme le meilleur homme du monde. Si seulement j'avais trouvé la sagesse plus tôt, si je m'étais souvenu des enseignements que j'ai reçus, de mon vrai devoir, de la raison pour laquelle je suis devenu magicien, peut-être ne serais-je pas obligé de te demander cela. Mais de même que c'est la chose la plus importante que tu accompliras jamais, c'est également la chose la plus importante pour moi. Nous ne devons pas échouer, Rachel. Tu ne le dois pas. Peu importe ce qu'il advient, personne ne doit t'arrêter. Personne.

Il plaça un doigt sur chacune de ses tempes et elle éprouva une sensation agréable dans sa tête. Elle savait qu'elle allait réussir et que plus jamais elle ne devrait obéir à la Princesse. Elle serait libre. Giller retira brusquement ses doigts.

— Quelqu'un vient, murmura-t-il.

Il l'embrassa prestement sur la tête.

— Que les bons esprits te protègent, Rachel.

Il se mit debout et s'adossa au mur, derrière la porte. Il glissa la miche de pain sous sa chasuble et mit un doigt sur ses lèvres. La porte s'ouvrit, Rachel sauta sur ses pieds. C'était la Princesse Violette. Rachel fit la révérence. Quand elle se redressa, la Princesse la gifla, puis s'esclaffa. Rachel baissa les yeux, et tandis qu'elle se frottait la joue, retenant ses larmes, elle aperçut un morceau de pain entre les pieds de la Princesse Violette. Elle jeta un rapide coup d'œil à Giller, toujours contre le mur, derrière la porte. Il avait lui aussi vu le morceau de pain et plus souple qu'un félin, il se courba et s'en saisit pour le mettre dans sa bouche avant de se faufiler par la porte dans le dos de la Princesse Violette, qui ne s'aperçut de rien.

Kahlan lui présenta ses bras, poings serrés, poignets joints, pour qu'il les attache. Ses yeux impassibles fixaient le néant. Elle avait déclaré ne pas être fatiguée, mais Richard l'était assurément — sa tête lui faisait si mal qu'il en avait des nausées —, aussi allait-elle prendre le premier tour de garde.

Tandis qu'il nouait la corde, il sentit que son ultime espoir l'abandonnait. Rien ne changeait, rien ne s'améliorait, comme il l'avait espéré, ce n'était qu'une interminable bataille entre elle et lui — elle qui voulait mourir, et lui qui tentait constamment de l'en empêcher.

— Je ne peux plus supporter cela, murmura-t-il. Kahlan, tu es peut-être celle qui souhaite mourir, mais c'est moi que tu es en train de tuer.

Ses yeux verts rencontrèrent les siens ; la lumière dansait à l'intérieur.

— Alors laisse-moi partir, Richard. Je t'en prie, si tu as la moindre considération pour moi, alors prouve-le. Laisse-moi partir.

Il lâcha la corde. De ses mains tremblantes, il tira

lentement le couteau de sa ceinture, le contempla un instant puis, d'un geste ferme, le glissa dans le fourreau de Kahlan.

— Tu as gagné. Va-t'en. Hors de ma vue.

— Richard...

— Je t'ai dit de t'en aller !

Il désigna la route par laquelle ils étaient arrivés.

— Rebrousse chemin et laisse les graz accomplir cette besogne. Tu pourrais la bâcler avec ce couteau ! Quelle tristesse de penser que tu pourrais riper et ne pas l'achever correctement. Quelle tristesse de penser qu'après tout ce qui s'est passé tu pourrais ne pas mourir !

Il lui tourna le dos et s'assit sur un tronc, à côté du feu. Elle l'observa en silence, puis recula de quelques pas.

— Richard... après tout ce que nous avons vécu ensemble, je ne veux pas que ça se termine ainsi.

— Peu m'importe ce que tu désires. Tu as perdu ce droit.

Il se fit violence pour prononcer les mots qui suivirent.

— Hors de ma vue.

Kahlan baissa les yeux. Richard posa les coudes sur ses genoux et enfouit son visage dans ses mains tremblantes. Il avait la nausée.

— Richard, dit-elle d'une voix douce, quand tout sera terminé, j'espère que tu pourras penser du bien de moi, te souvenir de moi plus affectueusement que maintenant.

C'en était trop. Il bondit par-dessus le tronc et l'empoigna par sa chemise.

— Je ne me souviendrai de toi que pour ce que tu es ! Une traîtresse ! Tu as trahi tous ceux qui sont morts, et tous ceux qui mourront !

Elle tenta de se dégager, mais il la tenait d'une main ferme.

— Tu as trahi tous les magiciens qui ont donné leur vie, Shar, Siddin et les membres du Peuple de Boue qui ont été tués ! Tu as trahi ta sœur !

— Ce n'est pas vrai...

— Et tous les autres ! Si j'échoue et que Rahl l'emporte, c'est à toi qu'il devra sa victoire ! C'est toi qui l'auras aidé !

— Je fais cela pour t'aider, toi ! Tu as entendu ce qu'a affirmé Shota !

Elle se mettait elle aussi en colère maintenant.

— Ça ne prend pas. Pas avec moi. Oui, j'ai entendu ce qu'a dit Shota. Elle a dit que Zedd et toi vous retourneriez d'une quelconque façon contre moi. Elle n'a pas dit que vous auriez tort !

— Qu'est-ce que tu insinues...

— Je ne suis pas l'objet de cette quête ! Cette quête consiste à arrêter Rahl ! Comment peux-tu savoir qu'une fois que nous serons en possession du coffret, ce ne sera pas moi qui le lui livrerai ? Et si c'est moi qui trahis notre cause, et que la seule chance de préserver le coffret contre Rahl est que toi et Zedd m'arrêtiez ?

— Ça n'a aucun sens.

— Trouves-tu plus de sens au fait que toi et Zedd tentiez de me tuer ? Cela supposerait que deux d'entre nous aient tort, et un seul avec mon explication. Il ne s'agit que de l'énigme stupide d'une sorcière ! Tu te laisses dépérir à cause d'une simple énigme ! Il nous est impossible de savoir à quoi ressemblera l'avenir. Il nous est impossible de deviner le sens de sa prédiction, ni si elle s'avérera fondée ! Impossible jusqu'à ce qu'elle se réalise ! Ce n'est qu'alors que nous pourrons savoir ce qu'elle signifie et nous préoccuper de ses conséquences.

— Je sais seulement que je ne peux pas me permettre de vivre pour accomplir cette prophétie. Tu es le fil qui tisse cette bataille.

— Et un fil ne peut pas avancer sans aiguille ! Tu es mon aiguille. Sans toi, je ne serais pas arrivé si loin. A chaque virage, j'ai eu besoin de toi. Aujourd'hui, à la fourche inversée, j'aurais effectué le mauvais choix sans toi. Tu connais la Reine, pas moi. Même si je me débrouille pour récupérer le coffret sans toi, que ferai-je alors ? Où irai-je ? Je ne connais pas le Midlands. Où irai-je, Kahlan, dis-le-moi ? Comment saurai-je où me mettre à l'abri ? Je pourrais me jeter dans la gueule du loup et apporter directement le coffret à Rahl.

— Shota a dit que tu étais le seul à avoir une chance. Sans toi, tout est perdu. Moi, elle a dit que si je vivais...

Richard, je ne peux permettre cela. Je ne le permettrai pas.

— Tu es une traîtresse à notre cause, murmura-t-il haineusement.

Elle secoua lentement le chef.

— En dépit de ce que tu penses, Richard, c'est pour toi que je fais cela.

Richard hurla et la poussa en arrière aussi fort qu'il le put. Elle tomba à la renverse. Il vint se camper au-dessus d'elle, avec un regard méchant.

— Je te défends de dire ça, cria-t-il, les poings serrés. Tu le fais pour toi-même, parce que tu n'as pas le cran de supporter ce qu'implique la victoire ! Je te défends de prétendre que tu fais ça pour moi !

Elle se releva, les yeux rivés aux siens.

— Je donnerais pratiquement tout, Richard, pour que tu gardes un autre souvenir de moi. Mais ce que je fais, je le fais parce que je le dois. Pour toi. Pour que tu aies une chance. J'ai juré de protéger le Chercheur de ma vie. Le moment est venu de respecter ma promesse.

Des larmes ruisselaient sur son visage, se traçant un chemin dans la poussière qui maculait ses joues. Elle fit demi-tour et s'éloigna.

Comme il la regardait disparaître dans les ténèbres, Richard eut l'impression d'être aspiré par le néant.

Il s'approcha du feu, se laissa glisser jusqu'au sol. Il releva les genoux, les entoura de ses bras, y enfouit son visage et pleura comme il n'avait jamais pleuré.

6

RACHEL ÉTAIT ASSISE SUR SA PETITE CHAISE DERRIÈRE LA Princesse et réfléchissait à un moyen de persuader la Princesse de l'envoyer dehors afin qu'elle puisse récupérer le coffret et ne jamais revenir. Elle ne cessait de songer à la miche de pain contenant le coffret, qui l'attendait dans le jardin. Elle avait peur, mais était également excitée. Excitée à l'idée d'aider tous ces gens qui ne se feraient pas décapiter. C'était la première fois qu'elle se sentait considérée comme quelqu'un d'important.

Tous les seigneurs et leurs dames buvaient le breuvage spécial, et semblaient tous heureux de le faire. Giller se tenait derrière la Reine en compagnie des autres conseillers. Il discutait tranquillement avec l'artiste de cour. Elle n'aimait pas cet artiste, il l'effrayait, il lui souriait toujours d'un air bizarre. Et il n'avait qu'une main. Elle avait déjà entendu les serviteurs dire qu'ils craignaient qu'il ne peigne leur portrait.

Peu à peu, les gens affichèrent des expressions effarées, certains se levèrent. Ils regardaient la Reine. Rachel la regarda à son tour et réalisa qu'en fait ils lorgnaient quelque chose d'autre, derrière elle. Ses yeux s'écarquillèrent lorsqu'elle vit les deux grands hommes.

C'étaient les hommes les plus grands qu'elle ait jamais vus. Leurs chemises n'avaient pas de manches mais leurs bras musclés étaient ceints de bandes métalliques hérissées de pointes. Leurs cheveux étaient blonds. Ils semblaient plus méchants encore que les sentinelles des cachots. Ils parcoururent l'assemblée du regard, puis allèrent se poster de part et d'autre d'une voûte, derrière la Reine, et croisèrent les bras. La Reine se tourna en bougonnant pour voir ce qui se passait.

Un homme aux yeux bleus, aux longs cheveux blonds, vêtu de blanc, un poignard à manche d'or à la ceinture, franchit la voûte. C'était le plus bel homme qu'elle ait jamais vu. Il sourit à la Reine, qui bondit sur ses pieds.

— Quelle surprise inattendue ! dit-elle de sa voix la plus enjôleuse. Nous sommes honorés. Mais nous ne vous attendions pas avant demain.

L'homme lui adressa encore un petit sourire.

— J'avais trop hâte de revoir votre joli minois. Pardonnez mon avance, Votre Majesté.

La Reine pouffa et lui tendit la main pour qu'il l'embrasse. Elle obligeait toujours les gens à lui baiser la main. Rachel fut étonnée de ce qu'avait dit ce bel homme. Elle ne connaissait personne qui trouvât la Reine jolie. La Reine lui prit la main et le fit avancer.

— Mesdames et messeigneurs, puis-je vous présenter le Père Rahl.

Le Père Rahl ! Rachel regarda autour d'elle pour vérifier que personne ne l'avait vue sursauter ; mais tout le monde dévisageait le Père Rahl. Elle était sûre qu'il allait la regarder, et qu'il verrait qu'elle projetait de s'enfuir avec le coffret. Elle regarda Giller, mais il semblait ailleurs, le visage blême. Le Père Rahl était venu avant qu'elle ait pu s'échapper avec le coffret ! Qu'allait-elle faire ?

Elle allait faire ce que lui avait enjoint Giller, voilà tout. Elle allait se montrer courageuse et échafauder un stratagème pour sortir.

Le Père Rahl considéra les convives, qui s'étaient tous levés. Le petit chien aboya. Rahl lui jeta un regard, et aussitôt, il cessa d'aboyer pour se mettre à gémir. Rahl se retourna vers l'assemblée silencieuse.

— Le dîner est terminé. Vous nous excuserez, maintenant, annonça-t-il d'une douce voix.

Tout le monde se mit à chuchoter. Son regard bleu se durcit. Les murmures cessèrent et les convives commencèrent à quitter la salle, d'abord lentement, puis plus vite. Le Père Rahl toisa quelques-uns des conseillers royaux, qui partirent eux aussi, apparemment soulagés. Ceux qu'il ne regarda pas, Giller inclus, restèrent. La Princesse Violette resta également, et Rachel resta derrière elle de façon à ne pas se faire remarquer. La Reine sourit et tendit le bras en direction de la table.

— Ne désirez-vous pas vous asseoir, Père Rahl, je suis certaine que votre voyage a dû être éprouvant. Laissez-nous vous offrir quelque chose à manger. Nous avons un splendide rôti ce soir.

Il la considéra de ses yeux bleus qui ne cillaient pas.

— Je n'approuve pas le massacre d'animaux innocents et la dégustation de leur chair.

Rachel eut l'impression que la Reine allait s'étrangler.

— Eh bien, alors... nous avons aussi une délicieuse soupe aux navets, et quelque autre mets, j'en suis sûre... il doit y avoir quelque chose... et sinon, les cuisiniers prépareront ce que...

— Peut-être une autre fois. Je ne suis pas venu pour manger, je suis venu chercher votre contribution à notre alliance.

— Mais... c'est plus tôt que prévu, nous n'avons pas

fini de rédiger les accords, il reste encore de nombreux points à examiner, et vous souhaiterez certainement consulter les avant-projets.

— Je ne serais que trop heureux de parapher tout ce qui est déjà prêt et de vous offrir ma parole que je signerai tout document additionnel que vous pourriez vouloir rédiger. J'ai confiance en votre honnêteté.

Il sourit.

— Vous n'avez pas l'intention de m'escroquer, n'est-ce pas ?

— Non, Père Rahl, bien sûr que non. Bien sûr que non.

— L'affaire est conclue, alors. Pourquoi aurais-je besoin que quiconque consulte ces papiers, si vous êtes loyale envers moi ? Car vous êtes loyale, n'est-ce pas ?

— Bien sûr que je le suis. Je suppose qu'il n'est nul besoin... Mais c'est très inhabituel.

— De même que notre alliance. Finissons-en, alors.

— Oui. Oui, bien sûr.

Elle se tourna vers l'un de ses conseillers.

— Allez chercher tous les documents du traité qui sont déjà prêts. Rapportez de l'encre et des plumes. Ainsi que mon sceau.

Il se courba et partit. La Reine pivota vers Giller.

— Quel que soit l'endroit où vous avez caché le coffret, allez le chercher.

Il s'inclina.

— Bien sûr, Votre Majesté.

Rachel se sentit seule et effrayée lorsqu'elle le vit franchir la porte, sa chasuble argentée volant derrière lui.

Pendant qu'ils patientaient, la Reine présenta la Princesse au Père Rahl, qui se pencha vers elle, lui baisa la main et lui raconta qu'elle était aussi jolie que sa mère. La Princesse sourit, et sourit encore, puis pressa la main qu'il avait embrassée contre sa poitrine.

Le conseiller revint avec ses assistants ; ils portaient chacun des brassées de paperasse. Ils débarrassèrent les assiettes et étalèrent les papiers sur la table, indiquant les endroits où la Reine et le Père Rahl devaient signer. L'un des assistants versa de la cire rouge sur les papiers, et la Reine y apposa son sceau. Le Père Rahl avoua ne pas posséder de sceau et affirma que sa signature écrite suffirait, qu'il était certain de pouvoir reconnaître sa propre écriture dans le futur. Quand Giller revint, il se tint à l'écart et attendit qu'ils aient terminé. Les hommes entreprirent de ramasser tous les papiers, se disputant à propos de l'ordre dans lequel ils devaient être classés. La Reine fit signe à Giller d'avancer.

— Père Rahl, dit Giller avec son plus beau sourire, puis-je vous offrir le coffret d'Orden de la Reine Milena ?

Il tendit le faux coffret des deux mains, précautionneusement, comme s'il s'agissait du vrai.

Le Père Rahl arbora un petit sourire en tendant les bras pour le prendre délicatement des mains de Giller. Il le fit pivoter une minute, examinant les superbes joyaux qui brillaient de tous leurs feux. Puis il fit signe à l'un des deux hommes blonds de s'avancer et lui donna la boîte.

D'une seule main, l'homme écrasa le coffret. Il vola en éclats. La Reine eut un regard horrifié.

— Que signifie cela ? s'enquit-elle.

Le visage du Père Rahl se fit menaçant.

— Ce serait plutôt à moi de poser cette question, Votre Majesté. Ce coffret est une contrefaçon.

— Mais, c'est tout bonnement impossible... il n'existe aucun moyen... je n'ai aucun doute...

La Reine tourna la tête vers Giller.

— Giller ! Qu'avez-vous à répondre à cela ?

Il avait les mains fourrées dans ses manches.

— Votre Majesté... je ne comprends pas... Personne n'a brisé le sceau magique, j'y ai moi-même veillé. Je vous assure, c'est le même coffret que j'ai gardé depuis que vous me l'avez confié. Ce devait être un faux depuis le départ. Nous avons été bernés. C'est la seule explication envisageable.

Les yeux bleus du Père Rahl allèrent du magicien au second de ses hommes. Celui-ci s'approcha et empoigna Giller par le col.

— Que faites-vous ! Lâchez-moi, espèce de gros bœuf ! Ayez du respect pour un magicien ou vous le regretterez. Je peux vous l'assurer !

Ses pieds s'agitaient dans le vide.

Rachel avait une boule dans la gorge, des larmes dans les yeux. Elle essaya d'être brave et de ne pas pleurer. Elle savait que si elle le faisait, ils pourraient la remarquer.

Le Père Rahl se lécha le bout des doigts.

— Ce n'est pas la seule explication possible, magicien. Le véritable coffret est magique, et c'est une magie d'un type bien particulier. La magie de cette boîte n'y correspond pas. Une reine serait incapable de se rendre compte qu'il s'agit du vrai coffret. Mais un magicien, si.

Le Père Rahl adressa un petit sourire à la Reine.

— Le magicien et moi allons partir, maintenant, et avoir une conversation privée.

Il se tourna et quitta la pièce. L'homme qui portait Giller le suivit. L'autre se plaça devant la porte et croisa les bras.

Rachel aurait voulu courir après Giller, tellement elle craignait pour sa vie. Elle vit sa tête pivoter et regarder les gens. Ses yeux noirs étaient écarquillés, et pendant une seconde, ils s'arrêtèrent droit dans les siens. Alors elle entendit sa voix dans sa tête, aussi claire que s'il avait hurlé. La voix dans sa tête ne cria qu'un seul mot :

Cours.

Et il disparut. Rachel avait envie de pleurer. Au lieu de cela, elle suçota l'ourlet de sa robe. Tous les gens autour de la Reine se mirent immédiatement à discuter. James, l'artiste de la cour, ramassa quelques-uns des morceaux de la fausse boîte, les fit tourner dans sa main, les examina, les appuya contre le moignon de son autre main. La Princesse lui prit l'un des gros morceaux et en étudia les joyaux, faisant courir ses doigts dessus.

Rachel se força à se rappeler la voix dans sa tête, la voix de Giller, lui criant de courir. Elle inspecta les alentours ; personne ne lui prêtait la moindre attention. Elle contourna les tables, le front baissé. Quand elle atteignit l'autre extrémité de la salle, elle leva la tête pour vérifier qu'on ne la regardait pas.

Elle tendit le bras et attrapa un peu de nourriture dans les assiettes : un morceau de viande, trois boules de pain et une grosse part de fromage. Elle les fourra dans ses poches, vérifia de nouveau ses arrières et se précipita dans le couloir, se retenant de fondre en larmes, pour se montrer digne de Giller. Avant de parvenir à la hauteur des gardes, elle ralentit le pas, pour qu'ils ne la voient pas courir. Quand ils la virent approcher, ils poussèrent le gros loquet et ne prononcèrent pas un mot lorsqu'elle franchit la porte. Les sentinelles postées de l'autre côté se contentèrent de lui jeter un coup d'œil tandis qu'elle passait, puis reverrouillèrent la porte et reprirent leur surveillance.

Rachel essuya quelques larmes sur son visage en descendant les degrés de pierre froide. Elle avait essayé de les empêcher de monter, mais quelques-unes s'étaient échappées avant qu'elle ait pu les arrêter. Les sentinelles en patrouille l'ignorèrent lorsqu'elle les croisa.

Loin des torches du château, il faisait sombre, mais elle connaissait le chemin. L'herbe était humide sur ses pieds nus. Dans le jardin, à la troisième urne, elle s'agenouilla, guettant d'éventuels espions, puis fouilla parmi les fleurs. Elle sentit le tissu qui enveloppait la miche et s'en saisit. Elle défit les nœuds, déplia les quatre coins, puis sortit de ses poches la viande, les trois petits pains et le fromage qu'elle posa sur la miche, avant de renouer les coins de la serviette.

Elle allait détaler vers la grille du mur d'enceinte lorsqu'elle se souvint et émit un petit hoquet.

Elle avait oublié Sara ! Sa poupée était toujours dans sa malle de couchage ! La Princesse Violette allait découvrir la poupée, elle jetterait Sara au feu ! Rachel ne pouvait pas abandonner la poupée là-bas ; elle s'enfuyait pour ne plus revenir. Sara allait avoir peur sans elle. Sara allait être réduite en cendres.

Elle remit le petit baluchon avec la miche sous les fleurs et retourna en courant vers le château. L'une des sentinelles à la porte s'étonna.

— Je viens de te laisser sortir, dit-il.

Sa gorge se serra.

— Je sais. Mais je dois rentrer pour quelques minutes.

— Tu as oublié quelque chose ?

Elle acquiesça et parvint à articuler un « Oui ».

Il souleva la petite fenêtre.

— Ouvre la porte, dit-il au garde à l'intérieur.

Elle entendit jouer la lourde serrure.

Une fois de retour à l'intérieur, elle réfléchit. Elle pouvait passer par la salle aux carreaux noirs et blancs avec le grand escalier puis prendre par les autres grandes pièces en enfilade. C'était le plus court. Mais une des grandes pièces était la salle à manger et la Reine, la Princesse, voire le Père Rahl, pouvaient s'y trouver. Il ne fallait pas qu'ils la voient. Il était tard, et la Princesse Violette pourrait l'emmener dans sa chambre et l'enfermer dans sa malle.

Elle pivota et franchit la petite porte sur sa droite. C'était le passage des serviteurs. Il était beaucoup plus long, mais personne d'important ne s'aventurait dans le couloir ou l'escalier des domestiques, et aucun serviteur ne l'arrêterait ; ils savaient tous qu'elle était la dame de compagnie de la Princesse, et ils ne voulaient pas que celle-ci soit furieuse contre eux. Elle devrait traverser le lieu où résidaient les domestiques, sous les grandes pièces et sous la cuisine.

L'escalier était en pierre, et usé. L'une des fenêtres en haut était ouverte et laissait pénétrer la pluie ; l'eau ruisselait sur les murs de pierre. A certains endroits, de la vase verte s'accumulait. Elle devait sans cesse faire attention où elle mettait les pieds.

Quelques personnes déambulaient dans les couloirs du rez-de-chaussée, des serviteurs transportant du linge et des couvertures, des laveuses munies de seaux d'eau et de balais et des hommes portant des fagots de bois de chauffage pour les âtres des étages. Quelques personnes s'arrêtaient et discutaient entre elles. Elles semblaient excitées. Elle entendit le nom de Giller et une boule se forma dans sa gorge.

Dans le quartier des domestiques, toutes les lampes à huile brûlaient, pendues aux grosses poutres des plafonds bas, et les gens se racontaient ce qu'ils avaient vu. Rachel reconnut un homme qui s'exprimait à voix haute, entouré principalement de femmes. Il s'agissait de Sanders, l'homme qui portait ce manteau luxueux et accueillait les belles dames et leurs seigneurs lorsqu'ils venaient dîner, et annonçait leurs noms lorsqu'ils entraient.

— Je l'ai entendu de mes propres oreilles, de ces deux gars qui montent la garde dans la salle à manger.

Vous voyez de qui je veux parler, le jeune, Frank, et l'autre, celui qui boite, Jenkins. Ils ont dit que les sentinelles D'Haran leur avaient personnellement confié qu'il allait y avoir une fouille complète du château, des oubliettes aux échauguettes.

— Qu'est-ce qu'ils cherchent ? demanda une femme.

— Je sais pas. Du moins ils ne l'ont pas révélé à Frank et à Jenkins. Mais je ne voudrais pas être celui qui possède l'objet de leur quête. Ces types du D'Hara pourraient vous donner des cauchemars tout éveillés.

— Quoi qu'ils cherchent, j'espère qu'ils le trouveront sous le lit de la Princesse Violette, dit quelqu'un d'autre. Ça lui ferait du bien de subir un cauchemar pour une fois, au lieu de les infliger.

Tout le monde s'esclaffa.

Rachel continua à travers la grande réserve. D'un côté étaient alignés des tonneaux, et de l'autre étaient empilés des coffres, des caisses et des sacs. Cette pièce empestait l'humidité et le moisi, et on y entendait presque gratter les souris. Elle longea l'allée centrale jusqu'à une lourde porte. Les gonds métalliques grincèrent quand elle tira sur l'anneau d'acier pour l'ouvrir. Une autre grande porte sur la droite conduisait au donjon. Elle grimpa l'escalier, qu'une seule torche éclairait, franchit une porte entrebâillée, puis s'engagea dans les couloirs de pierre où sifflait le vent. Elle était trop effrayée pour pleurer. Tout ce qui lui importait, c'était que Sara soit à l'abri, avec elle, et loin d'ici.

Enfin à l'étage, elle passa la tête par la porte, inspectant le couloir qui longeait les appartements de la Princesse Violette. Il était vide. Elle le parcourut sur la pointe des pieds, jusqu'à la porte de la chambre qu'elle entrouvrit prudemment. La pièce était plongée dans l'obscurité. Elle se glissa à l'intérieur et referma la porte.

Un feu était allumé dans l'âtre, mais aucune lampe ne luisait. Elle traversa la chambre, se mit à quatre pattes, rampa dans sa malle de couchage et retira la couverture d'une main. Son cœur s'arrêta. Sara n'était plus là.

— Tu cherches quelque chose ? fit la voix de la Princesse Violette.

Pendant une minute, elle resta figée. Des sanglots

soulevèrent sa poitrine, mais elle retint ses larmes. Elle ne voulait pas pleurer devant la Princesse Violette. Elle s'extirpa de la malle et aperçut la silhouette de la Princesse campée devant le foyer, mains derrière le dos.

— Je montais juste pour rentrer dans ma malle. Pour aller dormir.

— Tiens donc.

Rachel s'habituait progressivement à l'obscurité, elle distinguait maintenant le sourire qu'arborait la Princesse Violette.

— Ce ne serait pas ceci que tu cherches, par hasard ?

Elle retira lentement les mains de derrière son dos. Elle tenait Sara. Les yeux de Rachel s'écarquillèrent et elle eut une brusque envie de se rendre au petit coin.

— Princesse Violette, s'il vous plaît... se lamenta-t-elle.

Ses mains se tendirent, implorantes.

— Viens ici, et nous en discuterons.

Rachel avança jusqu'à la Princesse, s'arrêta devant elle, tortillant ses doigts dans l'ourlet de sa robe. La Princesse la gifla soudainement, plus fort qu'elle ne l'avait jamais giflée. Si fort que Rachel poussa un léger cri et manqua de tomber à la renverse. Elle plaqua une main contre la douleur fulgurante. Les larmes affluaient dans ses yeux.

La Princesse s'approcha et la frappa sur l'autre joue d'un revers de la main, lui fit plus mal encore que la première fois. Rachel serra les dents et crispa son poing dans sa poche pour prévenir la venue des larmes.

La Princesse Violette se tourna vers le foyer.

— Que me suis-je engagée à faire si jamais tu avais une poupée ?

— Princesse Violette, je vous en prie, ne faites pas ça...

Elle tremblait, à cause de la cuisante douleur sur son visage, et parce qu'elle était terrifiée.

— Je vous en supplie, laissez-moi la garder ! Elle ne vous fait aucun mal.

La Princesse partit de son horrible rire.

— Non. Je vais la jeter au feu, je t'avais prévenue que je le ferais. Pour te donner une leçon. Quel est son nom ?

— Elle n'a pas de nom.

— Bon, peu importe, elle brûlera tout aussi bien.

Le poing de Rachel était toujours crispé sur l'objet dans sa poche. Il s'agissait de la baguette de feu que Giller lui avait offerte. Elle la sortit et l'examina.

— Ne vous risquez pas à jeter ma poupée au feu ou vous le regretteriez !

La Princesse fit volte-face.

— Que dis-tu ? Comment oses-tu m'interpeller sur ce ton ? Tu n'es qu'une moins que rien. Je suis une Princesse.

De la pointe de la baguette, Rachel toucha le napperon d'un guéridon en marbre.

— Allume-le pour moi, murmura-t-elle.

Le napperon s'enflamma, la bouche de la Princesse s'arrondit de surprise. Rachel toucha un livre sur une table basse, s'assura que la Princesse regardait, puis murmura de nouveau la formule, et il s'embrasa à son tour. Rachel le ramassa par un coin et le lança dans l'âtre sous le regard ébahi de la Princesse, puis elle se retourna, avança d'un pas et posa la baguette contre la Princesse.

— Donne-moi ma poupée, ou je te fais brûler.

— Tu n'oserais pas...

— Immédiatement ! Sinon, je vais mettre le feu à ta robe, et ta peau va rôtir !

La Princesse Violette lui tendit précipitamment la poupée.

— Tiens. S'il te plaît, Rachel, ne me brûle pas. J'ai peur du feu.

Rachel empoigna la poupée de la main gauche, l'étreignant, sans cesser de toucher la Princesse avec la baguette. Elle avait presque pitié pour elle. Puis elle songea à l'intense douleur sur sa figure. Plus intense qu'elle ne l'avait jamais été.

— Oublions cette affaire, Rachel. Tu peux garder la poupée, d'accord ?

Sa voix était gentille, tout à coup. Mais Rachel savait qu'il s'agissait d'une ruse. Dès que des sentinelles apparaîtraient, elle savait que la Princesse ordonnerait qu'on la décapite.

— Entre dans la malle, dit Rachel. Comme ça, tu pourras voir à quel point c'est agréable.

— Quoi ?

Rachel appuya sur la baguette de feu.

— Immédiatement, ou je te calcine !

La Princesse Violette traversa lentement la chambre, le bâtonnet dans le dos.

— Rachel, réfléchis à ce que tu fais, es-tu sérieusement...

— Tais-toi et va à l'intérieur. A moins que tu ne veuilles brûler.

La Princesse se mit à genoux et se glissa dans la malle.

— Va au fond.

Elle obtempéra. Rachel referma le couvercle avec fracas, se dirigea vers le tiroir, y prit la clef, verrouilla la serrure et rangea la clef dans sa poche. Puis elle se mit à genoux et scruta l'intérieur par le minuscule judas. Elle aperçut à peine les yeux de la Princesse qui lui rendaient son regard dans le noir.

— Bonne nuit, Violette. Dors bien. Je vais prendre ton lit ce soir. J'en ai marre d'entendre ta voix. Si tu fais le moindre bruit, je viendrai te griller la peau. Compris ?

— Oui, répondit une faible voix.

Rachel posa Sara à terre tandis qu'elle tirait le tapis de fourrure et le retournait sur la malle, la recouvrant entièrement. Elle alla sauter sur le lit, pour le faire grincer et faire croire à la Princesse Violette qu'elle allait s'y coucher.

Enfin, le sourire aux lèvres, elle ramassa Sara et se dirigea sur la pointe des pieds vers la porte.

Elle parcourut en sens inverse le chemin qu'elle avait emprunté à l'aller, jusqu'à la porte flanquée de sentinelles. Là, elle ne dit rien, se contentant d'attendre qu'ils lui ouvrent.

— Alors c'était ça, tu avais oublié une poupée, dit le garde.

Elle acquiesça.

Elle entendit la porte se refermer derrière elle alors qu'elle pénétrait dans la pénombre du jardin. Il y avait plus de sentinelles que d'ordinaire. Les gardes habituels étaient accompagnés de nouveaux, qui étaient vêtus différemment. Les nouveaux la regardaient davantage que les anciens, et elle entendait ces derniers leur préciser son identité.

Le baluchon avec le pain qui contenait le coffret était là où elle l'avait abandonné, sous les fleurs. Elle l'en extirpa d'une main, tenant Sara de l'autre. Comme elle traversait le jardin, elle se demanda si la Princesse Violette la croyait endormie dans le grand lit, ou si elle avait compris qu'il s'agissait d'une ruse et criait au secours. Si elle avait hurlé à l'aide et que les gardes étaient venus et l'avaient trouvée dans la malle, il se pouvait qu'ils la cherchent. Rachel tendit l'oreille pour savoir s'ils étaient déjà à sa poursuite.

Elle parvenait à peine à respirer. Il fallait à tout prix qu'elle quitte le château avant qu'ils ne partent à sa recherche. Sanders avait dit qu'ils s'apprêtaient à fouiller le château. Elle savait ce qu'ils cherchaient. Ils voulaient le coffret. Elle avait promis à Giller de l'emporter, afin qu'ils ne puissent pas s'en emparer et faire du mal à tous ces gens.

Beaucoup d'hommes déambulaient sur le chemin de ronde en haut du mur. A l'approche du rempart, elle ralentit. Au lieu des deux gardes habituels, il y en avait maintenant trois. Elle en reconnut deux — ils portaient la tunique rouge ornée d'une tête de loup noire des gardes de la Reine — mais le troisième était habillé différemment, de cuir foncé, et il avait une stature bien plus imposante. Rachel ignorait si elle devait continuer ou s'enfuir. Mais s'enfuir où ? Elle devait absolument franchir le rempart.

Comme, de toute façon, ils l'avaient aperçue, elle continua d'avancer. L'une des sentinelles habituelles se tourna pour soulever le verrou. Le nouveau leva le bras pour l'arrêter.

— Ce n'est que la dame de compagnie de la Princesse. La Princesse la renvoie hors des murs de temps en temps.

— Personne ne doit sortir, lui annonça le nouveau.

La sentinelle régulière interrompit son mouvement.

— Navré, petite, mais tu l'as entendu, personne ne doit sortir.

Rachel se tint coite. Ses yeux dévisagèrent le nouveau soldat, qui lui rendit son regard. Elle déglutit. Giller comptait sur elle pour emporter le coffret. Il n'existait aucune autre issue. Elle essaya de réfléchir à ce que Giller manigancerait.

— Très bien, d'accord, fit-elle enfin, il fait froid ce soir, je ferais mieux de rester à l'intérieur, de toute manière.

— Eh bien, retournes-y alors. Tu auras la chance d'être à l'abri cette nuit, dit la sentinelle habituelle.

— Quel est votre nom ? s'enquit Rachel.

Le garde parut quelque peu surpris.

— Lancier de la Reine Reid.

La poupée à la main, Rachel désigna l'autre sentinelle habituelle.

— Quel est le vôtre ?

— Lancier de la Reine Walcott.

— Lancier de la Reine Reid et lancier de la Reine Walcott, répéta-t-elle. Très bien, je pense pouvoir m'en souvenir.

Elle pointa sa poupée sur le nouveau soldat.

— Et quel est votre nom ?

Il accrocha les pouces dans sa ceinture.

— Pourquoi veux-tu le savoir ?

Elle ramena Sara contre sa poitrine.

— Eh bien, la Princesse m'a crié dessus, pour me signifier que j'étais congédiée hors des murs pour la nuit. Si je ne sors pas, elle va se mettre dans une rage folle, et va vouloir me couper la tête pour lui avoir désobéi, voilà pourquoi je préfère lui dire qu'on a refusé de me laisser passer. Je veux vos noms pour lui prouver que je n'invente pas, et qu'elle puisse venir vous le demander elle-même. Elle me fait peur. Elle commence à aimer faire décapiter les gens.

Les trois hommes se raidirent un peu et se regardèrent mutuellement.

— C'est vrai, avoua le lancier de la Reine Reid au nouveau soldat. La Princesse est en train de devenir la fille de sa mère. Une petite teigne, avec la Reine qui la laisse désormais se faire les dents sur la hache, en plus.

— Personne ne doit sortir, ce sont les ordres, répéta le nouveau soldat.

— En ce qui nous concerne, nous sommes d'avis d'obtempérer aux injonctions de la Princesse.

Le lancier Reid se détourna pour cracher.

— Maintenant, si tu veux qu'elle reste dedans, on est d'accord aussi, du moment que seul ton cou repose sur le billot. S'il faut en arriver là, nous affirmerons t'avoir dit de la laisser sortir, ainsi que l'avait ordonné la Princesse. Il n'est pas question de t'accompagner sur l'échafaud.

L'autre garde, Walcott, opina en signe d'agrément.

— Pas pour la menace représentée par une petite fille pas plus grande que ça.

Il leva la main à la hauteur de Rachel.

Libre à toi de prendre ta décision et de perdre ta tête en désobéissant à la Princesse. C'est toi qui en répondras devant le bourreau de la Reine, pas nous.

Le nouveau soldat baissa les yeux vers elle ; il semblait en colère.

— Eh bien, il est évident qu'elle ne représente pas de menace. Les ordres sont censés nous protéger d'une menace ; je suppose donc...

Le lancier de la Reine Walcott entreprit de soulever le lourd loquet de la porte.

— Mais je veux savoir ce qu'elle transporte, continua le nouveau soldat.

— Juste mon souper et ma poupée, répliqua Rachel, tentant d'adopter un ton désinvolte.

— Laisse-moi voir.

Rachel déposa le baluchon par terre et l'ouvrit. Elle lui tendit Sara.

Il prit la poupée, l'examina sous toutes les coutures, la retourna et souleva sa robe avec son gros doigt. Rachel lui donna un coup de pied dans la jambe, de toutes ses forces.

— Arrêtez ça ! Vous n'avez donc aucun respect ? hurla-t-elle.

Les deux autres sentinelle s'esclaffèrent.

— Tu as trouvé quelque chose de dangereux là-dessous ? demanda le lancier de la Reine Reid.

Le nouveau soldat regarda les deux autres et lui rendit Sara.

— Qu'est-ce que tu as encore là-dedans ?

— Je vous l'ai dit. Mon souper.

Il se baissa.

— Eh bien, une petite fille telle que toi n'a pas besoin d'une miche de pain entière.

— Elle est à moi ! s'exclama-t-elle. Laissez-la !

— Laisse-la tranquille, lâcha le lancier de la Reine Walcott à l'adresse du nouveau soldat. On la prive suffisamment. Tu crois peut-être que la Princesse la gave ?

Le nouveau soldat se redressa.

— Je suppose que non.

Il soupira.

— Allez. Va-t'en d'ici.

Rachel rattacha le tissu autour du pain et du reste de sa pitance aussi vite qu'elle le put. Elle prit Sara d'une main et empoigna le baluchon de l'autre.

Quand elle entendit la porte se refermer derrière elle avec un claquement, elle partit en courant à toute allure, sans regarder en arrière, trop effrayée pour chercher à voir si on la poursuivait. Enfin, après avoir couru longtemps, elle s'arrêta pour vérifier. Personne. Elle s'assit pour se reposer sur une grosse racine au bord du chemin.

Elle apercevait les contours du château, le bord crénelé de l'enceinte, les tours illuminées. Elle n'y retournerait jamais, jamais. Elle et Giller allaient s'enfuir dans un pays où les gens seraient gentils et ils ne reviendraient jamais. Soudain, elle entendit une voix.

— Rachel ?

C'était Sara.

Elle la posa sur le baluchon.

— Nous sommes en sécurité, dorénavant, Sara. Nous nous sommes échappées.

Sara sourit.

— Je suis si contente, Rachel.

— Nous ne retournerons jamais dans cet endroit infect.

— Rachel, Giller veut que tu saches quelque chose.

Elle dut se pencher, la voix de Sara était ténue.

— Quoi ?

— Il ne peut pas t'accompagner. Tu dois partir sans lui.

Rachel commença à pleurnicher.

— Mais je veux qu'il vienne avec moi.

— Il aimerait le faire, plus que tout, mon enfant, mais il doit rester pour les empêcher de te retrouver, pour que tu puisses t'enfuir. C'est le seul moyen de te protéger.

— Mais j'aurai peur, toute seule.

— Tu ne seras pas seule, Rachel, je serai avec toi. Toujours.

— Mais que dois-je faire ? Où dois-je aller ?

— Tu dois t'enfuir. Giller te recommande de ne pas aller dans ton vieux pin rebelle, ils te trouveront là-bas.

Les yeux de Rachel s'écarquillèrent.

— Va dans un pin rebelle différent, puis le jour suivant, dans un autre, contente-toi de t'éloigner et de te cacher jusqu'à ce que l'hiver arrive. Trouve alors des gens sympathiques qui prendront bien soin de toi.

— D'accord, si Giller le dit, c'est ce que je ferai.

— Rachel, Giller veut que tu saches qu'il t'aime.

— J'aime aussi Giller, dit Rachel, plus que tout.

La poupée sourit.

Tout à coup, une lumière jaune et bleue inonda la forêt. Rachel leva les yeux. Une détonation la fit sursauter. Sa bouche s'ouvrit ; ses yeux étaient aussi écarquillés que des soucoupes.

Une énorme boule de feu surgit du château et s'éleva dans les airs, semant des étincelles avant de se transformer en fumée noire. Puis l'obscurité régna de nouveau.

— Tu as vu ça ? demanda-t-elle à Sara.

Sara ne répondit rien.

— J'espère que Giller va bien.

Mais la poupée ne dit rien.

Rachel étreignit Sara et ramassa le baluchon.

— Nous ferions mieux de partir, comme l'a conseillé Giller.

Lorsqu'elle longea le lac, elle jeta la clef de sa malle de couchage aussi loin qu'elle le put et sourit en l'entendant heurter l'onde.

Sara ne prononça pas un mot tandis qu'elles s'éloignaient du château. Rachel se rappela ce qu'avait dit Giller, qu'elle ne devait pas se rendre au même pin rebelle. Alors elle quitta le chemin et s'engagea, à travers les ronces, dans une nouvelle direction.

Vers l'ouest.

132

7

IL ENTENDIT DU BRUIT. FAIBLE, DOUX, CRÉPITANT.

Dans le brouillard de la somnolence, il prit peu à peu conscience d'une odeur de viande grillée. Immédiatement, il regretta l'expérience de la lucidité, qui réveillait sa nostalgie de Kahlan. Il était en position fœtale, la tête sur les genoux. L'écorce de l'arbre contre son dos s'enfonçait douloureusement dans sa chair, et ses muscles étaient ankylosés après une nuit de sommeil dans la même posture. L'aube pointait juste.

Il y avait quelqu'un, ou quelque chose, près de lui.

Feignant de dormir, il évalua la distance qui le séparait de ses armes. L'épée était hors de portée, et la dégainer prendrait trop de temps. Ses doigts effleurèrent le manche de son poignard. Lentement, il le tira. La chose était près de lui sur sa gauche. Il devait bondir et frapper.

Il jeta un coup d'œil prudent et s'aperçut qu'il s'agissait de Kahlan. Elle était assise et l'observait. Un lapin cuisait sur le feu. Il se redressa.

— Que fais-tu ici ? demanda-t-il avec circonspection.

— Tu veux bien qu'on discute ?

Richard rengaina le poignard, étira ses jambes pour en évacuer les crampes.

— Je croyais que nous nous étions tout dit hier soir.

Elle lui adressa un regard lourd de reproche.

— Je suis désolé, dit-il, adoucissant le ton. Bien sûr que nous pouvons discuter. De quoi veux-tu parler ?

Elle haussa les épaules dans la lumière pâle.

— J'ai beaucoup réfléchi.

Elle tenait une branche de bouleau qu'il avait coupée la nuit précédente pour le feu et en arrachait des morceaux d'écorce blanche.

— La nuit dernière, après être partie, eh bien, je savais que tu avais une migraine...

— Comment le savais-tu ?

Elle haussa de nouveau les épaules.

— Je peux toujours deviner, d'après l'expression de ton visage, quand tu as une migraine.

Sa voix était douce, aimable.

— Je savais que tu n'avais pas beaucoup dormi dernièrement, et que c'était ma faute, aussi ai-je décidé qu'avant de... avant de partir, je monterais la garde pendant que tu dormirais. Alors je me suis postée là-bas.

Elle indiqua des branches.

— Dans ces arbres, d'où je pouvais te surveiller. Je voulais m'assurer que tu récupérais un peu de sommeil.

— Tu es restée là toute la nuit ?

Elle fit oui de la tête, mais ne leva pas les yeux.

— Tout en montant la garde, j'ai fabriqué un piège, comme tu me l'as enseigné. J'ai beaucoup réfléchi, aussi. J'ai surtout beaucoup pleuré. Je ne pouvais supporter que tu aies une mauvaise opinion de moi. Ça me faisait souffrir que tu me considères ainsi. Ça me mettait en colère aussi.

Richard jugea qu'il valait mieux ne rien dire pendant qu'elle s'efforçait de trouver ses mots. Il ne savait pas quoi rétorquer et avait peur que toute parole de sa part ne la convainque de repartir. Kahlan détacha un copeau d'écorce de bouleau et le jeta dans le feu, où il grésilla et s'enflamma.

— J'ai médité sur ce que tu avais dit, et j'ai décidé de t'avouer certaines choses indispensables, à propos de la manière de se comporter devant la Reine. Et puis je me suis souvenu de quelques conseils que j'avais besoin de te donner concernant les routes à éviter, et les lieux dans lesquels tu pourrais te rendre. Je n'arrêtais pas de penser à des détails qu'il me fallait t'apprendre, qui t'étaient nécessaires. Et je me suis rapidement rendu compte que tu avais raison. Sur tout.

Richard avait l'impression qu'elle allait fondre en larmes, mais elle ne pleura pas. Elle continua de tourner la branche entre ses doigts, évitant son regard. Il demeura cependant silencieux. C'est alors qu'elle lui posa une question inattendue.

— Trouves-tu Shota jolie ?

Il sourit.

— Oui. Mais pas aussi jolie que toi.

Kahlan sourit et repoussa quelques mèches de cheveux par-dessus son épaule.

— Rares sont ceux qui oseraient dire une chose pareille à un...

Elle se reprit. Son secret, toujours... Elle enchaîna.

— Il y a un proverbe de bonne femme, tu l'as probablement déjà entendu : « Ne laisse jamais une belle fille
choisir la route à ta place quand il y a un homme dans
sa ligne de mire. »

Richard rit un peu et se mit debout pour s'étirer les
jambes.

— Non, je ne le connaissais pas.

Il s'adossa contre un arbre et croisa les bras. Kahlan
n'avait pas à se soucier que Shota lui vole son cœur ; la
sorcière l'avait averti qu'elle le tuerait si jamais elle le
revoyait. Et même sans le serment de Shota, Kahlan
n'avait pas à s'inquiéter.

Elle jeta la branche et s'approcha de lui, le regarda
enfin dans les yeux.

— Richard (sa voix était basse, presque un murmure), la nuit dernière je me suis rendu compte que
je me comportais très stupidement. J'avais peur que la
sorcière me tue, et tout à coup, j'ai compris qu'elle allait
réussir. Parce que je la laissais choisir ma route.

« Tu avais raison sur toute la ligne. Je n'aurais pas dû
avoir l'imbécillité de mépriser l'avis d'un Chercheur.

Elle baissa un court instant les yeux avant de les
planter de nouveau dans ceux de Richard.

— Si... s'il n'est pas trop tard, j'aimerais redevenir
ton guide.

Richard ne parvenait pas à croire que c'était terminé.
Il n'avait jamais été aussi heureux, aussi soulagé. Au
lieu de répondre, il tendit les bras et l'enlaça. Kahlan
lui rendit son étreinte, la tête contre sa poitrine. Puis
elle se dégagea.

— Richard, il y a un autre problème. Je ne peux pas
continuer comme ça sans te parler de moi. Te parler de
ce que je suis. Cela me fait de la peine, car je suis supposée être ton amie. J'aurais dû te le révéler dès le
début, mais je n'avais jamais eu d'ami comme toi auparavant. Je ne voulais pas que tout ça ait une fin.

Son regard quitta le sien.

— Mais maintenant, c'est nécessaire, ajouta-t-elle
faiblement.

— Kahlan, je te l'ai déjà dit ; tu es mon amie, et rien
ne peut changer cet état de fait.

— Ce secret le peut.

Ses épaules s'étaient voûtées.

— Il s'agit de magie.

Richard n'était plus du tout sûr de vouloir partager son secret. Il venait de la retrouver ; il ne voulait pas la perdre encore une fois. Il s'accroupit devant le feu, attrapa la broche sur laquelle rôtissait le lapin. Des étincelles s'élevèrent en tournoyant.

— Kahlan, peu m'importe ton secret. C'est toi qui m'importes, c'est tout ce qui compte. Tu n'es pas obligée de me le raconter. Allez, le lapin est cuit, viens le manger.

Il en coupa un morceau à l'aide de son couteau et le lui tendit. Elle s'assit par terre près de lui.

— Richard, quand tu as vu Shota pour la première fois, ressemblait-elle vraiment à ta mère ?

Il fixa le visage de Kahlan, éclairé par le feu.

— Oui, dit-il avant de mordre son morceau de lapin.

— Ta mère était très jolie. Tu as ses yeux, et sa bouche.

Richard sourit à l'évocation de ce souvenir.

— Mais il ne s'agissait pas réellement d'elle.

— Alors tu as été furieux que Shota te trompe ?

Il haussa les épaules, ressentant l'amertume du chagrin.

— Je crois. Ce n'était pas juste.

Kahlan mâchonna une minute, puis avala.

— C'est pour cela que je dois te dire qui je suis, même si tu me détestes après. C'est l'autre raison de mon retour : je ne voulais pas que quelqu'un d'autre te l'apprenne. Je voulais que tu l'entendes de ma bouche. Après t'avoir tout raconté, si tu le désires, je partirai.

Richard leva les yeux au ciel et souhaita brusquement que Kahlan ne lui avoue pas ce qu'elle était ; il souhaita que les choses restent en place.

— Ne t'inquiète pas. Il n'est pas question que je te renvoie. Nous avons une mission à accomplir. Tu te souviens de ce qu'a prédit Shota ? La Reine ne détiendra plus longtemps le coffret ; cela signifie que quelqu'un le lui dérobera. Il vaut mieux que ce soit nous plutôt que Darken Rahl.

Kahlan posa la main sur son bras.

— Je ne veux pas que tu te décides avant d'avoir entendu ce que j'ai à dire, avant de savoir ce que je suis. Ensuite, si tu désires que je parte, je comprendrai.

Elle le fixa intensément.

— Richard, sache que je n'ai jamais aimé, ni n'aimerai jamais personne autant que toi. Mais il est impossible que ça aille plus loin. Rien ne pourra jamais en résulter. Rien de bon, du moins.

Il refusait d'y croire. Il devait exister un moyen ! Il soupira.

— Très bien alors, qu'on en finisse.

— Tu te souviens que je t'avais dit que certaines des créatures du Midlands étaient magiques ? Et qu'elles ne pouvaient s'affranchir de cette magie parce qu'elle faisait partie d'elles-mêmes ?

Il acquiesça.

— Eh bien, je suis l'une de ces créatures. Je suis plus qu'une femme.

— Qu'est-ce que tu es ?

— Je suis un Confesseur.

Confesseur.

Richard connaissait ce mot.

Chaque muscle de son corps se raidit. Sa gorge se serra. Le Livre des Ombres Comptées déferla soudain dans son esprit. *La vérification de la véracité des paroles du Livre des Ombres Comptées, si celles-ci sont prononcées par un autre, plutôt que lues par celui qui commande aux coffrets, ne peut être garantie que par la présence d'un Confesseur...*

Son esprit s'emballa, comme s'il feuilletait mentalement les pages, balayait les mots, tentant de se rappeler le livre dans son ensemble, tentant de se rappeler si le mot *Confesseur* était mentionné ailleurs. Non. Il connaissait chaque mot du livre, et *Confesseur* n'y figurait qu'une seule fois, au début. Il se revoyait en train de s'interroger sur la signification de ce terme. Il n'était même pas sûr, auparavant, qu'il s'agisse d'une personne. Il sentit le poids du croc pendu à son cou.

— Sais-tu ce qu'est un Confesseur ? lui demanda Kahlan.

— Non, bredouilla-t-il. J'ai déjà entendu ce mot, c'est

tout... chez mon père. Mais je ne sais pas ce qu'il signifie.

Il lutta pour reprendre la maîtrise de ses sens.

— Alors, qu'est-ce que ça veut dire, d'être Confesseur ?

— C'est un pouvoir, un pouvoir magique, qui est transmis de mère en fille, et qui date de l'émergence des terres, bien avant l'âge des ténèbres.

Richard ne savait rien de « l'âge des ténèbres », mais il ne l'interrompit pas.

— C'est quelque chose d'inné, une magie qui fait partie de nous, et qui ne peut être séparée de nous de même que l'on ne peut vous séparer de votre cœur. Toute femme Confesseur portera des enfants Confesseurs. Toujours. Mais le pouvoir n'est pas identique chez tous les Confesseurs ; chez certaines, il est plus faible, chez d'autres, plus puissant.

— Alors tu ne peux pas t'en débarrasser, même si tu le voulais. Mais de quelle sorte de magie s'agit-il ?

Elle détourna le regard en direction du feu.

— Il s'agit d'un pouvoir invoqué par le toucher. Il est toujours actif, nous devons sans cesse le maintenir en nous pour le maîtriser. Pour l'utiliser, nous relâchons notre emprise.

— Et quel effet possède ce pouvoir ?

— C'est difficile à expliquer avec des mots. C'est la première fois que je fais une chose pareille, et je ne suis même pas sûre d'y arriver. C'est un peu comme essayer d'expliquer ce qu'est le brouillard à un aveugle.

— Essaie.

Elle acquiesça et lui jeta un regard à la dérobée.

— Il s'agit du pouvoir de l'amour.

Richard faillit éclater de rire.

— Et je suis censé craindre le pouvoir de l'amour ?

Kahlan se raidit ; l'indignation embrasa ses yeux : l'indignation et cette expression intemporelle qu'il avait lue dans le regard d'Adie et de Shota, et qui signifiait que ses paroles étaient irrévérencieuses et son petit sourire insolent. Il réalisa que Kahlan n'était pas accoutumée à ce que quiconque se moque de son pouvoir, et de son identité. Son expression lui en révélait davantage au sujet de son pouvoir que n'importe quel mot

138

aurait pu le faire. Quelle que soit sa magie, il ne s'agissait pas de quelque chose dont on pouvait se moquer impunément. Son petit sourire s'estompa. Quand elle sembla certaine qu'il n'était pas sur le point d'ajouter une autre impertinence, elle poursuivit.

— Tu ne comprends pas. Ne prends pas ça à la légère. Une fois touché par la magie, on n'est plus la personne que l'on était. On est changé pour l'éternité. On est à tout jamais soumis à celle qui vous a touché, à l'exclusion de toute autre. Ce que l'on voulait, ce que l'on était, qui l'on était, tout cela ne veut plus rien dire. On décrocherait la lune pour celle qui vous touche. Ton existence ne t'appartient plus, elle devient sa propriété. Ton âme ne t'appartient plus, elle est sa propriété. La personne que l'on était n'existe plus.

Richard en eut la chair de poule.

— Combien de temps cette... cette... magie, quel que soit son nom, combien de temps dure-t-elle ?

— Aussi longtemps que celui que je touche est vivant, déclara-t-elle d'un ton égal.

— Donc, tu ensorcelles les gens, en quelque sorte ?

— Pas exactement. Le toucher d'un Confesseur est bien plus que cela. Bien plus puissant, et irrémédiable. Un ensorcellement pourrait être dissipé. Pas mon contact. Shota était en train de t'ensorceler, même si tu ne t'en rendais pas compte. Les sorcières ne peuvent s'en empêcher, c'est dans leur nature. Mais ta colère, et la colère de l'épée t'ont protégé.

« Le pouvoir de mon contact est immédiat, et irrémédiable. La personne que je touche ne peut être délivrée, parce qu'une fois que je l'ai touchée, cette personne n'est plus présente, elle a disparu pour toujours. Sa volonté a disparu pour toujours. L'une des raisons pour lesquelles j'avais peur de me rendre chez Shota, c'est que les sorcières haïssent les Confesseurs. Elles sont férocement jalouses de leur pouvoir ; jalouses du fait qu'une fois touchée la personne devient totalement soumise.

Richard tenta désespérément de se raccrocher à ses espoirs, à ses rêves. Le seul moyen qu'il avait de garder son calme et de gagner du temps, c'était de poser des questions.

— Est-ce que cela marche sur tout le monde ?

— Sur tous les humains. Sauf sur Darken Rahl. La magie d'Orden le protège de notre contact. Il n'a rien à craindre de moi. Sur ceux qui ne sont pas humains, en général, il ne fonctionne pas parce qu'ils sont incapables de compassion, condition nécessaire pour que la magie opère. Un graz, par exemple, ne serait pas changé par mon contact. Cela marche sur quelques autres créatures, mais pas exactement de la même manière que sur les humains.

— Et Shar ? Tu l'as touchée, n'est-ce pas ?

— Oui. Elle agonisait, et souffrait d'être loin de ses semblables, de périr seule. Elle m'a demandé de la toucher. Mon contact a dissipé sa peur et l'a remplacée par un amour pour moi qui ne laissait pas de place pour son propre chagrin, pour sa propre solitude. Il ne restait plus rien d'elle excepté l'amour qu'elle me portait.

— Et quand nous nous sommes rencontrés, la première fois, lorsque le quad nous traquait, tu as aussi touché l'un de ces hommes, n'est-ce pas ?

Kahlan acquiesça, serrant son manteau autour d'elle, les yeux rivés sur le feu.

— Bien qu'ils aient juré de me tuer, une fois que j'ai touché l'un d'eux, celui-ci m'appartient, dit-elle avec fermeté. Il combattra à mort pour me défendre. C'est la raison pour laquelle Rahl envoie quatre hommes par Confesseur à tuer ; il s'attend qu'elle en touche un, et les trois autres sont là pour le tuer, avec elle. Les trois qui restent sont nécessaires parce que celui qui est touché va combattre tellement farouchement qu'il tuera au moins un ou deux de ses compagnons, mais cela en laisse toujours un dernier pour s'occuper du Confesseur. Il arrive que les trois soient tués, mais c'est rare. Cela s'est produit avec le quad qui m'a traquée avant que les magiciens ne m'envoient de l'autre côté de la frontière. Le quad est l'unité la plus économique à dépêcher, ils réussissent presque à chaque coup, et quand ce n'est pas le cas, Rahl se contente d'en envoyer un autre.

« Nous n'avons pas été tués sur la falaise parce que tu les as séparés. Celui que j'ai touché a tué son acolyte pendant que tu retenais les deux autres ; ensuite il les a attaqués, mais tu en avais propulsé un par-dessus le rebord, aussi s'est-il servi de sa propre vie pour précipiter le chef dans l'abîme. C'était le seul moyen pour lui d'être sûr de me protéger.

— Ne peux-tu simplement les toucher tous les quatre ?

— Non. Le pouvoir est épuisé à chaque utilisation. Il faut du temps pour le régénérer.

Il sentit la poignée de son épée contre son coude et une pensée soudaine surgit en lui.

— Quand nous avons franchi la frontière, et que le dernier homme du quad t'attaquait, je l'ai tué... mais je ne te sauvais pas réellement, n'est-ce pas ?

Elle ne répondit pas tout de suite.

— Un seul homme, quelles que soient sa corpulence ou sa force, ne représente pas une menace pour un Confesseur, même pour un Confesseur faible, et pour moi encore moins. Si tu n'étais pas arrivé à cet instant... je me serais occupée de lui. Je suis désolée, Richard, murmura-t-elle, mais tu n'avais pas besoin de le tuer. J'aurais pu m'en charger.

— Eh bien, dit-il sèchement, au moins je t'ai épargné la peine de le faire.

Elle ne répliqua pas, se contenta de le regarder tristement. Il lui semblait qu'elle ne pourrait rien trouver pour le réconforter.

— Combien de temps ? demanda-t-il. Combien de temps faut-il à un Confesseur pour régénérer son pouvoir ?

— Ça dépend. Chez certains, il est plus faible, et il faut parfois plusieurs jours. Chez la plupart, il faut environ un jour et une nuit.

— Et en ce qui te concerne ?

Elle le regarda comme si elle regrettait qu'il eût posé cette question.

— A peu près deux heures.

— Est-ce inhabituel ?

Elle soupira.

— C'est ce qu'on m'a dit.

Sa voix paraissait lasse.

— Plus le temps de récupération est court, plus le pouvoir est fort, plus ses effets sont puissants sur celui que l'on touche. C'est ce qui fait que certains des membres de quads que je touche sont capables de tuer leurs trois compagnons. Cela ne se produirait pas avec un Confesseur plus faible.

« La position de chaque Confesseur dépend de son pouvoir, parce que celles qui possèdent le pouvoir le plus important porteront les filles qui auront le plus de chances d'hériter de cette puissance. Il n'existe pas de rivalité entre les Confesseurs pour savoir qui détient le plus de pouvoir, mais seulement une affection et une dévotion profondes en temps de troubles — comme depuis que Rahl a franchi la frontière. Les rangs les plus bas protégeront les plus élevés, au prix de leur vie, s'il le faut.

— Et quel est ton rang ?

— Tous les Confesseurs me suivent. Beaucoup ont sacrifié leur vie pour défendre la mienne...

Sa voix se brisa un instant.

— ... pour que je puisse survivre et utiliser mon pouvoir afin d'arrêter Rahl. Il n'y a plus personne pour me suivre désormais. Je suis la seule survivante. Darken Rahl les a toutes massacrées, jusqu'à la dernière.

— Je suis navré, Kahlan, dit-il doucement.

Il comprenait peu à peu l'importance de son rôle.

— Alors, as-tu un titre ? Comment t'appellent les gens ?

— Je suis la Mère Confesseur.

Richard se crispa. Ce titre évoquait une belle autorité... Il avait toujours su que Kahlan était importante, mais ne s'était jamais douté qu'elle puisse être quelqu'un d'aussi éminent. Mais même s'il n'était que guide, et qu'elle eût autant d'autorité, il ne s'en souciait guère, il pouvait vivre avec cette idée. Elle y parviendrait sûrement, elle aussi. Il n'était pas question qu'il la perde, ni ne la congédie à cause de son identité.

— Je ne sais pas ce que cela signifie. C'est une sorte de princesse, ou de reine ?

Kahlan haussa un sourcil.

— Les reines courbent l'échine devant la Mère Confesseur.

Maintenant, il était impressionné.

— Tu es plus qu'une reine ? grimaça-t-il.

— Tu te souviens de la robe que je portais quand tu m'as rencontrée ? C'est une robe de Confesseur. Nous la portons toutes afin qu'on ne manque pas de nous reconnaître, même si la plupart des habitants du Midlands nous identifieraient, de toute façon. Tous les Confesseurs, quel que soit leur âge, portent une robe de Confesseur noire — sauf la Mère Confesseur : la sienne est blanche.

Kahlan semblait un peu ennuyée d'avoir à expliciter son insigne position.

— C'est bizarre pour moi de t'expliquer cela, Richard. Tout le monde au Midlands est au courant, aussi n'ai-je jamais eu besoin de traduire cela en mots. Ça me semble si... je ne sais pas, si arrogant.

— Eh bien, je ne suis pas originaire du Midlands. Essaie, j'ai besoin de comprendre.

— Les rois et les reines sont maîtres de leur pays ; ils ont chacun leur domaine propre. Il en existe un certain nombre au Midlands. D'autres contrées sont gouvernées par des instances différentes, des conseils, par exemple. Certains endroits sont envahis de créatures magiques. Les feux follets nocturnes, notamment — aucun humain ne réside sur leurs terres.

« Le lieu où vivent les Confesseurs s'appelle Aydindril. C'est également là que vivent les magiciens et les membres du Conseil Central du Midlands. Aydindril est un endroit magnifique. Ça fait longtemps que je ne suis pas rentrée chez moi, dit-elle avec mélancolie. Les Confesseurs et les magiciens sont étroitement liés, unis ; de la même façon que l'Ancien, Zedd, est lié au Chercheur.

« Personne ne revendique la propriété d'Aydindril. Aucun dirigeant n'aurait l'audace de se l'attribuer, ils ont tous peur des Confesseurs et des magiciens. Toutes les terres du Midlands contribuent à l'entretien d'Aydindril. Les Confesseurs sont au-dessus des lois de tous les pays, de la même manière que le Chercheur est au-delà de toute loi hormis la sienne. Cependant, nous servons toutes le peuple du Midlands par l'entremise du Conseil Central.

« Dans le passé, des dirigeants arrogants ont songé soumettre les Confesseurs à leur férule. En ces temps-là, il y avait des Confesseurs clairvoyants, maintenant vénérés comme des héros, qui surent jeter les fondations de notre indépendance. Ces dirigeants furent détrônés et remplacés par de nouveaux chefs qui comprenaient que les Confesseurs devaient garder leur autonomie. Les anciens dirigeants furent emprisonnés à Aydindril et utilisés comme esclaves.

— Je ne comprends pas, dit Richard. Les rois et les reines sont puissants. N'avaient-ils aucun système de défense ? N'avaient-ils pas de gardes, de soldats, pour les protéger ? Comment un Confesseur aurait-elle pu s'approcher d'un roi ou d'une reine pour les toucher ?

— Oui, ils sont protégés ; très protégés, en fait, mais ce n'est pas aussi compliqué que ça en a l'air. Un Confesseur touche une personne, peut-être un garde, et elle a un allié, grâce à qui elle en touche un autre, et ainsi de suite. Chaque personne qu'elle touche l'approche de son supérieur, et lui rapporte de plus en plus d'alliés. De cette manière, elle avance plus rapidement que tu ne le crois en direction du roi ou de la reine. N'importe quel Confesseur pourrait y parvenir. C'est encore plus aisé pour la Mère Confesseur. Ce n'est pas qu'une telle entreprise soit sans danger, de nombreux Confesseurs sont morts, mais le jeu en vaut la chandelle. C'est la raison pour laquelle aucun pays n'est fermé aux Confesseurs. Fermer un pays à un Confesseur revient à reconnaître que l'on est coupable de quelque chose, ce qui représente un motif suffisant pour que son gouvernant soit démis de ses fonctions. C'est pourquoi le Peuple de Boue, par exemple, me permet de leur rendre visite, bien qu'ils n'admettent qu'exceptionnellement des étrangers dans leur village. Ne pas autoriser l'accès à un Confesseur ne ferait que provoquer des soupçons. Un chef impliqué dans quelque complot ne serait que trop heureux d'accorder l'accès libre à un Confesseur, pour essayer de dissimuler ses agissements.

« En ces temps-là, certaines des Confesseurs étaient plus que tentées d'utiliser leur pouvoir comme bon leur chantait. Les magiciens usèrent de leur influence pour établir une espèce de contrôle, mais les peuples avaient compris ce dont elles étaient capables. Les choses ont changé, depuis.

Détrôner un dirigeant. Que les choses aient changé

ou non, Richard trouvait tout cela difficile à avaler, à justifier.

— D'où les Confesseurs s'arrogeaient-elles le droit d'agir ainsi ?

Elle secoua lentement la tête.

— Ce que nous faisons aujourd'hui, toi et moi, est-ce tellement différent de ce qui a été accompli dans le passé ? Nous agissons tous selon ce que nous dicte notre conscience, ce que nous estimons juste.

— Je vois où tu veux en venir, concéda-t-il. Mais toi, as-tu déjà détrôné un monarque ?

Elle secoua la tête.

— Cependant, les gouvernants des contrées font en sorte de ne pas attirer mon attention. Pareil pour le Chercheur. Enfin, c'était le cas avant que toi ou moi soyons nés. A l'époque, les Chercheurs étaient plus craints et respectés que les Confesseurs.

Elle lui adressa un regard entendu.

— Eux aussi ont détrôné des rois. Mais depuis que l'Ancien a été méprisé et que l'épée est devenue un avantage politique, ils sont méprisés, considérés comme des pions, des voleurs.

— Et la plupart du temps, dit Richard, je me fais effectivement l'effet d'être un pion, manipulé par d'autres. Même par Zedd et...

Il ne termina pas ; elle le fit à sa place.

— Et par moi.

— Ce n'est pas ce que je veux dire. Seulement parfois je regrette d'avoir entendu parler de l'Epée de Vérité. En même temps, je ne peux pas permettre que Rahl l'emporte. Je dois faire mon devoir, je n'ai pas le choix, et c'est justement ça que je déteste.

Kahlan sourit tristement.

— Richard, puisque tu commences à comprendre ce que je suis, j'espère que tu peux te rappeler qu'il en est de même pour moi. Moi non plus je n'ai pas le choix. Mais en ce qui me concerne, la situation est pire, parce que je suis née avec mon pouvoir. Au moins, lorsque tout sera fini, tu pourras rendre l'épée si tu le souhaites. Moi, je serai Confesseur aussi longtemps que je vivrai.

Elle s'arrêta, puis ajouta :

— Depuis que je te connais, je paierais n'importe

quel prix pour pouvoir l'abandonner et devenir une femme ordinaire.

Richard ne savait que faire avec ses mains, aussi ramassa-t-il un bâton et entreprit-il de tracer des lignes dans la poussière.

— Je ne comprends toujours pas pourquoi on vous appelle « Confesseur ». Que signifie « Confesseur » ?

Kahlan arbora une expression douloureuse qui le peina.

— C'est en rapport avec ce que nous faisons. Nous sommes les arbitres ultimes de la vérité. C'est ainsi que nous servons le peuple.

— Les arbitres ultimes de la vérité, répéta-t-il avec un froncement de sourcils. Un peu comme un Chercheur.

Elle acquiesça.

— Chercheurs et Confesseurs sont liés dans leurs objectifs. D'une certaine manière, nous sommes aux extrémités opposées de la même magie. Les magiciens d'antan étaient pratiquement des monarques, qui haïssaient le mensonge et la duperie. Ils voulaient un moyen d'empêcher les souverains corrompus d'utiliser leur pouvoir pour tromper le peuple. Ces dirigeants peu scrupuleux se contentaient d'accuser leurs ennemis politiques d'un crime et les faisaient exécuter, les déshonorant et les éliminant du même coup.

« Les magiciens désiraient mettre un terme à ces pratiques. Ils avaient besoin d'un moyen qui ne laissât aucune place au doute. Aussi élaborèrent-ils une magie et lui attribuèrent-ils une vie qui lui était propre. Ils créèrent les Confesseurs à partir d'un groupe constitué des meilleures femmes et décidèrent que leur pouvoir serait transmis à leurs enfants. Nous utilisons notre pouvoir pour découvrir la vérité, lorsque celle-ci est suffisamment importante. La plupart du temps, de nos jours, on s'en sert pour s'assurer qu'une personne condamnée à mort est réellement coupable. Quand une personne est condamnée à mort, nous la touchons, et une fois qu'elle nous appartient, nous l'obligeons à se confesser. Une fois touché, même le plus vil des meurtriers obéit à nos ordres et confesse ses crimes. Il arrive que les tribunaux ne soient pas sûrs de détenir le bon coupable, aussi un Confesseur est-il convoqué pour établir la vérité. Dans la plupart des contrées, la loi spécifie que personne ne peut être mis à mort sans s'être d'abord confessé. De cette façon, le coupable est forcément puni et l'innocent libéré.

« Certains habitants du Midlands refusent de recourir aux services des Confesseurs ; le Peuple de Boue, par exemple. Ils ne veulent pas de ce qu'ils considèrent comme une ingérence extérieure. Ils ont néanmoins peur de nous, parce qu'ils savent de quoi nous sommes capables. Nous respectons les désirs de ces gens ; aucune loi ne les oblige à utiliser nos compétences. Cependant, nous les y contraindrions si nous suspections quelque fourberie. Les Confesseurs furent les premiers à découvrir le complot de Darken Rahl. C'est une vérité importante, et Darken Rahl n'était pas content que nous devinions ses machinations.

« En de rares cas, une personne qui doit être mise à mort sans recourir à un Confesseur demandera qu'un Chercheur soit appelé, afin de pouvoir se confesser et prouver son innocence.

Sa voix devint plus douce, plus faible.

— Tu sais, quand on m'appelle, avant même de toucher ces hommes, je sais s'ils sont innocents, mais je dois malgré tout m'exécuter. Si tu voyais l'expression de leurs yeux quand je les touche... tu comprendrais.

Richard déglutit.

— Combien de confessions as-tu... écoutées ?

Elle secoua lentement la tête.

— Trop pour les dénombrer. J'ai passé la moitié de mon existence dans les prisons et les cachots, en compagnie des animaux les plus vicieux et les plus répugnants, et cependant la plupart n'avaient l'air de rien de plus qu'un bienveillant commerçant, un frère, un père, un voisin. Après les avoir touchés, je les ai tous entendus me dire les choses qu'ils avaient accomplies. Pendant longtemps, au début, cela me donnait tant de cauchemars que j'avais peur de dormir.

Richard jeta le bâton, prit la main de Kahlan et la serra gentiment. Elle commençait à pleurer.

— Kahlan, tu n'es pas obligée de...

— Je me souviens du premier homme que j'ai tué.

Sa lèvre frémissait.

— J'en rêve toujours. Il m'a confessé les choses qu'il avait faites aux trois filles de son voisin... la plus âgée n'avait que cinq ans... il m'a regardée avec des yeux écarquillés après m'avoir raconté l'histoire la plus horrible que l'on puisse imaginer... et il a ajouté : « Que souhaitez-vous, maîtresse ? »... et sans réfléchir, j'ai répondu : « Mon souhait est que tu meures. »

Elle essuya ses larmes d'une main tremblante.

— Il est tombé raide mort sur-le-champ.

— Qu'ont dit les gens présents ?

— Qu'auraient-ils osé dire à un Confesseur qui venait juste d'abattre un homme devant leurs yeux ? Ils se sont contentés de reculer et de s'écarter de mon chemin lorsque je suis partie. Tous les Confesseurs ne sont pas capables d'une chose pareille. Mon magicien en est même resté muet.

Richard renâcla.

— Ton magicien ?

Elle hocha la tête en finissant d'essuyer ses larmes.

— Les magiciens considèrent qu'ils doivent nous protéger, car nous sommes universellement craintes et haïes. Les Confesseurs voyageaient presque toujours sous la protection d'un magicien. Rahl s'est débrouillé pour tuer nos magiciens. Ils sont tous morts aujourd'hui... Sauf Zedd et Giller.

Richard ramassa le lapin. Il refroidissait. Il découpa un autre morceau et le lui proposa, puis s'en tailla un pour lui-même.

— Pourquoi les Confesseurs étaient-elles craintes et haïes ?

— Les parents et les amis de l'homme qui devait être exécuté nous détestaient parce qu'ils ne croyaient souvent pas que leur proche ait pu accomplir les choses qu'il confessait. Ils préféraient penser que nous les avions traîtreusement contraints à se confesser.

Elle picora sa viande, arrachant de petits morceaux et les mâchant lentement.

— J'ai découvert que les gens ne veulent pas souvent croire la vérité. Elle ne revêt que peu de valeur pour eux. Certains ont tenté de me tuer. C'est l'une des raisons pour lesquelles un magicien nous escortait toujours, afin de nous protéger jusqu'à ce que nous récupérions notre pouvoir.

Richard avala sa bouchée.

— Cela ne me paraît pas être une raison suffisante.

— Il n'y a pas que ça. Pour quelqu'un qui n'a pas vécu dans ce milieu, les traditions du Midlands, la magie, tout cela doit sembler très bizarre.

Bizarre n'était pas le mot juste, songea-t-il. *Effrayant* était plus approchant.

— Les Confesseurs sont indépendantes ; les gens ne l'acceptent pas. Les hommes n'apprécient pas qu'aucun d'entre eux ne puisse nous gouverner. Les femmes n'admettent pas que nous vivions des vies différentes des leurs, que nous ne respections pas le rôle traditionnel des femmes. Nous ne prenons pas soin d'un mari, nous ne nous soumettons à aucun homme. Nous sommes considérées comme des privilégiées. Nos longs cheveux, comme ton épée, sont le symbole de notre autorité ; les autres femmes sont obligées de garder leurs cheveux courts, en signe de soumission à leur mari et à toute autre personne d'un statut supérieur au leur. En réalité, nous sommes moins libres qu'elles, mais elles ne voient pas la situation sous cet angle. Nous effectuons les besognes désagréables à leur place, et nous ne sommes pas libres de choisir notre destin. Nous sommes prisonnières de notre pouvoir.

— Je trouve ta longue chevelure jolie, dit Richard. Je l'aime telle qu'elle est.

Kahlan sourit.

— Merci.

Elle observa le feu un moment.

— Il reste le problème du choix d'un amant.

Richard termina son morceau de viande et jeta l'os dans les flammes.

— Choisir un amant ? Que veux-tu dire ?

Elle étudia ses mains comme si elle essayait d'y trouver un refuge.

— Lorsqu'un Confesseur atteint l'âge d'être mère, elle doit choisir un amant. Elle peut choisir l'homme qu'elle désire, même si celui-ci est déjà marié. Elle peut parcourir le Midlands à la recherche d'un père convenable pour ses filles, quelqu'un qui soit robuste, et peut-être charmant à ses yeux.

« Les hommes sont terrifiés par les Confesseurs en quête d'amant, parce qu'ils ne veulent pas être choisis, être touchés par elles. Les femmes sont terrifiées parce qu'elles ne veulent pas que leur mari, ou leur frère, ou leur fils leur soient enlevés. Ils savent tous qu'ils n'ont pas leur mot à dire sur ce sujet. Les gens ont peur de moi, d'abord parce que je suis la Mère Confesseur, ensuite parce que j'ai depuis longtemps dépassé l'âge de choisir un amant.

Richard se raccrochait encore avec ténacité à ses espoirs et à ses rêves.

— Mais dans le cas où l'on aime quelqu'un, et que cet amour est réciproque...

Kahlan secoua tristement la tête.

— Les seuls amis des Confesseurs sont des Confesseurs. Personne n'a jamais de sentiments pour un Confesseur. Tous les hommes nous craignent. On nous enseigne depuis notre plus jeune âge que l'amant que nous choisirons devra être robuste, afin que nos enfants soient forts. Mais ce ne doit pas être quelqu'un pour qui l'on a de l'affection, parce que nous le détruirions. Voilà pourquoi rien ne peut résulter de... de notre relation.

— Mais... pourquoi ?

— Parce que...

Elle détourna le regard, son visage était incapable de masquer sa peine, ses yeux verts se remplissaient de larmes.

— Parce que, au paroxysme de la passion, l'emprise du Confesseur sur son pouvoir se relâche, et elle le libère en lui, malgré elle. Alors l'homme n'est plus la personne qu'elle aimait. Il lui appartient, mais plus de la même manière. Celui pour qui elle éprouve tant d'amour est à ses côtés, mais uniquement à cause de la magie, pas parce qu'il le désire. Il n'est plus qu'une coquille, retenant ce qu'elle y a mis. Il est impossible d'empêcher cela. Voilà pourquoi aucun Confesseur ne souhaite l'imposer à l'homme qu'elle aime.

« Voilà pourquoi les Confesseurs, depuis des temps immémoriaux, se sont tenues à l'écart des hommes, de peur de se prendre d'affection pour l'un d'eux. On nous considère comme insensibles, mais ce n'est pas vrai ; nous craignons toutes ce que notre contact pourrait produire chez un homme que nous chérissons. Certains Confesseurs, très peu, choisissent des hommes mal aimés, ou détestés, afin de ne pas détruire un cœur pur. C'est leur façon de régler la question, et c'est leur droit.

Ses yeux pleins de larmes le regardèrent, l'implorant de comprendre.

— Mais... je pourrais...

— Je ne pourrais pas. Pour moi, ce serait la même chose que lorsque tu voulais être avec ta mère, et que tu t'es retrouvé avec Shota. Ce n'était qu'une apparence, et ce ne serait qu'une illusion d'amour. Est-ce que tu comprends ? sanglota-t-elle. Est-ce que cela t'apporterait la moindre joie ?

Richard était bouleversé. Tous ses espoirs étaient donc vains ?

— La maison aux esprits, est-ce de cela que parlait Shota ? Est-ce à ce moment que tu étais à un cheveu d'utiliser ton pouvoir contre moi ? demanda-t-il d'un ton un peu plus froid qu'il ne le souhaitait.

— Oui.

Sa voix se brisa sous le coup de l'émotion.

— Je suis désolée, Richard. Je n'ai jamais aimé personne autant que toi. Je voulais tellement être avec toi. J'ai presque oublié mon identité. Je l'ai presque ignorée. Mais tu sais maintenant combien mon pouvoir est dangereux. Tu sais combien il m'est facile de te détruire. Si tu ne m'avais pas arrêtée... tu aurais été perdu.

Il mourrait d'amour pour elle, pour ce qu'elle était, pour le fait qu'elle ne puisse rien y changer.

Zedd avait tenté de l'avertir, avait tenté de lui épargner cette peine. Pourquoi ne l'avait-il pas écouté ? Pourquoi avait-il été stupide au point de croire qu'il serait assez intelligent pour trouver une solution ?

Il se leva lentement et fit un pas en direction du feu.

— Qu'en est-il des hommes ? Les Confesseurs n'engendrent-elles jamais d'enfants mâles ?

— Si, les Confesseurs engendrent des enfants mâles.

Pas aussi souvent que dans le passé, mais cela arrive tout de même.

Elle s'éclaircit la gorge.

— Mais le pouvoir est plus puissant chez eux ; ils n'ont pas besoin de temps de régénération. Parfois, le pouvoir devient tout pour eux, les corrompt. C'est une erreur qu'ont commise les magiciens. Ils n'avaient pas suffisamment réfléchi à la manière dont le pouvoir serait transmis. Ils n'avaient pas prévu qu'il serait si différent chez les hommes.

« Il y a très longtemps de ça, quelques Confesseurs mâles ont réuni leurs forces et ont instauré un terrible régime. C'est ce qu'on a appelé l'âge des ténèbres. C'était une ère semblable à celle que nous vivons avec Darken Rahl.

« Quand ils désiraient prendre femme, les Confesseurs mâles se contentaient d'utiliser le pouvoir et la kidnappaient. De nombreuses femmes. Ils n'avaient aucune retenue, aucun sens des responsabilités pour ce qu'ils faisaient. D'après ce qu'on m'a raconté, l'âge des ténèbres ne fut qu'une interminable nuit de terreur. Les magiciens finirent par exterminer la totalité de la progéniture issue de ces accouplements, afin de prévenir toute extension incontrôlée du pouvoir. Mais un grand nombre d'entre eux sont morts aussi. Depuis cette époque, les magiciens se sont retirés des affaires d'Etat. Ils n'étaient plus assez nombreux, de toute façon. Ils se contentent désormais de servir le peuple et n'interfèrent plus avec les gouvernements s'ils peuvent l'éviter.

— Alors qu'arrive-t-il maintenant, s'enquit prudemment Richard, lorsqu'un Confesseur engendre un garçon ?

Elle s'éclaircit la gorge, ravalant ses sanglots.

— Quand un garçon naît d'un Confesseur, il est amené en un lieu spécial au centre d'Aydindril, où sa mère le place sur la Pierre.

Elle éprouvait visiblement des difficultés à lui parler de cela. Il prit sa douce main dans les siennes.

— Ainsi que je le disais, un homme touché par un Confesseur fait tout ce qu'elle lui ordonne.

Il sentait sa main trembler.

— La mère exige que son mari exécute son devoir...

et il... il pose un bâton en travers de la gorge du bébé...
et... et il grimpe sur les deux extrémités.

Richard lâcha sa main et se tourna vers le feu.

— Tous les enfants mâles ?

— Oui, concéda-t-elle d'une voix à peine perceptible.
Aucun risque ne peut être pris de laisser vivre un Confesseur mâle, parce qu'il pourrait utiliser le pouvoir pour recréer l'âge des ténèbres. Les magiciens ainsi que les autres Confesseurs observent attentivement toute Confesseur enceinte et font tout pour la consoler s'il s'agit d'un garçon, qui doit donc être...

Sa voix se brisa.

Richard se rendit soudain compte qu'il détestait le Midlands — qu'il le détestait avec une rage à peine inférieure à celle qu'il éprouvait pour Darken Rahl. Pour la première fois, il comprenait pourquoi les habitants du Westland avaient désiré un endroit dépourvu de magie. Des larmes lui montèrent aux yeux quand il pensa à quel point les Bois du Hartland lui manquaient. Il se jura que s'il arrêtait Rahl, il veillerait à ce que la frontière soit de nouveau érigée. Zedd l'y aiderait, cela ne faisait aucun doute.

Mais d'abord, il fallait régler le problème de l'épée ; il ne rendrait pas l'Epée de Vérité. Il la détruirait.

— Merci, Kahlan, se força-t-il à dire, de m'avoir tout avoué. Je n'aurais pas voulu entendre cela de la bouche de quelqu'un d'autre.

Il sentait son univers s'évanouir dans le néant. Il avait toujours considéré son entreprise contre Rahl comme le début de sa vie, un point à partir duquel tout serait envisageable. Dorénavant, arrêter Rahl représentait une fin. Pas uniquement la fin de Rahl, mais la sienne également ; il n'y avait rien au-delà. Au-delà, tout était mort. Après avoir arrêté Rahl et mis Kahlan à l'abri, il retournerait dans les Bois du Hartland, seul, et son existence serait terminée.

Il entendit Kahlan sangloter derrière lui.

— Richard, si tu veux que je parte, je te supplie de ne pas avoir peur de me le dire. Je comprendrai. C'est une chose à laquelle est habituée un Confesseur.

Il baissa un instant les yeux vers le feu mourant. La douleur lui transperçait la poitrine.

— S'il te plaît, Kahlan, existe-t-il un moyen, demanda-t-il, un seul moyen... que nous puissions... pour que nous...

— Non, gémit-elle.

Tout était donc perdu.

— Kahlan, bredouilla-t-il enfin, existe-t-il une loi, une règle, ou autre chose, qui stipule que nous ne pouvons pas être amis ?

Elle répondit dans un sanglot :

— Non.

Il pivota vers elle et la prit dans ses bras.

— J'ai réellement besoin d'une amie, murmura-t-il.

— Moi aussi, mais je n'en peux plus.

— Kahlan, je t'ai...

Elle posa un doigt sur ses lèvres pour le faire taire.

— Ne dis pas ça. Je t'en prie, Richard, ne dis jamais ça.

Elle pouvait l'empêcher de le dire à haute voix, mais pas de le penser.

Elle s'accrochait à lui, et il se souvint de la nuit dans le pin rebelle après leur rencontre, et de la façon dont les enfers l'avaient presque reconquise ; elle s'était accrochée à lui de la même façon, et il avait pensé à cet instant qu'elle ne devait pas avoir l'habitude que quelqu'un la prenne dans ses bras. Il savait maintenant pourquoi. Il posa sa joue sur le sommet de son crâne.

— As-tu déjà choisi ton amant ?

Elle secoua la tête.

— Des affaires plus importantes requièrent mon attention pour le moment. Mais si nous réussissons, et si je survis... alors je devrai m'y résoudre.

— Fais-moi une promesse.

— Si cela m'est possible.

— Promets-moi de ne pas le choisir avant que je sois de retour au Westland. Je ne veux pas savoir de qui il s'agit.

Elle sanglota un moment avant de répondre.

— Je te le promets.

Ils restèrent un long moment dans les bras l'un de l'autre.

— Tu avais tort à propos d'une chose, dit enfin Richard avec un sourire.

— Laquelle ?

— Tu as affirmé qu'aucun homme ne pouvait donner

154

d'ordre à un Confesseur. Tu as tort. J'en donne à la Mère Confesseur elle-même. Tu as juré de me protéger, tu dois respecter ton serment et me servir de guide.

Elle émit péniblement un petit rire.

— On dirait que tu as raison. Félicitations — tu es le tout premier homme à y être parvenu. Et qu'ordonne le maître à son guide ?

— Qu'elle ne me cause plus d'ennuis en voulant mettre un terme à sa vie ; j'ai besoin d'elle. Ensuite, qu'elle nous conduise jusqu'à la Reine et au coffret avant Rahl, et puis qu'elle veille à ce que nous repartions sains et saufs.

Kahlan hocha la tête.

— A vos ordres, mon seigneur.

Elle s'écarta de lui, le regarda.

— Comment se fait-il que tu parviennes toujours à me réconforter, même pendant les pires moments de mon existence ?

Il haussa les épaules, s'obligeant à sourire.

— Je suis le Chercheur. Je peux accomplir n'importe quel miracle.

Il aurait voulu en dire davantage, mais sa voix lui fit défaut.

Le sourire de Kahlan s'élargit.

— Vous êtes une personne vraiment exceptionnelle, Richard Cypher, murmura-t-elle.

Il souhaitait juste être seul pour pouvoir pleurer.

8

A L'AIDE DE SA BOTTE, RICHARD RECOUVRIT LES BRAISES mourantes. Le ciel se teintait d'un bleu glacé et la bise pénétrante soufflait de l'ouest. Au moins auraient-ils le vent dans le dos, songea-t-il. A côté gisait la broche dont Kahlan s'était servie pour cuire le lapin — le lapin qu'elle avait elle-même attrapé, comme il lui avait appris à le faire.

Il avait donc donné des leçons de chasse à la Mère Confesseur. A celle devant laquelle les reines plient l'échine. Il ne s'était jamais senti aussi idiot. Mère Confesseur. Pour qui se prenait-il ? Zedd avait tenté de l'avertir, mais il ne l'avait pas écouté.

Il songea à son frère, à ses amis Zedd et Chase. Au moins les avait-il avec lui. Kahlan, elle, n'avait personne. Ses seules amies, les autres Confesseurs, étaient mortes. Elle était seule au monde, seule dans le Midlands, entourée de gens qu'elle essayait de sauver, qui la craignaient et la haïssaient, entourée d'ennemis qui voulaient la tuer, et elle n'avait pas même de magicien pour la protéger.

Il comprenait pourquoi elle avait eu si peur de tout lui avouer. Il était son seul ami. Quel idiot il était de penser aussi égoïstement. S'il ne pouvait être que son ami, alors voilà ce qu'il serait. Même si cela le tuait.

— Ça a dû être dur de tout me raconter, dit-il tandis qu'il ajustait l'épée à sa ceinture.

Elle s'enveloppa dans son manteau. Son visage avait retrouvé son expression impassible, mais aujourd'hui, maintenant qu'il savait, il pouvait y lire des traces de douleur.

— Il aurait été plus facile de me suicider.

Il la regarda se tourner et se mettre en route, puis lui emboîta le pas. Si elle lui en avait parlé dès le début, se demanda-t-il, aurait-il accepté de l'accompagner ? Si elle lui avait tout raconté avant qu'il n'apprenne à la connaître, l'aurait-il crainte comme les autres ? Peut-être avait-elle eu raison d'attendre, mais si elle lui avait parlé dès le début, il n'aurait pas éprouvé les mêmes sentiments.

Vers midi, ils atteignirent le croisement de différents sentiers, marqué par une stèle plus grande que lui. Richard s'arrêta, étudia les symboles gravés sur la surface polie.

— Que signifient-ils ?

— Ils indiquent la direction de diverses villes et de divers villages, ainsi que leur distance, dit Kahlan. Si nous voulons éviter les rencontres, ce chemin est le meilleur, ajouta-t-elle en montrant l'un des sentiers.

— C'est encore loin ?

— J'emprunte habituellement les routes entre les villes, pas les sentiers. La stèle n'indique pas la distance par le sentier, seulement par la route, mais j'estime qu'il doit nous falloir encore quelques jours.

— Y a-t-il des villes dans les parages ?

— Nous sommes à une heure ou deux de Cornetiers l'Usine. Pourquoi ?

— Nous pourrions économiser du temps en voyageant à cheval.

Elle regarda le sentier qui menait à la ville, songeuse.

— Cornetiers l'Usine est une ville de bûcherons, une scierie. Ils devraient avoir beaucoup de chevaux, mais je doute que ce soit une bonne idée. J'ai entendu dire qu'ils ont de la sympathie pour le D'Hara.

— Pourquoi ne pas aller y jeter un coup d'œil ? Avec des chevaux, nous pourrions gagner au moins un jour. J'ai un peu d'argent, et une ou deux pièces d'or. Nous pourrions peut-être en acheter.

— Nous pouvons aller voir, à condition d'être prudents. Mais ne t'avise pas d'exhiber ton argent et ton or. Il est estampillé Westland, et dans cette ville, tous les Westlanders sont considérés comme une menace. Histoires et superstitions.

— Comment obtiendrons-nous des chevaux, alors ? En les volant ?

Elle haussa un sourcil.

— As-tu déjà oublié ? Tu es en compagnie de la Mère Confesseur. Je n'ai qu'à demander.

Cornetiers l'Usine était situé sur la rive de la Rivière Callisidrin et tirait de ses eaux boueuses à la fois l'énergie pour les scieries et un moyen de transport pour les rondins et le bois de charpente. Les déversoirs serpentaient à travers les ateliers. Des milliers de rondins étaient rangés à l'abri sous des entrepôts ouverts ou sous des bâches, attendant barges et chariots. Les maisons s'entassaient à flanc de coteau au-dessus de la manufacture, donnant l'impression d'avoir d'abord été des abris temporaires avant de devenir, les années passant, des habitations permanentes.

De loin, Richard et Kahlan comprirent tous deux que quelque chose clochait. La fabrique était silencieuse, les rues vides. Toute la ville aurait dû être en pleine activité. Il aurait dû y avoir des gens dans les magasins, sur les quais, à l'usine et dans les rues, mais il n'y avait aucun signe de vie nulle part, ni bête, ni homme. Quelques bâches claquaient au vent, quelques panneaux de tôle grinçaient, mais c'était tout.

Quand ils furent suffisamment proches, le vent leur apporta autre chose que des claquements et des grincements. Il apporta l'odeur putride de la mort. Richard vérifia que son épée glissait bien dans son fourreau.

Des cadavres, boursouflés, pratiquement près d'éclater, attiraient des nuages de mouches. Les morts gisaient dans les coins et contre les édifices, telles des feuilles d'automne que le vent aurait empilées. La plupart portaient d'horribles blessures ; d'autres étaient transpercés par des lances brisées. Les portes, défoncées et cassées, pendaient sur un seul gond. Des affaires personnelles et des fragments de mobilier étaient éparpillés dans les rues. Toutes les fenêtres étaient brisées. Certains des bâtiments n'étaient plus que des amas de poutres et de débris carbonisés. Richard et Kahlan se couvrirent la bouche et le nez avec leurs manteaux, pour se protéger de la puanteur. Leurs yeux étaient attirés par les morts.

— Rahl ? demanda Richard.

Elle étudia différents cadavres.

— Non. Rahl ne tue pas de cette manière. Il s'agissait d'une bataille.

— Ça ressemble plutôt à un carnage.

— Tu te souviens des morts chez le Peuple de Boue ? C'est à ça que ça ressemble quand Rahl tue. Toujours. Là, c'est différent.

Ils traversèrent la ville, longeant les maisons, évitant le milieu de la rue, devant occasionnellement enjamber des flaques de sang. Toutes les échoppes avaient été mises à sac, et ce qui n'avait pas été emporté avait été détruit. Kahlan pointa l'index. Sur le mur d'un bâtiment était écrit un message — avec du sang : Mort à ceux qui résistent au Westland.

— Que penses-tu que cela signifie ? chuchota-t-elle, comme si les morts pouvaient l'entendre.

Il fixa les lettres sanguinolentes.

— Je ne peux même pas l'imaginer.

Il détourna le regard et vit alors une charrette qui stationnait devant un entrepôt de céréales. Elle était à demi remplie de mobilier et de vêtements. Quelqu'un était encore en vie et s'apprêtait apparemment à partir.

Il franchit prudemment le seuil de l'entrepôt, Kahlan sur ses talons. Des rais de soleil filtrant par la porte et la fenêtre tombaient sur les sacs de grain éventrés et sur les barriques disloquées. Richard se planta d'un côté de la porte, Kahlan de l'autre, jusqu'à ce que leurs yeux s'habituent à l'obscurité. Des empreintes récentes, petites pour la plupart, marquaient la poussière en direction d'un comptoir. Richard agrippa la poignée de son épée, mais ne dégaina pas, et avança. Derrière le comptoir se terraient des gens tremblants.

— Je ne vais pas vous faire de mal, dit-il. Sortez de là.

— Etes-vous l'un des soldats de l'Armée Pacifique du Peuple venus à notre secours ? articula une voix de femme.

Richard et Kahlan froncèrent les sourcils.

— Non, répondit-elle. Nous ne sommes... que des voyageurs, qui passent ici par hasard.

Une femme au visage sale et maculé par les larmes, aux cheveux courts et sombres leva la tête. Sa robe, de toile grossière marron, était en loques. Richard enleva sa main de l'épée pour ne pas l'effrayer. Ses lèvres frémissaient, et ses yeux clignaient dans la faible lumière tandis qu'elle faisait signe aux autres de sortir. Il y avait six enfants — cinq filles et un garçon —, une autre femme et un vieillard. Une fois sortis, les enfants s'accrochèrent aux deux femmes. Le petit groupe se plaqua contre le mur et les dévisagea sans un mot. Richard mit un moment à comprendre ce qu'ils regardaient. Les cheveux de Kahlan.

Les trois adultes se mirent alors à genoux, front incliné, yeux fixés au sol ; les enfants enfouirent silencieusement leur visage dans les jupes des femmes. Avec un regard de biais en direction de Richard, Kahlan leur fit un signe de la main.

— Levez-vous, dit-elle. Ce cérémonial n'est pas nécessaire. Levez-vous.

Ils redressèrent la tête, troublés, et obtempérèrent à contrecœur.

— A vos ordres, Mère Confesseur, dit l'une des femmes d'une voix tremblotante. Pardonnez-nous, Mère Confesseur, nous... ne vous avions pas reconnue... à cause de vos vêtements. Pardonnez-nous, nous ne sommes que des êtres humains. Pardonnez-nous de...

Kahlan l'interrompit poliment.

— Quel est votre nom ?

La femme s'inclina et demeura ainsi.

— Je m'appelle Regina Clark, Mère Confesseur.

Kahlan la saisit par les épaules et la redressa.

— Regina, qu'est-il arrivé ici ?

Les yeux de Regina se remplirent de larmes, ses lèvres frémirent. Elle jeta un coup d'œil timide à Richard.

— Richard, dit calmement Kahlan, pourquoi n'emmènes-tu pas le vieil homme dehors avec les enfants ?

Il comprit ; les femmes avaient trop peur de parler devant lui. Il offrit le bras au vieillard voûté et conduisit quatre des enfants dehors. Deux des plus jeunes fillettes refusèrent de quitter les jupes de leurs mères, mais Kahlan fit signe que cela ne faisait rien.

Les quatre enfants s'installèrent sur les marches, à l'extérieur, les yeux dans le vague. Aucun ne voulut répondre quand Richard leur demanda leur prénom ; ils ne lui jetèrent que de furtifs coups d'œil pour s'assurer qu'il ne s'approchait pas. Le vieillard se contenta de regarder fixement devant lui quand il lui demanda son nom.

— Pouvez-vous me raconter ce qui s'est passé ici ? insista Richard.

Les yeux du vieillard s'écarquillèrent comme il détournait le regard vers la rue.

— Les Westlanders...

Des larmes lui montèrent aux yeux et il refusa de parler davantage. Richard décida de le laisser tranquille et lui offrit un morceau de viande séchée, mais il l'ignora. Les enfants se dérobèrent quand il le leur tendit. La plus âgée des filles, presque une femme, l'observait comme s'il était sur le point de les étriper, ou de les dévorer. Il n'avait jamais vu personne d'aussi terrifié. Ne voulant pas l'effrayer davantage, il garda ses distances, sourit de manière rassurante et promit qu'il ne leur ferait pas de mal, ni même ne les toucherait. Ils n'avaient pas l'air de le croire. Richard se tournait souvent vers la porte ; il n'était pas à l'aise et souhaitait que Kahlan sorte.

Ce qu'elle fit enfin, impassible. Richard se leva et les enfants retournèrent en courant dans le bâtiment. Le vieillard resta à sa place. Elle prit Richard par le bras, l'emmena à l'écart.

— Il n'y a pas de chevaux ici, dit-elle, le regard fixé devant elle tandis qu'elle le conduisait sur le chemin qu'ils avaient pris pour venir. Je crois qu'il vaut mieux que nous évitions les routes et que nous demeurions sur les sentiers les moins empruntés.

— Kahlan, que se passe-t-il ?

Il regarda par-dessus son épaule.

— Qu'est-il arrivé ici ?

Elle regarda le message sanglant sur le mur : MORT À CEUX QUI RÉSISTENT AU WESTLAND.

— Des missionnaires sont venus, annonçant au peuple la gloire de Darken Rahl. Ils venaient souvent, racontant au Conseil les avantages dont ils bénéficieraient lorsque le D'Hara gouvernerait toutes les terres. Racontant l'amour que Rahl porte à tous.

— C'est insensé ! s'exclama Richard.

— Néanmoins, les habitants de Cornetiers l'Usine étaient conquis. Ils étaient tous d'accord pour déclarer la ville territoire du D'Hara. L'Armée Pacifique du Peuple est entrée, traitant tout le monde avec le plus grand respect, achetant des marchandises aux commerçants, dépensant de l'argent et de l'or sans compter.

Elle désigna les rangées de rondins sous les bâches.

— Les missionnaires étaient fidèles à leur parole ; des ordres furent transmis pour commander du bois. Beaucoup de bois. Afin de construire de nouvelles villes où les gens vivraient prospères sous la gouverne éclairée du Père Rahl.

Richard secoua la tête d'étonnement.

— Et ensuite ?

— La nouvelle s'est répandue ; il y avait trop de travail pour les habitants. D'autres sont venus aider à satisfaire la commande de bois. Pendant que les affaires allaient leur train, les missionnaires ont parlé aux gens de la menace représentée par le Westland. La menace venue du Westland qui pesait sur le Père Rahl.

— Du Westland !

Richard n'y croyait pas.

Elle acquiesça.

— Alors l'Armée Pacifique du Peuple est partie, déclarant qu'on avait besoin d'elle pour combattre les forces du Westland, pour défendre les autres villes qui avaient prêté allégeance au D'Hara. Les habitants les supplièrent de rester pour les protéger. En échange de leur loyauté et de leur dévotion, Rahl leur laissa un petit détachement.

— Alors ce n'est pas l'armée de Rahl qui a fait ça ?

— Non. Tout s'est bien passé, d'abord. Puis, il y a environ une semaine, au lever du soleil, une unité militaire de l'armée du Westland a attaqué, tuant le détachement jusqu'au dernier homme. Après ça, ils se sont livrés au saccage, ont massacré les gens sans discrimination et pillé la ville en hurlant que c'était ce qui arriverait à quiconque suivrait Rahl, à quiconque résisterait au Westland. Avant que le soleil ne se couche, ils avaient disparu.

Richard prit Kahlan par l'épaule, la fit brutalement pivoter vers lui.

— Ce n'est pas vrai ! Les Westlanders ne feraient jamais une chose pareille ! Ce n'est pas eux ! C'est impossible !

Elle battit des paupières.

— Richard, je n'ai pas dit que c'était vrai. Je me contente de te rapporter leurs paroles.

Il la lâcha et rougit, mais ne put s'empêcher d'ajouter :

— Ce n'est pas l'armée du Westland qui a fait ça.

Il allait reprendre son chemin lorsqu'elle l'attrapa par le bras.

— Ce n'est pas tout.

A son regard, il devina qu'il n'allait pas aimer entendre la suite. Il acquiesça cependant pour qu'elle continue.

— Les survivants ont commencé à partir, le jour même, emportant ce qu'ils pouvaient. Davantage partirent le lendemain, certains après avoir enterré les membres de leurs familles. Cette nuit-là, un détachement de Westlanders est revenu, peut-être cinquante hommes. Aux quelques habitants qui restaient, ils déclarèrent que ceux qui avaient résisté au Westland n'avaient droit à aucune sépulture, qu'ils devaient être abandonnés aux animaux, pour qu'on voie ce qui arrive à ceux qui résistent à la loi du Westland. Ensuite, ils ont rassemblé tous les hommes, y compris les garçons, et les ont exécutés.

Elle ne précisa pas comment, mais à la façon dont elle avait prononcé le mot *exécutés*, il sut qu'il ne souhaitait pas plus d'explications.

— Le petit garçon et le vieillard ont été apparemment oubliés, sinon ils seraient morts, eux aussi. Les femmes furent obligées de regarder.

Elle s'arrêta.

— Combien de femmes ont survécu ?

— Je ne sais pas, pas beaucoup. Les soldats ont violé les femmes, ainsi que les filles. Chacune des filles que tu as vues là-bas a été violée par au moins...

— Ce ne sont pas des Westlanders qui ont fait ça !

Elle étudia son visage.

— Je sais. Mais qui ? Pourquoi ?

— N'y a-t-il rien que nous puissions faire pour eux ? demanda-t-il, frustré.

— Notre mission ne consiste pas à protéger quelques rescapés, ni les morts ; elle consiste à protéger les vivants, en arrêtant Darken Rahl. Nous n'avons pas de temps à perdre ; nous devons nous rendre à Tamarang. Et il vaut mieux que nous évitions les routes.

— Tu as raison, concéda-t-il avec répugnance. Mais je n'aime pas ça.

— Moi non plus.

Ses traits s'adoucirent.

— Richard, je crois qu'ils seront en sécurité. Quelle que soit l'armée qui a accompli cette boucherie, il est peu probable qu'elle revienne pour quelques femmes et enfants ; les soldats sont partis chasser du plus gros gibier.

Quelle horreur d'imaginer que ces assassins allaient chasser des groupes plus nombreux, au nom de sa patrie ! songea Richard.

— Tu sais, lui dit Kahlan, une multitude d'habitants de mon pays se sont joints à Rahl et ont commis des crimes innommables. Est-ce que cela me rabaisse à tes yeux ?

— Bien sûr que non.

— C'est la même chose en ce qui te concerne s'il s'agit réellement de soldats du Westland. Ce n'est pas un crime d'avoir des compatriotes qui font des choses que l'on abhorre. Nous sommes en guerre. Nous essayons de rééditer les exploits passés de nos ancêtres, Chercheurs et Confesseurs ; de détrôner un tyran. Dans cette entreprise, nous ne pouvons compter que sur deux personnes. Toi et moi. Il se peut qu'il ne reste un jour que toi. Nous effectuons tous notre devoir.

Ce n'était pas Kahlan qui avait parlé ; c'était la Mère Confesseur.

Ils se regardèrent un long moment puis se remirent en marche. Richard resserra son manteau. Il avait froid de l'intérieur.

— Il ne s'agissait pas de Westlanders, grommela-t-il à voix basse, lui emboîtant le pas.

— Allume-le pour moi, dit Rachel.

Le petit tas de brindilles cerné de pierres s'embrasa, éclairant l'intérieur du pin rebelle d'une brillante lueur. Elle rangea la baguette de feu dans sa poche et se réchauffa les mains devant les flammes.

— Nous serons à l'abri ici ce soir, annonça-t-elle à sa poupée.

Sara ne répondit pas — elle n'avait pas parlé depuis la nuit où elles s'étaient enfuies du château —, aussi Rachel se contentait-elle de faire semblant de croire que la poupée parlait, lui affirmant combien elle l'aimait. Elle répondit aux mots silencieux de Sara par une étreinte.

Elle tira quelques baies de sa poche, les avala une à une, se réchauffant les mains de temps à autre. Sara ne voulait pas de baies. Rachel grignota le morceau de fromage dur ; toutes les autres provisions qu'elle avait emportées du château étaient épuisées. Sauf la miche de pain, bien sûr. Mais elle ne pouvait la manger ; le coffret était caché dedans.

Giller manquait beaucoup à Rachel, mais elle devait agir comme il le lui avait demandé, elle devait courir sans s'arrêter, trouver un nouveau pin rebelle chaque soir. Elle ne savait pas à quelle distance elle était du château ; elle se contentait de marcher tant qu'il faisait jour, en s'orientant par rapport au soleil, comme le lui avait appris Brophy.

Une branche de pin remua toute seule, la faisant sursauter. Elle vit une grosse main la retenir. Puis la longue lame luisante d'une épée. Elle se figea, les yeux écarquillés.

Un homme glissa sa tête à l'intérieur.

— Qu'avons-nous là ?

Il sourit.

Rachel entendit un gémissement et se rendit compte qu'il émanait de sa propre gorge. Elle serra Sara contre sa poitrine. Une femme glissa sa tête à côté de celle de l'homme.

— Eloigne ton épée, le réprimanda-t-elle, tu l'effraies.

Rachel tira la miche de pain en partie découverte contre sa hanche. Elle aurait voulu courir, mais ses jambes refusaient de la porter. La femme s'introduisit dans le pin rebelle, s'approcha et s'agenouilla. Les yeux de Rachel se braquèrent sur son visage ; c'est alors qu'elle vit sa longue chevelure. Ses yeux s'écarquillèrent encore plus, et un autre cri s'échappa de sa gorge. Enfin ses jambes retrouvèrent de leur vigueur et la propulsèrent à reculons contre le tronc de l'arbre, en même temps que le pain. Les femmes aux cheveux longs étaient invariablement sources de problèmes, il fallait à tout prix qu'elle s'échappe.

— Je ne veux pas te faire de mal, dit la femme.

Sa voix paraissait gentille, mais la Princesse Violette affirmait les mêmes choses, parfois, juste avant de la gifler.

La femme tendit la main et caressa le bras de Rachel. Elle bondit avec un cri, se recroquevillant.

— Je vous en prie, fit-elle, ses yeux se remplissant de larmes, ne brûlez pas Sara !

— Qui est Sara ? s'enquit l'homme.

La femme pivota et lui fit signe de se taire. Elle se

retourna, sa longue chevelure cascadant de ses épaules, les yeux de Rachel rivés dessus.

— Je ne brûlerai pas Sara, dit-elle d'une voix aimable.

Rachel savait que lorsqu'une femme aux cheveux longs parlait avec une voix aimable, cela signifiait probablement qu'elle mentait. Cependant, sa voix donnait vraiment l'impression qu'elle était gentille.

— Je vous en supplie, gémit-elle, pourquoi vous ne nous laissez pas tranquilles ?

— Nous ?

La femme scruta les environs, puis revint vers elle, vers Sara.

— Oh, je vois. Alors voilà Sara ?

Rachel acquiesça. Elle savait qu'elle recevrait une bonne gifle si elle ne répondait pas à une femme aux longs cheveux.

— C'est une très jolie poupée.

Elle sourit. Rachel souhaita qu'elle ne sourît pas. Quand les femmes aux cheveux longs souriaient, cela signifiait habituellement que les ennuis vous pendaient au nez.

L'homme passa la tête à côté de la femme.

— Mon nom est Richard. Comment t'appelles-tu ?

Elle aimait ses yeux.

— Rachel.

— Rachel. C'est un joli nom. Mais je dois t'avouer, Rachel, que tu as les cheveux les plus vilains que j'aie jamais vus.

— Richard ! s'écria la femme. Comment peux-tu dire une chose pareille !

— Quoi, c'est vrai. Qui les a coupés de travers comme ça, Rachel, une vieille sorcière ?

Rachel gloussa.

— Richard ! s'écria de nouveau la femme. Tu vas l'effrayer.

— Oh, c'est absurde. Rachel, j'ai de petits ciseaux dans mon sac, et je suis plutôt bon coiffeur. Aimerais-tu que j'arrange tes cheveux ? Au moins je pourrais les rendre plus réguliers. Si tu les laisses ainsi, tu pourrais épouvanter un dragon, ou pire.

Rachel gloussa encore.

166

— Oui, s'il vous plaît. J'aimerais que mes cheveux soient coupés droit.

— Très bien alors, viens t'asseoir sur mes genoux et nous allons nous occuper de ça.

Rachel se leva et contourna la femme, surveillant ses mains, se maintenant à l'écart, du moins aussi loin qu'elle le pouvait à l'intérieur du pin rebelle. Richard la souleva et l'installa sur ses genoux. Il tira quelques mèches de cheveux.

— Voyons un peu ce que nous avons là.

Rachel gardait un œil sur la femme, craignant une gifle.

— Voici Kahlan, dit l'homme en pointant ses ciseaux vers la femme. Moi aussi, elle m'a fait peur au début. Elle est réellement horrible, n'est-ce pas ?

— Richard ! Où as-tu appris à parler ainsi aux enfants !

Il sourit.

— Chez un garde-frontière de ma connaissance.

Rachel pouffa ; elle ne pouvait s'en empêcher.

— Je ne la trouve pas horrible, je crois que c'est la plus belle dame que j'aie jamais vue.

C'était la vérité. Mais la longue chevelure de Kahlan l'effrayait terriblement.

— Eh bien, merci, Rachel, tu es très belle, toi aussi. Est-ce que tu as faim ?

Rachel n'était pas censée dire à quiconque ayant des cheveux longs, seigneur ou dame, qu'elle avait faim. La Princesse Violette prétendait que c'était malséant et l'avait punie une fois pour avoir répondu à quelqu'un qu'elle avait faim. Elle interrogea le visage de Richard. Il souriait, mais elle avait trop peur d'avouer à Kahlan qu'elle avait faim.

Kahlan lui tapota le bras.

— Je parie que c'est le cas. Nous avons pêché du poisson, et si tu nous autorises à partager ton feu, nous partagerons le poisson avec toi. Qu'en dis-tu ?

Son sourire était vraiment gentil.

Rachel interrogea de nouveau Richard. Il cligna de l'œil, puis soupira.

— J'ai peur d'en avoir pêché plus qu'on ne pourrait en avaler. Si tu ne nous aides pas, il faudra le jeter.

— Très bien alors. Si vous devez le jeter, je vais vous aider à le manger.

Kahlan entreprit de défaire son paquetage.

— Où sont tes parents ?

Rachel raconta la vérité parce qu'elle ne trouva rien de mieux à dire.

— Ils sont morts.

Les mains de Richard cessèrent de s'activer, puis recommencèrent. Kahlan paraissait triste, mais Rachel ignorait si c'était simulé ou non. Elle lui étreignit tendrement le bras avec la main.

— Je suis désolée, Rachel.

Rachel n'était pas tellement peinée ; elle ne se souvenait pas de ses parents, uniquement de l'endroit où elle vivait avec les autres enfants.

Richard lui tailla les cheveux pendant que Kahlan faisait cuire le poisson. Richard avait raison, il y en avait beaucoup. Kahlan l'assaisonna d'épices, comme Rachel avait vu des cuisiniers le faire. Ça sentait drôlement bon, et son estomac gargouillait. De petites mèches tombaient autour d'elle. Elle sourit intérieurement en songeant à quel point la Princesse Violette serait furieuse si elle savait qu'on lui coupait les cheveux droit. Richard coupa une longue boucle, l'attacha avec un brin d'herbe et la lui mit dans la main. Elle fronça les sourcils.

— Tu es censée conserver ceci. Alors un jour, si tu aimes un garçon, tu pourras lui offrir une boucle de tes cheveux, pour qu'il la garde dans sa poche, juste à côté de son cœur.

Il lui fit un clin d'œil.

— Pour se souvenir de toi.

Rachel gloussa.

— Vous êtes l'homme le plus sot que j'aie jamais vu.

Il éclata de rire. Kahlan sourit.

— Est-ce que tu es un seigneur ? demanda Rachel en fourrant la mèche dans sa poche.

— Navré, Rachel, je ne suis que guide forestier.

Elle était heureuse qu'il ne fût pas un seigneur. Il se tourna et extirpa de son sac un minuscule miroir qu'il lui tendit.

— Jette un œil. Dis-moi ce que tu en penses.

Elle le souleva, essayant d'apercevoir son reflet. Il lui fallut une minute pour l'orienter de la bonne manière, puis ses yeux s'écarquillèrent...

Elle jeta ses bras autour de Richard.

— Oh, merci, Richard, merci ! Mes cheveux n'ont jamais été aussi jolis.

Il lui rendit une étreinte qui était presque aussi agréable que celles de Giller. L'une de ses grandes mains chaudes lui frottait le dos.

— Tu es une personne vraiment exceptionnelle, Richard Cypher, murmura Kahlan en tendant un gros morceau de poisson à Rachel.

Elle lui recommanda de souffler dessus jusqu'à ce qu'il soit suffisamment refroidi pour ne pas lui brûler la bouche. Rachel souffla un peu, mais elle avait trop faim pour attendre. Ce poisson était aussi bon que le morceau de viande que le cuisinier lui avait offert.

— Pourrions-nous avoir une tranche de ton pain pour accompagner le poisson ? demanda Kahlan en tendant les mains vers la miche.

Rachel s'en empara brusquement, juste avant que Kahlan n'y pose les doigts, et la serra contre elle.

— Non ! s'écria-t-elle en reculant.

Richard cessa de manger ; Kahlan fronça les sourcils. Rachel fourra une main dans sa poche, ses doigts agrippant la baguette de feu de Giller.

— Rachel ? Qu'y a-t-il ? s'enquit Kahlan.

Giller lui avait dit de ne faire confiance à personne. Elle devait réfléchir à une solution. Qu'est-ce que Giller inventerait ?

— C'est pour ma grand-mère !

Elle sentait une larme couler sur sa joue.

— Très bien alors, dit Richard, puisque c'est pour ta grand-mère, nous n'y toucherons pas. Promis. N'est-ce pas, Kahlan ?

— Bien sûr. Je suis navrée, Rachel, nous ne savions pas. Je le promets, moi aussi. Tu m'excuses ?

Rachel sortit la main de sa poche, elle n'arrivait pas à parler.

— Rachel, demanda Richard, où habite ta grand-mère ?

Elle se pétrifia ; elle n'avait pas vraiment de grand-mère. Elle tenta de se rappeler un nom de lieu qu'elle avait entendu et articula le premier qui lui vint à l'esprit.

— A Cornetiers l'Usine.

Avant que les mots n'aient fini de sortir de sa bouche, elle comprit que c'était une erreur. Richard et Kahlan parurent stupéfaits et se regardèrent. Le silence le plus total régna durant une minute. Rachel fixait les parois du pin rebelle, les espaces entre les branches.

— Rachel, nous ne toucherons pas au pain de ta grand-mère, dit Richard d'une voix douce, nous le promettons.

— Tiens, prends un autre morceau de poisson, fit Kahlan. Tu peux poser la miche de pain ; nous ne nous en approcherons pas.

Rachel ne bougea pas. Elle pensa s'enfuir, mais savait qu'ils pouvaient courir plus vite, et la rattraperaient. Elle devait agir comme Giller le lui avait prescrit, se cacher avec le coffret jusqu'à l'hiver, sinon des gens se feraient décapiter.

Richard ramassa Sara et fit semblant de lui donner un morceau de poisson.

— Sara va manger tout le poisson. Si tu en veux, tu ferais mieux de venir ici prendre ta part. Viens, tu peux t'asseoir sur mes genoux pour manger. D'accord ?

Rachel scruta leurs visages. Disaient-ils la vérité ? Les femmes aux cheveux longs mentaient facilement. Elle considéra Richard ; il n'avait pas l'air de mentir, lui. Elle alla vers lui, il la hissa sur ses genoux, puis installa Sara sur ceux de Rachel.

Rachel se blottit contre lui pendant qu'ils mangeaient. Elle ne regarda pas Kahlan. Parfois quand on regardait une dame aux cheveux longs, c'était malséant, prétendait la Princesse Violette. Elle ne voulait rien faire qui mériterait une gifle. Ni rien qui pourrait l'enlever du giron de Richard. Elle s'y sentait à l'abri.

— Rachel, dit Richard, je suis désolé, mais nous ne pouvons pas te laisser aller à Cornetiers l'Usine. Il n'y a plus personne là-bas. Ce n'est pas un endroit sûr.

— Très bien. J'irai ailleurs alors.

— J'ai bien peur qu'ailleurs ne soit pas plus sûr,

Rachel, déclara Kahlan. Nous allons t'emmener avec nous, ainsi tu seras en sécurité.

— Où ?

Kahlan sourit.

— Nous allons à Tamarang, pour voir la Reine.

Rachel cessa de mâcher. Elle ne pouvait plus respirer.

— Nous allons t'emmener avec nous. Je suis certaine que la Reine pourra dénicher quelqu'un pour prendre soin de toi, si je le lui demande.

— Kahlan, tu en es sûre ? murmura Richard. Et le magicien ?

— Nous nous occuperons d'elle avant que je tue Giller.

Rachel se força à avaler pour pouvoir respirer. Elle le savait ! Elle savait qu'elle ne pouvait pas faire confiance à une femme aux cheveux longs. Elle faillit pleurer. Richard était si gentil. Que faisait-il avec Kahlan ? Pourquoi accompagnait-il une femme assez méchante pour faire du mal à Giller ? Ce devait être comme quand elle était gentille envers la Princesse Violette, pour qu'elle ne la batte pas. Il devait lui aussi avoir peur de se faire battre. Elle était désolée pour Richard. Elle aurait voulu qu'il puisse s'enfuir des griffes de Kahlan, de même qu'elle avait échappé à la Princesse Violette. Peut-être devrait-elle lui parler du coffret et s'enfuir avec lui.

Non. Giller avait dit de ne faire confiance à personne. Richard pourrait avoir peur de Kahlan et tout lui raconter. Elle devait être brave pour Giller. Pour tous les autres. Elle devait s'échapper.

— Nous nous en occuperons demain matin, annonça Kahlan. Nous ferions mieux de dormir un peu pour pouvoir partir dès l'aube.

— Je vais prendre le premier tour de garde, dit Richard. Reposez-vous. A demain matin, petite, ajouta-t-il en lui ébouriffant les cheveux.

Puis il disparut, et elle se retrouva seule avec Kahlan. Elle ferma les yeux. Elle devait être courageuse, elle ne pouvait pas pleurer. C'est pourtant ce qu'elle fit.

Kahlan la prit dans ses bras et la berça. Rachel tremblait. Des doigts lui caressèrent les cheveux. La poitrine de Kahlan faisait de drôles de petits mouvements, et Rachel se rendit compte avec étonnement qu'elle pleurait aussi.

Elle commençait presque à croire... mais elle se souvint alors de ce que disait parfois la Princesse Violette, qu'il était plus douloureux de punir que d'être puni. Ses yeux s'écarquillèrent quand elle songea à ce que Kahlan devait préparer pour que cela la fasse ainsi pleurer. Même la Princesse Violette ne pleurait jamais quand elle concoctait une punition. Rachel sanglota plus fort et frissonna.

Kahlan écarta ses mains et essuya ses larmes.

— Est-ce que tu as froid ? murmura-t-elle d'une voix qu'on aurait dite pleine de larmes.

Rachel avait peur de prendre une gifle quelle que soit sa réponse. Elle fit oui de la tête, prête à tout. Mais Kahlan sortit une couverture de son sac et les en enveloppa toutes les deux. Rachel imagina que c'était pour rendre son évasion plus difficile encore.

— Viens, couche-toi près de moi et je te raconterai une histoire. Nous nous tiendrons chaud. D'accord ?

Rachel s'allongea, le dos contre Kahlan, qui s'enroula autour d'elle. Elle se sentait bien, mais elle savait qu'il s'agissait d'une ruse. La figure de Kahlan était proche de son oreille, et tandis qu'elle était couchée là, Kahlan lui raconta l'histoire d'un pêcheur qui se transformait en poisson. Les mots dessinaient des images dans sa tête, et elle en oublia provisoirement ses ennuis. A un moment, elles rirent même ensemble. Quand elle eut terminé son récit, Kahlan embrassa Rachel sur les cheveux et lui caressa la tempe.

Rien ne lui avait jamais fait autant de bien que ces doigts sur elle et la chansonnette que Kahlan lui chuchotait à l'oreille. Sans doute était-ce cela qu'on éprouvait auprès d'une mère.

Contre sa volonté, elle s'assoupit, et fit des rêves merveilleux.

Elle s'éveilla au milieu de la nuit lorsque Richard réveilla Kahlan, mais fit semblant d'être endormie.

— Tu veux continuer de dormir avec elle ? chuchota-t-il tout doucement.

Rachel retint sa respiration.

— Non, lui répondit Kahlan, je vais prendre mon tour de garde.

Rachel l'entendit enfiler son manteau et sortir. Elle écouta dans quelle direction se dirigeaient les pas de Kahlan. Après avoir rajouté du bois dans le feu, Richard s'allongea près d'elle. Elle savait qu'il l'observait ; elle sentait le poids de ses yeux sur son dos. Elle aurait tellement voulu lui dire à quel point Kahlan était méchante et lui demander de s'enfuir avec elle. Il remonta la couverture sur elle, puis se coucha sur le dos. Lorsque sa respiration régulière signala à Rachel qu'il s'était assoupi, elle se glissa hors de la couverture. Elle avait les larmes aux yeux.

9

RICHARD PÉNÉTRA DANS LE PIN REBELLE ET S'AFFALA DEVANT le feu. Il tira son sac par terre et commença à y entasser ses affaires.

— Alors ? demanda Kahlan.

Richard lui lança un regard furieux.

— J'ai trouvé ses traces qui se dirigent vers l'est, d'où nous venons. Elles rejoignent un sentier à quelques centaines de mètres. Elles sont vieilles de plusieurs heures.

Il désigna le sol au fond du pin rebelle.

— Voilà par où elle est sortie. J'ai pisté des hommes qui ne voulaient pas être retrouvés, et leurs empreintes étaient plus faciles à suivre. Elle marche sur les racines, les rochers, et elle est trop légère pour marquer le sol là où un autre le ferait. Tu as vu ses bras ?

— J'ai vu de longues meurtrissures. Causées par une cravache.

— Non, je veux dire les égratignures.

— Je n'en ai remarqué aucune.

— Exactement ! Sa robe est pleine de teignes ; elle a traversé la roncière, mais elle n'a aucune trace de griffures sur les bras. Comme elle est délicate, elle évite de se frotter contre quoi que ce soit. Un adulte, lui, déplacerait ou briserait des branchages en se forçant un passage. Rachel ne touche quasiment rien. Tu devrais voir la piste que j'ai laissée, en franchissant les broussailles pour essayer de la traquer : un aveugle pourrait la suivre ! Elle se déplace dans les sous-bois comme le vent. Même quand elle est revenue sur le sentier, je ne m'en suis pas aperçu. Elle est nu-pieds et n'aime pas marcher dans l'eau ou la boue — à cause du froid —, aussi progresse-t-elle sur un sol sec, où elle ne laisse aucune trace.

— J'aurais dû la voir partir.

Kahlan croyait qu'il la blâmait, comprit Richard. Il eut un soupir d'exaspération.

— Ce n'est pas ta faute, Kahlan. A ta place, moi non plus je ne l'aurais pas vue partir. Elle ne le voulait pas. C'est une petite maligne.

— Mais tu peux la pister, n'est-ce pas ? insista Kahlan.

— Oui.

Il se toucha le torse.

— J'ai trouvé ça dans la poche de ma chemise. Près de mon cœur.

Il exhiba la mèche de cheveux de Rachel, l'enroulant autour de ses doigts.

— Pour que je me souvienne d'elle.

— C'est ma faute ! lança Kahlan en se levant.

Elle se faufila hors du pin rebelle. Il tenta de lui saisir le bras, mais elle se dégagea.

Richard mit son sac de côté et la suivit. Kahlan se tenait à quelque distance, les bras croisés sous les seins, lui tournant le dos. Elle scrutait la forêt.

— Kahlan, ce n'est pas ta faute.

— Si, dit-elle. C'est à cause de mes cheveux. Tu as remarqué sa peur lorsqu'elle les regardait ? J'ai vu ce regard des milliers de fois. As-tu idée de ce que c'est que d'effrayer les gens, même les enfants, à longueur d'année ?

Il ne répondit pas.

— Richard ? Veux-tu me couper les cheveux ?

— Quoi ?

Elle pivota vers lui, le regard implorant.

— Tu veux bien les couper, pour moi ?

— Pourquoi ne les coupes-tu pas toi-même ?

Elle se détourna.

— Ça m'est impossible. La magie ne permettra jamais à un Confesseur de couper sa propre chevelure. Si nous essayons, la douleur est si violente qu'elle nous empêche d'aller jusqu'au bout.

— Comment cela ?

— Tu te souviens de la douleur que tu as éprouvée, à cause de la magie de l'épée, la première fois que tu as tué un homme ? C'est la même douleur. Elle provoque l'évanouissement du Confesseur avant que celle-ci n'en ait fini avec sa tâche. Je n'ai essayé qu'une fois. Tous les Confesseurs font au moins une tentative. Mais une seule. Nos cheveux doivent être taillés par d'autres quand ils ont besoin d'être rafraîchis. Personne toutefois ne songerait à les raser.

Elle se tourna de nouveau vers lui.

— Veux-tu bien le faire pour moi ? Acceptes-tu de me couper les cheveux ?

Richard porta son regard vers le ciel bleu ardoise qui s'illuminait, tentant de saisir ce que Kahlan pouvait ressentir. Il y avait tant de choses qu'il ignorait encore à son sujet. Sa vie, son monde, tout était un mystère pour lui. Il était un temps où il désirait tout savoir. Il savait désormais qu'il n'y parviendrait jamais ; le gouffre entre eux était rempli par la magie. La magie conçue, lui semblait-il, précisément pour les séparer.

Il la regarda de nouveau et répondit :

— Non.

— Puis-je savoir pourquoi ?

— Parce que je te respecte pour ce que tu es. La Kahlan que je connais ne chercherait pas à tromper les gens en essayant de se faire passer pour moins qu'elle n'est en réalité. Même si tu en trompais quelques-uns, cela ne changerait rien. Tu es la Mère Confesseur.

— N'importe quel homme sauterait sur l'occasion pour couper les cheveux d'un Confesseur, insista Kahlan.

— Pas celui-ci. Il est ton ami.

Elle hocha la tête, les bras toujours croisés sur son ventre.

— Rachel doit avoir froid. Elle n'a même pas emporté de couverture.

— Elle n'a pas non plus de nourriture, à part cette miche de pain qu'elle conserve pour Dieu sait quelle raison.

Kahlan sourit enfin.

— Elle a mangé davantage que toi et moi réunis. Du moins son estomac est-il plein. Quand elle arrivera à Cornetiers l'Usine...

— Elle ne va pas à Cornetiers l'Usine.

— Mais c'est là qu'habite sa grand-mère.

Richard secoua la tête.

— Elle n'a pas de grand-mère. Quand elle a déclaré que sa grand-mère vivait à Cornetiers l'Usine et que je lui ai dit qu'elle ne pouvait pas y aller, elle ne s'est même pas troublée. Elle a simplement répondu qu'elle irait ailleurs, sans soulever la moindre objection. Elle fuit quelque chose...

— Elle fuit ? Peut-être celui qui a causé ces meurtrissures sur ses bras.

— Ainsi que sur son dos. Chaque fois que ma main en effleurait une, elle tressaillait, sans pour autant se plaindre. Elle avait besoin d'être dorlotée.

Le front de Kahlan se plissa d'inquiétude.

— Je dirais qu'elle fuyait la personne qui lui avait taillé les cheveux de cette façon.

— Ses cheveux ?

Il acquiesça.

— Ils étaient comme une marque de propriété. On ne coupe pas les cheveux de la sorte innocemment. Surtout dans le Midlands, où tout le monde prête attention à la coiffure. C'était un acte délibéré, une marque de pouvoir vis-à-vis d'elle. Voilà pourquoi je les ai taillés, afin d'effacer cette marque.

Kahlan fixa le vide.

— Voilà pourquoi elle était si contente... murmura-t-elle.

— Néanmoins, il s'agit de plus qu'une simple fuite. Elle ment avec autant de facilité qu'un joueur, et avec une aisance qui trahit une détresse extrême.

Les yeux de Kahlan rencontrèrent de nouveau les siens.

— De quel genre ?

— Je ne sais pas, avoua Richard avec un soupir. Mais ça a quelque chose à voir avec cette miche de pain.

— Le pain ? Vraiment ?

— Elle ne possède pas de chaussures ni de manteau. Rien d'autre que sa poupée. Elle est son bien le plus précieux, mais elle nous laisse la toucher. En revanche, elle refuse catégoriquement de nous laisser approcher à moins d'un mètre de cette miche de pain. Je ne sais pas grand-chose de la magie du Midlands, mais là d'où je viens, les petites filles n'accordent pas plus de valeur à une miche de pain qu'à leur poupée, et je ne crois pas que les choses soient différentes ici. Tu as vu l'expression de ses yeux lorsque tu as voulu prendre le pain, et qu'elle s'en est brusquement emparée ? Si elle avait eu un couteau, et si tu n'avais pas reculé, elle s'en serait servie contre toi.

— Voyons, Richard ! protesta Kahlan. Tu ne peux pas croire sérieusement à de telles balivernes ? Comment imaginer qu'une miche de pain puisse avoir autant d'importance pour elle ?

— Tu as toi-même déclaré qu'elle a mangé davantage que nous deux réunis. Je commençais à penser qu'elle était de la famille de Zedd. Peux-tu m'expliquer pourquoi, si elle était à moitié morte de faim, elle n'avait même pas grignoté cette miche de pain ?

Il secoua la tête.

— Il y a quelque chose d'anormal, et cette miche de pain est au centre de tout.

Kahlan fit un pas vers lui.

— Alors, nous nous lançons à sa poursuite ?

Richard sentait le poids du croc contre son torse. Il inspira profondément, puis expira lentement.

— Non. Comme Zedd aime à le répéter, rien n'est jamais facile. Comment pourrons-nous expliquer que nous avons décidé de pister une fillette afin de résoudre le mystère de cette miche de pain, quand Rahl est en quête du coffret ?

Elle prit l'une de ses mains.

— Je déteste ce que Darken Rahl nous impose, la manière dont il altère nos destinées. Mais Rachel est entrée dans nos cœurs à une vitesse prodigieuse.

Richard lui passa un bras sur l'épaule.

— En effet. C'est une petite fille exceptionnelle. J'espère qu'elle trouvera ce qu'elle cherche et qu'elle sera à l'abri.

Richard se dirigea vers le pin rebelle, afin de rassembler leurs affaires.

— On déménage.

Ne voulant pas s'appesantir sur leurs sentiments, sur le fait qu'ils abandonnaient Rachel, la condamnant à des dangers dont elle ignorait tout et contre lesquels elle était sans défense, tous deux se concentrèrent pour couvrir le maximum de distance aussi rapidement que possible. Le jour s'écoula en même temps que l'étendue interminable de forêt. Dans leur effort, ils ne remarquèrent pas le froid.

Richard était toujours heureux quand il apercevait une toile d'araignée tissée en travers du chemin ; il commençait à considérer les araignées comme ses gardiennes. Chaque fois qu'il en dépassait, il les remerciait en silence.

Vers la mi-journée, ils firent étape sur des rochers ensoleillés, au bord d'une rivière glacée. Richard s'aspergea le visage d'eau froide, essayant de recouvrer quelque énergie. Il était déjà fatigué. Leur repas aussi était froid, et à peine l'eurent-ils englouti qu'ils sautèrent à bas du rocher plat et rose.

Il avait beau essayer de ne pas songer à Rachel, Richard se surprenait immanquablement en train de s'inquiéter à propos de la fillette. Il voyait le front de Kahlan se plisser parfois quand elle se tournait pour inspecter les environs. A un moment, il lui demanda si elle pensait qu'il avait pris la bonne décision. Elle comprit aussitôt de quelle décision il voulait parler et lui demanda combien de temps il lui aurait fallu pour rattraper Rachel. Il estima que deux jours auraient suffi, si tout s'était déroulé sans problème — au moins un pour la rejoindre et un autre pour revenir. Quand Kahlan lui fit remarquer qu'ils ne pouvaient se permettre de perdre deux jours, il fut rassuré.

Tard dans l'après-midi, le soleil glissa derrière le pic de l'une des Montagnes des Rang'Shada, adoucissant les couleurs des bois. Le vent se calma, et un voile de tranquillité enveloppa la campagne. Richard parvint à mettre de côté son inquiétude à propos de Rachel et il se concentra sur ce qu'ils devraient faire quand ils atteindraient Tamarang.

— Kahlan, Zedd nous a conseillé de rester à l'écart de Darken Rahl ; il nous a bien dit que nous n'avions aucun pouvoir contre lui, aucune défense.

Elle jeta un bref coup d'œil par-dessus son épaule.

— C'est ce qu'il a dit, oui.

Richard renâcla.

— Et Shota a prédit que la Reine ne détiendrait plus longtemps le coffret.

— Peut-être entendait-elle par là que nous le récupérerions bientôt.

— Non. Elle nous signifiait ainsi que nous devions nous dépêcher. Et si Darken Rahl était déjà sur place ?

Kahlan jeta un nouveau coup d'œil par-dessus son épaule, puis ralentit et vint marcher à sa hauteur.

— Et après ? Nous n'avons pas d'autre choix. Je vais à Tamarang. Souhaites-tu attendre mon retour ?

— Bien sûr que non ! s'exclama Richard. Je dis seulement que nous devrions garder à l'esprit la possibilité de la présence de Darken Rahl.

— Voilà longtemps que cette idée me trotte dans la tête, avoua Kahlan.

Il marcha quelques instants à son côté sans prononcer un mot. Puis il demanda :

— Et qu'en as-tu conclu ? Que ferons-nous s'il est là ?

Elle garda les yeux fixés droit devant elle.

— Si Darken Rahl est à Tamarang, et que nous y allions, alors, selon toute probabilité, nous mourrons.

Richard trébucha. Kahlan ne l'attendit pas et continua son chemin.

Comme la forêt s'assombrissait, quelques petits nuages s'illuminèrent de rouge. Le sentier avait commencé à suivre la Rivière Callisidrin, les en rapprochant parfois assez pour qu'ils l'entr'aperçoivent. On entendait le rugissement de ses eaux sombres. Richard n'avait pas vu de pin rebelle de tout l'après-midi. Scrutant le sommet des arbres, il n'en repéra aucun dans les environs. Alors que le soir tombait, il abandonna tout espoir d'en dénicher un avant la nuit et entreprit de chercher un autre abri. A distance respectable du sentier, il avisa une paroi rocheuse fendue au bas d'une pente. Des arbres en protégeaient les parages immédiats, et il estima que cet endroit constituerait une cachette idéale pour leur camp, même s'il n'offrait pas une vue dégagée sur le ciel.

La lune était levée depuis longtemps lorsque Kahlan mit un ragoût sur le feu. Par la grâce d'un hasard qui le surprit, Richard eut deux lapins dans ses collets plus tôt qu'il ne l'espérait, et il put les ajouter dans la marmite.

— Je crois que nous avons amplement de quoi nourrir Zedd, observa Kahlan.

Comme convoqué par ses paroles, le vieil homme, ses cheveux blancs en désordre, pénétra dans le cercle de lumière que délimitait le feu.

— Je meurs de faim ! annonça-t-il. Mangeons.

Abasourdis, Richard et Kahlan le fixèrent un instant, les yeux écarquillés. Puis Richard dégaina son épée. L'instant d'après, il sauta par-dessus les flammes et posa la pointe de la lame sur les côtes de Zedd.

— Que signifie ceci ? s'enquit le vieil homme.

— Recule ! ordonna Richard.

Ils se déplacèrent, l'épée entre eux, en direction du taillis. Richard lorgna prudemment les arbres.

— Ne vois-tu pas d'objection à ce que je m'informe de ce que tu fais, mon garçon ? demanda encore Zedd.

— Une fois, déjà, j'ai été appelé par toi. Et une autre fois, je t'ai vu. Cependant, il ne s'agissait jamais de toi. Seul un idiot se ferait berner trois fois ! déclara Richard.

Il vit ce qu'il cherchait et reprit :

— Je ne serai pas trompé une troisième fois. Là-bas.

Il désigna un endroit du menton.

— Marche entre ces deux arbres.

— Il n'en est pas question ! protesta le vieil homme. Rengaine ton épée, mon garçon !

— Si tu ne passes pas entre ces deux arbres, dit Richard entre ses dents serrées, c'est entre tes côtes que je plongerai ma lame.

Le vieil homme haussa les sourcils d'étonnement, puis il souleva ses robes et traversa les broussailles basses, grommelant, tandis que Richard l'aiguillonnait avec l'épée. Zedd ne jeta qu'un rapide coup d'œil en arrière avant de passer entre les arbres. Richard observa les toiles d'araignée se déchirer. Un sourire s'épanouit sur son visage.

— Zedd ! C'est vraiment toi ?

Les mains sur les hanches, le vieil homme le toisa.

— Aussi vrai que des crapauds grillés, mon garçon.

Richard rengaina l'épée et enlaça son vieil ami, au risque de l'étouffer.

— Oh, Zedd ! Je suis si content de te revoir !

Il le libéra, le regarda dans les yeux, rayonnant, puis l'étreignit de nouveau.

— Je n'ose imaginer ton accueil si tu avais été encore plus heureux de me revoir, balbutia le magicien en tâchant de recouvrer son souffle.

Richard le raccompagna jusqu'au feu, un bras autour de ses épaules.

— Désolé, mais je devais être sûr. Je ne peux pas croire que tu sois là ! Je suis si content de te revoir ! Si heureux que tu ailles bien. Nous avons tant de choses à nous raconter.

— Oui, oui. Est-ce qu'on peut manger, maintenant ?

Kahlan vint à son tour l'embrasser.

— Nous nous inquiétions tellement pour vous.

Zedd considéra la marmite par-dessus son épaule en lui rendant son étreinte.

— Oui, oui. Mais tout ira mieux lorsque nous aurons l'estomac plein.

— Mais ce n'est pas encore prêt ! protesta Kahlan en souriant.

Zedd parut déçu.

— Pas prêt ? En êtes-vous sûre ? Nous pourrions peut-être vérifier.

— J'en suis certaine.

— Pas prêt ! maugréa le magicien en se frottant le menton. Eh bien, nous allons remédier à cela. Reculez, tous les deux.

Il retroussa ses manches, puis considéra le feu comme s'il s'agissait d'un enfant désobéissant. Ses bras maigres se déployèrent, les doigts tendus. Une lueur bleutée grésilla autour de ses mains décharnées, puis, avec un sifflement, elle jaillit en un rai bleu dentelé, frappant la marmite et la faisant sursauter. La lumière enveloppa délicatement le pot, l'effleurant, le caressant. Le ragoût bouillonna de lumière bleue, frémit et s'agita. Soudain, le magicien abaissa les mains et le feu bleu recouvra son apparence initiale.

Zedd sourit avec satisfaction.

— Voilà, maintenant, c'est prêt. Mangeons !

Kahlan s'agenouilla afin de goûter le contenu de la marmite avec une cuillère en bois.

— Il est cuit à point, déclara-t-elle.

— Eh bien, ne reste pas là à bayer aux corneilles, mon garçon ! s'exclama Zedd. Apporte des assiettes !

Richard secoua la tête et obtempéra. Kahlan remplit une assiette, déposant quelques biscuits secs sur le côté, et Richard la tendit à Zedd. Le vieil homme ne s'assit pas, mais resta debout près du feu, mangeant avec gloutonnerie. Kahlan versa du ragoût dans les deux autres assiettes, et le temps qu'elle ait terminé, Zedd lui présentait la sienne, vide, afin qu'elle la remplisse encore.

En partie rassasié, il prit le temps de s'asseoir. Richard s'installa sur une petite saillie rocheuse tandis que Kahlan prenait place auprès de lui.

Richard attendit que Zedd ait vidé une bonne moitié de son assiette avant de demander :

— Alors, comment les choses se sont passées avec Adie ? A-t-elle bien pris soin de toi ?

Zedd cligna des yeux. Richard aurait juré que son visage s'était empourpré.

— Adie ? répéta le magicien. Eh bien, nous...

Il avisa le visage perplexe de Kahlan.

— Eh bien... nous avons... sympathisé.

Il adressa une grimace à Richard.

— Quelle mouche te pique de poser pareilles questions ?

Richard et Kahlan échangèrent un regard.

— Je n'insinuais rien du tout, affirma Richard. C'est juste que je n'ai pu m'empêcher de remarquer qu'Adie était une belle femme. Et intéressante. Enfin, j'ai supposé que tu la trouverais intéressante.

Richard ne put réprimer un léger sourire tandis que Zedd se concentrait sur son assiette.

— Elle est gentille, reconnut-il.

Il fit rouler quelque chose sur le périmètre de son assiette, du bout de la fourchette.

— Qu'est-ce que c'est ? J'en ai mangé trois, et je ne sais toujours pas de quoi il s'agit.

— Racine de tava, répliqua Kahlan. Vous n'aimez pas ?

Zedd grogna.

— Je n'ai pas dit que je n'aimais pas. Seulement, j'aime savoir ce que je mange.

Il leva les yeux de son assiette.

— Adie m'a indiqué qu'elle t'avait offert une pierre de nuit. C'est grâce à cette pierre que je t'ai retrouvé.

Il tendit sa fourchette vers Richard.

— J'espère que tu es prudent quand tu manipules cet objet. Ne la sors pas à moins d'une nécessité absolue. Une nécessité exceptionnelle. Les pierres de nuit sont extrêmement dangereuses. Adie aurait dû vous avertir !

Il planta sa fourchette dans une racine de tava.

— Il vaudrait mieux vous en débarrasser.

Richard se contenta de hocher la tête.

Des questions se bousculaient dans son esprit, mais il ne savait pas par où débuter. Zedd lui épargna cette peine en les interrogeant le premier.

— Avez-vous obéi à mes instructions ? Avez-vous évité les ennuis ? Mais dites-moi d'abord ce que vous avez fait...

— Eh bien, répondit Richard, nous avons passé un long moment en compagnie du Peuple de Boue.

— Le Peuple de Boue ?

Zedd réfléchit.

— Bien, proclama-t-il enfin, sa fourchette en l'air. On ne peut pas avoir trop de problèmes avec le Peuple de Boue.

Il attrapa avec les dents la viande plantée sur sa fourchette et replongea celle-ci dans son assiette pour reprendre encore un peu de ragoût et des biscuits.

— Donc, reprit-il, la bouche pleine, vous avez passé un agréable séjour chez le Peuple de Boue.

Comme ils ne répondaient rien, il les dévisagea tour à tour.

— Il est impossible d'avoir des problèmes avec le Peuple de Boue, déclara-t-il alors.

Cela sonnait comme un ordre.

Richard jeta un coup d'œil vers Kahlan. Elle trempait un biscuit dans le ragoût.

— J'ai tué l'un des anciens, dit-elle sans lever les yeux.

Zedd lâcha sa fourchette, puis la rattrapa avant qu'elle ne touche le sol.

— Quoi !

— Tu ne faisais que te défendre ! protesta Richard. Il essayait de te tuer.

— Quoi ?

Zedd se leva avec son assiette, puis se rassit.

— Tudieu ! Pourquoi un ancien oserait-il tuer un...

Il s'interrompit soudain, dardant un œil sombre vers Richard.

— ... Confesseur, termina celui-ci à sa place.

De nouveau, Zedd les considéra l'un après l'autre.

— Ah ! Vous lui avez donc finalement avoué.

Kahlan opina.

— Voilà quelques jours.

— Quelques jours seulement.

Zedd marmonna quelques paroles indistinctes, puis recommença à manger en silence, leur lançant de temps à autre des coups d'œil soupçonneux.

— Pourquoi un ancien oserait-il essayer de tuer un Confesseur ? demanda-t-il soudain.

— Eh bien, dit Richard, cela s'est passé lorsque nous avons découvert ce dont une pierre de nuit était capable. Juste avant qu'ils ne nous acceptent au sein du Peuple de Boue.

— Ils vous ont acceptés parmi eux ? Pourquoi ?

Les yeux de Zedd s'écarquillèrent.

— Tu as pris femme !

— En fait... non.

Richard extirpa la lanière de cuir cachée sous sa chemise et montra le sifflet de l'Homme Oiseau à Zedd.

— Ils m'ont donné ceci.

Zedd jeta un coup d'œil au sifflet.

— Mais pourquoi auraient-ils consenti à ce que tu ne... Et pourquoi vous auraient-ils admis parmi eux ?

— Parce que nous le leur avons demandé. Nous le devions. C'était le seul moyen de les convaincre de réunir une assemblée pour nous.

— Quoi ! Ils ont convoqué une assemblée pour vous ?

— Oui. C'était juste avant la venue de Darken Rahl.

— Quoi ! hurla de nouveau Zedd en se levant d'un bond. Darken Rahl était là ! Je vous avais pourtant dit de ne pas vous approcher de lui !

Richard leva les yeux.

— Nous ne l'avons pas vraiment invité.

— Il a massacré un grand nombre d'entre eux, observa Kahlan d'une voix paisible, les yeux toujours braqués sur son assiette.

Zedd se laissa retomber par terre.

— Je suis navré, dit-il doucement. Et sinon, que vous ont appris les esprits ancestraux ?

Richard haussa les épaules.

— Que nous devions aller voir une sorcière.

— Une sorcière ! Quelle sorcière ? Où ?

— Shota. Sur le Plateau d'Agaden.

Zedd grimaça et manqua lâcher son assiette.

— Shota ! jeta-t-il dans un cri.

Il scruta les environs puis, baissant la voix, il se pencha vers Kahlan.

— Tudieu ! Qu'est-ce qui a bien pu vous prendre de le conduire jusqu'au Plateau d'Agaden ! Vous aviez juré de le protéger !

— Je ne voulais pas le faire. Croyez-moi !

— Nous le devions, affirma Richard, pour défendre Kahlan.

Zedd lui jeta un coup d'œil.

— Pourquoi ?

— Afin de découvrir l'emplacement du coffret. Et Shota nous l'a révélé.

— Shota vous l'a révélé ! répéta le magicien d'un ton moqueur. Et que vous a-t-elle révélé d'autre ? Shota ne confie rien que l'on désire savoir sans confier quelque chose que l'on ne désire pas savoir.

Kahlan se tourna vers Richard, mais il ne lui accorda aucune attention.

— Rien, murmura-t-il. Elle ne nous a rien dit d'autre.

Il soutint le regard de Zedd sans ciller.

— Elle nous a révélé que c'était la Reine Milena, à Tamarang, qui possédait le coffret d'Orden. Elle nous a confié ce secret parce que sa vie également en dépend.

Richard ne broncha pas. Il doutait que son vieil ami le croie, mais il ne pouvait se résoudre à lui avouer ce que Shota avait prédit. Comment aurait-il le cœur de raconter à Zedd que l'un d'eux, peut-être même tous deux, allait finir par le trahir ? Que Zedd utiliserait peut-être son feu magique contre lui, que Kahlan pourrait le toucher avec son pouvoir ? Il craignait qu'il y ait du vrai, là-dedans. Après tout, c'était lui qui connaissait l'existence du livre. Pas eux.

— Zedd, reprit-il doucement, tu m'as raconté que tu voulais que je vous guide jusqu'au Midlands. Tu m'as dit aussi que tu avais un plan. Tu as été terrassé par une bête des enfers, tu étais inconscient, et nous ignorions quand tu te réveillerais — si jamais tu te réveillais... Je ne savais que faire, je ne savais pas en quoi consistait ton plan. L'hiver approchait. Nous devions arrêter Darken Rahl.

Son ton se durcit, comme il enchaînait :

— J'ai fait de mon mieux sans toi. J'ai renoncé à compter le nombre de fois où nous avons failli être tués. Je ne pensais qu'à une chose : le coffret. Kahlan m'a aidé dans ma quête, et nous avons découvert son emplacement. Cela nous a coûté cher. Si tu n'apprécies pas ce que j'ai accompli, alors reprends ta maudite Epée de Vérité. Je suis fatigué de tout cela !

Il envoya son assiette par terre et s'éloigna dans les ténèbres de la forêt. La manière dont la colère avait surgi et s'était emparée de lui le surprenait. Alors qu'il brûlait de revoir Zedd, voilà qu'il s'emportait contre lui. Il laissa sa colère se déchaîner et attendit qu'elle s'apaise.

Zedd et Kahlan échangèrent un coup d'œil.

— Oui, lui glissa-t-il, je me rends compte en effet que vous lui avez tout avoué.

Il posa son assiette par terre, se leva et lui tapota l'épaule.

— Je suis désolé, chère petite.

Richard ne bougea pas lorsqu'il sentit la main de Zedd sur son épaule.

— Je suis désolé, mon garçon. Je suppose que vous avez eu des moments difficiles.

Richard hocha la tête.

— J'ai tué un homme avec l'épée. Avec la magie.

Zedd attendit un court instant avant de parler.

— Tel que je te connais, je suis certain que tu y étais forcé.

— Non, chuchota douloureusement Richard. Je n'y étais pas forcé. Je pensais protéger Kahlan, sa vie. Je ne savais pas qu'elle était Confesseur et qu'elle n'avait besoin d'aucune protection. Mais j'ai assurément souhaité tuer cet homme. Et j'y ai assurément pris du plaisir.

— Du moins l'as-tu cru. Il s'agissait de magie.

— Je n'en suis pas si sûr. Je ne suis plus sûr de rien.

— Richard, pardonne-moi si j'ai l'air d'être en colère contre toi. C'est contre moi-même que je suis en colère. Tu as bien agi, c'est moi qui ai échoué.

— Que veux-tu dire ?

De nouveau, Zedd lui tapota l'épaule.

— Viens t'asseoir. Je vais vous raconter ce qui s'est passé.

Ils revinrent ensemble vers le feu, d'où Kahlan les observait. Richard s'installa auprès d'elle et lui adressa un léger sourire, qu'elle lui rendit.

Zedd ramassa son assiette, la considéra un instant, puis la reposa.

— J'ai bien peur que nous n'ayons de gros ennuis, dit-il d'une voix douce.

Une remarque sarcastique s'imposa à Richard, mais il la réprima et demanda plutôt :

— Pourquoi ? Que s'est-il produit ? Qu'en est-il de ton plan ?

Zedd eut un sourire désabusé, releva les genoux et tira ses robes par-dessus ses jambes.

— Mon plan consistait à arrêter Rahl sans avoir à l'affronter, et sans que vous ayez besoin de vous exposer au danger. Mon plan consistait à vous tenir loin des problèmes pendant que je me chargeais de tout. Il semblerait que vos plans soient les seuls qu'il nous reste désormais. Je ne vous ai pas tout raconté au sujet des coffrets d'Orden, parce que vous n'étiez pas censés être au courant. Ça ne vous regardait pas.

Il les fixa l'un après l'autre. La fureur qui étincelait dans ses yeux s'évanouit soudain.

— Mais je suppose que ça n'a plus d'importance, à présent.

— Que devions-nous ignorer ? s'enquit Kahlan en fronçant les sourcils.

Apparemment, elle n'appréciait pas plus que Richard d'être exposée au danger sans avoir toutes les cartes en main.

— Les trois coffrets fonctionnent comme je vous l'ai expliqué, chacun avec un but particulier, mais il faut déterminer lequel ouvrir. Voilà la partie que je connais. Tout est consigné dans un livre appelé le Livre des Ombres Comptées. Le Livre des Ombres Comptées est un manuel où est expliqué comment on doit utiliser les coffrets. J'en suis le gardien.

Richard se figea. Il parvenait à peine à respirer.

— Vous êtes capable de distinguer les coffrets ? demanda Kahlan. Vous savez lequel Richard doit ouvrir ?

— Non. Bien que je sois le gardien du livre, je ne l'ai jamais lu. Je ne sais pas différencier les coffrets, ni même comment cela est possible. Si je devais ouvrir le livre, le savoir qu'il contient risquerait de se propager. Je suis le gardien de nombreux ouvrages, mais celui-ci est particulièrement important. Et dangereux.

Les yeux écarquillés, Richard parvint à sortir de la torpeur dans laquelle la surprise l'avait plongé. Quasiment toute son existence, il avait attendu le jour où il trouverait le gardien du livre, et c'était Zedd ! Le choc le laissait pantois.

— Où était-il ? demanda Kahlan. Qu'est-il arrivé ?

— Il se trouvait dans mon Donjon. Le Donjon du Magicien. A Aydindril.

— Vous êtes allé à Aydindril ? s'enquit Kahlan d'une voix anxieuse. Est-elle intacte ?

Zedd évita son regard.

— Aydindril est tombée.

La main de Kahlan se porta à sa bouche et des larmes remplirent ses yeux.

— Non !

Zedd opina.

— J'ai bien peur que si. Leur situation n'est guère enviable. Au moins ai-je donné aux occupants quelque chose qui les accaparera, ajouta-t-il à voix basse.

— Le capitaine Riffkin ? Les lieutenants Delis et Miller ? La Milice ?

Zedd garda les yeux rivés au sol et branla du chef à chaque nom qu'elle prononça. Kahlan posa les mains sur sa poitrine tandis qu'elle prenait de profondes inspirations. Qui que fussent ces hommes, songea Richard, elle semblait véritablement chagrinée par les nouvelles que lui apportait Zedd.

— Qu'est-ce que ce Donjon du Magicien ? demanda-t-il.

— Il s'agit d'un refuge, un lieu où les magiciens conservent des objets magiques d'importance, tels que les livres de prophéties, et des ouvrages encore plus importants — des volumes magiques et des manuels d'instructions, comme le Livre des Ombres Comptées. On se sert de quelques-uns de ces livres pour éduquer les magiciens novices ; certains servent de référence, et d'autres constituent des armes. C'est encore là qu'on conserve des objets magiques comme l'Epée de Vérité. Le Donjon est scellé de telle sorte que personne ne peut y entrer s'il n'est pas magicien. Du moins le croyait-on. Car quelqu'un a réussi. Comment ? Cela dépasse toute compréhension. Il devait s'agir de Darken Rahl. Et à présent, c'est sans doute lui qui possède le livre.

— Ce n'était peut-être pas Darken Rahl... bredouilla Richard.

Zedd plissa les yeux.

— Dans ce cas, il s'agissait d'un voleur, observa-t-il. Un voleur très malin, mais un voleur quand même.

Richard déglutit avec peine.

— Zedd... je... Crois-tu que ce livre, le Livre des Ombres Comptées, serait susceptible de nous appren-

dre comment arrêter Darken Rahl ? Comment l'empêcher d'utiliser les coffrets ?

Zedd haussa les épaules.

— Comme je l'ai dit, je n'ai jamais soulevé la couverture de cet ouvrage. Mais d'après ce que j'ai lu dans
d'autres manuels d'instructions, il ne serait utile qu'à
un individu détenant les coffrets ; il est conçu pour l'aider à utiliser la magie. Selon toute probabilité, il ne
nous aurait été d'aucune utilité. Mon plan consistait
simplement à le récupérer pour le détruire, afin d'empêcher Rahl d'obtenir les informations dont il a besoin.
Le fait que le livre soit perdu ne nous laisse pas le
choix : nous devons retrouver le dernier coffret.

— Mais sans le livre, Rahl peut-il ouvrir les coffrets ?
demanda Kahlan.

— Avec la somme de ses connaissances, sans aucun
doute. Mais encore faudrait-il qu'il sache lequel choisir.

— Par conséquent, avec ou sans le livre, il ouvrira un
coffret, dit Richard.

— Il est obligé. S'il ne le fait pas, il mourra. Il n'a
rien à perdre. Et il a une chance sur trois de faire le
bon choix.

« Mais s'il détient le livre, il fera forcément le bon
choix, observa Zedd. A défaut de trouver le dernier coffret, j'espérais que je pourrais au moins détruire le livre
et l'enlever à Rahl, nous laisser au moins cette chance.

Le visage du magicien se durcit.

— Je donnerais n'importe quoi pour détruire ce livre.

Kahlan posa sa main sur le bras de Richard ; il faillit
sursauter.

— Alors, Richard a agi ainsi que le devait le Chercheur ; il a trouvé l'emplacement du coffret. C'est la
Reine Milena qui le possède.

Elle adressa à Richard un sourire rassurant.

— Oui. Le Chercheur a convenablement effectué son
travail.

L'air songeur, Zedd se frotta le menton.

— Et comment allons-nous nous emparer de ce coffret ? demanda-t-il.

Kahlan lui sourit.

— C'est à la Reine Milena que le serpent en chasuble

190

d'argent a vendu ses services. Il va avoir affaire à la Mère Confesseur...

— Giller ? lança Zedd. C'est chez la Reine Milena que Giller s'est réfugié ? Je crois qu'il sera étonné de croiser à nouveau mon regard.

Kahlan se renfrogna.

— C'est à moi que cette tâche incombe. C'est mon magicien. Je me chargerai de lui.

Les yeux de Richard se posèrent sur l'un et sur l'autre de ses compagnons. Il ne se sentait soudain plus à sa place. Le grand magicien et la Mère Confesseur discutaient du sort d'un magicien sur le ton de la conversation, comme s'il s'agissait d'arracher des mauvaises herbes dans un jardin. Il pensa à son père, à la manière dont il lui avait raconté qu'il avait volé le livre pour l'empêcher de tomber entre des mains avides. Les mains de Darken Rahl. Il parla sans réfléchir.

— Peut-être avait-il une bonne raison d'agir ainsi.

Zedd et Kahlan se tournèrent en sursaut vers lui, comme s'ils avaient oublié sa présence.

— Une bonne raison ? lâcha Kahlan. La cupidité était son unique moteur. Il m'a trahie et m'a abandonnée aux quads.

— Parfois, les gens agissent pour des motifs qui ne sont pas ce qu'ils semblent être.

Richard la regarda sans ciller.

— Peut-être pensait-il que le coffret était le plus important.

Kahlan paraissait trop stupéfaite pour parler.

Zedd fronça les sourcils.

— Tu as peut-être raison. Il se pourrait que Giller ait su que la Reine détenait le coffret et qu'il ait voulu le protéger. Il connaissait certainement le pouvoir des coffrets.

Il adressa à Richard un sourire ironique.

— Le Chercheur nous ouvre une perspective inédite. Il est possible que nous ayons un allié à Tamarang.

— Rien n'est certain ! rétorqua Kahlan.

— Nous le saurons bien assez tôt, soupira le magicien.

— Zedd, demanda Richard, hier, nous nous sommes rendus dans un endroit appelé Cornetiers l'Usine.

Zedd hocha la tête.

— Je l'ai vu. Et j'ai vu de nombreux autres lieux dans le même état.

Richard se pencha en avant.

— Ce ne sont pas des Westlanders qui ont fait ça, n'est-ce pas ? C'est impossible ! J'ai conseillé à Michaël de réunir l'armée et de protéger le Westland. Jamais je ne lui ai dit d'attaquer qui que ce soit. Sûrement pas des innocents !

— Les gens du Westland ne sont pour rien là-dedans, affirma Zedd.

— Alors qui ?

— Les propres soldats de Rahl, conformément à ses ordres.

— Ça n'a aucun sens ! protesta Kahlan. Cette ville était loyale au D'Hara. Des forces de l'Armée Pacifique du Peuple y étaient stationnées, et elles ont été anéanties jusqu'au dernier homme.

— C'est précisément pour cette raison qu'il l'a fait.

— Ça n'a aucun sens, répéta Kahlan.

— Pensez à la Première Règle de Magie, déclara Zedd.

— Quoi ? fit Richard.

— La Première Règle de Magie est : Les gens sont stupides.

Richard et Kahlan se regardèrent sans comprendre.

— Les gens sont stupides, poursuivit Zedd. Ils sont prêts à croire n'importe quoi. Leur stupidité les amènera à accepter un mensonge parce qu'ils désirent y voir la vérité, ou parce qu'ils ont peur qu'il puisse s'agir de la vérité. La tête des gens est pleine de connaissances, de faits et de croyances pour la plupart erronés, ce qui ne les empêche pas de penser que tout est vrai. Les gens sont stupides, vous dis-je ! Alors qu'ils sont incapables de distinguer le mensonge de la vérité, ils gardent une confiance absolue en leur capacité de jugement. Aussi sont-ils d'autant plus faciles à berner.

« A cause de la Première Règle de Magie, les anciens magiciens ont créé les Confesseurs et les Chercheurs, qui sont chargés de trouver la vérité, quand celle-ci est vitale. Rahl connaît les Règles de Magie et il utilise la première. Les gens ont besoin d'un ennemi pour être motivés. La motivation est de loin plus importante que la vérité. Donc, Darken Rahl leur fournit un ennemi, autre que lui-même, un véritable but. Les gens sont stupides : ils veulent croire, et le font.

— Mais il s'agissait de son propre peuple ! protesta Kahlan. Il massacrait ses partisans.

— Vous remarquerez que tous n'ont pas été tués ; certains ont été violés, torturés, mais épargnés pour pouvoir fuir et répandre la nouvelle. Vous remarquerez également qu'aucun des soldats n'a été épargné pour contredire l'histoire. Le fait qu'il ne s'agisse pas de la vérité importe peu, et ceux qui en entendront le récit y croiront parce qu'elle leur donne un but, un ennemi contre lequel se rassembler. Bien que Rahl ait détruit quelques villes qui lui étaient loyales et tué quelques-uns de ses soldats, il s'est gagné la confiance de centaines de cités. Les gens vont continuer de se masser autour de lui et de le soutenir parce qu'il leur a raconté qu'il souhaitait les défendre contre cet ennemi.

Richard se redressa.

— Mais ce n'est pas vrai ! Comment Rahl peut-il s'en tirer à si bon compte ? Comment les gens peuvent-ils croire des choses pareilles ?

Zedd lui adressa un regard sévère.

— Tu n'as pas été dupe, tu savais que les Westlanders n'étaient pour rien dans ces massacres. En même temps, tu doutais de tes certitudes. Tu avais peur que ce soit vrai. Craindre que quelque chose soit vrai revient à en accepter la possibilité. Accepter la possibilité est le premier pas vers la conviction. Au moins es-tu assez intelligent pour t'interroger. Songe combien il est aisé de croire, pour des gens qui ne s'interrogent pas. Pour la plupart, ce n'est pas la vérité qui est importante, c'est la cause. Rahl est intelligent ; il leur a donné une cause.

Les yeux de Zedd brillaient de détermination.

— Si cette règle est la première, c'est qu'elle est la plus importante. Souviens-t'en.

— Mais ceux qui ont perpétré ces massacres savaient ce qu'ils faisaient. Comment ont-ils pu ?

Zedd haussa les épaules.

— Le sens du devoir.

— Mais cela va à l'encontre de la nature. Le meurtre est contre-nature.

Le magicien sourit.

— Le meurtre fait partie de la nature, ainsi que de tout être vivant.

Richard savait que Zedd aimait à convaincre ses interlocuteurs avec des affirmations choquantes ; néanmoins, son sang bouillonnait et il ne put s'empêcher de se rebiffer.

— Seulement une fraction de la nature ! Comme les prédateurs. Et c'est uniquement pour survivre. Regarde ces arbres, ils ne peuvent même pas songer au meurtre.

— Le meurtre fait partie de toute chose, insista Zedd. Chaque être vivant est un meurtrier potentiel.

Richard chercha de l'encouragement du côté de Kahlan.

— Ne me regarde pas, lui dit-elle. J'ai depuis longtemps renoncé à débattre avec les magiciens.

Richard leva les yeux en direction du magnifique pin géant qui les dominait, éclairé par la lueur des flammes. Il considéra les branches qu'il déployait avec des intentions meurtrières dans une lutte qui durait depuis des années pour atteindre le soleil et en priver ceux qui l'entouraient, offrant de l'espace à ses rejets, dont certains se flétriraient dans son ombre. Plusieurs des proches voisins du grand pin étaient ratatinés et faibles : tous ses victimes. Ainsi donc, c'était vrai : la nature était ainsi faite que le succès s'obstenait par le meurtre.

— Tu as appris quelque chose, mon garçon ? demanda Zedd d'une voix grave.

Richard opina.

— La vie pour les plus forts. On ne doit avoir aucune sympathie pour les morts, seulement de l'admiration pour la force du vainqueur.

— Mais les gens ne pensent pas de cette manière ! intervint Kahlan, incapable de tenir plus longtemps sa langue.

Zedd eut un sourire rusé.

— Non ?

Il désigna un petit arbre desséché, près d'eux.

— Regardez cet arbre, chère petite. Et celui-ci,

194

ajouta-t-il en désignant le grand pin. Dites-moi lequel vous admirez le plus.

— Celui-ci, répondit aussitôt Kahlan en montrant à son tour le grand pin. C'est un arbre splendide.

— Vous voyez ? Les gens pensent ainsi. Il est splendide, dites-vous. Vous avez choisi l'arbre qui assassine, pas celui qui est assassiné.

Zedd eut un sourire de triomphe.

— C'est la nature.

La moue boudeuse, Kahlan croisa les bras.

— Je savais que je n'aurais pas dû ouvrir la bouche.

— Vous pouvez garder votre bouche close si vous le voulez, mais ne fermez pas votre esprit. Afin de l'emporter sur Darken Rahl, nous devons le comprendre pour savoir comment le détruire.

— Voilà comment il conquiert tant de territoires, dit Richard en tapotant le pommeau de son épée avec son doigt. Il laisse les autres agir à sa place, en leur fournissant une cause ; puis il peut tranquillement rechercher les coffrets. Il n'y a personne pour s'interposer.

Zedd acquiesça.

— Il utilise la Première Règle de Magie pour qu'elle effectue le gros du travail à sa place. Voilà ce qui rend notre tâche si compliquée. Il gagne le peuple à sa cause, parce que les gens ne se préoccupent pas de la vérité ; ils lui obéissent parce qu'ils croient aveuglément à leurs certitudes et combattent pour elles jusqu'à leur dernier souffle, en dépit de l'incroyable imposture dont ils sont les victimes.

Richard se leva lentement, le regard perdu dans la nuit.

— Tout ce temps, j'ai pensé que nous combattions le mal. Un mal impétueux, devenu fou furieux. Mais ce n'est pas du tout cela. Ce à quoi nous sommes confrontés ressemble davantage à une épidémie. Une épidémie d'imbéciles.

— Tu as deviné juste, mon garçon. Une épidémie d'imbéciles.

— Dirigés par Darken Rahl, souligna Kahlan.

Zedd se tourna vers elle.

— Si quelqu'un creuse un trou, et que celui-ci se remplisse d'eau de pluie, à qui la faute ? Est-ce la faute de la pluie ? Ou est-ce la faute de celui qui a creusé le trou ? Est-ce la faute de Darken Rahl, ou la faute de ceux qui ont creusé le trou et ont laissé l'eau s'y infiltrer ?

— Peut-être les deux, répondit Kahlan. Ce qui nous laisse avec beaucoup d'ennemis.

— Et des ennemis redoutables, précisa le vieux magicien. Des idiots qui refusent de voir la vérité sont implacables. En tant que Confesseur, vous avez probablement déjà appris cette leçon, n'est-ce pas ?

Elle opina.

— Ils n'agissent pas toujours comme on le pense, ou comme ils le devraient, et on peut se laisser surprendre. Les gens que l'on pense inoffensifs peuvent nous tuer sans qu'on ait eu le temps de se retourner.

— Ça ne change rien, dit Kahlan. Si Rahl récupère tous les coffrets, et ouvre le bon, c'est lui qui nous tuera tous. Il est encore la tête du serpent ; une tête que nous devons couper.

Zedd haussa les épaules.

— Vous avez raison. Mais nous devons rester en vie afin d'avoir une chance de tuer ce serpent, sans oublier que des milliers de petits serpents peuvent nous tuer d'abord.

— C'est une leçon que nous avons déjà apprise, déclara Richard. Mais ainsi que l'a dit Kahlan, ça ne change rien. Nous devons quand même retrouver le coffret pour tuer Rahl.

Il se rassit auprès de Kahlan.

Le visage de Zedd se fit grave.

— Souviens-toi seulement que Darken Rahl peut aisément te tuer...

Il pointa le doigt sur Richard, puis sur Kahlan.

— ... ainsi que vous...

Puis sur lui-même.

— ... ainsi que moi.

— Dans ce cas, pourquoi ne l'a-t-il pas fait ? s'étonna Richard.

— Est-ce que tu t'amuses souvent à déambuler dans une pièce et à tuer toutes les mouches qui s'y trouvent ? Non. Tu les ignores. Elles ne méritent pas ton attention. Jusqu'à ce qu'elles te piquent. Alors, tu les écrases.

Il se pencha vers eux.

— Nous sommes sur le point de le piquer.

Richard et Kahlan échangèrent un rapide coup d'œil.

— La Première Règle de Magie, murmura Richard tandis qu'un filet de sueur lui coulait dans le dos. Je m'en souviendrai.

— Et ne la répète à personne ! l'exhorta Zedd. Les Règles de Magie ne doivent être connues que des magiciens. Elles peuvent vous paraître cyniques ou triviales, mais elles constituent des armes puissantes si l'on sait comment s'en servir. Parce qu'elles sont vraies. La vérité est un pouvoir. Je vous l'ai divulguée parce que je suis le chef des magiciens et parce que j'estime important que vous compreniez. Vous devez savoir ce qu'accomplit Rahl, puisque c'est à nous qu'il revient de l'arrêter.

Richard et Kahlan lui signifièrent tous deux leur engagement.

— Il se fait tard, dit alors Zedd en bâillant. J'ai voyagé longtemps pour vous rejoindre. Nous reprendrons cette discussion demain.

Richard se leva d'un bond.

— Je prends le premier tour de garde.

Il avait une tâche à accomplir et voulait s'en acquitter au plus tôt.

— Prends mes couvertures, Zedd.

— D'accord. Je me chargerai du second tour de garde.

Kahlan savait que ce tour de garde était le moins agréable des trois : il fractionnait le sommeil en deux. Comme elle protestait, Zedd leva la main.

— J'ai parlé en premier, chère petite.

Richard désigna la saillie rocheuse sur laquelle il se posterait, après avoir inspecté les environs, puis il s'éloigna. Son esprit bouillonnait d'un millier de réflexions, mais une pensée supplantait les autres. La nuit était silencieuse et froide, sans que cela soit inconfortable. Il laissa son manteau ouvert tandis qu'il cheminait entre les arbres, concentré sur l'endroit vers lequel il se dirigeait. Des créatures de la nuit s'appelaient, mais il n'y prêta aucune attention.

Il grimpa tant bien que mal au sommet d'un rocher

et scruta le paysage derrière lui, à travers le feuillage des arbres, observant le feu et attendant de voir ses deux compagnons s'enrouler dans leurs couvertures. Quand cela fut fait, il glissa à bas du rocher et continua en direction de l'eau.

Au bord de la rivière, il sonda les alentours jusqu'à ce qu'il trouve un morceau de bois assez gros. Il se rappela certaines paroles de Zedd : lorsque celui-ci lui avait dit qu'il devait avoir le courage d'accomplir ce qui était nécessaire à leur mission et qu'il devait être prêt à tuer l'un d'eux si cela se révélait indispensable. Richard connaissait Zedd, et il savait que le magicien ne se contentait pas uniquement d'argumenter — il pensait ce qu'il disait. Il était capable de le tuer, ou, plus grave, de tuer Kahlan.

Il retira le croc de sous sa chemise, passant la lanière de cuir par-dessus sa tête. Tenant la dent au creux de sa paume, il la soupesa, la regarda au clair de lune et songea à son père. Ce croc était le seul moyen qu'avait Richard pour prouver à Zedd que son père n'était pas un voleur, qu'il avait dérobé le livre pour le protéger de Rahl. Richard brûlait de révéler à Zedd que son père avait été un héros, qu'il avait sacrifié sa vie pour arrêter Rahl et tous les sauver. Il voulait que l'on se souvienne de son père pour ce qu'il avait accompli.

Mais c'était impossible.

Le magicien voulait détruire le Livre des Ombres Comptées. Or, Richard et le Livre des Ombres Comptées ne faisaient désormais plus qu'un. Shota l'avait averti que Zedd utiliserait le feu magique contre lui, mais qu'il avait une chance de le battre. Peut-être était-ce la solution. Afin de détruire le livre, Zedd devrait le tuer. Richard ne s'inquiétait pas pour lui-même ; rien ne l'attachait à la vie et il ne se souciait plus de mourir.

En revanche, l'éventuelle mort de Kahlan l'inquiétait. Si Zedd apprenait que Richard détenait le livre en lui, il l'obligerait à délivrer son contenu et il découvrirait que Rahl devrait utiliser un Confesseur pour s'assurer de la véracité des paroles du livre. Et il n'y avait plus qu'un Confesseur en vie. Kahlan. Si Zedd le savait, il la tuerait.

Richard ne pouvait permettre cela.

Il enroula la corde autour du morceau de bois flotté et enfonça le croc dans une longue fêlure, le sertissant dans le bois de manière qu'il ne puisse plus s'en défaire. Il voulait éloigner le plus possible le croc de lui.

— Pardonne-moi, père, murmura-t-il.

De toutes ses forces, il lança le morceau de bois. Il l'observa qui décrivait un arc en l'air, puis plongeait dans l'eau sombre avec un bruit étouffé. Dans le clair de lune, il le regarda flotter à la surface. Il resta planté là, une boule dans la gorge, tandis que le morceau de bois suivait le courant vers l'aval. Sans le croc, il se sentait soudain nu.

Lorsque le morceau de bois eut disparu, il contourna le camp, l'esprit dans le brouillard. Il se sentait comme vidé. Il s'assit sur la saillie rocheuse où il avait signalé qu'il se posterait.

Il détestait cette situation. Il détestait le fait de devoir mentir à Zedd, de sentir qu'il ne pouvait pas lui faire confiance. A quoi en était-il réduit, pour ne plus pouvoir se reposer sur son plus vieil ami ? Malgré la distance, la main de Rahl l'atteignait et l'obligeait à commettre des actes contre sa volonté.

Quand tout serait terminé, et que Kahlan serait en sécurité, il rentrerait chez lui. S'il survivait.

A peu près au milieu de son tour de garde, il prit soudain conscience de la présence de la chose qui les suivait. Il ne distinguait pas ses yeux, mais il pouvait les sentir. Elle était sur la colline à l'opposé du camp et épiait. Un frisson glacé le parcourut.

Un son distant le fit se redresser brutalement. Un grondement, un grognement, suivis d'un jappement. Puis de nouveau le silence. Une créature vivante venait de périr. Les yeux écarquillés, Richard tenta de voir, de percer les ténèbres. En vain. La créature qui les suivait avait tué. A moins qu'elle n'ait été tuée elle-même. Curieusement, cette idée le contraria. Depuis qu'elle avait commencé à les suivre, elle n'avait jamais tenté de s'attaquer à eux. Bien sûr, cela ne signifiait rien. Elle pouvait simplement attendre le bon moment. Mais pour quelque raison, Richard ne pensait pas qu'elle leur voulait le moindre mal.

Il sentit de nouveau les yeux. Elle était encore en vie.

Il eut envie de courir à sa recherche, de découvrir de quoi il s'agissait. Mais non, ce n'était pas le moment. Il avait affaire à une créature de l'obscurité. Il valait mieux qu'il la rencontre sur son terrain à lui.

De nouveau, il entendit quelque chose mourir. Plus proche.

Sans que Richard ait eu à le réveiller, Zedd apparut pour prendre son tour. Apparemment reposé et revigoré, il mastiquait un morceau de viande séchée. Il vint s'asseoir près de lui et lui offrit à manger. Richard déclina sa proposition.

— Qu'en est-il de Chase ? lui demanda-t-il. Est-ce qu'il va bien ?

— Il va bien. D'après ce que j'en sais, il est parti exécuter tes instructions.

— Bon. Tant mieux.

Richard sauta à bas du rocher, prêt à aller dormir.

— Richard, qu'est-ce que t'a dit Shota ?

Richard étudia le visage de son ami dans la pâle lumière de la lune.

— Ça ne concerne personne d'autre que moi.

Le ton cassant de sa propre voix le surprit.

— Et ça demeurera ainsi.

Sans le quitter du regard, Zedd mordit dans son morceau de viande.

— L'épée recèle beaucoup de colère. Je vois que tu as des difficultés à la contrôler...

— Très bien ! fit Richard avec impatience. Shota m'a dit que je devrais avoir une conversation avec toi au sujet de Samuel !

— Samuel ?

Richard serra les dents et se pencha.

— Mon prédécesseur !

— Oh ! ce Samuel-là.

— Oui, ce Samuel-là. Voudrais-tu me fournir quelques explications ? Vas-tu m'avouer que je finirai comme lui ? Ou avais-tu prévu de me cacher la vérité jusqu'à ce que j'en aie terminé avec ma besogne de magicien et que tu aies donné l'épée à quelque autre idiot ?

Zedd observait tranquillement Richard. Emporté par

200

la colère, celui-ci empoigna les robes du magicien et approcha son visage près du sien.

— La Première Règle de Magie ! Est-ce ainsi que les magiciens dénichent les porteurs de l'épée ? Il suffit de trouver quelqu'un d'assez stupide et l'affaire est dans le sac ! Un nouveau Chercheur ! Y a-t-il d'autres broutilles dont tu as omis de me parler ? D'autres petites choses déplaisantes que je devrais savoir ?

Il repoussa soudain Zedd, résistant de toute sa volonté au désir de dégainer l'épée. Son torse se soulevait au rythme de sa fureur. Zedd, lui, continuait de l'observer avec calme.

— Je suis sincèrement navré, mon garçon, qu'elle t'ait fait autant de mal, murmura-t-il.

Richard recouvra brusquement ses esprits, et tout ce qui venait d'arriver déferla en lui, éteignant sa colère. La situation semblait sans espoir. Il éclata en sanglots et s'effondra contre Zedd, incapable de se maîtriser.

— Zedd, je veux seulement rentrer à la maison ! balbutia-t-il.

Le magicien le tint contre lui et lui tapota gentiment le dos.

— Je sais, Richard, je sais.

— Je regrette de ne pas t'avoir écouté. Mais c'est plus fort que moi. J'ai l'impression de me noyer et de ne pas pouvoir respirer. Je veux mettre un terme à ce cauchemar ! Je hais le Midlands. Je hais la magie. Je veux juste rentrer à la maison. Zedd, je veux qu'on me débarrasse de cette épée et de sa magie. Je ne veux plus jamais entendre parler de magie.

Zedd le laissa pleurer contre lui.

— Rien n'est jamais facile, chuchota-t-il.

— Peut-être les choses seraient-elles moins douloureuses si Kahlan me détestait, mais je sais que mon amour est partagé. C'est la magie. C'est la magie qui nous sépare.

— Crois-moi, Richard, je sais ce que tu ressens.

Richard se laissa tomber par terre et s'adossa au rocher, sanglotant. Zedd vint s'installer près de lui.

— Que vais-je devenir ? demanda Richard.

— Tu vas continuer. Il n'y a rien d'autre que tu puisses faire.

— Je ne veux pas continuer ! Et Samuel ? Vais-je finir comme lui ?

Zedd secoua la tête.

— Je suis désolé, Richard, mais je n'en sais rien. Je t'ai donné l'épée contre ma volonté, parce que j'y étais forcé. La magie de l'Epée de Vérité produit cet effet sur les Chercheurs, à la fin. Les prophéties prétendent que celui qui contrôlera réellement la magie de l'épée, dont la lame se teintera alors en blanc, sera épargné par cette fatalité. Mais j'ignore comment ce processus s'opère. Je ne sais même pas ce qu'il signifie. Je suis désolé de ne pas avoir eu le courage de t'en parler. Si tu veux, tu peux me frapper à mort pour ce que je t'ai fait subir. Mais promets-moi d'abord que tu poursuivras ta mission et que tu arrêteras Darken Rahl.

Richard eut un rire amer.

— Te frapper à mort ? C'est une plaisanterie ! Tu es tout ce que j'ai, tout ce que je suis autorisé à aimer. Comment pourrais-je tuer cela ? C'est moi-même que je devrais tuer.

— Ne dis pas de pareilles bêtises ! murmura Zedd. Richard, je sais ce que sont tes sentiments pour la magie. Je m'en suis moi aussi éloigné. Parfois des événements surviennent, dont il faut s'accommoder. Tu es tout ce qui me reste. Je me suis mis en quête du livre parce que je ne voulais pas t'exposer au danger. Je ferais n'importe quoi pour t'éviter de souffrir. Mais je ne puis t'épargner ceci. Nous devons arrêter Darken Rahl, pas seulement pour nous-mêmes, mais pour tous les autres qui n'ont pas une chance sans nous.

Richard se frotta les yeux.

— Je sais. Je ne renoncerai pas avant d'avoir achevé notre mission. Je le promets. Alors, il me sera peut-être possible d'abandonner l'épée, avant qu'il ne soit trop tard.

— Va te reposer, maintenant. Chaque jour tu te sentiras un peu mieux. Si cela peut te consoler, sache que je ne crois pas que tu connaîtras la même fin que Samuel et les autres Chercheurs. Si cela devait être le cas, ce ne sera pas avant un certain laps de temps, et en conséquence, cela signifie que tu auras vaincu Darken Rahl, et que tous les peuples du monde seront en sécurité. Sache aussi que si cela se produisait, je prendrais toujours soin de toi. Si nous parvenons à arrêter Rahl, je pourrai t'aider à découvrir le secret pour blanchir la lame.

Richard opina et se leva, s'emmitouflant dans son manteau.

— Merci, mon ami. Je suis désolé d'avoir été si dur avec toi ce soir. Je ne sais pas ce qui m'a pris. Peut-être que les bons esprits m'ont abandonné. Quant à ce que Shota m'a dit, je suis navré de ne pas pouvoir te le révéler.

Il marqua une pause et ajouta :

— Zedd, sois prudent cette nuit. Une créature rôde dans les parages. Elle nous suit depuis des jours. Je ne sais pas de quoi il s'agit, je n'ai pas eu le temps de m'en occuper. Mais je ne pense pas qu'elle nous veuille du mal ; du moins est-ce l'impression qu'elle m'a donnée jusqu'à présent. Toutefois, on ne sait jamais...

— Je serai prudent.

Comme Richard s'éloignait, Zedd le rappela.

— Sois heureux qu'elle t'aime autant. Si ça n'avait pas été le cas, elle aurait pu te toucher.

Richard le regarda un long moment.

— J'ai peur que, d'une certaine façon, elle l'ait déjà fait.

Kahlan se faufila dans l'obscurité, parmi les pierres et les arbres, et trouva Zedd assis sur un rocher, qui guettait son arrivée.

— Je serais venu vous réveiller en temps voulu, dit-il.

Elle alla s'installer à côté de lui, serrant son manteau autour d'elle.

— Je sais, mais je ne pouvais pas dormir, et j'ai pensé à venir m'asseoir avec vous.

— Avez-vous apporté quelque chose à grignoter ?

Elle fouilla dans son manteau et en sortit un petit baluchon.

— Tenez, dit-elle en souriant. Du lapin et des biscuits.

Pendant que Zedd se frottait les mains et entamait son en-cas, Kahlan observa la nuit, réfléchissant à la manière dont elle allait formuler la question qu'elle était venue poser au magicien.

— Merveilleux, chère petite, merveilleux ! lança-t-il quand il eut fini de manger. C'est tout ce que vous aviez pour moi ?

Kahlan rit.

— J'ai aussi apporté des baies.

Elle sortit un baluchon de tissu.

— J'ai pensé que vous apprécieriez quelque chose de sucré. Puis-je les partager avec vous ?

Elle prit quelques baies et observa :

— Je crois savoir pourquoi Richard est si doué pour trouver de la nourriture. En grandissant avec vous, il était obligé de se montrer à la hauteur... sous peine de mourir de faim.

— Je ne le laisserais jamais mourir de faim ! protesta Zedd. Je l'aime trop.

— Je sais. Moi aussi.

Songeur, le magicien mâchonna quelques baies.

— Je veux vous remercier pour avoir tenu votre parole, déclara-t-il soudain.

— Ma parole ?

Zedd la fixa tandis qu'il se courbait au-dessus du baluchon, avalant les baies l'une après l'autre.

— Votre parole de ne pas le toucher, de ne pas utiliser votre pouvoir contre lui.

— Oh !

Elle détourna les yeux vers la nuit, rassemblant son courage.

— Zedd, vous êtes le dernier magicien vivant, à part Giller. Je suis le dernier Confesseur. Vous avez vécu au Midlands, vous avez vécu à Aydindril. Vous êtes le seul à savoir ce qu'être Confesseur signifie. J'ai tenté de l'expliquer à Richard, mais une vie entière n'y suffirait pas. De plus, je crois que personne, hormis un Confesseur ou un magicien, n'est réellement en mesure d'appréhender cet état.

Zedd lui tapota le bras.

— Vous avez sans doute raison.

— S'il vous plaît, Zedd ! commença Kahlan d'un ton implorant, s'il vous plaît, pouvez-vous utiliser votre magie pour extirper ça de mon corps ? Me décharger de ma condition de Confesseur et me permettre d'être une femme normale ?

Elle avait l'impression d'être pendue à un fil ténu au-dessus d'un gouffre sans fond. Elle se tortillait au bout de ce fil, les yeux rivés à ceux de Zedd.

Il baissa la tête.

— Il n'existe qu'un moyen de vous libérer de votre magie, Mère Confesseur.

Kahlan eut l'impression que son cœur bondissait dans sa poitrine.

— Comment ? murmura-t-elle.

Les yeux de Zedd croisèrent les siens. Ils étaient remplis de peine.

— Je pourrais vous tuer.

Elle sentit le fil de l'espoir se briser. Néanmoins, elle s'efforça de ne rien laisser paraître de ses émotions. Elle devait garder son masque de Confesseur.

— Merci, dit-elle. Merci d'avoir écouté ma requête. Je ne pensais pas réellement qu'il existait un moyen, mais je devais m'en enquérir. J'apprécie votre honnêteté. Vous feriez mieux d'aller dormir, maintenant.

Il opina.

— D'abord, vous devez m'avouer ce que Shota a dit.

— Demandez au Chercheur. C'est à lui qu'elle a parlé ; j'étais recouverte de serpents à ce moment-là.

— De serpents, répéta Zedd en haussant un sourcil. Shota doit vous apprécier. Je l'ai vue faire pire.

Kahlan soutint son regard.

— Elle m'a fait pire.

— J'ai demandé à Richard, il refuse de m'en parler. Vous le devez.

— Vous me demandez de trahir sa confiance ? Non, sans façon.

— Richard est malin, peut-être le Chercheur le plus malin que j'aie jamais vu, mais il connaît très peu le Midlands. Il n'en a aperçu qu'une minuscule portion. D'une certaine manière, il s'agit de sa meilleure défense et de son plus grand atout. Il a découvert où était dissimulé le coffret en allant chez Shota. Aucun Chercheur du Midlands n'aurait accompli cet exploit. Vous avez passé votre vie entière ici et vous connaissez nombre des dangers qui le guettent. Il y a des créatures qui pourraient utiliser la magie de l'Epée de Vérité contre lui. Des créatures qui aspireraient sa magie et le tueraient avec. Les dangers sont innombrables. Nous n'avons pas le temps de lui apprendre tout ce qu'il a besoin de savoir, aussi devons-nous le protéger, afin qu'il puisse mener à bien sa tâche. Je dois savoir ce que Shota lui a dit afin de juger si c'est important ; si nous avons besoin de le protéger.

— Zedd, je vous en prie, il est mon seul ami. Ne me demandez pas de trahir sa confiance.

— Chère petite, il n'est pas votre seul ami. Je suis également votre ami. Aidez-moi à le protéger. Il ignorera tout de votre indiscrétion.

Elle lui adressa un regard éloquent.

— Il a le pouvoir de deviner les choses que l'on cherche à lui cacher.

Zedd afficha un sourire compréhensif ; puis son visage se durcit.

— Mère Confesseur, il ne s'agit pas d'une requête, mais d'un ordre. Je vous demande de le considérer comme tel.

Kahlan croisa les bras, se détournant à demi de lui. Comment pouvait-il lui faire une chose pareille ? Soudain, elle comprit qu'elle n'avait plus son mot à dire sur la question.

— Shota a révélé que Richard était le seul à avoir une chance d'arrêter Darken Rahl. Elle ne sait pas comment, ni pourquoi, mais il est le seul.

— Poursuivez.

Kahlan serra les dents.

— Elle a dit que vous essaieriez de le tuer, que vous utiliseriez le feu magique contre lui, et qu'il avait une chance de vous battre. Il y a aussi une chance que vous échouiez.

Le silence régna de nouveau autour d'eux.

— Mère Confesseur...

— Elle a ajouté que j'utiliserais moi aussi mon pouvoir contre lui. Mais il n'a aucune chance d'y résister. Si je vis, je n'échouerai pas.

— Je vois pourquoi il ne voulait rien me raconter, murmura Zedd.

Il médita tranquillement un instant.

— Pourquoi Shota ne vous a-t-elle pas tuée ?

En aurait-il bientôt fini de ses questions ? se demanda Kahlan. Elle se tourna vers lui.

— Elle y songeait. Vous étiez là, du reste. Enfin, ce n'était pas vraiment vous, il ne s'agissait que d'une illusion, mais nous pensions que c'était vous. Vous... du moins votre image a tenté de tuer Shota. Richard savait qu'elle représentait le seul moyen de trouver le coffret et il l'a défendue. Il... euh, il a renvoyé votre feu magique et a offert à Shota l'occasion de... d'user de son pouvoir contre vous.

Zedd arqua un sourcil.

— Vraiment...

Kahlan opina.

— En récompense, elle lui a accordé un vœu. Il l'a utilisé pour nous sauver. Il lui a demandé d'épargner nos vies. Shota n'était pas satisfaite. Elle lui a promis que s'il revenait un jour sur le Plateau d'Agaden, elle le tuerait.

— Ce garçon ne manque jamais de me surprendre. Il a réellement opté pour l'information plutôt que pour ma vie ?

Surprise par son sourire, Kahlan acquiesça.

— Il a sauté droit devant le feu magique. Il s'est servi de son épée pour le détourner.

Zedd se frotta le menton.

— Merveilleux ! Voilà précisément ce qu'il fallait faire. J'ai toujours eu peur qu'il ne soit incapable de faire ce qui était nécessaire, une fois au pied du mur. Je crois que je n'ai plus besoin de m'inquiéter. Quoi, ensuite ?

Kahlan baissa les yeux vers ses mains.

— Je voulais que Shota me tue, mais elle a refusé, à cause du vœu de Richard. Zedd, je... je ne pouvais supporter l'idée de lui faire ça. Je l'ai supplié de m'achever. Je ne voulais pas vivre et laisser la prophétie se réaliser.

Elle fit une pause, et pendant un moment ils ne dirent rien.

— Comme il refusait de le faire, j'ai essayé de m'en charger moi-même. Des jours durant, il m'a surveillée chaque seconde. Il m'a pris mon couteau. Il m'a attachée la nuit. J'avais l'impression d'avoir perdu l'esprit. Et ce fut peut-être le cas. Enfin, il m'a convaincue que nous ne pouvions pas connaître le sens de la prophétie, que c'était peut-être lui qui se retournerait contre nous et devrait être tué afin de vaincre Darken Rahl.

— Je suis vraiment désolé, chère petite, de vous avoir obligée à me raconter cela. Désolé aussi pour les épreuves que vous avez traversées. Mais Richard a raison. Il peut être dangereux de prendre les prophéties trop au sérieux.

— Mais les prophéties d'une sorcière sont toujours vraies, n'est-ce pas ?

— Oui. Mais pas toujours de la façon que l'on pense. Parfois, les prophéties peuvent même s'autoréaliser.

Kahlan le considéra avec perplexité.

— Vraiment ?

— Bien sûr. Imaginez seulement, pour les besoins de la démonstration, que j'essaie de vous tuer en voulant protéger Richard, pour empêcher que cette prophétie ne se réalise. Lui voit cela, nous combattons, l'un de nous gagne, disons lui. Cette partie de l'oracle est accomplie, aussi craint-il que ce ne soit bientôt le cas de l'autre, et il estime qu'il doit vous tuer. Comme vous ne voulez pas mourir, vous le touchez pour vous défendre. Et voilà : prophétie accomplie ! Les prophéties doivent être prises au sérieux, mais uniquement par ceux qui comprennent cè genre de phénomènes ; les prophéties sont dangereuses. Comme vous le savez, ce sont les magiciens qui gardent les livres d'oracles. Quand j'étais dans mon Donjon, j'ai relu quelques-uns de ces livres pertinents, sans en saisir toujours la teneur. Il y avait autrefois des magiciens qui ne faisaient rien d'autre que d'étudier les livres de prophéties. Ils contiennent des oracles que j'ai lus et qui vous épouvanteraient, si vous les connaissiez. Même moi, ils me réveillent parfois la nuit. Ils renferment des choses qui pourraient s'appliquer à Richard et qui m'effraient ; des éléments qui concernent à coup sûr Richard, mais dont j'ignore la signification véritable. Et je me refuse à agir en conséquence. Nous ne pouvons pas toujours connaître le sens des prophéties, aussi doivent-elles toujours être gardées secrètes. Certaines pourraient être à l'origine de grands troubles si les gens en entendaient parler.

— Richard est cité dans les livres de prophéties ? demanda Kahlan avec stupeur.

Il la regarda dans les yeux.

— Vous l'êtes également.

— Moi ! Mon nom se trouve dans les livres de prophéties ?

— Enfin, oui et non. Ce n'est pas ainsi que les choses fonctionnent. On en est rarement certain. Mais dans le cas présent, j'en suis sûr. Il est dit quelque chose comme : « La dernière Mère Confesseur » ceci, et « La dernière Mère Confesseur » cela, mais il ne peut y avoir aucun doute sur l'identité de la dernière Mère Confesseur. C'est vous, Kahlan. De même qu'il ne peut y avoir de doute sur l'identité du « Chercheur qui commande le vent contre l'Héritier du D'Hara ». Il s'agit de Richard. L'Héritier du D'Hara est Rahl.

— Qui commande le vent ! Qu'est-ce que cela signifie ?

— Je n'en ai pas la moindre idée.

Kahlan baissa les yeux.

— Zedd, que disent les livres de prophéties à mon sujet ?

Quand elle leva la tête, le vieux magicien la fixait.

— Je suis désolé, chère petite, je ne peux pas vous en parler. Cela vous effraierait tellement que vous en perdriez le sommeil.

Elle opina.

— Je me sens stupide maintenant, d'avoir voulu mettre fin à mes jours à cause de la prophétie de Shota. Afin de l'empêcher de se réaliser, je veux dire. Vous devez me trouver stupide, n'est-ce pas ?

— Jusqu'à ce que cette prophétie se réalise, nous resterons dans l'ignorance. Mais vous ne devriez pas vous sentir idiote. Elle pourrait ne rien vouloir dire d'autre que ce qu'elle dit, à savoir que Richard est le seul à posséder une chance, et que vous nous trahirez, le capturerez et donnerez ainsi la victoire à Rahl. En vous suicidant, vous nous auriez peut-être sauvés...

— Vous ne m'aidez pas vraiment.

— Elle pourrait aussi signifier que c'est Richard qui

trahira, d'une certaine manière, et que c'est vous qui nous sauverez.

— Quelle que soit la façon dont vous le formulez, je n'aime pas ça, avoua Kahlan, la mine sombre.

— Les prophéties ne sont pas rédigées pour que les gens les lisent. Elles peuvent être source de plus de problèmes que vous n'imaginez ; des guerres ont été menées à cause d'elles. Même moi, je n'en comprends pas la plupart. Si les magiciens d'antan, les experts en prophéties, étaient encore à nos côtés, peut-être pourraient-ils nous assister, mais sans eux pour nous guider, il vaut mieux laisser la prophétie de Shota de côté. La première page de l'un des livres de prophéties dit : « Lisez ces prophéties avec votre esprit, pas avec votre cœur. » C'est la seule phrase de toute la page, dans un volume à moitié moins grand qu'une table de bonne taille. Chaque lettre est dorée pour en souligner l'importance.

— Mais la prophétie de Shota est différente de celles qu'on trouve dans les livres, n'est-ce pas ?

— Oui. Les prophéties révélées d'un individu à un autre sont censées aider cette personne. Shota essayait d'aider Richard. Shota elle-même ne saurait dire comment. Elle n'agissait qu'en médium. Un jour, sa prophétie pourra signifier quelque chose pour Richard et peut-être l'aider. Il n'y a toutefois aucun moyen de le savoir. J'espérais être capable de la comprendre. Malheureusement, elle appartient à un genre appelé les Prophéties Fourchues, un genre dans lequel je suis incompétent.

— Fourchue, ça veut dire qu'elle peut avoir des significations contraires ?

— Oui. Elle pourrait signifier ce qu'elle dit, ou n'importe quoi d'autre. Les Prophéties Fourchues sont presque toujours inutiles. Elles valent à peine mieux qu'une devinette. Richard avait raison de ne pas se laisser influencer. J'aimerais croire que c'est parce que mon enseignement lui a été profitable, mais il pourrait s'agir de son instinct. Il a l'instinct d'un Chercheur.

— Zedd, pourquoi ne vous contentez-vous pas de lui révéler ces détails, comme vous le faites avec moi ? N'at-il pas le droit de connaître tout cela ?

Le regard du magicien se perdit dans la nuit, et il resta silencieux pendant un long moment.

— C'est difficile à expliquer. Vous voyez, Richard sent les choses.

Il fronça les sourcils et demanda soudain :

— Avez-vous jamais tiré à l'arc ?

Kahlan sourit.

— Les filles ne sont pas censées avoir ce genre d'activités. Aussi m'y suis-je appliquée en guise de divertissement, quand j'étais jeune. Avant de commencer à écouter des confessions.

Zedd lui rendit son sourire.

— Avez-vous jamais été capable de sentir la cible ? D'ignorer tous les bruits, d'entendre le silence et de savoir où la flèche allait frapper ?

— Seulement une ou deux fois. Mais je sais de quoi vous parlez.

— Eh bien, Richard peut sentir la cible de cette manière quasiment à volonté. Parfois, je pense qu'il pourrait même la toucher s'il fermait les yeux. Lorsque je lui demande comment il s'y prend, il hausse les épaules et ne parvient pas à l'expliquer. Il prétend simplement qu'il peut sentir où la flèche va frapper. Mais si je commence à lui parler, à évoquer la vitesse du vent, la distance en pas jusqu'à la cible, le fait que l'arc a passé la nuit dehors et que l'air est humide, ce qui altère la détente, eh bien, il ne parvient même plus à atteindre le sol. La réflexion vient parasiter son instinct.

Le magicien observa une pause.

— Il agit de même avec les gens. Il se montre implacable dans sa quête de réponses. Il se dirige vers le coffret telle une flèche. Il n'était jamais allé dans le Midlands, et pourtant il a découvert un passage à travers la frontière et il a trouvé les réponses dont il avait besoin pour continuer, pour atteindre sa cible. C'est ainsi que procède un vrai Chercheur. Le problème, c'est que je ne dois pas lui fournir trop d'informations, sous peine d'altérer son instinct. Je dois lui désigner la bonne direction vers la cible, puis le laisser aller. Le laisser la trouver par lui-même.

— Voilà qui est plutôt cynique, observa Kahlan. Il s'agit d'un être humain, pas d'une flèche. Il n'agit ainsi que parce qu'il vous estime, et qu'il ferait n'importe quoi pour vous plaire. Vous êtes son idole. Il vous admire beaucoup.

Il lui adressa un regard sombre.

— Je ne pourrais pas être plus fier de lui, ni l'aimer davantage, mais s'il n'arrête pas Darken Rahl, je serai une idole morte. Parfois, les magiciens doivent se servir des gens pour accomplir ce qui doit être accompli.

Zedd se leva.

— Je suis navré que vous ayez dû subir tout cela. Peut-être qu'avec ma présence en sus ce sera plus facile. Bonne nuit, chère petite.

La seconde d'après, il s'était évanoui dans les ténèbres.

— Zedd ?

Il s'arrêta et se tourna vers elle, silhouette noire se détachant sur la forêt illuminée par la lune.

— Vous aviez une femme, n'est-ce pas ? demanda-t-elle.

— En effet.

Kahlan s'éclaircit la gorge.

— Qu'est-ce que cela fait d'aimer quelqu'un plus que la vie elle-même, d'être en sa compagnie et d'être aimé en retour ?

Zedd se tint immobile et demeura muet, la dévisageant dans l'obscurité. Elle attendit, tâchant de distinguer son visage. Très vite, elle comprit qu'il ne répondrait pas.

Kahlan redressa le menton.

— Magicien Zorander, il ne s'agit pas d'une requête, mais d'un ordre. Vous devez répondre à ma question.

Elle attendit.

Enfin, la voix de Zedd s'éleva dans l'air immobile.

— J'ai eu l'impression d'avoir trouvé ma moitié et d'être enfin complet, entier, pour la première fois de ma vie.

— Merci, Zedd.

Trop heureuse que le vieil homme ne puisse voir ses larmes, Kahlan lutta pour conserver une voix ferme.

— Je me posais juste la question.

10

RICHARD SE RÉVEILLA EN ENTENDANT KAHLAN METTRE DU bois dans le feu. La lumière s'insinuait à peine par-dessus les cimes lointaines, les auréolant d'une douce lueur rose, les nuages sombres derrière elles augmentant le contraste avec les pics enneigés. Zedd, allongé sur le dos, les yeux grands ouverts, ronflait. Richard effaça le sommeil de ses yeux d'un frottement et bâilla.

— Que dirais-tu d'une bouillie de racines de tava ? murmura-t-il, pour ne pas réveiller Zedd.

— Pourquoi pas ? répondit-elle.

Richard extirpa les racines de son sac et entreprit de les peler avec son couteau. Kahlan sortit une marmite.

Il jeta les racines coupées dans l'eau qu'elle avait versée d'une outre.

— Ce sont les dernières. Il va falloir penser à creuser pour récolter d'autres racines ce soir, mais je doute que nous trouvions du tava. Pas dans ce sol rocailleux.

— J'ai cueilli quelques baies.

Ensemble, ils se réchauffèrent les mains aux flammes. Plus belle qu'une reine, songea-t-il. Il tenta d'imaginer une reine vêtue de ses robes d'apparat et d'une couronne, ramassant des baies.

— Rien à signaler pendant la garde ?

Elle secoua la tête, puis sembla se rappeler quelque chose et son visage se durcit.

— A un moment donné, j'ai entendu un bruit étrange, en bas, près du camp. Un grognement, un jappement. J'ai failli venir te réveiller, mais il a cessé instantanément, et je ne l'ai plus entendu.

Il regarda par-dessus son épaule.

— Qu'est-ce que ça pouvait être ? J'étais tellement fatigué que ça ne m'a même pas réveillé.

Richard écrasa les racines cuites, ajouta un peu de sucre à la mixture. Kahlan servit la bouillie et ajouta une grosse poignée de baies dans les bols.

— Pourquoi ne le réveilles-tu pas ? dit-elle.

Richard sourit.

— Regarde.

Il frappa à plusieurs reprises avec sa cuillère contre le

bol en fer. Zedd émit un court ronflement, se redressa brusquement.

Le vieil homme cligna deux fois des paupières.

— Petit déjeuner ?

Le dos tourné, ils pouffèrent.

— Vous avez l'air de bonne humeur, ce matin, dit-il.

Il sourit.

— Zedd est de retour parmi nous.

Richard lui tendit un bol de bouillie, s'assit avec le sien sur une souche. Kahlan s'installa par terre, enveloppa ses jambes avec la couverture, son bol en équilibre sur une main. Zedd ne sortit pas de sa couverture pour manger. Richard mangeait lentement, Zedd engloutissait sa bouillie.

— Excellent ! s'exclama Zedd en se levant pour se servir un autre bol.

— Kahlan m'a raconté ce qui est arrivé. Je veux dire, elle m'a raconté comment tu l'as obligée à parler de Shota.

Kahlan se figea, comme foudroyée.

Zedd se redressa brutalement et pivota vers elle.

— Pourquoi le lui avez-vous dit ! Je croyais que vous ne vouliez pas qu'il sache que vous...

— Zedd... je n'ai jamais...

Le visage de Zedd grimaça. Il se tourna lentement vers Richard, courbé au-dessus de son bol, enfournant méthodiquement la bouillie.

Il ne leva même pas les yeux.

— Elle ne m'a rien dit. Mais tu viens de le faire.

Richard avala la dernière cuillerée, lécha sa cuillère et la lâcha dans le bol en fer.

L'expression calme et triomphante, il croisa le regard grimaçant du magicien.

— Première Règle de Magie, annonça Richard avec une esquisse de sourire. Le premier pas vers la croyance est d'espérer la vérité... ou de la craindre.

— Je vous avais prévenu, ragea Kahlan à l'adresse de Zedd. Je vous avais dit qu'il le découvrirait.

Zedd, les yeux rivés sur Richard, ne lui prêta aucune attention.

— J'y ai réfléchi la nuit dernière, expliqua Richard. Il m'a semblé que tu avais raison. Tu devais savoir ce qu'avait prédit Shota. Après tout, tu es un magicien, peut-être la prédiction contient-elle des éléments qui pourraient nous aider à arrêter Darken Rahl. Je savais que tu n'aurais de cesse que tu n'apprennes ce qui était arrivé. Je m'étais décidé à tout te révéler aujourd'hui, mais je me suis alors imaginé que tu te débrouillerais pour extorquer d'abord les informations à Kahlan, d'une manière ou d'une autre.

Kahlan retomba sur la couverture, hilare.

Zedd se redressa et campa ses poings sur ses hanches.

— Tudieu ! Richard, as-tu idée de ce que tu viens de faire ?

— Magie, sourit Richard. Une ruse, si elle est menée correctement, est aussi efficace que la magie.

Il haussa les épaules.

— Du moins, c'est ce que l'on m'a dit.

Zedd acquiesça. Il pointa un doigt décharné vers le ciel.

— Tu as battu un magicien sur son propre terrain. Pas un de mes élèves ne s'est jamais montré capable d'une telle prouesse.

Il s'approcha, un sourire épanoui sur le visage.

— Tudieu, Richard ! Tu l'as ! Tu possèdes le don, mon garçon ! Tu peux devenir un magicien du Premier Ordre, comme moi.

Richard renâcla.

— Je ne veux pas devenir magicien.

Zedd ignora sa réponse.

— Tu as passé le premier test.

— Tu viens de dire qu'aucun de tes élèves n'a été capable de le faire, alors comment ont-ils pu devenir magiciens s'ils n'ont pas pu réussir cette épreuve ?

Zedd eut un sourire en coin.

— Il s'agissait de magiciens du Troisième Ordre. Giller, lui, appartient au Deuxième Ordre. Aucun n'a jamais passé les tests permettant de devenir magicien du Premier Ordre. Ils n'avaient pas le don. Seulement la vocation.

Richard eut un petit sourire narquois.

— Ce n'était qu'une ruse. N'en fais pas toute une affaire.

— Une ruse très particulière.

Les paupières de Zedd s'étrécirent à nouveau.

— Je suis impressionné. Et très fier de toi.

— Combien y a-t-il de tests, puisque celui-ci est le premier ?

Zedd haussa les épaules.

— Oh, je ne sais pas. Probablement une centaine. Mais tu possèdes le don, Richard.

Une ombre d'inquiétude voila ses yeux, comme s'il ne s'y était pas attendu.

— Tu dois apprendre à le contrôler, sinon...

Ses yeux s'illuminèrent à nouveau.

— Je t'enseignerai. Tu pourrais réellement devenir un magicien du Premier Ordre.

Richard se surprit à l'écouter trop attentivement et secoua la tête.

— Je te l'ai dit, je ne veux pas devenir magicien.

Il ajouta à voix basse :

— Je ne veux plus rien avoir à faire avec la magie, quand tout sera fini.

Il s'aperçut que Kahlan l'observait.

— Ce n'était qu'une stupide petite ruse. Rien de plus.

— Une stupide petite ruse si elle avait concerné quelqu'un d'autre. Mais pas aux dépens d'un magicien.

Richard roula des yeux.

— Vous êtes tous les deux...

Zedd se pencha impatiemment en avant, l'interrompant.

— Peux-tu commander au vent ?

Richard se redressa un peu.

— Bien sûr, que je le peux, dit-il, jouant le jeu.

Il leva théâtralement les deux mains au ciel.

— Viens à moi, mon frère le vent ! Croîs ! Souffle pour moi !

Kahlan, le cœur gonflé d'espoir, s'emmitoufla dans son manteau. Zedd inspecta les environs. Rien ne se produisit. Ils parurent tous deux un peu déçus.

— Qu'est-ce qui vous arrive ? fit Richard d'un air renfrogné. Vous avez mangé des baies pourries ?

Zedd se tourna vers Kahlan.

— Il apprendra.

Elle médita un instant les paroles de Zedd, puis regarda Richard.

— Richard... devenir magicien, ce n'est pas donné à n'importe qui.

Zedd se frotta les mains.

— Tudieu ! J'aimerais avoir les livres ici avec moi, maintenant. Je parierais une dent de dragon qu'ils pourraient nous révéler quelque chose à ce sujet.

Sa mine s'assombrit.

— Mais il y a le problème de la douleur... et...

Richard se tortilla.

— Quelle espèce de magicien es-tu, de toute façon ? Tu ne portes même pas la barbe.

Zedd sortit de sa rêverie.

— Hein ?

— La barbe. Où est ta barbe ? Je me pose la question depuis que je sais que tu es un magicien. Les magiciens sont censés porter la barbe.

— Qui t'a dit ça ?

— Eh bien... Tout le monde le sait. C'est de notoriété publique. Je suis surpris que tu ne le saches pas.

Zedd grimaça comme s'il venait de goûter du citron.

— Je déteste les barbes. Ça démange.

Richard haussa les épaules.

— On dirait que tu n'en sais pas tant que tu veux bien le prétendre sur la condition de magicien.

Zedd croisa les bras.

— Une barbe ?

Il décroisa les bras et passa les doigts le long de sa mâchoire jusqu'au menton. Il répéta l'opération, et des favoris apparurent. Il insista. Et Richard vit, les yeux écarquillés, une barbe blanche comme neige atteindre le milieu de la poitrine de Zedd, qui inclina la tête en fixant intensément Richard.

— Ça suffira, mon garçon ?

Richard s'aperçut qu'il avait la bouche ouverte. Il la ferma.

Zedd se gratta le menton et le cou.

— Bien. Maintenant, donne-moi ton couteau, que je me rase. Ça me démange.

— Mon couteau ? Pourquoi as-tu besoin de mon cou-

217

teau ? Pourquoi ne la fais-tu pas disparaître comme elle est apparue ?

Kahlan eut un petit rire.

— Ça ne se passe pas comme ça. Tout le monde le sait.

Il se tourna vers Kahlan.

— N'est-ce pas que tout le monde le sait ? Dites-le-lui.

— La magie peut produire des phénomènes en utilisant des éléments présents. Elle ne peut pas défaire ce qui s'est produit.

— Je ne comprends pas.

— Ta première leçon, au cas où tu déciderais de devenir magicien. Nous sommes tous trois détenteurs de magie. C'est de la Magie Additive. La Magie Additive utilise ce qui est là, et le modifie, ou s'en sert. La magie que possède Kahlan utilise la parcelle d'amour contenue dans chaque individu, même si elle est minuscule, et s'ajoute à elle jusqu'à ce qu'elle se transforme en quelque chose d'autre. La magie de l'Epée de Vérité utilise ta colère, et s'y ajoute, en extirpe de la puissance, jusqu'à ce qu'elle devienne autre chose.

« Je fais la même chose. Je peux utiliser ce que je veux dans la nature pour modifier la réalité. Je peux transformer un insecte sur une fleur, je peux modifier la peur d'un monstre, je peux ressouder un os brisé, je peux dérober la chaleur de l'atmosphère environnante et la multiplier jusqu'à ce qu'elle devienne du feu magique. Je peux faire pousser ma barbe. Mais je ne peux pas la faire rétrécir.

Une pierre grosse comme le poing s'éleva lentement en l'air.

— Je peux soulever un objet. Je peux le transformer.

La pierre se réduisit en poussière.

— Alors, tu peux faire n'importe quoi, chuchota Richard.

— Non. Je peux soulever, broyer ou déplacer la pierre, mais je ne peux pas la faire disparaître. Où irait-elle ? La Magie Soustractive, elle, défait les choses.

L'expression de Zedd s'assombrit.

— La Magie Soustractive vient des enfers. Darken

218

Rahl sait l'utiliser. Pas moi. En revanche, il connaît comme moi la Magie Additive.

— La Soustractive est-elle aussi puissante que l'Additive ?

— La Magie Soustractive est le contraire de l'Additive, mais elles font partie d'un même ensemble. La magie d'Orden les englobe toutes les deux. Additive et Soustractive. Elle peut ajouter et elle peut retrancher. Afin d'ouvrir les coffrets, il faut contrôler les deux magies. Personne ne s'est jamais inquiété d'une telle éventualité, parce qu'aucun magicien, avant Darken Rahl, n'a jamais été capable d'exploiter la Magie Soustractive.

— Comment est-ce arrivé ? demanda Richard avec un froncement de sourcils.

— Je n'en ai aucune idée. Mais ça m'angoisse terriblement.

Richard inspira profondément.

— Cela dit, je pense toujours que tu t'énerves pour rien. Tout ce que j'ai fait n'était qu'une innocente ruse.

Zedd lui lança un regard empreint de gravité.

— Si elle avait été accomplie aux dépens d'un individu normal, d'accord. Mais je suis un magicien. Je connais les Règles de Magie. Tu n'aurais pas dû être capable de m'avoir, sauf magie personnelle. J'ai dû enseigner à de nombreux apprentis ce que tu as fait spontanément. Ils n'auraient pas pu le faire sans l'apprendre. Une fois sur des foultitudes de cas, quelqu'un naît avec le don. Je fus l'un de ceux-là. Richard, tu possèdes aussi le don. Tôt ou tard, il te faudra apprendre à le contrôler.

Il tendit la main.

— Maintenant, donne-moi ton couteau, que je me débarrasse de cette barbe ridicule.

Richard posa le manche du couteau dans la paume de Zedd.

— La lame est émoussée. J'ai creusé la terre avec pour chercher des racines. Elle est trop ébréchée pour se raser avec.

— Vraiment ?

Zedd pinça le fil de la lame entre le pouce et l'index, les faisant glisser sur toute la longueur. Richard gri-

maça de le voir se raser à sec. Après un léger effleurement, une bande de barbe dégringola.

— Tu viens d'utiliser la Magie Soustractive ! Tu as
fait disparaître une partie du fil pour l'aiguiser.

Zedd arqua un sourcil.

— Non, j'ai utilisé ce qui était déjà là, et j'ai reformé
le tranchant, le rendant de nouveau acéré.

Richard secoua la tête et s'en alla ramasser leurs
affaires pendant que Zedd se rasait. Kahlan l'aida à
ranger.

— Tu sais, Zedd, dit Richard comme il empilait les
bols, je crois que tu t'obstines. Lorsque tout sera terminé, tu auras besoin de quelqu'un. Quelqu'un qui
prendra soin de toi, t'aidera, éclairera ton imagination
de la lumière du jour. Tu as besoin d'une femme.

— Une femme ?

— Bien sûr. Peut-être devrais-tu jeter un coup d'œil
sur Adie.

— Adie ?

— Oui, Adie, lança Richard. Tu te souviens d'Adie ?
La femme avec un seul pied.

— Oh, je me souviens très bien d'elle.

Il adressa à Richard son regard le plus innocent.

— Mais Adie a deux bons pieds, pas un.

Richard et Kahlan se relevèrent précipitamment.

— Quoi ?

— Oui, sourit Zedd, se détournant. On dirait qu'il a
repoussé.

Il se pencha, attrapant une pomme dans le sac de
Richard.

— Assez inopinément.

Richard tira la manche de Zedd et le fit pivoter.

— Zedd, tu...

Le magicien sourit.

— Es-tu entièrement certain que tu n'aimerais pas
être magicien ?

Il croqua dans la pomme, satisfait de son effet.

Richard secoua la tête.

— Je veux rentrer chez moi et redevenir guide. Rien
de plus.

Il réfléchit un instant, puis demanda :

— Zedd, pendant tout le temps où j'ai grandi avec

toi, tu étais magicien et je n'en ai rien su. Tu n'as pas utilisé la magie. Comment as-tu pu le supporter ? Pourquoi te l'es-tu interdit ?

— Ah, eh bien, il existe des dangers à se servir de la magie. De la douleur, aussi.

— Des dangers ? De quelle sorte ?

Zedd l'observa un moment.

— Tu as utilisé la magie, avec l'épée. Dis-le-moi toi.

— Mais il s'agissait de l'épée. C'est différent. A quels dangers un magicien est-il confronté en utilisant la magie ? Et à quelle douleur ?

Zedd eut un petit sourire malicieux.

— A peine la première leçon finie, il est déjà impatient de recevoir la seconde.

Richard se raidit.

— Peu importe.

Il hissa le sac sur son dos.

— Tout ce que je désire être, c'est guide forestier.

Pomme en main, Zedd se dirigea vers le sentier.

— C'est ce que tu m'as dit.

Il croqua une grosse bouchée.

— Maintenant, je veux que vous me racontiez tout ce qui est arrivé depuis que j'ai été assommé. Et n'omettez aucun détail...

Richard et Kahlan échangèrent un regard et s'empourprèrent.

— Je ne dirai rien si tu ne dis rien non plus, lui susurra-t-il.

Elle le retint, une main posée sur son bras.

— Je le jure, pas un mot au sujet de ce qui s'est produit dans la maison aux esprits.

A l'expression de ses yeux, il sut qu'elle tiendrait sa promesse.

Durant le reste de la journée, tandis qu'ils arpentaient les sentiers à l'écart des routes principales, ils racontèrent tous les événements qui leur étaient arrivés depuis qu'ils avaient été attaqués à la frontière et reçus chez le Peuple de Boue, omettant de dire ce qui s'était passé dans la maison aux esprits.

En approchant de Tamarang, ils aperçurent des réfugiés qui transportaient leurs biens sur leur dos ou dans de petits chariots. Richard se postait entre eux et Kahlan dès qu'il le pouvait. Il ne voulait pas qu'on reconnaisse en elle la Mère Confesseur. Lorsqu'ils repartaient vers les bois, il était soulagé : là, dans la forêt, il se sentait à l'aise.

Tard dans la journée, ils empruntèrent la route principale pour traverser la Rivière Callisidrin. Elle était trop large et trop rapide pour risquer de la passer à gué, aussi prirent-ils le pont en bois. Zedd et Richard gardèrent Kahlan entre eux tandis qu'ils se mêlaient aux piétons qui encombraient le pont. Kahlan se coiffa de la capuche de son manteau pour que les gens ne remarquent pas ses longs cheveux. La plupart des réfugiés se dirigeaient vers Tamarang, cherchant abri et protection contre les forces en maraude qui s'infiltraient apparemment du Westland. Kahlan affirma qu'ils atteindraient Tamarang avant le lendemain midi. Dorénavant, ils devraient voyager la plupart du temps sur la route, s'en éloignant pendant la nuit pour s'écarter de la foule. Richard guetta le soleil, espérant qu'il leur restait assez de jour pour qu'ils s'enfoncent loin dans la forêt avant la nuit.

— Tu te sens bien ?

Rachel fit semblant d'entendre Sara répondre oui et disposa un peu plus d'herbe autour de sa poupée pour s'assurer qu'elle avait assez chaud. Elle nicha la miche de pain enveloppée dans le tissu près de Sara.

— Ça te tiendra chaud pour l'instant. Je dois aller chercher du bois avant qu'il fasse nuit, et alors nous pourrons allumer un feu. Et nous pourrons nous réchauffer toutes les deux.

Elle laissa Sara et le pain dans le creux de l'arbre et sortit. Le soleil était couché, mais il restait encore assez de lumière pour y voir. Les nuages étaient d'un joli rose. Elle les regardait de temps en temps tandis qu'elle ramassait des brindilles, les serrant contre son corps. Elle fourragea dans sa poche, vérifia que la baguette de feu était toujours là.

Soudain, une grosse chose noire fondit en piqué au-dessus des arbres à peu de distance de la colline. Il devait s'agir d'un grand oiseau, pensa-t-elle. Les corbeaux étaient gros et sombres. Il devait s'agir de l'un d'eux. Elle ramassa encore quelques brindilles. C'est alors qu'elle repéra un buisson de myrtilles, tapi à ras de terre dans une clairière, dont les feuilles commençaient à se teinter d'un rouge flamboyant. Elle laissa tomber ses brindilles.

Elle avait si faim qu'elle s'assit au milieu des baies. La saison était bien avancée. Les myrtilles commençaient à flétrir, mais elles étaient encore goûteuses. Et même succulentes. Elle se déplaçait à quatre pattes, cueillant, mangeant, engrangeant dans sa poche. De temps à autre, elle regardait les jolis nuages. Leur couleur s'assombrissait, virant au pourpre.

Lorsqu'elle fut rassasiée et que sa poche fut pleine, elle récupéra les brindilles et s'en retourna vers l'arbre où elle avait laissé Sara, dénoua l'étoffe qui protégeait le pain et y transvasa les baies. Elle s'assit et mangea en bavardant avec Sara. Elle regretta de ne pas avoir de miroir. Elle aurait aimé regarder ses cheveux. Plus tôt dans la journée, elle avait contemplé son reflet dans une mare obscure, où sa chevelure lui était apparue splendide, bien coupée. Richard avait été si gentil de la coiffer.

Il lui manquait. Elle aurait bien voulu qu'il soit avec elle, qu'ils puissent s'enfuir ensemble, qu'il la prenne dans ses bras. C'est lui qui câlinait le mieux au monde. Si Kahlan n'avait pas été aussi méchante, il aurait pu aussi la câliner. Elle aurait ressenti alors le bonheur de ses étreintes. Pour quelque indéfinissable raison, elle lui manquait, elle aussi. Ses histoires, ses chansons, ses doigts sur son front. Pourquoi fallait-il qu'elle soit si méchante et qu'elle dise qu'elle allait faire du mal à Giller ? Giller était l'un des hommes les plus gentils du monde. C'était Giller qui lui avait offert Sara.

Rachel brisa les brindilles aussi bien qu'elle le put, de façon qu'elles rentrent dans le cercle de pierres qu'elle avait édifié. Après les avoir soigneusement empilées, elle sortit la baguette de feu.

— Allume-le pour moi.

Elle se réchauffa les mains, avala quelques myrtilles en reprenant la conversation avec Sara.

Un insecte la piqua dans le cou. Elle poussa un petit

cri aigu et l'écrasa. Il y avait un peu de sang sur sa main quand elle la retira.

— Regarde, Sara. Cette stupide mouche m'a piquée.

Sara sembla désolée pour elle. Rachel avala encore quelques myrtilles.

Une autre mouche lui piqua le cou. Rachel l'écrasa, sans crier cette fois-ci. Il y avait une autre tache de sang sur sa paume.

— Ça fait mal ! dit-elle à Sara.

Avec un froncement de sourcils, elle jeta l'insecte écrabouillé dans les flammes.

La mouche qui la piqua au bras la fit sursauter. Elle l'écrasa. Une autre la piqua à la nuque. Rachel fouetta l'air qui bourdonnait de mouches. Deux autres la piquèrent au cou, faisant couler le sang avant qu'elle ne les écrase. Des larmes lui montaient aux yeux à cause de la douleur.

— Allez-vous-en ! hurla-t-elle.

Quelques-unes s'infiltrèrent sous sa robe, lui piquant le torse et le dos.

Rachel commença à crier, pour essayer de les faire fuir. Des larmes ruisselaient sur ses joues. Une mouche la piqua dans l'oreille. Elle hurla encore plus fort, agita les bras, s'égosilla, puis elle sortit en trébuchant de l'arbre, écartant les insectes devant elle. Elle détala, les bras cinglant l'air. Mais les mouches la suivaient...

Quelque chose devant elle la fit s'arrêter net en pleine course.

Ses yeux écarquillés parcoururent lentement toute la hauteur du corps géant couvert de fourrure. Le ventre de la créature était rose et tapissé de mouches. Elle déploya doucement ses ailes gigantesques, non pas des ailes couvertes de plumes, mais des ailes de cuir. Rachel y distinguait de volumineuses artères, qui pulsaient. Rassemblant son courage, elle glissa sa main tremblante dans sa poche. La baguette de feu ne s'y trouvait pas. Ses jambes refusaient de remuer. Elle ne sentait même plus les mouches qui la piquaient. Elle perçut un son semblable à celui qu'émettrait un chat ronronnant, mais beaucoup plus fort. Son regard s'éleva.

Des yeux verts phosphorescents la dévisageaient. Le ronronnement s'était mué en un grognement rauque.

La gueule s'ouvrit sur un rugissement plus sonore, les lèvres se retroussèrent, exhibant de longs crocs recourbés.

Rachel ne pouvait courir. Elle ne pouvait bouger. Elle ne pouvait même pas crier. Elle tremblait de tous ses membres. Elle avait oublié comment déplacer ses pieds.

Une grande serre se tendit vers elle.

Elle sentit quelque chose de chaud lui couler le long des cuisses.

11

RICHARD CROISA LES BRAS ET S'ADOSSA CONTRE LE ROCHER.

— Ça suffit !

Zedd et Kahlan tournèrent la tête. Ils semblaient avoir oublié sa présence. Il les avait écoutés discuter assis devant le feu pendant une bonne demi-heure. Il était fatigué, et même totalement éreinté. Le dîner était depuis longtemps terminé et ils auraient dû aller dormir un peu mais, au lieu de cela, ils tentaient de se décider sur la conduite à tenir une fois parvenus à Tamarang, le lendemain. Ils lui exposèrent leurs arguments.

— Je propose que nous entrions et que vous me laissiez m'occuper de Giller. C'est mon étudiant. Je l'obligerai à me raconter ce qui se passe. Je suis encore un magicien du Premier Ordre. Il m'obéira. Il me donnera le coffret.

Kahlan sortit sa robe de Confesseur de son sac et la montra à Richard.

— Voici comment nous allons traiter avec Giller. Il est mon magicien et m'obéira parce qu'il connaît les conséquences d'une désobéissance.

Richard expira profondément, se frotta les yeux du bout des doigts.

— Vous vendez la peau de l'ours avant de l'avoir tué. Et nous ne savons même pas à qui appartient cet ours.

— Qu'est-ce que tu insinues ? demanda Kahlan.

Richard se pencha en avant. Il avait enfin capté leur attention.

— Admettons que Tamarang prête une oreille favorable au D'Hara. Dans le pire des cas, Darken Rahl sera sur place. Très probablement, il faudra composer avec ces deux hypothèses. Si nous entrons et leur disons ce que nous voulons, ils n'apprécieront pas. Tamarang possède une armée toujours prête qui ne verra pas d'inconvénient à nous expliquer à quel point ils n'apprécient pas. Et ensuite ? Allons-nous livrer à nous trois une bataille contre leur armée ? En quoi cela va-t-il nous aider à reprendre le coffret ? En quoi cela va-t-il même nous permettre d'arriver jusqu'à Giller ? Si nous devons nous battre, je préfère que ce soit pour sortir, pas l'inverse.

Richard s'attendait que l'un d'entre eux exprime quelque objection, mais ils demeuraient silencieux, comme deux enfants qu'on réprimande. Il enchaîna :

— Giller attend — et espère — peut-être que quelqu'un viendra pour l'aider à s'échapper avec le coffret. Mais peut-être aussi ne se montrera-t-il pas si enthousiaste à l'idée de s'en séparer. Il est impossible de le savoir si nous ne pouvons pas le rejoindre, n'est-ce pas ?

Il s'adressa à Zedd.

— Ce coffret, dis-tu, est magique. Un magicien, ou Rahl, peut sentir cette magie. Mais j'imagine qu'il peut également dissimuler ces émanations magiques avec une toile, de manière que le coffret ne puisse pas être détecté. Ce pourrait être la raison pour laquelle la Reine Milena voulait un magicien — pour cacher le coffret aux yeux de Rahl, et s'en servir en tant que monnaie d'échange. Si nous créons une grande perturbation et effrayons Giller, quels que soient ses sentiments à notre égard, il peut prendre peur et s'enfuir. Il se pourrait également que Rahl attende simplement que sa proie sorte du couvert pour lui bondir dessus.

Zedd se tourna vers Kahlan.

— Je crois que la démonstration du Chercheur est acceptable. Peut-être devrions-nous l'écouter jusqu'au bout ?

Kahlan esquissa un sourire.

— Je pense que vous avez raison, mon bon magicien.

Elle se tourna vers Richard.

— Quel est ton plan ?

— Tu as déjà eu affaire à cette Reine Milena, n'est-ce pas ? De quelle sorte de femme s'agit-il ?

Kahlan n'eut pas besoin de réfléchir longtemps.

— Tamarang est un territoire mineur et relativement peu important. Cependant, la Reine Milena est aussi pompeuse et arrogante que peut l'être une reine.

— Un petit serpent, mais un serpent qui peut néanmoins tuer, remarqua Richard.

Kahlan acquiesça.

— Un serpent avec une grosse tête.

— Les petits serpents doivent être prudents et vigilants lorsqu'ils ne savent pas qui ils affrontent. La première chose que nous devons faire est de lui donner du souci. L'impressionner assez pour qu'elle ne nous morde pas.

— Que veux-tu dire ? demanda Kahlan.

— Tu as déjà eu affaire à elle. Les Confesseurs se rendent dans les différents territoires pour y écouter des confessions, pour inspecter les prisons. Elle ne refuserait pas l'accès de Tamarang à un Confesseur.

— Pas si elle a un brin de jugeote, gloussa Zedd.

— Eh bien, voilà ce que nous allons faire. Remets ta robe et accomplis ton devoir. Un simple Confesseur faisant ce que les Confesseurs sont censées faire. Peut-être qu'elle n'appréciera pas, mais elle te traitera bien. Elle ne voudra pas te déplaire. Elle se fera une joie de te montrer tout ce que tu désires, puis de te voir partir sans histoire. Alors, visite ses cachots, souris ou renâcle, agis comme à ton habitude, et puis avant de repartir, dis que tu désires t'entretenir avec ton ancien magicien.

— Elle ne va pas y aller seule ! protesta Zedd.

— Non. Kahlan n'a pas de magicien avec elle. La Reine considérerait cela comme une vulnérabilité tentante. Il ne faut pas la faire saliver.

Zedd croisa les bras.

— Je serai son magicien.

— Non, tu ne seras pas son magicien ! Darken Rahl est en train de massacrer des gens alors que nous

bavardons, pour te retrouver. Si tu retires la toile magique et que tu les autorises à te voir sous ton vrai jour,
les ennuis nous tomberont dessus avant que nous ayons
pu nous échapper avec le coffret. Qui sait quelle récompense est promise pour la capture de ta peau ridée ? Tu
assumeras sa protection, mais il s'agira d'une protection anonyme. Tu seras...

Richard tapota la poignée de l'épée, méditant.

— Tu seras un devin qui lit dans les nuages. Un conseiller de confiance pour la Mère Confesseur, en l'absence de magicien.

Richard fronça légèrement les sourcils devant le ron-
chonnement de Zedd.

— Je suis sûr que tu interpréteras ton rôle à mer-
veille.

— Alors tu lui dissimuleras ton épée et ton identité ?
s'enquit Kahlan.

— Non. La présence du Chercheur lui donnera à
réfléchir, un motif d'inquiétude suffisant pour qu'elle
cache ses crocs dans sa gueule jusqu'à ce que nous
soyons loin. Le but est de lui montrer une présence
familière, un Confesseur, afin que l'alarme ne soit pas
déclenchée. En même temps, il faut lui donner des raisons de s'inquiéter, un devin et le Chercheur, afin
qu'elle ait plutôt envie de se débarrasser de nous que
de deviner quel genre d'ennuis nous pourrions lui causer. Vos plans respectifs impliquent que nous enga-
gions une bataille, durant laquelle nous pourrions être
blessés. Mon plan offre un maximum de chances d'éviter cette confrontation, et si elle survient, ce sera au
moment de repartir avec le coffret.

Il adressa à chacun un regard grave.

— Vous vous souvenez du coffret, n'est-ce pas ? Au
cas où vous l'auriez oublié, c'est ce que nous allons
chercher, et pas la tête de Giller dans un panier. Peu
importe de savoir dans quel camp il est.

Kahlan croisa les bras avec un froncement de sourcils. Zedd se frotta le menton en contemplant le feu.
Richard les laissa ruminer un moment.

Zedd se retourna vers lui.

— Tu as évidemment raison. Je suis d'accord.

Son fin visage se leva vers Kahlan.

— Mère Confesseur ?

Son regard passa sur le visage de Zedd, fixa celui de Richard.

— D'accord. Mais vous allez tous deux devoir jouer le rôle de courtisans de la Mère Confesseur. Zedd connaît le protocole, pas toi.

— Je ne pense pas rester longtemps. Dis-moi ce que j'ai besoin de savoir pour faire illusion.

Kahlan inspira profondément.

— Eh bien, je suppose que le plus important est que tu aies l'air de faire partie de mon escorte, et que tu sois donc... respectueux.

Elle s'éclaircit la gorge, détournant les yeux.

— Tu n'as qu'à prétendre que je suis la personne la plus importante que tu aies jamais fréquentée, et me traiter en conséquence, ainsi nul ne s'interrogera. Tous les Confesseurs permettent aux membres de leur suite diverses libertés, aussi longtemps que tu me témoigneras de la déférence, nul ne pensera à trouver à redire si tu commets quelque incorrection. Même si tu trouves ma conduite... étrange, joue le jeu. D'accord ?

Richard l'observa un moment tandis qu'elle scrutait le sol. Il se mit debout.

— J'en serai honoré, Mère Confesseur.

Il fit la révérence. Zedd s'éclaircit la gorge.

— Un peu plus profonde, mon garçon. Tu ne voyages pas en compagnie d'un Confesseur ordinaire. Tu as le privilège d'escorter la Mère Confesseur elle-même.

— Très bien, soupira Richard. Je ferai de mon mieux. Maintenant, allez vous reposer. Je prends le premier tour de garde.

Il marcha vers les arbres.

— Richard ! appela Zedd.

Il s'arrêta, se retourna.

— De nombreux individus au Midlands maîtrisent la magie. Des types multiples, variés et dangereux de magie. Il est impossible de savoir de quelle espèce de flagorneurs la Reine Milena s'est entourée. Fais attention à ce que Kahlan et moi te disons, et arrange-toi pour ne croiser personne. Tu peux ne pas savoir qui, ou ce que sont ses serviteurs.

Richard s'enveloppa dans son manteau.

— Entrer et sortir avec un minimum d'embarras. Voilà tout ce que je veux, moi aussi. Si tout se déroule bien, demain à cette heure-ci nous serons en possession du coffret et notre seule inquiétude sera de trouver un trou pour le cacher jusqu'à l'hiver.

— Bien. Tu as raison, mon garçon. Bonne nuit.

Richard découvrit un rondin couvert de mousse sur lequel s'asseoir pendant qu'il gardait un œil sur le camp et les bois environnants. La mousse était sèche. Il serra étroitement son manteau autour de lui. Les nuages dissimulaient la lune. N'était le feu projetant sa faible lueur sur la forêt environnante, la nuit était de celles qui font croire que l'on est aveugle.

Richard n'aimait pas la perspective que Kahlan revête sa robe et s'expose au danger. Il appréciait encore moins que cette idée vienne de lui. Il se demandait avec inquiétude ce qu'elle avait dans la tête lorsqu'elle parlait d'agir « étrangement » et lui ordonnait de jouer le jeu. Il n'aimait pas du tout ça. Pour lui, Kahlan restait son amie. Il n'aimait pas l'imaginer en Mère Confesseur. La magie des Confesseurs les avait empêchés de devenir plus que des amis, et le moindre rappel de cette magie élargissait la blessure qu'il portait au cœur.

Un bruit infime le fit se redresser.

Des yeux étaient posés sur lui. Ils étaient proches, et bien qu'il ne pût pas les discerner, il pouvait les sentir. Il frissonna. Il se sentait nu. Vulnérable.

Ses yeux étaient écarquillés et son cœur battait la chamade. Il regardait droit devant lui dans la direction où la chose se tenait. Le silence l'oppressait. Il retint sa respiration, tendit l'oreille.

Un pied foula furtivement le tapis forestier. Cela venait vers lui. Les yeux de Richard sondaient frénétiquement les ténèbres, tentant d'apercevoir un mouvement.

A une dizaine de pas, des yeux jaunes apparurent, au ras du sol. Ils luisaient. La créature s'arrêta. Il retint son souffle.

Avec un mugissement, elle s'élança. Richard se mit brusquement debout, la main à son épée. Quand elle bondit, Richard reconnut un loup. Le plus gros loup qu'il ait jamais vu. Avant que sa main n'ait atteint la poignée, les pattes antérieures du loup le heurtèrent en pleine poitrine. L'impact le renversa par-dessus le rondin.

Pendant qu'il chutait, il aperçut une autre créature, plus effrayante encore que le loup.

Un molosse de cœur.

L'énorme mâchoire claqua au ras de son torse. Mais le loup fit volte-face et prit le molosse de cœur à la gorge.

La tête de Richard heurta quelque chose de dur. Il entendit un jappement et le bruit de crocs qui déchiraient des tendons. Tout devint noir.

Ses paupières s'ouvrirent. Zedd le regardait et appliquait ses deux majeurs sur ses tempes. Kahlan tenait une torche. Malgré le vertige, il se leva, les jambes cotonneuses. Kahlan le contraignit à s'asseoir sur le rondin, caressa son visage d'un air anxieux.

— Tu vas bien ?

— Je crois que oui, bredouilla-t-il. Mon crâne... j'ai mal.

Il crut qu'il allait vomir.

Zedd prit la torche des mains de Kahlan et éclaira derrière le rondin le cadavre d'un molosse de cœur, égorgé. Zedd avisa l'épée de Richard, toujours dans son fourreau.

— Comment se fait-il que le molosse ne t'ait pas tué ?

Richard se tâta la nuque ; il avait l'impression qu'on y enfonçait des dagues.

— Je... ne sais pas. Tout est arrivé si vite.

Puis il se souvint, comme d'un rêve lorsqu'on se réveille. Il se leva à nouveau.

— Un loup ! C'était un loup qui nous suivait.

Kahlan s'approcha et passa un bras autour de sa taille pour le soutenir.

— Un loup ?

Le timbre soupçonneux de sa voix lui fit plisser les yeux.

— Tu en es sûr ?

Richard opina.

— J'étais assis là, et puis tout d'un coup j'ai su qu'il me guettait. Il s'est rapproché, et j'ai distingué ses yeux jaunes. Il a bondi sur moi. Je croyais qu'il attaquait. Il m'a renversé par-dessus le rondin. Je n'ai même pas eu le temps de dégainer l'épée. Mais il ne m'attaquait pas. Il était venu à cause du molosse de cœur, derrière moi. Pour me protéger. Je n'ai même pas vu ce molosse avant de tomber en arrière. Ce doit être lui qui l'a tué. Ce loup m'a sauvé la vie.

Kahlan se raidit, les poings sur les hanches.

— Brophy ! appela-t-elle dans les ténèbres. Brophy ! Je sais que tu es là. Viens ici immédiatement !

Le loup s'engagea en trottinant dans la lueur de la torche, la tête baissée et la queue entre les pattes. Sa fourrure touffue était couleur anthracite du bout du museau à l'extrémité de la queue. De féroces yeux jaunes luisaient dans son crâne sombre. Le loup se coucha sur le ventre et rampa jusqu'aux pieds de Kahlan. Une fois là, il roula sur le dos les quatre fers en l'air et gémit.

— Brophy ! l'admonesta-t-elle. Est-ce que tu nous as suivis ?

— Uniquement pour vous protéger, Maîtresse.

La mâchoire de Richard s'ouvrit. Il se demanda si le choc ne l'avait pas rendu fou.

— Il parle ! Je l'ai entendu ! Ce loup parle !

Zedd jeta un coup d'œil à Kahlan.

— Je croyais que vous lui aviez raconté ?

Kahlan grimaça un peu.

— Eh bien, j'ai dû omettre certains détails. Il est difficile de se rappeler tout ce qu'il ne sait pas.

— Allez, grommela Zedd. Rentrons au camp. Tous.

Le magicien les guida avec la torche, Kahlan lui emboîtant le pas, le loup ondoyant à ses côtés, les oreilles baissées, la queue traînant à terre.

Quand ils s'assirent autour du feu, Richard s'adressa au loup alors que celui-ci s'asseyait sur son postérieur près de Kahlan.

— Loup, je suppose...

— Brophy. Mon nom est Brophy.

Richard se redressa un peu.

— Brophy. Désolé. Mon nom est Richard, et voici Zedd. Brophy, j'aimerais vous remercier pour m'avoir sauvé la vie.

— Je vous en prie, grogna-t-il.

— Brophy, dit Kahlan d'un ton désapprobateur, que fais-tu ici ?

Les oreilles du loup s'aplatirent.

— Vous êtes en danger. Je vous ai défendus.

— Tu as été libéré ! le réprimanda-t-elle.

— Etait-ce vous, la nuit dernière ? s'enquit Richard.

Brophy le dévisagea.

— Oui. Chaque fois que vous campez, je nettoie le secteur des molosses de cœur. Et de quelques autres horreurs. La nuit dernière, alors que le matin allait poindre, l'un d'eux s'est approché de votre camp. Je me suis occupé de lui. Le molosse de ce soir vous traquait. Il entendait le battement de votre cœur. Je savais que Maîtresse Kahlan serait mécontente s'il vous dévorait, aussi l'en ai-je empêché.

La gorge de Richard se serra.

— Merci, dit-il d'une voix faible.

— Richard, intervint Zedd, se frottant le menton, les molosses appartiennent aux enfers. Ils ne t'ont pas importuné jusqu'à maintenant. Qu'est-ce qui a changé ?

Richard faillit s'étrangler.

— Eh bien, Adie avait offert un os à Kahlan pour qu'elle le porte, pour nous permettre de franchir la frontière et pour nous protéger des bêtes des enfers. Je possédais quant à moi un vieil os que mon père m'avait donné, et Adie avait affirmé qu'il aurait le même effet. Mais je l'ai perdu il y a un jour ou deux.

La figure de Zedd se rida sous l'effet de la réflexion. Richard considéra le loup, espérant changer de sujet.

— Comment se fait-il que vous parliez ?

Brophy se lécha les babines.

— Pour la même raison que vous. Je peux parler parce que...

Il regarda Kahlan.

— Vous voulez dire qu'il ne sait pas ce que je suis ?

Elle lui rendit son regard, et il s'affaissa au sol, couchant sa tête sur ses pattes.

Kahlan croisa les doigts sur un genou, accrochant ses pouces ensemble.

— Richard, te souviens-tu que je t'ai dit que, parfois, quand nous écoutons une confession, l'individu se révèle innocent ? Et que de très rares fois, un condamné à mort demande à se confesser pour prouver son innocence ?

Richard opina. Elle jeta un coup d'œil au loup.

— Brophy devait être exécuté pour le meurtre d'un petit garçon...

— Je ne tue pas les enfants, grogna le loup, se mettant debout.

— Souhaites-tu raconter l'histoire ?

Le loup se rallongea.

— Non, Maîtresse.

— Brophy a préféré se faire toucher par le pouvoir d'un Confesseur plutôt que d'être considéré comme un assassin d'enfant — et je ne parle pas des autres sévices subis par ce petit garçon. Il a demandé l'assistance d'un Confesseur. C'est quelque chose qui ne se produit que rarement — la majorité des hommes choisissent le bourreau. Un magicien nous assiste, quand nous écoutons les confessions. Pour nous protéger, d'abord. Mais aussi pour une autre raison. Dans un cas comme celui-ci, où la personne accusée injustement est innocentée, elle reste quand même sous notre pouvoir. Elle ne peut pas retrouver son apparence antérieure. En conséquence, le magicien la transforme. Cette transformation élimine un peu de la magie du Confesseur et lui redonne suffisamment de conscience d'elle-même pour qu'elle entame une nouvelle existence.

Richard le regarda, incrédule.

— Vous étiez innocent ? Et vous devez cependant rester comme ça ? Pour la vie ?

— Complètement innocent, confirma Brophy.

— Brophy.

Kahlan prononça son nom d'un ton autoritaire familier à Richard.

— Du meurtre de ce garçon.

Les yeux du loup fixèrent ceux de Kahlan.

— C'est tout ce que je voulais dire. Innocent du meurtre de ce garçon.

Richard se renfrogna.

— Qu'est-ce que ça signifie ?

Kahlan le regarda.

— Cela signifie que lorsqu'il s'est confessé à moi, il a avoué d'autres choses dont il n'était pas accusé. Tu vois,

Brophy s'était embarqué dans des activités d'une nature douteuse.

Elle jeta un coup d'œil au loup.

— A la limite de la légalité.

— J'étais un honnête commerçant, protesta le loup.

Kahlan lança un regard à Brophy pendant qu'elle parlait à Richard.

— Brophy était négociant.

— Mon père était négociant, dit Richard, dont la colère s'éveillait.

— J'ignore ce que les négociants du Westland négocient, mais au Midlands, certains organisent des trafics d'objets magiques.

Richard songea un instant au Livre des Ombres Comptées.

— Et alors ?

Kahlan arqua un sourcil.

— Il se trouve que quelques-uns étaient vivants à ce moment-là.

Brophy se releva.

— Comment l'aurais-je su ? Il n'est pas toujours possible de le deviner. Parfois, on pense qu'une chose n'est qu'un artefact, un livre qu'un collectionneur achètera à un prix généreux. Parfois, il s'agit de quelque chose de plus, une pierre, une statue, ou une masse, ou peut-être un... Enfin, comment aurais-je pu deviner qu'ils étaient vivants ?

Kahlan avait toujours les yeux rivés sur le loup.

— Tu négociais des objets magiques autres que des livres ou des statues, le sermonna-t-elle. Dans son commerce innocent, il pouvait entrer en désaccord avec les gens. Des divergences telles que les droits de propriété. Quand Brophy était humain, il était aussi grand pour un homme qu'il l'est pour un loup. Il utilisait parfois sa taille pour « persuader » les gens d'obtempérer à ses injonctions. N'est-ce pas la vérité, Brophy ?

Les oreilles du loup s'abaissèrent.

— C'est vrai, Maîtresse. Je suis colérique. Une colère aussi grosse que mes muscles. Mais elle ne se manifestait que lorsque j'étais traité injustement. Beaucoup de gens pensent qu'ils peuvent arnaquer les négociants ; ils croient que nous sommes à peine mieux que des voleurs et que nous ne nous défendrons pas. Quand je me mettais en colère, les affaires se réglaient plus facilement.

Kahlan adressa un petit sourire au loup.

— Brophy avait une réputation, bien que non imméritée, plus imposante que la vérité.

Elle considéra Richard.

— Le commerce dont il s'occupait était dangereux, et par conséquent très profitable. Brophy amassait suffisamment d'argent pour profiter de son « hobby ». Personne ou presque ne connaissait son existence jusqu'à ce que je le touche, et qu'il se soit confessé.

Le loup se couvrit la tête de ses pattes.

— Oh, Maîtresse, je vous en prie ! Etes-vous obligée ? Richard sourcilla.

— Quel était ce « hobby » ?

Le sourire de Kahlan s'élargit.

— Brophy avait une faiblesse : les enfants. Tandis qu'il voyageait en quête d'objets à négocier, il visitait des orphelinats et veillait à ce qu'ils disposent de tout le nécessaire pour prendre soin des enfants. Tout l'or qu'il récoltait finissait dans divers orphelinats, afin que l'on puisse s'occuper des enfants, et que ceux-ci n'aient pas faim. Il tordait les bras des directeurs de ces établissements et leur faisait jurer de garder le secret. Il ne voulait pas que quiconque soit au courant. Evidemment, il n'avait pas besoin de tordre très fort.

Les pattes de Brophy lui recouvraient toujours la tête, et ses paupières étaient hermétiquement closes.

— Maîtresse, s'il vous plaît, gémit-il, j'ai une réputation.

Il rouvrit les yeux et se leva sur ses pattes antérieures.

— Et une réputation bien méritée, qui plus est ! J'ai cassé ma part de bras et de nez ! J'ai accompli quelques actions relativement abjectes !

Kahlan leva un sourcil.

— Oui, en effet. Certaines justifiaient à elles seules ton emprisonnement momentané. Mais aucune ne justifiait ta décapitation.

Elle regarda de nouveau Richard.

— Tu vois, depuis que Brophy a été aperçu en train de rôder autour d'orphelinats, et à cause de sa réputation, personne n'a été tellement surpris qu'il soit accusé du meurtre d'un petit garçon.

— Demmin Nass, grogna Brophy. Accusé par Demmin Nass.

Ses lèvres se retroussèrent, dévoilant ses longs crocs.

— Pourquoi le personnel des orphelinats ne vous a-t-il pas défendu ?

— Demmin Nass, gronda de nouveau Brophy. Il les aurait égorgés.

— Qui est ce Demmin Nass ?

Kahlan échangea un regard avec le loup.

— Tu te souviens quand Darken Rahl est venu chez le Peuple de Boue et qu'il a emporté Siddin ? Tu te souviens qu'il a dit que Siddin était un cadeau pour un ami ? Demmin Nass est cet ami.

Elle adressa à Richard un regard éloquent.

— Demmin Nass porte un intérêt malsain aux petits garçons.

Richard éprouva la morsure de la peur, et de la douleur, pour Siddin, ainsi que pour Savidlin et Weselan. Il se rappela sa promesse d'essayer de retrouver leur fils. Il ne s'était jamais senti aussi impuissant.

— Si jamais je le trouve, grogna férocement Brophy, je réglerai quelques comptes. Il n'est pas digne de mourir. Il mérite d'abord de payer pour ses exactions.

— Reste loin de lui, l'avertit Kahlan. C'est un homme dangereux. Je ne veux pas que tu souffres plus que tu ne l'as déjà fait.

Les yeux jaunes du loup s'enflammèrent de fureur puis s'apaisèrent.

— Oui, Maîtresse.

Il se rallongea.

— J'aurais affronté le bourreau la tête haute, les esprits savent que je l'aurais probablement cherché, mais pas pour cette raison. Je refusais de les laisser m'exécuter en pensant que j'avais fait ces choses à des enfants. Aussi ai-je exigé un Confesseur.

— Je ne voulais pas écouter sa confession.

Kahlan ramassa une brindille et creusa la poussière.

— Je savais qu'il n'aurait pas requis l'aide d'un Confesseur à moins d'être innocent. J'ai parlé au juge ; il a dit qu'au vu du crime il ne commuerait pas la sentence.

C'était soit la mort, soit la confession. Brophy insistait pour se confesser. Ensuite, je lui ai demandé de choisir dans quelle créature il voudrait être réincarné. Il a opté pour le loup. Pourquoi, je l'ignore.

Elle esquissa un sourire.

— Je suppose qu'il correspond à sa nature.

— Parce que les loups sont des créatures honorables.

Richard sourit.

— Les loups sont des animaux très sociables, qui nouent des liens et des relations fortes. Ils protègent farouchement leur progéniture. Toute la meute se battra pour la défendre. Et tous les membres de la meute s'occupent des jeunes.

— Alors vous me comprenez, murmura Brophy.

— Vraiment, Brophy ? demanda-t-elle.

— Oui, Maîtresse. J'ai une vie convenable, désormais.

Sa queue cinglait l'air.

— J'ai une compagne, une gentille louve. Elle sent divinement bon, et ses mordillements me donnent des frissons, et elle possède les plus jolis petits... enfin, peu importe.

Il regarda Kahlan.

— Elle est le chef de notre meute. Avec moi à ses côtés, bien sûr. Elle se plaît en ma compagnie. Elle affirme que je suis le loup le plus fort qu'elle ait jamais vu. Nous avons eu une portée, le printemps dernier. Six mignons petits louveteaux, presque adultes maintenant. C'est une vie saine, dure, mais saine. Merci, Maîtresse, de m'avoir libéré.

— Je suis si heureuse, Brophy. Mais pourquoi es-tu là ? Pourquoi n'es-tu pas avec ta famille ?

— Eh bien, quand vous descendiez des Rang'Shada, vous êtes passés près de mon repaire. J'ai senti votre présence. Je me suis rendu compte que je pouvais vous sentir. Le désir de vous protéger m'a été impossible à maîtriser. Je sais que vous êtes en danger, et je ne pourrai pas vivre paisiblement dans ma meute tant que je ne serai pas sûr que vous êtes en sécurité.

— Brophy, protesta-t-elle, nous nous battons pour arrêter Darken Rahl. Je ne veux pas que tu perdes la vie. Tu as déjà sacrifié beaucoup à Darken Rahl, par la

que je le pouvais, à lui raconter toute la vérité. Elle m'a demandé de ralentir, parce qu'elle ne me comprenait pas toujours. Si j'avais eu un couteau, je l'aurais utilisé contre moi-même, pour lui avoir déplu. Alors elle m'a dit que ce n'était rien, et j'ai pleuré parce qu'elle n'était pas fâchée contre moi. Je lui ai dit ce qui était arrivé.

Ses oreilles s'abaissèrent un peu.

— Après lui avoir raconté que je n'avais pas tué le garçon, je me rappelle qu'elle a mis sa main sur mon bras — et qu'à ce contact j'ai failli m'évanouir. Elle était navrée, disait-elle. J'ai mal compris. J'ai cru qu'elle était navrée que je n'aie pas tué le garçon. Je l'ai suppliée de m'autoriser à aller en tuer un autre pour elle.

Des larmes coulèrent au coin des yeux du loup.

— Alors elle m'a expliqué qu'elle voulait dire qu'elle était désolée pour moi, qui avais été accusé à tort de ce meurtre. Je me souviens avoir pleuré de manière incontrôlable, parce qu'elle m'avait manifesté de la gentillesse, elle était désolée pour moi, elle m'aimait. Je me souviens de ce que j'éprouvais à être près d'elle, en sa présence. Je crois qu'il s'agissait d'un sentiment amoureux, mais les mots sonnent si creux à côté de la puissance du désir que j'avais pour elle.

Richard se leva. Il ne put se résoudre qu'à jeter le plus bref des regards à Kahlan, à ses larmes.

— Merci, Brophy.

Il dut faire une courte pause pour s'assurer que sa voix ne trahirait pas son émotion.

— Il est tard. Nous ferions mieux d'aller dormir, demain est un jour important. Je vais prendre mon tour de garde. Bonne nuit.

Brophy se leva.

— Dormez tous les trois. C'est moi qui monterai la garde cette nuit.

— J'apprécie votre geste, mais je préfère assumer mon tour de garde. Si vous le souhaitez, vous pouvez surveiller mes arrières, rétorqua Richard.

Il se tourna et entreprit de partir...

— Richard, appela Zedd. Quel est cet os, que ton père t'a donné ?

L'esprit de Richard s'emballa, sous l'emprise de la

panique. S'il te plaît, Zedd, se dit-il, si tu as jamais cru aux mensonges que j'ai pu te raconter, crois celui-ci.

— Tu dois t'en souvenir. Il était petit et rond. Tu l'as déjà vu, je le sais.

— Ah oui, sans doute. Bonne nuit.

La Première Règle de Magie. Merci, mon vieil ami, songea-t-il, de m'avoir enseigné comment protéger la vie de Kahlan.

12

LA CITÉ DE TAMARANG NE POUVAIT ABRITER TOUS CEUX QUI LE désiraient ; ils étaient trop nombreux. Arrivant de partout en quête de protection et de sécurité, ils avaient afflué des campagnes environnantes. Des tentes et des cabanes avaient surgi près des murs de la ville et sur les collines. Dans la matinée, les réfugiés des collines étaient descendus jusqu'au marché improvisé hors des remparts. Ceux qui étaient venus d'autres villes, villages et cités avaient aligné dans les rues, au petit bonheur la chance, des étalages de fortune et vendaient tout ce qu'ils possédaient, des vêtements usagés jusqu'à la joaillerie fine. Des fruits et des légumes étaient empilés sur d'autres éventaires.

Il y avait des barbiers, des guérisseurs et des diseuses de bonne aventure, des artistes improvisés qui voulaient dessiner votre portrait, d'autres qui avaient des sangsues pour vous débarrasser d'un trop-plein de sang. Vins et spiritueux étaient en vente partout. En dépit des circonstances, l'atmosphère était à la fête, sans doute à cause de la protection imaginaire et de l'ample réserve de boisson, soupçonna Richard. Des rumeurs folles sur les merveilles accomplies par le Père Rahl couraient dans les allées. Des orateurs, juchés parmi des petits groupes, rapportaient les dernières nouvelles, les dernières horreurs. Le peuple dépenaillé maugréait et gémissait devant les outrages perpétrés par les Westlanders. Des cris de vengeance fusaient.

Le château se dressait au sommet d'une haute colline, cerné par des remparts à l'intérieur des murs de la cité. A intervalles réguliers des bannières rouges frappées d'une tête de loup noire flottaient autour de la formidable enceinte. Les énormes portes de bois des remparts extérieurs de la ville étaient closes. Afin de maintenir la racaille à distance, semblait-il.

Des patrouilles de soldats à cheval arpentaient les rues, leurs armures étincelant sous le soleil de midi, taches de lumière dans un océan de bruit. Richard vit un détachement se faufiler dans les rues. Certains acclamaient, d'autres pliaient l'échine, tous reculaient au passage des chevaux. Les soldats les ignoraient comme s'ils n'existaient pas. Les gens qui ne s'écartaient pas assez vite recevaient un coup de botte sur le crâne.

Cependant, personne ne s'écartait des soldats aussi vite qu'on cédait le passage à Kahlan. Sa robe blanche brillait sous le soleil éclatant. Le dos droit, le front levé, elle marchait comme si toute la ville lui appartenait, les yeux rivés devant elle, et ne prêtait attention à personne. Elle avait refusé de revêtir son manteau, prétendant qu'il ne serait pas de mise et qu'elle désirait qu'aucun doute ne soit permis quant à son identité. Il n'y avait en effet aucun doute.

On se bousculait pour l'éviter. On s'inclinait sur son passage. Des murmures assourdis portaient son nom à travers la foule. Elle ne répondait pas aux révérences.

Zedd marchait au côté de Richard, derrière elle, portant son sac. Leurs regards balayaient la multitude. Depuis qu'il connaissait Zedd, Richard ne l'avait jamais vu porter un sac. Dire que cela lui paraissait bizarre eût été un euphémisme. Richard avait accroché un pan de son manteau derrière l'Epée de Vérité. Celle-ci provoqua quelques haussements de sourcils, négligeables en comparaison de l'effet produit par la Mère Confesseur.

— C'est toujours comme ça quand elle se déplace ? murmura Richard à Zedd.

— J'en ai bien peur, mon garçon.

Sans hésitation, Kahlan franchit le pont de pierre massif qui menait aux portes de la cité. Les sentinelles s'écartèrent. Elle les ignora. Richard examinait tout, au cas où il aurait besoin de trouver rapidement une issue.

Les deux douzaines de sentinelles aux portes de la cité avaient apparemment pour consigne de n'autoriser personne à entrer. Au garde-à-vous, elles se regardaient nerveusement : on n'attendait pas de visite de la Mère Confesseur. Certaines d'entre elles reculèrent, heurtant les autres dans un fracas métallique. D'autres restèrent en place, ne sachant quelle attitude adopter. Kahlan s'arrêta, fixa les portes comme si elle espérait qu'elles se volatilisent. Les gardes lancèrent des regards en biais à leur capitaine...

Zedd contourna Kahlan, se tourna vers elle, se courba profondément, comme pour s'excuser de passer devant elle, puis pivota en direction du capitaine.

— Qu'avez-vous donc ? Etes-vous aveugle ? Ouvrez les grilles !

Les yeux sombres du capitaine considérèrent alternativement Kahlan et Zedd.

— Je suis désolé, mais personne ne doit entrer. Et votre nom est...

Le visage de Zedd s'empourpra. Richard dut lutter pour garder l'air impassible. La voix du magicien se mua en un sifflement rauque.

— Prétendriez-vous, Capitaine, que l'on vous a dit : « Si la Mère Confesseur se présente, ne la laissez pas entrer » ?

Les yeux du capitaine perdirent leur assurance.

— Eh bien... On m'a ordonné... Je ne suis pas...

— Ouvrez les portes immédiatement ! brailla Zedd, les poings sur les hanches. Et convoquez une escorte convenable à l'instant !

Le capitaine faillit sauter hors de son armure. Il aboya des ordres. Des soldats partirent en courant. Les grilles pivotèrent. Des chevaux arrivèrent dans un grondement de sabots et contournèrent la petite compagnie, formant un rang devant Kahlan, leurs bannières en tête de cortège. Des cavaliers se rangèrent à l'arrière. Des fantassins accoururent, s'alignant à côté d'elle.

Richard avait pour la première fois un aperçu de son univers, de sa solitude. Dans quoi son cœur l'avait-il embarqué ?

— Vous appelez cela une escorte convenable ? rugit Zedd.

Il se tourna vers Kahlan et fit une profonde révérence.

— Mes excuses, Mère Confesseur, pour l'insolence de cet homme et pour cette escorte indigne de vous.

Les yeux de Kahlan se portèrent sur Zedd et elle lui adressa un léger hochement de tête.

Richard savait qu'il n'avait pas le droit d'y penser, mais la silhouette de Kahlan moulée dans cette robe le faisait transpirer...

Les soldats circonspects, aux aguets, se rangèrent de part et d'autre de Kahlan, et lorsqu'elle repartit, ils lui emboîtèrent le pas. De la poussière montait autour des chevaux. Ils franchirent les grilles.

Zedd se posta à côté de Richard et se pencha vers le capitaine.

— Estimez-vous heureux que la Mère Confesseur ne connaisse pas votre nom, Capitaine ! vociféra-t-il.

Le capitaine s'affala de soulagement dès qu'ils se furent éloignés. Richard sourit pour lui-même. Il avait voulu leur donner des raisons de s'inquiéter, mais il n'avait pas imaginé que leur mise en scène serait aussi efficace.

Il régnait autant d'ordre à l'intérieur de la cité que de désordre en dehors de ses grilles. Les échoppes, aux vitrines luxueuses, bordaient les rues pavées qui rayonnaient depuis la porte de la forteresse. Le long des rues parfaitement propres, les auberges parurent à Richard plus raffinées que toutes celles qu'il avait vues jusqu'alors, certaines flanquées de portiers au garde-à-vous, vêtus d'uniformes écarlates et de gants blancs. Des enseignes finement gravées pendaient au-dessus des portes : L'Auberge du Jardin d'Argent, L'Auberge de Collins, L'Étalon Blanc, Le Relais.

Des hommes habillés de manteaux élégants, richement colorés, escortant des dames magnifiquement vêtues, se promenaient avec grâce. Eux aussi s'inclinaient devant la Mère Confesseur, quand le son des sabots des chevaux sur la pierre et le cliquètement des armures attiraient leur attention. Mais il n'y avait ni déférence ni sincérité dans leur soumission, et on discernait même un brin de mépris dans leurs yeux. Kahlan les ignora. A l'intérieur des murs, l'épée passait moins inaperçue qu'à l'extérieur. Richard vit le regard des hommes glisser sur elle et les joues des femmes se teinter de dédain.

Les chevelures féminines étaient encore courtes, mais certaines atteignaient occasionnellement les épaules. Pas plus long. Cela aussi augmentait le contraste créé par Kahlan, la façon dont ses cheveux cascadaient le long de son dos. Richard était content de ne pas les lui avoir coupés.

L'un des cavaliers reçut des ordres et il partit dans un galop effréné annoncer au château l'arrivée de la Mère Confesseur. Kahlan affichait un masque tranquille, ne trahissait aucune émotion : une expression dont Richard avait désormais l'habitude. Il comprenait ce qu'elle signifiait. C'était l'expression des Confesseurs.

Avant qu'ils n'atteignent les grilles du château, des trompettes annoncèrent l'arrivée de la Mère Confesseur. Le sommet des remparts grouillait de soldats : lanciers, archers, spadassins, qui se courbèrent comme un seul homme quand Kahlan fut assez proche et restèrent inclinés jusqu'à ce qu'elle franchisse les grilles de fer ouvertes pour elle. A l'intérieur des murs, des soldats au garde-à-vous bordaient la route. Ils se courbèrent à l'unisson lorsqu'elle passa.

Quelques-unes des terrasses étaient ornées d'urnes de pierre qui formaient des allées. Certaines contenaient encore des plantes, ou des fleurs qui devaient être quotidiennement apportées des serres. Des haies taillées selon des motifs complexes, ou en labyrinthe, occupaient de vastes espaces. Plus près du château, les haies étaient plus épaisses, coupées en forme d'objets ou d'animaux. Elles s'étendaient de chaque côté, aussi loin que portait la vue.

Les murs du château se dressaient loin au-dessus d'eux. L'architecture laissa Richard stupéfait. Il ne s'était jamais approché d'une œuvre fabriquée de la main de l'homme qui fût aussi gigantesque. Le palais de Shota était grand, mais pas autant, et il ne s'en était jamais approché. Tours et tourelles, murs et rampes, balcons et niches, tout l'émerveillait. Et dire que Kahlan lui avait révélé qu'il ne s'agissait que d'un royaume insignifiant... Il se demanda à quoi les châteaux des territoires plus importants pouvaient ressembler...

Les cavaliers les ayant abandonnés aux remparts, des fantassins s'avancèrent entre les panneaux de l'énorme double porte revêtue de cuivre et se déployèrent sur les côtés, laissant le trio entrer dans le château, Kahlan en tête.

La salle était immense. Une mer miroitante de carreaux de marbre noir et blanc s'étendait devant eux. Des colonnes de pierre polie, si larges qu'il aurait fallu dix personnes pour en embrasser la circonférence, striées de spirales, gravées de cordages, s'élevaient de chaque côté de la pièce, supportant les arches du plafond central, voûté et sillonné de nervures. Richard avait l'impression d'être réduit à la taille d'un insecte.

D'immenses tapisseries représentant des scènes héroïques, des batailles, pendaient aux murs latéraux. Il avait déjà vu des tapisseries : son frère en avait deux qu'il appréciait, mais celles de Michaël n'étaient, comparées à celles-ci, que des croquis tracés dans la terre avec un bâton. Richard n'aurait pas soupçonné l'existence d'œuvres aussi majestueuses.

Zedd se pencha vers lui et murmura :

— Rentre tes yeux dans tes orbites et ferme la bouche.

Contrarié, Richard ferma les mâchoires d'un coup sec et regarda droit devant. Il se pencha vers Zedd et lui demanda dans un long murmure :

— Est-ce le genre d'endroit auquel elle est habituée ?

— Non. La Mère Confesseur est accoutumée à des lieux bien plus luxueux.

Atterré, Richard se raidit.

Devant eux se dressait un grand escalier. D'après les estimations de Richard, sa maison tout entière aurait tenu, plus que largement, sur ce palier central. Des rampes de marbre sculpté descendaient de chaque côté. Sur l'escalier, plusieurs personnes les attendaient.

A leur tête se tenait la Reine Milena, femme bien nourrie, vêtue de soieries aux couleurs criardes. Elle portait une cape de renard tacheté. Ses cheveux étaient aussi longs que ceux de Kahlan. De prime abord, Richard ne put déterminer ce qu'elle tenait, mais quand il entendit un jappement, il se rendit compte qu'il s'agissait d'un petit chien.

Quand ils approchèrent, tous s'agenouillèrent dans une profonde révérence, sauf la Reine. Richard ne baissa pas les paupières : il n'avait jamais vu de reine auparavant. Zedd lui donna un coup de pied. Il mit un genou en terre et, suivant l'exemple du magicien, courba le front. Ni Kahlan ni la Reine ne s'agenouillè-rent. A peine s'était-il baissé que tout le monde se releva. Il se retrouva le dernier debout et devina que les deux femmes ne s'étaient pas saluées.

La Reine dévisageait Kahlan, qui, le front haut, ne se laissa pas décontenancer et ne jeta même pas un regard à la souveraine. Nul ne prononça un mot.

Kahlan leva légèrement une main molle. L'expression de la Reine s'assombrit. Celle de Kahlan ne changea pas. Il semblait à Richard que si quelqu'un avait cligné de l'œil, il l'aurait entendu. La Reine se tourna de côté et tendit le petit chien à un homme habillé d'un pour-point à manches vert clair et de bas noirs surmontés de culottes rayées de rouge et de jaune. Une troupe d'hom-mes, vêtus de façon identique, était rassemblée derrière la Reine. Le chien grogna méchamment et mordit l'homme à la main ; celui-ci fit de son mieux pour ne pas y prêter attention.

La Reine se mit à genoux devant Kahlan.

Un jeune homme tout en noir courut auprès de la Reine, portant un plateau devant lui. Il se courba pro-fondément, tendant le plateau à Milena. Elle y prit une petite serviette, la trempa dans un bol d'argent et s'es-suya les lèvres, puis reposa la serviette sur le plateau.

La souveraine prit délicatement la main de la Mère Confesseur dans la sienne et l'embrassa de ses lèvres fraîchement lavées.

— Je jure fidélité aux Confesseurs, sur ma couronne, sur mes terres, sur ma vie.

Richard avait rarement entendu quelqu'un mentir aussi aisément.

Kahlan remua finalement les yeux. Elle baissa le regard vers le front incliné de la Reine.

— Levez-vous, mon enfant.

Plus qu'une reine, en effet, songea Richard. Il se souvint avoir enseigné à Kahlan comment fabriquer un piège, lire des traces, creuser pour chercher des racines... Il se sentit rougir...

La Reine Milena se remit laborieusement debout. Ses lèvres souriaient. Pas ses yeux.

— Nous n'avons pas demandé de Confesseur.

— Néanmoins, je suis là.

La voix de Kahlan aurait pu geler de l'eau.

— Oui, eh bien, c'est... splendide. Tout bonnement... splendide.

Son visage s'illumina.

— Nous allons organiser un banquet. Oui, un banquet. Je vais immédiatement envoyer des courriers porteurs d'invitations. Tout le monde viendra. Je suis sûre qu'ils seront enchantés de dîner en compagnie de la Mère Confesseur. C'est un grand honneur.

Elle pivota, désignant les hommes en livrée rouge et jaune.

— Ce sont mes avocats.

Les hommes se courbèrent une fois de plus, profondément.

— Je ne me souviens pas de leurs noms.

Elle tendit la main en direction de deux hommes en robes dorées.

— Et voici Silas Tannic et Brandin Gadding, les conseillers en chef de la couronne.

Le duo hocha la tête.

— Et voici mon ministre des Finances, le Seigneur Rondel. Mon astrologue, Dame Kyley.

Richard n'aperçut aucun magicien en chasuble d'argent. La Reine agita la main vers un homme pauvrement vêtu, dans le fond.

— Et James, mon artiste de cour.

Du coin de l'œil, Richard vit Zedd se raidir. James garda les yeux rivés sur Kahlan et fit une révérence superficielle. Sa main droite était tranchée. Le sourire qu'il lui adressa poussa Richard à tendre instinctivement la main vers son épée avant de se rendre compte de ce qu'il faisait. Sans tourner la tête, Zedd attrapa son bras et l'éloigna de l'épée. Richard parcourut l'assemblée du regard pour deviner si quelqu'un avait perçu son manège, mais ils observaient tous la Mère Confesseur.

Kahlan se retourna vers eux.

— Zeddicus Lu'l Zorander, devin, conseiller de confiance de la Mère Confesseur.

Zedd se courba théâtralement.

— Et Richard Cypher, le Chercheur, protecteur de la Mère Confesseur.

Richard imita la révérence de Zedd.

La Reine le regarda, levant un sourcil d'un air acerbe.

— Protection plutôt pathétique pour une Mère Confesseur.

Richard ne modifia pas son expression. Kahlan demeura imperturbable.

— C'est l'épée qui tranche ; son porteur est accessoire. Son cerveau peut être petit, mais pas ses bras. Il a parfois tendance à dégainer trop hâtivement.

La Reine parut ne pas la croire. Derrière le groupe de courtisans royaux, une petite fille descendit l'escalier d'une démarche souple. Elle portait une robe de satin rose et des bijoux trop grands pour elle. Elle s'avança à la hauteur de la Reine, repoussant d'une chiquenaude ses longs cheveux par-dessus son épaule. Elle ne fit pas la révérence.

— Ma fille, la Princesse Violette. Violette, ma chérie, voici la Mère Confesseur.

La Princesse Violette jeta un regard mauvais à Kahlan.

— Vos cheveux sont trop longs. Peut-être devrions-nous vous les couper.

Richard détecta un infime sourire de satisfaction sur le visage de la Reine. Il décida qu'il était temps d'augmenter son niveau d'inquiétude.

Il dégaina l'Epée de Vérité, dans un tintement qui résonna dans l'immense salle, la pierre amplifiant l'écho. La pointe de la lame à un centimètre du nez de la Princesse Violette, il laissa sa colère rugir en lui, pour donner à ses paroles un cachet encore plus théâtral.

— Inclinez-vous devant la Mère Confesseur, sifflat-il, ou mourez.

Zedd joua les ennuyés. Kahlan attendit calmement. Personne d'autre n'avait les yeux aussi écarquillés que la Princesse qui fixait la pointe de l'épée. Elle tomba à genoux et inclina le front. Se redressant, elle regarda Richard, comme pour lui demander si sa révérence était correcte.

— Faites attention à la façon dont vous utilisez votre langue, dit Richard d'un air méprisant. La prochaine fois, je vous l'arracherai.

Elle opina et contourna sa mère, pour se tenir le plus loin possible. Richard rengaina son épée, pivota, s'inclina profondément devant Kahlan, qui ne le regarda pas, et revint se poster derrière elle.

La démonstration avait eu l'effet désiré sur la Reine. Sa voix avait pris un timbre étrange, monotone et étouffé.

— Oui, eh bien, ainsi que je le disais, c'est splendide de vous avoir ici. Nous sommes tout simplement ravis. Laissez-nous vous montrer nos meilleures chambres. Vous devez être épuisés de votre voyage. Vous désirerez probablement vous reposer avant le dîner, et peut-être qu'après manger nous pourrons tous aller...

— Je ne suis pas là pour manger, l'interrompit Kahlan. Je suis là pour inspecter vos cachots.

— Cachots ?

La Reine fit la grimace.

— C'est dégoûtant, là-bas. Etes-vous sûre que vous ne préféreriez pas...

Kahlan se mit en marche.

— Je connais le chemin.

Richard et Zedd lui emboîtèrent le pas. Elle s'arrêta et se retourna vers la Reine.

— Vous attendrez ici, dit-elle d'une voix glaciale, jusqu'à ce que j'aie terminé.

Tandis que la Reine entreprenait de se courber en signe d'obéissance, Kahlan repartit à grandes enjambées dans un froissement d'étoffe.

Si Richard ne l'avait pas bien connue, son attitude lui aurait fait une peur bleue. En fait, il n'était pas sûr de ne pas avoir peur.

Kahlan les conduisit au bas d'escaliers, puis à travers des pièces de moins en moins grandioses. Ils s'enfonçaient dans les sous-sols du château. Richard était abasourdi par la taille de l'édifice.

— J'espérais que Giller serait présent, dit Kahlan. Nous n'aurions pas eu besoin de faire cela.

— Moi aussi, grommela Zedd. Menez une inspection rapide, demandez si quelqu'un désire se confesser, puis nous remonterons et exigerons de voir Giller.

Il lui sourit.

— Vous vous débrouillez bien jusqu'à maintenant, chère petite.

Il adressa un sourire à ses deux compagnons.

— Quant à toi, Richard, ajouta-t-il, reste à l'écart de cet artiste, James.

— Pourquoi ? Il pourrait dessiner un mauvais portrait de moi ?

— Efface ce rictus de ton visage. Reste loin de lui parce qu'il pourrait te dessiner un sort.

— Un sort ? Pourquoi faudrait-il qu'un artiste me jette un sort ?

— Parce qu'il existe de nombreux langages au Midlands, bien que le principal soit le même que celui qui est parlé au Westland. Pour être ensorcelé, il faut être capable de comprendre le langage de celui qui jette un sort. Sinon, ça ne marche pas. Mais tout le monde peut comprendre un dessin. James peut dessiner un sort sur presque n'importe qui. Pas sur Kahlan ou moi, mais sur toi, oui. Reste loin de lui.

Le bruit de leurs pas résonnait tandis qu'ils dévalaient les marches de pierre.

Kahlan désigna une lourde porte sur le côté.

— Par là.

Richard l'ouvrit en tirant l'anneau de fer. Les gonds grincèrent. La lueur des torches éclairait le passage le long d'un étroit couloir de pierre dont le plafond était si bas qu'il devait se courber pour éviter de se cogner la tête. De la paille tapissait le sol humide et empestait la pourriture.

Kahlan ralentit et s'approcha d'une porte en fer munie d'un judas. Des yeux les scrutaient.

— La Mère Confesseur, venue voir les prisonniers, grogna Zedd. Ouvrez la porte.

Richard perçut l'écho d'une clef tournant dans la serrure. Un homme courtaud vêtu d'un uniforme crasseux tira la porte. Une hache pendait à sa ceinture près d'un trousseau de clefs. Il s'inclina devant Kahlan, mais parut ennuyé. Sans un mot, il les guida dans la petite pièce où il avait mangé, assis à une table, puis le long d'un autre couloir obscur jusqu'à une porte qu'il martela du poing. Les deux sentinelles, à l'intérieur, se plièrent de surprise. Les trois gardes prirent des torches et les menèrent dans un petit couloir, puis leur firent franchir une troisième porte, si basse qu'ils durent tous se courber.

La lueur vacillante des torches transperçait les ténèbres. Derrière les barreaux en croisillons, des hommes reculèrent dans les coins, se bousculant, abritant avec leurs mains leurs yeux de la lumière soudaine. Kahlan articula tranquillement le nom de Zedd. Elle désirait, semblait-il, quelque chose. Il sembla comprendre et prit une torche des mains de l'un des gardes, la tint devant Kahlan afin que les hommes dans les cellules puissent la voir.

Ils la reconnurent.

Kahlan s'adressa à l'un des gardes.

— Combien d'hommes sont condamnés à mort ?

Le garde caressa sa mâchoire ronde, pas rasée.

— Eh bien, ils le sont tous.

— Tous ? répéta-t-elle.

Il acquiesça.

— Crimes contre la couronne.

Elle détourna les yeux et les dirigea vers les prisonniers.

— Tous ces hommes ont commis des crimes capitaux ?

Après un moment de silence, un homme au visage émacié vint agripper les barreaux. Il cracha sur elle. Kahlan arrêta Richard d'un geste de la main avant qu'il n'ait pu bouger.

— On est venue accomplir la sale besogne de la Reine, Confesseur ? Je crache sur vous et sur votre reine pourrie.

— Je ne viens pas ici au nom de la Reine. Je viens ici au nom de la vérité.

— La vérité ! La vérité est qu'aucun d'entre nous n'a rien fait ! Sauf critiquer les nouvelles lois. Et depuis quand réprouver le fait que sa famille meure de faim ou de froid est un crime capital ? Les collecteurs de taxes de la Reine sont venus et ont emporté la majorité de la récolte, ils m'ont laissé juste assez pour nourrir ma famille. Quand j'ai vendu les précieuses miettes que je pouvais économiser, ils ont affirmé que je les faisais payer trop cher. Les prix deviennent fous. Je ne fais rien de plus qu'essayer de survivre. Cependant, je dois être décapité pour escroquerie. Ces hommes avec moi sont tous des fermiers innocents, des négociants ou des marchands. Nous devons tous mourir pour avoir tenté de gagner notre vie en travaillant.

Kahlan avisa les hommes qui se terraient au fond du cachot.

— Certains d'entre vous désirent-ils se confesser pour prouver leur innocence ?

Il y eut des murmures étouffés. Un homme hâve se leva des ténèbres et s'avança.

— Moi, je n'ai rien fait, pourtant je dois être décapité, et laisser ma femme et mes enfants se débrouiller tout seuls. Je veux me confesser.

Il passa le bras à travers les barreaux.

— Je vous en prie, Mère Confesseur, écoutez ma confession.

D'autres se levèrent, s'avançant, demandant à se confesser. Bientôt, ils furent tous contre les barreaux, suppliant. Kahlan échangea avec Zedd un regard sinistre.

— De toute mon existence je n'ai vu que trois hommes demander à être confessés, chuchota-t-elle au magicien.

— *Kahlan ?*

Une voix familière provenait d'une cellule, derrière elle.

Kahlan se cramponna aux barreaux.

— Siddin ? Siddin !

Elle se tourna vers les sentinelles.

— Ces hommes se sont confessés à la Mère Confesseur, je les déclare tous innocents. Ouvrez les grilles !

— Allons, du calme. Je ne peux pas tous les laisser sortir.

Richard dégaina l'épée, dessina un arc de cercle en l'air. La lame découpa une bande à travers les barreaux métalliques, et des fragments de fer ardent et des étin- ·

celles emplirent l'atmosphère. Il fit volte-face et ferma la porte d'un coup de pied derrière les gardes ahuris. Il les menaça avec l'épée, et avant qu'aucun d'entre eux n'ait pu tirer la hache de sa ceinture, cria :

— Ouvrez les grilles ou je vous coupe en deux pour prendre moi-même les clefs à votre ceinture !

Le garde qui détenait les clefs tremblait. Il obtempéra sur-le-champ. La porte s'ouvrit brusquement et Kahlan se rua à l'intérieur, dans les ténèbres. Elle revint en portant dans ses bras Siddin effaré, la tête appuyée contre son épaule. Elle lui susurra des mots à l'oreille pour l'apaiser. Siddin lui répondit dans la langue du Peuple de Boue. Elle sourit et lui dit des choses qui le firent sourire à son tour. Le garde ouvrit la cellule suivante. Tenant Siddin sur un bras, de sa main libre, elle empoigna le garde par le col.

— La Mère Confesseur déclare tous ces hommes innocents !

Sa voix était aussi dure que le fer qui les entourait.

— Ils doivent être relâchés sur mon ordre. Je vous désigne tous les trois pour les escorter jusqu'à un endroit sûr, en dehors de la cité.

Il avait une tête de moins qu'elle. Elle amena son visage plus près du sien.

— Si vous échouez d'une quelconque façon, vous en répondrez devant moi.

Il acquiesça vigoureusement.

— Oui, Mère Confesseur. Je comprends. Tout sera accompli selon vos indications. Je vous le jure !

— Sur votre vie ! corrigea-t-elle.

Elle le lâcha. Les prisonniers s'écoulèrent en masse des cellules, tombant à genoux autour d'elle, pleurant, agrippant l'ourlet de sa robe et l'embrassant. Elle les chassa.

— Assez. Partez, tous. Souvenez-vous seulement que les Confesseurs ne servent personne. Elles ne servent que la vérité.

Ils promirent tous qu'ils s'en souviendraient et suivirent les gardes au-dehors. Richard remarqua que leurs chemises étaient en lambeaux ou striées de sang séché, leurs dos couverts de zébrures.

Avant qu'ils ne pénètrent dans la salle où les attendait

la Reine, Kahlan s'arrêta, remit Siddin dans les bras de Zedd. Elle lissa ses cheveux d'une main, puis sa robe.

— Souvenez-vous pourquoi nous sommes là, Mère Confesseur, dit le magicien.

Elle lui adressa un hochement de tête, redressa le menton et entra dans la salle. La Reine Milena attendait là où ils l'avaient quittée, entourée de sa cour. Elle regarda Siddin.

— J'espère que vous avez tout trouvé en ordre, Mère Confesseur ?

La figure de Kahlan resta calme, mais sa voix trahissait une froideur certaine.

— Pourquoi cet enfant se trouvait-il dans vos cachots ?

La Reine écarta les mains.

— Eh bien, je n'en suis pas sûre. Je crois me souvenir qu'il a été surpris en train de voler et qu'il a été placé là en attendant que l'on retrouve ses parents, voilà tout. Rien de plus, je vous le garantis !

Kahlan la dévisagea calmement.

— J'ai déclaré tous les prisonniers innocents et ordonné qu'ils soient libérés. J'espère que vous êtes contente de découvrir que je vous ai empêchée d'exécuter des innocents. Je veillerai à ce que leurs familles reçoivent une juste compensation pour le trouble que cette « erreur » a causé. Si une telle « erreur » se répétait, je ne me contenterais pas de vider la prison, je viderais également le trône.

Les yeux de la Reine s'écarquillèrent.

— Enfin... oui. Bien sûr. J'ai quelques généraux trop ambitieux, ce sont sûrement eux les responsables. Je n'avais pas connaissance de tout ceci. Merci... de nous avoir empêchés de commettre une grave méprise. Je veillerai personnellement à ce que l'on s'occupe de tout selon vos souhaits. Ce que, bien sûr, je n'aurais pas manqué de faire moi-même si j'avais...

Kahlan l'interrompit.

— Nous allons partir maintenant.

Le visage de la Reine s'illumina.

— Partir ? Oh, quel dommage ! Nous nous réjouissions tous de vous avoir à dîner. Je suis navrée que vous deviez partir.

— J'ai d'autres affaires urgentes. Avant de m'en aller, je désire m'entretenir avec mon magicien.

— Votre magicien ?

— Giller, siffla-t-elle.

Pendant un bref instant, les yeux de la Reine se braquèrent vers le plafond.

— Eh bien... ce ne sera pas... possible.

Kahlan se pencha davantage vers elle.

— Rendez cet ordre possible. Immédiatement.

Les couleurs s'estompèrent du visage de la Reine.

— Veuillez me croire, Mère Confesseur, vous ne voudriez pas voir Giller dans son état actuel.

— Immédiatement, répéta Kahlan.

Richard libéra l'épée dans son fourreau juste assez pour capter son attention.

— Très bien. Il est... en haut.

— Vous attendrez ici jusqu'à ce que j'en aie terminé avec lui.

La Reine baissa les yeux au sol.

— Bien sûr, Mère Confesseur.

Elle se tourna vers l'un des hommes en culottes.

— Montre-lui le chemin.

Le soldat les conduisit par le grand escalier jusqu'à l'étage supérieur, et le long de plusieurs couloirs, puis en haut d'un escalier de pierre en spirale jusqu'au sommet d'une tour, pour finalement s'arrêter avec un air penaud devant une lourde porte de bois sur le palier. Kahlan le congédia. Il s'inclina, heureux de pouvoir partir. Richard ouvrit la porte et ils entrèrent.

Kahlan hoqueta et se cacha la figure contre l'épaule de Richard. Zedd pressa le visage de Siddin contre ses robes.

La pièce était détruite. Complètement. Le toit avait disparu, comme s'il avait explosé, laissant voir le soleil et le ciel. Seules quelques poutres battues par les vents demeuraient en place. Une corde pendait à l'une des poutres.

Le corps nu de Giller se balançait légèrement, suspendu la tête en bas au bout de la corde, un croc de boucherie planté dans la cheville. Si le toit n'avait pas été ouvert, la puanteur les aurait chassés de la pièce.

Zedd tendit Siddin à Kahlan et, ignorant le cadavre,

commença à arpenter la pièce circulaire, un pli soucieux au front. Il s'arrêta et toucha des débris de mobilier qui avaient été encastrés dans les murs, comme si la pierre avait été du beurre.

Richard restait campé là, paralysé, fixant le cadavre de Giller.

— Richard, viens voir ça, appela Zedd.

Le magicien tendit la main et fit courir un doigt sur une portion noire et graveleuse du mur. Il y avait deux zones noires, en fait, proches l'une de l'autre. Deux taches noires qui dessinaient les silhouettes d'hommes au garde-à-vous, comme si ces hommes avaient disparu en abandonnant leurs ombres derrière eux. Juste au-dessus de chaque coude, au lieu de la noirceur, une bande de métal doré fondu se mêlait à la pierre du mur.

Zedd se tourna, leva un sourcil à l'adresse de Richard.

— Du feu magique.

— Tu veux dire que c'étaient des hommes ?

Zedd opina.

— Il les a carbonisés jusqu'à les imprimer sur le mur.

Il goûta la traînée noire sur le bout de son doigt, sourit pour lui-même.

— Mais c'était plus que du feu magique.

Richard fronça les sourcils. Zedd désigna le noir sur la paroi.

— Goûte-le.

— Pourquoi ?

Zedd frappa le crâne de Richard.

— Pour apprendre quelque chose.

Avec une grimace, Richard fit courir son doigt sur la poussière noire, ainsi que Zedd l'avait fait.

— C'est sucré !

Zedd sourit, satisfait.

— C'est plus que du simple feu magique. Giller y a ajouté son énergie vitale. Il a ajouté sa vie au feu. C'était un Feu de Vie magique.

— Il est mort en invoquant ce feu ?

— Oui. Et il est sucré. Cela signifie qu'il a donné sa vie pour sauver quelqu'un d'autre. S'il ne l'avait fait que pour lui-même, par exemple pour s'épargner le supplice de la torture, le goût aurait été amer.

Zedd se planta devant le corps, se tordant la tête en tous sens pour l'examiner. Avec un doigt, il écarta un cordon noueux d'intestins pour distinguer le visage de Giller et se raidit.

— Il a laissé un message.

— Un message ? s'enquit Kahlan. Quel message ?

— Il sourit. Et ce sourire, figé dans la mort, apprend à quiconque est au fait de ces choses qu'il n'a pas abandonné sa mission.

Richard s'approcha alors que Zedd désignait l'entaille béante dans l'abdomen.

— Tu vois la manière dont cette entaille est dessinée ? Elle a été produite par quelqu'un qui pratique une magie appelée anthropomancie et qui sert à deviner les réponses à des questions par l'inspection d'entrailles vivantes. Darken Rahl éventre ses victimes selon une technique similaire à celle de son père.

Richard se souvint de son propre père, et de la manière dont Rahl avait accompli cette même abomination sur lui.

— Tu es certain qu'il s'agissait de Darken Rahl ? demanda Kahlan.

Zedd haussa les épaules.

— Qui d'autre ? Darken Rahl est le seul qui puisse survivre à un Feu de Vie magique. Cette coupure est sa signature. Regardez ici. Vous voyez l'extrémité de l'entaille ? Vous voyez de quelle manière elle entame une courbe ?

Kahlan se détourna.

— Et alors ?

— C'est le crochet. Du moins ce devrait l'être. Il doit se recourber en une plaie incurvée. Pendant que les incantations sont formulées, le crochet est taillé, liant l'interrogateur et l'interrogé. Le crochet oblige celui-ci à fournir les réponses exigées. Mais vous voyez ici ? Le crochet est esquissé, mais pas achevé.

Zedd sourit tristement.

— C'est à ce moment que Giller a offert sa vie au feu. Il a attendu que Rahl ait presque terminé, puis, au dernier instant, il l'a privé de ce qu'il cherchait. Probablement le nom du possesseur du coffret. Sans vie en elles, les entrailles n'ont rien pu apprendre à Rahl.

— Je n'aurais jamais cru Giller capable d'un tel acte d'abnégation, murmura Kahlan.

— Zedd, demanda craintivement Richard, comment Giller a-t-il pu endurer la douleur de la torture et afficher quand même ce sourire ?

Zedd lui lança un regard dur qui le fit frissonner.

— Les magiciens doivent connaître la douleur. Ils doivent la connaître vraiment très bien. C'est pour t'épargner cette leçon que j'acquiescerais volontiers à ton choix de ne pas devenir magicien, parce que rares sont ceux qui y survivent.

Tendrement, Zedd posa la main en coupe contre la pommette de Giller.

— Vous avez bien agi, étudiant. Vous avez fini honorablement.

— Je parie que Darken Rahl était livide, dit Richard. Zedd, je crois que nous devrions partir d'ici. Tout ceci ressemble un peu trop à un appât au bout d'un hameçon.

Zedd acquiesça.

— Quel que soit l'endroit où se trouve le coffret, ce n'est pas ici. Au moins Rahl ne l'a-t-il pas récupéré, pas encore.

Il leva les mains.

— Passe-moi le petit. Il faut que nous partions comme nous sommes venus. Il ne faut pas que nous leur révélions la véritable raison de notre présence.

Zedd chuchota quelque chose à l'oreille de Siddin et le garçonnet gloussa, étreignant Zedd.

La Reine Milena, toujours blême, tripotait le coin de sa cape, tandis que Kahlan avançait dans sa direction, déterminée, mais calme.

— Merci pour votre hospitalité, dit Kahlan. Nous allons partir maintenant.

La Reine inclina la tête.

— C'est toujours un plaisir de voir la Mère Confesseur.

La curiosité triompha de sa peur.

— Et pour... Giller ?

Kahlan l'évalua paisiblement.

— Je regrette que vous m'ayez précédée. J'aurais seulement aimé avoir le plaisir de le faire moi-même, ou au moins d'avoir assisté à ce spectacle. Mais seuls comptent les résultats. Il s'agissait d'une discorde, n'est-ce pas ?

La Reine reprit des couleurs.

— Il a volé quelque chose qui m'appartenait.

— Je vois. Eh bien, j'espère que vous l'avez retrouvé. Le bonjour.

Elle commença à partir, puis se ravisa.

— Reine Milena, je reviendrai vérifier que vous avez ramené vos généraux trop ambitieux dans le rang et m'assurer qu'ils n'exécutent pas des innocents par erreur.

Richard et Zedd, Siddin dans les bras, emboîtèrent le pas à Kahlan.

Les pensées de Richard tourbillonnaient désespérément dans sa tête, tandis qu'il marchait, l'air impassible, au côté de Zedd, à la suite de Kahlan qui passait au milieu d'une masse d'échines courbées et sortait de la cité. Qu'allaient-ils faire maintenant ? Shota l'avait averti que la Reine ne détiendrait plus longtemps le coffret. Elle avait eu raison. Où pouvait-il être maintenant ? Il ne pouvait assurément pas retourner voir Shota et lui soutirer ces renseignements. A qui Giller pouvait-il bien avoir confié le coffret ? Comment allaient-ils le retrouver ? Il se sentait déprimé. Il eut envie d'abandonner. A la courbure des épaules de Kahlan, il comprit qu'elle éprouvait le même sentiment. Aucun d'eux ne parla. Le seul à babiller était Siddin, et Richard ne parvenait pas à le comprendre.

— Qu'est-ce qu'il raconte ? demanda-t-il à Zedd.

— Il dit qu'il a été courageux, comme Kahlan le lui avait recommandé, mais il est content que Richard le Colérique soit venu pour le ramener chez lui.

— Je crois savoir ce qu'il ressent. Zedd, qu'allons-nous faire maintenant ?

Zedd lui adressa un regard perplexe.

— Comment le saurais-je ? C'est toi, le Chercheur.

— Très bien.

Il venait de faire de son mieux. Ils n'avaient toujours pas récupéré le coffret, mais ils s'attendaient, apparemment, que lui le retrouve. Il avait l'impression d'avoir foncé tête baissée dans un mur qu'il n'avait pas vu. Ils continuaient à marcher, mais il ignorait où leurs pas allaient les conduire.

Le soleil couchant dorait les nuages. La route était maintenant déserte. Richard crut apercevoir quelque chose au loin, devant eux. Il accéléra le pas et se plaça à côté de Kahlan. Elle scrutait l'horizon, elle aussi.

Un long moment s'écoula avant qu'il comprenne ce dont il s'agissait. Quatre chevaux galopaient dans leur direction. Un seul portait un cavalier.

13

RICHARD TOUCHA LA POIGNÉE DE L'ÉPÉE POUR SE RASSURER. Le son des sabots retentit bientôt jusqu'à ses oreilles. Richard sortit un peu l'épée de son fourreau pour vérifier qu'elle glissait bien, puis la laissa retomber. Le cavalier approchait. Richard le reconnut soudain.

— Chase !

Le garde-frontière arrêta son cheval. Il baissa les yeux pendant que la poussière s'envolait nonchalamment.

— Vous me paraissez tous en forme.

— Chase, ça fait du bien de te revoir !

Richard sourit.

— Comment nous as-tu retrouvés ?

Chase parut insulté.

— Je suis un garde-frontière.

Il jugea que cette explication suffisait.

— Vous avez trouvé ce que vous cherchiez ?

— Non, concéda Richard avec un soupir.

Il vit des petits bras qui agrippaient les flancs de Chase et un petit visage qui jetait des coups d'œil furtifs de part et d'autre de son manteau noir.

— Rachel ? C'est toi ?

Elle sortit davantage son visage sur lequel un sourire s'esquissa.

— Richard ! Je suis si contente de te revoir. Chase est merveilleux. Il a combattu un graz et l'a empêché de me dévorer.

— Je ne l'ai pas combattu, grommela Chase. Je lui ai juste fiché un carreau dans le crâne, c'est tout.

— Mais tu l'aurais fait. Tu es l'homme le plus courageux que j'aie jamais vu.

Avec un froncement de sourcils gêné, Chase leva les yeux.

— N'est-elle pas la plus horrible des enfants ?

Il se pencha vers elle et la considéra.

— J'ai du mal à croire qu'un graz ait voulu te dévorer.

Rachel gloussa et le serra dans ses bras.

— Regarde, Richard.

Elle leva un pied dans sa direction, exhibant une chaussure.

— Chase a tué un daim. Il a prétendu que c'était par erreur, parce qu'il était trop grand. Aussi l'a-t-il vendu à un homme, mais tout ce que celui-ci pouvait échanger, c'étaient ces chaussures et ce manteau. Ne sont-ils pas splendides ? Chase dit que je peux les garder.

Richard lui sourit.

— Oui, ils sont splendides.

Il remarqua la poupée et le baluchon contenant du pain nichés entre elle et Chase. Il remarqua également qu'elle fixait Siddin, comme si elle l'avait déjà vu.

Kahlan posa la main sur la jambe de Rachel.

— Pourquoi t'es-tu enfuie ? Tu nous as fait mourir d'inquiétude.

Rachel tressaillit au contact de Kahlan. Elle enlaça Chase d'un bras et plongea une main dans sa poche. Elle ne répondit pas à la question de Kahlan, mais regarda Siddin.

— Pourquoi vous accompagne-t-il ?

— Kahlan l'a délivré, dit Richard. La Reine l'avait enfermé dans un cachot. Ce n'est pas un endroit pour un enfant. Alors elle l'a libéré.

Rachel baissa les yeux vers Kahlan.

— La Reine n'était-elle pas furieuse ?

— Je ne permets à personne de faire du mal aux enfants, dit Kahlan. Pas même à une reine.

— Eh bien, ne restez pas là à bayer aux corneilles, s'écria Chase. Je vous ai apporté des chevaux. Montez en selle. J'avais prévu de vous rejoindre aujourd'hui. Un sanglier est en train de rôtir à l'endroit où vous avez campé la nuit dernière. De ce côté de la Rivière Callisidrin.

Une main sur la selle et l'autre bras tenant Siddin, Zedd bondit sur un cheval.

— Un sanglier ! Quelle espèce d'imbécile es-tu ? Abandonner un sanglier sans protection ! N'importe qui pourrait venir le voler !

— Pourquoi crois-tu que je vous demande de vous dépêcher ? Les alentours sont criblés d'empreintes de loup.

— Je te défends de faire du mal à ce loup, tonitrua Zedd. C'est un ami de la Mère Confesseur.

Chase regarda Kahlan, puis Richard, avant de faire tourner son cheval et de les conduire en direction du soleil couchant. Le retour de Chase enhardissait Richard. Il sentait qu'à nouveau tout était possible. Kahlan prit Siddin sur son cheval ; ils discutèrent et rirent sur le chemin.

Arrivé au campement, Zedd ne perdit pas de temps pour vérifier la cuisson du sanglier et le déclara à point. Il empoigna ses robes et s'assit, attendant que quelqu'un sorte un couteau pour le découper. Siddin, avec un sourire figé, s'installa contre Kahlan. Richard et Chase se proposèrent pour servir le sanglier. Rachel s'assit à côté de Chase, l'observant, un œil sur Kahlan, sa poupée dans son giron et la miche de pain près de ses hanches.

Richard coupa un morceau de viande qu'il tendit à Zedd.

— Alors, que s'est-il passé ? Avec mon frère, je veux dire.

Chase sourit.

— Quand je lui ai raconté ce que tu m'avais demandé de lui dire, il a répliqué que si tu avais des ennuis, il allait t'aider. Il a rassemblé l'armée qu'il a postée en majorité le long de la frontière. Après la chute de la frontière, il a refusé d'attendre. Il a mené un millier de ses meilleurs soldats dans le Midlands. Ils bivouaquent dans les Rang'Shada en ce moment. En attendant de pouvoir t'aider.

Richard s'arrêta de couper le sanglier.

— Vraiment ? Mon frère a répondu ça ? Il est venu à mon aide ? Et avec une armée ?

Chase opina.

— Il a affirmé que si tu étais mêlé à cela, il était également concerné.

Richard éprouva un sentiment de remords à l'idée d'avoir douté de Michaël. Une allégresse non feinte l'illumina : son frère avait tout laissé tomber pour venir l'aider !

— Il n'était pas fâché ?

— J'étais certain qu'il le serait mais il désirait seulement avoir de tes nouvelles, savoir quels risques tu courais et où tu étais. Il a dit qu'il te connaissait et que si tu estimais que la situation était critique, alors il devait suivre ton exemple. Il a offert de m'accompagner, mais j'ai refusé. Il est avec ses soldats en train de faire les cent pas. Je dois t'avouer que moi aussi j'ai été surpris.

Richard était stupéfait.

— Mon frère et un millier de ses soldats ? au Midlands ? venus m'assister ?

Il regarda Kahlan.

— N'est-ce pas merveilleux ?

Elle se contenta de lui sourire.

Chase lui adressa un regard sévère pendant qu'il découpait la viande.

— Un instant, j'ai cru que vous aviez disparu lorsque j'ai vu votre piste se diriger vers le Plateau d'Agaden.

Richard leva les yeux.

— Tu as été sur le plateau ?

— Ai-je l'air si stupide ? On ne devient pas chef des gardes-frontière en étant stupide. Je me suis mis à réfléchir à la façon dont j'allais raconter à Michaël que tu étais mort. C'est alors que j'ai découvert vos traces qui s'éloignaient du plateau.

Ses yeux se plissèrent.

— Comment vous êtes-vous débrouillés pour en sortir vivants ?

Richard lui sourit.

— Je crois que les bons esprits...

Rachel hurla.

Richard et Chase pivotèrent, leurs couteaux brandis.

Avant que Chase ne puisse utiliser le sien, Richard l'arrêta.

C'était Brophy.

— Rachel ? C'est toi, Rachel ?

Elle retira le pied de sa poupée de sa bouche. Ses yeux étaient écarquillés.

— Tu as la voix de Brophy.

La queue du loup fouetta l'air.

— C'est parce que je suis Brophy !

Il trottina jusqu'à elle.

— Brophy ? Comment se fait-il que tu sois... un loup ?

Il s'assit sur son arrière-train devant elle.

— Parce qu'une espèce de magicien m'a changé en loup. C'était ce que je voulais être, et il m'a transformé.

— C'est Giller qui t'a changé en loup ?

Richard en eut le souffle coupé.

— C'est exact. Ma nouvelle vie est merveilleuse.

Elle jeta ses bras autour du cou du loup. Brophy lui lécha la figure.

— Rachel, dit Richard, tu connais Giller ?

Rachel passa un bras autour du cou de Brophy.

— Giller est gentil. Il m'a offert Sara.

Elle adressa un regard apeuré à Kahlan.

— Tu veux lui faire du mal. Tu es l'amie de la Reine. Tu es méchante.

Elle se pressa contre Brophy.

Brophy lécha son visage de haut en bas.

— Tu as tort, Rachel. Kahlan est mon amie. C'est l'une des plus gentilles personnes du monde.

Kahlan sourit et tendit les mains vers Rachel.

— Viens là.

Rachel regarda Brophy, qui lui fit comprendre par un hochement de tête qu'elle pouvait y aller. Elle avança en faisant la moue.

Kahlan prit les mains de Rachel dans les siennes.

— Tu m'as entendue dire quelque chose de méchant à propos de Giller, n'est-ce pas ?

Rachel acquiesça.

— Rachel, la Reine est mauvaise. Je ne savais pas à quel point jusqu'à aujourd'hui. Giller était mon ami. Quand il est allé vivre chez la Reine, j'ai pensé que c'était parce que lui aussi était mauvais, et qu'il était de son côté. J'avais tort. Je ne ferais jamais de mal à Giller, maintenant que je sais qu'il est encore mon ami.

Rachel tourna ses yeux vers Richard.

— Elle te dit la vérité. Nous sommes dans le même camp que Giller.

Rachel se tourna vers Brophy. Il confirma que c'était la vérité.

— Vous et Richard, vous n'êtes pas les amis de la Reine ?

Kahlan rit doucement.

— Non. Si j'avais quelque poids sur la balance du destin, elle ne resterait pas reine très longtemps. Quant à Richard, eh bien, il a dégainé son épée et a menacé de tuer la Princesse. Je ne pense pas que cela en fasse un intime de la Reine.

Les yeux de Rachel s'écarquillèrent.

— La Princesse Violette ? Tu as fait ça à la Princesse Violette ?

Richard opina.

— Elle avait dit de vilaines choses à Kahlan, et je lui ai rétorqué que si elle recommençait, je lui trancherais la langue.

La bouche de Rachel s'ouvrit toute seule.

— Et elle n'a pas ordonné que l'on te décapite ?

— Nous ne les laisserons plus décapiter quiconque, annonça Kahlan.

Les yeux de Rachel se remplirent de larmes comme elle regardait Kahlan.

— Je croyais que tu étais méchante et que tu allais faire du mal à Giller. Je suis si contente que tu ne sois pas méchante !

Elle passa les bras autour du cou de Kahlan et l'étreignit. Kahlan lui rendit son étreinte de façon tout aussi tendre.

Chase se pencha vers Richard.

— Tu oses sortir ton épée devant une Princesse ? Ne sais-tu pas qu'il s'agit là d'un crime capital ?

Richard le regarda calmement.

— Si j'en avais eu le temps, je l'aurais aussi prise sur mes genoux et je lui aurais donné la fessée.

Rachel pouffa. Richard lui sourit.

— Tu connais la Princesse, n'est-ce pas ?

Son rire s'estompa.

— Je suis sa dame de compagnie. J'habitais dans une jolie maison avec d'autres enfants, mais après la mort de mon frère, la Reine est venue et m'a choisie pour que je devienne la dame de compagnie de la Princesse.

Richard se tourna vers Brophy.

— C'était lui ?

Le loup acquiesça solennellement.

— Alors tu es allée vivre chez la Princesse. C'est elle qui t'a taillé les cheveux tout de travers, n'est-ce pas ? Elle te bat ?

Rachel baissa les yeux.

— Elle est méchante avec les gens. J'ai eu peur qu'elle veuille me décapiter, alors je me suis échappée.

Richard avisa la miche de pain qu'elle conservait près de ses hanches. Il s'accroupit à côté d'elle.

— C'est Giller qui t'a aidée à t'enfuir, pas vrai ?

Elle était au bord des larmes.

— Giller m'a offert Sara. Il voulait s'échapper avec moi. Mais un méchant homme est venu. Le Père Rahl. Il était terriblement furieux contre Giller. Giller m'a dit de fuir et de me cacher jusqu'à l'hiver, puis de trouver une nouvelle famille qui voudrait bien m'accueillir.

Une larme coula sur sa joue.

— Sara m'a dit qu'il ne pouvait plus venir avec moi.

Richard jeta un autre coup d'œil à la miche de pain. La taille correspondait. Il posa ses mains sur ses épaules.

— Rachel, Zedd, Kahlan, Chase et moi combattons Darken Rahl, afin qu'il ne puisse plus faire de mal à personne.

Elle tourna la tête en direction de Chase.

— Il te raconte la vérité, mon enfant. Toi aussi, tu dois lui dire la vérité.

Richard resserra son étreinte sur ses épaules.

— Rachel, est-ce que c'est Giller qui t'a donné cette miche de pain ?

Elle acquiesça.

— Rachel, nous rendions visite à Giller pour récupérer un coffret, un coffret qui devait nous aider à empêcher Darken Rahl de faire du mal aux gens. Acceptes-tu de nous le donner ? Acceptes-tu de nous aider à contrer Darken Rahl ?

Ses yeux humides le regardèrent ; puis, avec un sourire brave, elle ramassa le pain et le lui tendit.

— Il est dans cette miche. Giller l'a dissimulé à l'intérieur par magie.

Richard l'enlaça, manquant de l'étouffer. Il se leva, la serrant dans ses bras, et tournoya en cercle jusqu'à ce qu'elle ait un fou rire.

— Rachel, tu es la plus courageuse, la plus maligne et la plus jolie petite fille que je connaisse !

Quand il la reposa, elle courut vers Chase et se réfugia dans son giron. Il la décoiffa et passa ses gros bras autour d'elle tandis qu'elle souriait.

Richard ramassa la miche de pain à deux mains et la tendit à Kahlan. Elle sourit et secoua la tête. Il la présenta à Zedd.

— C'est le Chercheur qui l'a trouvée, sourit Zedd. C'est le Chercheur qui a le devoir de l'ouvrir.

Richard rompit le pain et, à l'intérieur, découvrit le coffret d'Orden serti de joyaux. Il s'essuya les mains sur son pantalon, extirpa le coffret et l'exposa à la lueur du feu. Il savait d'après le Livre des Ombres Comptées que la boîte scintillante qu'ils contemplaient n'était qu'une enveloppe pour le véritable coffret. Il avait même appris dans le livre comment enlever le couvercle.

Il plaça le coffret sur les genoux de Kahlan. Avant même de se rendre compte de ce qu'il faisait, il s'était courbé et lui avait donné un petit baiser. Les yeux de Kahlan s'écarquillèrent mais elle ne lui rendit pas son baiser. Le contact de ses lèvres et la prise de conscience de ce qu'il avait fait les bouleversèrent.

— Oh. Désolé, dit-il.

Elle s'esclaffa.

— Pardonné.

Richard étreignit Zedd tandis qu'ils riaient ensemble. Chase rit aussi de le voir dans cet état. Richard avait du mal à croire que, quelques instants plus tôt, il avait failli abandonner, n'ayant aucune idée de la suite à donner aux opérations, ni de la manière dont ils arrêteraient Rahl. Et maintenant, ils détenaient le coffret.

Il le posa sur un rocher où ils pouvaient tous l'admirer. Pendant le dîner, Richard et Kahlan narrèrent à Chase quelques-unes de leurs péripéties. A la plus grande joie de Richard, Chase fut troublé d'apprendre qu'il devait la vie à Bill de Havresud. Chase leur relata quelques-unes de ses propres difficultés pour guider une armée d'un millier d'hommes à travers les Rang' Shada. Il prit plaisir à raconter en long et en large des histoires sur la bêtise des officiers, plus à l'aise sous leurs tentes que sur le terrain.

Rachel se blottissait contre Chase pendant qu'il parlait. Richard était étonné qu'elle choisisse le plus redoutable d'entre eux pour la réconforter. Lorsqu'il eut enfin terminé son récit, elle leva les yeux et demanda :

— Chase, où devrai-je me cacher jusqu'à l'hiver ?

Il lui lança un regard noir.

— Tu es trop horrible pour qu'on te laisse errer dans la nature. Un graz te dévorerait à coup sûr.

Cela la fit rire.

— J'ai d'autres enfants, ils sont tous aussi horribles que toi. Tu t'entendrais bien avec eux. Je pense que je vais t'emmener vivre chez moi.

— Vraiment, Chase ? s'enquit Richard.

— A de nombreuses occasions, lorsque je suis rentré à la maison, ma femme m'a présenté un nouvel enfant. J'estime qu'il est temps que je renverse la situation.

Il regarda Rachel, qui s'accrochait à lui comme s'il pouvait s'envoler.

— Mais j'ai des règles, tu sais. Il faudra que tu les respectes.

— Je ferai tout ce que tu diras, Chase, promit-elle.

— Eh bien, c'est parti, voilà la première règle. Je n'autorise aucun de mes enfants à m'appeler Chase. Si tu veux devenir membre de ma famille, il faudra que tu m'appelles père. Et quant à tes cheveux, ils sont trop courts. Mes enfants ont les cheveux longs et j'aime qu'il en soit ainsi. Il faudra que tu les laisses pousser un peu. Et tu auras une mère. Tu devras l'écouter. De plus, tu devras t'amuser avec tes nouveaux frères et sœurs. Tu crois que tu pourras faire tout ça ?

Incapable de parler, elle l'enlaçait, les larmes aux yeux.

Ils étaient rassasiés. Même Zedd semblait repu.

Richard était épuisé, et en même temps plein d'énergie à la pensée d'avoir découvert le coffret avant Rahl. Ils devaient désormais veiller à le conserver jusqu'à l'hiver.

— Ça fait des semaines que nous avons entamé cette quête, dit Kahlan. Le premier jour de l'hiver poindra dans un mois. Ce matin même, cela nous paraissait à peine suffisant pour mettre la main sur le coffret. Maintenant que nous l'avons, ce délai semble infini. Qu'allons-nous faire en attendant ?

C'est Chase qui parla en premier.

— Nous devons tous protéger le coffret, et un millier de soldats sont là pour nous aider. Quand nous aurons franchi la frontière dans l'autre sens, ce nombre sera multiplié.

Elle regarda Zedd.

— Croyez-vous que ce soit sage ? Nous serions faciles à repérer. Ne vaudrait-il pas mieux nous cacher quelque part ? Seuls ?

Zedd se redressa et se frotta la panse.

— Nous nous cacherions plus efficacement si nous étions seuls, mais nous serions également plus vulnérables, s'il advenait que nous soyons découverts. Chase a probablement raison. La protection d'une armée serait rassurante. Et si nous y étions forcés, nous pourrions sans problème les quitter et aller nous cacher.

— Nous ferions mieux de partir tôt, dit Richard.

L'aube se levait à peine lorsqu'ils partirent. Tandis qu'ils s'engageaient à cheval sur la route, Brophy s'enfonça dans les bois, les suivant à la trace ou jouant parfois les éclaireurs. Chase, bardé de ses armes, les conduisait au trot. Rachel se tenait étroitement contre lui. Kahlan, Siddin assis sur ses genoux, chevauchait à côté de Zedd. Richard avait insisté pour que Zedd porte le coffret. Celui-ci était enveloppé dans le tissu qui contenait auparavant le pain et était attaché au pommeau de sa selle. Richard suivait derrière, guettant les environs. Ils progressaient rapidement. Maintenant qu'ils avaient le coffret, il se sentait brusquement vulnérable. Comme si tout le monde savait.

Richard entendit les eaux de la Rivière Callisidrin avant qu'ils n'aient atteint le pont. Il était heureux de voir la route déserte. Chase poussa son cheval au galop et ses compagnons éperonnèrent leurs montures pour ne pas être semés. Richard savait ce que Chase avait en tête. Le garde-frontière lui avait toujours dit que les ponts étaient le fléau des imprudents. Richard regarda dans toutes les directions tandis que les trois autres galopaient devant lui. Il ne vit rien.

Au centre exact du pont, en plein galop, il heurta de plein fouet quelque chose qu'il n'avait pas vu.

Etourdi, Richard se redressa, sidéré de se retrouver par terre. Il vit son grand rouan courir vers les autres chevaux, puis s'arrêter au moment où ils firent halte. Les autres regardèrent en arrière, déconcertés, alors que Richard, encore perplexe, se remettait douloureusement debout. Il brossa ses vêtements et entreprit de récupérer sa monture. Avant qu'il n'atteigne le centre du pont, il se cogna encore contre un obstacle invisible. Il avait l'impression de percuter un mur de pierre, mais il n'y avait rien. Il se retrouva de nouveau assis par terre.

Zedd était descendu de cheval, tenant les rênes d'une main et aidant Richard de l'autre.

— Qu'est-ce qui se passe ?

— Je ne sais pas, bredouilla Richard. J'ai l'impression de rentrer dans un mur, juste au centre du pont. Je dois être tombé, c'est tout. Je crois que je vais bien, maintenant.

Zedd inspecta les parages et le conduisit en avant, une main sur son coude. Avant d'avoir parcouru beaucoup de chemin, Richard heurta de nouveau le mur. Il recula de quelques pas. Il s'avança pour le toucher. Zedd fronça les sourcils. Richard tendit les mains pour sentir la forme solide du mur qui ne voulait pas le laisser passer mais qui se laissait traverser par les autres. Son contact lui donnait des vertiges. Zedd franchit la barrière invisible dans les deux sens.

Le magicien se tenait là où se dressait le mur immatériel.

— Recule jusqu'au bout du pont, puis marche vers moi.

Richard sentit une bosse gonfler sur son front pendant qu'il reculait jusqu'à l'extrémité du pont. Kahlan sauta de son cheval et vint à côté de Zedd, ainsi que Brophy, pour voir quel était le problème. Cette fois, tandis qu'il marchait, Richard déploya les mains devant lui. Avant d'avoir parcouru la moitié du chemin, il rencontra l'obstacle et fut obligé de battre en retraite devant la sensation écœurante procurée par son contact.

Zedd se frotta le menton.

— Tudieu ! s'exclama-t-il.

Le reste de la compagnie vint retrouver Richard, puisqu'il ne pouvait les rejoindre. Zedd le mena de nouveau en avant. Lorsqu'il se cogna, il recula un peu.

Zedd prit la main gauche de Richard.

— Touche-le avec ton autre main.

Richard obtempéra jusqu'à ce que la sensation désagréable le force à retirer sa main. Zedd parut la ressentir, par l'entremise de Richard. Ils se tenaient maintenant au bout du pont. Chaque contact avec la chose l'avait fait reculer de la distance qu'ils avaient franchie.

— Tudieu ! Et deux fois tudieu ! répéta Zedd.

— Qu'est-ce que c'est ? s'enquit Richard.

Zedd jeta un coup d'œil à Kahlan et à Chase avant de parler.

— Il s'agit d'un sort gardien.

— Qu'est-ce qu'un sort gardien ?

— C'est un sortilège dessiné par cet artiste de malheur, James. Il l'a dessiné autour de toi, et quand tu l'as touché la première fois, le sort a été activé. Une fois touché, il se rétrécit, comme un piège. Si nous ne t'en débarrassons pas, il rétrécira jusqu'à t'emprisonner totalement, et alors tu ne pourras plus bouger.

— Et ensuite ?

Zedd se raidit.

— Son contact est empoisonné. Quand il finira par se refermer autour de toi comme un cocon, il t'écrasera. A moins que son poison ne t'achève avant.

Kahlan, paniquée, attrapa la manche de Zedd.

— Nous devons rebrousser chemin ! Nous devons l'en débarrasser !

Zedd dégagea son bras.

— Bien sûr. Nous dénicherons ce dessin et l'effacerons.

— Je sais où sont situées les grottes sacrées, annonça Kahlan, empoignant sa selle et mettant le pied à l'étrier.

Le magicien rejoignit son cheval.

— Nous n'avons pas de temps à perdre. Allons-y.

— Non, dit Richard.

Ils se tournèrent tous pour le dévisager.

— Richard, il le faut, dit Kahlan.

— Elle a raison, mon garçon. Il n'y a pas d'autre solution.

— Non.

Il fixa leurs figures ahuries.

— C'est ce qu'ils veulent que nous fassions. Tu as dit que cet artiste ne pouvait pas jeter de sort sur toi ou sur Kahlan. Aussi l'a-t-il fait sur moi, en pensant que ça nous obligerait tous à revenir. Le coffret est trop important. Nous ne pouvons pas courir ce risque.

Il avisa Kahlan.

— Contente-toi de m'indiquer l'emplacement des grottes. Quant à toi, Zedd, dis-moi comment effacer le sort.

Kahlan agrippa les rênes de son cheval et de celui de Richard, les tirant en avant.

— Zedd et Chase peuvent défendre le coffret, je t'accompagnerai.

— Non ! J'irai seul. J'ai l'épée pour me défendre. Le coffret est tout ce qui compte. C'est notre première responsabilité. Nous devons d'abord le protéger. Contentez-vous de me dire où sont les grottes, et comment me débarrasser du sortilège. Lorsque j'aurai terminé, je vous rattraperai.

— Richard, je crois...

— Non ! La seule chose qui compte est de contrer Darken Rahl, et non de se préoccuper de l'un de nous. Il ne s'agit pas d'une requête, c'est un ordre !

Ils se raidirent. Zedd se tourna vers Kahlan.

— Dites-lui où sont situées les grottes.

Kahlan tendit furieusement les rênes de son cheval à Zedd et attrapa un bâton. Elle dessina une carte dans la poussière de la route, soulignant l'une des lignes qu'elle avait tracées.

— Voici la Rivière Callisidrin, et là, le pont. Voilà la route, et ici, Tamarang et le château.

Elle dessina la ligne d'une route qui menait au nord de la cité.

— Là, dans ces collines au nord-est de la cité, une rivière coule entre des collines jumelles. Elles sont à peu près à un kilomètre au sud d'un petit pont qui franchit la rivière. Les collines jumelles tombent à pic du côté de la rivière. C'est là que l'artiste dessine ses sortilèges.

Zedd lui prit le bâton des mains et le brisa en morceaux de la largeur de deux pouces. Il fit rouler l'un d'eux dans ses paumes.

— Tiens. Ceci annulera la malédiction. Sans la voir, il m'est impossible de te dire quelle partie effacer, mais tu devrais être capable de le découvrir. Il s'agit d'un dessin dont tu comprendras la signification. C'est le secret d'un sortilège dessiné : il faut être capable de le comprendre.

Le bâton que Zedd avait fait rouler dans ses paumes ne ressemblait plus à du bois. Il était devenu souple. Richard le rangea dans sa poche. Zedd en fit rouler un autre dans ses paumes. Il le tendit à Richard. Cette fois-ci, il était noir, presque comme du charbon mais en plus dur.

— Avec ça, dit le magicien, tu pourras dessiner par-dessus le sort, et le modifier si tu le dois.

— Le modifier ? Comment ?

— Je ne peux pas te le dire sans l'avoir vu. Il te faudra te fier à ton propre jugement. Dépêche-toi, maintenant. Mais je suis toujours tenté de croire que nous devrions...

— Non, Zedd. Nous savons tous ce dont Darken Rahl est capable. Le coffret est tout ce qui compte.

Il échangea un regard profond avec son vieil ami.

— Prends soin de toi. Et de Kahlan.

Il regarda Chase.

— Emmène-les jusqu'à Michaël. Mon frère sera mieux à même de protéger le coffret que nous. Et ne traînez pas pour m'attendre. Je vous rattraperai.

Richard lui adressa un regard sévère.

— Si ce n'est pas le cas, je refuse que l'un d'entre

vous revienne me chercher. Contentez-vous d'éloigner le coffret d'ici. Compris ?

Chase lui adressa un regard empli de gravité.

— Sur ma vie.

Il donna à Richard de brèves instructions pour retrouver l'armée du Westland dans les Rang'Shada.

Richard avisa Kahlan.

— Prends soin de Siddin. Ne t'inquiète pas. Je serai bientôt de retour parmi vous. Partez, maintenant.

Zedd monta en selle. Kahlan tendit Siddin au magicien. Elle hocha la tête en direction de Chase et de Zedd.

— Allez, partez. Je vous rattraperai dans quelques minutes.

Zedd allait protester, mais elle l'interrompit et lui dit de nouveau de partir devant. Elle observa les deux chevaux et le loup galoper sur le pont puis sur la route avant de se tourner vers Richard.

L'anxiété marquait profondément ses traits.

— Richard, s'il te plaît, laisse-moi...

— Non.

Elle lui tendit les rênes de son cheval. Des larmes remplissaient ses yeux verts.

— Le Midlands recèle des dangers dont tu ne sais rien. Fais attention.

Une larme coula sur sa joue.

— Je serai de retour à tes côtés avant d'avoir eu le temps de te manquer.

— J'ai peur pour toi.

— Je sais. Mais tout ira bien.

Elle le regardait avec des yeux dans lesquels il aurait pu se perdre.

— Je ne devrais pas faire ça, murmura-t-elle.

Kahlan jeta ses bras autour de son cou et l'embrassa. Violemment. Désespérément.

Pendant un moment, tandis qu'il passait les bras autour d'elle et la pressait contre lui, le contact de ses lèvres sur les siennes, le petit gémissement qu'elle produisit et la sensation de ses doigts dans le duvet de sa nuque lui firent oublier son propre nom.

Il la regarda mettre une botte à l'étrier et lancer son

autre jambe par-dessus la selle. Elle tira sur les rênes et fit faire demi-tour à son cheval.

— Je vous défends de prendre le moindre risque, Richard Cypher. Promettez-le-moi.

— Je le promets.

Il ne lui avoua pas qu'il considérait que la plus grande stupidité qu'il puisse commettre était de la mettre en danger.

— Ne t'inquiète pas, je serai de retour dès que je me serai débarrassé de ce sort. Protège le coffret. Rahl ne doit pas le reconquérir. C'est tout ce qui compte. Va-t'en, maintenant.

Les rênes de son cheval à la main, il l'observa franchir le pont au galop et disparaître au loin.

— Je vous aime, Kahlan Amnell, murmura-t-il.

Avec un tapotement d'encouragement sur l'encolure du rouan, Richard dirigea le grand cheval hors de la route après avoir franchi le petit pont et le poussa le long de la berge de la rivière. Le cheval progressait aisément, plongeant ses sabots dans l'eau peu profonde. Des collines ensoleillées, la plupart dépourvues d'arbres, entouraient la rivière. Comme les rives devenaient plus abruptes, il conduisit sa monture sur un terrain plus élevé, où il pouvait plus facilement avancer. Richard surveillait ses arrières au cas où quelqu'un le suivrait. Mais il n'aperçut personne. Les collines paraissaient désertes.

Des falaises crayeuses s'élançaient de part et d'autre du cours d'eau. Richard était descendu de cheval avant que celui-ci ne s'arrête. Scrutant les environs, il l'attacha à un sumac dont les fruits rouges étaient déjà secs et flétris. Ses bottes dérapaient sur le sol mou alors qu'il dévalait la rive escarpée. Un étroit sentier se faufilait à travers les rochers. Il le suivit jusqu'à l'entrée d'une grotte.

Une main sur la poignée de son épée, il sonda les abords de l'ouverture, vérifiant si l'artiste, ou n'importe qui d'autre, était présent. Il n'y avait personne. Les murs de la caverne étaient couverts de dessins. Ils habillaient chaque surface et se poursuivaient dans les ténèbres.

Richard fut submergé par l'émotion. Il y avait des centaines de dessins, peut-être des milliers. Certains étaient petits, pas plus gros que sa main. D'autres étaient aussi grands que lui. Chacun représentait une scène différente. La plupart ne contenaient qu'un individu, mais quelques-uns en contenaient plusieurs. Il était évident qu'ils avaient été tracés par des mains différentes. Certains étaient délicatement interprétés, riches de détails et représentaient des gens aux membres brisés buvant dans des coupes ornées de crânes et de tibias entrecroisés. D'autres étaient exécutés par quelqu'un qui devait avoir peu de talent : les personnages n'étaient que de simples lignes. Mais les scènes en étaient tout aussi épouvantables. Richard devina que le talent de l'artiste ne revêtait que peu d'importance : seul le message comptait.

Les personnages pouvaient être entourés d'un quelconque paysage, mais un cercle enveloppait chacun d'eux. Un cercle dont le tracé comportait invariablement un crâne ainsi que des tibias entrecroisés au détour d'une courbe.

Des sorts gardiens.

Mais comment était-il censé retrouver le sien ? Il y avait des dessins partout. Il ne savait pas à quoi ressemblait le dessin de son sort. Il scruta les murs avec une panique croissante, pénétrant plus profondément dans les ténèbres. Il faisait courir les mains sur les images, essayant de toutes les regarder, afin de ne pas manquer la sienne. Ses yeux se faufilaient partout, submergés par le nombre de sorts, en quête d'un élément familier, ne sachant pas exactement quoi ni où chercher.

Richard rebroussa chemin dans l'obscurité, comprenant qu'il devait exister une fin aux peintures, et que les plus récentes devaient s'y trouver. Il faisait trop sombre au fond de la grotte. Il se dirigea vers l'entrée, voulant fabriquer une torche avec des roseaux qui poussaient à proximité.

Très vite, il heurta le mur invisible. Avec une panique croissante, il s'aperçut qu'il était prisonnier dans la caverne. Le temps lui était compté. Les torches étaient désormais hors de portée.

Il se précipita de nouveau dans les ténèbres. Il avait

du mal à distinguer les sortilèges, et il n'en voyait toujours pas la fin. Une idée qu'il redoutait commença à s'insinuer dans son esprit.

La pierre de nuit.

Sans perdre un instant, il sortit la bourse en cuir de son sac. Il la considéra dans sa paume, tentant de décider si elle l'aiderait ou si elle lui apporterait des ennuis supplémentaires. Des ennuis auxquels il ne pourrait pas faire face. Il songea aux fois où il avait été témoin de l'effet de la pierre. A chaque occasion, il avait fallu un moment aux créatures obscures pour arriver. Peut-être que s'il se contentait de la sortir un court instant, il pourrait disposer d'un peu de temps avant que les ombres ne le localisent. Il ignorait s'il s'agissait d'une bonne idée.

Il fit glisser la pierre dans sa main. La lumière envahit la caverne. Richard ne perdit pas de temps à regarder les dessins un par un, mais plongea plus profondément, en quête de l'endroit où ils finissaient. Du coin de l'œil, il vit la première ombre se matérialiser. Elle était toujours à distance. Il continua à avancer.

Il parvint enfin au bout des dessins. Les ombres l'avaient pratiquement rejoint. Il replongea la pierre dans la bourse en cuir. Dans les ténèbres, il retint sa respiration, les yeux écarquillés, s'attendant au contact douloureux de la mort. Celui-ci ne vint pas. La seule lumière était une faible lueur, le point brillant de l'entrée, mais elle ne fournissait pas assez d'éclairage pour discerner les peintures. Il savait qu'il devrait ressortir la pierre.

Dans sa poche, il trouva le morceau de bâton que lui avait donné Zedd. Le prenant fermement en main, il extirpa de nouveau la pierre. La lumière l'aveugla durant une seconde. Il fit demi-tour.

C'est alors qu'il le vit. L'homme représenté dans cette scène était aussi grand que lui, mais le reste du tableau était encore plus grand. Le trait était grossier, toutefois il devinait qu'il s'agissait de lui. L'épée qu'il tenait dans la main droite était gravée du mot *Vérité*. Il y avait une carte autour de la silhouette, similaire à celle que Kahlan avait tracée dans la terre. D'un côté, la ligne qui longeait les bords extérieurs descendait le cours de la Rivière Callisidrin et coupait le pont en deux.

Les ombres appelèrent son nom. Il leva les yeux pour voir des mains se tendre vers lui. Il remit la pierre dans la bourse et s'adossa contre le mur, par-dessus son dessin, écoutant son cœur battre la chamade. Consterné, il se rendit compte que le portrait était trop grand pour qu'il efface entièrement le cercle qui l'entourait. S'il ne l'effaçait qu'en partie, il n'aurait aucun moyen de savoir où l'ouverture serait créée, ni comment se débrouiller pour qu'elle se situe à l'endroit où il se trouvait dans la grotte.

Il recula pour se préparer à regarder plus intensément le dessin la prochaine fois qu'il sortirait la pierre. Il buta contre le mur invisible. Le mur l'entourait presque. Il n'avait pas de temps à perdre.

Il sortit la pierre et commença immédiatement à effacer l'épée, espérant que cela oblitérerait son identité et le délivrerait du sortilège. Les lignes s'effaçaient avec difficulté. Il recula d'un pas pour vérifier et rencontra à nouveau le mur. Les ombres se tendaient vers lui, l'appelant par son nom.

Il remit à nouveau la pierre dans la bourse et ne bougea plus. Il savait qu'il ne pourrait utiliser l'épée pour combattre les créatures en s'escrimant sur le dessin. Il avait déjà lutté contre des ombres et il savait que l'effort réclamait toute sa concentration. Son esprit s'agitait. Il ne parvenait pas à trouver de solution. Il avait effacé l'épée, mais ce n'était pas suffisant. Le sort devait toujours le reconnaître. Il savait qu'il n'avait pas assez de temps pour effacer toute la ligne qui l'encerclait. Sa respiration se réduisit à un halètement désespéré.

Une lumière vacilla. Il fit volte-face. Un homme portant une torche en roseau s'approchait, un sourire narquois sur le visage. C'était James, l'artiste.

— Je pensais vous trouver là. Je suis venu voir. Je peux vous être utile ?

A son rire, Richard devina que James n'était pas enclin à l'assister. James avait compris qu'avec le mur entre eux Richard ne pouvait utiliser son épée contre lui. Il se moqua de l'impuissance de Richard.

Richard jeta un preste coup d'œil de biais. La torche

offrait assez de lumière pour qu'il distingue le dessin. Le mur invisible pressait ses épaules, le poussant vers la paroi de la grotte. Une vague de nausée et de vertige lui souleva le cœur. Dans quelques instants, il serait broyé. Ou empoisonné.

Richard se tourna vers le portrait. Pendant qu'il s'activait d'une main, il fouilla dans sa poche de l'autre. Il sortit le bâton que Zedd lui avait donné pour altérer le dessin.

James se pencha en avant.

— Qu'est-ce que vous faites ?

Richard ne répondit pas. Il continuait à effacer.

— Arrêtez ça ! s'écria James.

Richard l'ignora. James jeta la torche par terre et sortit son propre bâton à dessiner. L'artiste commença à tracer de rapides traits cinglants, des mèches de ses cheveux graisseux fouettant l'air autour de lui. Il dessinait une silhouette. Il dessinait un autre sort. Richard savait que si James terminait le premier, il n'aurait pas de seconde chance.

— Arrêtez ça, espèce d'idiot ! hurla James en se hâtant de compléter son œuvre.

Le mur immatériel s'appuyait de plus en plus contre le dos de Richard. Il avait à peine la place de remuer les bras. James dessinait une épée et commençait à écrire le mot *Vérité*.

Richard agrippa son bâton à dessiner et, d'une ligne, relia les côtés du poignet à la silhouette, formant un moignon semblable à celui de James.

Tandis qu'il achevait son dessin, la pression dans son dos s'évanouit et la sensation de nausée le quitta.

James cria.

Richard se tourna pour le voir se tortiller sur le sol de la grotte. Il frissonna et ramassa la torche.

Les yeux suppliants de l'artiste se braquèrent sur lui.

— Je... n'allais pas le laisser vous tuer... seulement vous emprisonner...

— Qui vous a demandé de me lancer ce sort ?

James lui adressa un sourire mauvais.

— La Mord-Sith, murmura-t-il. Vous allez mourir...

— Qu'est-ce qu'une Mord-Sith ?

Richard perçut le souffle qui lui était arraché, ses os

qui se brisaient. James était mort. Richard ne pouvait pas dire qu'il le regrettait.

Richard ne savait pas ce qu'était une Mord-Sith, mais il ne désirait pas attendre de le découvrir. Il se sentit soudain seul et vulnérable. Zedd et Kahlan l'avaient tous deux averti que le Midlands recelait de nombreuses créatures magiques et maléfiques, dont il ne savait rien. Il détestait le Midlands et sa magie. Il souhaitait seulement rejoindre Kahlan.

Richard courut en direction de l'entrée de la caverne, lâchant la torche en chemin. Se précipitant dans la lumière étincelante du soleil, il fit une pause. Les paupières plissées, il aperçut plusieurs hommes qui l'encerclaient. Des soldats. Ils portaient des uniformes de cuir noir et des cottes de mailles. Des épées pendaient à leurs épaules et des haches à leurs larges ceintures.

A leur tête, face à lui, se trouvait une femme aux longs cheveux châtains coiffés en une natte lâche. Elle était gainée de cuir de la tête aux pieds. Du cuir rouge sang. L'unique dérogation au rouge sang était un croissant et une étoile jaunes sur son ventre. Richard vit que les hommes portaient les mêmes signes sur leurs poitrines, à l'exception du fait que les leurs étaient rouges. La femme observait Richard sans émotion mais laissait filtrer l'esquisse infime d'un sourire.

Les pieds écartés en position défensive et la main sur la poignée de l'épée, Richard ne savait pas comment réagir, n'ayant pas la moindre idée de leurs intentions. Les yeux de la femme bougèrent imperceptiblement à la vitesse de l'éclair, regardant au-dessus et derrière lui. Richard entendit deux hommes tomber de la paroi de la falaise. Il sentait la colère de l'épée naître à travers la main qu'il avait posée sur la poignée. Il l'agrippa furieusement en serrant les dents.

La femme claqua des doigts à l'adresse des hommes, puis le désigna.

— Capturez-le.

C'était tout ce que Richard avait besoin de savoir. La bataille était engagée.

Porteur de mort.

Il dégaina l'épée et libéra complètement sa colère.

Elle explosa en lui. Ses yeux croisèrent ceux des deux hommes.

Richard conserva une garde basse, la taille haute, soutenue par tout son poids et toute sa force. Leurs épées s'abaissèrent de façon défensive. Il hurla. Une fureur et une haine mortelles s'étaient emparées de lui. Il s'abandonna totalement à la soif de tuer, conscient que c'était la condition sine qua non de sa survie. L'extrémité de son épée siffla.

Porteur de mort.

Des fragments d'acier déchiquetés volèrent en spirale dans l'air clair du matin.

Avec le choc, des claquements jumeaux, humides, semblables à ceux que produiraient des melons mûrs en touchant le sol, se firent entendre. La moitié supérieure du corps de ses adversaires s'écroula, tandis que leurs jambes s'affaissaient.

L'épée poursuivit son cercle, traçant sa route avec des filets de sang. Richard voulait la force vitale de la magie. Celle-ci déferlait librement en lui. Il criait toujours. La femme aux cheveux châtains se tenait une main sur la hanche.

Richard croisa ses yeux, modifia légèrement la course de la lame afin qu'elle croise leur chemin. Le large sourire de cette femme ne faisait qu'attiser le feu violent du courroux de Richard. Leurs regards se rivèrent l'un à l'autre. La pointe de l'épée sifflait en direction de sa tête. Son désir de tuer était inébranlable.

Porteur de mort.

La douleur provoquée par la magie de l'épée le frappa. La lame n'atteignit pas sa cible. L'épée tomba bruyamment par terre alors que la douleur le forçait à s'agenouiller, le déchirant de part en part et le pliant en deux.

La main toujours posée sur la hanche, le sourire toujours au coin des lèvres, la femme le dominait, l'observant se tordre de douleur. Désespérément, il tenta de maîtriser la magie et d'éloigner la douleur comme il avait déjà appris à le faire. Peine perdue. Avec une panique croissante, il se rendit compte qu'il n'avait plus aucun contrôle sur son pouvoir mais qu'au contraire, c'était son adversaire qui en maîtrisait la force.

Il s'effondra face contre terre, essayant de hurler et de respirer, sans y parvenir. Il songea un instant à Kahlan, puis la douleur fut telle qu'elle lui ôta cette pensée.

Pas un seul des soldats ne sortit du cercle. La femme posa une botte sur sa nuque et un coude sur son propre genou tandis qu'elle se penchait. Avec son autre main, elle agrippa une poignée de ses cheveux et souleva sa tête. Elle se pencha plus près. Le cuir craqua.

— Par exemple ! siffla-t-elle. Et moi qui croyais que j'allais devoir te torturer durant des jours et des jours avant de te mettre suffisamment en colère pour que tu utilises ta magie contre moi. Enfin, pas d'inquiétude, j'ai d'autres motifs pour te torturer.

A travers sa douleur, Richard se rendit compte qu'il avait commis une tragique erreur. Il lui avait d'une certaine manière donné le contrôle de la magie de l'épée. Il savait qu'il n'avait jamais été dans une situation aussi critique de toute son existence. Kahlan était en sécurité, se dit-il. C'était tout ce qui importait.

— Veux-tu que la douleur cesse, mon lapin ? lui dit-elle.

Cette question le mit en rage. Sa colère, son désir de la tuer exacerbèrent la douleur.

— Non, parvint-il à bredouiller en rassemblant toutes ses forces.

Elle haussa les épaules, inclinant la tête.

— C'est d'accord pour moi. Mais lorsque tu auras décidé d'en finir avec la douleur de la magie, tout ce que tu auras à faire sera de cesser de concevoir toutes ces vilaines pensées à mon égard. Dorénavant, c'est moi qui contrôle la magie de ton épée. Si tu songes ne serait-ce qu'à lever le petit doigt contre moi, tu seras terrassé.

Elle sourit.

— Voilà la seule douleur que tu pourras maîtriser. Contente-toi de penser à quelque chose de plaisant à mon sujet et elle cessera. Bien sûr, j'ai moi aussi la maîtrise de la douleur et je pourrai te l'infliger au moment de mon choix. Je peux également t'infliger d'autres douleurs, enfin... tu verras.

Elle se renfrogna.

— Dis-moi, mon lapin, est-ce que tu as essayé d'utiliser ta magie contre moi parce que tu es idiot, ou parce que tu imagines que tu es brave ?

La douleur s'apaisa un peu. Il hoqueta pour respirer. Elle avait relâché sa prise juste assez pour lui permettre de répondre.

— Qui... êtes... vous ?

Elle attrapa de nouveau une poignée de ses cheveux, souleva sa tête et la tourna pour le regarder dans les yeux. Tandis qu'elle se penchait, la botte posée sur sa nuque envoya une pointe de douleur dans ses épaules. Il ne pouvait plus bouger les bras. Son visage était plissé dans un froncement empreint de curiosité.

— Tu ne sais pas qui je suis ? Tout le monde, au Midlands, me connaît.

— Je suis... du Westland.

— Le Westland ! Comme c'est exquis ! On va s'amuser.

Son sourire s'élargit.

— Je suis Denna. Maîtresse Denna pour toi, mon lapin. Je suis une Mord-Sith.

— Je ne... vous dirai pas... où est Kahlan. Vous feriez aussi bien... de me tuer... maintenant.

— Qui ? Kahlan ?

— La... Mère Confesseur.

— La Mère Confesseur, répéta-t-elle avec dégoût. Pourquoi diable voudrais-je d'un Confesseur ? C'est toi, Richard Cypher, que mon maître Rahl a envoyé chercher. Personne d'autre. L'un de tes amis t'a trahi pour lui.

Elle tordit encore plus sa tête et enfonça plus profondément sa botte.

— Et désormais tu m'appartiens. J'avais cru que ce serait difficile, mais tu as enlevé tout piment à la chose. Je suis chargée de ton entraînement. Mais tu ne pouvais pas le savoir, puisque tu viens du Westland. Tu vois, les Mord-Sith portent toujours du rouge quand elles doivent entraîner quelqu'un. C'est pour que le sang ne se voie pas trop. J'ai la sensation merveilleuse que tu vas verser beaucoup de sang sur moi avant même que tu sois entraîné.

Elle lâcha sa tête et s'appuya de tout son poids sur sa botte, tendant la main devant le visage de Richard. Il s'aperçut que le revers de sa main gantée était cuirassé, les doigts y compris. Une cravache rouge sang, d'une trentaine de centimètres de long, pendait mollement à son poignet par une élégante chaîne en or. Elle se balançait d'avant en arrière devant ses yeux.

— Voici l'Agiel. C'est l'un des instruments dont je me servirai pour t'entraîner.

Elle lui adressa un sourire suave.

— Curieux ? Tu veux voir comment ça fonctionne ?

Denna pressa l'Agiel contre son flanc. La douleur le fit hurler, bien qu'il n'ait eu aucune intention de lui offrir la satisfaction de voir à quel point il souffrait. Chaque muscle de son corps se tétanisa sous le supplice de l'instrument. Tout son être réclamait l'arrêt de la torture. Denna exerça la plus infime des pressions, ce qui le fit crier plus fort. Il entendit un bruit sec et sentit une de ses côtes se briser.

Elle retira l'Agiel. Du sang chaud suintait de son flanc. Richard était couvert de sueur et gisait dans la poussière. Des larmes ruisselaient de ses yeux. Il avait l'impression que la douleur écartelait le moindre de ses muscles. Il avait la bouche pleine de terre et de sang.

Denna eut un ricanement cruel.

— Maintenant, mon lapin, dis : « Merci, Maîtresse Denna, pour votre leçon. »

Son visage se rapprocha.

— Dis-le.

Rassemblant toute sa force mentale, Richard se concentra sur son désir de la tuer et imagina l'épée lui transpercer le crâne.

— Crève, dit-il dans un souffle.

Denna frissonna et ferma à demi les paupières, faisant courir sa langue sur ses lèvres avec extase.

— Oh, c'est une vision délicieusement vilaine, mon lapin. Bien sûr, tu apprendras à regretter de l'avoir conçue. Je sens que je vais terriblement m'amuser à t'entraîner. Dommage que tu ne saches pas ce qu'est une Mord-Sith. Sinon, tu aurais très peur. Et j'adorerais ça.

Son sourire dévoila une dentition parfaite.

— Mais je crois que je vais encore plus adorer te surprendre.

Richard se concentra sur la vision de lui en train de la tuer... jusqu'à l'évanouissement.

14

Les paupières de Richard s'ouvrirent légèrement. Son esprit était embrumé. Il était face contre terre, éclairé par des torches vacillantes. Les murs de pierre ne comportaient pas de fenêtres pouvant lui révéler s'il faisait jour ou nuit. Il avait un goût de cuivre dans la bouche. Du sang. Il tenta de deviner l'endroit dans lequel il se trouvait. Une douleur aiguë lui coupa le souffle lorsqu'il essaya d'inspirer un peu plus profondément qu'il ne le faisait jusque-là. Tout son corps lui faisait mal. Il avait l'impression que quelqu'un l'avait bastonné à l'aide d'un gourdin.

Le souvenir du cauchemar s'insinua de nouveau dans sa mémoire. A la pensée de Denna, sa colère s'embrasa. Instantanément, la douleur de la magie le fit hoqueter. Ce choc inattendu l'obligea à relever les genoux et à émettre un gémissement. Pour penser à autre chose, il songea à Kahlan, se rappelant la manière dont elle l'avait embrassé. La douleur s'estompa. Désespérément, il tenta de concentrer ses pensées sur Kahlan. La douleur était insupportable. Il fallait qu'elle cesse.

Il devait réfléchir à un moyen de s'en sortir. S'il ne maîtrisait pas sa colère, il n'avait aucune chance. Il se souvint de la façon dont son père lui avait enseigné que la colère était mauvaise. Zedd lui avait dit qu'il y avait des moments où libérer sa colère était plus dangereux que de la maintenir à l'intérieur. Il était confronté à cette alternative. Il savait comment garder sa colère sous contrôle. Il devait le faire maintenant. Cette pensée le réconforta.

Prudemment, sans trop remuer, il évalua la situation. Son épée était rengainée dans son fourreau, son poignard toujours au même endroit, la pierre de nuit toujours dans sa poche. Son sac gisait contre le mur du fond. Son crâne lui faisait atrocement mal, mais pas plus que le reste.

Tournant un peu la tête, il vit Denna. Elle était assise dans un coin sur une chaise en bois, les jambes croisées. Son coude droit reposait sur une table en bois ordinaire tandis qu'elle mangeait quelque chose avec une cuillère dans un bol qu'elle tenait de l'autre main. Elle l'observait.

Il pensa qu'il devait peut-être dire quelque chose.

— Où sont vos soldats ? murmura-t-il.

Denna continua à mâcher un moment tout en l'observant. Elle posa le bol et désigna un point sur le sol à côté d'elle.

Sa voix était calme. Presque gentille.

— Lève-toi et viens ici.

Avec grande difficulté, Richard se mit debout et marcha jusqu'à l'endroit qu'elle avait indiqué. Elle le regarda sans émotion tandis qu'il baissait les yeux vers elle. Il attendit en silence. Elle se leva et ôta sa chaise du passage d'un coup de botte. Elle était presque aussi grande que lui. Elle lui tourna le dos et ramassa un gant sur la table. Elle y enfila sa main droite.

Elle fit brutalement volte-face, le giflant d'un revers. Le dos cuirassé du gant lui fendit la lèvre.

Immédiatement, avant que la colère ne puisse s'emparer de lui, il songea à un endroit magnifique des Bois du Hartland. Ses yeux s'embuèrent sous la torture provoquée par l'entaille.

Denna lui sourit chaleureusement.

— Tu oublies mon titre, mon lapin. Je te l'ai déjà dit. Tu dois m'appeler Maîtresse, ou Maîtresse Denna. Tu as de la chance que je sois ton entraîneuse. La plupart des Mord-Sith ne sont pas aussi clémentes que moi. Elles auraient utilisé l'Agiel dès la première infraction. Mais j'ai une certaine tendresse pour les hommes vigoureux comme toi. De plus, bien que le gant ne soit pas une punition très efficace, je dois admettre que je montre une préférence pour son utilisation. J'aime son contact. L'Agiel me rend euphorique, mais rien ne peut remplacer ses propres mains pour ressentir ce que l'on fait.

Elle sourcilla un peu, sa voix se durcit.

— Enlève ta main.

Richard retira sa main de sa bouche et la laissa choir le long de son corps. Il sentait le sang goutter de son menton. Denna observa le spectacle, satisfaite. Subitement, elle se pencha en avant et lécha le sang sur son menton. Cela semblait l'exciter. Elle se pressa contre lui, mais cette fois-ci elle suça sa lèvre et la mordit, âprement, sur la coupure. Richard ferma hermétiquement les paupières, serra les poings et retint sa respiration jusqu'à ce qu'elle se dégage, léchant le sang sur ses lèvres avec un sourire. Il tremblait de douleur, mais il maintint la vision des Bois du Hartland dans son esprit.

— Ce n'était qu'un agréable avertissement, comme tu le découvriras bientôt. Maintenant, répète correctement ta question.

Richard décida sur-le-champ qu'il l'appellerait Maîtresse Denna, et que ce serait, pour lui, un terme d'irrespect, et que jamais, jamais il ne l'appellerait simplement Maîtresse. Ce serait sa manière de la combattre. De conserver sa dignité. Du moins symboliquement.

Richard inspira profondément.

— Où sont vos soldats, Maîtresse Denna ?

— Bien mieux, roucoula-t-elle. La majorité des Mord-Sith ne permettent pas à ceux qu'elles entraînent de parler, ou de poser des questions, mais je trouve que ça devient ennuyeux. Je préfère parler à mon apprenti. Comme je le disais, tu as de la chance de m'appartenir.

Elle lui adressa un regard entendu.

— J'ai renvoyé mes soldats. Je n'ai plus besoin d'eux. Ils ne servent qu'à la capture et à provoquer le captif jusqu'à ce qu'il utilise sa magie contre moi. Après, ils deviennent superflus. Il n'y a rien que tu puisses faire pour t'échapper, ou lutter. Rien.

— Et pourquoi suis-je toujours en possession de mon épée, ainsi que de mon poignard ?

Trop tard. L'Agiel rencontra son ventre. Il se roula par terre en hurlant.

— Debout ! fit Denna.

Richard ravala sa colère afin d'étouffer la douleur de la magie. La souffrance causée par l'Agiel ne s'estompa pas aussi rapidement. Il se releva à grand-peine.

— Maintenant, agenouille-toi et demande-moi pardon.

Comme il ne bougeait pas assez vite à son goût, elle posa l'Agiel sur son épaule, le plaquant à terre. Son bras droit s'engourdit sous la douleur.

— Je vous en prie, Maîtresse Denna, pardonnez-moi.

— Voilà qui est mieux.

Elle sourit enfin.

— Debout.

Elle le regarda se relever.

— Tu as toujours ton épée et ton couteau parce qu'ils ne représentent aucun danger pour moi, et que peut-être un jour tu les utiliseras pour défendre ta Maîtresse. Je préfère que mes animaux conservent leurs armes, afin qu'ils se souviennent constamment qu'elles sont impuissantes contre moi.

Elle se retourna vers lui, enlevant son gant. Richard savait qu'elle avait raison à propos de l'épée : elle en contrôlait la magie. Mais il se demandait si c'était sa seule technique. Il devait savoir. Ses mains se tendirent vers sa gorge.

Il tomba à genoux, hurlant sous la douleur de la magie. Désespérément, il concentra à nouveau son esprit sur l'image des Bois du Hartland. La souffrance s'apaisa.

Denna eut un regard impatient.

— Tu veux compliquer les choses, n'est-ce pas ?

Son visage s'adoucit.

— J'adore quand un homme me résiste. Néanmoins, tu t'y prends mal. Je t'ai dit que, pour faire cesser la douleur, tu devais penser à quelque chose de plaisant à mon sujet. Ce n'est pas ce que tu fais. Tu penses à de vulgaires arbres. C'est mon dernier avertissement. Soit tu songes à quelque chose d'agréable me concernant afin d'arrêter la souffrance de la magie, soit je t'abandonne dans ses bras tortionnaires toute la nuit. Compris ?

— Oui, Maîtresse Denna.

Son sourire s'élargit.

— C'est très bien. Tu vois ? Tu peux être entraîné. Souviens-toi seulement : quelque chose d'agréable à mon sujet.

Elle le prit par les mains et le regarda dans les yeux tandis qu'elle les pressait contre ses seins.

— J'ai remarqué que la plupart des hommes semblaient concentrer leurs pensées agréables à cet endroit précis.

Elle se pencha davantage, tenant toujours les mains

de Richard contre sa poitrine et sa voix prit un ton désinvolte.

— Mais si tu préfères une autre partie de mon corps, tu es libre d'y concentrer ton esprit.

Richard jugea que ses cheveux étaient jolis, et que c'était le seul endroit sur elle où son esprit allait trouver matière à penser quoi que ce soit de plaisant à son égard. La douleur l'obligea à s'agenouiller, resserrant son étreinte jusqu'à ce qu'il ne puisse plus respirer. Sa bouche s'ouvrit, mais il ne pouvait pas prendre d'air. Ses yeux s'exorbitèrent.

— Maintenant, montre-moi que tu peux agir comme je te l'ai appris. Efface la souffrance de la manière dont je t'ai parlé.

Il la dévisagea et regarda ses cheveux. Sa vision se troublait. En se concentrant, il pensa combien il trouvait sa natte attirante. Il se força à la trouver belle. La douleur s'envola, et il s'écroula sur le côté.

— Debout.

Il obtempéra, luttant toujours pour respirer.

— Voilà comment il fallait procéder. Veille à ce que ce soit la seule façon dont tu inhiberas la douleur à l'avenir. Ou je changerai la magie afin que tu ne sois plus en mesure de la soulager du tout. Compris ?

— Oui, Maîtresse Denna.

Il cherchait toujours à reprendre haleine.

— Maîtresse Denna, vous aviez dit que quelqu'un m'avait trahi. De qui s'agit-il ?

— L'un de tes proches.

— Aucun de mes amis ne ferait une chose pareille, Maîtresse Denna.

Elle le toisa dédaigneusement.

— Alors je suppose que ce ne sont pas réellement tes amis. N'est-ce pas logique ?

Il baissa les yeux au sol, une boule dans la gorge.

— Vous avez raison, Maîtresse Denna. Mais de qui s'agit-il ?

Elle haussa les épaules.

— Maître Rahl n'a pas estimé cette information suffisamment importante pour me la révéler. La seule chose que tu doives savoir, maintenant, c'est que personne ne viendra te secourir. Tu ne seras plus jamais libre. Plus tôt tu l'accepteras, plus ton existence sera facile. Plus ton entraînement sera facile.

— Et quel est le but de mon entraînement, Maîtresse Denna ?

— T'apprendre la signification de la douleur. T'apprendre que ta vie ne t'appartient plus, qu'elle est à moi, et que je peux en faire tout ce que je veux. Tout. Je peux te faire souffrir de mille façons, aussi longtemps que je le veux, et personne d'autre que moi ne t'aidera. Je vais t'apprendre que chaque instant que tu passes sans douleur est un moment que moi seule peux t'accorder. Tu vas apprendre à faire ce que je t'ordonne sans discuter et sans hésitation. Tu vas apprendre à mendier pour tout ce que tu obtiendras. Après quelques jours d'entraînement ici, et si j'estime que tu as fait assez de progrès, alors je t'emmènerai ailleurs, où se trouvent d'autres Mord-Sith. Et je poursuivrai ton entraînement là-bas jusqu'à la fin. Peu importe le temps que ça prendra. Je laisserai certaines Mord-Sith jouer avec toi, pour que tu voies quelle chance tu as de m'appartenir. J'ai une préférence pour les hommes. D'autres les détestent. Je te laisserai quelque temps entre leurs mains, afin que tu te rendes compte à quel point je suis gentille.

— Mais quel est le but de cet entraînement, Maîtresse Denna ? Quelle en est la finalité ? Que désirez-vous ?

Elle paraissait sincèrement se réjouir de lui raconter ces choses.

— Tu es quelqu'un de spécial. C'est Maître Rahl en personne qui souhaite que tu sois entraîné. Il a demandé mon assistance. Je pense qu'il veut te poser une question. Je ne permettrai pas que tu m'embarrasses devant lui. Quand j'en aurai fini avec toi, tu me supplieras pour lui avouer tout ce que tu sais. Lorsque lui en aura fini avec toi, alors tu m'appartiendras. Pour la vie. Si longue ou si courte qu'elle puisse être.

Richard dut se concentrer sur sa chevelure et lutter pour ne pas éveiller sa fureur. Il savait ce que Darken Rahl voulait découvrir : il voulait avoir des renseignements sur le Livre des Ombres Comptées. Le coffret était à l'abri. Kahlan était à l'abri. Rien d'autre n'importait. Denna pouvait le tuer, il ne s'en souciait guère. En fait, c'est une faveur qu'elle lui accorderait.

Denna le contourna, le lorgnant des pieds à la tête.

— Si tu t'avères être un bon animal, je pourrai même te choisir comme amant.

Elle s'arrêta devant lui, approcha son visage du sien et lui adressa un sourire coquin.

— Les Mord-Sith s'accouplent pour la vie. J'ai eu de nombreux amants. Mais ne t'excite pas trop à cette perspective, mon lapin, susurra-t-elle. Je doute que tu aimeras cette expérience, si tu y survis. Personne d'autre n'y a réussi. Ils sont tous morts quelque temps après.

Richard ne jugea pas qu'il s'agissait d'une chose dont il dût s'inquiéter. Darken Rahl voulait le livre. S'il ne découvrait pas un moyen de s'enfuir, Darken Rahl allait le tuer, de la même manière qu'il avait tué son père et Giller. Tout ce qu'il pourrait apprendre en lisant dans les entrailles de Richard serait l'endroit où le chercher — dans le cerveau de Richard — et il n'y avait aucune chance pour que la lecture de ses entrailles révèle quoi que ce soit du contenu du livre. Richard espérait seulement qu'il pourrait vivre assez longtemps pour voir l'expression de surprise sur le visage de Darken Rahl quand il se rendrait compte de son erreur fatale.

Pas de livre. Pas de coffret. Darken Rahl était un homme mort. Voilà tout ce qui importait.

Quant à la question de la trahison dont il aurait été victime, il décida de ne pas y croire. Darken Rahl connaissait les Règles de Magie, et il se contentait d'utiliser la première : semer le doute dans son esprit. Le premier pas vers la conviction. Richard décida de ne pas se laisser leurrer. Il connaissait Zedd, Chase et Kahlan. Il ne placerait jamais la parole de Darken Rahl au-dessus de celle de ses amis.

— A propos, où as-tu trouvé l'Epée de Vérité ?

Il la regarda droit dans les yeux.

— Je l'ai achetée au dernier homme à l'avoir possédée, Maîtresse Denna.

— Vraiment ? Qu'as-tu donné en échange ?

Richard soutint son regard.

— Tout ce que j'avais. On dirait qu'elle va également me coûter la liberté, et probablement la vie.

Denna s'esclaffa.

— Tu as de l'humour. J'adore briser les hommes qui ont de l'humour. Sais-tu pourquoi Maître Rahl m'a choisie ?

— Non, Maîtresse Denna.

— Parce que je suis impitoyable. Il se peut que je ne sois pas aussi cruelle que certaines autres, mais je prends plus de plaisir à briser les hommes qu'aucune d'entre elles. J'adore faire mal à mes animaux plus que toute autre chose dans la vie. Je vis pour mon travail. Je n'abandonne pas, je ne me fatigue pas et je ne me repose pas. Jamais.

— Je suis honoré, Maîtresse Denna, d'être entre les mains de la meilleure.

Elle posa l'Agiel contre l'entaille de sa lèvre et le tint là jusqu'à ce qu'il s'agenouille et que des larmes ruissellent de ses yeux.

— C'est la dernière irrévérence qui sortira jamais de ta bouche.

Elle retira l'Agiel et lui donna un coup de genou dans la mâchoire qui le fit basculer et s'étaler sur le dos. Elle pressa l'Agiel contre son ventre. Quand il fut près de perdre connaissance, elle l'enleva.

— Qu'as-tu à répondre ?

— S'il vous plaît, Maîtresse Denna, bredouilla-t-il avec le plus pénible des efforts, pardonnez-moi.

— Très bien, debout. Il est temps de commencer ton entraînement.

Elle se dirigea vers la table et prit quelque chose. Elle désigna un point par terre.

— Viens ici. Immédiatement !

Richard se déplaça aussi vite qu'il le put. Il ne pouvait se redresser. La douleur l'en empêchait. Il se planta à l'endroit indiqué, le souffle court. Elle lui tendit un objet attaché à une fine chaîne. Il s'agissait d'un collier en cuir, de la même couleur que les vêtements de Denna.

— Mets-le.

Richard n'était pas en état de poser des questions. Il se rendit compte qu'il commençait à croire qu'il ferait n'importe quoi pour éviter le contact de l'Agiel. Il fixa le collier autour de son cou. Denna ramassa la chaîne. Son extrémité était munie d'une boucle métallique, qu'elle passa par-dessus le montant du dossier de la chaise en bois.

— La magie te punira quand tu iras à l'encontre de ma volonté. Lorsque je placerai cette chaîne quelque part, ma volonté sera que tu restes à cet endroit jusqu'à ce que je l'enlève. Je veux que tu apprennes qu'il t'est impossible de l'enlever.

Elle désigna la porte, qui était ouverte.

— Pendant l'heure à venir je veux que tu fasses de ton mieux pour atteindre cette porte. Si tu ne donnes pas ton maximum, voilà ce que je ferai pendant le restant de l'heure.

Elle posa l'Agiel contre son cou jusqu'à ce qu'il s'agenouille et l'implore d'arrêter. Elle le retira et lui ordonna de commencer, puis alla s'adosser, les bras croisés, contre un mur.

La première chose qu'il fit fut simplement d'essayer de marcher jusqu'à la porte. La douleur paralysa ses jambes avant qu'il ne soit capable d'exercer la moindre tension sur la chaîne. Elle ne cessa que lorsqu'il recula précipitamment vers la chaise.

Richard essaya d'attraper la boucle. La souffrance infligée par la magie lui entrava les bras jusqu'à ce qu'il tremble sous l'effort. Il tenta de s'appuyer contre la chaise, puis de se tourner. Mais avant que ses doigts n'effleurent la chaîne, la douleur le plaqua de nouveau au sol. Il lutta contre elle, s'efforçant d'atteindre la chaise, mais ne put surmonter sa souffrance. Il se leva sur une main, tandis qu'il se tenait le ventre de l'autre en grelottant. Du coin de l'œil, il aperçut Denna décroiser les bras et se redresser. Il fit une nouvelle tentative.

Ce qu'il faisait ne marcherait évidemment jamais. Il devait réfléchir à une autre méthode. Il dégaina l'épée, songeant à soulever la chaîne. Durant un bref instant, il parvint péniblement à toucher la chaîne avec la lame. La douleur l'obligea à lâcher l'épée. Il ne put arrêter la souffrance qu'en rengainant l'épée dans son fourreau.

Une pensée surgit en lui. Il s'allongea par terre et, d'un mouvement sec, faucha la chaise du pied avant que la douleur ne l'immobilise. La chaise glissa sur le sol, heurta la table et bascula. Enfin, la chaîne tomba du montant.

La victoire ne dura qu'un bref instant. Avec la chaîne qui n'était plus fixée à la chaise, la douleur se fit plus violente. Richard s'étrangla et hoqueta sur le sol. Rassemblant toutes ses forces, il rampa en se cramponnant aux pierres. Chaque centimètre qu'il parcourait ne faisait qu'accroître la souffrance. Il n'avait réussi à avancer que d'environ cinquante centimètres. Il ne savait plus quoi faire.

— Je vous en prie, Maîtresse Denna, murmura-t-il avec toute son énergie, aidez-moi. Aidez-moi, je vous en supplie !

Il se rendit compte qu'il pleurait, mais ne s'en soucia pas. Il désirait seulement que la chaîne rejoigne la chaise afin que la souffrance cesse.

Il entendit les bottes de Denna marcher dans sa direction. Elle se courba, ramassa la chaise et replaça la boucle. La douleur s'estompa, mais il ne put s'arrêter de pleurer.

Denna se tenait au-dessus de lui, les mains sur les hanches.

— Ça n'a duré que quinze minutes, mais puisque j'ai dû venir t'aider, l'heure recommence. La prochaine fois que je devrai venir t'aider, ce sera deux heures.

Elle se pencha et appuya l'Agiel contre son ventre.

— Compris ?

— Oui, Maîtresse Denna, sanglota-t-il.

Des pensées contradictoires l'envahirent : il craignait qu'il y ait un moyen de s'échapper et craignait ce qui lui arriverait s'il le découvrait, tout en redoutant de ne pas essayer.

— Tu crois que tu comprends, maintenant ? Tu comprends ce qui t'arrivera si tu tentes de t'enfuir ? lui demanda-t-elle.

— Oui, Maîtresse Denna.

Il comprenait vraiment. Il n'aurait jamais aucune chance de s'évader. L'impuissance le submergea, lui donnant l'impression qu'il allait se noyer. Il voulait mourir. Il pensa au poignard à sa ceinture.

— Debout.

Comme si elle lisait dans son esprit, elle parla doucement.

— Si tu songes à mettre fin à ton service auprès de moi, réfléchis-y à deux fois. La magie t'en empêchera, de même qu'elle t'empêche de déplacer la chaîne du lieu où je la pose.

Richard cligna les yeux d'un air hébété.

— Tu n'as aucune chance de m'échapper, pas même à travers la mort. Tu m'appartiendras aussi longtemps que je choisirai de te laisser vivre.

— Ce ne sera pas long, Maîtresse Denna. Darken Rahl va me tuer.

— Peut-être. Mais même si c'est le cas, ce ne sera qu'après que tu lui auras révélé ce qu'il veut savoir. Je veux que tu répondes à ses questions, et tu vas m'obéir sans hésitation.

Ses yeux bruns avaient la dureté de l'acier.

— Il se peut que tu ne me croies pas pour le moment, mais tu n'as pas idée de mes compétences d'entraîneuse. Je n'ai jamais échoué. Tu peux croire que tu seras le premier à résister, mais tu me supplieras bientôt.

La première journée en sa compagnie n'était pas terminée, et déjà Richard savait qu'il ferait pratiquement tout ce qu'elle lui demanderait. Elle disposait de semaines entières pour l'entraîner. S'il avait pu se suicider immédiatement par la simple formulation de ce désir, il l'aurait fait. Le pire était d'envisager qu'elle puisse avoir raison. Il ne pouvait rien faire pour l'arrêter. Il était à sa merci, et il était sûr d'une chose : elle n'aurait pas une once de pitié.

— Je comprends, Maîtresse Denna. Je vous crois.

Son sourire enjôleur le força à songer à quel point sa natte était belle.

— Bien. Maintenant, enlève ta chemise.

Son sourire s'élargit devant l'expression perplexe de son visage, et la manière dont il commença néanmoins à la déboutonner. Elle tint l'Agiel devant son visage.

— Il est temps de t'enseigner tous les services que peut rendre l'Agiel. Si tu gardais ta chemise, elle serait couverte de sang, et je serais incapable de dénicher un endroit intact sur ton corps. Tu vas voir pourquoi l'uniforme que je porte est de cette couleur.

Il sortit un pan de chemise. Il respirait laborieusement, au bord de la panique.

— Mais, Maîtresse Denna, qu'ai-je fait de mal ?

Elle mit une main sur sa tempe avec une inquiétude feinte.

— Vraiment, tu l'ignores ?

Il secoua la tête, ravalant la boule dans sa gorge.

— Tu t'es laissé capturer par une Mord-Sith. Tu aurais dû massacrer tous mes soldats avec ton épée. Je crois que tu aurais pu y parvenir. Tu étais très impressionnant. Alors tu aurais dû utiliser ton couteau ou tes mains pour me tuer, pendant que j'étais vulnérable, avant que j'obtienne le contrôle de ta magie. Tu n'aurais jamais dû me donner l'occasion d'accaparer la maîtrise de ta magie. Tu n'aurais jamais dû essayer de l'utiliser contre moi.

— Mais pourquoi devez-vous utiliser l'Agiel contre moi, maintenant ?

Elle rit.

— Parce que je désire que tu apprennes. Que tu apprennes que je peux faire tout ce que je veux, et que tu n'as aucun moyen de m'arrêter. Tu dois apprendre que tu es totalement impuissant, et que si tu jouis du moindre instant sans douleur, c'est uniquement parce que je le décide.

Le sourire quitta son visage. Elle alla à la table et revint avec des menottes attachées à une chaîne.

— Bon. Tu as un problème qui m'ennuie. Tu n'arrêtes pas de tomber. Nous allons y remédier. Mets ça.

Elle les lui jeta. Il lutta pour contrôler sa respiration tandis qu'il verrouillait chaque bande de fer à ses poignets. Denna traîna la chaise sous une poutre et le força à se tenir en dessous. Elle grimpa sur la chaise afin d'accrocher la chaîne à un piton en fer.

— Tends les bras. La longueur n'est pas suffisante.

Il dut se mettre sur la pointe des pieds et s'étirer pour qu'elle puisse l'accrocher.

— Voilà.

Elle sourit.

— Dorénavant nous n'aurons plus besoin de nous soucier de te voir tomber.

Richard pendait à la chaîne, essayant de dominer sa terreur. Les menottes s'enfonçaient dans sa chair. Il savait qu'il ne pouvait rien faire pour arrêter Denna avant, mais cette fois-ci, c'était différent. Son impuissance était amplifiée. Il en était d'autant plus conscient qu'il n'avait aucun moyen de résistance. Denna enfila ses gants, le contourna plusieurs fois, frappant sa main avec l'Agiel.

Si seulement il s'était fait tuer en essayant de contrer Rahl. C'était un prix qu'il s'était préparé à payer. Maintenant, c'était différent. On ne lui accordait même pas la possibilité de se défendre. Il connaissait l'effet de l'Agiel. Il n'avait plus besoin qu'elle lui démontre davantage combien sa magie était puissante. Elle agissait ainsi uniquement pour lui enlever toute fierté, tout respect de soi. Pour l'anéantir.

Denna tapota sa poitrine et son dos avec l'Agiel tandis qu'elle continuait à marcher autour de lui. Chaque effleurement était comme une dague qu'elle aurait plantée en lui. Chaque effleurement le faisait hurler de douleur. Cependant, il savait que la séance n'avait pas réellement débuté. La première journée n'était pas encore finie, et de nombreuses autres la suivaient. Il pleura.

Richard imagina sa conscience et sa dignité comme une créature vivante. Il la vit mentalement. Il imagina une pièce. Une pièce imperméable à tout élément extérieur, à tout danger. Il plaça sa dignité et son respect de soi dans cette pièce, et en verrouilla la porte. Personne n'en posséderait la clef. Ni Denna, ni Darken Rahl. Seulement lui. Il endurerait ce qui allait arriver aussi longtemps que cela arriverait. Sans sa dignité. Il ferait ce qu'il devait faire, et un jour il ouvrirait cette porte et serait de nouveau lui-même. Même si cela ne devrait avoir lieu que dans la mort. Mais pour le moment, il serait son esclave. Pour le moment. Mais pas pour toujours. Un jour, il y mettrait un terme.

Denna lui empoigna la figure à deux mains et l'embrassa âprement. Assez âprement pour faire souffrir sa lèvre entaillée. Elle semblait davantage apprécier le baiser lorsqu'elle était sûre qu'il avait mal. Elle écarta sa figure de la sienne, ivre de plaisir.

— Prêt à commencer, mon lapin ? murmura-t-elle.

— S'il vous plaît, Maîtresse Denna, chuchota-t-il, ne faites pas ça.

Son sourire s'élargit.

— Voilà ce que je voulais entendre.

Denna commença à lui montrer les possibilités de l'Agiel, comment, si elle le traînait légèrement sur sa chair, il provoquait le gonflement de zébrures remplies de fluide, et comment, si elle appuyait un peu plus fort, celles-ci se remplissaient de sang. Quand elle l'abattait violemment, il sentait une chaude humidité sur sa peau moite. Ses dents lui faisaient mal à force de se crisper. Parfois elle se tenait derrière lui, attendant qu'il baisse la garde avant de le toucher. Quand elle se fatigua de ce jeu, elle lui ordonna de garder les yeux fermés pendant qu'elle le contournait, pressant l'Agiel contre lui ou le traînant sur son torse.

Elle riait quand elle réussissait à lui faire croire qu'elle allait le toucher... il se contractait d'appréhension, et elle ne faisait rien. Un coup particulièrement intolérable lui fit écarquiller les yeux, offrant une excuse à Denna pour utiliser le gant. Elle l'obligea à implorer son pardon pour avoir ouvert les yeux sans y être autorisé. Ses poignets saignaient à cause des coupures causées par les menottes qui s'enfonçaient dans ses chairs. Il lui était impossible de les soulager.

Sa colère ne se libéra qu'une seule fois, lorsqu'elle pressa l'Agiel sous son aisselle. Elle était là avec son petit sourire narquois, l'observant, pendant que lui se tortillait, essayant de songer à ses cheveux. Puisque le fait d'appliquer l'Agiel à cet endroit lui faisait perdre le contrôle de sa colère, elle se concentra sur cette zone, mais il ne commit pas deux fois la même erreur. Puisqu'il ne provoquait plus la douleur de la magie, elle le faisait à sa place, mais il n'avait alors aucun moyen pour apaiser sa souffrance. Il dut l'implorer. Tantôt elle se campait devant lui, l'observant reprendre sa respiration. Tantôt elle se pressait contre lui, enlaçant son torse, l'étreignant, la dureté du cuir embrasant de plus belle la douleur de toutes les blessures contre lesquelles elle se frottait.

Richard n'avait aucune idée de la durée de cette torture. La plupart du temps, il n'était conscient de rien en dehors de sa souffrance, comme si elle était vivante, là, en lui. Il savait qu'à un moment donné il lui obéirait totalement. Il détourna le regard de l'Agiel. Le seul fait de voir cet instrument lui faisait monter les larmes aux yeux. Denna avait raison : elle ne se fatiguait ni ne s'ennuyait jamais. Elle paraissait constamment fascinée, amusée et satisfaite. Ce qui semblait la rendre plus heureuse encore que la torture physique, c'était qu'il la supplie d'arrêter. Il l'aurait implorée davantage, pour lui faire plaisir, mais la majeure partie du temps il était incapable de parler. Respirer était déjà plus qu'il ne pouvait en supporter.

Il n'essayait plus de retenir la pression qui s'exerçait sur ses poignets et pendait mollement, en proie au délire. Il crut qu'elle s'était arrêtée un instant, mais il souffrait tellement qu'il n'en était pas sûr. La sueur qui lui coulait dans les yeux l'aveuglait. La sueur qui dégoulinait sur ses plaies le brûlait.

Quand ses idées s'éclaircirent un peu, elle revint vers lui. Il se contracta en appréhendant ce qui allait arriver. Mais elle lui attrapa une poignée de cheveux et tira sa tête en arrière.

— Maintenant, mon lapin, je vais te montrer quelque chose d'inédit. Je vais te montrer quelle gentille maîtresse je suis en réalité.

Elle tira sa tête en arrière, durement, jusqu'à ce que la douleur l'oblige à contracter les muscles de son cou afin de résister à la pression. Elle posa l'Agiel contre sa gorge.

— Arrête de lutter, ou je ne l'enlèverai pas.

Du sang lui coulait dans la bouche. Il détendit les muscles de son cou, lui permettant de tirer aussi fort qu'elle le souhaitait.

— Maintenant, mon lapin, écoute très attentivement. Je vais mettre l'Agiel dans ton oreille droite.

Elle tira brutalement sa tête en arrière.

— C'est une sensation différente de n'importe quel

autre endroit. Ça fait infiniment plus mal. Mais tu dois faire exactement ce que je dis.

Sa bouche était tout contre son oreille. Elle lui murmura comme à un soupirant :

— Dans le passé, lorsque j'avais une sœur Mord-Sith avec moi, nous insérions ensemble notre Agiel dans les oreilles de l'homme. Il poussait un cri semblable à nul autre. Ce bruit est enivrant. J'ai des frissons rien qu'en y pensant.

« Cependant, ça le tuait. Nous ne réussissions jamais à utiliser deux Agiel en même temps sans que l'issue en soit fatale. Nous avons persisté à essayer, mais les hommes mouraient invariablement. Sois soulagé que je sois ton unique maîtresse. Certaines essaient encore.

— Merci, Maîtresse Denna.

Il n'était pas sûr de savoir pourquoi il la remerciait, mais il ne voulait pas qu'elle effectue ce qu'elle avait prévu.

— Fais attention, murmura-t-elle sévèrement.

Sa voix s'adoucit de nouveau.

— Tu ne dois pas bouger. Si tu remues, tes tissus intérieurs risqueraient d'être endommagés. Ça ne te tuerait pas, mais cela provoquerait des infirmités irréparables. Ceux qui bougent peuvent devenir aveugles, d'autres sont paralysés d'un côté, d'autres encore ne peuvent plus parler, ou marcher. Je veux que tu restes parfaitement fonctionnel. Des Mord-Sith plus cruelles que moi ne disent pas à leurs animaux de ne pas bouger. Elles se contentent de le faire sans les avertir. Alors tu vois ? Je ne suis pas aussi cruelle que tu le croyais. Néanmoins, seuls quelques-uns sont capables de demeurer immobiles. Bien que je les avertisse, beaucoup s'agitent...

Richard ne put s'empêcher de pleurer.

— S'il vous plaît, Maîtresse Denna, je vous supplie de ne pas le faire, s'il vous plaît...

Il sentit le souffle de son sourire. Elle fit courir sa langue humide dans son oreille et l'embrassa.

— Mais je le veux, mon lapin. N'oublie pas, reste immobile, ne bouge pas.

Richard serra les dents, mais rien n'aurait pu le préparer à cela. Il eut l'impression que sa tête avait été transformée en glace et éclatait en un millier de fragments. Ses ongles écorchèrent ses paumes. Toute notion du temps vola en éclats. Chaque nerf de son corps brûlait d'un supplice aigu et incandescent. Quand elle retira l'Agiel, ses hurlements résonnaient encore sur les murs de pierre.

Il s'effondra. Elle embrassa son oreille et chuchota en haletant :

— C'était un cri tout bonnement merveilleux, mon lapin. Je n'en ai jamais entendu de plus beau. Mis à part un cri d'agonie, bien sûr. Tu t'en es très bien sorti. Tu n'as pas bougé d'un pouce.

Elle embrassa tendrement son cou, puis de nouveau son oreille.

— Allons-nous essayer l'autre côté ?

Richard ne put même pas pleurer. Elle tira sa tête plus fort en arrière tandis qu'elle se déplaçait de l'autre côté.

Lorsqu'elle en eut finalement terminé avec lui, et qu'elle décrocha la chaîne, il s'écroula par terre. Il n'imaginait pas pouvoir bouger mais lorsqu'elle lui fit signe de se lever avec l'Agiel, sa simple vue le força à obéir.

— C'est tout pour aujourd'hui, mon lapin.

Richard crut qu'il allait mourir de joie.

— Je vais me reposer. Aujourd'hui ce n'était qu'un demi-entraînement. Demain il s'agira d'une journée entière.

Richard était trop épuisé pour se soucier du lendemain. Il ne souhaitait que s'allonger. Même le sol en pierre semblerait le plus moelleux des lits.

Denna rapporta la chaise, attrapa la chaîne qui pendait à son collier et l'accrocha au piton en fer de la poutre. Il la regarda s'activer, l'esprit troublé, trop abattu pour essayer de déchiffrer ses intentions. Lorsqu'elle eut terminé, elle marcha jusqu'à la porte. Richard se rendit compte qu'il n'avait pas assez de mou pour se coucher.

— Maîtresse Denna, comment vais-je dormir ?

Elle se tourna et lui adressa un sourire condescendant.

— Dormir ? Je ne me rappelle pas t'avoir dit que tu

étais autorisé à dormir. Le sommeil est un privilège qu'il faut mériter. Et tu ne l'as pas mérité. Tu ne te souviens pas de ce matin, quand tu as conçu cette vilaine vision dans laquelle tu me tuais avec l'épée ? Tu ne te souviens pas m'avoir entendue dire que tu le regretterais ? Bonne nuit, mon lapin.

Elle entreprit de partir, puis se ravisa.

— Et si tu songes à enlever la chaîne du piton et à laisser la douleur t'assommer, à ta place, je n'essaierais même pas. J'ai modifié la magie. Elle ne te permettra plus de t'évanouir. Si tu enlèves la chaîne, ou si tu tombes par accident, je ne serai pas là pour t'aider. Tu seras tout seul, pendant toute la nuit, avec ta souffrance. Penses-y, si le sommeil t'envahit.

Elle tourna les talons et sortit, emportant la torche avec elle.

Richard était dans l'obscurité, en larmes. Après un temps, il se força à penser à Kahlan. Voilà quelque chose d'agréable que Denna ne pouvait lui confisquer. Du moins pas ce soir. Il se consola en songeant qu'elle était en sécurité et qu'elle avait des gens pour la protéger. Zedd, Chase, et bientôt l'armée de Michaël. Il se la représenta là où elle devait être, quelque part dans un campement, avec Siddin et Rachel, prenant soin d'eux, leur racontant des histoires et les faisant rire.

Cette vision le fit sourire. Il savoura le souvenir de son baiser. Même s'il n'était pas en sa compagnie, elle parvenait néanmoins à le faire sourire et à le rendre heureux. Ce qui lui arrivait n'avait pas d'intérêt. Kahlan était à l'abri. Voilà tout ce qui importait. Kahlan, Zedd et Chase étaient à l'abri, et ils détenaient l'ultime coffret. Darken Rahl allait périr, et Kahlan allait vivre.

Il pouvait mourir, maintenant. Denna ou Darken Rahl y veilleraient, de toute façon. Il lui suffisait d'endurer la douleur jusque-là. Il pouvait le faire. Quelle importance ? Rien de ce que Denna pouvait lui infliger n'était comparable à la douleur de savoir qu'il ne pouvait vivre avec Kahlan. La femme qu'il aimait, qui en choisirait un autre.

Il était content de mourir avant ce funeste instant. Peut-être pourrait-il faire quelque chose pour accélérer le processus. Il n'en fallait pas beaucoup pour fâcher

Denna. S'il remuait la prochaine fois qu'elle mettrait l'Agiel dans son oreille, il serait irrémédiablement estropié. Peut-être ne lui serait-il plus alors d'aucune utilité. Peut-être le tuerait-elle. Il ne s'était jamais senti aussi seul de toute sa vie.

— Je t'aime, Kahlan, murmura-t-il dans le noir.

Comme Denna l'avait promis, le jour suivant fut pire. Elle paraissait bien reposée et impatiente de dépenser son énergie. Il attendait qu'elle plonge à nouveau l'Agiel dans son oreille, de manière à pouvoir brusquement agiter la tête de toutes ses forces et causer ainsi de sérieuses blessures à tout son être, mais elle s'y refusa, comme si elle avait deviné ses desseins. Cela lui redonna un brin d'espoir. Il l'avait obligée à ne pas utiliser l'Agiel de cette façon. Elle ne possédait pas tout le contrôle qu'elle prétendait avoir sur lui. Il était donc encore capable de la forcer à accomplir des choses quand il le choisissait. Cette pensée le ragaillardit. Il trouvait la faculté de faire ce qui était nécessaire en repensant à sa dignité qu'il avait enfermée dans sa pièce secrète.

Les seuls instants de repos de Denna étaient lorsqu'elle s'asseyait à la table pour manger. Elle le regardait en dégustant lentement des fruits, souriant chaque fois qu'il gémissait. Elle ne lui donnait rien à manger, seulement un peu d'eau.

A la fin de la journée, elle accrocha encore sa chaîne à la poutre et le força à demeurer debout toute la nuit. Il ne se fatigua pas à lui demander pourquoi. Elle agissait comme elle l'entendait, il ne pouvait rien y changer.

Quand elle revint le lendemain matin avec la torche, il était toujours debout, vacillant. Elle semblait de bonne humeur.

— Je veux t'embrasser pour te souhaiter bonjour.

Elle sourit.

— Et j'espère que tu me rendras ce baiser. Montre-moi combien tu es heureux de revoir ta maîtresse.

Il fit de son mieux, mais dut se concentrer sur la beauté de sa natte. Cette étreinte raviva sa douleur. Lorsqu'elle eut fini, elle enleva la chaîne du piton et la jeta par terre.

— Tu apprends à devenir un bon animal. Tu as gagné deux heures de sommeil.

Il s'effondra sur le sol et plongea dans un profond sommeil.

Il découvrit qu'être réveillé par l'Agiel constituait une souffrance toute particulière. Ce bref somme ne l'avait guère revigoré. Il avait besoin de beaucoup plus que ce qu'on lui avait accordé. Il se jura de lutter avec toute son obstination pour traverser cette journée sans commettre la moindre erreur, en faisant exactement ce qu'elle désirait. Peut-être alors le gratifierait-elle d'une nuit entière.

Il focalisa ses efforts pour exécuter ses quatre volontés, en espérant qu'il la satisferait. Il espérait également qu'on lui octroierait un peu de nourriture. Il n'avait rien avalé depuis qu'on l'avait capturé. Il se demanda ce qu'il souhaitait le plus — dormir ou manger. Il estima que ce qu'il désirait le plus, c'était que la douleur cesse. Ou qu'on lui accorde le droit de mourir.

Il était à bout de forces. Il sentait la vie lui glisser entre les doigts et attendait sa fin avec impatience. Denna, apparemment, perçut que son endurance faiblissait et se calma, lui donnant davantage de temps pour récupérer. Il ne s'en souciait pas. Il savait que cela n'aurait pas de fin. Il était perdu. Il renonça à vivre, à tenir le coup. Elle l'encourageait, lui demandant de ne pas abandonner, et lui promit que lorsqu'il serait brisé, il irait mieux. Il se contenta d'écouter, incapable de pleurer.

Quand enfin elle détacha les fers de la poutre, il jugea que ce devait de nouveau être la nuit. Il n'avait plus conscience du temps. Il attendit qu'elle accroche la chaîne, ou qu'elle la jette par terre et lui donne l'autorisation de dormir. Elle ne fit rien de cela. A la place, elle l'accrocha à la chaise, lui ordonna de se lever et sortit. Lorsqu'elle revint, elle portait un seau.

— A genoux, mon lapin.

Elle s'assit sur la chaise près de lui, attrapa une brosse dans l'eau chaude savonneuse et commença à le laver. Les poils durs de la brosse s'insinuaient dans ses plaies.

— Nous sommes invités à dîner. Il faut que je te nettoie. Je ne déteste pas l'odeur de ta transpiration, ni celle de ta peur, mais je crains qu'elles n'offensent nos hôtes.

Elle s'activait avec une étrange tendresse. Ça lui rappelait la façon dont on s'occupe des chiens. Il tomba contre elle, incapable de se tenir debout. Il aurait refusé de s'appuyer contre elle s'il avait eu suffisamment de force, mais ce n'était pas le cas. Elle lui permit de rester où il était pendant qu'elle le frottait. Il se demandait de qui venait l'invitation, mais il ne lui posa aucune question.

Denna devança sa demande.

— La Reine Milena elle-même nous a priés de la rejoindre pour dîner. C'est un grand honneur pour quelqu'un d'aussi misérable que toi, n'est-ce pas ?

Il se contenta d'opiner, n'ayant pas assez de force pour répondre.

La Reine Milena. Ainsi ils étaient dans son château. Il n'en fut pas tellement étonné. Lorsqu'elle eut terminé, elle lui alloua une heure de sommeil pour se reposer avant le dîner. Il dormit à ses pieds.

Cette fois, elle le réveilla avec sa botte. Il faillit pleurer devant sa miséricorde et s'entendit se confondre en remerciements pour la gentillesse dont elle le gratifiait. Elle lui donna des instructions concernant son comportement. La chaîne serait attachée à sa ceinture, et il devrait garder les yeux rivés sur elle, ne s'adresser à personne à moins qu'on ne lui parle en premier, et uniquement s'il lui demandait la permission de répondre. Il ne serait pas autorisé à s'asseoir à table, mais s'installerait par terre. S'il se tenait bien, on lui donnerait quelque chose à manger.

Il promit de respecter ses consignes. La perspective de s'asseoir par terre lui semblait merveilleuse : pouvoir se reposer, ne pas devoir rester debout, ni être battu. Etre autorisé à avaler quelque chose. Enfin...

Il suivit Denna. Les menottes lui avaient été retirées, mais les coupures qu'elles lui avaient infligées étaient enflées et lui élançaient péniblement. Il se souvenait vaguement de certaines des pièces qu'ils traversèrent.

Dans la salle pleine, Denna s'arrêta pour discuter brièvement avec des gens élégamment habillés. Richard gardait les yeux fixés sur sa natte, apparemment retressée pour l'occasion. Elle avait dû s'en occuper pendant qu'elle l'avait laissé dormir.

Il se surprit à songer que sa chevelure était réellement belle, qu'elle paraissait beaucoup plus fournie que celle des autres femmes présentes. Il savait que les gens le dévisageaient et regardaient son épée. Il n'y prêta pas attention. Pour l'instant, manger et dormir étaient ses seules préoccupations. Hormis ne plus avoir mal.

Richard se courba et demeura dans cette position tandis que Denna parlait à la Reine. Les deux femmes se saluèrent à peine. La Princesse était aux côtés de sa mère. Richard pensa à la manière dont la Princesse Violette avait traité Rachel et dut focaliser ses pensées sur la natte de Denna.

Alors qu'elle s'installait à table, Denna claqua des doigts et désigna le sol derrière sa chaise. Richard savait ce qu'elle désirait et s'assit par terre, en tailleur. Denna était placée à la gauche de la Reine, à droite de la Princesse Violette, qui le toisa froidement. Richard reconnut quelques-uns des conseillers de la Reine. Il sourit en lui-même. L'artiste de cour n'était pas là. La table principale était plus haute que les autres, mais là où il était, Richard ne pouvait distinguer grand-chose de l'assemblée.

— Puisque vous ne mangez pas de viande, dit la Reine à Denna, j'ai demandé aux cuisiniers de vous préparer un dîner spécial dont vous me direz des nouvelles. De merveilleuses soupes aux légumes, ainsi que quelques fruits rares.

Denna sourit et la remercia. Pendant qu'elle mangeait, un serviteur lui apporta un bol ordinaire sur un plateau.

— Pour mon animal, lui dit-elle, sans interrompre sa conversation.

L'homme ôta le bol du plateau et le tendit à Richard. C'était du gruau, mais pour Richard, qui tenait le bol de ses mains tremblantes et se préparait à l'avaler d'un trait, ça devenait le meilleur repas jamais dégusté.

— S'il s'agit de votre animal, dit la Princesse Violette, pourquoi lui permettez-vous de manger ainsi ?

Denna considéra la Princesse.

— Que voulez-vous dire ?

La Princesse sourit.

— Eh bien, s'il s'agit de votre animal, il devrait manger à même le sol, sans ses mains.

Denna sourit, une lueur dans les yeux.

— Fais ce qu'elle dit.

— Pose-le par terre, dit la Princesse Violette, et mange-le comme un chien, devant nous. Montre-nous que le Chercheur ne vaut pas mieux qu'un chien.

Richard avait trop faim pour risquer de perdre son repas. Il se concentra à nouveau sur l'image de la natte de Denna et posa précautionneusement le bol par terre. Il avala le gruau, et les rires fusèrent. Il nettoya le bol à coups de langue, se disant qu'il avait besoin de forces, au cas où il aurait l'occasion de s'en servir.

Après le dîner, un homme couvert de chaînes fut amené au centre de la salle. Richard le reconnut. Il s'agissait de l'un des hommes que Kahlan avait fait libérer des cachots. Ils échangèrent un bref regard de reconnaissance et de désespoir.

On parla de ses crimes et de ses méfaits. Richard fit de son mieux pour ignorer ces propos, il savait que ce n'était qu'un prétexte. La Reine fit un court sermon puis se tourna vers la Princesse.

— La Princesse aimerait-elle prononcer le châtiment ?

La Princesse Violette se leva, rayonnante.

— Pour ses crimes contre la couronne, cent coups de fouet. Pour ses crimes contre le peuple, sa tête.

Un murmure d'approbation traversa la pièce. Richard avait la nausée, mais en même temps il aurait souhaité pouvoir échanger sa place contre celle du condamné. Les cent coups de fouet, il les endurerait aisément, sans compter que la hache achèverait le supplice.

La Princesse Violette se tourna vers Denna en se rasseyant.

— Il est des fois où j'apprécierais de voir comment vous infligez vos punitions.

— Venez quand vous voulez.

Denna jeta un coup d'œil par-dessus son épaule.

— Je vous laisserai regarder.

Lorsqu'ils furent de retour dans la salle en pierre,

Denna ne perdit pas de temps pour enlever sa chemise et pour le pendre de nouveau à la poutre. Elle l'informa calmement que ses yeux avaient trop souvent quitté le sol pendant le dîner. Le cœur de Richard chavira. Les menottes lui brûlèrent de nouveau les poignets. Elle annonça qu'elle avait largement le temps de poursuivre l'entraînement avant la fin de la soirée.

Denna tordit l'Agiel dans son dos. Il l'implora d'arrêter, mais elle ne l'écouta pas. Lorsqu'il s'affaissa encore une fois dans ses fers, il aperçut une silhouette dans l'encadrement de la porte.

— J'aime la façon dont vous le faites mendier, dit la Princesse Violette.

La Mord-Sith lui sourit.

— Approchez, ma chérie, et je vous en dévoilerai davantage.

Denna enlaça Richard avec un bras, s'appuyant contre ses blessures. Elle embrassa son oreille et lui chuchota :

— Montrons à la Princesse combien tes supplices peuvent être convaincantes, tu veux ?

Richard se jura de résister, mais il dut rapidement briser son serment. Denna organisa une séance de démonstration pour la Princesse, lui montrant les différents moyens dont elle disposait pour lui faire mal. Elle paraissait fière d'étaler ses compétences.

— Je peux essayer ? demanda la Princesse.

Denna la considéra un instant.

— Bien sûr, ma chérie. Je suis sûre que mon animal n'y verra pas d'inconvénient.

Elle sourit à Richard.

— N'est-ce pas ?

— S'il vous plaît, Maîtresse Denna, ne la laissez pas faire. S'il vous plaît. Ce n'est qu'une fillette. Je ferai tout ce que vous ordonnez, mais ne la laissez pas faire. Je vous en prie.

— Voilà, vous voyez, ma chérie, il n'y voit aucun inconvénient.

Denna lui présenta l'Agiel.

La Princesse Violette leva des yeux moqueurs vers lui pendant qu'elle tripotait l'Agiel. A titre d'expérience, elle l'enfonça dans le muscle de sa cuisse. Elle parut satisfaite de la manière dont cela le faisait tressaillir. Contente des résultats, elle le contourna, enfonçant à nouveau l'Agiel dans ses chairs.

— C'est facile ! dit-elle. Je n'aurais jamais cru qu'il serait aussi facile de faire saigner quelqu'un.

Denna se tenait les bras croisés, observant Richard avec un sourire pendant que la Princesse s'enhardissait. Sa cruauté se libérait... et elle se délectait de ce nouveau jeu.

— Tu te souviens de ce que tu m'as fait ? lui demanda-t-elle.

Elle lui planta l'Agiel dans les côtes.

— Tu te souviens ? Je pense que tu récoltes ce que tu mérites, tu ne crois pas ?

Richard garda les dents serrées.

— Réponds-moi ! Ne crois-tu pas que tu récoltes ce que tu mérites ?

Richard gardait les yeux fermés : il tentait de contrôler sa douleur.

— Réponds-moi ! Et supplie-moi ensuite d'arrêter. Je veux le faire pendant que tu me supplies.

— Tu ferais mieux de lui répondre, dit Denna. Elle semble apprendre vite.

— S'il vous plaît, Maîtresse Denna, ne lui enseignez pas cela. Ce que vous lui faites est pire que ce que vous me faites. Ce n'est qu'une petite fille. Ne lui infligez pas cela, je vous en prie. Ne la laissez pas apprendre de telles choses.

— Je lui apprendrai ce qui me plaît. Tu ferais mieux de commencer à mendier. Immédiatement !

Bien qu'il sût qu'il ne faisait qu'empirer son cas, Richard attendit de ne plus en pouvoir pour se résoudre à répondre.

— Je suis désolé, Princesse Violette, hoqueta-t-il. Veuillez me pardonner. J'avais tort.

Richard découvrit que c'était une erreur de lui répondre. Elle n'en parut que plus excitée. Il ne parvenait pas à croire à l'absurdité de la situation. Une fillette accomplissant de telles horreurs. C'était de la folie.

Elle appliqua l'Agiel contre son ventre en le lorgnant avec une expression mauvaise.

— Mais c'est moins que ce que mérite ce Confesseur.

Elle recevra davantage un jour. Et c'est moi qui le lui infligerai. Ma mère affirme qu'il faut absolument que ce soit moi qui m'occupe d'elle quand elle reviendra. Je veux que tu me supplies de la torturer. Je veux t'entendre m'implorer de décapiter la Mère Confesseur.

Richard n'avait aucune idée de ce dont il s'agissait, mais quelque chose en lui se réveilla.

La Princesse Violette serra la mâchoire et écrasa de toutes ses forces l'Agiel dans son abdomen.

— Supplie-moi ! Supplie-moi de tuer cette horrible Kahlan !

La douleur fit hurler Richard à pleins poumons.

Denna s'interposa entre eux, arrachant l'Agiel des mains de la Princesse Violette.

— Assez ! Vous allez le tuer si vous utilisez l'Agiel de cette façon.

— Merci, Maîtresse Denna, haleta-t-il.

Il éprouva une affection particulière pour elle, pour la manière dont elle intercédait en sa faveur.

La Princesse Violette recula d'un pas ; son visage affichait un masque de mauvaise humeur.

— Je me fiche de le tuer !

La voix de Denna était calme et autoritaire.

— Eh bien, pas moi. Il est trop précieux pour le gâcher ainsi.

C'était clairement Denna qui dirigeait les opérations. Pas la Princesse, pas même la Reine. Denna était un agent de Darken Rahl.

La Princesse Violette le dévisagea.

— Ma mère dit que le Confesseur Kahlan reviendra et que nous lui réserverons une surprise la prochaine fois qu'elle mettra les pieds ici. Je veux juste que tu le saches parce que ma mère dit que tu seras mort d'ici là. Ma mère dit qu'il me faut impérativement lui trouver un châtiment approprié. D'abord, je lui couperai les cheveux.

Elle serra les poings et sa figure s'empourpra.

— Ensuite je laisserai tous les gardes la violer. Tous sans exception ! Puis je l'emprisonnerai dans le cachot durant quelques années pour qu'ils aient quelqu'un avec qui jouer ! Alors, lorsque je serai fatiguée de la torturer, je la ferai décapiter, j'exposerai sa tête sur une pique et je la regarderai pourrir !

Richard éprouva une profonde tristesse. Elle le submergea. Il fut consterné de discerner le sentiment qui se réveillait en lui.

La Princesse Violette ferma hermétiquement les paupières et tira la langue aussi loin que possible.

La force de la puissance naissante explosa en lui.

Lorsque sa botte atteignit son menton, il sentit celui-ci se fracasser tel un gobelet de cristal sur un sol de pierre. L'impact du coup souleva la Princesse en l'air. Ses dents cisaillèrent sa langue avant qu'elles aussi ne se fracassent. Elle atterrit sur le dos, à bonne distance, essayant de crier. Le sang giclait de partout.

Les yeux de Denna se braquèrent brusquement sur lui. Pendant un instant, il y vit la peur qui l'étreignait. Richard n'avait aucune idée de la manière dont il avait pu faire cela, ni pourquoi la magie ne l'en avait pas empêché. D'après l'expression du visage de Denna, il comprit qu'il n'aurait pas dû en être capable.

— Je l'avais déjà avertie, dit Richard, soutenant le regard de Denna. Quand je fais une promesse, je la tiens.

Il sourit.

— Merci, Maîtresse Denna, pour m'avoir sauvé la vie. Je vous dois un service.

Elle l'observa un moment avant que son expression ne s'assombrisse. Elle sortit furieuse de la pièce. Il regarda la Princesse se tortiller par terre tandis qu'il pendait dans ses fers.

— Retourne-toi, Violette, ou tu vas te noyer dans ton sang. Retourne-toi !

La Princesse parvint à se retourner. Des hommes apparurent précipitamment pour s'occuper d'elle. Sur un regard de Denna, ils la soulevèrent prudemment et l'emmenèrent. Richard entendit leurs voix empressées s'estomper puis disparaître dans le couloir.

Il se retrouva seul avec Denna.

Les gonds grincèrent. Elle refermait la porte d'un doigt à l'ongle long. Richard avait appris au cours des jours précédents que Denna était douée d'une tendresse perverse. Il avait appris à interpréter la manière dont elle utilisait l'Agiel. Parfois, quand elle le torturait, il devinait qu'elle retenait ses gestes. Il savait que c'était dément, mais il comprenait qu'elle avait l'impression de partager ses sentiments en lui faisant subir le pire de ce dont elle était capable. Il savait également que cette nuit elle allait lui faire subir le pire.

Elle était campée devant la porte. Sa voix était douce.

— Tu es une personne vraiment exceptionnelle, Richard Cypher. Maître Rahl m'avait prévenue à ton sujet. Il m'avait prévenue de faire attention car les prophéties parlent de toi.

Elle marchait lentement, ses bottes faisant résonner ses pas sur la pierre, et se planta devant lui. Elle le regarda dans les yeux. Sa respiration était plus rapide que la normale.

— C'était absolument extraordinaire, murmura-t-elle. Parfaitement excitant.

Ses yeux sondèrent avidement son visage.

— J'ai décidé, dit-elle en haletant, de te prendre pour amant.

Richard pendait aux chaînes, impuissant devant cette folie. Il ne savait pas ce qu'était ce pouvoir qui avait surgi en lui, ni comment l'invoquer de nouveau. Il essaya. Il n'y parvint pas.

Denna semblait en proie à une émotion qu'il ne connaissait pas, comme si elle tentait de trouver le courage d'accomplir quelque chose qu'elle craignait, tout en le souhaitant impatiemment. Sa respiration s'accélérait, sa poitrine se gonflait. Incrédule, il vit quelque chose que l'atrocité de sa cruauté ne l'avait jamais laissé voir auparavant : elle était séduisante. D'une beauté stupéfiante. Eblouissante. Il crut qu'il perdait l'esprit.

Troublé, et étrangement inquiet, Richard l'observa placer lentement l'Agiel entre ses dents. Il devinait d'après la façon dont ses pupilles se dilataient subitement que cela lui faisait mal. Sa peau blêmit. Elle inspirait par à-coups. Elle lui passa les doigts dans les cheveux et lui agrippa la tête. Elle amena lentement ses lèvres jusqu'aux siennes. Elle l'embrassa profondément, passionnément, partageant la douleur accablante de l'Agiel avec lui. Avec sa langue, elle le tenait entre leurs

lèvres. Son baiser était sauvage et bestial. Elle se tortillait contre lui.

Chaque fibre de son corps, brûlante, le mettait au
supplice. Les halètements de Richard aspirèrent l'air de
ses poumons, ceux de Denna eurent le même effet sur
lui. Il ne pouvait respirer que son air, et elle le sien. La
souffrance lui fit oublier tout ce qui ne la concernait
pas. Il savait qu'elle éprouvait le même calvaire. Elle
gémissait de douleur. Ses muscles se bandèrent. La
douleur déferlait en eux.

Sans comprendre pourquoi, il se surprit à lui rendre
son baiser tout aussi passionnément. Tout aussi sauvagement. La souffrance altérait sa perception de l'envi-
ronnement. Il n'avait jamais embrassé quiconque avec
un tel désir.

L'étrange pouvoir s'éveilla de nouveau. Il essaya de
l'atteindre, de l'empoigner et de le saisir. Mais il lui
échappa et s'évanouit.

La douleur le submergeait alors que Denna écrasait
ses lèvres contre les siennes. Elle pressa son corps contre le sien, accrocha une jambe autour de lui et se cramponna à lui. Il mourait du désir de la prendre dans ses
bras.

Comme il était sur le point de perdre connaissance,
elle se dégagea, agrippant toujours ses cheveux dans ses
poings. Des larmes coulaient de ses yeux tandis qu'elle
fixait ceux de Richard. Elle grelottait de douleur. Elle
fit rouler l'Agiel dans sa bouche avec sa langue et le tint
avec ses dents, comme pour lui montrer qu'elle était
plus forte que lui. Sa main se leva lentement et éloigna
l'Agiel ; elle cherchait son souffle.

Elle lui donna un baiser. Cette tendresse le boule-
versa.

— Nous sommes liés, murmura-t-elle sur un ton
d'intimité. Liés dans la douleur de l'Agiel. Je suis désolée, Richard.

Elle caressa sa joue avec ses doigts frémissants, le
masque de la douleur dans les yeux.

— Désolée de ce que je vais te faire. Tu es mon
amant pour la vie.

Richard fut abasourdi par la compassion contenue
dans sa voix.

— S'il vous plaît, Maîtresse Denna. Je vous en prie, laissez-moi partir. Au moins, aidez-moi à arrêter Darken Rahl. Je vous le promets, j'accepterais volontiers d'être votre amant à vie, si vous m'aidez à le contrer. Je le jure sur ma vie, si vous m'aidez, je resterai sans la magie pour me retenir. Pour toujours.

Elle posa la main sur son torse, pour se soutenir tandis qu'elle se rétablissait.

— Tu crois que je ne comprends pas ce que je t'inflige ?

Ses yeux brillaient d'un éclat vide.

— Ton entraînement et ton service ne dureront que quelques semaines, avant que tu ne meures. L'entraînement d'une Mord-Sith dure des années. Tout ce que je t'inflige, et davantage, on me l'a fait subir des milliers de fois. Une Mord-Sith doit connaître son Agiel mieux qu'elle ne se connaît. Mon premier entraîneur m'a prise pour amante quand j'avais quinze ans, après m'avoir entraînée pendant trois ans. Je ne serais jamais capable d'être aussi cruelle, ni aussi habile que lui à maintenir une personne entre la vie et la mort. Il m'a entraînée jusqu'à ce que j'aie dix-huit ans, et je l'ai tué. Pour ce crime, j'ai été punie par l'Agiel chaque jour des deux années qui ont suivi. Cet Agiel. Celui-là même que j'utilise avec toi fut celui que l'on a utilisé pour m'entraîner. Il m'a été remis lorsque j'ai été nommée Mord-Sith. Je ne vis que pour m'en servir.

— Maîtresse Denna, murmura-t-il, je ne savais pas.

L'acier réapparut dans ses yeux. Elle opina.

— Il n'y a personne pour t'aider. Tu vas te rendre compte que devenir l'amant d'une Mord-Sith n'apporte aucun privilège. Seulement plus de souffrances.

Richard pendait impuissant dans ses fers, submergé par l'absurdité de la situation. Le fait de la comprendre un peu ne fit qu'accentuer son désespoir. Il n'avait aucun moyen de s'enfuir. Il était l'amant d'une folle.

— Pourquoi t'es-tu montré assez idiot pour faire ce que tu as fait ? Tu devais certainement savoir que je te punirais pour cela.

Il considéra un moment sa perplexité.

— Maîtresse Denna, vous alliez de toute façon me

torturer. Je ne peux pas concevoir ce que vous pourriez me faire de pire.

Sa lèvre se retroussa en un rictus.

— Oh, mon amour, ton imagination est très limitée.

Il la sentit attraper la languette de sa ceinture et ouvrir la boucle.

Elle serra les dents.

— Il est temps de trouver de nouveaux endroits où te torturer. Il est temps de voir de quel bois tu es fait.

L'expression de ses yeux le refroidit instantanément.

— Merci, mon amour, de me donner l'excuse de te faire ça. Je ne l'ai encore fait sur personne, mais je l'ai subi suffisamment. C'est ce qui m'a brisée quand j'avais quatorze ans. Ce soir, chuchota-t-elle, nous n'allons pas dormir.

15

LE SEAU D'EAU GLACÉE NE SUFFIT PAS À LE RANIMER. C'EST À peine s'il put distinguer le sang qui coulait de son visage sur les pierres du sol. Chaque inspiration représentait un effort surhumain. Il se demanda combien de côtes elle lui avait cassées.

— Remets tes vêtements. Nous partons, aboya-t-elle.

— Oui, Maîtresse Denna, murmura-t-il.

Sa voix était si rauque qu'elle ne pouvait l'entendre. Il ne pouvait pas faire mieux.

Comme l'Agiel ne venait pas, il leva les yeux, aperçut sa botte et tendit le bras vers elle. Il s'assit, mais ne parvint pas à lever la tête au-dessus de ses épaules. Avec grande difficulté, il entreprit d'enfiler sa botte.

Denna tomba à califourchon sur son torse et lui martela la figure de ses poings. D'un coup de genou, elle l'étendit sur le dos.

— Qu'est-ce qui t'arrive ! Es-tu devenu stupide ? Le pantalon avant les bottes !

— Oui, Maîtresse Denna. Pardonnez-moi, Maîtresse Denna. Merci, Maîtresse Denna, de m'avoir fait mal. Merci.

Il parvenait à peine à articuler.

Elle s'assit sur sa poitrine, haletant de rage. Au bout d'un moment, sa respiration finit par se ralentir.

— Allez. Je vais t'aider.

Elle se pencha et l'embrassa.

— Allez, mon amour. Tu pourras te reposer pendant le voyage.

— Oui, Maîtresse Denna, dit-il dans un souffle.

Elle l'embrassa encore.

— Allez. Ça va s'arranger, maintenant que je t'ai brisé. Tu verras, conclut-elle.

Une voiture les attendait dans l'obscurité. Des nuages s'élevaient des naseaux des chevaux. Richard, trébuchant, marchait derrière elle en essayant de maintenir une longueur de chaîne suffisante. Il n'avait absolument aucune idée du temps qui s'était écoulé depuis qu'elle avait décidé qu'il serait son amant. De toute manière, peu lui importait. Une sentinelle leur ouvrit la portière de la voiture.

Denna jeta l'extrémité de la chaîne sur le plancher.

— Monte, lui ordonna-t-elle.

Il entendit confusément approcher des pas furieux. Denna tira un peu sur la chaîne, lui indiquant qu'elle désirait qu'il s'immobilise.

— Denna ! dit une voix.

C'était la Reine, à la tête de ses conseillers.

Elle paraissait de très mauvaise humeur.

— Où comptez-vous aller en sa compagnie ?

— Ça ne vous regarde pas. Il est temps que nous partions. Comment va la Princesse ?

La Reine lui lança un regard noir.

— Nous ignorons si elle survivra. Je vais emmener le Chercheur. Il doit payer.

— Le Chercheur m'appartient ainsi qu'à Maître Rahl. Il reçoit son châtiment et continuera de le recevoir jusqu'à ce qu'il meure entre nos mains. Vous ne pouvez rien lui infliger qui égalerait ce qu'il subit déjà.

— Il doit être exécuté. Sur-le-champ, la coupa la Reine.

La voix de Denna était glaciale.

— Retournez dans votre château, Reine Milena. Avant qu'il ne soit trop tard.

Richard avisa un couteau dans les mains de la souveraine. Au même instant, la sentinelle postée près de lui sortit une hache de bataille, la tenant fermement dans son poing. Un silence pur comme du cristal régna pendant un fragment de seconde.

La Reine flanqua un revers de la main à Denna et plongea sur Richard, couteau brandi. Denna l'arrêta en la frappant avec l'Agiel.

Tandis que la sentinelle brandissait la hache en direction de Denna, l'étrange pouvoir s'éveilla en Richard. Il rassembla toutes ses forces et ne fit plus qu'un avec ce pouvoir. Il passa le bras gauche autour de la gorge du soldat et enfonça le couteau jusqu'à la garde. Denna lui jeta un coup d'œil désinvolte... l'homme laissait échapper un cri d'agonie. Elle sourit. La Reine tremblait, paralysée par la peur, l'Agiel entre les seins. Denna tordit l'Agiel. La Reine s'effondra aussitôt par terre.

Denna se tourna alors vers les conseillers de la Reine.

— Le cœur de la Reine a lâché inopinément. Veuillez exprimer mes condoléances au peuple de Tamarang pour le décès de leur souveraine. Je vous suggère de choisir un nouveau chef plus soucieux des désirs de Maître Rahl.

Ils lui adressèrent tous un prompt hochement de tête. Le pouvoir naissant vacilla et disparut en Richard. L'effort requis pour arrêter la sentinelle avait pris toute l'énergie qui lui restait. Ses jambes flageolantes refusaient de le porter plus longtemps. Ses genoux fléchirent et il tomba à terre.

Denna l'obligea à relever la tête.

— Je ne t'ai pas dit de t'allonger ! Je ne t'en ai pas donné la permission ! Debout !

Il ne pouvait plus bouger. Elle appliqua l'Agiel contre son ventre, le traînant le long de son torse, jusqu'à sa gorge. Richard se contorsionna de douleur, mais ne parvint pas à obliger son corps à répondre à sa volonté.

— Désolé... souffla-t-il.

Elle laissa sa tête retomber par terre quand elle comprit qu'il n'était plus en mesure de bouger puis pivota vers les gardes.

— Mettez-le à l'intérieur de la voiture.

Elle grimpa après lui en hurlant au cocher de se mettre en route. Richard bascula à la renverse lorsque la voiture démarra brusquement.

— S'il vous plaît, Maîtresse Denna, bredouilla-t-il, pardonnez-moi pour vous avoir abandonnée. Je suis navré. Je ferai mieux à l'avenir. Punissez-moi encore pour m'apprendre à devenir meilleur.

Elle tira sur la chaîne, le décollant du dossier. Ses lèvres se retroussèrent en un ricanement qui dévoila ses dents crispées.

— Ne t'avise pas de mourir dans mes bras, pas encore ; tu as une mission à accomplir d'abord.

Ses yeux étaient clos.

— Comme vous voudrez... Maîtresse Denna.

Elle lâcha la chaîne, le prit par les épaules, le coucha sur la banquette et l'embrassa sur le front.

— Tu as mon autorisation pour te reposer, maintenant, mon amour. La route va être longue. Tu vas avoir tout le temps de te reposer, avant que ça ne recommence.

Richard sentit ses doigts glisser dans ses cheveux, puis il s'endormit.

De temps à autre, il s'éveillait, sans être tout à fait conscient. Parfois Denna s'asseyait à côté de lui, lui permettant de s'appuyer contre elle tandis qu'elle le nourrissait à la cuillère. Il grimaçait à chaque cuillerée, la faim n'étant pas suffisante pour qu'il surmonte la douleur qu'il éprouvait dans la gorge. Denna l'encourageait, le pressant de manger pour elle. Seules ses injonctions parvenaient à le faire avaler.

Chaque fois qu'une ornière le réveillait brutalement, il se cramponnait à elle en quête de protection, jusqu'à ce qu'elle lui dise que ce n'était rien, qu'il pouvait se rendormir. Il savait qu'il dormait parfois par terre, parfois sur la banquette. Il ne vit rien de la campagne qu'ils traversèrent.

Tant qu'elle restait près de lui, c'était tout ce qui comptait ; rien d'autre n'avait d'importance, sauf être prêt à obéir à ses ordres. Quelquefois, il ouvrait les yeux doucement et l'apercevait blottie dans un coin alors que lui était étendu, enveloppé dans son manteau, la tête contre sa poitrine.

Elle l'embrassait. Quand cela arrivait, et qu'il éprouvait ce chaleureux réconfort, il sentait également le pouvoir se réveiller en lui. Il n'essayait pas de le capturer ou de le retenir. Il se contentait de le remarquer. A une occasion, il reconnut ce dont il s'agissait. C'était la magie de l'épée.

Alors qu'il serrait Denna contre lui et ressentait le besoin de son contact, la magie se manifesta en lui. Il l'effleura et se laissa envahir par sa puissance. C'était un pouvoir semblable à celui qu'il avait invoqué lorsqu'il brandissait l'épée pour tuer, mais différent d'une façon qu'il ne parvenait pas à appréhender. Le pouvoir qu'il connaissait autrefois, il ne pouvait plus le ressentir. C'était Denna qui le maîtrisait désormais. Quand il tentait de saisir cette magie, elle s'évaporait, comme de la fumée.

A mesure que le temps passait, ses blessures commençaient à guérir. Chaque fois qu'il s'éveillait, il était un peu plus alerte. Le temps que Denna annonce qu'ils étaient arrivés à destination, il était capable de se tenir debout, bien qu'il ne fût pas totalement lucide.

Dans les ténèbres, elle le guida hors de la voiture. Il observait ses pieds ; elle marchait en maintenant le mou convenable de la chaîne. Bien qu'il gardât les yeux rivés sur elle, il remarqua néanmoins l'endroit dans lequel ils pénétraient... immense, éclipsant le château de Tamarang. Les murs s'étiraient à l'infini, les tours et les toits s'élevaient au-dessus des nuages. Il était assez conscient pour remarquer que l'architecture était élégante et gracieuse. Imposante, mais ni sévère ni rébarbative.

Denna le conduisit à travers des salles de marbre et de granit polis. Des colonnes soutenaient des arches majestueuses. Comme ils progressaient toujours, il remarqua à quel point il avait récupéré de sa force. Quelques jours plus tôt, il n'aurait pas été capable de rester debout aussi longtemps.

Ils ne virent personne. Richard regarda la natte de Denna, trouva sa chevelure fort jolie et songea à la chance qu'il avait d'avoir une si belle amante. Aussitôt, le pouvoir surgit. Avant qu'il n'ait l'opportunité de s'évanouir, la partie faible de son esprit s'éveilla et le retint, tandis que le reste de son esprit ne pensait qu'à l'affection qu'il éprouvait pour elle. Cette prise de conscience le força à cesser de penser à elle et à s'accrocher à cet espoir de fuite. Le pouvoir s'évapora.

Son cœur chavira. Quelle importance ? songea-t-il ; il ne s'échapperait jamais ! Et pourquoi le voudrait-il, de toute façon ? Il était l'amant de Denna. Où irait-il ? Que ferait-il sans elle ?

Denna franchit une porte, qu'elle referma derrière lui. Une fenêtre en ogive garnie de rideaux s'ouvrait sur les ténèbres extérieures. Il y avait un lit pourvu d'une couverture épaisse et d'oreillers rebondis. Le sol était recouvert de parquet. Des lampes étaient allumées çà et là. Des meubles en bois sombre étaient encastrés dans le mur près d'une seconde porte. Sur un guéridon, une cuvette et un broc semblaient avoir trouvé leur place.

Denna ouvrit les chaînes.

— Voici mes appartements. Puisque tu es mon amant, je te permettrai de dormir ici si tu me satisfais.

Elle lui désigna le sol au pied du lit.

— Tu peux dormir là ce soir. Par terre.

Il avisa le plancher. L'Agiel posé sur son épaule l'obligea à s'agenouiller.

— J'ai dit par terre. Immédiatement.

— Oui, Maîtresse Denna. Pardonnez-moi, Maîtresse Denna.

— Je suis épuisée. Je ne veux pas entendre le moindre bruit cette nuit. Compris ?

Il opina, craignant d'émettre le moindre son.

— Bien.

Elle s'affala à plat ventre sur le lit et s'assoupit en quelques instants.

Richard se frotta l'épaule. Ça faisait un moment que Denna ne s'était pas servie de l'Agiel. Peut-être ne voulait-elle pas voir de sang couler. Non. Denna aimait son sang. Il s'allongea par terre. Il savait que le lendemain elle le ferait souffrir davantage. Il essaya de ne pas y penser ; chaque minute de paix était précieuse.

Il se réveilla avant elle : être réveillé par l'Agiel était quelque chose qu'il voulait éviter. Une cloche sonna en un long tintement. Denna s'éveilla, resta un moment sur le dos sans prononcer un mot, puis se redressa, vérifiant qu'il était réveillé.

— Dévotions matinales, annonça-t-elle. Après les dévotions, place à l'entraînement.

— Oui, Maîtresse Denna.

Elle accrocha la chaîne à sa ceinture et le guida une fois de plus à travers les salles jusqu'à une cour à ciel ouvert, garnie de piliers supportant des arches sur les quatre côtés. Le centre de la cour était couvert de sable blanc, ratissé en lignes concentriques autour d'un rocher. Au sommet du rocher se trouvait une cloche — celle qui avait réveillé Denna. Sur le sol carrelé, des gens étaient agenouillés, penchés en avant. Leurs fronts touchaient terre.

Ils psalmodiaient tous à l'unisson.

— Maître Rahl, guidez-nous. Maître Rahl, enseignez-nous. Maître Rahl, protégez-nous. Dans votre lumière nous prospérons. Dans votre miséricorde nous nous abritons. Dans votre sagesse nous nous humilions. Nous ne vivons que pour vous servir. Nos vies vous appartiennent.

Denna claqua des doigts, intimant à Richard de s'agenouiller et d'imiter les autres. Elle prit place à ses côtés. Elle commença à chanter et s'arrêta quand elle s'aperçut que Richard ne chantait pas.

— Deux heures.

Elle fronça sombrement les sourcils.

— Si je dois te le répéter, ce sera six.

— Oui, Maîtresse Denna.

Il commença à chanter. Il devait se concentrer sur la natte de Denna pour être en mesure d'articuler ces mots sans souffrir de l'effet de la magie. Son dos lui faisait mal à force de courber le front. Les paroles ne changeaient jamais. Au bout d'un temps qu'il estima à deux heures, elles se fondirent en un charabia.

La cloche retentit deux fois ; les gens se mirent debout et se dispersèrent. Denna se leva. Richard ne bougea pas, ne sachant ce qu'il devait faire. Il savait qu'il pourrait s'attirer des ennuis s'il restait immobile, mais il savait aussi que s'il se levait alors qu'il n'était pas censé le faire, la punition serait bien pire. Il entendit des bruits de pas s'approcher d'eux.

La voix rauque d'une femme s'éleva.

— Sœur Denna, comme c'est bon de te revoir ! Tu as manqué au D'Hara.

D'Hara ! Ce mot embrasa ses pensées. Instantanément, il se focalisa sur l'image de la natte de Denna, pour se protéger.

— Sœur Constance, c'est bon d'être de retour chez soi et de revoir ton visage, répondit Denna.

Richard reconnut une once de sincérité dans sa voix. L'Agiel effleura sa nuque, lui coupant le souffle. Il eut l'impression qu'une corde se serrait autour de son cou. D'après la manière dont il était tenu, il sut qu'il ne s'agissait pas de l'Agiel de Denna.

— Et qu'avons-nous là ? s'enquit Constance.

Elle retira l'Agiel. Richard chercha sa respiration. Il se leva sur l'ordre de Denna.

Constance était plus petite que Denna. Sa silhouette corpulente était revêtue d'un uniforme de cuir identique à celui de Denna. Ses cheveux brun foncé étaient aussi coiffés en natte, mais ils étaient moins opulents.

Denna donna une petite tape sur le ventre de Richard.

— Mon nouvel amant.

— Amant.

Constance cracha le mot avec dégoût.

— Vraiment, Denna, je ne comprendrai jamais comment tu peux supporter de prendre des amants. Cette simple perspective me révulse. Donc, voici le Chercheur, d'après son épée. Belle prise, quoi qu'il en soit. Ça a dû être difficile.

Denna sourit avec suffisance.

— Il n'a tué que deux de mes hommes, avant de diriger sa magie sur moi.

L'expression choquée de Constance fit rire Denna.

— Il vient du Westland.

Les sourcils de Constance s'arquèrent.

— Non !

Elle scruta les yeux de Richard.

— Il est brisé ?

— Oui, fit Denna dans un soupir. Mais il me procure toujours des raisons de sourire. Nous en sommes à peine aux dévotions matinales, et il a déjà gagné deux heures.

Un rictus éclaira le visage de Constance.

— Ça ne te fait rien si je vous accompagne ?

Denna lui sourit chaleureusement.

— Tu sais que tout ce qui m'appartient est à toi, Constance. En fait, tu seras mon assistante.

Constance parut satisfaite.

Denna se pencha à nouveau vers son amie.

— Si tu souhaites me l'emprunter pour une nuit, je n'y verrai pas d'objection.

Constance fit une moue d'écœurement. Denna s'esclaffa.

— Tant qu'on n'essaie pas, on ne sait pas ce que l'on rate.

Constance se renfrogna.

— Je prendrai mon plaisir d'une autre façon. Je cours enfiler mon uniforme rouge et je te rejoins.

— Non. Le marron suffira.

— Ça ne te ressemble pas, Denna, répliqua Constance, surprise.

— J'ai mes raisons. De plus, c'est Maître Rahl lui-même qui m'a envoyée pour m'occuper de lui.

— Maître Rahl lui-même ? Dans ce cas... Après tout, tu sais ce que tu fais.

La salle d'entraînement était un simple cube de granit. Le plafond était traversé de poutres. Au moment d'entrer, Constance fit un croc-en-jambe à Richard qui atterrit sur la figure. La colère le saisit. Elle se tenait au-dessus de lui, contente d'elle-même, l'observant lutter pour se maîtriser.

Denna attacha un instrument qui maintenait étroitement ses poignets et ses coudes ensemble dans son dos. Il fut accroché à une corde qui passait dans une poulie fixée au plafond et qui était reliée au mur. Elle le hissa jusqu'à ce qu'il soit forcé de se mettre sur la pointe des pieds, puis elle attacha la corde au mur. La douleur qu'il éprouvait dans les épaules était épouvantable et rendait sa respiration difficile... Elle ne l'avait même pas encore touché avec l'Agiel. Il se sentait impuissant. Désespérément seul.

Denna s'assit sur un siège contre le mur, demandant

à Constance de se divertir. Quand Denna l'avait entraîné, son visage avait souvent arboré un sourire. Constance ne sourit pas une seule fois. Elle s'activa à sa besogne comme un bœuf à la charrue. En un rien de temps sa figure fut couverte de sueur. Elle ne variait jamais le toucher de son Agiel. C'était toujours dur, âpre, furieux. Richard ne pouvait pas anticiper les coups. Elle travaillait avec rythme, sans jamais lui accorder de répit. Denna les observait, le sourire aux lèvres. Finalement, Constance s'arrêta, abandonnant Richard qui haletait.

— Il encaisse bien. Je n'ai pas dirigé une telle séance d'entraînement depuis un bon moment. Tous les animaux que j'ai vus dernièrement tournent de l'œil au premier contact.

La chaise tomba avec un bruit sourd.

— Je peux peut-être y remédier, Sœur Constance. Laisse-moi te montrer là où il n'aime pas qu'on le caresse.

Denna se posta derrière lui et s'arrêta. Sur son expiration, l'Agiel s'enfonça dans son flanc droit. Il hurla. Il ne parvenait plus à se soulever. La corde tirait si durement sur ses épaules qu'il crut que ses bras allaient se déboîter de leurs articulations. Avec un ricanement, Denna continua d'appliquer l'Agiel jusqu'à ce qu'il se mette à pleurer.

— S'il vous plaît, Maîtresse Denna, sanglota-t-il. S'il vous plaît.

Elle retira l'Agiel.

— Tu vois ?

— J'aimerais avoir ton talent, Denna, acquiesça Constance.

— Tu ne vois pas d'inconvénient à ce que je montre à Constance tes caresses préférées, n'est-ce pas ? dit-elle à Richard.

— Je vous en prie, Maîtresse Denna, ne faites pas ça. Pitié !

— Eh bien, tu vois ? Ça ne le gêne pas du tout, acheva-t-elle.

Elle se réinstalla sur son siège. Les larmes ruisselaient sur le visage de Richard. Constance se remit au travail et le força aussi à l'implorer. Mais la façon qu'elle avait de ne jamais varier la pression, de ne jamais se relâcher, était pire pour Richard. Il apprit à faire la différence entre Denna et Constance : Denna éprouvait parfois une étrange compassion, Constance jamais. Lorsqu'elle dépassait certaines limites, Denna lui demandait de s'arrêter et d'attendre un moment. Constance accédait à ses requêtes. Puis elle laissa Denna diriger la manière dont elle voulait le faire souffrir.

— Tu n'as pas besoin de rester, Denna. Si tu as autre chose à faire, je ne m'en formaliserai pas, dit soudain Constance.

La peur et la panique déferlèrent dans l'esprit de Richard. Il ne voulait pas être abandonné entre les griffes de Constance. Il savait qu'elle voulait lui infliger des supplices que Denna refusait de lui faire subir. Il ne savait pas en quoi ils consistaient, mais il n'avait aucun doute quant à leur cruauté.

— Une autre fois, je te laisserai seule avec lui... pour faire les choses à ta manière, mais aujourd'hui, je vais rester.

Richard tenta de ne donner aucun signe de soulagement. Constance se remit à l'ouvrage.

Un peu plus tard, alors qu'elle était derrière lui, Constance attrapa une poignée de ses cheveux et lui tira violemment la tête en arrière. Richard savait parfaitement ce que signifiait ce geste. La douleur provoquée par ce qu'elle s'apprêtait à effectuer lui revint en mémoire : l'Agiel dans l'oreille ! Il trembla de manière incontrôlable, incapable de respirer.

Denna se leva de sa chaise.

— Ne fais pas ça, Constance.

Constance serra les dents, tirant encore plus sur ses cheveux.

— Pourquoi pas ? Tu l'as sûrement déjà fait ?

— Oui, je préfère juste que toi tu ne le fasses pas, c'est tout. Maître Rahl ne lui a pas encore parlé. Je ne veux pas courir de risques.

Un nouveau rictus tordit le visage de Constance.

— Denna, faisons-le ensemble, en même temps. Toi et moi. Comme autrefois.

— Je te l'ai dit, Maître Rahl désire lui parler. S'il ne

le tue pas, et qu'il ne meure pas de... d'autres choses, alors, oui, nous le ferons. Mais pas maintenant. S'il te plaît, respecte mes souhaits.

Constance baissa les yeux et lâcha ses cheveux.

— Ne crois pas t'en sortir aussi facilement, lança-t-elle à Richard. Tôt ou tard, toi et moi, nous serons seuls.

— Oui, Maîtresse Constance, murmura-t-il d'une voix brisée.

L'entraînement achevé, elles allèrent manger. Richard les suivit. La salle du dîner était élégante dans la simplicité de son style : cadres et panneaux de chêne au-dessus du sol carrelé de marbre blanc. Un doux murmure de conversations provenait des diverses tables. Denna claqua des doigts en s'asseyant et désigna le sol derrière sa chaise. Des serviteurs apportèrent de la nourriture aux deux Mord-Sith, mais rien à Richard. Le déjeuner était constitué d'une soupe, de fromage, de pain bis et de fruits. La bonne odeur faisait saliver Richard. Aucune viande ne fut servie. A la moitié du repas, Denna se tourna et lui dit qu'il ne déjeunerait pas. C'était sa punition pour avoir refusé de chanter lors des dévotions du matin. S'il se conduisait bien, il aurait à dîner.

L'après-midi fut consacré à de nouvelles dévotions ainsi qu'à plusieurs heures d'entraînement. Denna et Constance se partagèrent la tâche. Richard fit de son mieux pour respecter leurs volontés. Au dîner, il fut récompensé par un bol de riz recouvert de légumes. Après, les dévotions et l'entraînement reprirent, jusqu'à ce qu'enfin ils se séparent de Constance et retournent dans les quartiers de Denna. Richard était épuisé.

— J'aimerais prendre un bain, dit-elle.

Elle lui montra la pièce contiguë à la chambre. Elle était petite, vide, excepté une corde pendant du plafond et une baignoire dans un coin. Elle lui dit que la pièce était destinée à l'entraînement en cas de besoin imminent. Elle ne voulait pas de sang dans sa chambre. Elle lui promit qu'il passerait un bon bout de temps entre ces quatre murs.

Elle lui ordonna de traîner la baignoire jusqu'au pied de son lit. Il prit le seau et elle lui dit où aller chercher de l'eau chaude. Il ne devait parler à personne, même si on lui adressait la parole. De plus, il devait courir, à l'aller et au retour, afin que l'eau ne refroidisse pas pendant le trajet. Elle lui dit que s'il ne suivait pas exactement ses instructions pendant qu'il était hors de sa vue, la douleur de la magie le terrasserait, et que si elle devait venir le chercher, il regretterait de l'avoir déçue. Il jura solennellement de lui obéir. L'endroit d'où jaillissait l'eau, une source chaude dans un bassin entouré de sièges en marbre blanc, était à bonne distance. Il transpira et fut éreinté après avoir rempli la baignoire.

Pendant que Denna se délassait dans son bain, Richard lui frotta le dos, brossa ses cheveux et l'aida à les laver.

Denna étala les bras hors de l'eau, s'appuya la tête en arrière et ferma les yeux, se détendant. Lui était agenouillé à côté d'elle, au cas où elle aurait besoin de quoi que ce soit.

— Tu n'aimes pas Constance, n'est-ce pas ? dit-elle soudainement.

Richard ne sut pas quoi répondre. Il ne voulait rien dire qui puisse blesser Denna, mais un mensonge lui apporterait également une punition.

— J'ai... peur d'elle, Maîtresse Denna.

Denna sourit, les yeux toujours clos.

— Réponse intelligente, mon amour. Tu n'essaies pas d'être irrévérencieux ?

— Non, Maîtresse Denna. Je vous ai dit la vérité.

— Bien. Tu as raison d'avoir peur d'elle. Elle déteste les hommes. Chaque fois qu'elle en tue un, elle hurle le nom de l'homme qui l'a brisée. Rastin. Je t'ai parlé de l'homme qui m'a brisée, prise pour amante, et que j'ai tué ensuite ? Avant qu'il me brise, il était l'entraîneur de Constance. C'est lui qui l'a brisée. Après, Constance m'a révélé comment le tuer. Je ferais n'importe quoi pour elle. Et parce que j'ai tué l'homme qu'elle haïssait tant, elle ferait n'importe quoi pour moi.

— Oui, Maîtresse Denna. Mais, Maîtresse Denna, je vous supplie de ne pas me laisser seul avec elle.

— Je te suggère d'accomplir tes devoirs très scrupuleusement. Si tu le fais, et que tu ne gagnes pas trop de temps, je resterai avec vous lorsqu'elle t'entraînera. Tu vois comme tu as de la chance d'avoir une gentille maîtresse ?

— Oui, Maîtresse Denna, merci de m'enseigner. Vous êtes un maître irremplaçable.

Elle ouvrit un œil pour vérifier s'il n'était pas en train de se moquer d'elle. Non, pas la moindre trace d'ironie sur son visage.

— Apporte-moi une serviette et pose ma chemise de nuit sur la table près du lit.

Richard l'aida à se sécher les cheveux. Denna n'enfila pas sa chemise de nuit, mais s'allongea sur le lit avec sa longue chevelure humide déployée sur l'oreiller.

— Va éteindre la lampe.

Il y alla immédiatement et souffla sur la flamme.

— Amène-moi l'Agiel, mon amour, ajouta-t-elle.

Richard tressaillit. Il détestait qu'elle lui demande d'aller chercher l'Agiel. Son contact lui faisait mal. Craignant encore davantage l'effet de l'hésitation, il serra les dents et l'attrapa, le tenant dans ses paumes ouvertes. La douleur traversa ses coudes et ses épaules. Il parvint tout juste à le tenir jusqu'à ce que Denna s'en empare.

— Maîtresse Denna, pourquoi ne souffrez-vous pas en le touchant ?

— Mais je souffre, tout comme toi. J'ai mal en le touchant car il s'agit de celui avec lequel j'ai été entraînée.

Les yeux de Richard s'écarquillèrent.

— Vous voulez dire que pendant tout le temps où vous le maniez, il vous blesse ? Même lorsque vous m'entraînez ?

Elle acquiesça, faisant rouler l'Agiel entre ses doigts. Elle adressa à Richard un petit froncement de sourcils doublé d'un sourire.

— Les moments où je ne ressens aucune douleur, quelle qu'elle soit, sont quasiment inexistants. C'est l'une des raisons pour lesquelles l'entraînement des Mord-Sith dure si longtemps — il nous faut apprendre à contrôler la douleur. Je suppose que c'est aussi la raison pour laquelle seules les femmes deviennent Mord-Sith. Les hommes sont trop faibles.

— Je ne savais pas, dit Richard.

Ses entrailles se nouèrent d'angoisse.

330

— Je suis navré, Maîtresse Denna. Je suis navré qu'il vous fasse mal, qu'il faille que vous souffriez pour m'entraîner.

— La douleur apporte un plaisir particulier, mon amour. C'est une des choses que je t'apprends. Et il est l'heure d'une autre leçon.

Les yeux de Denna le toisèrent de haut en bas.

— Assez parlé.

Richard reconnut l'expression de son regard et l'accélération de sa respiration.

— Mais, Maîtresse Denna, vous venez juste de prendre un bain, et je suis couvert de sueur.

Un petit sourire s'épanouit à la commissure de la bouche de Denna.

— J'aime ta transpiration.

Les yeux rivés sur les siens, elle mit l'Agiel entre ses dents.

Les jours s'écoulaient avec monotonie. Richard ne voyait pas d'inconvénient à assister aux dévotions. Tant qu'il n'était pas entraîné, il ne souffrait pas. Mais il détestait prononcer ces paroles, et devait se concentrer sur la natte de Denna tout le temps qu'il psalmodiait. Scander les mêmes mots, heure après heure, sur les genoux, le front contre le carrelage, était moins pénible que l'entraînement. Mais à peine. Richard se surprenait à se réveiller la nuit, ou le matin, en train de répéter ces paroles : *Maître Rahl, guidez-nous. Maître Rahl, enseignez-nous. Maître Rahl, protégez-nous. Dans votre lumière nous prospérons. Dans votre miséricorde nous nous abritons. Dans votre sagesse nous nous humilions. Nous ne vivons que pour vous servir. Nos vies vous appartiennent.*

Denna ne portait plus de rouge : elle s'habillait de cuir blanc. Elle lui dit que c'était un geste qui signifiait qu'il était brisé et qu'elle avait fait de lui son amant. De plus, pour affirmer le pouvoir qu'elle détenait sur lui, elle choisissait de ne plus le faire saigner. Richard ne voyait pas vraiment de différence : l'Agiel infligeait les mêmes douleurs, qu'il fasse couler le sang ou non. Constance tenait compagnie à Denna pratiquement la moitié du temps, partant occasionnellement pour entraîner un nouvel animal. Constance insistait de plus en plus pour rester seule avec Richard, mais Denna refusait de l'y autoriser.

Constance s'impliquait totalement dans son entraînement. Plus Richard la voyait, plus elle le terrifiait. Denna lui souriait chaque fois qu'elle disait à Constance de la remplacer.

Un jour, après les dévotions de l'après-midi, alors que Constance était partie entraîner quelqu'un d'autre, Denna le ramena dans la petite pièce contiguë à ses quartiers pour son entraînement vespéral. Elle le hissa avec la corde jusqu'à ce qu'il ne touche quasiment plus le sol.

— Maîtresse Denna, avec votre permission, voudriez-vous dorénavant permettre à Maîtresse Constance de s'occuper entièrement de mon entraînement ?

Sa question produisit un effet imprévu. Elle rendit Denna furieuse. Elle le fixa, sa figure se teintant de rouge écarlate. Puis elle commença à le frapper avec l'Agiel, l'enfonçant dans ses chairs, lui hurlant combien il était méprisable, insignifiant et à quel point ses paroles l'écœuraient. Denna était forte. Elle le frappait avec l'Agiel aussi fort qu'elle le pouvait. Elle s'acharna. Encore et encore.

Richard ne se rappelait pas l'avoir vue aussi en colère. Ni aussi cruelle. Il ne put bientôt plus se rappeler quoi que ce soit, même l'endroit où il se trouvait. Il se contorsionnait de douleur. Il ne pouvait articuler le moindre mot, ni même respirer. Elle ne ralentit pas le rythme et refusa d'abandonner. Elle semblait au contraire devenir de plus en plus furieuse à mesure qu'elle le battait. Il vit du sang par terre, beaucoup de sang. Il éclaboussait son cuir immaculé. La poitrine de Denna se gonflait sous l'effort, sous la colère. Sa natte se défit.

Denna empoigna ses cheveux et tira sa tête en arrière. D'un coup sec, elle lui enfonça l'Agiel dans l'oreille plus durement que jamais. Elle recommença encore et encore. Le temps se déforma pour devenir éternité. Il ne savait plus qui il était, ni ce qui lui arrivait. Supplier, pleurer ou résister était devenu totalement inutile.

Elle s'arrêta enfin, haletant de rage.

— Je vais dîner.

Il sentit le martyre de la magie surgir en lui. Il hoqueta et ses yeux s'écarquillèrent.

— Pendant que je suis absente — et je vais prendre mon temps —, je te laisse avec la douleur de la magie. Tu ne pourras ni t'évanouir ni arrêter la souffrance. Si tu laisses la colère te quitter, le mal n'en sera que pire. Mais elle te quittera. Je te le promets.

Elle se dirigea vers le mur et hissa la corde jusqu'à ce que ses pieds quittent le sol. Il hurla. Il avait l'impression que ses bras étaient écartelés.

— Amuse-toi bien.

Elle tourna les talons et partit.

Richard était à mi-chemin entre la raison et la folie. La souffrance le rendait inapte à maîtriser la colère. Les flammes de son tourment le consumaient. Le fait que Denna ne soit plus là empirait étrangement la situation. Il ne s'était jamais senti aussi seul et la douleur était telle qu'elle l'empêchait de pleurer.

Il avait complètement perdu la notion du temps. Il fut seulement conscient que, brusquement, il s'effondrait par terre. Puis il vit des bottes de chaque côté de sa tête. Denna se tenait au-dessus de lui. Elle apaisa la douleur de la magie, mais ses bras étaient toujours écartelés. Enfin les larmes vinrent et se mêlèrent au sang qui couvrait le sol.

— Je te l'ai déjà dit, siffla-t-elle à travers ses dents serrées, tu es mon amant pour la vie.

Il sentait la colère monter en elle.

— Avant que je ne t'inflige des souffrances bien pires et que tu ne sois plus capable de parler, je veux que tu me dises pourquoi tu as demandé que ce soit Constance qui t'entraîne à ma place.

Le sang coula aux commissures de ses lèvres lorsqu'il tenta de répondre à la question de Denna.

— Ce ne sont pas des manières de s'adresser à moi ! A genoux ! Immédiatement !

Il tenta de se mettre à genoux, mais il n'en eut pas la force. Denna l'agrippa par les cheveux et le souleva. Etourdi, il tomba sur elle.

Elle le repoussa du bout de l'Agiel. Cela lui fit ouvrir les yeux. Il la regarda.

Denna le gifla d'un revers de main.

— Baisse les yeux quand tu me parles ! Personne ne t'a autorisé à les lever !

Richard fixa ses bottes.

— Le délai arrive à son terme ! Réponds à ma question !

Richard cracha davantage de sang. Il dut lutter pour s'empêcher de vomir.

— Parce que, dit-il d'une voix blanche, je sais que vous souffrez en maniant l'Agiel. Je sais que vous souffrez en m'entraînant. Je voulais que ce soit Maîtresse Constance qui s'en occupe pour vous épargner cette douleur. Je ne veux pas que vous souffriez. Je sais ce que c'est que d'avoir mal. Vous me l'avez appris. Vous avez déjà assez souffert. C'est pour cette raison que je préfère que ce soit Maîtresse Constance qui me punisse.

Il y eut un long silence. Richard fixait toujours ses bottes, luttant pour respirer sans douleur. Le silence paraissait ne jamais pouvoir finir. Il ignorait ce qu'elle avait l'intention de lui faire subir.

— Je ne te comprends pas, Richard Cypher, dit-elle doucement.

Toute colère avait disparu de sa voix.

— Que les esprits m'emportent, je ne te comprends pas !

Elle le contourna, décrocha l'instrument qui entravait ses bras et sortit de la pièce sans prononcer un mot de plus. Il ne put détendre correctement les bras et tomba face contre terre. Il n'essaya pas de se relever et se contenta de pleurer.

Après un temps, il entendit la cloche, qui les appelait aux dévotions du soir. Denna revint, s'accroupit près de lui, l'entoura délicatement de son bras et l'aida à se remettre sur ses pieds.

— Il ne nous est pas permis de manquer une dévotion, lui expliqua-t-elle d'une voix paisible, accrochant la chaîne à sa ceinture.

La vue du sang sur le cuir blanc était atroce. Des filets écarlates maculaient le visage et les cheveux de Richard. Tandis qu'ils se rendaient aux dévotions, des gens qui habituellement lui adressaient la parole détournèrent le regard et lui cédèrent le passage.

S'agenouiller et courber le front jusqu'au sol lui fai-sait mal dans les côtes. Il chantait avec difficulté. Il ne savait pas s'il articulait convenablement les paroles, mais Denna ne le corrigea pas, aussi continua-t-il.

Lorsque la cloche retentit deux fois, Denna se leva, mais ne l'aida pas. Constance apparut, avec pour la pre-mière fois un sourire sur les lèvres.

— On dirait que tu t'es bien divertie, lança-t-elle à Denna.

Constance gifla alors Richard, mais il parvint à rester debout.

— Tu as été un vilain garçon, n'est-ce pas ?

— Oui, Maîtresse Constance.

— Très vilain, il me semble. Comme c'est amusant.

Ses yeux brillant d'une lueur sadique se tournèrent vers Denna.

— Je suis libre. Allons lui apprendre ce que deux Mord-Sith peuvent réellement faire.

— Non, pas ce soir, Constance.

— Non ? Comment ça, non ?

Denna explosa.

— J'ai dit non ! C'est mon amant, et je retourne l'en-traîner en tant que tel ! Est-ce que tu veux venir m'ob-server coucher avec mon amant ? Est-ce que tu veux aussi regarder ce que je fais lorsque j'ai l'Agiel entre les dents ?

Richard eut un mouvement de recul. C'était cela qu'elle avait prévu !

Des gens en robes blanches — des missionnaires, comme Denna les avait désignés — les regardaient. Constance leur lança un regard mauvais et ils déguerpi-rent. Les visages des deux femmes étaient pourpres — celui de Denna de colère, celui de Constance d'em-barras.

— Bien sûr que non, Denna, dit-elle à voix basse. Je suis désolée. Je ne savais pas. Je te laisse.

Elle adressa un petit sourire narquois à Richard.

— Tu sembles avoir déjà suffisamment d'ennuis comme ça, mon garçon. J'espère que tu seras à la hau-teur de tes devoirs.

Elle lui enfonça l'Agiel dans le ventre, puis s'en alla. Etourdi, Richard se plaqua la main contre l'estomac avec un gémissement. Denna le souleva par le bras. Elle regarda Constance s'éloigner, puis se mit en route, suivie par Richard.

Quand ils furent de retour dans ses appartements, elle lui donna le seau.

Sa voix était tranquille.

— Va chercher un seau d'eau chaude.

Richard serait mort de soulagement en apprenant qu'il n'aurait pas à remplir la baignoire. Il partit prendre l'eau. Denna paraissait en colère, mais pas contre lui. Après avoir posé le seau par terre, il attendit, les yeux baissés. Denna rapprocha la chaise. Il fut surpris qu'elle ne lui demande pas de le faire.

— Assieds-toi.

Elle se rendit à la table près du lit et revint avec une poire. Elle la regarda un moment, la tournant encore et encore dans sa paume, la frottant un peu avec le pouce. Puis elle la lui tendit.

— J'ai rapporté ça du dîner. Il se trouve que je n'ai plus faim. Tu n'as pas dîné ; mange-la.

Richard considéra la poire dans sa main.

— Non, Maîtresse Denna. Elle est à vous. Pas à moi.

— Je sais à qui elle appartient, Richard.

Sa voix était toujours calme.

— Obéis-moi.

Il prit la poire et la dévora entièrement jusqu'au trognon. Denna s'agenouilla et entreprit de lui faire sa toilette. Il n'avait aucune idée de ce qui se passait, mais la séance de lavage lui fit mal, bien que cela ne fût rien en comparaison de l'Agiel. Il se demanda pourquoi elle agissait ainsi, alors qu'il était de nouveau l'heure de l'entraînement.

Denna sembla sentir son appréhension.

— J'ai mal au dos, dit-elle.

— Je suis navré, Maîtresse Denna, mon comportement en est la cause.

— Tais-toi, dit-elle gentiment. Je veux dormir sur quelque chose de dur, pour mon dos. Je dormirai par terre. Et puisque c'est moi qui dormirai sur le sol, tu devras dormir dans mon lit. Je ne veux pas que tu le taches de sang.

Richard était un peu perplexe. Le parquet était certai-

nement assez large pour eux deux, et elle avait certainement déjà taché le lit avec son sang. Ça ne l'avait jamais
dérangée dans le passé. Il décida qu'il serait déplacé de
la questionner, aussi s'en abstint-il.

— Très bien, dit-elle lorsqu'elle eut terminé, grimpe
dans le lit.

Il s'allongea pendant qu'elle l'observait. Avec résigna-
tion, il attrapa l'Agiel sur la table de chevet et le lui
présenta. La douleur qui s'en dégageait faisait souffrir
son bras. Il regrettait qu'elle soit forcée de lui infliger
cela ce soir.

Denna lui prit l'Agiel des mains et le remit sur la
table.

— Pas ce soir. Je te l'ai dit, j'ai mal au dos.

Elle éteignit la lampe.

— Dors.

Il l'entendit s'étendre par terre, murmurant un juron
pour elle-même. Il était trop épuisé pour réfléchir et
s'assoupit en un rien de temps.

Quand le tintement de la cloche le réveilla, Denna
était déjà debout. Elle avait nettoyé le sang de son habit
blanc et avait recoiffé sa natte. Elle ne lui dit rien pendant qu'ils marchaient en direction des dévotions.
S'agenouiller était douloureux, et il se réjouit que la
cérémonie finisse. Il n'aperçut pas Constance. Marchant derrière Denna, il prit la direction de la salle d'entraînement, mais la chaîne se tendit d'une secousse. La
douleur l'arrêta net.

— Nous n'allons pas par là, dit-elle.

— Bien, Maîtresse Denna.

Elle avança un moment, le long de couloirs qui s'étiraient à l'infini, puis lui adressa un regard impatient.

— Marche à mes côtés. Nous allons nous promener.
C'est quelque chose que j'aime faire à l'occasion. Quand
j'ai mal au dos. Ça m'apaise.

— Je suis désolé, Maîtresse Denna. J'espérais que
vous iriez mieux ce matin.

Elle lui jeta un coup d'œil, puis reporta son regard
dans la direction où ils allaient.

— Eh bien, ce n'est pas le cas. Alors nous allons nous
promener.

Richard ne s'était jamais autant éloigné des quartiers

337

de Denna. Ses yeux découvraient de nouveaux paysages. A intervalles, il y avait des lieux identiques à celui où ils allaient faire leurs dévotions, ouverts au ciel et au soleil, comportant chacun un rocher en leur centre, ainsi qu'une cloche. Certains étaient recouverts de gazon au lieu de sable, et quelques-uns étaient même ornés d'une mare où gisait le rocher. Des poissons nageaient en groupes à travers l'onde claire. Les couloirs étaient parfois aussi vastes que des salles, avec des carreaux à motifs par terre, des arches et des colonnes tout autour et des plafonds qui s'élançaient loin au-dessus d'eux. Des fenêtres laissaient entrer la lumière, rendant les lieux radieux et clairs.

Il y avait des gens partout, la plupart vêtus de robes blanches ou de couleur pâle. Personne ne paraissait jamais pressé, mais la majorité semblaient avoir une destination précise, bien que certains soient assis sur des bancs en marbre. Richard avisa quelques soldats. La plupart des gens les dépassaient comme s'ils étaient invisibles, mais quelques-uns lui sourirent et échangèrent des salutations avec Denna.

L'endroit était immense. Les couloirs et les galeries s'étendaient à perte de vue. De larges escaliers montaient ou descendaient jusqu'à des recoins inconnus. Un couloir était bordé de statues de nus figées dans des poses altières. Ces statues étaient faites de pierre gravée et polie de couleur blanche. Certaines étaient veinées d'or. Mais toutes étaient deux fois plus grandes que lui. Richard ne vit aucun endroit qui fût sombre, laid ou sale. Tout ce qu'il contemplait était magnifique. Des bruits de pas résonnaient dans les couloirs. Il se demanda comment un lieu aussi vaste que celui-ci avait pu être imaginé. Il devait être l'œuvre de vies entières.

Denna le conduisit jusqu'à une cour tentaculaire à ciel ouvert. De grands arbres recouvraient le sol moussu, et un chemin de carreaux d'argile sinuait au milieu de cette forêt intérieure. Ils y déambulèrent, Richard le nez levé en direction des arbres. Ils étaient splendides, bien que dépourvus de feuilles.

Denna l'observait.

— Tu aimes les arbres, n'est-ce pas ?

Il acquiesça, parcourant les alentours du regard.

— Beaucoup, Maîtresse Denna, murmura-t-il.

— Pourquoi les aimes-tu ?

Richard réfléchit un moment.

— On dirait qu'ils font partie intégrante de mon passé. Je me rappelle vaguement que j'étais guide. Guide forestier, je crois. Mais je ne m'en souviens pas tellement, Maîtresse Denna. Sauf que j'aimais les bois.

— Le fait d'être brisé fait oublier nos souvenirs, dit-elle paisiblement. Plus je t'entraînerai, plus tu oublieras ton passé, à part quelques questions précises que je te poserai. Bientôt, tu n'en auras plus aucun souvenir.

— Oui, Maîtresse Denna. Maîtresse Denna, quel est cet endroit ?

— On l'appelle le Palais du Peuple. C'est le siège du pouvoir du D'Hara. C'est la demeure de Maître Rahl.

Ils déjeunèrent. Elle le fit asseoir sur une chaise. Il ne savait pas pourquoi. Ils se rendirent aux dévotions de l'après-midi. Après, ils arpentèrent encore un peu les vastes couloirs, pour se retrouver en territoire familier pour le dîner. La marche avait revigoré Richard. Ses muscles avaient grand besoin d'être stimulés.

Après les dévotions du soir, dans la petite pièce de ses quartiers, Denna lui entrava les bras dans le dos avec la corde et le hissa. Mais pas suffisamment pour faire décoller ses pieds du sol. Cela réveilla néanmoins la douleur de ses épaules endolories.

— Est-ce que votre dos va mieux, Maîtresse Denna ? Est-ce que la marche vous a fait du bien ? demanda-t-il.

— Ce n'est rien que je ne puisse endurer.

Elle le contourna lentement, fixant le sol. Elle s'arrêta enfin devant lui, faisant rouler l'Agiel entre ses doigts pendant un instant.

Ses yeux ne se levèrent pas. Sa voix était à peine plus qu'un murmure.

— Dis-moi que tu me trouves laide.

Il la regarda jusqu'à ce que ses yeux se décident à se lever.

— Non. Ce serait un mensonge.

Un sourire triste s'épanouit sur les lèvres de Denna.

— C'était une erreur, mon amour. Tu as désobéi à un ordre direct, et tu as omis mon titre.

Ses yeux se fermèrent.

— Tu ne représentes rien d'autre que des ennuis. Je ne sais pas pourquoi Maître Rahl m'a chargée de ton entraînement. Tu as gagné deux heures.

Elle lui donna ses deux heures. Après l'entraînement, elle lui confia que son dos la faisait toujours souffrir et se coucha à nouveau sur le sol, le forçant ainsi à prendre sa place dans le lit.

Les quelques jours suivants virent le retour de la routine. Mais l'entraînement n'était pas aussi long et acharné qu'auparavant, excepté lorsque Constance était présente. Denna la surveillait de près, la guidant davantage que dans le passé. Lorsque Constance était plus brutale que Denna ne le souhaitait, elle n'était pas invitée à la séance suivante.

Avec les séances d'entraînement qui s'allégeaient, les idées de Richard commencèrent à s'éclaircir, et il se rappela certaines choses. Des choses concernant son passé. Parfois, si Denna souffrait du dos, ils partaient faire de longues promenades et contemplaient les endroits variés et incroyablement beaux qu'ils traversaient.

Un jour, après les dévotions de l'après-midi, Constance demanda à les accompagner. Denna sourit et accepta. Constance voulut s'occuper de l'entraînement, et y fut autorisée. Elle fut plus violente que d'habitude et offrit à Richard un supplice prolongé. Richard espérait que Denna y mettrait un terme. Il épuisait les ultimes ressources de ses forces. Lorsque Denna se leva de sa chaise, un homme pénétra dans la pièce.

— Maîtresse Denna, Maître Rahl vous demande.

— Quand ?

— Immédiatement.

Denna soupira.

— Constance, peux-tu terminer la séance ?

Constance regarda Richard dans les yeux et sourit.

— Mais bien sûr, Denna.

Richard était terrifié, mais il n'osa pas protester.

— Son entraînement est bientôt fini, contente-toi de le ramener dans mes appartements et de l'y laisser. Je suis sûre que je ne serai pas longue.

— A ton service, Denna. Tu peux compter sur moi.

Denna sortit. Constance agrippa alors la ceinture de Richard et l'ouvrit brusquement.

— Constance, s'écria Denna qui était revenue sur ses pas, je ne veux pas que tu fasses ça.

Constance fut prise au dépourvu.

— En ton absence, c'est moi qui suis responsable de lui, et j'agirai comme je l'entends, lui répondit-elle.

Denna s'avança et approcha sa figure de la sienne.

— C'est mon amant, et je t'ai dit que je refusais que tu fasses ça. Et je ne veux pas non plus que tu lui mettes l'Agiel dans l'oreille.

— Je ferai ce que je...

— Tu ne feras rien.

Denna serrait les dents.

— C'est moi qui ai enduré le châtiment lorsque nous avons tué Rastin. Moi. Pas toi et moi, seulement moi. Je n'en ai jamais fait un cas de conscience avant, mais maintenant si. Tu sais ce qu'ils m'ont fait, et je ne leur ai jamais avoué que tu avais ta part de responsabilité dans l'affaire. C'est mon amant, et c'est moi sa Mord-Sith. Soit tu respectes mes volontés, soit il va y avoir des problèmes entre nous.

— Très bien, Denna, râla Constance. Très bien. Je prendrai garde à tes volontés.

Denna lui lança un regard mauvais.

— Tu fais bien, Sœur Constance.

Constance termina la séance avec toute l'énergie qu'elle put rassembler, bien qu'elle n'appliquât l'Agiel que là où Denna le souhaitait. Lorsqu'elle le ramena dans les quartiers de Denna, elle passa une bonne heure à le gifler à tout va, puis accrocha la chaîne par-dessus le marchepied du lit et lui ordonna de rester debout jusqu'au retour de Denna.

Constance approcha son visage du sien et empoigna ses testicules.

— Prends bien soin de ceci pour moi, railla-t-elle. Tu ne vas plus en jouir très longtemps. J'ai des raisons de croire que Maître Rahl va incessamment te confier à moi, et quand il l'aura fait, je modifierai quelque peu ton anatomie. Et je ne pense pas que tu vas apprécier.

Richard explosa de colère, ravivant ainsi la douleur de la magie. Il fut forcé de s'agenouiller. Constance s'esclaffa et sortit de la chambre. Il parvint à contrôler sa fureur, mais la douleur refusa de le quitter jusqu'à ce qu'il se lève.

Un chaud soleil entrait par la fenêtre. Il espérait que Denna reviendrait bientôt. Le soleil se coucha. L'heure du dîner vint et passa. Denna ne revenait toujours pas. Richard commença à s'inquiéter. Il sentait que quelque chose clochait. Il entendit le tintement du carillon annonçant les dévotions du soir, mais il ne pouvait y aller. Il se demanda s'il lui était permis de s'agenouiller, mais il découvrit que cela aussi lui était refusé : on lui avait ordonné de rester debout. Il songea qu'il devrait peut-être scander les dévotions, mais il se dit que personne n'y prêterait garde, et que de toute façon, ça n'avait plus d'importance.

La nuit était tombée depuis longtemps, mais les lampes étaient restées allumées et il n'eut pas à demeurer debout dans l'obscurité. Les deux cloches annoncèrent la fin des dévotions du soir. L'heure de son entraînement vint et passa. Toujours pas de Denna. Richard était submergé par l'inquiétude.

Enfin, il entendit la porte s'ouvrir. La tête de Denna était courbée, son attitude raide. Sa natte était défaite et ses cheveux ébouriffés. Elle referma laborieusement la porte. Il vit que sa peau était blême et ses yeux humides. Elle ne le regarda pas.

— Richard, dit-elle d'une petite voix, remplis ma baignoire. S'il te plaît ? J'ai besoin d'un bain, je me sens vraiment sale.

— Bien sûr, Maîtresse Denna.

Il traîna la baignoire à l'intérieur et courut aussi vite que possible pour la remplir. Il ne l'avait jamais fait aussi rapidement. Elle l'observa remplir la baignoire, seau après seau.

Les doigts tremblants, Denna commença à déboutonner sa tunique.

— Peux-tu m'aider ? Je ne crois pas que je pourrai m'en sortir seule.

Il la déboutonna, elle grelottait. Grimaçant, il dut décoller le cuir de son dos. Des fragments de peau se détachèrent en même temps. Son cœur battait la chamade. Denna était couverte de zébrures de la nuque

342

aux chevilles. Richard fut terrifié. Il avait mal pour elle, pour la souffrance qu'elle éprouvait. Des larmes lui montèrent aux yeux. Le pouvoir surgit en lui. Il l'ignora.

— Maîtresse Denna, qui vous a fait ça ? s'enquit-il.

— Maître Rahl. Ce n'est rien que je n'aie mérité.

Il l'aida à grimper dans la baignoire. Elle émit un petit gémissement en se glissant lentement dans l'eau chaude.

— Maîtresse Denna, pourquoi vous a-t-il fait ça ?

Elle tressaillit quand il posa le linge savonneux sur son dos.

— Constance lui a dit que j'étais trop accommodante avec toi. Je mérite ce que j'ai subi. Je me suis montrée négligente lors de ton entraînement. Je suis une Mord-Sith. J'aurais dû mieux faire. Je n'ai reçu que ce que je méritais.

— Vous ne méritez pas ça, Maîtresse Denna. C'est à moi que l'on aurait dû infliger cette punition. Pas à vous.

Ses mains tremblaient. Elle se retenait au bord de la baignoire tandis que lui la lavait prudemment. Il essuya doucement la peau blanche de son visage. Elle regardait droit devant elle, quelques larmes roulaient sur ses joues.

Sa lèvre frémit.

— Demain, Maître Rahl veut te voir.

Richard s'arrêta de nettoyer une seconde.

— Je suis désolée, Richard. Tu répondras à ses questions.

Il leva les yeux vers elle ; mais elle ne lui rendit pas son regard.

— Oui, Maîtresse Denna.

Il la rinça avec de l'eau qu'il prit en coupe dans ses mains.

— Laissez-moi vous sécher.

Il s'exécuta aussi doucement qu'il le put.

— Souhaitez-vous vous asseoir, Maîtresse Denna ?

Elle lui adressa un sourire gêné.

— Je ne crois pas que je pourrai supporter cette position, pour l'instant.

Elle tourna la tête avec raideur.

— Je vais m'étendre sur le lit.

Elle lui prit la main qu'il lui tendait.

— On dirait que je ne peux pas m'empêcher de trembler. Pourquoi ne puis-je pas m'arrêter ?

— Parce que vous avez mal, Maîtresse Denna.

— J'ai subi bien pire que ça. Il ne s'agissait que de me rappeler qui je suis. Néanmoins, je ne peux pas m'arrêter de trembler.

Elle s'allongea à plat ventre sur le lit, les yeux rivés sur lui. L'inquiétude de Richard réactiva son cerveau.

— Maîtresse Denna, est-ce que mon sac est toujours là ?

— Dans le placard. Pourquoi ?

— Restez tranquille. Maîtresse Denna, laissez-moi faire quelque chose, si je peux me rappeler comment faire.

Il attrapa son sac sur une haute étagère, le posa sur la table et commença à fouiller dedans. Denna l'observa, la joue posée sur le dos de ses mains. Sous un sifflet en os sculpté fixé à un lacet en cuir, il trouva le paquet qu'il cherchait et l'ouvrit. Il en extirpa un bol en étain, prit son couteau à sa ceinture et le posa également sur la table. Il prit un pot de crème dans le cabinet. C'était juste ce dont il avait besoin.

— Maîtresse Denna, puis-je utiliser ceci ?

— Pourquoi ?

— S'il vous plaît ?

— Vas-y.

Richard prit la pile entière de feuilles d'aume séchées soigneusement entassées et les mit dans le bol d'étain. Il sélectionna ensuite quelques herbes et les ajouta. Avec le manche du couteau, il broya le tout en poudre. Prenant le pot de crème, il le versa d'un bloc dans le bol et le vida complètement. Il prit le bol et s'assit près d'elle sur le lit.

— Restez couchée, lui dit-il.

— Le titre, Richard, le titre. N'apprendras-tu donc jamais ?

— Navré, Maîtresse Denna.

Il sourit.

— Vous pourrez me punir plus tard. Pour le moment, restez tranquille. Quand j'aurai fini, vous vous sentirez suffisamment bien pour me châtier toute la nuit. Je vous le garantis.

Il étala doucement la pâte sur les zébrures, la faisant pénétrer. Denna gémit. Ses yeux se fermèrent. Le temps qu'il atteigne ses talons, elle s'endormit. Il caressa ses cheveux pendant que la crème d'aume faisait son effet.

— Comment vous sentez-vous, Maîtresse Denna ? murmura-t-il.

Elle roula sur le côté, les yeux écarquillés.

— La douleur s'est volatilisée ! Comment as-tu fait ça ? Comment as-tu fait disparaître la douleur ?

Richard sourit de satisfaction.

— J'ai appris cette technique d'un vieil ami appelé...

Il sourcilla.

— Je ne me souviens plus de son nom. Mais c'est un vieil ami. Je suis si soulagé, Maîtresse Denna. Je n'aime pas vous voir souffrir.

Elle effleura doucement sa tempe du bout des doigts.

— Tu es vraiment exceptionnel, Richard Cypher. Je n'ai jamais eu d'amant comme toi. J'ai tué celui qui m'a infligé ce que je t'ai infligé, et toi, tu m'aides.

— Nous ne pouvons être que ce que nous sommes, ni plus, ni moins, Maîtresse Denna.

Il baissa les yeux vers ses propres mains.

— Je n'aime pas ce que Maître Rahl vous a fait.

— Tu ne comprends pas les Mord-Sith, mon amour. Nous sommes soigneusement triées, quand nous ne sommes encore que des jeunes filles. Celles que l'on choisit pour devenir Mord-Sith sont les plus gentilles, les plus charitables que l'on puisse trouver. On prétend que la plus profonde cruauté naît de l'amour le plus profond. Tout le D'Hara est passé au crible, et chaque année seule une demi-douzaine sont sélectionnées. Une Mord-Sith est brisée trois fois.

— Trois fois ? murmura-t-il.

Denna opina.

— La première de la façon que tu connais, afin de briser l'esprit. La seconde est censée briser notre empathie. Pour ce faire, nous devons regarder notre entraîneur briser notre mère, et faire d'elle son animal, puis le regarder la torturer jusqu'à ce qu'elle meure. La troisième doit nous ôter notre peur de faire souffrir les autres et nous faire éprouver du plaisir à infliger la douleur. Pour y arriver, nous devons briser nos pères.

— Ils vous ont fait tout ça ? dit Richard, les joues ruisselant de larmes.

— Ce que j'ai fait pour te briser n'est rien en comparaison de ce qui doit nous être fait pour nous briser la deuxième et la troisième fois. Plus une fille est bienveillante, plus elle deviendra une Mord-Sith efficace. Mais il est plus dur de la briser la deuxième et la troisième fois. Maître Rahl me considère comme spéciale parce qu'ils ont eu des difficultés à me briser la deuxième fois. Ma mère a vécu longtemps, pour essayer de m'empêcher de perdre espoir. Mais ça n'a rendu l'épreuve que plus ardue. Pour nous deux. Ils ont échoué à me briser la troisième fois. Ils ont abandonné et s'apprêtaient à me tuer, mais Maître Rahl a déclaré que si je pouvais être brisée, je deviendrais quelqu'un d'exceptionnel. Aussi a-t-il lui-même assumé mon entraînement. Le jour où j'ai tué mon père, il m'a prise dans sa couche, pour me récompenser. Cela m'a rendue stérile.

Richard pouvait à peine articuler à cause de la boule qu'il avait dans la gorge. De ses doigts tremblants, il repoussa quelques cheveux du visage de Denna.

— Je ne veux pas que l'on vous fasse mal. Plus jamais, Maîtresse Denna.

— Quel honneur, chuchota-t-elle à travers ses larmes, que Maître Rahl daigne gaspiller du temps à punir quelqu'un d'aussi insignifiant que moi. Avec mon propre Agiel.

Richard était transi.

— J'espère qu'il me tuera demain, afin que je n'apprenne rien de plus qui pourrait m'infliger autant de douleur, Maîtresse Denna.

Ses yeux humides brillaient.

— J'ai fait des choses pour te faire mal que je n'avais faites à personne d'autre. Cependant tu es le premier depuis que j'ai été choisie à avoir accompli le moindre geste pour atténuer ma douleur.

Elle s'assit et ramassa le bol d'étain.

— Il en reste encore. Laisse-moi t'en passer là où Constance a fait ce que je lui avais interdit.

Denna étala la crème d'aume sur les zébrures de ses

épaules, puis sur son ventre et son torse, remontant jusqu'au cou. Ses yeux rencontrèrent les siens. Sa main s'arrêta. Il régnait un silence de mort dans la chambre. Denna se pencha en avant et l'embrassa doucement. Elle mit sa main enduite de crème sur sa nuque et l'embrassa de nouveau.

Elle s'allongea sur le lit, tenant la main de Richard contre son ventre.

— Viens à moi, mon amour. Je te désire terriblement, maintenant.

Il opina et voulut attraper l'Agiel sur la table de nuit. Denna effleura son poignet.

— Ce soir, je te veux sans l'Agiel. D'accord ? Veux-tu m'apprendre ce qu'on ressent sans douleur ?

Elle passa la main derrière son cou et l'attira doucement sur elle.

16

DENNA NE L'ENTRAÎNA PAS LE MATIN SUIVANT, MAIS PRÉFÉRA l'emmener se promener. Maître Rahl avait dit qu'il voulait voir Richard après les secondes dévotions. Quand celles-ci furent achevées et qu'ils s'apprêtaient à partir, Constance les arrêta.

— Tu sembles étonnamment radieuse aujourd'hui, Sœur Denna.

Denna la toisa sans émotion.

Constance se tourna vers Richard.

— Eh bien ? J'ai entendu dire que l'on t'accorde une audience avec Maître Rahl aujourd'hui. Si tu es encore vivant après, tu me verras davantage. Seule. Je veux un morceau de toi, quand il en aura fini.

— L'année où ils vous ont choisie, Maîtresse Constance, répliqua Richard, devait être une année de pénurie désespérée. Autrement, quelqu'un avec une intelligence aussi limitée n'aurait jamais été sélectionné pour devenir Mord-Sith. Seuls les plus ignorants placeraient leurs propres ambitions mesquines au-delà de la valeur d'une amie. Surtout une amie qui s'est tant sacrifiée pour vous. Vous n'êtes pas digne d'embrasser l'Agiel de Maîtresse Denna.

Richard sourit avec confiance, tandis qu'elle restait interdite.

— Vous feriez mieux d'espérer que Maître Rahl me tue, Maîtresse Constance, parce que s'il ne le fait pas, alors la prochaine fois que je vous verrai, je vous tuerai pour ce que vous avez infligé à Maîtresse Denna.

Constance le fixait, stupéfaite, puis brandit brusquement son Agiel dans sa direction. Le bras de Denna s'interposa. Elle frappa Constance à la gorge, la faisant reculer. La Mord-Sith cracha du sang, et tomba à genoux, se tenant la gorge à deux mains.

Denna l'observa un moment, avant de partir sans un mot. Richard la suivit. Il accéléra le pas pour marcher à côté d'elle.

Denna gardait les yeux fixés droit devant elle, ne trahissant aucune émotion.

— Imagines-tu le nombre d'heures que cet incident t'a rapporté ?

Richard sourit.

— Maîtresse Denna, s'il existe une Mord-Sith capable d'arracher un cri à un mort, c'est vous.

— Et si Maître Rahl ne te tue pas, combien d'heures ?

— Maîtresse Denna, il n'y a pas assez d'heures dans toute une vie pour diminuer le plaisir que j'éprouve d'avoir fait ce que j'ai fait.

Elle sourit, mais ne le regarda pas.

— Je suis contente, alors, que ça en ait valu la peine pour toi.

Elle lui lança un regard de biais.

— Je ne te comprends toujours pas. Comme tu l'as dit, nous ne pouvons être ni plus, ni moins que ce que nous sommes. Je regrette de ne pouvoir être plus que ce que je suis, et je crains que tu ne puisses être moins. Même si nous n'étions pas des soldats combattant dans des camps opposés, je te garderais en tant qu'amant toute mon existence et veillerais à ce que tu meures le plus tard possible.

Richard fut réchauffé par son ton affable.

— Je ferai de mon mieux afin de vivre une longue vie pour vous, Maîtresse Denna.

Ils longèrent les couloirs, dépassèrent les cours consacrées aux dévotions, les statues puis les gens. Elle le conduisit à l'étage. Elle s'arrêta devant une double porte couverte de gravures champêtres.

Elle se tourna vers lui.

— Es-tu préparé à périr aujourd'hui, mon amour ?

— Le jour n'est pas encore achevé, Maîtresse Denna.

Elle glissa ses bras autour de son cou, l'embrassant tendrement. Elle lui caressa la nuque.

— Je suis désolée, Richard, de te faire subir toutes ces choses. Mais j'ai été entraînée pour les accomplir et je ne peux rien faire de moins. Je ne vis que pour te faire souffrir. Sache que ce n'est pas par choix, mais à cause de l'habitude. Je ne peux pas être plus que ce que je suis : une Mord-Sith. Si tu dois mourir aujourd'hui, mon amour, alors rends-moi fière de toi, et meurs honorablement.

Il était l'amant d'une folle, songea-t-il tristement.

Elle ouvrit la porte et pénétra dans un immense jardin. Richard aurait été impressionné si son esprit n'avait pas été occupé ailleurs. Ils longèrent un chemin bordé de fleurs et d'arbustes, dépassèrent des murets de pierre et des arbrisseaux couverts de lierre, jusqu'à une étendue de gazon. Un toit de verre laissait entrer la lumière.

Au loin se tenaient deux hommes. Leurs bras croisés étaient ornés de bandes métalliques hérissées de piques. Des sentinelles, estima Richard. A leurs côtés se tenait un autre homme. Ses muscles imposants étaient bandés. Ses cheveux blonds coupés court se dressaient en pointes, et une unique strie noire les traversait.

Au centre de la pelouse, près d'un cercle de sable blanc, un homme leur tournait le dos. Le soleil faisait luire sa robe blanche et ses cheveux blonds qui lui descendaient jusqu'aux épaules. Des étincelles de soleil jaillissaient de la ceinture en or et de la dague recourbée qu'il portait à sa taille.

Tandis que Richard et Denna s'approchaient de lui, Denna tomba à genoux, mettant le front à terre. Richard avait reçu des instructions et l'imita en écartant son épée du passage.

Ensemble, ils psalmodièrent.

— Maître Rahl, guidez-nous. Maître Rahl, enseignez-nous. Maître Rahl, protégez-nous. Dans votre lumière nous prospérons. Dans votre miséricorde nous nous abritons. Dans votre sagesse nous nous humilions. Nous ne vivons que pour vous servir. Nos vies vous appartiennent.

Ils ne chantèrent qu'une fois, puis attendirent. Richard tremblait légèrement. Il se souvint qu'il ne devait jamais s'approcher de Maître Rahl. Mais il ne pouvait se rappeler qui le lui avait prescrit. Il dut se concentrer sur la natte de Denna, pour contrôler la colère provoquée par ce que Maître Rahl lui avait fait.

— Levez-vous, mes enfants.

Richard se mit debout. Un regard bleu le scruta intensément. Le fait que le visage du Maître paraisse gentil, rempli d'intelligence, n'apaisa pas la peur de Richard. Les yeux bleus se posèrent alors sur Denna.

— Tu me sembles étonnamment radieuse ce matin, lui dit-il.

— Maîtresse Denna est assez bonne pour se donner la peine de le paraître, Maître Rahl, s'entendit dire Richard.

Les yeux bleus revinrent vers les siens. La tranquillité, la paix du visage de Rahl firent frissonner Richard.

— Mon animal m'a raconté que tu es une source continuelle d'ennuis. Je suis heureux de voir qu'elle ne m'a pas menti. Mais je ne suis pas satisfait de découvrir que c'est la vérité.

Il claqua des mains d'une manière décontractée.

— Enfin, peu importe. Comme c'est agréable de te rencontrer, Richard Cypher !

Denna appliqua l'Agiel dans son dos d'un coup sec pour lui rappeler ce qu'il était censé répondre.

— C'est un honneur que d'être là, Maître Rahl. Je ne vis que pour vous servir. Je m'humilie en votre présence.

Un petit sourire apparut sur les lèvres de Rahl.

— Oui, je suis sûr que c'est le cas.

Il étudia la figure de Richard pendant un instant.

— J'ai quelques questions. Tu vas m'en fournir les réponses.

Richard se sentit trembler.

— Oui, Maître Rahl.

— A genoux, dit-il doucement.

Richard s'agenouilla, aidé en cela par l'Agiel appliqué contre ses épaules. Denna se plaça derrière lui et mit une botte sur chacun de ses flancs. Elle bloqua ses cuisses contre ses épaules, s'en servant comme d'un levier tandis qu'elle empoignait ses cheveux. Elle tira un peu sa tête en arrière, l'obligeant à regarder dans les yeux bleus du Maître. Richard fut saisi de terreur.

Darken Rahl baissa les yeux sans émotion.

— Tu as déjà vu le Livre des Ombres Comptées ?

Richard ne répondit pas. Il était comme paralysé. Quand elle vit qu'il ne disait rien, Denna tira plus fort ses cheveux et posa l'Agiel à la base de son crâne.

Une douleur fulgurante traversa son cerveau. La prise de Denna sur ses cheveux était tout ce qui le maintenait droit. C'était comme si elle avait focalisé toute la souffrance d'une séance entière d'entraînement dans cet unique contact. Il ne pouvait plus ni bouger ni respirer. Pas même pleurer. Il était au-delà de la douleur. Elle retira l'Agiel. Il ne savait plus où il était, ni qui il était. Seulement que c'était plus de douleur qu'il n'en avait jamais éprouvé, et qu'il y avait un homme devant lui, vêtu d'une robe blanche.

Les yeux bleus le regardèrent à nouveau.

— Tu as déjà vu le Livre des Ombres Comptées ?

— Oui, s'entendit-il répondre.

— Où est-il maintenant ?

Richard hésita. Il ne savait pas quoi répondre. La douleur traversa à nouveau sa tête. Lorsqu'elle cessa, il sentit des larmes ruisseler le long de ses joues.

— Où est-il maintenant ? répéta la voix.

— Je vous en prie, ne me faites plus mal, pleura-t-il. Je ne comprends pas la question.

— Qu'y a-t-il de compliqué à saisir ? Contente-toi de me dire où se trouve le livre.

— Le livre, ou la connaissance du livre ? s'enquit craintivement Richard.

Les yeux bleus se plissèrent.

— Le livre.

— Je l'ai brûlé dans un feu il y a des années.

Richard crut que les yeux allaient le déchiqueter.

— Et où se trouve la connaissance ? reprit la voix.

Richard hésita trop longtemps. Quand il reprit conscience, Denna releva brusquement sa tête pour qu'il regarde à nouveau les yeux bleus.

— Où est la connaissance qui était dans le livre ? répéta la voix.

— Dans ma tête. Avant de brûler le livre, j'ai appris les mots de la connaissance.

L'homme resta à le fixer. Richard pleurait doucement.

— Récite les paroles du livre.

— *La vérification de la véracité des paroles du Livre des Ombres Comptées, si celles-ci sont prononcées par un autre, plutôt que lues par celui qui commande aux coffrets, ne peut être garantie que par la présence d'un Confesseur...*

Confesseur.

Kahlan.

Le nom de Kahlan traversa l'esprit de Richard comme un éclair. Tout lui revint, à mesure que le pouvoir montait en lui. Richard ne fit plus qu'un avec ce pouvoir.

Darken Rahl se tourna vers les hommes. Celui qui avait une mèche noire s'avança.

— Tu vois, mon ami ? Le destin travaille pour moi. Elle vient déjà par ici en compagnie de l'Ancien. Trouve-la. Veille à ce qu'elle me soit amenée. Prends deux quads. Je la veux vivante, tu comprends ?

L'homme acquiesça.

— Toi et tes hommes bénéficierez de la protection de mes sortilèges. L'Ancien l'accompagne, mais il ne pourra se défendre contre un sort des enfers. S'il est encore en vie d'ici là.

La voix de Rahl se durcit.

— Peu m'importe ce que lui feront tes hommes, mais tu as intérêt à ce qu'elle soit vivante lorsqu'elle arrivera. Et en mesure d'utiliser son pouvoir.

L'homme blêmit.

— Je comprends. Tout sera fait selon vos ordres, Seigneur Rahl.

Il s'inclina profondément.

Il pivota et partit après avoir croisé les yeux de Richard à qui il adressa un regard entendu.

Darken Rahl reporta son attention sur Richard.

— Continue.

Richard était allé aussi loin qu'il le pouvait. Il se souvenait de tout.

Il était temps de mourir.

— Je refuse. Il n'y a rien que vous pourrez faire pour m'obliger à parler. J'accueille la douleur. J'accueille la mort.

Avant que l'Agiel ne l'atteigne, les yeux de Rahl se braquèrent soudainement vers Denna. Richard sentit son étreinte se desserrer sur ses cheveux. L'une des sentinelles s'approcha, l'empoigna à la gorge avec sa grosse main, l'étranglant, jusqu'à ce que Richard l'entende lutter pour respirer.

Rahl la fusilla du regard.

— Tu m'avais dit qu'il était brisé.

— Il l'était, Maître Rahl.

Elle lutta pour parler tandis qu'elle étouffait.

— Je le jure.

— Tu me déçois énormément, Denna.

Alors que l'homme la soulevait du sol, Richard perçut ses gémissements de souffrance. De nouveau, le pouvoir monta en lui. On faisait du mal à Denna. Avant que quiconque sache ce qui se produisait, il s'était mis debout, le pouvoir de la magie s'emparant de lui.

Richard passa un bras autour du cou épais du soldat. Il attrapa sa tête avec l'autre bras et, en un clin d'œil, la tordit d'un coup vigoureux. Son cou craqua.

Richard fit volte-face. L'autre garde était presque sur lui, la main tendue. Richard saisit son poignet et utilisa son élan pour empaler son adversaire sur son couteau. Il l'enfonça jusqu'au poing, entaillant l'abdomen jusqu'au cœur. Les yeux bleus du soldat s'écarquillèrent de surprise. Ses entrailles se répandirent sur le sol.

Richard haletait. Tout, dans sa vision périphérique, se teintait de blanc.

Darken Rahl demeurait impassible, se léchant le bout des doigts.

Denna attisa suffisamment la douleur de la magie pour forcer Richard à s'agenouiller. Il croisa les bras par-dessus son estomac.

— Maître Rahl, hoqueta Denna, laissez-moi le reprendre pour la nuit. Je vous jure qu'au matin il répondra à toutes les questions que vous lui poserez. S'il est toujours vivant. Permettez-moi de me racheter.

— Non, répliqua Rahl, perdu dans ses pensées. Je m'excuse. Ce n'est pas ta faute. Je n'avais pas idée de ce à quoi nous avions affaire. Apaise sa douleur.

Richard reprit sa respiration. Le brouillard s'était éclairci dans sa tête. Il périrait avec son esprit et sa dignité intacts. Il étouffa sa colère, mais le feu habitait toujours ses yeux. Et surtout son cœur.

— Est-ce que c'est l'Ancien qui t'a enseigné ça ? demanda Rahl.

— Qui m'a enseigné quoi ?

— A diviser ton esprit. Voilà comment tu es parvenu à ne pas être brisé.

— Je ne sais pas de quoi vous parlez.

— Tu as érigé un mur afin de protéger ton âme. Tu as sacrifié le reste en prévision de ce que tu allais subir. Une Mord-Sith ne peut pas briser un esprit morcelé. Punir, oui. Briser, non.

Il se tourna vers Denna.

— Une fois encore, je suis désolé. Je croyais que tu m'avais trahi. Ce n'est pas le cas. Seule la plus talentueuse aurait pu l'emmener aussi loin.

Il sourit, se lécha à nouveau le bout des doigts et lissa ses sourcils.

— Richard et moi allons maintenant avoir une conversation privée. Tant qu'il sera avec moi dans cette pièce, je souhaite que tu le laisses parler sans lui infliger la douleur de la magie. Elle interfère avec ce que je peux avoir besoin d'effectuer. Pendant qu'il est là, il doit être libre de toute entrave. Tu peux retourner à tes appartements. Quand j'en aurai fini avec lui, je te le renverrai, comme promis.

Denna s'inclina profondément.

— Je ne vis que pour vous servir, Maître Rahl.

Elle se tourna vers Richard, la figure empourprée, et mit un doigt sous son menton, qu'elle releva un peu.

— Ne me déçois pas, mon amour.

Le Chercheur sourit.

— Jamais, Maîtresse Denna.

Il laissa la fureur déferler, juste pour la sentir encore, tandis qu'il la regardait s'éloigner. La fureur contre elle, et contre ce qu'elle avait subi. Ne pense pas au problème, se dit-il, pense à la solution. Richard se retourna vers Darken Rahl. Le visage de son interlocuteur était calme et ne trahissait aucune émotion. Richard l'imita.

— Tu sais que je désire savoir ce que raconte le reste du livre.

— Tuez-moi.

Rahl sourit.

— Si impatient de mourir, vraiment ?

— Oui. Tuez-moi. Comme vous avez tué mon père.

— Ton père ? Je n'ai pas tué ton père, Richard.

— George Cypher ! Vous l'avez tué ! N'essayez pas de le nier ! Vous l'avez tué avec ce couteau à votre ceinture !

Rahl déploya les mains en feignant l'innocence.

— Oh, je ne nie pas avoir tué George Cypher. Mais je n'ai pas tué ton père.

Richard était pris au dépourvu.

— Qu'est-ce que vous racontez ?

Darken Rahl le contourna d'un pas indolent. Richard essayait de suivre le mouvement en tournant la tête.

— Elle est très belle. Vraiment. La meilleure que j'aie jamais vue. Tissée par le grand magicien lui-même.

— Quoi ?

Darken Rahl s'arrêta devant lui.

— La toile magique qui t'enveloppe. Je n'en ai jamais vu de pareille. Elle te drape aussi étroitement qu'un cocon. Elle est là depuis longtemps. Elle est assez complexe. Je ne crois pas que je pourrais la démêler.

— Si vous essayez de me persuader que George Cypher n'était pas mon père, vous avez échoué. Si vous essayez de me persuader que vous êtes fou, inutile de vous donner cette peine. Je le sais déjà.

— Mon cher garçon, s'esclaffa Rahl, rien ne pourrait m'importer moins que de savoir qui est ton père. Néanmoins, il y a une toile magique qui dissimule la vérité à ton sujet.

— Vraiment ? Qui est mon père, si ce n'est pas George Cypher ?

— Je l'ignore.

Rahl haussa les épaules.

— La toile me le cache. Mais d'après ce que j'ai vu, j'ai mes soupçons.

Le sourire disparut.

— Que raconte le Livre des Ombres Comptées ?

Richard haussa les épaules.

— C'est ça, votre question ? Vous me décevez.

— Comment ça ?

— Eh bien, après ce qui a été infligé à votre bâtard de père, j'étais convaincu que vous voudriez connaître le nom du vieux magicien.

Darken Rahl lança un regard sombre.

— Quel est le nom du vieux magicien ?

Ce fut au tour de Richard de sourire. Il étendit les bras.

— Dépecez-moi. C'est écrit dans mes entrailles. C'est là que vous trouverez la réponse.

Richard conserva son sourire narquois sur les lèvres. Il savait qu'il était sans défense et espérait que Rahl serait poussé à le tuer. S'il périssait, le livre périrait avec lui. Pas de coffret, pas de livre. Rahl allait mourir, Kahlan serait alors en sécurité. C'est tout ce qui comptait.

— Dans une semaine, ce sera le premier jour de l'hiver. Je connaîtrai alors le nom du magicien, et je détiendrai le pouvoir de l'attraper, où qu'il se cache.

— Dans une semaine, vous serez mort. Vous ne possédez que deux coffrets.

Darken Rahl se lissa les lèvres.

— J'en ai deux pour l'instant, et le troisième sera là d'ici peu.

Richard ne manifesta aucune réaction. Il ne laissa pas son visage trahir ses émotions.

— Une vantardise courageuse. Mais un mensonge, quoi qu'il en soit. Dans une semaine, vous mourrez.

Rahl arqua ses sourcils.

— Je dis la vérité. Tu as été trahi. La même personne qui t'a trahi s'est également emparée du coffret à mon profit. Elle sera là dans quelques jours.

— Je ne vous crois pas, dit Richard d'un ton catégorique.

Darken Rahl fit demi-tour et longea le périmètre du cercle de sable blanc.

— Non ? Laisse-moi te montrer quelque chose.

Richard le suivit jusqu'à un bloc de pierre sur lequel reposait une plaque de granit. Au centre de la plaque il y avait deux des coffrets d'Orden. L'un d'eux était couvert de bijoux. L'autre était aussi noir que la pierre de nuit.

— Deux des coffrets d'Orden, annonça Rahl, tendant les mains vers eux. Pourquoi voudrais-je du livre ? Le livre ne me serait d'aucune utilité sans le troisième. Tu possédais ce troisième coffret. C'est la personne qui t'a livré qui me l'a avoué. S'il n'approchait pas, pourquoi aurais-je besoin du manuel ? Sinon, j'aurais pu t'ouvrir pour découvrir l'emplacement du coffret.

— Qui m'a livré et s'est emparé du coffret ? Donnez-moi son nom, s'écria Richard.

— Sinon quoi ? Tu m'éventreras et tu liras son nom dans mes entrailles ? Je ne trahirai pas quelqu'un qui m'a aidé. Tu n'as pas l'apanage de l'honneur.

Richard ne savait que croire. Rahl avait raison à propos d'une chose : il n'aurait pas besoin du livre s'il n'était pas en passe de détenir les trois coffrets. Quelqu'un l'avait réellement trahi. C'était impossible, mais ce devait être vrai.

— Contentez-vous de me tuer, dit Richard d'une voix faible. Je refuse de vous le dire. Vous feriez aussi bien de m'éventrer.

— Tu dois d'abord me convaincre que tu me dis la vérité. Tu pourrais me tromper en affirmant que tu connais l'intégralité du livre. Tu pourrais n'avoir lu que la première page et avoir brûlé le reste. Ou simplement avoir inventé ce que tu m'en as révélé.

Richard croisa les bras et regarda par-dessus son épaule.

— Et quel motif pourrais-je bien invoquer pour que vous me croyiez ?

Rahl haussa les épaules.

— Je pensais que tu appréciais ce Confesseur. Kahlan. Tu vois, si tu ne parviens pas à me persuader que tu racontes la vérité, alors je devrai la disséquer et jeter un coup d'œil à ses entrailles pour voir si elles ont quelque chose à m'apprendre à ce sujet.

Richard lui lança un regard mauvais.

— Ce serait une erreur grossière. Vous avez besoin d'elle pour confirmer l'authenticité du livre. Si vous lui faites du mal, vous détruirez vos espoirs.

Rahl haussa les épaules.

— C'est ce que tu dis. Comment saurai-je que tu sais réellement ce que raconte le livre ?

Richard ne répliqua rien. Il était perdu. Réfléchis à la solution, se dit-il, pas au problème.

— Comment avez-vous retiré le couvercle de ce coffret ? lui demanda-t-il.

— Le Livre des Ombres Comptées n'est pas ma seule source d'information.

Il baissa les yeux vers la boîte obscure.

— Ça m'a pris une journée entière et tous les talents dont je dispose.

Il releva les yeux.

— Il est scellé par magie, tu sais. Mais j'ai réussi. Et je réussirai avec les deux autres.

Il était décourageant de songer que Rahl était parvenu à retirer le couvercle d'un des coffrets. Pour l'ouvrir, il fallait l'extraire de sa protection. Richard avait espéré que, sans le livre, une telle chose serait impossible à réaliser. Cet espoir était perdu.

Richard fixa sans expression le coffret paré de joyaux.

— Page douze du Livre des Ombres Comptées. Sous le titre *Enlever le couvercle*, il est dit : *Le couvercle des coffrets peut être retiré par quiconque possède la connaissance.*

Richard tendit la main et souleva le coffret.

— Page dix-sept, troisième paragraphe en partant du haut : *Si cela s'avère impossible, cependant, durant les heures de lumière, mais uniquement durant les heures de lumière, il est possible d'enlever le couvercle du deuxième coffret de la manière suivante. Tenez le coffret là où le soleil peut le toucher, face au nord. S'il y a des nuages, tenez le coffret là où le soleil le toucherait s'ils n'existaient pas, mais face à l'ouest.*

Richard leva le coffret dans la lumière vespérale.

— *Tournez le coffret afin que la petite extrémité munie d'une pierre bleue puisse faire face au soleil. La pierre jaune doit regarder le ciel.*

Richard tourna le coffret.

— *Le majeur de la main droite placé sur la pierre jaune, posez le pouce de la main droite sur la pierre transparente dans le coin inférieur.*

Richard agrippa le coffret comme il était indiqué.

— *Placez l'index de la main gauche sur la pierre bleue de la face opposée, le pouce de la main gauche sur le rubis de la face la plus proche.*

Richard plaça ses doigts ainsi.

— *Effacez toutes pensées de votre esprit, et ne les remplacez que par l'image d'une surface blanche avec un carré noir en son centre. Ecartez les deux mains et retirez le couvercle.*

Tandis que Rahl l'observait, Richard clarifia son esprit et tira. Le couvercle émit un cliquetis. Deux coffrets noirs gisaient côte à côte.

— Remarquable, souffla Rahl. Et tu connais chaque partie du livre aussi bien ?

— Le moindre mot.

Richard fulmina.

— Ce que je vous ai révélé ne vous sera toutefois d'aucun secours pour enlever le troisième couvercle. Ils se retirent tous différemment.

Rahl agita légèrement la main.

— Peu importe. Je l'enlèverai.

Il observa Richard un moment.

— Tu es libre de partir.

Richard haussa les sourcils.

— Qu'insinuez-vous ? N'allez-vous pas essayer de m'extirper le contenu du livre ? De me tuer ?

Rahl haussa les épaules.

— Je n'en tirerais aucun bénéfice. Les moyens dont je dispose pour te soutirer les informations endommageraient ton cerveau. Ces informations seraient incohérentes. S'il s'agissait d'autre chose, je serais en mesure d'assembler les morceaux et de reconstituer l'ensemble. Mais je me rends compte que le livre est trop détaillé pour cela. Les informations seraient incomplètes et ne me seraient d'aucune utilité. Tu ne m'es par conséquent d'aucune utilité non plus pour l'instant. Aussi es-tu libre de partir.

Richard était soucieux. Rahl devait lui cacher quelque chose.

— Partir comme ça ? Vous savez pourtant que je vais essayer de vous arrêter.

Rahl leva les yeux.

— Je ne m'inquiète pas de ce que tu pourrais faire. Mais si tu as la moindre considération pour le sort des autres, tu devras être de retour ici dans une semaine, lorsque j'ouvrirai les coffrets.

Richard plissa les yeux.

— Que voulez-vous dire ?

— Dans une semaine, au premier jour de l'hiver, j'ouvrirai l'un des coffrets. J'ai appris de source sûre comment identifier le coffret qui me tuerait. Pour le reste, je serai obligé de deviner. Si j'ouvre le bon, je régnerai sans partage. Si j'ouvre l'autre, le monde sera détruit.

— Permettriez-vous que cela se produise ?

Les sourcils de Darken Rahl s'arquèrent comme il se penchait vers Richard.

— Un monde, ou le néant. Voilà comment je vois l'avenir.

— Je ne vous crois pas. Vous ne savez pas quel coffret vous détruira.

— Même si je mentais, j'aurais encore deux chances sur trois que mes prédictions se réalisent. Tu n'aurais en revanche qu'une chance sur trois que le vent tourne en ta faveur. Ce ne sont pas de bons pronostics, pour toi. Cependant, je ne mens pas. Soit le monde sera détruit, soit je le dirigerai. C'est à toi de choisir quel avenir te convient le mieux. Si tu ne m'aides pas, et que j'ouvre le mauvais coffret, je disparaîtrai. De même que tous les autres, y compris ceux que tu aimes. Si tu ne m'aides pas, et que j'ouvre celui que je veux, alors je livrerai Kahlan à Constance. Un bon et long entraînement. Tu assisteras à la totalité du spectacle avant que je ne te tue. Ensuite Kahlan portera mon fils, mon héritier. Un fils qui sera Confesseur.

Richard fut saisi d'une douleur pire que toutes celles que Denna lui avait infligées.

— Etes-vous en train de me faire une proposition ?

Rahl acquiesça.

— Si tu reviens dans les temps, et que tu m'aides, je t'autoriserai à partir vivre ta vie. Je te laisserai libre.

— Et Kahlan ?

— Elle vivra ici, au Palais du Peuple, et sera traitée comme une reine. Elle bénéficiera de tout le confort dû à son rang : le genre d'existence à laquelle est habituée un Confesseur. Quelque chose que tu ne pourrais jamais lui procurer. Elle vivra une existence de paix et de sécurité, et elle portera le fils Confesseur que je désire. Quelle que soit ta décision, elle portera mon fils. Voilà ce que j'ai choisi. Mais c'est à toi de choisir comment : en tant qu'animal de Constance, ou en tant que reine. Alors tu vois ? Je crois que tu reviendras. Et si j'ai tort...

Il haussa les épaules.

— Un monde, ou le néant.

Richard parvenait à peine à respirer.

— Je ne crois pas que vous sachiez quel coffret vous détruira.

— Je n'ai pas besoin de te convaincre.

Son humeur s'assombrit.

— Choisis sagement, mon jeune ami. Il se peut que tu n'apprécies pas les options que je te propose. Mais tu apprécieras encore moins leurs résultats si tu ne m'aides pas. Tous les choix dans la vie ne plaisent pas forcément, mais ceux-ci sont les seuls dont tu disposes. Il vaut parfois mieux choisir ce qui est mieux pour ceux qu'on aime que pour soi-même.

— Je ne crois toujours pas que vous sachiez quel coffret vous tuera, murmura Richard.

— Pense ce que tu veux, mais demande-toi si tu es prêt à parier l'avenir de Kahlan avec Kahlan contre ce que tu crois. Même si tu avais raison, tu n'aurais qu'une chance sur trois.

Richard se sentit désemparé.

— Suis-je libre de partir maintenant ?

— Eh bien, il reste quelques affaires... pour lesquelles tu pourrais avoir besoin de renseignements.

Richard se sentit brusquement paralysé, comme si des mains invisibles l'agrippaient. Il ne pouvait plus bouger un seul muscle. Darken Rahl fouilla dans la poche de Richard et sortit la bourse de cuir contenant la pierre de nuit. Richard lutta contre la force qui le pétrifiait, mais ne put esquisser un mouvement. Rahl posa la pierre de nuit dans sa main.

Des créatures maléfiques commencèrent alors à se matérialiser. Elles se regroupèrent autour de Rahl, toujours plus nombreuses.

— Il est temps de rentrer à la maison, mes amis, dit Darken Rahl.

Les ombres commencèrent à tournoyer autour de lui, de plus en plus vite, jusqu'à se fondre en un magma grisâtre. Un hurlement s'éleva alors qu'elles semblaient comme aspirées par la pierre de nuit. Un long silence se fit. Puis, la pierre de nuit se réduisit en cendre dans la paume de Rahl. Il souffla dessus et celle-ci s'envola dans les airs.

— L'Ancien t'a surveillé. Grâce à la pierre de nuit, il a toujours su où tu te trouvais. Mais la prochaine fois qu'il te cherchera, il va avoir une très désagréable surprise. C'est aux enfers qu'il te rejoindra.

Richard était hors de lui. Cependant, il parvint à se détendre et à substituer le calme à la colère. Il laissa son esprit se vider et s'apaisa. La force s'estompa. Il fit un pas en avant, libéré de l'étau qui l'avait entravé.

Rahl sourit chaleureusement.

— Très bien, mon garçon. Tu sais comment rompre une toile magique. L'Ancien choisit bien ses Chercheurs.

Il opina.

— Mais tu es plus qu'un Chercheur. Tu as le don. J'attends avec impatience le jour où nous serons dans le même camp. J'adorerai t'avoir à mes côtés. Ceux qui m'entourent sont peu nombreux. Quand le monde sera uni, je t'en apprendrai davantage. Si tu le souhaites.

— Nous ne serons jamais dans le même camp. Jamais, lui lança Richard.

— Le choix t'appartient, Richard. Je ne t'en veux pas. J'espère que nous deviendrons amis.

Rahl étudia le visage de Richard.

— Encore une chose. Tu peux rester au Palais du Peuple, ou partir si tu le désires. Mes gardes t'accompagneront. Toutefois, tu seras enveloppé d'une toile magique. Contrairement à celle que tu viens de rompre, ce n'est pas toi qu'elle affectera, mais ceux qui te verront.

Tu seras donc incapable de la briser. C'est une toile ennemie. Tous te verront comme leur ennemi. Mes hommes, pour qui tu l'es déjà, aussi bien que tes alliés. C'est une épreuve pour toi : j'aimerais que tu voies comment les gens me considèrent. Que tu voies le monde à travers mes yeux. Que tu voies avec quelle injustice on me regarde.

Richard n'eut pas besoin de retenir sa colère. Il n'en avait pas. Il éprouva un étrange sentiment de paix.

— Suis-je libre de partir maintenant ?

— Bien sûr, mon garçon.

— Et Maîtresse Denna ?

— Quand tu quitteras cette pièce, tu retomberas sous son emprise. Elle contrôle toujours la magie de ton épée. Une fois qu'une Mord-Sith possède ta magie, elle la garde. Je ne peux pas la lui confisquer pour te la rendre. Tu dois la récupérer toi-même.

— Alors dans quelle mesure suis-je libre de partir ?

— N'est-ce pas évident ? Si tu veux partir, tu dois la tuer.

— La tuer !

Richard était ébahi.

— Ne croyez-vous pas que si je pouvais la tuer, je l'aurais fait depuis longtemps ? Croyez-vous que j'aurais enduré ce qu'elle m'a fait subir si j'avais été capable de la tuer ?

Darken Rahl eut un petit sourire.

— Tu as toujours été à même de la tuer.

— Comment ?

— Rien de ce qui existe ne comporte qu'un seul côté. Même une feuille de papier, si fine qu'elle soit, a deux côtés. La magie non plus n'est pas unidimensionnelle. Tu n'as fait qu'en contempler un aspect. Comme la plupart des gens. Regarde-la dans son entier.

Il désigna les corps de ses deux sentinelles. Les sentinelles que Richard avait massacrées.

— Elle contrôle ta magie, cependant tu as tué.

— Pour eux, c'est différent.

— Bien sûr que non. Mais tu dois maîtriser ton pouvoir. Les demi-mesures ne t'amèneront que des ennuis. Denna te contrôle avec une dimension de ta magie : la dimension que tu lui as offerte. Tu dois maintenant utiliser l'autre côté. C'est une chose dont tous les Chercheurs se sont montrés capables, mais aucun d'eux n'a réussi à maîtriser cette ambivalence. Peut-être seras-tu le premier.

— Et si ce n'est pas le cas ? Si je ne réussis pas ?

Darken Rahl ressemblait étrangement à Zedd. Il avait la même façon que Zedd de lui enseigner ses secrets — en le faisant réfléchir de telle sorte qu'il trouve les réponses à sa manière. Avec son propre esprit.

— Alors, mon jeune ami, prépare-toi à passer une semaine... difficile. Dans sept jours, Denna te ramènera ici et tu me donneras ta décision : m'aider, ou laisser tous tes amis souffrir. Et mourir.

— Contentez-vous de me dire comment utiliser la magie de l'épée et comment la maîtriser.

— Bien sûr. Lorsque tu m'auras révélé la connaissance contenue dans le Livre des Ombres Comptées.

Rahl sourit.

— Je savais bien que tu refuserais. Bonne nuit, Richard. N'oublie pas : une semaine.

Le soleil se couchait lorsque Richard quitta Darken Rahl. Celui-ci savait donc quel était le coffret qui pouvait le tuer. Quelqu'un l'avait trahi. Qui ?

Shota lui avait déclaré que Zedd et Kahlan utiliseraient leurs pouvoirs contre lui. Ce ne pouvait être que l'un des deux. Mais il ne parvenait pas à envisager cette idée. Il les aimait plus que sa propre vie.

Zedd lui avait dit qu'il devait être prêt à tuer quiconque risquait de compromettre la victoire. Même s'il n'en avait que l'intuition. Cette perspective le fit frémir.

Dans l'instant, il devait imaginer un stratagème pour se débarrasser de Denna. Il ne parviendrait à rien s'il ne pouvait se dégager de ses griffes. C'était là l'urgence car, bientôt, Denna allait le faire souffrir, et il ne serait plus apte à réfléchir. Il devait d'abord se focaliser sur ce problème et s'occuper des autres ensuite.

Il prit la direction des quartiers de Denna. Pouvait-il réellement quitter le Palais du Peuple ? Darken Rahl lui avait dit qu'aucune sentinelle ne l'arrêterait. Il fit une tentative en empruntant un couloir qui lui était inconnu. La douleur l'obligea à s'agenouiller. Au prix d'un effort surhumain, il parvint à revenir dans le couloir qu'il était censé suivre. Il dut s'arrêter pour se reposer tant la souffrance avait été violente.

Il entendit la cloche des dévotions vespérales sonner. Il irait aux dévotions. Cela lui laisserait du temps pour penser. Il s'agenouilla, soulagé que la douleur ne se réveille pas. Il inclina le front à terre et commença à psalmodier, tâchant de s'éclaircir l'esprit. Il décida d'utiliser la psalmodie pour apaiser ses inquiétudes et ses peurs. A l'issue des dévotions, il se leva, frais et dispos, et reprit la direction des appartements de Denna.

Les couloirs qu'il traversa, les salles et les escaliers, étaient d'une beauté stupéfiante. Richard s'émerveilla à nouveau. Il se demanda comment un homme aussi vil que Darken Rahl pouvait avoir besoin de s'entourer de tant de splendeur. Ses paroles lui revinrent en mémoire : « Rien n'est unidimensionnel. Les deux côtés de la magie. »

Richard se remémora chacune des fois où l'étrange pouvoir s'était éveillé en lui. Lorsqu'il s'était senti navré pour la Princesse Violette, lorsque le garde de la Reine avait tenté de faire du mal à Denna, lorsqu'il avait éprouvé de la pitié pour les supplices qui avaient été infligés à Denna, lorsqu'il imaginait Rahl torturer Kahlan... Il se rappela qu'à chaque occasion sa vision s'était partiellement teintée de blanc.

Chaque fois, il devait ces sensations à la magie de l'épée. Il se souvint encore que la magie de l'épée était également synonyme de rage. Il songea alors à ce qu'il ressentait lorsqu'il dégainait l'épée, animé par la colère. Le courroux, la furie, le désir de tuer.

La haine.

Richard s'arrêta au milieu du couloir, pétrifié par son intuition. Il était tard et il n'y avait personne dans les parages. Il était seul. Il sentit comme une vague de froid déferler en lui.

Deux dimensions. Enfin, il comprenait.

Les esprits l'aidaient.

Il invoqua la magie et la laissa projeter un éclat blanc tout autour de lui.

Quasiment en état de transe, Richard referma la porte des appartements de Denna derrière lui. Il fixa son attention sur le pouvoir.

La pièce était éclairée par une lampe posée sur la table de nuit. Elle conférait à l'atmosphère légèrement parfumée une chaleur étrange. Denna était assise, complètement nue au milieu du lit. Ses jambes étaient croisées, sa natte défaite et ses cheveux brossés. L'Agiel était pendu à une chaîne dorée passée autour de son cou. Elle le regardait avec de grands yeux rêveurs.

— Tu es venu me tuer, mon amour ? murmura-t-elle.

Il opina lentement en la regardant.

— Oui, Maîtresse.

Elle sourit un peu.

— C'est la première fois que tu te contentes de m'appeler simplement « Maîtresse ». Tu m'appelais toujours « Maîtresse Denna » dans le passé. Cela signifie-t-il quelque chose ?

— Oui. Ça signifie tout. Ça signifie que je te pardonne tout.

— Je suis prête.

— Pourquoi es-tu nue ?

La lumière de la lampe se reflétait dans ses yeux.

— Parce que la seule chose que je sois obligée de porter est mon titre de Mord-Sith. Je ne possède rien d'autre. Je ne souhaitais pas mourir dans les habits d'une Mord-Sith. Je veux mourir comme je suis née. Denna. Rien de plus.

— Je comprends, murmura-t-il. Comment savais-tu que je venais te tuer ?

— Quand Maître Rahl m'a choisie pour aller te capturer, il a dit qu'il ne voulait pas m'ordonner de partir, mais que je devais faire acte de volontariat. Il a dit que les prophéties annonçaient la venue d'un Chercheur qui serait le premier à maîtriser la magie de l'épée : la magie blanche. Qu'il parviendrait à blanchir la lame de l'épée. Il a ajouté que tu étais celui dont parlaient les prophéties. Cela voulait dire que je devais périr de ta main, si tu le décidais. J'ai demandé qu'on m'envoie, pour que je devienne ta Mord-Sith. Certaines des choses que je t'ai fait subir, je ne les ai infligées à personne d'autre, dans l'espoir que tu serais l'élu et que tu me tuerais.

La lumière de la lampe illuminait la beauté enfantine de son visage.

— Je suis désolé, Denna, murmura-t-il.

— Tu te souviendras de moi ? lui demanda-t-elle.

— J'aurai des cauchemars pour le restant de mes jours.

Son sourire s'élargit.

— Je suis heureuse. Tu aimes cette femme ? Kahlan ?

Richard se troubla.

— Comment sais-tu cela ?

— Parfois, lorsque je fais suffisamment souffrir les hommes et qu'ils ne savent plus ce qu'ils racontent, ils réclament leur mère. Ou leur femme. Tu as réclamé une personne nommée Kahlan. Tu vas la choisir pour amante ?

— Je ne peux pas, dit-il. C'est un Confesseur. Son pouvoir me détruirait.

— Je suis navrée. Tu en souffres ?

Il acquiesça lentement.

— Plus que de tout ce que tu m'as fait.

— Bien. Je suis heureuse que celle que tu aimes soit capable de t'infliger plus de souffrances que moi.

Richard savait qu'à sa façon Denna voulait le récon-forter et lui donner un gage d'amour en lui souhaitant de recevoir davantage de douleur d'une autre. Il savait que Denna l'avait parfois torturé pour lui montrer qu'elle l'aimait. A ses yeux, si Kahlan pouvait lui infliger davantage de douleur, ce serait une preuve d'amour.

Une larme coula sur la joue de Denna. Qu'avaient-ils fait à cette pauvre enfant ?

— C'est un genre différent de souffrance. Personne ne pourrait t'égaler dans ce que tu m'as fait.

— Merci, mon amour, souffla-t-elle.

Elle prit l'Agiel à son cou et le tendit avec espoir.

— Accepte de le porter. En souvenir de moi. Il ne te fera pas mal si tu le portes autour du cou ou si tu le tiens par la chaîne. Seulement si tu le tiens dans la main.

Richard se pencha, la laissant passer l'Agiel par-des-sus sa tête.

— Comment vas-tu procéder ? s'enquit-elle.

Il savait ce qu'elle voulait dire. Sa main glissa jusqu'à la poignée de l'épée.

Lentement, il dégaina l'Epée de Vérité. Elle ne résonna pas, comme elle le faisait autrefois.

Elle siffla. Un sifflement perçant.

Richard ferma les yeux. Le pouvoir s'écoula en lui. Il était en paix. Toute colère et toute haine avaient disparu. Il ne ressentait désormais que de l'amour pour Denna, pauvre enfant innocente, torturée et forcée à accomplir le mal. Richard éprouva une pitié infinie à son égard.

— Denna, murmura-t-il, tu pourrais te contenter de me laisser partir. Nous n'avons pas besoin de faire ça. S'il te plaît. Laisse-moi partir. Ne m'oblige pas à te tuer.

Elle leva la tête.

— Si tu essaies de partir, je t'arrêterai et te ferai regretter de ne pas m'avoir tuée maintenant. Je suis une Mord-Sith. Je suis ta maîtresse. Je ne peux pas être plus que ce que je suis. Tu ne peux pas être moins, mon amour.

Il savait qu'elle disait la vérité. Il posa la pointe de l'épée entre ses seins. Ses yeux étaient embués de larmes.

Denna attrapa doucement la pointe de l'épée et la releva de quelques centimètres.

— Mon cœur est là, mon amour.

L'épée contre sa poitrine, il se pencha et passa tendrement son bras gauche autour de ses épaules. Il retint le pouvoir de toutes ses forces tandis qu'il lui embrassait la joue.

— Richard, murmura-t-elle, je n'avais jamais eu d'amant comme toi. Je suis heureuse de ne pas en avoir d'autre. Tu es la seule personne qui se soit souciée de savoir ce que j'ai enduré et qui ait fait quelque chose pour me consoler. Merci pour la nuit dernière. Pour m'avoir permis d'y goûter au moins une fois.

Il l'attira contre lui.

— Pardonne-moi, mon amour.

Elle sourit.

— Je te pardonne tout. Merci de m'appeler « ton amour ». C'est bon de l'entendre. Et, Richard, s'il te plaît, respire mon dernier souffle. Comme je te l'ai appris. Je veux t'offrir mon ultime souffle de vie.

Il posa ses lèvres sur les siennes. Il n'y eut aucune

résistance. L'épée s'enfonça en elle comme si Denna était faite de gaze. Tout était fini.

Il se coucha près d'elle et pleura.

Pourrait-il un jour oublier l'acte qu'il venait de commettre ?

17

CE N'EST QU'AU PLUS PROFOND DE LA NUIT QU'IL QUITTA LES appartements de Denna. Les couloirs étaient vides. Le bruit de ses pas résonnait contre la pierre du sol et des murs. Seule la perspective de quitter le Palais du Peuple le réconfortait. Il ne savait où aller.

Une douleur bien connue le força brutalement à s'arrêter.

— On va quelque part ? murmura une voix impitoyable.

Constance.

Sa main tenta d'atteindre son épée. En un instant, il songea que le cauchemar se répétait. Sa main s'écarta de l'épée et sa rage s'apaisa. Constance le contourna et tint l'Agiel contre son dos.

— Pas encore prêt à utiliser ta magie sur moi ? N'aie crainte, tu le feras bientôt. Tu essaieras de te sauver grâce à son pouvoir. Alors épargne-toi cette douleur supplémentaire. Utilise-la maintenant. Peut-être que j'aurai pitié de toi si tu le fais maintenant.

Richard réfléchit à toutes les manières dont Denna lui avait infligé de la douleur, et comment elle lui avait appris à la tolérer, pour pouvoir lui en infliger davantage.

Il fit glisser son bras gauche autour de Constance, serrant étroitement son corps contre lui. Il saisit l'Agiel de Denna qui pendait à son cou. La douleur lui transperça le bras. Il l'ignora. Constance poussa un grognement lorsqu'il la souleva du sol. Elle tenta d'appliquer son Agiel plus fort dans son dos, mais Richard immobilisait son bras.

Lorsqu'elle fut à bonne hauteur, il enfonça l'Agiel

dans sa poitrine. Ses yeux s'écarquillèrent. Richard avait vu Denna utiliser son Agiel de cette façon contre la Reine Milena. Constance frissonna, atténuant la pression dans son dos. Cependant, la douleur demeurait fulgurante.

Richard serra les dents.

— Je ne peux te tuer avec l'épée. Pour cela, il faudrait que je te pardonne tout. Or je ne pourrai jamais te pardonner d'avoir trahi ton amie. Je pourrais justifier ce que tu m'as fait, mais pas ce que tu as fait à Denna.

Constance le supplia.

— Pitié...

— J'ai fait une promesse... dit-il.

— Non... je t'en prie... ne fais pas ça.

Richard enfonça l'Agiel plus profondément. Constance tressaillit et devint flasque dans ses bras. Du sang coulait par ses oreilles. Il laissa son corps sans vie tomber à terre.

— J'ai tenu ma promesse.

Richard fixa un long moment l'Agiel qu'il serrait fermement dans son poing. Puis il le lâcha et le raccrocha autour de son cou.

Il baissa les yeux vers Constance. Merci, Denna, pensa-t-il, de m'avoir appris à supporter la douleur. Tu m'as sauvé la vie.

Il lui fallut presque une heure pour trouver la sortie du labyrinthe que constituaient les couloirs. La main agrippant la poignée de son épée, il dépassa deux énormes sentinelles postées devant la grille des remparts. Mais elles ne lui adressèrent qu'un hochement de tête poli, comme s'il était un invité quittant les lieux après un somptueux dîner.

Il scruta alors la campagne illuminée par les étoiles. Il n'avait jamais été aussi content de voir des étoiles. Derrière lui, le Palais du Peuple, entouré par d'imposantes murailles, se dressait au sommet d'un immense plateau, à plusieurs dizaines de mètres au-dessus de la plaine.

— Un cheval, monsieur ? dit une voix.

Richard fit volte-face. L'une des sentinelles lui avait parlé.

— Quoi ? s'exclama-t-il.

— J'ai demandé si vous vouliez que l'on vous amène un cheval, monsieur. Il semblerait que vous partiez. La route est longue à pied.

— Qu'est-ce qu'une longue route ?

La sentinelle sourit.

— Vers les Plaines d'Azrith. Vous regardiez en direction des Plaines d'Azrith. Elles sont longues à traverser. Aimeriez-vous un cheval ?

— Oui, j'aimerais un cheval, fit Richard, interloqué.

La sentinelle souffla dans un petit sifflet. Une série de courtes et de longues salves se firent entendre. Richard entendit la petite mélodie répétée au loin.

La sentinelle retourna à son poste.

— Ce ne sera pas long, monsieur.

— Quelle distance y a-t-il jusqu'aux Montagnes des Rang'Shada ?

Le soldat réfléchit.

— Où ça, dans les Rang'Shada ? Elles s'étendent à l'infini.

— Au nord-ouest de Tamarang.

Il se frotta le menton.

— Quatre, peut-être cinq jours de route.

Il avisa l'autre garde.

— Qu'est-ce que tu en penses ?

L'autre haussa les épaules.

— S'il chevauche à bride abattue, jour et nuit, et change souvent de monture, peut-être cinq. Mais ça m'étonnerait qu'il soit possible de couvrir la distance en quatre jours.

Le cœur de Richard cessa de battre. Où pouvait-il se rendre ? Michaël et l'armée du Westland étaient à quatre ou cinq jours. Il ne pouvait donc les rejoindre et revenir avant que la semaine ne soit écoulée. Avant le premier jour de l'hiver.

Mais Kahlan devait être plus près. Rahl avait envoyé l'homme à la mèche de cheveux noire ainsi que deux quads pour la capturer.

Que faisait-elle si près ? Il leur avait dit de ne pas s'occuper de lui. Il maudit Chase pour ne pas avoir suivi ses instructions et pour ne pas avoir tenu Kahlan à l'écart. Puis sa fureur s'apaisa. A sa place, il aurait fait la même chose. Peut-être n'étaient-ils pas si loin.

Deux soldats en armure de bataille complète franchirent la grille à cheval, amenant une troisième monture avec eux.

— Aimeriez-vous une escorte, monsieur ? demanda la sentinelle. Ce sont de bons guerriers.

— Non, fulmina Richard. Je pars seul.

La sentinelle renvoya les soldats d'un geste.

— Vous allez à l'ouest, alors ?

Richard ne répondit pas.

— Tamarang, la ville des Rang'Shada sur laquelle vous désiriez des renseignements, c'est à l'ouest sud-ouest. Je peux me permettre de vous donner un petit conseil, monsieur ?

— Je vous écoute, dit prudemment Richard.

— Si vous allez par là, à travers les Plaines d'Azrith, au matin vous atteindrez un champ de pierres parmi les collines. Ensuite vous allez rencontrer un embranchement au fond d'un canyon. Lorsque vous y serez, prenez à gauche.

Les yeux de Richard se plissèrent.

— Pourquoi ?

— Parce que, à droite, il y a un dragon. Un dragon rouge. Il a mauvais caractère et c'est le dragon de Maître Rahl.

Richard grimpa à cheval.

— Merci pour le conseil. Je m'en souviendrai.

Il éperonna le cheval et emprunta la route sinueuse qui courait à flanc de colline. Après un virage, il aperçut un pont-levis que l'on abaissait alors qu'il approchait. Le temps de l'atteindre, il était baissé. Il n'eut pas besoin de ralentir et lança sa monture au galop. Il vit que la route était le seul chemin praticable permettant de rejoindre le plateau. Le gouffre béant surplombé par le pont était une impasse pour n'importe quelle armée en marche. Sans parler de la formidable force que représentaient les défenseurs qu'il savait derrière lui ni même de la magie de Darken Rahl, la simple inaccessibilité du Palais du Peuple constituait une protection suffisante pour son ennemi.

Faisant courir son cheval à travers la plaine, Richard regarda par-dessus son épaule la silhouette noire du Palais du Peuple. L'air froid fouettant son visage faisait pleurer ses yeux. A moins que ce ne fût le souvenir de Denna. Il avait beau faire, il ne parvenait pas à l'oublier.

Tuer avec l'épée alors que l'on était en colère et plein de haine était horrible. Mais tuer avec la magie blanche de l'épée, avec l'amour, était au-delà de toute horreur. Il espérait mourir avant qu'il ne soit obligé de refaire ce qu'il avait fait.

Cependant, il était là, filant dans la nuit, à la recherche de Zedd et de Kahlan, afin de découvrir lequel des deux avait livré le coffret à Darken Rahl et les avait tous trahis.

Toute cette affaire semblait n'avoir aucun sens. Pourquoi Rahl utiliserait-il la pierre de nuit pour capturer Zedd, si Zedd était le traître ? Et pourquoi enverrait-il des hommes s'emparer de Kahlan, si c'était elle ?

Mais Shota avait affirmé qu'ils essaieraient de le tuer. Que devait-il faire ? Les tuer tous les deux ? C'était stupide. Plutôt mourir. Mais si Zedd les trahissait, et que le seul moyen de sauver Kahlan était de tuer son vieil ami ? Ou l'inverse ? Serait-il toujours prêt à périr le premier, alors ?

La chose la plus importante était de contrer Rahl. Il devait récupérer le dernier coffret. Il devait cesser de gaspiller son énergie à réfléchir à des problèmes dont il ne possédait pas la solution. Contrer Rahl. Alors tout le reste s'arrangerait. Il avait trouvé le coffret une première fois. Il allait le trouver une seconde.

Mais comment ? Il avait peu de temps. Comment allait-il retrouver Zedd et Kahlan ? Il était seul et ils pouvaient être partout et nulle part. Ils ne voyageaient pas par la route. Pas si Chase les accompagnait. Chase les garderait à l'écart, bien dissimulés.

C'était peine perdue.

De plus, Darken Rahl avait semé trop de doutes en lui. Pour l'instant, son propre esprit était son pire ennemi. Richard s'éclaircit les idées et récita ses dévotions pour s'empêcher de penser. Il sourit devant l'absurdité que représentait le fait de psalmodier des dévotions à l'adresse d'un homme dont il voulait la mort. Il chanta néanmoins :

Maître Rahl, guidez-nous. Maître Rahl, enseignez-nous. Maître Rahl, protégez-nous. Dans votre lumière nous prospérons. Dans votre miséricorde nous nous abritons. Dans votre sagesse nous nous humilions. Nous ne vivons que pour vous servir. Nos vies vous appartiennent.

Les Plaines d'Azrith semblaient interminables. La campagne plate, presque dénuée de toute végétation, s'étendait à l'infini. La psalmodie le préserva du doute mais l'horreur du meurtre de Denna le poursuivait. Il ne pouvait effacer ce souvenir ni retenir ses larmes.

L'aube laissa apparaître des rochers. Ils semblaient déplacés au milieu de cette platitude.

Peu à peu, le paysage se mit à changer : les ravins et les crêtes se multiplièrent. Au fond d'un canyon, la route tourna vers la gauche, alors qu'un sentier plus étroit bifurquait vers la droite. Richard prit à gauche, se souvenant de ce que lui avait confié la sentinelle.

Une idée lui vint. Il arrêta sa monture et observa le chemin de droite. Il réfléchit une minute, puis tira les rênes, pressant l'animal le long de la route située à droite.

Darken Rahl lui avait dit qu'il était libre d'aller où il voulait. Il lui avait même fourni un cheval. Peut-être ne verrait-il pas d'inconvénient à ce que Richard emprunte son dragon.

Laissant le cheval choisir son chemin, il scruta attentivement les environs, la main sur la garde de l'épée. Un dragon rouge ne devait pas être difficile à repérer. Il n'y avait aucun bruit hormis le martèlement des sabots du cheval sur le sol. Richard se demanda avec inquiétude si le dragon n'était pas parti. Peut-être Rahl était-il lui-même en train de le chevaucher.

A cet instant, une explosion mêlée à un rugissement assourdissant se fit entendre. Le cheval se cabra. Richard bondit et se précipita derrière un rocher. Des fragments de roche volaient tout autour de lui. Il entendit le cheval s'effondrer sur le sol. Richard se tapit davantage contre le rocher.

Il sonda les alentours en quête d'une échappatoire, mais le terrain était trop découvert pour courir sans être vu. Il entendit des reniflements qui s'approchaient.

Des griffes se posèrent en crissant sur le rocher derrière lequel il se cachait. Richard avisa des yeux jaunes perçants. Pratiquement tout le reste du corps était d'un rouge intense. La tête, dotée de piques flexibles aux pointes noires, surmontait un long cou épais planté dans un corps immense. La queue sinueuse se terminait par des piques aux pointes noires, identiques à celles de la tête, mais raides et dures. Tandis que le dragon déployait ses ailes, de puissants muscles roulèrent sous les écailles rouges et brillantes, imbriquées les unes dans les autres. Des dents aiguisées comme des lames de rasoir et maculées de pourpre surgissaient sous des babines épaisses et bordaient la longue gueule. La bête renifla. De la fumée jaillit de ses naseaux.

— Qu'avons-nous là ? articula une voix incontestablement féminine. Un mets de choix ?

Richard bondit sur ses pieds et dégaina l'épée, faisant résonner son tintement dans l'air.

— J'ai besoin de votre aide.

— Je ne serai que trop heureuse de t'aider, petit homme. Mais pas avant de t'avoir dévoré.

— Je vous avertis, reculez ! Cette épée est magique.

— Magique ! hoqueta le dragon en feignant la peur.

Il se toucha la poitrine avec une serre.

— Oh, je vous en supplie, brave homme, ne me tuez pas avec votre épée magique !

Il émit un grondement enfumé que Richard interpréta comme un rire.

Richard se sentit soudainement idiot.

— Vous avez l'intention de me manger, alors ?

— Eh bien, je dois admettre que c'est là une perspective intéressante.

Richard tenta une feinte :

— J'ai entendu dire que les dragons rouges appartiennent à une race attachée à leur indépendance. Mais vous êtes à peine plus qu'un chien de compagnie pour Darken Rahl.

Une boule de flammes sortit en bouillonnant de la gueule du dragon, s'élevant en l'air.

— Je pensais que vous aimeriez vous libérer de vos liens et redevenir indépendante, ajouta Richard.

Le dragon s'approcha de lui. Ses oreilles pivotèrent en avant et une langue rouge luisante, bifide comme celle des serpents, sortit en ondulant dans sa direction pour procéder à un étrange examen. Richard écarta l'épée tandis que la langue sondait son corps, de l'entre-jambe à la gorge. Le contact était doux, mais il le propulsa néanmoins quelques pas en arrière.

— Et comment un petit homme comme toi serait-il capable d'un tel exploit ? demanda le dragon.

— J'essaie de contrer Darken Rahl et de le tuer. Si vous m'aidez, alors vous serez libre.

Le dragon releva brusquement la tête et de la fumée sortit de ses naseaux. Il grondait de rire. Le sol trembla. Il baissa les yeux vers Richard, puis rejeta de nouveau la tête en arrière, s'esclaffant de plus belle.

— Je ne crois pas que je risquerais de placer mon destin entre les mains d'un petit homme comme toi. Je préfère préserver mon avenir en continuant à servir Maître Rahl.

Il émit un grognement.

— La plaisanterie est finie. Il est l'heure de savourer mon goûter.

— D'accord. Je suis prêt à mourir.

Richard devait réfléchir à un moyen de gagner du temps. Pourquoi un dragon rouge se mettrait-il au service de Darken Rahl ?

— Mais avant de me dévorer, puis-je d'abord vous dire quelque chose ? ajouta-t-il.

— Parle, grommela le dragon. Mais sois bref.

— Je viens du Westland. Je n'avais jamais vu de dragon auparavant. J'avais toujours cru qu'il s'agissait de créatures redoutables, et je dois admettre que vous êtes certainement redoutable, mais il y a une chose à laquelle je n'étais pas préparé.

— Et de quoi s'agit-il ?

— Vous êtes, sans aucun doute, de la plus éblouissante beauté que j'aie jamais vue.

C'était la vérité. Le dragon était d'une splendeur saisissante. Celui-ci cligna les yeux de surprise et, sceptique, plissa les paupières.

— C'est vrai, dit Richard. Je dois être mangé. Je n'ai donc aucune raison de mentir. Vous êtes magnifique. Je ne pensais pas un jour contempler une créature aussi sublime que vous. Comment vous appelez-vous ?

— Ecarlate.

— Ecarlate... Voilà un joli nom. Est-ce que tous les dragons rouges sont aussi éblouissants que vous, ou êtes-vous spéciale ?

Ecarlate semblait gênée.

— Ce n'est pas à moi de le dire.

Sa tête revint en ondulant vers lui.

— Je n'avais jamais entendu un homme sur le point d'être dévoré me dire des choses pareilles.

Une idée germa dans l'esprit de Richard. Il rengaina l'épée dans son fourreau.

— Ecarlate, je sais qu'une créature aussi fière que vous refuserait d'obéir au doigt et à l'œil à quelqu'un. Surtout à un individu aussi exigeant que Darken Rahl. Vous êtes une créature trop belle et trop noble pour cela.

La tête d'Ecarlate s'approcha davantage.

— Pourquoi me dis-tu des choses pareilles ?

— Parce que je crois en la vérité. Je pense que c'est également votre cas.

— Quel est ton nom ?

— Richard Cypher. Je suis le Chercheur.

Ecarlate porta une serre hérissée de pointes noires à ses crocs.

— Chercheur ? Je ne crois pas avoir déjà mangé de Chercheur.

Un étrange sourire de dragon fendit ses babines.

— Ce sera un régal. Notre discussion est terminée, Richard Cypher. Merci pour le compliment.

Sa tête s'approcha encore, babines retroussées.

— Darken Rahl a dérobé votre œuf, n'est-ce pas ? fit Richard.

Ecarlate recula. Un mugissement strident fit vibrer les écailles de sa gorge. Du feu surgit vers le ciel en une explosion tonitruante. Le son résonna sur les parois de la falaise, faisant s'ébouler de petits rochers.

La tête d'Ecarlate revint vers lui. De la fumée s'élevait de ses naseaux.

— Que sais-tu à ce sujet ? fulmina-t-elle.

— Je sais qu'une créature aussi fière que vous n'accepterait pas de s'avilir à ce point sans raison. A moins de vouloir protéger quelque chose d'important. Son enfant, par exemple.

— Alors, tu sais. Ça ne te sauvera pas, rugit-elle.

— Je sais aussi où Darken Rahl conserve votre œuf.

— Où ?

Richard dut plonger de côté pour esquiver les flammes.

— Dis-moi où il est !

— Je croyais que vous vouliez me dévorer sur-le-champ.

Un œil s'approcha.

— Quelqu'un devrait t'apprendre à ne pas te montrer trop sûr de toi, grogna-t-elle.

— Désolé, Ecarlate. C'est une mauvaise habitude qui m'a déjà causé des problèmes. Ecoutez, si je vous aide à récupérer votre œuf, alors Rahl n'aura plus d'emprise sur vous. Si j'y parvenais, cela vaudrait-il la peine de m'aider ?

— T'aider ? Comment ?

— Eh bien, vous promenez Rahl sur votre dos. Voilà ce dont j'ai besoin. J'ai besoin que vous me promeniez pendant quelques jours, pour m'aider à retrouver quelques-uns de mes amis, afin que je puisse les défendre contre Rahl. Il faut que je sois en mesure de couvrir de grandes distances. Je pense que si je pouvais le faire comme un oiseau, je pourrais les retrouver. Et avoir assez de temps pour arrêter Rahl.

— Je n'aime pas transporter des humains. C'est humiliant.

— Dans six jours à partir d'aujourd'hui, tout sera terminé. D'une manière ou d'une autre. Acceptez de m'aider, c'est tout ce que je désire. Combien de temps devrez-vous encore servir Rahl si vous ne m'aidez pas ?

— D'accord. Dis-moi où est mon œuf, et je te laisserai partir.

— Comment sauriez-vous que je dis la vérité ? Je pourrais me contenter d'inventer un endroit. Pour sauver ma peau.

— Comme les dragons, les vrais Chercheurs ont un honneur. Je le sais. Alors, si tu connais réellement son emplacement, dis-le-moi et je te libérerai.

— Non.

— Non ! rugit Ecarlate. Comment ça, « Non » ?

— Je ne me soucie pas de ma vie. Tout comme vous,

je me soucie de choses plus importantes. Si vous voulez récupérer votre œuf, alors vous devez accepter de m'aider à sauver ceux que j'aime. Nous irons d'abord chercher l'œuf, puis vous m'aiderez. Je pense que c'est plus qu'équitable. La vie de votre progéniture en échange d'un moyen de transport pour quelques jours.

Les yeux jaunes d'Ecarlate s'approchèrent de son visage. Ses oreilles pivotèrent en avant.

— Et comment sais-tu qu'une fois en possession de mon œuf j'exécuterai ma part du contrat ?

— Parce que, murmura Richard, vous savez ce que c'est que de craindre pour la sécurité d'un être cher et que vous avez un honneur. Je n'ai pas le choix. Je ne connais aucun autre moyen d'épargner à mes amis le sort qui est le vôtre — vivre à jamais sous le joug de Darken Rahl. Je suis prêt à tout pour sauver votre œuf.

Ecarlate recula et le dévisagea. Elle replia ses ailes contre elle. Sa queue fouetta l'air, envoyant voler quelques pierres. Richard attendit.

— Marché conclu. Sur ton honneur et sur le mien, siffla Ecarlate. Mais je ne t'ai pas promis de ne pas te dévorer au terme de ces six jours.

— Si vous m'aidez à sauver mes amis, peu m'importe ce que vous ferez après. Est-ce que les graz à queue courte représentent une menace pour les dragons ?

— Les graz ! J'en ai suffisamment mangé. Ils ne font pas le poids contre moi, sauf s'ils se rassemblent à huit ou dix. Mais ils n'aiment pas être en groupe.

— Pourtant, lorsque j'ai vu votre œuf, il était entouré de douzaines de graz.

— Des douzaines ! Un tel nombre pourrait m'empêcher de voler. Surtout si je porte mon œuf.

Richard sourit.

— Voilà pourquoi vous avez besoin de moi. Je vais réfléchir à un plan.

Zedd hurla. Kahlan et Chase reculèrent brusquement. Les sourcils de Kahlan se froncèrent. Zedd n'avait jamais fait cela. Le soleil était déjà couché, mais dans la lumière faiblissante, elle pouvait voir que sa peau était presque aussi blanche que ses cheveux.

Elle l'agrippa par les épaules.

— Zedd ! Qu'y a-t-il ?

Il ne répondit pas. Sa tête tomba sur le côté tandis que ses yeux se révulsaient. Il ne respirait pas, mais c'était normal : il ne respirait pas non plus avant, quand il cherchait la pierre de nuit. Elle échangea un regard anxieux avec Chase. Elle sentait Zedd frissonner sous ses mains. Elle le secoua de nouveau.

— Zedd ! Arrêtez ! Revenez !

Il hoqueta, puis chuchota quelque chose. Kahlan mit son oreille près de sa bouche. Il chuchota encore.

Kahlan était horrifiée.

— Zedd, je ne peux pas vous faire ça.

— Qu'a-t-il dit ? demanda Chase.

Elle considéra le garde-frontière, les yeux écarquillés par la peur.

— Il m'a priée de le toucher avec mon pouvoir.

— Enfers ! haleta Zedd. Seule solution.

— Zedd, que se passe-t-il ?

— Je suis piégé, murmura-t-il. Touchez-moi ou je suis perdu. Vite !

— Vous feriez mieux de faire ce qu'il dit, l'avertit Chase.

Kahlan n'aimait pas du tout cette idée.

— Zedd, je ne peux pas.

— C'est le seul moyen de briser leur emprise. Vite !

— Faites-le ! hurla Chase. Nous n'avons pas le temps de discuter !

— Puissent les bons esprits me pardonner, murmura-t-elle en fermant les yeux.

Elle se sentait pétrifiée par la panique. Elle n'avait pourtant pas le choix. Elle sentit son pouvoir monter en elle, lui coupant le souffle. Libéré, le pouvoir frappa le magicien. Un impact rude retentit dans l'air environnant. Des aiguilles de pin tombèrent en pluie. Penché sur eux, Chase émit un petit grognement de douleur. Il était trop près. Le silence tomba sur les bois. Le magicien ne respirait toujours pas.

Zedd s'arrêta de trembler. Ses mains se levèrent et il empoigna les bras de Kahlan. Avec un hoquet, il inspira.

— Merci, chère petite, bredouilla-t-il entre de profondes inspirations.

Kahlan était surprise que le pouvoir de la magie ne parût pas l'affecter. Elle était soulagée que ce ne soit pas le cas, mais néanmoins étonnée.

— Zedd, est-ce que tout va bien ?

Le magicien opina.

— Merci à vous. Mais si vous n'aviez pas été là, ou si vous aviez attendu plus longtemps, j'aurais été piégé dans les enfers. C'est votre pouvoir qui m'a ramené.

— Pourquoi ne vous a-t-il pas changé ?

Zedd rajusta ses robes, apparemment un peu gêné par cette mauvaise posture qui l'avait rendu impuissant.

— A cause de l'endroit où je me trouvais.

Il leva le menton.

— Et parce que je suis un magicien du Premier Ordre. J'ai utilisé votre pouvoir de Confesseur en guise de main courante, pour retrouver mon chemin. C'était comme un fanal dans les ténèbres. Je l'ai suivi sans le laisser me toucher.

— Que faisais-tu aux enfers ? s'enquit Chase.

Zedd lança un regard agacé au garde-frontière et ne répondit pas.

L'inquiétude de Kahlan augmenta.

— Zedd, répondez à la question. Ça n'était jamais arrivé. Pourquoi avez-vous été attiré aux enfers ?

— Quand je cherche la pierre de nuit, une partie de ma personne va vers elle. Voilà comment je la trouve, et comment je peux déterminer sa position.

Kahlan tenta de ne pas penser à ce qu'il racontait.

— Mais la pierre de nuit est toujours au D'Hara. Richard est toujours au D'Hara.

Elle empoigna ses robes.

— Zedd...

Zedd baissa les yeux.

— La pierre de nuit ne se trouve plus au D'Hara. Elle est aux enfers.

Ses yeux furieux rencontrèrent ceux de Kahlan.

— Mais ça ne signifie pas que Richard ne soit plus au D'Hara ! Ça ne signifie pas que quelque chose lui soit arrivé ! Il ne s'agit que de la pierre de nuit.

Chase retourna installer le camp avant que la nuit ne tombe.

— Zedd… s'il vous plaît. Pouvez-vous vous tromper ? lui demanda Kahlan.

Il secoua lentement la tête.

— La pierre de nuit est aux enfers. Cependant, cela ne signifie pas que Richard y soit. Ne laissez pas vos craintes vous envahir.

Kahlan acquiesça tandis qu'elle sentait des larmes couler le long de ses joues.

— Zedd, il faut qu'il aille bien. Il le faut. Si Rahl l'a gardé là-bas aussi longtemps, ce n'est pas pour le tuer maintenant.

— Nous ne sommes même pas sûrs que Rahl le détienne.

Elle savait qu'il ne voulait pas envisager cette possibilité. Pour quelle autre raison Richard serait-il au Palais du Peuple, si Darken Rahl ne l'y retenait pas ?

— Zedd, quand vous cherchiez la pierre de nuit auparavant, vous disiez que vous pouviez sentir s'il était vivant.

Elle ne parvenait pas à se résoudre à l'interroger, craignant sa réponse.

— L'avez-vous senti aux enfers ? finit-elle par lui demander.

Il la regarda un long moment dans les yeux.

— Je ne l'ai pas senti. Mais je ne sais pas si j'en aurais été capable.

Lorsqu'elle commença à pleurer, il la serra contre lui, posant sa tête sur son épaule.

— Seule la pierre de nuit se trouvait là-bas. Je crois que Rahl a tenté de m'y emprisonner. Il a dû dérober la pierre de nuit à Richard, puis l'envoyer aux enfers pour me piéger.

— Nous continuons à le rechercher, sanglota-t-elle. Il n'est pas question que je rebrousse chemin.

— Bien sûr que nous continuons, fit Zedd.

Kahlan sentit une langue chaude sur le dos de sa main. Elle caressa la fourrure du loup en lui souriant.

— Nous le retrouverons, Maîtresse Kahlan. Ne vous inquiétez pas, nous le retrouverons.

— Brophy a raison, s'écria Chase par-dessus son

épaule. J'entends d'ici le sermon qu'il nous fera pour être venus le chercher.

— Le coffret est à l'abri, dit Zedd, c'est tout ce qui compte. Dans cinq jours à partir de demain poindra le premier jour de l'hiver, et Darken Rahl périra. Nous récupérerons Richard après cela. Sinon avant.

— Je vous y amènerai avant, si c'est ce que tu veux insinuer, grommela Chase.

18

RICHARD SE CRAMPONNA AUX ÉCAILLES D'ECARLATE TANDIS qu'elle effectuait un virage à gauche. Il avait appris, à son plus grand amusement, que lorsqu'elle se penchait dans un virage, il ne glissait pas de côté, mais qu'au contraire il était davantage plaqué sur elle. Richard trouva cette expérience à la fois enivrante et effrayante. Comme s'il se tenait au bord d'une falaise à la hauteur vertigineuse. La sensation du corps d'Ecarlate l'emportant dans les airs le faisait sourire. Ses muscles se bandaient sous lui alors qu'elle effleurait l'air de ses ailes puissantes, chaque battement la faisant monter en altitude. Quand elle repliait les ailes et plongeait vers le sol, le vent faisait pleurer ses yeux. La sensation de chute lui coupait le souffle et lui donnait l'impression que son estomac lui remontait jusqu'aux yeux. Il s'émerveillait à l'idée de chevaucher un dragon.

— Vous les voyez ? demanda-t-il par-dessus le tumulte du vent.

Ecarlate émit un grognement pour indiquer que c'était le cas. Dans la lumière blêmissante, les graz ressemblaient à des points noirs tachetant le sol rocheux. De la vapeur s'échappait de la Source de Feu, et même à cette altitude, Richard pouvait en sentir les émanations âcres. Ecarlate s'éleva en flèche dans les airs, puis elle vira brutalement sur la droite.

— Ils sont bien trop nombreux, cria-t-elle.

Richard inclina la tête en arrière.

— Allez là-bas, derrière ces collines, et faites qu'ils ne nous voient pas, hurla-t-il.

Ecarlate s'éleva avec d'amples mouvements d'ailes. Quand ils furent plus haut qu'ils ne l'avaient été jusque-là, elle s'éloigna de la Source de Feu. Elle descendit en piqué entre les pentes rocheuses, en direction de l'endroit où Richard lui avait dit d'atterrir. Dans un battement d'ailes silencieux, elle se posa doucement sur le sol près de l'entrée d'une grotte et baissa le cou pour permettre à Richard de descendre. Il savait qu'elle ne le voulait pas sur son dos plus longtemps que ce qui était indispensable.

Sa tête se tourna vers lui, les yeux emplis de colère et d'impatience.

— Il y a trop de graz. Darken Rahl sait que je ne peux pas en combattre autant. Voilà pourquoi ils sont si nombreux ici. Tu as dit que tu allais réfléchir à un plan. En quoi consiste-t-il ?

Richard avisa l'entrée de la grotte. La Grotte du Shadrin, lui avait dit Kahlan.

— Il faut provoquer une diversion. Quelque chose pour les distraire pendant que nous récupérons l'œuf.

— Pendant que tu récupères l'œuf le corrigea Ecarlate, avec une petite flamme destinée à appuyer ses paroles.

Il regarda de nouveau la grotte.

— L'une de mes amies m'a dit que la caverne s'étendait jusqu'à l'endroit où est entreposé l'œuf. Peut-être que je pourrais la longer, attraper l'œuf et le ramener.

— Vas-y, lui intima Ecarlate.

— Ne devrions-nous pas discuter pour voir s'il s'agit d'une bonne idée ? Peut-être pourrions-nous concevoir quelque chose de mieux. J'ai aussi entendu dire qu'il pouvait y avoir quelque chose dans cette grotte.

Ecarlate approcha encore son œil furieux de lui.

— Quelque chose dans la grotte ?

Elle fit onduler sa tête jusqu'à l'ouverture et envoya un épouvantable souffle enflammé dans l'obscurité.

— Maintenant, il n'y a plus rien dans cette grotte. Va chercher mon œuf.

La caverne s'étirait sur des kilomètres. Richard savait que le feu n'avait pas pu atteindre quelque chose situé plus en profondeur. Il savait aussi qu'il avait donné sa parole. Cueillant des joncs qui poussaient à côté, il les attacha ensemble avec une liane fibreuse. Il tendit l'un d'eux à Ecarlate qui l'observait.

— Vous voulez bien l'allumer pour moi ?

Le dragon retroussa ses babines et souffla un fin jet de flammes sur l'extrémité des joncs.

— Attendez ici, lui dit-il. Parfois il vaut mieux être petit que grand. J'irai chercher l'œuf et je le ramènerai par la caverne. La route est longue. Il se peut que je ne revienne pas avant le matin. J'ignore à quelle distance les graz seront derrière moi, aussi nous faudra-t-il partir en vitesse. Restez en alerte, d'accord ?

Il accrocha son sac à une épine de son échine.

— Gardez-moi ça. Je ne veux pas me charger de choses inutiles.

— Sois prudent avec mon œuf. Il va bientôt éclore. Mais si la coquille se casse maintenant, avant son terme...

Richard lui sourit d'un air rassurant.

— Ne vous inquiétez pas, Ecarlate. Nous allons le récupérer.

Elle se dandina à sa suite jusqu'à l'entrée de la grotte, fourrant sa tête à l'intérieur, le regardant disparaître dedans.

— Richard Cypher, appela-t-elle d'une voix que déformait l'écho, si tu essaies de t'enfuir, je te retrouverai. Et si tu reviens sans l'œuf, tu regretteras que les graz ne t'aient pas tué, parce que je te ferai cuire à petit feu, en commençant par les pieds.

Richard avisa le mastodonte qui remplissait l'entrée de la caverne.

— J'ai donné ma parole. Si les graz m'attrapent, j'essaierai d'en tuer suffisamment pour que vous puissiez aller chercher l'œuf et vous échapper.

Ecarlate grogna.

— Débrouille-toi pour que ça ne se produise pas. Je veux toujours te dévorer quand tout sera fini.

Richard sourit et s'enfonça dans les ténèbres. L'obscurité était si profonde qu'elle semblait avaler la lumière de la torche, lui donnant l'impression qu'il avançait dans le néant. Seuls les quelques mètres devant lui étaient éclairés. Tandis qu'il progressait, le sol de la caverne s'inclina. Un plafond rocheux apparut alors que le passage se rétrécissait en un tunnel qui s'enfonçait plus profondément. Ce tunnel déboucha sur une vaste salle. Le chemin longeait la rive d'un lac vert et calme. La lueur vacillante de la torche montrait un plafond irrégulier et des murs de pierre lisse. Le plafond s'inclina ; Richard pénétra dans un passage plus large. Il dut se courber pour l'emprunter. Durant une bonne heure, il marcha plié en deux. Son cou commençait à lui faire mal.

Les ténèbres étaient oppressantes. Elles l'enveloppaient. Des formations rocheuses, délicates et irisées, poussaient comme des végétaux, bourgeonnant et s'épanouissant le long des parois. Des cristaux étincelants lui lançaient des éclairs quand il les éclairait avec la torche.

Dans les ténèbres s'élevaient d'immenses colonnes de pierre.

Certains passages n'étaient que des fentes dans la roche où il devait s'insinuer. D'autres, des crevasses qu'il devait franchir à quatre pattes. Comme il continuait d'avancer, sa transpiration se transformait en vapeur tant il faisait froid. Sans lumière, il se serait égaré en quelques minutes. Cet endroit pouvait tuer l'imprudent. Ou le malchanceux. Richard vérifiait souvent si sa torche n'était pas en passe de s'éteindre.

Richard sentait la fatigue le gagner. En fait, tout son corps était las. Il avait l'impression d'avoir marché toute la nuit.

Le passage s'amenuisa jusqu'à devenir une unique et minuscule ouverture. Richard n'aimait pas cela. Un souffle d'air faisait vaciller la flamme de sa torche. Il passa sa torche dans l'ouverture, mais ne discerna rien d'autre que l'obscurité. Il la retira, se demandant ce qu'il devait faire. C'était un trou horriblement petit, et il n'avait aucune idée de sa longueur, ni de ce qu'il y avait de l'autre côté. De l'air s'y engouffrait. C'était donc qu'il devait conduire à l'autre bout de la caverne. Vers les graz, vers l'œuf.

Richard fit marche arrière. D'autres routes pouvaient bifurquer plus loin, dans l'une des autres salles. Mais combien de temps faudrait-il gaspiller à chercher si c'était pour échouer ? Il revint au trou, les yeux rivés dessus avec une terreur croissante.

Tentant de ne pas penser à sa peur, il dégaina l'épée, la tint devant lui avec ce qu'il lui restait de torche et se faufila dans le trou. La roche le pressait. Les bras tendus et la tête tournée de côté, il s'enfonça plus profondément. L'exiguïté s'accrut, ce qui l'obligea à avancer en ondulant et en se déhanchant, centimètre par centimètre. Il pouvait à peine inspirer. La fumée de la torche lui brûlait les yeux.

Elle ne montrait que de l'obscurité devant lui. L'anxiété le saisit.

Juste traverser, se dit-il, juste avancer et traverser.

Richard se propulsa en avant jusqu'à se coincer complètement. Il essaya de pousser à nouveau. Impossible. Furieux, il poussa plus fort. Rien. La panique s'empara de lui. Il était bloqué. Il s'imagina la montagne de pierre qui pesait sur son dos, le poids inconcevable qui se dressait au-dessus de lui. Apeuré, il se déhancha et se démena, essayant de rebrousser chemin, mais rien n'y fit. Il essaya d'agripper quelque chose avec les mains pour s'en servir de point d'appui. Ça n'arrangea rien. Il était coincé. Il avait l'impression d'étouffer. Ses poumons manquaient d'air. Comme s'il se noyait...

D'avoir les bras entravés devant lui lui rappelait la façon dont Denna le bouclait dans les fers. Son incapacité à les bouger rendait la situation insupportable. De la sueur froide couvrait son visage. Il commença à haleter d'angoisse, imaginant que les rochers augmentaient leur pression. Désespéré, il appela à l'aide. Un long silence se fit.

Dans un grognement il avança de quelques centimètres.

Maître Rahl, guidez-nous. Maître Rahl, enseignez-nous. Maître Rahl, protégez-nous. Dans votre lumière nous prospérons. Dans votre miséricorde nous nous abritons. Dans votre sagesse nous nous humilions. Nous ne vivons que pour vous servir. Nos vies vous appartiennent.

Il scanda ses dévotions encore et encore, se concentrant, jusqu'à ce que sa respiration ralentisse. Il était toujours immobilisé mais au moins son cerveau était à nouveau irrigué.

Quelque chose effleura sa jambe. Ses yeux s'écarquillèrent.

C'était un contact timide. Hésitant.

Richard s'immobilisa. La sensation courut le long de sa jambe. Froide, humide et fangeuse. Richard tenta de secouer sa jambe. Quelque chose pinça son épiderme. La panique menaçait de le saisir à nouveau, mais il lutta pour l'évacuer.

Maintenant, il n'avait plus le choix. Il expulsa l'air de ses poumons. Lorsqu'ils furent vidés, et qu'il fut aussi mince qu'il lui était possible, il poussa avec ses orteils, tira sur ses doigts et tortilla son corps. Il progressa d'environ un pied.

La créature s'agrippa alors douloureusement à sa jambe. Quelque chose d'aigu, d'aussi aigu que de petites dents de chat, plongea dans sa chair. Richard ne put hurler.

La torche et son épée lui échappèrent. L'épée dégringola sur la roche avec fracas. Utilisant ses coudes comme point d'appui, Richard extirpa la partie supérieure de son corps de l'ouverture. Il parcourut le restant du chemin en se contorsionnant. Soudain, il glissa et tomba la tête la première sur des rochers abrupts et lisses.

La torche se consumait sur le fond de la cavité ovoïde. Tandis qu'il glissait, les mains tendues devant lui, il essaya d'attraper son épée. Les griffes cramponnées à la chair de sa jambe le ramenèrent en arrière. Richard hurla de douleur. Il ne pouvait atteindre l'épée.

Lentement mais sûrement, il était tiré par les griffes plantées dans sa jambe. Un autre appendice remonta alors le long de son autre jambe en palpant le muscle de son mollet.

Richard dégaina son couteau et se plia en deux pour atteindre la chose qui le retenait. Il y plongea et plongea encore la lame. Depuis les profondeurs du trou s'éleva un hurlement haut perché. Les griffes se rétractèrent. Richard tomba, glissa le long du roc et s'immobilisa à proximité de la torche. Agrippant le fourreau d'une main, il dégaina l'épée alors que des appendices ophidiens sortaient du trou et se tortillaient en l'air. Richard abattit l'épée et trancha plusieurs des membres de la chose. Un long gémissement envahit les profondeurs ténébreuses.

Dans la lueur vacillante de la torche qui gisait sur le sol, il vit une masse qui s'extirpait de l'ouverture, se dilatant à mesure qu'elle sortait. Il ne pouvait l'atteindre avec l'épée mais il savait qu'il ne voulait pas la laisser le rejoindre dans la cavité.

Un bras s'enroula autour de sa taille et le souleva. Il le laissa faire. Un œil le scruta. A la lueur de la torche, il vit des crocs acérés briller dans l'obscurité. Tandis que le bras le tirait en direction des crocs, il enfonça l'épée dans l'œil qui l'observait. Il y eut un hurlement, et le bras le relâcha. La créature recula complètement dans le trou... Les hurlements s'estompèrent, puis se turent.

Richard s'assit par terre, tremblant, faisant courir ses doigts dans ses cheveux. Il palpa sa jambe. Du sang imbibait son pantalon. Il jugea qu'il ne pouvait rien faire pour y remédier pour l'instant. Il devait d'abord récupérer l'œuf. Une faible lumière éclairait le fond de la cavité. Longeant le vaste tunnel de l'autre côté, il arriva enfin à l'entrée de la caverne.

L'aube et les gazouillis des oiseaux l'accueillirent. En contrebas, il aperçut des douzaines de graz qui rôdaient autour de l'œuf d'Ecarlate. L'œuf était bien trop volumineux pour être rapporté par la caverne. Qu'allait-il faire s'il ne pouvait le ramener de cette façon ? Le jour se lèverait bientôt. Il devait réfléchir à une solution.

Quelque chose piqua sa jambe. Il l'écrasa. C'était une mouche de sang.

Les graz allaient le trouver, maintenant. Ils étaient attirés par le sang.

Une deuxième mouche le piqua. C'est alors qu'il eut une idée. Rapidement, il prit le couteau et découpa des bandes de son pantalon imbibé de son sang. Puis il attacha une pierre à chacune.

Richard mit le sifflet de l'Homme Oiseau entre ses lèvres et souffla à s'en faire éclater les poumons. Il siffla et siffla encore. Ramassant une bande de tissu attachée à une pierre, il la fit tournoyer au-dessus de sa tête, la lançant vers le bas. Parmi les graz. Ensuite il en lança d'autres plus loin sur sa droite, dans les arbres. Il savait que les mouches de sang allaient être attirées. Autant de sang frais ne pouvait qu'aiguiser leur appétit frénétique.

La réaction en chaîne ne se fit pas attendre : des oiseaux affamés, quelques-uns d'abord, puis des centaines, puis des milliers, fondirent sur la Source de Feu, avalant les mouches en plein vol. Les graz hurlaient tandis que les oiseaux remontaient becqueter des mouches sur leurs ventres. Ils couraient partout. Certains s'envolaient. Chaque fois qu'un graz débarrassait le ciel d'un volatile, une centaine d'autres prenaient sa place. Richard dévala la colline, sautant de rocher en rocher. Il n'avait pas à s'inquiéter d'être entendu : les oiseaux faisaient bien trop de bruit pour cela. Les graz, devenus fous, essayaient désespérément d'attraper les volatiles, les chassant en hurlant et en criant. L'air était rempli de plumes. Si seulement l'Homme Oiseau pouvait contempler ce spectacle ! songea Richard en souriant.

Richard courut en direction de l'œuf. Dans le chaos, les graz commençaient à se déchirer les uns les autres. L'un d'eux l'aperçut. Il le transperça avec l'épée. Il se contenta de cisailler le suivant au niveau des genoux ; le graz tomba à terre en hurlant. Un autre l'attaqua et il lui enleva une aile, puis encore un autre, à qui il enleva les deux bras. Dans ce désordre, les graz qui le voyaient ne l'attaquaient même pas.

Il en tua deux près de l'œuf. A l'aide de ses avant-bras, il souleva celui-ci de son nid. Il était chaud, mais pas assez pour le brûler. L'œuf était plus lourd que prévu. Il dut se servir de ses deux bras pour le transporter. Sans s'attarder, il courut vers la ravine qui séparait les collines. Des oiseaux volaient en tous sens. Deux graz l'attaquèrent. Il posa l'œuf, tua le premier et faucha les jambes du second. Il détala avec l'œuf aussi vite qu'il le put. Un autre graz attaqua. Il le manqua au premier coup, mais l'empala lorsque celui-ci lui bondit dessus.

Haletant sous l'effort, Richard courut entre les collines. Le poids de l'œuf lui sciait les muscles des bras. Des graz atterrirent autour de lui. Il posa l'œuf et abattit l'épée sur le plus proche, lui dérobant une partie de l'aile et de la tête. Dans un hurlement, ses compagnons se ruèrent sur lui.

A cet instant précis, les arbres et les rochers environnants s'illuminèrent d'une lumière éclatante tandis que des flammes calcinaient plusieurs des bêtes. Richard leva les yeux et vit Ecarlate qui voletait au-dessus de lui, battant de ses ailes géantes et ratissant tout avec ses flammes. Elle tendit une serre vers le bas, agrippa l'œuf, tendit l'autre serre, agrippa Richard par la taille et le souleva.

Ecarlate était ivre de colère tandis qu'elle s'élevait dans le ciel avec Richard suspendu à ses griffes. Celui-ci estima que ce n'était pas son moyen de transport aérien favori, mais que c'était quand même mieux que de revenir se frotter aux graz. Un dernier, arrivant par-dessous, tenta d'attraper l'œuf. Richard lui coupa une aile. Plus aucun n'attaqua.

Ecarlate l'emportait haut dans les airs, loin de la Source de Feu. Pendu à sa serre, il se dit que s'il devait faire office de repas pour sa progéniture, elle ne procéderait pas autrement. Son étau lui faisait un peu mal aux côtes, mais il ne se plaignit pas. Il ne voulait pas qu'elle relâche sa prise. La terre était loin.

Ils volèrent durant des heures. Richard parvint à modifier sa position et à la rendre plus confortable et regarda les collines et les arbres défiler sous lui. Il vit des rivières et des champs, et même quelques petites villes. Les collines s'élevèrent, devenant rocailleuses. Comme si la roche surgissait de terre. Des falaises et des pics rocheux se dressèrent devant eux. Battant délicatement l'air, Ecarlate s'envola encore plus haut, s'éloignant des rochers qui risquaient de lui érafler les pieds. Elle l'emmena dans un pays désolé et dépourvu de vie. De la pierre brune et grisâtre semblait avoir été empilée au hasard par des géants, comme des pièces sur une table, en colonnes, certaines isolées, d'autres rassemblées en bouquets.

Au-delà et au-dessus des colonnes de roc se dressaient de massives falaises escarpées, criblées de fissures et de crevasses. Quelques nuages stationnaient devant la paroi de ces falaises. Ecarlate vira en direc-

tion de l'une d'elles. Richard crut qu'ils allaient s'y écraser. Mais avant de l'atteindre, elle s'arrêta dans un
battement d'ailes, le déposant sur un éperon avant de
se poser elle-même.

Une ouverture était dissimulée dans la roche. Ecarlate s'y faufila. Au fond, dans les ténèbres fraîches, il y
avait un nid de pierres, où elle plaça l'œuf, qu'elle enveloppa ensuite de son souffle enflammé. Richard la
regarda le caresser avec une serre, le tournant délicatement, l'inspectant, lui gazouillant des petits mots. Elle
promena doucement son feu dessus, tournant la tête,
écoutant et observant.

— Est-ce qu'il va bien ? s'enquit paisiblement
Richard.

La tête d'Ecarlate pivota vers lui, une expression
rêveuse dans ses yeux jaunes.

— Oui. Il va bien.

— J'en suis heureux, Ecarlate. Vraiment.

Il s'avança dans sa direction alors qu'elle s'allongeait
près de l'œuf. Sa tête se leva en signe d'avertissement.

Il s'arrêta.

— Je veux juste mon sac. Il est accroché à une pique,
sur votre épaule.

— Désolée. Vas-y.

Richard récupéra son sac et se dirigea sur le côté,
contre le mur, un peu plus près de la lumière. Il jeta un
coup d'œil par-dessus le rebord. Des centaines de
mètres semblaient le séparer de la terre ferme. Richard
espérait ardemment que c'était un dragon qui tenait ses
paroles. Il s'assit et sortit un pantalon propre.

Il trouva également quelque chose d'autre : le pot
contenant la crème d'aume qu'il avait préparée pour
Denna. La Mord-Sith avait dû mettre ce qu'il en restait
dans son sac. Baissant les yeux vers l'Agiel, il sourit tristement au souvenir qu'il gardait d'elle. Comment pouvait-il se soucier de quelqu'un qui lui avait infligé de
telles choses ? Il lui avait pardonné. Voilà comment il y
parvenait, il lui avait pardonné grâce à la magie
blanche.

La pommade lui procura une sensation merveilleuse.
Il émit un petit gémissement. Elle apaisa la brûlure de
ses meurtrissures et atténua la douleur. Richard remer-

cia silencieusement Denna pour son attention. Il enleva les restes de son pantalon en loques.

— Tu es drôle sans ton pantalon, ricana Ecarlate.

Richard fit volte-face. Elle le regardait.

— Ce ne sont pas des paroles faites pour rassurer un homme quand elles viennent d'une femme, même si cette femme est un dragon.

Lui tournant le dos, il enfila son pantalon neuf.

— Tu es blessé ? A cause des graz ?

Richard secoua la tête.

— Dans la caverne.

Sa voix était calme mais dissimulait la peur obsédante de ses souvenirs. Il s'assit, adossé au mur, les yeux rivés à ses bottes.

— J'ai dû franchir un trou minuscule creusé dans la roche. C'était le seul passage. Je me suis coincé.

Il avisa les grands yeux jaunes.

— Depuis que j'ai quitté mon foyer pour arrêter Darken Rahl, j'ai souvent été effrayé. Mais lorsque je me suis retrouvé bloqué dans ce trou, dans l'obscurité, alors que la roche pesait si étroitement sur moi et que je pouvais à peine respirer... eh bien, ça a été l'une de mes pires expériences. Pendant que j'étais coincé là, quelque chose m'a attrapé la jambe, m'a percé la chair avec de petites griffes acérées. Ça m'est arrivé alors que j'essayais de m'extirper de là.

Ecarlate l'observa longtemps silencieusement, une serre sur l'œuf.

— Merci, Richard Cypher, pour avoir tenu ta parole. Pour m'avoir rapporté mon œuf. Tu es courageux, même si tu n'es pas un dragon. Je n'aurais jamais cru qu'un homme prendrait autant de risques pour un dragon.

— Je n'ai pas seulement accompli cela pour votre œuf. Je l'ai fait parce que je le devais, pour obtenir votre aide afin de retrouver mes amis.

Ecarlate secoua la tête.

— Honnête, qui plus est. Je pense que tu l'aurais fait de toute façon. Je suis navrée que tu aies été blessé et que tu aies dû subir tout cela pour me venir en aide. Les hommes essaient de tuer les dragons. Il se peut que tu sois le premier à m'avoir aidée. Peu importe la raison. J'avais des doutes.

— Enfin, c'est une bonne chose que vous soyez intervenue à temps. Ces graz étaient sur le point de m'avoir. Au fait, je croyais vous avoir demandé de rester en alerte. Qu'est-ce qui vous a poussée à venir à ma rencontre ?

— Je suis gênée de l'admettre, mais je pensais que tu essayais de t'enfuir. Je venais jeter un œil de plus près, quand j'ai entendu le tumulte. Je vais te rendre la pareille. Je vais t'aider à retrouver tes amis, comme je te l'ai promis.

Richard sourit.

— Merci, Ecarlate. Mais l'œuf ? Pouvez-vous l'abandonner seul ? Peut-être que Rahl le volera encore.

— Pas ici, il ne le fera pas. J'ai longtemps cherché avant de dénicher cet endroit après qu'il eut dérobé mon œuf, afin de pouvoir le mettre en lieu sûr si je le récupérais. Il sera incapable de le trouver ici. Quant à l'abandonner, ce n'est pas un problème. Quand les dragons partent en quête de nourriture, ils se contentent de chauffer la roche avec leurs flammes, pour maintenir l'œuf au chaud pendant leur absence.

— Ecarlate, le temps nous est compté. Quand pouvons-nous partir ?

— Immédiatement.

19

CE FUT UNE JOURNÉE PÉNIBLE. ECARLATE SURVOLAIT LES BOIS denses et ils scrutaient ensemble les routes et les sentiers. De ne pas voir le moindre signe de leurs amis avait découragé Richard. Il était si éreinté qu'il se maintenait à grand-peine aux piques d'Ecarlate qui fouillait avec lui les terres du regard. Mais il ne voulait pas se reposer. Il devait retrouver Zedd et Kahlan. Ses yeux brûlaient, sa tête pesait, mais il oubliait l'épuisement et le manque de sommeil dès qu'il repérait des gens à terre. Et invariablement, il devait annoncer à Ecarlate qu'il ne s'agissait pas de ses amis.

Le dragon volait à basse altitude, rasant la cime des pins à l'orée d'un champ. Ecarlate émit un hurlement strident qui fit sursauter Richard et effectua un demi-tour abrupt qui lui donna le vertige. Un daim se mit à galoper dans le champ, effrayé par le rugissement. Accélérant en un piqué éclair, elle plongea vers le champ. Sans effort, Ecarlate enleva le daim aux hautes herbes brunes et lui brisa le cou. La facilité avec laquelle elle avait attrapé sa proie intimida Richard.

Ecarlate s'éleva dans les airs, dans la lumière dorée du soleil couchant, parmi les nuages boursouflés. Richard sentait son cœur chavirer avec le soleil. Il comprit qu'Ecarlate retournait auprès de son œuf, voulut lui enjoindre de chercher encore un peu, pendant qu'il faisait encore jour. Mais il savait qu'elle reviendrait au nid. Au crépuscule, Ecarlate se posa sur la saillie rocheuse, attendant qu'il descende de ses écailles rouges avant de se précipiter vers son œuf. Richard s'éloigna, s'emmitoufla dans son manteau, frissonnant de froid.

Après avoir réchauffé son œuf, elle s'occupa du daim. Elle fit une pause et se tourna vers Richard.

— Tu ne me parais pas capable d'avaler grand-chose. Mais je t'autorise à en prendre un peu.

— Vous ne pourriez pas me le faire cuire ? Je ne mange pas de viande crue.

— Bien sûr.

Il s'en coupa une tranche qu'il ficha à la pointe de son épée. A cause de la chaleur, il dut se détourner tandis qu'elle soufflait un jet précis de flammes. Puis il revint dans son coin, dévorant son repas, essayant de ne pas regarder le dragon occupé à déchiqueter le daim avec crocs et griffes, lançant de gros morceaux en l'air avant de les avaler d'un trait sans mâcher.

— Si nous ne retrouvons pas tes amis, que feras-tu ?

Richard eut un hoquet.

— Il vaudrait mieux que nous les retrouvions.

— L'hiver sera là dans quatre jours.

Il saisit une mince bande de viande entre le pouce et l'index.

— Je sais.

— Pour un dragon, il vaut mieux mourir que d'être asservi.

Richard leva les yeux. Elle fouettait l'air de sa queue.

— Ce choix vous concerne. Mais qu'en est-il pour les autres ? Et vous avez choisi d'être gouvernée, le temps de sauver votre œuf, de lui donner une chance de vivre.

Ecarlate grogna sans répondre et, se tournant une fois de plus vers son œuf, le caressa de ses griffes.

Richard savait que s'il ne réussissait pas à récupérer le dernier coffret et à arrêter Rahl, il devrait les sauver tous, lui et les autres. Il devrait épargner à Kahlan le supplice d'une Mord-Sith. Il devrait accepter d'aider Darken Rahl. Et Kahlan pourrait poursuivre l'existence paisible d'un Confesseur ordinaire.

Cette pensée le désespérait. Qu'il puisse, lui, aider Darken Rahl à accéder à un pouvoir incontesté ! Mais quelle autre solution ? Shota avait peut-être raison : Zedd et Kahlan tenteraient de le supprimer. Peut-être méritait-il qu'on le tue, ne serait-ce que pour avoir envisagé d'aider Darken Rahl. S'il avait pu choisir, cependant, il aurait refusé que Kahlan soit torturée par une Mord-Sith.

Pas de doute : il devait aider Rahl.

Richard s'allongea, nauséeux. La tête contre son sac, il s'enveloppa dans son manteau et, songeant à Kahlan, s'assoupit en un instant.

Le jour suivant, Ecarlate l'emmena au D'Hara, là où, disait-elle, se dressait autrefois la frontière. De fins nuages d'altitude filtraient la lumière. Richard espérait que ses amis ne se seraient pas tant approchés de Darken Rahl. Mais si Zedd avait sondé la pierre de nuit avant que Rahl ne la détruise, apprenant ainsi qu'il avait séjourné au Palais du Peuple, c'est là qu'ils se dirigeraient.

Le dragon descendait bas au-dessus des villageois, les épouvantait. Mais ceux qu'ils recherchaient restaient invisibles.

Soudain, aux environs de midi, Richard les aperçut. Zedd, Chase et Kahlan chevauchaient sur un sentier, près de la route principale. Le dragon plongea vers le sol. Les trois cavaliers s'arrêtèrent.

Ecarlate, déployant ses ailes cramoisies pour freiner leur descente, se posa dans une clairière près du sentier. Richard sauta à terre et courut dès qu'il toucha le sol. Le trio demeurait immobile, leurs mains serrant les rênes de leurs montures. Chase tenait aussi une masse. L'allégresse, lorsqu'il reconnut Kahlan, le submergea. Ses souvenirs d'elle devenaient soudain réalité. Ils demeurèrent figés dans le sentier au bas d'une petite pente abrupte, tandis qu'il courait vers eux. Richard gardait les yeux fixés au sol pour ne pas trébucher sur les racines.

Quand il les releva, un feu magique filait dans sa direction. La surprise le paralysa. Qu'est-ce qu'il lui prenait, à Zedd ? La boule en fusion dépassait en taille toutes celles qu'il avait vues, illuminait les arbres tandis que dans son sillage s'élevait un hurlement. Richard, les yeux écarquillés, la regarda s'approcher, ruer, se tordre, se dilater.

Pris de peur, il tendit la main vers l'épée et sentit le mot *Vérité* s'imprimer dans sa paume. Dégainant l'arme d'un geste large, il la fit tournoyer, sonner dans l'air limpide. Libérée, la magie déferla en lui. Le feu était presque là. Ainsi qu'il l'avait fait quand il était chez Shota, il brandit l'épée, agrippant la poignée d'une main, la pointe de l'autre, les bras verrouillés, la tenant devant lui tel un bouclier. Et le courroux s'empara de lui à la pensée que Zedd les trahissait. Il ne pouvait s'agir que de Zedd.

L'impact le fit reculer d'un pas. La chaleur et le feu le cernaient. La colère du feu magique explosa, se dispersant dans la direction d'où elle était venue, puis disparut.

— Zedd ! Qu'est-ce que tu fais ? Tu es fou ! C'est moi, Richard !

Il avança, furieux que son ami ait pu faire une chose pareille. L'ardeur de sa rage pulsait dans ses veines.

Zedd, vêtu comme à l'ordinaire, mince et frêle, ne broncha pas. Chase, hérissé d'armes, l'air plus dangereux que jamais, non plus. Zedd prit le bras de Kahlan dans sa main fine et la poussa derrière lui pour la protéger. Chase s'avança, les yeux aussi sombres que ses vêtements.

— Chase, avertit Zedd à voix basse, ne fais pas l'idiot. Reste où tu es.

Richard les considéra.

— Qu'est-ce qu'il vous arrive ? Que faites-vous là ? Je vous avais dit de ne pas venir me chercher ! Darken Rahl a envoyé des hommes pour vous capturer. Vous devez rebrousser chemin.

Zedd, la chevelure blanche en désordre, se tourna vers Kahlan, sans quitter Richard des yeux.

— Savez-vous ce qu'il raconte ?

Kahlan secoua la tête, repoussant ses longs cheveux en arrière.

— Non. Je crois que c'est du haut D'Haran ; je ne parle pas le haut D'Haran.

— Haut D'Haran ? De quoi parles-tu ? Qu'est-ce que...

Une vague glaciale de compréhension s'abattit sur ses épaules. Il se souvint de la toile ennemie que Rahl avait tissée sur lui. Ils ne le reconnaissaient pas. Ils le prenaient pour leur pire ennemi. Ils le prenaient pour Darken Rahl.

Une autre pensée lui donna la chair de poule : Zedd le prenait pour Darken Rahl et avait utilisé le feu magique contre lui. Zedd n'était donc pas le traître. Le traître ne pouvait être que... Kahlan. Le voyait-elle tel qu'il était ?

Etranglé par la peur, il s'approcha d'elle. Le dos de Kahlan se raidit, ses mains tombèrent le long de son corps, sa tête se releva. Richard reconnut cette attitude : elle indiquait un avertissement. Un avertissement sérieux. Il se rappela soudain que Shota l'avait prévenu : il pourrait battre Zedd, mais Kahlan n'échouerait pas.

Zedd essaya de s'interposer entre eux. Richard le remarqua à peine... Il écarta le vieil homme du passage. Zedd se plaça derrière lui et posa ses doigts décharnés sur sa nuque. Ils lui infligèrent une douleur un peu semblable à celle que l'Agiel lui avait infligée. Un feu consuma ses nerfs, parcourut ses bras et ses jambes. Avant d'être passé entre les mains de Denna, les doigts du magicien l'auraient pétrifié de douleur. Mais Denna l'avait entraîné, longuement, à supporter la douleur, à endurer ceci, et bien plus encore. Zedd se montrait à la hauteur de ce que Denna lui avait fait subir, mais Richard tira sa détermination du plus profond de son être et expulsa la souffrance de son esprit, laissant la colère de l'épée la remplacer. Il adressa à Zedd un regard d'avertissement. Le magicien ne recula pas. Richard le poussa de nouveau, plus fort qu'il n'en avait l'intention, et Zedd tomba à la renverse. Kahlan se tenait immobile devant lui.

— Sous quel aspect me vois-tu ? murmura le Chercheur. Darken Rahl ou Richard ?

Elle trembla légèrement, incapable, semblait-il, de bouger. Le regard de Richard fut attiré par quelque chose, il l'abaissa pendant un bref instant et vit : la pointe de l'épée pesait contre la gorge de Kahlan, au creux de son cou. Il n'avait pas eu conscience de son geste. Une magie avait amené l'épée là. Pourtant, c'était bien lui qui avait accompli ce geste. Voilà pourquoi Kahlan tremblait. Une goutte de sang gonfla sur sa peau, à la pointe de l'épée. Si c'était elle, la traîtresse, il devait la tuer.

La lame s'était teintée de blanc, comme la figure de Kahlan.

— Qui vois-tu ? murmura-t-il de nouveau.

— Qu'avez-vous fait à Richard ?

La rage rendait rauque le chuchotement.

— Si vous lui avez fait du mal, je vous tuerai, je le jure.

Il se souvint de la manière dont elle l'avait embrassé. Ce n'était pas le baiser d'une traîtresse, mais un baiser d'amour. Il n'aurait jamais pu la tuer, même si ses craintes avaient été fondées. Mais il savait maintenant qu'elles ne l'étaient pas. Les larmes aux yeux, il glissa l'épée dans son fourreau.

— Désolé, Kahlan. Puissent les bons esprits me pardonner ce dont j'ai failli me rendre coupable. Je sais que tu ne peux pas me comprendre, hélas. Darken Rahl utilise la Première Règle de Magie, en essayant de nous dresser les uns contre les autres. Il essaie de me faire croire un mensonge, et j'ai failli succomber. Je sais que toi et Zedd ne me trahirez jamais. Pardonnez-moi de l'avoir pensé.

— Que voulez-vous ? demanda Zedd. Nous ne vous comprenons pas.

— Zedd...

Il fit courir ses doigts dans ses cheveux.

— Comment puis-je vous faire comprendre ?

Il empoigna brusquement les robes du magicien.

— Zedd, où est le coffret ? Je dois récupérer le coffret avant que Rahl ne le trouve ! Je ne peux pas permettre qu'il s'en empare !

Zedd fronça les sourcils. Richard savait que ses tentatives ne mèneraient à rien. Aucun d'eux ne pouvait le comprendre. Il se dirigea vers les chevaux et entreprit de fouiller dans les paquetages.

— Vous pouvez fouiller tant que vous voulez, vous ne le trouverez pas, dit Zedd en souriant. Nous n'avons plus le coffret. Vous allez mourir dans quatre jours.

Quelque chose remua derrière lui, Richard fit volte-face. Chase brandissait la masse. Un torrent de feu passa en flèche entre eux. Ecarlate maintint la pression des flammes jusqu'à ce que Chase recule.

— Quels amis as-tu ? grommela le dragon.

— Darken Rahl m'a jeté une toile magique. Ils ne me reconnaissent pas.

— Eh bien, si tu restes plus longtemps auprès d'eux, ils te tueront.

D'ailleurs, songea Richard, il est impossible qu'ils aient le coffret. S'ils étaient venus au D'Hara pour le sauver, ils n'auraient pas pris le risque de l'apporter à Rahl. Le trio l'observait silencieusement.

— Ecarlate, dis-leur quelque chose, pour voir s'ils peuvent te comprendre.

La tête du dragon se coula vers eux.

— Ce n'est pas Darken Rahl, mais votre ami, dissimulé sous une toile magique. Est-ce que l'un de vous peut me comprendre ?

Le trio demeura silencieux. Exaspéré, Richard s'approcha de Zedd.

— Zedd, essaie, je t'en prie. Ne cherche pas la pierre de nuit. Si tu le fais, Rahl te jettera aux enfers. Essaie de comprendre !

Aucun des trois ne saisit un mot de ce qu'il disait. Il devait d'abord récupérer le coffret ; ensuite il reviendrait les protéger contre les hommes que Rahl avait envoyés. A contrecœur, il grimpa sur le dos d'Ecarlate. Elle garda un œil circonspect sur le trio, laissant échapper de la fumée et quelques flammes en guise d'avertissement. Richard aurait voulu désespérément rester aux côtés de Kahlan. Mais c'était impossible, il devait d'abord retrouver le coffret.

— Partons d'ici. Nous devons rejoindre mon frère.

Dans un vrombissement de flammes qui maintenait les trois compagnons à distance, Ecarlate prit son envol. Richard s'accrocha aux écailles rouges. Il regarda ses trois amis, puis il les perdit de vue. Il aurait aimé contempler le sourire de Kahlan, juste une dernière fois.

— Que faisons-nous, maintenant ? demanda Ecarlate par-dessus son épaule.

— Nous devons rejoindre mon frère. Il doit se trouver avec une armée d'un millier d'hommes, quelque part entre ici et les Rang'Shada. Nous n'aurons pas grand mal à les repérer.

— Tes amis ne comprenaient pas non plus mes paroles. La toile doit également m'affecter, puisque je suis avec toi. Mais ce doit être une toile pour les hommes, pas pour les dragons, car je discerne la vérité. Si ces trois-là ont voulu te tuer à cause d'une toile magique, les autres le voudront certainement aussi. Je ne pourrai pas te protéger contre mille hommes.

— Je dois essayer. Je réfléchirai à un plan. Michaël est mon frère, je réfléchirai à un moyen de lui faire entrevoir la vérité. Il est en route avec son armée pour m'aider. J'ai terriblement besoin de son aide.

Ils volèrent haut, afin de surveiller davantage de terrain. Ecarlate exécutait de doux et larges virages au milieu des immenses nuages cotonneux. Richard n'aurait pas imaginé les nuages si grands, vus de près. Une accumulation de nuages lui donna l'impression de se trouver dans un pays de montagnes et de vallées immaculées. Le dragon rasa leurs cimes, traversant parfois une volute humide. Sa tête disparut dans cette blancheur, les pointes de ses ailes s'estompèrent. La taille des nuages faisait paraître insignifiant le dragon lui-même.

Pendant des heures, ils cherchèrent. Richard, accoutumé au vol, s'installa entre deux écailles, afin de scruter plus confortablement le paysage.

Tandis qu'ils volaient, Richard songea à ce qu'il pourrait faire pour convaincre Michaël de son identité. Michaël devait avoir le coffret ; voilà où Zedd l'avait laissé. Il l'avait caché à Rahl par des moyens magiques et laissé sous la protection de l'armée. Une fois en possession du coffret, il demanderait à Ecarlate de l'emporter dans sa grotte. Là, il serait à l'abri.

Ensuite il pourrait rejoindre Kahlan et la défendre. Peut-être demanderait-il à Ecarlate de l'emmener aussi jusqu'à sa caverne. Elle serait elle aussi à l'abri.

Dans trois jours et demi, Rahl périrait. Kahlan en sécurité pour toujours, il reviendrait au Westland, mettrait un terme à ses relations avec la magie. A ses relations avec Kahlan. La pensée de ne jamais la revoir le rendit faible.

Tard dans l'après-midi, Ecarlate vit l'armée. Elle était meilleure que lui pour repérer des choses à cette altitude. D'abord, il ne remarqua qu'une mince colonne de poussière ; puis les rangs qui se déplaçaient le long d'une route.

— Alors, quel est ton plan ? lui cria-t-elle.

— Pourrais-tu atterrir devant eux, sans qu'ils nous voient ?

Un grand œil jaune se plissa.

— Je suis un dragon rouge. Je pourrais atterrir au milieu d'eux sans qu'ils s'en aperçoivent. A quelle distance d'eux ?

— Je dois rencontrer Michaël sans que ses soldats me voient.

Richard réfléchit un moment.

— Pose-toi à quelques heures de marche devant eux. Laisse-les venir à nous. Il fera bientôt nuit ; alors je pourrai rencontrer Michaël.

Ecarlate, les ailes déployées, descendit en spirale vers les collines, devant l'armée en marche. Elle atterrit dans une petite clairière dont l'herbe était longue et brune. Ses écailles rouge vif, luisantes et chatoyantes, se détachaient dans la lumière vespérale. Richard sauta à terre.

— Et maintenant ? demanda-t-elle.

— Je préfère attendre la nuit, qu'ils aient établi leur campement. Quand ils auront mangé, je pourrai me glisser dans la tente de Michaël et lui parler seul à seul.

Le dragon grogna.

— Il fera bientôt nuit. Je dois retourner auprès de mon œuf. Il a besoin d'être réchauffé.

— Je comprends, Ecarlate.

Richard expira profondément, méditant.

— Reviens me chercher dans la matinée. Je t'attendrai dans ce champ au lever du jour.

Ecarlate considéra le ciel.

— Les nuages s'accumulent. S'il y a des nuages, je ne pourrai pas voler.

— Pourquoi ?

Elle grogna, une bouffée de fumée s'échappant de ses naseaux.

— Parce que les nuages sont pleins de rochers.

Richard se renfrogna.

— De rochers ?

Sa queue fouetta impatiemment l'air.

Avec les nuages, comme dans le brouillard, on ne voit rien. On se cogne dans des collines ou des montagnes. Je peux être forte, mais je me briserais la nuque si je heurtais un rocher. Si la base des nuages est suffisamment haute, je pourrais voler au-dessous. Si leur sommet est bas, je pourrais voler par-dessus, mais je ne distinguerais plus le sol. Je serais incapable de te retrouver.

Richard posa la main sur la poignée de son épée, regarda vers la route.

— Si les choses tournent mal, je reviendrai vers mes trois amis. Je resterai sur la route principale.

La gorge de Richard se serra.

— Si tout le reste échoue, j'irai au Palais du Peuple. Dans trois jours, à partir de demain.

— Ça ne représente pas beaucoup de temps.

— Je sais.

— Trois jours à partir de demain, et je serai débarrassée de toi.

Richard sourit.

— C'est notre marché.

Ecarlate scruta une fois de plus le ciel.

— Je n'aime pas ça. Bonne chance, Richard Cypher. Je reviendrai demain matin.

Elle courut un peu et s'envola. Richard la regarda décrire un cercle autour de lui, s'éloigner, disparaître derrière les collines. Le jour où il avait rencontré Kahlan, juste après que la liane serpent l'avait mordu, il avait vu voler Ecarlate au-dessus de lui de cette manière et disparaître derrière des collines. Qu'allait-elle faire au Westland, ce jour-là ?

Se frayant un chemin dans les hautes herbes sèches, Richard se dirigea vers une colline proche, qu'il escalada jusqu'au sommet d'où il pouvait observer quiconque approchait de l'ouest. Il trouva un coin bien caché dans les broussailles, s'installa confortablement, sortit de la viande et des fruits séchés. Il lui restait même quelques pommes. Il mangea sans joie, se demandant comment il pourrait convaincre Michaël de son identité : écrire, dessiner un portrait, une carte ? Si la toile ennemie qui l'entourait modifiait ses paroles, elle modifierait sûrement aussi ses écrits. Il essaya de réfléchir à des jeux auxquels ils avaient joué quand ils étaient jeunes, mais aucun ne se présenta à son esprit. Ils n'avaient pas tellement joué ensemble. Michaël n'aimait véritablement que les duels, et tirer l'épée contre son frère n'aurait sans doute pas l'effet désiré.

Mais il y avait autre chose : lorsqu'ils jouaient à l'épée, Michaël aimait que Richard le salue, un genou en terre. Michaël s'en souviendrait-il ? Il lui avait souvent demandé de le faire ; rien ne lui faisait autant plaisir. Michaël appelait cette cérémonie le salut du perdant. Quand Richard gagnait, Michaël refusait de lui accorder cette marque de respect, et Richard, qui était plus petit, n'avait jamais pu obliger Michaël à le saluer.

Avant la tombée de la nuit, Richard entendit approcher les pas des chevaux, les équipements s'entrechoquer, les cuirs grincer, des fracas métalliques, le bruit d'une multitude d'hommes en mouvement. Une cinquantaine de cavaliers bien armés passèrent rapidement devant lui, dans un nuage de poussière et de mottes de terre. Michaël, vêtu de blanc, marchait en tête. Richard reconnut les uniformes, les armoiries du Hartland sur chaque épaule, la bannière jaune ornée de la silhouette bleue d'un pin et les épées entrecroisées. Chaque soldat portait une épée courte par-dessus son épaule, une hache de bataille accrochée à sa large ceinture et un javelot. Leurs cottes de mailles lançaient des étincelles de lumière à travers la poussière. Ce n'étaient pas des soldats réguliers du Westland mais la garde personnelle de Michaël.

Où était l'armée ? De là-haut, il les avait tous vus ensemble, cavaliers et fantassins. Ces chevaux avançaient trop vite pour que des fantassins suivent leur rythme. Richard se leva après leur passage, regarda en amont de la route. Les autres n'arrivaient pas.

D'abord inquiet, il se détendit quand l'idée jaillit en lui. Zedd, Chase et Kahlan avaient laissé le coffret à Michaël et lui avaient dit qu'ils allaient au D'Hara retrouver Richard. Michaël ne pouvait probablement plus attendre et allait lui-même les aider. Les fantassins ne pouvaient plus maintenir l'allure nécessaire pour atteindre le Palais du Peuple à temps, aussi Michaël avait-il pris ses gardes personnels et était-il parti en éclaireur, laissant les autres le rattraper quand ils le pourraient.

Cinquante hommes, même la garde personnelle de Michaël, ne représentaient pas un nombre suffisant pour affronter la force des soldats de Rahl. Richard devina que Michaël pensait avec son cœur plutôt qu'avec sa tête.

Richard ne les rattrapa que tard dans la nuit. Ils avaient chevauché rapidement. Les chevaux avaient été soignés et attachés à des piquets pour la nuit. Quelques hommes étaient déjà couchés. Les sentinelles, à leurs postes, étaient difficiles à repérer dans le noir.

Les nuages cachaient la lune. Richard rampa silencieusement entre les sentinelles et se faufila dans le camp. Michaël lui avait facilité la tâche : sa tente était plantée à l'écart, loin des soldats. Toutefois, des gardes étaient postés tout autour. Richard les étudia un moment, analysant leurs points faibles, jusqu'à trouver l'endroit où il pourrait passer entre eux : dans l'ombre de la tente projetée par les feux. Les gardes restaient dans la lumière parce qu'ils ne voyaient rien dans l'ombre.

Il franchit les ténèbres à pas comptés, accroupi, s'immobilisant, silencieux, plaqué au sol. Il écouta longtemps pour savoir si quelqu'un se trouvait dans la tente en compagnie de Michaël. Il entendit des papiers que l'on remuait, une lampe qui brûlait. Personne d'autre. Prudemment, il pratiqua une incision minuscule avec son couteau, juste assez pour voir à travers. Michaël, assis à une petite table de campagne pliante, était en train de lire des documents qui ne paraissaient pas comporter de lignes ni de mots ; d'après ce que pouvait voir Richard, ils étaient grands. Probablement des cartes.

Il devait pénétrer dans la tente, se redresser, mettre un genou en terre et exécuter son salut, avant que Michaël n'ait déclenché l'alarme. Juste à l'intérieur, sous lui, se trouvait un lit de camp. Voilà ce dont il avait besoin pour dissimuler son entrée. Tendant la corde de manière que la toile ne retombe pas brusquement, Richard coupa l'attache à peu près au milieu du lit, puis souleva un peu le bord de la toile et se roula précautionneusement sous le lit.

Michaël se tourna en entendant du bruit. Richard se redressa devant la petite table, devant son frère. Michaël tendit sa tête vers lui, blêmit, bondit sur ses pieds. Richard allait faire son salut quand Michaël parla.

— Richard... comment es-tu... Que fais-tu ici ? C'est... si... bon de te revoir. Nous avons tous été si... inquiets.

Le sourire de Richard s'estompa.

En jetant sur lui la toile ennemie, Rahl lui avait dit que ceux qui l'honoraient verraient Richard sous son vrai jour.

Michaël le voyait sous son vrai jour. C'était donc lui qui l'avait trahi.

Michaël avait permis qu'il soit capturé et torturé par une Mord-Sith. Michaël accepterait de livrer Kahlan et Zedd à Darken Rahl. Michaël livrerait tout le monde à Darken Rahl. Ses entrailles se glacèrent.

Richard ne put bredouiller davantage qu'un murmure.

— Où est le coffret ?

— Ah... tu as l'air affamé, Richard. Laisse-moi
ordonner que l'on t'apporte de quoi dîner. Nous allons
discuter. Ça fait si longtemps !

Richard garda la main loin de l'épée, de peur de l'utiliser. Il se rappela sombrement qu'il était le Chercheur
et que c'était tout ce qui importait pour l'instant. Il
n'était pas Richard ; il était le Chercheur. Il avait un
travail à accomplir. Il ne pouvait se permettre d'être
Richard. Il ne pouvait se permettre d'être le frère de
Michaël. Il y avait des choses plus importantes à considérer. Bien plus importantes.

— Où est le coffret ?

Le regard de Michaël fuyait.

— Le coffret... eh bien... Zedd m'en a parlé... Il était
sur le point de me le confier... mais alors il a dit quelque
chose à propos de toi, qu'il allait te retrouver dans le
D'Hara grâce à une pierre quelconque, et ils sont tous
les trois partis te chercher. Je leur ai dit que je voulais
aussi venir sauver mon frère. Mais je devais rassembler
les hommes et me préparer. Ils sont partis devant moi.
Zedd a conservé le coffret. C'est lui qui l'a.

Richard savait, maintenant ; Darken Rahl possédait
le troisième coffret. Darken Rahl avait dit la vérité.

Le Chercheur étouffa ses émotions et tenta d'évaluer
rapidement la situation. Une seule chose importait
désormais : rejoindre Kahlan. S'il perdait la tête, c'est
elle qui souffrirait ; elle qui se retrouverait au bout d'un
Agiel. Il se surprit à se concentrer sur une image mentale, la natte de Denna. N'importe quoi, pourvu que ça
fonctionne, se dit-il. Il ne pouvait tuer Michaël, ni courir le risque de se faire capturer par ses hommes, ni
même lui apprendre ce qu'il savait. Cela ne ferait rien
avancer et mettrait des vies en péril.

Il inspira profondément et se força à sourire.

— Eh bien, tant que le coffret est à l'abri, c'est tout
ce qui compte.

Les couleurs revinrent sur le visage de Michaël. Il
sourit.

— Richard, est-ce que tu vas bien ? Tu parais... différent. On dirait que tu as eu quelques ennuis...

— Plus que tu ne pourras jamais l'imaginer, Michaël.

Il s'assit sur le lit de camp. Michaël retourna prudemment à sa chaise. Avec son pantalon bouffant et sa chemise blanche, une ceinture d'or à la taille, il ressemblait à un disciple de Darken Rahl. Richard regarda les cartes que son frère avait étudiées. Des cartes du Westland. Des cartes du Westland destinées à Darken Rahl.

— J'étais au D'Hara, comme Zedd te l'a dit, mais je me suis enfui. Nous devons quitter le D'Hara. Nous en éloigner autant que possible. Je dois aller prévenir les autres, avant qu'ils n'y parviennent. Tu peux ramener tes hommes maintenant, ramener l'armée et protéger le Westland. Merci, Michaël, d'être venu m'aider.

Le sourire de son frère s'élargit.

— Tu es mon frère. Qu'aurais-je pu faire d'autre ?

La douleur de la trahison brûlait ardemment en lui, mais Richard se força à afficher un sourire chaleureux. D'une certaine façon, c'était pire que si le traître avait été Kahlan. Il avait grandi avec Michaël, ils étaient frères et avaient vécu ensemble une grande partie de leur existence. Il avait toujours admiré Michaël, l'avait toujours soutenu, lui avait toujours accordé son amour inconditionnel. Il se souvint de s'être vanté auprès de ses amis d'avoir un tel frère.

— Michaël, j'ai besoin d'un cheval. Je dois me mettre en route. Maintenant.

— Nous irons tous avec toi. Moi et mes soldats.

Son rictus s'élargit.

Maintenant que nous sommes réunis, je ne veux plus te perdre.

Richard sauta sur ses pieds.

— Non !

Il apaisa sa voix.

— Tu me connais, j'ai l'habitude d'être seul dans les bois. C'est ce que je fais de mieux. Tu ne ferais que me ralentir. Je ne peux pas perdre de temps.

Michaël se leva, son regard glissa vers l'ouverture de la tente.

— Je refuse d'en entendre parler. Nous sommes...

— Non. Tu es le Premier Conseiller du Westland. Ta

première responsabilité, ce n'est pas de surveiller ton petit frère. S'il te plaît, Michaël, ramène l'armée au Westland. Je me débrouillerai.

Michaël se frotta le menton.

— Eh bien, je suppose que tu as raison. Nous allions au D'Hara pour t'aider, mais maintenant que tu es sauf...

— Merci, Michaël. Je prendrai un cheval. Quant à toi, retourne à ton travail.

Richard avait l'impression d'être le plus grand imbécile que la terre ait jamais porté. Il aurait dû s'en douter. Il y avait longtemps qu'il aurait dû comprendre. Il se souvint du discours de Michaël, où il avait dit que le feu était l'ennemi du peuple. Il aurait dû s'en douter à cause de ça, au moins Kahlan avait essayé de le prévenir cette nuit-là. Ses soupçons à l'égard de Michaël étaient fondés.

Première Règle de Magie : Les gens sont stupides, ils croient ce qu'ils veulent croire. Il avait été le plus stupide de tous. Il était trop en colère contre lui-même pour être en colère contre Michaël.

Son refus de voir la vérité allait lui coûter tout ce qu'il aimait. Il ne lui restait plus aucun choix désormais. Il méritait de mourir.

Les yeux rivés sur Michaël, Richard mit lentement un genou en terre et exécuta le salut du perdant.

Michaël mit les mains sur les hanches et sourit d'un air hautain.

— Tu t'en souviens. C'était il y a longtemps, petit frère.

Richard se leva.

— Pas si longtemps. Certaines choses ne changent jamais ; je t'ai toujours aimé. Au revoir, Michaël.

Richard fut encore traversé par la pensée de tuer son frère. Il savait qu'il devrait le faire avec la colère de l'épée ; il ne serait jamais capable de pardonner à Michaël et de faire blanchir la lame. Pour lui-même, peut-être, mais pour ce qu'il avait fait à Kahlan et à Zedd, jamais. Tuer Michaël était moins important qu'aider Kahlan ; il ne pouvait pas prendre ce risque seulement pour atténuer sa propre stupidité. Il passa par l'ouverture de la tente. Michaël le suivit.

— Accepte au moins de rester manger quelque chose. Nous pouvons discuter d'autres sujets. Je ne suis toujours pas sûr...

Richard fit demi-tour, avisant son frère qui se tenait devant la tente. Une légère brume commençait à descendre. Il comprit, à l'expression du visage de Michaël, qu'il n'avait pas la moindre intention de le laisser partir. Il n'attendait que l'occasion d'appeler ses hommes à la rescousse.

— Agis comme je te le conseille, Michaël, je t'en supplie. Je dois partir.

— Vous, ordonna Michaël aux sentinelles, je désire que mon frère demeure avec nous, pour sa propre sécurité.

Trois gardes s'approchèrent de lui. Richard bondit par-dessus les buissons et se fondit dans la nuit. Ils le suivirent maladroitement. Ils n'étaient pas forestiers, mais soldats. Richard ne voulait pas avoir à les tuer ; il s'agissait de Westlanders. Il se glissait dans les ténèbres pendant que le camp s'animait au son d'ordres que l'on hurlait. Il entendit Michaël crier de l'attraper, mais de ne pas le tuer. Bien sûr que non ; il voulait remettre Richard à Darken Rahl personnellement.

Richard contourna le campement jusqu'aux chevaux, coupa toutes les longes, puis en monta un à cru. Il hurla, éperonna et frappa les autres. Ils s'emballèrent, pris de panique. Hommes et chevaux couraient en tous sens. Il pressa les flancs de sa monture.

Le bruit frénétique des voix s'estompa derrière lui. Le visage humide à cause de la brume et des larmes, il lança son cheval au galop dans l'obscurité.

20

ZEDD GISAIT ÉVEILLÉ DANS LA LUMIÈRE PRÉCÉDANT L'AUBE, son esprit plein de pensées troublées. Les nuages s'étaient accumulés durant la nuit, et il semblait qu'une journée pluvieuse les attendait. Kahlan était couchée sur le flanc, tournée vers lui, respirant lentement, dans un sommeil profond. Chase était quelque part à l'écart en train de monter la garde.

Le monde tombait en morceaux, et il se sentait impuissant. Une feuille dans le vent. Il songea que, d'une certaine façon, en tant que magicien, après toutes ces années, il aurait dû avoir quelque contrôle sur les événements. Il était à peine plus que le spectateur de ceux qu'on blessait, tuait, lui qui essayait de guider ceux qui pouvaient accomplir ce qui devait être accompli.

En tant que magicien du Premier Ordre, il était trop avisé pour s'aventurer au D'Hara, et cependant que pouvait-il faire d'autre ? Il devait y aller s'il existait la moindre chance de secourir Richard. Dans trois jours, ce serait l'hiver. Darken Rahl n'avait que deux coffrets ; il allait mourir. S'ils ne sortaient pas Richard de là, Darken Rahl le tuerait d'abord.

Il repensa à leur rencontre avec Darken Rahl, le jour précédent. Il ne comprenait pas : Rahl était évidemment en quête du coffret, et si frénétiquement qu'il ne l'avait même pas tué quand il en avait eu l'occasion. Le magicien qui avait tué son père, celui qu'il recherchait, et il ne lui avait rien fait... Ça défiait toute logique...

Et le fait de l'avoir vu brandir l'épée de Richard lui donnait des frissons. Pourquoi Darken Rahl, maître de la magie des deux mondes, porterait-il l'Epée de Vérité ? Qui plus est, qu'avait-il fait à Richard pour s'en emparer ?

Le plus dérangeant avait été quand il avait commencé à menacer Kahlan de son épée. Zedd ne s'était jamais senti aussi impuissant de toute son existence. Ça avait été stupide d'utiliser la douleur magique sur lui. Ceux qui possédaient le don, et qui avaient survécu au test de la douleur, pouvaient survivre au toucher. Mais qu'était-il censé faire ? Voir Darken Rahl brandir l'Epée de Vérité contre sa gorge l'avait fait souffrir la pire des souffrances. Pendant un moment, il avait été sûr que Rahl allait la tuer, puis l'instant suivant, avant que Zedd n'ait eu une chance de faire quoi que ce soit, si futile que son action eût été, des larmes étaient montées aux yeux de Rahl, et celui-ci avait rengainé l'épée. Pourquoi Rahl s'encombrerait-il d'une épée, s'il voulait la tuer, elle ou n'importe lequel d'entre eux ? Il pouvait les tuer tous d'un simple claquement de doigts. Pourquoi aurait-il voulu utiliser l'épée ? Et pourquoi s'était-il arrêté ?

Le pire, toutefois, était d'avoir fait blanchir la lame. Quand Zedd avait vu cela, il avait presque failli s'évanouir. Les prophéties parlaient de celui qui teinterait l'Épée de Vérité de blanc. En parlaient avec grande circonspection. Qu'il s'agisse de Darken Rahl le pétrifiait. Qu'il fût possible que Richard soit celui qui blanchirait l'Épée de Vérité lui avait causé une terreur toute particulière, mais s'il s'agissait de Rahl...

Le voile, ainsi que les prophéties le nommaient, le voile entre le monde de la vie et les enfers. Si ce voile était déchiré par la magie d'Orden, par l'intermédiaire d'un agent, prédisaient les prophéties, seul celui qui aurait teinté l'épée de blanc pourrait le restaurer. S'il n'y parvenait pas, les enfers se déchaîneraient sur le monde des vivants.

Le mot *agent* avait une signification terrible qui inquiétait grandement Zedd. Cela pouvait signifier que Darken Rahl n'agissait pas de sa propre volonté, mais était un agent. Un agent des enfers. Le fait qu'il ait accédé à la maîtrise de la Magie Soustractive, la magie des enfers, l'impliquait. Cela impliquait aussi que même si Rahl échouait, et était tué, la magie d'Orden déchirerait néanmoins le voile. Zedd essaya de ne pas penser aux conséquences de ces prophéties. L'idée que les enfers puissent se déchaîner lui contractait la gorge. Il valait mieux mourir d'abord. Ça valait mieux pour tout le monde.

Zedd roula sa tête de côté, regardant Kahlan dormir. La Mère Confesseur. La dernière à avoir été créée par les vieux magiciens. Son cœur souffrait de la douleur qu'elle avait endurée, souffrait parce qu'il s'était montré incapable de l'aider quand Rahl avait appliqué l'épée contre sa gorge ; souffrait de ce qu'elle éprouvait pour Richard, et de ce qu'il ne pouvait lui avouer.

Si seulement ça n'avait pas été Richard ! N'importe qui sauf Richard. Rien n'était jamais facile.

Zedd s'assit brusquement. Quelque chose clochait. Le jour était levé depuis trop longtemps pour que Chase ne soit pas de retour. Un doigt sur le front de Kahlan, Zedd la réveilla complètement.

— Qu'y a-t-il ? murmura-t-elle.

Zedd demeura immobile, essayant de ressentir la vie autour de lui.

— Chase n'est pas revenu.

Elle scruta les alentours.

— Il s'est peut-être endormi.

Zedd arqua un sourcil.

— Eh bien, il y a probablement une bonne raison. Ce n'est peut-être rien.

— Nos chevaux ont disparu.

Kahlan se mit debout, vérifiant que son couteau était en place.

— Pouvez-vous sentir sa présence ?

Zedd tressaillit.

— Il y a d'autres individus dans les parages. Des individus touchés par les enfers.

Il bondit sur ses pieds. Chase, poussé violemment, trébucha et culbuta, tête la première, dans le campement. Ses bras étaient solidement attachés dans son dos. Il était couvert de sang. Il grogna dans la poussière. Zedd sentit la présence d'hommes autour d'eux. Quatre hommes.

Celui qui avait poussé Chase s'avança. Ses courts cheveux blonds se dressaient et une raie noire les traversait. Ses yeux froids et son sourire firent frissonner le magicien.

Kahlan était à demi accroupie.

— Demmin Nass, siffla-t-elle.

Il accrocha ses pouces dans sa ceinture.

— Ah ! Vous avez entendu parler de moi, Mère Confesseur.

Son sourire dépravé s'élargit.

— J'ai moi aussi entendu parler de vous. Votre ami ici présent a tué cinq de mes meilleurs hommes. Je l'exécuterai plus tard, après les festivités. J'aimerais qu'il ait le plaisir d'être le témoin de ce que nous vous réservons.

Kahlan aperçut trois autres hommes, pas aussi grands que Demmin, mais plus grands que Chase, qui sortaient de la forêt. Ils étaient cernés, mais ce n'était pas un problème pour un magicien. Tous ces hommes étaient blonds, puissamment musclés et couverts de sueur malgré l'air glacé. Chase leur avait apparemment posé quelques problèmes. Pour l'instant, leurs armes étaient rangées ; ils étaient persuadés d'avoir la situation en main.

Leur confiance irritait Zedd. Leurs sourires le rendaient furieux. Dans la lumière de l'aurore, leurs quatre paires d'yeux bleus étincelaient.

Zedd savait très bien qu'il s'agissait d'un quad, et il savait très bien ce que les quads faisaient aux Confesseurs. Très bien. Son sang bouillait. Il n'était pas question que cela arrive à Kahlan tant qu'il serait en vie.

Demmin Nass et Kahlan se dévisageaient.

— Où est Richard ? Que lui a fait Rahl ? interrogeat-elle.

— Qui ?

Elle serra les dents.

— Le Chercheur.

Demmin sourit.

— Cela ne concerne que Maître Rahl et moi. Pas vous.

— Répondez-moi !

Son sourire s'élargit.

— Ce sont des affaires autrement plus importantes qui devraient vous inquiéter pour l'instant, Confesseur. Vous allez donner du bon temps à mes hommes. Je veux que vous vous concentriez là-dessus, et que vous vous assuriez qu'ils s'amusent bien. Le Chercheur n'a rien à voir avec vous.

Zedd décida qu'il était temps de mettre un terme à cette comédie. Il leva les mains et libéra la plus puissante toile de paralysie qu'il put invoquer. Le campement s'illumina d'un craquement tonitruant, une lumière verte fila dans quatre directions à la fois, vers chacun des hommes aux yeux bleus, les heurta avec un bruit sourd.

Aussi vite qu'elle les avait frappés, la lumière verte fut renvoyée par les hommes. Zedd se rendit compte trop tard qu'ils étaient protégés par un sort — un de ces sortilèges des enfers qu'il ne savait pas détecter. Des quatre directions à la fois, la lumière verte le frappa. Sa propre toile le pétrifia sur place, le réduisant à l'impuissance. Il avait beau essayer, il ne pouvait pas bouger.

Demmin Nass sortit ses pouces de sa ceinture.

— Des ennuis, vieillard ?

Kahlan, un masque de rage sur son visage, déploya son bras et posa sa main sur son torse lisse. Zedd se crispa en prévision de la décharge du tonnerre muet.

Qui ne vint pas.

Demmin Nass abaissa le poing et cassa le bras de Kahlan.

La jeune femme tomba à genoux dans un cri de douleur. Elle se releva avec le couteau dans l'autre main et taillada l'homme devant elle. Il empoigna ses cheveux, la tenant à distance. Elle enfonça le couteau dans le bras qui l'agrippait. Il l'obligea à lâcher la lame d'une torsion de la main et, d'une pichenette, le planta dans un arbre. La tenant par les cheveux, il lui envoya quelques gifles. Elle lui donnait des coups de pied, le griffait et criait. Il gloussait. Les trois autres se rapprochèrent.

— Navré, Mère Confesseur, j'ai peur que vous ne soyez pas mon genre. Mais pas d'inquiétude, ces gaillards ne seront que trop heureux de vous honorer. Essayez de tortiller vos fesses, cependant, ricana-t-il. Je jouirai au moins de ce spectacle.

Demmin la propulsa par les cheveux vers les trois autres. Ils la poussèrent entre eux, la giflant, la frappant, la faisant tournoyer jusqu'à ce qu'elle soit trop étourdie pour tenir debout. Elle était aussi impuissante qu'une souris donnée en pâture à trois chats. Ses cheveux tombaient sur sa figure. Elle agitait son poing devant eux, trop désorientée pour les toucher. Ils s'esclaffèrent plus fort.

L'un d'eux lui balança un coup de poing dans l'estomac. Kahlan se plia en deux, tomba à genoux, tordue de douleur. Un autre la souleva par les cheveux. Le troisième tira les boutons de sa chemise. Ils la projetèrent violemment d'avant en arrière, déchirant son vêtement, l'arrachant un peu plus chaque fois. Ils appuyaient sur son bras cassé, pour la faire hurler.

Zedd ne pouvait même pas trembler de la rage qui tempêtait en lui. Il ne pouvait même pas fermer les yeux devant ce spectacle, ni se boucher les oreilles. Le souvenir pénible d'avoir déjà vécu cela se superposa à ce qui se déroulait sous ses yeux. La douleur de ces souvenirs l'empêchait de respirer. La douleur de ce qui se déroulait maintenant l'empêchait de respirer. Il aurait donné sa vie pour se libérer. Il regrettait qu'elle leur résiste ; ça ne faisait qu'augmenter leur fureur. Mais il savait que les Confesseurs résistaient toujours. Résistaient avec tout ce qu'elles possédaient. Et ce qu'elle possédait, il le savait, ne serait pas suffisant.

Pétrifié, Zedd maudissait son impuissance, lui qui possédait tant de ressources, de sorts, de ruses, de pouvoirs. Ce n'était pas assez. Il sentit des larmes couler le long de ses joues.

Kahlan hurla lorsque l'un des hommes la jeta par son membre cassé dans les bras costauds des deux autres. Les lèvres retroussées sur ses dents serrées, elle se déhancha et les bourra de coups de pied pendant qu'ils la tenaient étroitement par les bras et les cheveux. Le troisième homme déboucla la ceinture de Kahlan et arracha les boutons. Elle lui cracha dessus, l'insulta. Il rit. Il détacha son pantalon, le baissa le long de ses jambes et le retourna par-dessus ses pieds. Les deux autres avaient les bras occupés à la tenir ; elle était presque trop difficile à contrôler pour eux. L'un d'eux tordit brutalement le bras cassé.

Ceux qui la tenaient inclinèrent brusquement sa tête en arrière tandis que le troisième posait ses lèvres et ses dents sur son cou pour la mordre. La pelotant d'une main, il défit sa ceinture et détacha son pantalon de l'autre. Il couvrit sa bouche de la sienne, étouffant ses cris pendant que ses doigts épais passaient de ses seins à l'ombre entre ses jambes.

Son pantalon tomba, ses jambes forcèrent ses cuisses à s'écarter. Elle grogna contre sa bouche, accaparée par l'effort, essayant de l'empêcher d'aboutir à ses fins, mais elle n'y parvint pas. Ses doigts épais tâtonnèrent et s'insinuèrent en elle. Les yeux de Kahlan s'écarquillèrent. Son visage était pourpre de rage, sa poitrine se gonflait de courroux.

— Mettez-la par terre et maintenez-la dans cette position, grogna-t-il.

Le genou de Kahlan lui remonta dans l'aine. Il se plia

en deux avec un gémissement pendant que les autres riaient. Il y avait du feu dans ses yeux quand il se redressa. Son poing lui entailla la lèvre. Du sang jaillit sur son menton.

Chase, les bras toujours solidement liés dans son dos, fonça la tête la première dans son ventre. Ils tombèrent tous deux à terre. Le pantalon accroché à ses chevilles fit trébucher l'homme, et avant qu'il puisse réagir, Chase cramponna ses jambes autour de son cou massif. Ses yeux bleus s'exorbitèrent. Le garde-frontière roula sur le flanc, tirant d'un coup sec la tête en arrière. Il y eut un craquement sonore, et l'homme s'affala.

Demmin Nass frappa Chase aux côtés et à la tête avec le pied, jusqu'à ce qu'il ne bouge plus.

Surgis de nulle part, de la fourrure et des crocs tombèrent soudain sur Nass. Le loup grogna sauvagement alors qu'il lacérait Demmin. Ils culbutèrent sur le sol, roulant dans la poussière, à travers le feu. Un couteau étincela dans l'air.

— Non ! hurla Kahlan. Brophy ! Non ! Va-t'en !

Trop tard. Le couteau cingla le loup avec un bruit sourd et écœurant alors que le poing qui le maniait heurtait les côtes. Encore et encore. Nass éventra le loup. En quelques instants, tout fut terminé. Brophy gisait, la fourrure maculée de sang. Ses pattes se crispèrent un peu, puis s'immobilisèrent.

Kahlan pendait toujours par les bras et les cheveux, elle pleurait et sanglotait en appelant le loup.

Nass se remit debout, haletant. Du sang coulait de ses blessures. La fureur embrasait ses yeux.

— Faites-la payer, siffla-t-il aux deux hommes qui la tenaient. Faites-lui du bien.

Kahlan lutta et se déhancha contre eux.

— Qu'est-ce qui t'arrive, Demmin ? hurla-t-elle. Pas assez viril pour le faire toi-même ? Tu dois demander à de vrais hommes de le faire à ta place ?

S'il te plaît, Kahlan, supplia mentalement Zedd, s'il te plaît, tais-toi ! S'il te plaît, ne dis rien de plus !

Le visage de Nass vira au rouge brique. Sa poitrine se gonfla. Il lui lança un regard mauvais.

— Au moins ce sont de vrais hommes ! Au moins ils ont ce qu'il faut pour s'y prendre avec les femmes ! Ce n'est probablement pas ton cas ! Tu en as juste assez pour les petits garçons ! Qu'est-ce qui t'arrive, petit garçon ? Tu as peur de montrer à une vraie femme ce que tu as ? Je me moquerai de toi pendant que de vrais hommes font ce qui t'est interdit !

Nass s'approcha d'un pas, les dents serrées.

— La ferme, sale pute !

Elle lui cracha au visage.

— Voilà ce que ton père ferait s'il savait que tu ne peux pas t'occuper d'une femme. Tu es une honte pour ton père !

Zedd se demandait si Kahlan avait perdu l'esprit. Il n'avait absolument aucune idée de la raison d'un tel comportement. Si elle voulait inciter Nass à faire pire, c'était comme ça qu'il fallait s'y prendre.

Nass semblait près d'exploser de fureur, mais ses traits se relâchèrent soudainement, son sourire revint. Il regarda alentour et vit ce qu'il cherchait. Il pointa le doigt.

— Là-bas. Tenez son visage contre ce rondin.

Il approcha sa figure de la sienne.

— Tu veux que ce soit moi qui le fasse ? D'accord, salope, tu vas m'avoir. Mais tu vas m'avoir à ma façon. Maintenant on va voir si tu sais bien te tortiller.

Le visage de Kahlan était cramoisi de colère.

— Du vent ! Tu vas seulement te mettre dans l'embarras. Tes hommes et moi allons bien rire. Une fois encore, ils vont devoir s'acquitter de cette besogne à ta place.

Sa bouche s'épanouit en un sourire de défi.

— J'attends, petit garçon. Fais-le-moi comme ton père te l'a fait, pour que nous puissions tous bien nous amuser, en t'imaginant à genoux sous lui. Montre-moi comment il s'y est pris.

Les veines de son front menaçaient d'éclater, ses globes oculaires s'exorbitaient. La main de Nass s'empara de sa gorge, la comprima. Il tremblait de rage. Son étau se resserra, l'étranglant.

— Commandant Nass, l'avertit l'un des hommes à voix basse, vous allez la tuer.

Demmin leva les yeux, braquant vers lui un regard

furieux, mais relâcha sa prise. Il reporta son regard sur Kahlan.

— Qu'est-ce qu'une pute comme toi connaît de ces choses ?

— Je sais que tu es un menteur. Je sais que ton maître ne permettrait pas qu'un petit garçon comme toi sache ce que l'on a fait du Chercheur. Tu ne sais rien. Tu ne peux rien me dire parce que tu ne sais rien.

Voilà donc ce qu'elle manigançait. Zedd comprenait. Kahlan savait qu'elle allait mourir, et elle était prête à échanger tout ce que Nass pourrait lui faire de pire contre des nouvelles de Richard. Elle ne voulait pas mourir sans savoir s'il était sain et sauf. Des larmes roulèrent sur le visage de Zedd. Il entendit Chase remuer à ses pieds.

Nass relâcha sa gorge et fit signe aux deux hommes de la libérer. Dans un élan soudain, il la frappa avec le poing. Elle atterrit à plat sur le dos. Il se pencha au-dessus d'elle, la soulevant par les cheveux comme si elle ne pesait rien.

— Tu ne sais rien ! C'est ton poing qui me le prouve ! Ton maître pourrait le dire à ton père, le railla-t-elle, mais il ne révélerait rien à la petite fille à son papa.

— D'accord. D'accord. Je vais te le dire. Ce sera encore plus amusant quand je te chevaucherai, si tu sais ce que l'on fait aux petits parasites que sont les Chercheurs. Alors peut-être que tu comprendras que tu perds ton temps en nous combattant.

Kahlan se tenait nue devant lui, le visage rouge de colère. Elle n'était pas petite, mais elle le paraissait devant Demmin Nass. Elle haletait, un poing sur la hanche, l'autre bras pendant mollement, du sang lui couvrant le buste.

— Il y a presque un mois, un artiste a dessiné un sort pour que le Chercheur soit capturé. Il a tué l'artiste, mais il a quand même été capturé. Capturé par une Mord-Sith.

Toute couleur disparut du visage de Kahlan. Zedd eut l'impression d'avoir été poignardé en plein cœur. Si cela avait été possible, il se serait effondré de douleur.

— Non, murmura-t-elle, les yeux écarquillés.

— Si, se moqua-t-il. Et une Mord-Sith particulièrement vicieuse en plus. Du nom de Denna. Même moi je préfère l'éviter. C'est la favorite de Maître Rahl, à cause de ses...

Il sourit.

— ... à cause de ses talents. D'après ce que j'ai entendu dire, elle s'est surpassée avec le Chercheur. Je l'ai même vue un jour moi-même, au dîner, couverte de son sang des pieds à la tête.

Kahlan frémissait légèrement, les yeux humides, et Zedd était sûr qu'elle était devenue encore plus blême.

— Mais il est toujours vivant, chuchota-t-elle d'une voix cassée.

Demmin arbora un sourire de satisfaction, content de lui raconter, de voir sa réaction.

— En fait, Mère Confesseur, la dernière fois que j'ai vu le Chercheur, il était à genoux devant Maître Rahl, l'Agiel de Denna appliqué contre la nuque. Je ne pense même pas qu'il se souvienne de son propre nom. Maître Rahl n'était pas satisfait à ce moment-là. Or quand Maître Rahl n'est pas satisfait, les gens meurent invariablement. D'après ce que Maître Rahl m'a dit lorsque je l'ai quitté, je suis certain que le Chercheur ne s'est jamais relevé. Son corps doit être putréfié à l'heure qu'il est.

Zedd pleura de ne pas pouvoir la consoler, de ne pas pouvoir être consolé par elle.

Kahlan se calma.

Ses bras s'élevèrent lentement, les poings brandis vers le ciel. Sa tête s'inclina en arrière.

Elle émit un hurlement surnaturel qui transperça Zedd, mille aiguilles de glace résonnant contre les collines, à travers les vallées, contre les arbres alentour. Le souffle coupé, Zedd vit Nass et les deux autres hommes reculer en trébuchant.

S'il n'avait pas déjà été pétrifié, il l'aurait été maintenant.

Kahlan inspira profondément, ses poings se crispèrent davantage, des larmes ruisselèrent sur son visage.

Et elle hurla de nouveau. Long, perçant, d'un autre monde, le son cascadait dans les airs. Les galets dansaient sur le sol. L'eau dansait dans les lacs. L'air même dansait et commençait à bouger. Les hommes se bouchèrent les oreilles. Zedd l'aurait bien fait lui aussi, s'il avait été en mesure de remuer.

Elle prit une autre profonde inspiration. Son dos se cambra alors qu'elle se tendait vers le ciel.

Le troisième cri fut le pire. Sa magie déchira la texture de l'air. Zedd eut l'impression qu'il allait démembrer son corps. L'air se mit à tourbillonner autour d'elle, soulevant de la poussière au passage.

Les ténèbres s'accumulaient, la magie de son hurlement repoussant même la lumière, attirant l'obscurité comme il attirait le vent. Jour et nuit tournoyaient autour de la Mère Confesseur tandis qu'elle libérait l'antique magie.

La peur étranglait Zedd. Il n'avait été témoin d'un tel phénomène qu'une seule fois auparavant. Elle joignait la magie des Confesseurs, l'Additive, l'amour, à sa contrepartie des enfers, la Soustractive, la haine.

Kahlan se tenait, hurlant, au centre du maelström. La lumière aspirée, les ténèbres s'accumulaient. Là où Zedd se tenait, il faisait nuit noire. Seule une lumière enveloppait Kahlan. La nuit autour du jour.

Un éclair frappa violemment à travers l'obscurité du ciel, filant rapidement dans toutes les directions, bifurquant, se dédoublant, encore et encore jusqu'à ce que le ciel s'embrase. Le tonnerre roula à travers la campagne, fondu en une fureur continue, se mêlant au cri, en devenant partie intégrante.

La terre trembla. Le hurlement allait au-delà du son, vers quelque chose d'entièrement autre. Tout autour, le sol se zébra de déchirures féroces et déchiquetées. Des traits de lumière violette jaillirent des crevasses en direction du ciel. Les draperies de lumière d'un pourpre bleuté vibrèrent, dansèrent, et avec une vitesse foudroyante furent attirées dans le vortex, aspirées vers Kahlan. Elle était une silhouette luisante de lumière dans une mer de ténèbres. Elle seule existait ; tout le reste n'était que néant, dépourvu même de lumière. Zedd ne voyait rien d'autre qu'elle.

Un impact terrifiant explosa dans l'air. En un bref et épouvantable éclair de lumière, les arbres autour d'eux se dénudèrent tandis qu'un nuage verdâtre les soufflait. Un mur de poussière et de sable frappa le visage de

Zedd, lui donnant l'impression qu'on lui arrachait la peau.

La férocité de la secousse déchira les ténèbres. La lumière réapparut.

La réunion était achevée.

Zedd vit Chase à côté de lui, aux aguets, les bras toujours liés dans son dos. Les gardes-frontière, songea Zedd, étaient plus robustes qu'ils n'en avaient le droit.

Une lumière bleu pâle se fondit en une forme ovoïde dentelée autour d'elle, augmenta en intensité et, semblait-il, en violence. Kahlan pivota. Un bras, celui qui était cassé, s'abaissa le long de son corps. L'autre s'arrêta à mi-chemin, son poing se tendant vers le magicien. La lumière bleue qui l'entourait se rassembla autour de son poing. Brusquement libérée, elle fusa à travers l'espace qui les séparait.

Dans un choc terrible, elle le frappa, l'illuminant à son contact, comme s'il était relié à Kahlan par un fil de lumière vivante. Elle le baigna dans la lueur bleu pâle. Le magicien sentit le toucher familier de la Magie Additive et le picotement inhabituel de la Magie Soustractive des enfers. Il fut propulsé un pas en arrière, la toile qui l'entravait vola en éclats. Il était libre. La ligne de lumière s'éteignit.

Zedd se tourna vers Chase et dénoua les cordes avec un sort mineur. Chase grogna de douleur en retrouvant sa liberté.

— Zedd, murmura-t-il, au nom des prophètes, qu'est-ce qui se passe ? Qu'est-ce qu'elle a fait ?

Kahlan faisait courir ses doigts dans la lumière bleu pâle qui vibrait autour d'elle, l'effleurant, la caressant, baignant en elle. Demmin Nass et l'un de ses hommes l'observaient, mais restaient à distance, attendant. Les yeux de Kahlan regardaient des choses qu'ils ne pouvaient voir. Ses yeux étaient dans un autre monde. Ses yeux, Zedd le savait, contemplaient la mémoire de Richard.

— On appelle cela le Con Dar. La Rage de Sang. C'est quelque chose que seuls les Confesseurs les plus puissants peuvent accomplir. Et elle n'aurait pas dû en être capable.

Chase se renfrogna.

— Pourquoi ?

— Parce que cette technique aurait dû lui être enseignée par sa vraie mère ; seules les mères peuvent apprendre comment la mettre en œuvre, si le besoin s'en fait suffisamment sentir. C'est une magie ancienne, aussi ancienne que la magie des Confesseurs, elle en fait partie, mais est rarement utilisée. Elle peut être assimilée seulement lorsque la fille a atteint un certain âge. La mère de Kahlan est morte avant de pouvoir la lui apprendre. Adie me l'a raconté. Que Kahlan en ait été capable sans qu'on le lui ait enseigné, par l'instinct et le désir seuls, correspond à des choses très dangereuses citées dans les prophéties.

— Enfin, pourquoi ne l'a-t-elle pas fait avant ? Pourquoi n'a-t-elle pas mis un terme à ce qui se déroulait avant ?

— Un Confesseur ne peut pas l'invoquer pour elle-même, mais uniquement dans l'intérêt d'un autre. Elle l'a invoquée dans l'intérêt de Richard. Dans la rage provoquée par son assassinat. Nous avons de sérieux ennuis.

— Pourquoi ?

— Le Con Dar est invoqué pour se venger. Les Confesseurs qui l'invoquent y survivent rarement ; elles donnent leur vie pour accomplir leur vengeance. Kahlan va utiliser son pouvoir sur Darken Rahl.

Chase écarquilla les yeux de surprise.

— Tu m'avais dit que son pouvoir ne pouvait pas l'atteindre, qu'il n'avait pas de prise sur lui.

— Avant, oui. Je ne sais pas si la situation a changé, mais j'en doute. Néanmoins, elle va essayer. Elle est sous l'emprise du Con Dar, la Rage de Sang. Elle ne se soucie pas de mourir. Elle va essayer, elle va toucher Darken Rahl même si ce geste est futile, même si ce geste signe son arrêt de mort. Si quelqu'un se met en travers de son chemin, elle le tuera. Sans hésitation.

Il approcha davantage son visage de Chase pour appuyer ses paroles.

— Cela nous inclut.

Kahlan était recroquevillée, le front courbé, la pâle lumière bleue collée à elle. Elle se mit lentement debout, poussant la lumière, comme si elle émergeait d'un œuf. Elle était nue, du sang coulait toujours de ses blessures, humide et frais, gouttait à son menton.

Mais son visage trahissait des douleurs autres que les meurtrissures de son corps. Puis cette expression disparut, et elle n'arbora plus rien d'autre que le masque des Confesseurs.

Kahlan se tourna vers l'un des deux hommes qui l'avaient tenue. L'autre était invisible. Elle leva calmement la main dans sa direction. Il était à plusieurs mètres d'elle.

Un impact vibra dans l'air : le tonnerre muet. Zedd en éprouva la souffrance dans ses os.

— Maîtresse ! appela l'homme en tombant à genoux. Que m'ordonnez-vous ? Que souhaitez-vous de moi ?

Elle le regarda tranquillement.

— Je souhaite que tu meures pour moi. Immédiatement.

Il se convulsa et tomba, la tête la première, dans la poussière, mort. Kahlan se tourna et avança vers Demmin Nass. Il avait le sourire aux lèvres, les bras croisés. Elle posa sa main contre sa poitrine, dans un geste brusque. La main resta là pendant que leurs regards se rivaient l'un à l'autre. Il la dominait.

— Très impressionnant, chienne. Malheureusement, non seulement tu as utilisé ton pouvoir, mais je suis également protégé par un sortilège de Maître Rahl. Tu ne peux pas me toucher avec ton pouvoir. Tu as encore une leçon à apprendre, et je vais te l'enseigner comme je ne l'ai encore jamais enseignée à personne.

Il leva la main et empoigna ses cheveux emmêlés.

— Penche-toi.

Le visage de Kahlan ne trahissait aucune émotion. Elle ne dit rien.

Il y eut un nouvel impact dans l'air, un tonnerre muet. De nouveau, Zedd en éprouva la douleur dans ses os. Les yeux de Demmin Nass s'écarquillèrent. Sa bouche s'ouvrit béatement.

— Maîtresse ! murmura-t-il.

Chase se courba.

— Comment a-t-elle fait ça ? Les Confesseurs ne peuvent utiliser leur pouvoir qu'une fois et doivent ensuite se reposer pour le récupérer !

— Plus maintenant. Elle est dans le Con Dar.

— Reste là et attends, dit-elle à Nass.

Avec une grâce empreinte de douceur, Kahlan marcha vers le magicien. Elle s'arrêta et leva son bras cassé vers lui.

Ses yeux étaient vitreux.

— Réparez-moi ça, s'il vous plaît. J'en ai besoin.

Zedd détourna les yeux d'elle et les baissa vers son bras. Il tendit la main et le prit délicatement, parlant doucement pour distraire son esprit de la douleur : il l'agrippait au-dessus et en dessous de la cassure, tirant, réduisant la fracture. Elle ne cria, ni même ne tressaillit. Il se demanda si elle avait senti quoi que ce soit. Tendrement, ses doigts entourèrent la blessure, laissant la chaleur de la magie s'infiltrer en elle, prenant la douleur froide en lui, la ressentant, souffrant avec elle, la tolérant avec résolution.

Sa respiration se bloqua. Il ressentait totalement ses souffrances ; elles se mêlaient à ses propres douleurs, menaçant de le submerger, jusqu'à ce qu'il parvienne enfin à les apaiser. Il sentit l'os se ressouder et ajouta davantage de magie pour le protéger et le renforcer. Sa tâche achevée, il retira ses mains. Les yeux verts se levèrent vers les siens ; la froide colère qu'ils contenaient était effrayante.

— Merci, dit-elle doucement. Attendez ici.

Elle retourna vers Demmin Nass, qui était resté là où elle le lui avait ordonné.

Il y avait des larmes dans ses yeux.

— S'il vous plaît, Maîtresse, commandez-moi.

Kahlan tira un couteau de sa ceinture, ignorant sa requête. De l'autre main, elle détacha la masse d'armes à ailettes de son crochet.

— Enlève ton pantalon.

Elle attendit qu'il l'ait enlevé et qu'il se tienne de nouveau devant elle.

— A genoux.

La froideur de son ton fit frissonner Zedd.

Chase empoigna ses robes.

— Zedd, nous devons l'arrêter ! Elle va le tuer ! Nous avons besoin de renseignements. Quand il nous aura dit ce que nous avons besoin de savoir, alors elle pourra faire de lui ce qu'elle voudra, mais pas avant que nous l'ayons interrogé !

Zedd lui lança un regard sévère.

— Je suis d'accord avec toi, mais nous ne pouvons rien faire. Si nous intervenons, elle nous tuera. Si tu fais deux pas dans sa direction, elle te tuera avant que tu puisses faire le troisième. Un Confesseur possédée par la Rage de Sang ne peut pas être raisonnée. Autant raisonner une tempête. Tout ce que tu récolteras, c'est un éclair.

Chase relâcha les robes du magicien en gémissant et croisa les bras, résigné. Kahlan retourna la masse, en présentant le manche à Nass.

— Tiens-moi ça.

Il la prit et la tint à son côté. Kahlan s'agenouilla devant lui.

— Ecarte les jambes, lui ordonna-t-elle sur un ton glacial.

Elle tendit la main et l'agrippa entre les jambes. Il tressaillit, grimaça.

— Ne bouge pas, l'avertit-elle.

Il s'immobilisa.

— Combien de petits garçon as-tu tués après les avoir rudoyés ?

— Je ne sais pas, Maîtresse. Je ne tiens pas de comptes. Je le fais depuis de nombreuses années, depuis que je suis jeune. Je ne les tue pas toujours. La plupart vivent.

— Fais-moi une bonne estimation.

Il réfléchit un moment.

— Plus de quatre-vingts. Moins de cent vingt.

Zedd aperçut le reflet du couteau qu'elle passait sous lui. Chase décroisa les bras et se raidit davantage, les muscles de sa mâchoire tendus.

— Je vais couper tout ça. Lorsque je le ferai, je ne veux pas que tu émettes un son, murmura-t-elle. Pas un son. Ne bronche même pas.

— Oui, Maîtresse.

— Regarde-moi dans les yeux. Je veux le voir dans tes yeux.

Le bras qui maniait le couteau se contracta, puis s'éleva brusquement. La lame était rouge.

La Mère Confesseur se mit debout.

— Tends la main.

Demmin présenta une paume tremblante. Elle y posa le paquet sanglant.

— Mange-les.

Chase sourit.

— C'est bien, murmura-t-il pour lui-même. Voilà une femme qui connaît le sens du mot justice.

Elle resta devant lui, à l'observer, jusqu'à ce qu'il ait fini, puis jeta le couteau.

— Donne-moi la masse.

Il la lui tendit.

— Maîtresse, je perds beaucoup de sang. Je ne sais pas si je peux rester droit.

— Je serais grandement déçue si tu ne le faisais pas. Contente-toi de résister. Ce ne sera pas long.

— Oui, Maîtresse.

— Ce que tu m'as raconté à propos de Richard, le Chercheur, c'était vrai ?

— Oui, Maîtresse.

La voix de Kahlan était d'un calme mortel.

— Tout ce que tu m'as raconté ?

Demmin réfléchit un moment.

— Tout ce que je vous ai raconté, Maîtresse.

— Y a-t-il quelque chose que tu ne m'aies pas dit ?

— Oui, Maîtresse. Je ne vous ai pas dit que la Mord-Sith Denna l'avait aussi pris pour amant. Je présume donc qu'elle pouvait le torturer encore plus.

Il y eut une éternité de silence. Kahlan se tenait figée au-dessus de Demmin. Zedd avait du mal à respirer. Ses genoux tremblaient.

La voix de Kahlan était si douce que Zedd l'entendit à peine.

— Et tu es sûr qu'il est mort ?

— Je ne l'ai pas vu se faire tuer, Maîtresse. Mais j'en suis sûr.

— Pourquoi ça ?

— Il m'a semblé que Maître Rahl était d'humeur à le tuer, et même s'il ne l'a pas fait, Denna s'en sera chargée. Les amants des Mord-Sith ne vivent pas très longtemps. J'étais surpris qu'il soit encore en vie quand je l'ai quitté. Il paraissait en mauvais état. Je n'avais jamais vu un homme supporter que l'Agiel soit appliqué à la base de son crâne autant de fois et y survivre.

« Il a crié votre nom. Denna ne l'a pas autorisé à mourir ce jour-là parce que Maître Rahl désirait d'abord lui parler. Denna le tenait par la magie de son épée, il n'avait aucune issue. Elle l'a gardé prisonnier bien plus longtemps qu'il n'est d'usage, elle l'a bien plus torturé, elle l'a maintenu entre la vie et la mort bien plus longtemps. Je n'avais jamais vu un homme endurer autant de souffrances. Maître Rahl désirait que le Chercheur souffre longtemps, et c'est pourquoi il a choisi Denna ; personne n'y prend autant de plaisir qu'elle, personne n'a son talent pour prolonger la douleur, les autres ne savent pas comment conserver leurs animaux en vie aussi longtemps. Il serait mort à l'heure qu'il est de par sa seule condition d'amant de Mord-Sith. Il n'aura pas pu survivre.

Zedd tomba à genoux, le cœur brisé par ce supplice. Il pleura. L'univers s'effondrait, il voulait mourir. Qu'avait-il fait ? Comment avait-il pu permettre que Richard soit mêlé à tout cela ? Richard, entre tous. Il savait désormais pourquoi Rahl ne l'avait pas tué quand il en avait eu l'occasion ; il voulait que Zedd souffre d'abord. C'étaient bien là les manières de Rahl.

Chase s'accroupit à côté de lui et passa un bras autour de ses épaules.

— Je suis navré, Zedd, chuchota-t-il. Richard était aussi mon ami. Je suis navré.

— Regarde-moi, dit Kahlan, la masse brandie haut avec ses deux mains.

Les yeux de Nass s'attachèrent aux siens. De toutes ses forces, elle abaissa la masse qui, dans un bruit écœurant, s'enfonça dans le front, s'y ancra solidement, s'arrachant à ses mains lorsqu'il s'écroula, flasque, comme dépourvu de squelette.

Zedd cessa de pleurer et se remit debout tandis qu'elle marchait vers eux, prenant au passage un bol d'étain dans un sac.

Elle le tendit à Chase.

— Remplissez ceci à moitié de baies de gorgesang empoisonnées.

Chase considéra le bol, quelque peu confus.

— Maintenant ?

— Oui.

Il lut l'urgence dans les yeux de Zedd et se raidit.

— Très bien.

Il se tourna pour partir, se ravisa. Enlevant son lourd manteau noir, il le passa autour des épaules de Kahlan, couvrant sa nudité.

— Kahlan...

Il la regarda, incapable d'extirper les mots de sa bouche, et partit s'acquitter de sa mission.

Kahlan fixait le néant d'un air absent. Zedd passa le bras sur ses épaules et la fit asseoir sur un tapis de couchage. Il récupéra ce qui restait de sa chemise, la déchira en bandelettes, qu'il humidifia avec de l'eau tirée d'une outre. Pendant qu'elle était assise sans protester, il nettoya le sang qui la couvrait, enduisit de baume quelques-unes de ses meurtrissures et les autres de magie. Elle supporta ce traitement sans commentaires. Quand il eut terminé, il mit ses doigts sous son menton, levant ses yeux vers les siens.

— Il n'est pas mort pour rien, chère petite. Il a trouvé le coffret, il a sauvé le monde. Souvenez-vous de lui comme de celui qui a accompli ce que personne n'aurait pu faire.

Une légère brume mouillait leurs visages.

— Je me souviendrai seulement que je l'aime, et que je n'aurai jamais pu le lui avouer.

Zedd ferma les yeux pour contrer la douleur, le fardeau, d'être un magicien.

Chase revint, présenta le bol de baies empoisonnées. Elle demanda quelque chose pour pouvoir les broyer. En quelques mouvements rapides, Chase tailla un solide bâton de la forme qu'elle souhaitait et elle se mit au travail.

Elle s'arrêta comme si elle venait de penser à quelque chose et avisa le magicien, ses yeux verts en feu.

— Darken Rahl est à moi.

C'était un ultimatum. Une menace.

Il acquiesça.

— Je le sais, chère petite.

Elle se remit à broyer les baies, quelques larmes coulant sur son visage.

— Je vais enterrer Brophy, dit doucement Chase à Zedd. Les autres peuvent pourrir.

A la pâte de baies, Kahlan ajouta un peu de cendres. Quand elle eut fini, elle demanda à Zedd de tenir un petit miroir devant elle, tandis que, la magie guidant sa main, elle l'appliquait suivant les motifs du Con Dar : des éclairs jumeaux, partis des tempes, chacun l'image inversée de l'autre, le sommet de chaque éclair zigzaguant au-dessus du sourcil, le lobe central passant par-dessus une paupière, le zigzag sur les pommettes aboutissant au creux de chaque joue.

L'effet était effrayant : un avertissement pour les innocents, une menace pour les coupables.

Après avoir démêlé ses cheveux, elle sortit la robe de Confesseur de son sac et l'enfila. Chase revint. Kahlan lui tendit son manteau en le remerciant.

— Gardez-le, il est plus chaud que le vôtre.

— Je suis la Mère Confesseur. Je refuse de porter un manteau.

Le garde-frontière n'insista pas.

— Les chevaux ont disparu. Tous.

Elle lui adressa un regard indifférent.

— Alors nous marcherons. Nous ne nous arrêterons pas la nuit, nous continuerons. Vous pouvez venir si vous le désirez, si vous ne me ralentissez pas.

Chase arqua un sourcil devant cette insulte involontaire et choisit de l'ignorer. Kahlan pivota et partit sans ramasser leur équipement. Chase jeta un coup d'œil à Zedd, soufflant bruyamment.

Il se pencha pour rassembler ses affaires.

— Pas question que je parte sans mes armes.

— Nous ferions mieux de nous dépêcher. Elle ne nous attendra pas.

Le magicien attrapa le sac de Kahlan.

— Il vaudrait mieux que nous emportions quelques provisions.

Il lissa un pli sur le sac.

— Chase, je ne crois pas que nous survivrons à cette aventure ; le Con Dar est une entreprise suicidaire. Tu as une famille. Tu n'as pas besoin de venir.

Chase ne leva pas les yeux.

— Qu'est-ce qu'une Mord-Sith ? demanda-t-il calmement.

La gorge du magicien se serra, ses mains empoignèrent le sac si fermement qu'elles en frémirent.

— Les Mord-Sith sont entraînées depuis leur plus jeune âge à l'art de la torture et à l'utilisation d'une arme de douleur impitoyable, que l'on nomme l'Agiel. C'est l'objet rouge qui pendait au cou de Darken Rahl. Les Mord-Sith sont utilisées contre ceux qui se servent de la magie. Elles ont le pouvoir de s'emparer de la magie d'un individu et de l'utiliser contre lui.

La voix de Zedd se cassa.

— Richard l'ignorait certainement. Il n'avait aucune chance. Le seul but de l'existence d'une Mord-Sith, la seule chose pour laquelle elle vive, est de torturer à mort les possesseurs de magie.

Chase tassa une poignée de couvertures dans le sac.

— Je viens.

Zedd opina du chef.

— Je serai heureux d'avoir ta compagnie.

— Est-ce que ces Mord-Sith représentent un danger pour nous ?

— Pas pour toi, tu ne possèdes pas de magie, et pas pour les magiciens, je dispose de protections.

— Et Kahlan ?

Zedd secoua la tête.

— La magie des Confesseurs est différente des autres. Entrer en contact avec la magie des Confesseurs signifie la mort pour une Mord-Sith. Une mort atroce. J'en ai une fois été témoin. Je n'assisterai jamais de nouveau à un tel spectacle.

Les yeux de Zedd glissèrent vers le chaos sanglant qu'ils abandonnaient derrière eux.

— J'ai vu beaucoup de choses que je souhaite ne jamais revoir, murmura-t-il.

Tandis que Zedd hissait le sac de Kahlan sur ses épaules, un nouvel impact retentit dans l'air, un tonnerre muet. Ils coururent tous deux vers le sentier, vers Kahlan. Très vite, ils trouvèrent le dernier homme, affalé en travers du chemin où il s'était tapi à l'affût. Sa propre épée saillait de son torse. Ses deux mains en agrippaient la poignée dans une étreinte mortelle.

Ils continuèrent à courir pour la rejoindre. Elle progressait à grandes enjambées d'un air résolu, les yeux fixés devant elle, indifférente à tout. Sa robe de Confesseur flottait et claquait comme une flamme dans la brise. Zedd avait toujours trouvé les Confesseurs splendides dans leurs robes, surtout la blanche de la Mère Confesseur.

Mais il la voyait dorénavant pour ce qu'elle était réellement : une armure de bataille.

21

LA BRUINE ACCUMULÉE SUR LE VISAGE DE RICHARD DÉGOULINAIT le long de son nez, gouttant à son extrémité, le chatouillant. Il l'essuya rageusement. Il était si éreinté qu'il avait à peine conscience de ce qu'il faisait. Il ne savait plus qu'une chose : il ne pourrait pas retrouver Kahlan, ni Zedd, ni Chase. Il avait cherché inlassablement, longeant des sentiers et des routes sans fin, dans tous les sens, dessinant autour du Palais du Peuple un dense réseau. Il n'avait pas aperçu le moindre signe d'eux. Mais il y avait des sentiers et des chemins partout, et il savait qu'il n'en avait inspecté qu'une partie. Il ne s'était arrêté que quelques heures, la nuit principalement, pour laisser son cheval se reposer. Il avait parfois cherché à pied. Depuis qu'il avait quitté son frère, les nuages étaient bas et denses, limitant sa visibilité. Il était furieux qu'ils apparaissent maintenant, alors qu'il avait plus que jamais besoin de l'aide d'Ecarlate.

L'univers tout entier, lui semblait-il, conspirait contre lui. Le destin travaillait pour Darken Rahl. Rahl avait sans doute capturé Kahlan, elle était au Palais du Peuple, maintenant. Il arrivait trop tard.

Il pressa son cheval dans le sentier montagneux, à travers des bouquets de grands épicéas dressés dans la pente. Une mousse spongieuse étouffait le bruit des sabots. Les ténèbres dissimulaient presque tout. Vers le sommet, les arbres se raréfièrent, l'exposant au vent froid qui faisait claquer son manteau et gémissait à ses oreilles. Des nappes sombres de nuages et de brume passaient à travers le sentier. Richard releva sa capuche pour se protéger. Bien qu'il ne pût rien distinguer, il savait qu'il avait atteint le haut du défilé et qu'il commençait à redescendre.

L'aube amènerait le premier jour de l'hiver. Le dernier jour de liberté.

Ayant déniché un petit abri sous un rocher en surplomb, Richard décida de prendre quelques heures de sommeil avant l'aurore. Sa dernière aurore.

Il descendit avec précaution de sa monture qu'il attacha à un pin courbé au-dessus des hautes herbes. Il ne défit même pas son paquetage et se contenta de s'enrouler dans son manteau sous le rocher ; puis il essaya de dormir, encombré par des doutes et des interrogations sans réponses.

S'il prenait la décision d'aider Darken Rahl, il périrait, Zedd aussi, mais beaucoup d'autres vivraient. Une existence sous le règne brutal de Darken Rahl, mais une existence tout de même. Richard ne pouvait supporter l'idée d'être responsable de la mort de tout et de tous. Rahl avait dit la vérité en affirmant que Richard avait été trahi. Il disait probablement la vérité quand il prétendait savoir quel coffret le tuerait. Même s'il mentait, Richard ne pouvait miser le sort de tous sur cette simple supposition. Il ne savait plus quel parti prendre, sinon celui d'aider Darken Rahl.

Il souffrait toujours des côtes depuis les tortures que Denna lui avait fait subir. Il lui était toujours difficile de s'allonger, et il avait encore du mal à respirer. Son sommeil apporta le lot de cauchemars qu'il connaissait chaque nuit depuis qu'il avait quitté le Palais du Peuple. Il se rêva pendu, impuissant, pendant qu'elle le suppliciait. Michaël se tenait là et regardait. Kahlan aussi était torturée, et Michaël observait encore.

Il se réveilla trempé de sueur, tremblant de peur, s'entendant geindre de terreur. La lumière du soleil passait obliquement sous le surplomb rocheux. Un soleil orange pointait au-dessus de l'horizon oriental.

Richard se leva et s'étira, embrassant du regard l'aube du premier jour de l'hiver. Il était haut sur la montagne. Les pics environnants s'élançaient au-dessus de la mer de nuages, en contrebas, grise et teintée d'orange.

Le Palais du Peuple, éclairé dans le lointain, se dressait fièrement sur son plateau, au-dessus des nues, l'attendant. Une sensation glaciale parcourut ses entrailles ; il était loin. Il avait mal calculé la distance qui l'en séparait ; il était bien plus loin qu'il ne l'avait estimé. Il n'avait pas de temps à perdre. Quand le soleil atteindrait son zénith, les coffrets pourraient être ouverts.

Comme il se retournait, un mouvement attira son regard. Le cheval émit un hennissement terrifié. Des hurlements déchirèrent le silence matinal. Des molosses de cœur.

Richard dégaina l'épée tandis qu'ils sautaient par-dessus le rocher. Avant qu'il ne puisse atteindre son cheval, les molosses l'avaient déjà terrassé. D'autres créatures l'attaquèrent. Sa stupeur ne dura qu'un instant. Il bondit sur le rocher sous lequel il avait dormi. Les molosses, claquant des crocs, sautèrent pour l'attraper. Il faucha la première vague, se retira plus haut sur le rocher. De nouveaux molosses attaquaient. Richard abattait l'épée, les tailladant, grondant et grognant.

C'était comme une mer de fourrure ocre, déferlant sur lui par vagues. Frénétiquement, il frappait, tranchait, sans cesser de reculer. Des molosses surgirent derrière lui. Il sauta de côté et les deux meutes se percutèrent, se déchiquetant réciproquement pour avoir la chance d'être la première à s'emparer de son cœur.

Richard grimpa plus haut, refoulant les bêtes, tuant toutes celles qui s'approchaient. C'était un effort futile, il le savait ; elles étaient trop nombreuses pour qu'il puisse les retenir. Il se laissa envahir par la colère de la magie de l'épée, combattant avec fureur. Il ne pouvait pas décevoir Kahlan, pas maintenant. L'atmosphère semblait remplie de crocs jaunâtres, qui l'attaquaient tous. Le sang du massacre recouvrait tout. Le monde devint rouge.

Puis il devint flamme.

Le feu explosa partout. Les molosses à l'agonie hurlaient. L'ombre d'Ecarlate passa au-dessus de lui. Le dragon rugissait de colère. L'épée de Richard continuait à taillader sans trêve. L'air empestait le sang et la fourrure roussie.

La serre d'Ecarlate l'agrippa par la taille, le souleva, l'emmenant loin des bêtes bondissantes et voraces. Richard haletait d'épuisement. Le dragon vola jusqu'à une clairière, sur une autre montagne, le déposa précautionneusement sur le sol et atterrit.

Richard, au bord des larmes, jeta ses bras contre ses écailles rouges, les caressant, et posa la tête contre elle.

— Merci, mon amie. Vous m'avez sauvé la vie. Vous avez sauvé de nombreuses vies. Vous êtes un dragon d'honneur.

— J'ai conclu un marché, voilà tout.

Elle renifla une bouffée de fumée.

— Et il faut bien quelqu'un pour t'aider ; tu sembles incapable d'éviter les ennuis tout seul.

Richard sourit.

— Vous êtes l'animal le plus magnifique que j'aie jamais vu.

Haletant toujours, il désigna le plateau.

— Ecarlate, il faut que je me rende au Palais du Peuple. Acceptez-vous de m'y emmener ? S'il vous plaît ?

— Tu n'as pas trouvé tes amis ? Ton frère ?

Une boule obstrua sa gorge. Il déglutit péniblement.

— Mon frère m'a trahi. Nous a trahis, moi et les autres, pour Darken Rahl. J'aimerais que les hommes possèdent la moitié de l'honneur des dragons.

Ecarlate émit un grognement, faisant vibrer les écailles de sa gorge.

— Je suis désolée pour toi, Richard Cypher. Grimpe. Je vais t'y emmener.

Le dragon battait doucement et régulièrement des ailes, l'emportant au-dessus de la mer de nuages qui recouvrait les Plaines d'Azrith, l'emportant vers le dernier endroit au monde où il aurait souhaité aller, s'il avait eu le choix. Le voyage, qui aurait pris une bonne partie de la journée à cheval, ne dura pas plus d'une heure. Ecarlate replia les ailes, piquant vers le plateau. Le regard de Richard embrassa l'immensité du Palais du Peuple. Il était difficile de se persuader qu'il avait été construit par des hommes, tant il paraissait au-delà du rêve.

Ecarlate survola une fois le périmètre du plateau, dépassa des tours, des enceintes et des toits. Ils défilaient rapidement, dans une variété infinie et vertigineuse. Elle franchit un rempart et piqua dans une vaste cour, battant des ailes pour ralentir leur descente. Il n'y avait pas de sentinelles, personne.

Richard sauta à terre, dans un bruit sourd de semelles. Elle balaya les environs du regard puis, inclinant la tête, le dévisagea.

— Tu es sûr de vouloir que je t'abandonne ici ?

Richard opina, baissa les yeux. Ecarlate renifla.

— Alors, les six jours arrivent à leur terme. La prochaine fois que je te verrai, tu seras pour moi un gibier de choix.

Richard lui sourit.

— C'est juste, mon amie. Mais vous n'en aurez pas le loisir. Aujourd'hui, je vais mourir.

Ecarlate le regarda de son œil jaune.

— Essaie de l'éviter, Richard Cypher. J'aimerais bien te dévorer.

Le sourire de Richard s'élargit tandis qu'il frottait une écaille luisante.

— Prenez soin de votre petit dragon, quand il naîtra. J'aurais aimé avoir la chance de le voir. Il sera magnifique, lui aussi, je le sens. Je comprends que vous détestiez promener des hommes sur votre dos, parce que cela heurte votre instinct, mais merci de m'avoir fait connaître la joie de voler. C'était un grand privilège.

Elle hocha la tête.

— J'aime voler, moi aussi.

Elle laissa s'échapper une bouffée de fumée.

— Tu es un homme exceptionnel, Richard Cypher. Personne ne t'arrive à la cheville.

— Je suis le Chercheur. Le dernier Chercheur.

Elle hocha encore sa grosse tête.

— Fais attention, Chercheur. Tu as le don. Utilise-le, avec tout ce dont tu disposes pour te battre. N'abandonne pas. Ne le laisse pas te diriger. Si tu dois périr, meurs en combattant avec toutes les armes dont tu disposes, toutes les techniques que tu connais. Voilà quel est l'esprit des dragons.

— Si seulement ça pouvait être si facile !

Richard considéra le dragon rouge.

— Ecarlate, avant que la frontière ne tombe, avez-vous transporté Darken Rahl au Westland ?

— A plusieurs reprises.

— Où l'avez-vous emmené ?

— Dans une maison, plus grande que les autres maisons. Elle était faite de pierre blanche, avec un toit d'ardoise. Une fois, je l'ai emmené dans une autre maison, toute simple. Il a tué un homme là-bas. J'ai entendu les cris. Et une autre fois, dans une autre maison toute simple.

La maison de Michaël. Et celle de son père. Et la sienne.

Dans la souffrance provoquée par cette révélation, Richard regarda ses pieds, acquiesça.

— Merci, Ecarlate.

Il tenta de ravaler la boule qui l'étranglait, releva les yeux.

— Si Darken Rahl tente jamais de vous asservir de nouveau, j'espère que votre petit dragon sera en sécurité et que vous serez déterminée à combattre jusqu'à la mort. Vous êtes trop noble pour être asservie.

Ecarlate eut un sourire de dragon et s'éleva dans les airs. Richard la regarda décrire des cercles dans le firmament puis disparaître vers l'ouest.

Il se tourna vers le palais, avisa les gardes postés à une entrée, prêts à se battre, mais ils se contentèrent d'opiner poliment du chef. Un invité revenait. Les vastes couloirs l'avalèrent.

Il savait dans quelle direction se trouvait le jardin où Rahl conservait les coffrets. Il se dirigea de ce côté. Pendant longtemps, il ne reconnut pas les couloirs mais, au bout d'un moment, certains d'entre eux commencèrent à lui sembler familiers. Il reconnut les arches et les colonnes, les cours réservées aux dévotions. Il dépassa le couloir qui conduisait aux quartiers de Denna sans ciller.

La décision qu'il avait prise l'accablait. L'idée d'être celui qui livrerait le pouvoir d'Orden à Darken Rahl l'étranglait. Il savait qu'il épargnait à Kahlan un destin bien pire encore, et à de nombreux autres la mort, mais il avait pourtant l'impression d'être un traître. Il aurait voulu que n'importe qui, sauf lui, aide Darken Rahl. Mais personne d'autre ne le pouvait. Lui seul détenait les réponses dont Rahl avait besoin.

Il s'arrêta dans une cour consacrée aux dévotions, auprès d'un bassin, et contempla les poissons, les yeux rivés sur leurs sillages. Combattre avec toutes les armes dont il disposait, avait dit Ecarlate. Cela lui rapporterait-il quoi que ce soit ? Cela rapporterait-il quoi que ce soit à quiconque ? Il pouvait risquer sa vie, mais pas celle des autres. Pas celle de Kahlan. Il était là pour assister Darken Rahl. Il en avait le devoir. Il y était résolu.

La cloche appelant aux dévotions retentit. Richard regarda les gens se rassembler en cercle et s'incliner en psalmodiant. Deux Mord-Sith revêtues de cuir rouge s'approchèrent de lui et le considérèrent longuement. Ce n'était pas le moment de jouer avec le feu. Il s'agenouilla, posa son front contre les carreaux et scanda lui aussi les prières. Il était inutile, maintenant, de réfléchir. Son esprit se vidait.

— *Maître Rahl, guidez-nous. Maître Rahl, enseignez-nous. Maître Rahl, protégez-nous. Dans votre lumière nous prospérons. Dans votre miséricorde nous nous abritons. Dans votre sagesse nous nous humilions. Nous ne vivons que pour vous servir. Nos vies vous appartiennent.*

Il psalmodia encore et encore ces paroles, s'y abandonnant, laissant ses inquiétudes s'évanouir.

Une pensée soudaine étrangla les mots dans sa gorge. S'il se pliait à ces dévotions, elles devaient avoir un sens pour lui. Il modifia les paroles.

— Kahlan, guide-moi. Kahlan, enseigne-moi. Kahlan, protège-moi. Dans ta lumière je prospère. Dans ta miséricorde je m'abrite. Dans ta sagesse je m'humilie. Je ne vis que pour t'aimer. Ma vie t'appartient.

Le choc de cette prise de conscience le fit se redresser, les yeux écarquillés.

Il savait ce qu'il devait faire, Zedd le lui avait dit ! Première Règle de Magie : ce que croient les hommes est, en grande partie faux. Qu'il était stupide d'avoir si longtemps écouté les autres ! Il ne pouvait plus esquiver la vérité. Le sourire refleurit sur son visage.

Il se leva. Il croyait de tout son cœur. Excité, il se tourna, se frayant un passage entre les gens qui psalmodiaient les dévotions à genoux.

Les deux Mord-Sith se levèrent, lui bloquèrent le passage, épaule contre épaule, sévères. Il s'arrêta brusquement. Celle aux cheveux blonds et aux yeux bleus brandit son Agiel dans une posture menaçante, l'agitant devant lui.

— Personne n'est autorisé à manquer des dévotions. Personne.

Richard lui rendit son regard menaçant.

— Je suis le Chercheur.

Il brandit l'Agiel de Denna dans son poing.

— Amant de Denna. Je suis celui qui l'a tuée. Qui l'a tuée grâce à la magie avec laquelle elle m'avait assujetti. J'ai prononcé mes dernières dévotions au Père Rahl. Votre prochain geste décidera si vous devez vivre ou mourir. Choisissez.

Un sourcil s'arqua au-dessus d'un œil bleu acier. Les deux Mord-Sith se lancèrent un coup d'œil et s'écartèrent. Richard partit en direction du Jardin de Vie, vers Darken Rahl.

Zedd scrutait avec circonspection les abords du plateau tandis qu'ils gravissaient la pente. Le paysage s'illuminait à mesure qu'ils s'élevaient. Le trio émergea du brouillard, dans la lumière, en milieu de matinée. Devant eux, un pont-levis s'abaissa, les taquets de l'engrenage cliquetant. Chase détacha le fourreau de son épée courte quand le pont-levis, à l'horizontale, révéla deux douzaines de soldats qui attendaient de l'autre côté. Pas un ne dégaina son arme, ni ne bougea pour bloquer le passage, mais ils se tinrent tranquillement sur le côté, se désintéressant apparemment du trio.

Kahlan ne leur prêta pas attention. Elle les dépassa à grandes enjambées. Chase avait l'air d'un homme paré pour le massacre. Les sentinelles opinèrent et sourirent poliment.

Le garde-frontière se pencha un peu plus près de Zedd, sans lâcher les soldats du regard.

— Je n'aime pas ça. C'est trop facile.

Zedd sourit.

— Si Darken Rahl doit nous tuer, il doit nous laisser avancer jusqu'à l'endroit où nous périrons.

Chase renâcla.

— Je ne me sens pas mieux.

Zedd posa la main sur l'épaule de Chase.

— Tu ne perdras pas ton honneur, mon ami. Rentre chez toi, avant que la porte ne se referme pour toujours derrière nous.

Chase se raidit.

— Pas avant d'en avoir terminé.

Zedd approuva, pressant le pas pour rester à la hauteur de Kahlan. Au sommet du plateau, s'étirait à l'infini un immense rempart. Les créneaux grouillaient d'hommes. Kahlan ne s'arrêta pas, marcha vers la grille. Peinant sous le poids, deux sentinelles ouvrirent les portes colossales quand ils approchèrent. Elle les franchit sans attendre.

Chase toisa le capitaine des gardes.

— Vous laissez entrer n'importe qui ?

Le capitaine lui rendit un regard surpris.

— Elle est attendue. Par Maître Rahl.

Chase grogna en leur emboîtant le pas.

— Et dire qu'on voulait passer incognito !

— On n'approche pas incognito d'un magicien comme Darken Rahl.

Chase agrippa le bras de Zedd.

— Magicien ! Rahl est un magicien ?

Zedd se renfrogna.

— Bien sûr. Comment, sinon, maîtriserait-il aussi redoutablement la magie ? Il est l'héritier d'une longue lignée de magiciens.

Chase parut contrarié.

— Je pensais que les magiciens devaient aider les gens, pas les asservir.

Zedd expira profondément.

— Avant que certains d'entre nous ne décident de ne plus se mêler des affaires des hommes, les magiciens gouvernaient. Il y a eu un désaccord — la guerre des magiciens. Quelques-uns ont continué à perpétuer les vieilles coutumes. D'autres se sont arrogé le pouvoir pour asservir le peuple. Darken Rahl est un descendant direct de cette lignée — la maison des Rahl. Il est né avec le don et il ne s'en sert qu'à son profit.

Chase retomba dans le mutisme. Ils gravirent des escaliers taillés à flanc de colline, passant dans l'ombre entre des colonnes cannelées, sous une voûte ornée de vignes et de feuilles sculptées. Ils pénétrèrent dans les couloirs. Chase ne savait plus où donner de la tête, éberlué par la taille, la magnificence, le volume écrasant de la pierre qui les enveloppait. Kahlan avançait dans l'allée centrale sans un regard pour le décor, les plis de sa robe flottant derrière elle, le doux bruit de ses bottes résonnant dans les lointains caverneux.

Des êtres vêtus de robes blanches déambulaient dans les couloirs, d'autres étaient assis sur des bancs de marbre, d'autres encore méditaient, agenouillés dans des cours ornées d'une stèle et d'une cloche. Tous affichaient le même perpétuel sourire des illuminés, l'attitude paisible de ceux qui, confiants dans leurs fantasmes de certitude et de perspicacité, ne sont jamais effleurés par le doute. Disciples de Darken Rahl, ils ne prêtèrent aucune attention au trio, ne lui accordant même pas un hochement de tête distrait en guise de salut.

Zedd aperçut deux Mord-Sith, altières dans leur cuir rouge, arpentant un couloir perpendiculaire. Quand elles virent Kahlan, et les deux éclairs rouges du Con Dar peints sur son visage, elles blêmirent, firent demi-tour, disparurent prestement.

Ils arrivèrent bientôt à l'intersection d'imposants couloirs, disposés comme les rayons d'une roue. Des vitraux formant le moyeu, loin au-dessus de leur tête, ruisselait le soleil en rais colorés.

Kahlan s'arrêta, se tourna vers le magicien.

— Quelle direction ?

Zedd désigna un couloir sur la droite. Kahlan s'y engagea sans hésitation.

— Comment sais-tu où nous allons ? s'enquit Chase.

— De deux façons. D'abord, le Palais du Peuple est bâti selon un schéma que je reconnais, le schéma d'un sort magique. Le palais tout entier est un sortilège gigantesque dessiné à la surface du sol, un sortilège de pouvoir, censé protéger Darken Rahl, l'abriter et amplifier sa puissance. C'est un sort destiné à le défendre contre les autres magiciens. Je n'ai que très peu de pouvoirs ici. Je suis quasiment désarmé. Son cœur est un lieu que l'on nomme le Jardin de Vie. C'est là que nous attendra Darken Rahl.

Chase eut un regard inquiet.

— Quelle est la deuxième façon par laquelle tu sais où nous allons ?

Zedd hésita.

— Les coffrets. Leurs couvercles sont retirés. Je peux les sentir. Eux aussi sont dans le Jardin de Vie.

Quelque chose clochait. Il savait ce que c'était que de ressentir un coffret. Deux coffrets procuraient une sensation deux fois plus forte. Mais ce qu'il sentait était trois fois plus fort.

Le magicien guida la Mère Confesseur le long des couloirs. Chaque couloir, chaque étage se différenciait par la pierre, d'une même couleur ou d'un même type. Parfois, les colonnes s'élevaient sur plusieurs étages. Des balcons suspendus entre elles surplombaient le rez-de-chaussée. Les escaliers étaient de marbre, chacun d'une teinte différente. Ils dépassèrent d'énormes statues, des sentinelles de pierre postées le long des murs, de chaque côté. Ils marchèrent pendant plusieurs heures, s'insinuant de plus en plus haut vers le centre du Palais du Peuple. Il était impossible d'y aller directement : la ligne droite n'existait pas, sans cesse brisée.

Ils arrivèrent enfin devant des portes closes, gravées de scènes bucoliques, couvertes d'or. Kahlan s'arrêta et regarda le magicien.

— Voici l'endroit, chère petite. Le Jardin de Vie. Les coffrets sont dedans. Darken Rahl également.

Elle braqua sur lui un regard profond.

— Merci, Zedd, et à vous aussi, Chase.

Kahlan pivota vers la porte, mais Zedd posa gentiment la main sur son épaule et la fit se retourner.

— Darken Rahl ne possède que deux coffrets. Il sera bientôt mort. Sans votre aide.

Ses yeux n'étaient qu'un feu glacé au cœur des éclairs rouges striant son visage résolu.

— Alors je n'ai pas de temps à perdre.

Elle ouvrit les portes et pénétra dans le Jardin de Vie.

442

22

LA FRAGRANCE DES FLEURS LES ENVELOPPA LORSQU'ILS entrèrent dans le Jardin de Vie. Zedd sut immédiatement que quelque chose n'était pas normal. Il n'y avait aucun doute : les trois coffrets se trouvaient dans cette salle. Il avait eu tort. Rahl les possédait vraiment tous les trois. Il sentit aussi quelque chose d'autre, quelque chose qu'il n'aurait pas dû sentir. Mais, son pouvoir diminuant, il ne pouvait accorder de confiance à cette impression. Chase sur ses talons, Zedd demeura près de Kahlan qui suivait le chemin, parmi les arbres, devant les murets couverts de lierre et de fleurs irisées. Ils arrivèrent sur l'herbe. Kahlan s'arrêta.

En travers de la pelouse s'étendait un cercle de sable blanc. Du sable magique. De toute son existence, Zedd n'en avait jamais vu autant en un même lieu. Cette quantité-là valait bien dix royaumes. De petits fragments de lumière prismatique se reflétaient dans sa direction. Avec une trépidation croissante, Zedd se demanda pourquoi Rahl avait besoin d'une telle quantité de sable magique.

Au-delà du cercle se dressait un autel sacrificiel. A son sommet il y avait les trois coffrets d'Orden. Zedd eut l'impression que son cœur allait s'arrêter en les voyant, avec certitude, tous les trois ensemble. Chaque couvercle était retiré.

Leur tournant le dos, Darken Rahl se tenait devant les coffrets. Zedd enragea à la vue de celui qui avait fait souffrir Richard. Le soleil qui tombait directement du toit en verre illuminait la robe blanche et les cheveux blonds du magicien. Rahl contemplait les coffrets.

Comment Rahl avait-il trouvé le dernier ? Comment s'en était-il emparé ? Zedd ignora ces questions : elles étaient vaines. La seule question était de savoir quoi faire désormais.

Avec les trois coffrets, Rahl pouvait en ouvrir un. Zedd considéra Kahlan qui toisait Darken Rahl. Si elle pouvait réellement toucher Darken Rahl avec son pouvoir, ils seraient sauvés. Mais il doutait qu'elle possédât la puissance nécessaire. Dans ce palais, surtout dans cette salle, Zedd sentait que son propre pouvoir était virtuellement inutile. L'endroit tout entier n'était qu'un sortilège titanesque contre tous les magiciens sauf un : Rahl. Si Darken Rahl devait être contré, seule Kahlan y parviendrait. Il sentit la fureur bouillonner en elle.

Kahlan entreprit de traverser la pelouse. Zedd et Chase la suivirent, mais alors qu'ils avaient presque atteint le sable à l'opposé de Rahl, elle se retourna et posa la main sur la poitrine du magicien.

— Attendez-moi ici, dit-elle fermement.

Zedd sentit le courroux dans ses yeux. Lui aussi éprouvait la même peine qu'elle d'avoir perdu Richard.

Lorsque le front de Zedd se releva, il regarda dans les yeux bleus de Darken Rahl. Ils soutinrent un instant leurs regards respectifs. Les yeux de Rahl se portèrent sur Kahlan tandis que celle-ci contournait le cercle de sable, dans une attitude parfaitement calme.

Chase se pencha et murmura :

— Qu'allons-nous faire si ça ne fonctionne pas ?

— Nous allons mourir.

Les espoirs de Zedd se ravivèrent quand il avisa l'expression de terreur sur le visage de Darken Rahl en voyant Kahlan peinte avec les éclairs jumeaux du Con Dar. Zedd sourit. Darken Rahl n'avait pas compté là-dessus et semblait pétrifié.

L'alarme se mua en action. Tandis que Kahlan approchait, Darken Rahl dégaina brusquement l'Epée de Vérité. Elle siffla en sortant de son fourreau et devint blanche. Il la brandit, intimant l'ordre à Kahlan de s'arrêter.

Ils étaient trop proches désormais. Zedd devait l'aider à utiliser la seule chose qui pourrait les sauver. Le magicien appela toutes les forces qui lui restaient et lança un éclair en travers du sable magique. Il y investit tout son pouvoir. L'éclair bleuté frappa l'épée, l'arrachant des mains de Rahl. Elle vola en l'air, atterrissant à bonne distance. Darken Rahl hurla quelque chose à Zedd, puis dit quelques mots à l'adresse de Kahlan, mais aucun d'eux ne put les comprendre.

Darken Rahl recula à mesure que Kahlan avançait. Il buta contre l'autel, incapable d'aller plus loin. Il passa la main dans ses cheveux tandis que Kahlan s'arrêtait devant lui.

Le sourire de Zedd s'évanouit : la manière dont Rahl faisait courir ses doigts dans sa chevelure déclencha une étincelle dans sa mémoire.

La Mère Confesseur tendit la main et attrapa Darken Rahl à la gorge.

— Voilà pour Richard, dit-elle d'une voix blanche.

Les yeux de Zedd s'écarquillèrent. Il fut traversé par un courant glacé. Il comprit ce qui lui avait semblé étrange lorsqu'ils avaient pénétré dans le Jardin de Vie. Ce n'était pas Darken Rahl.

— Kahlan, non ! s'exclama Zedd. Arrêtez ! C'est...

Un impact retentit dans l'air, un tonnerre muet. Les feuilles des arbres alentour frémirent.

— ... Richard !

Trop tard, le magicien comprenait la vérité. La douleur le saisit.

— Maîtresse, murmura Richard en tombant à genoux devant Kahlan.

Zedd était pétrifié. Le désespoir se mêla à l'exultation procurée par la perspective de retrouver Richard vivant. Une porte couverte de lierre s'ouvrit. Le véritable Darken Rahl apparut, suivi de Michaël et de deux grands gardes. Kahlan était désemparée.

La toile ennemie vacilla, et dans un miroitement de lumière celui qui avait été Darken Rahl retrouva son vrai visage. Richard.

Les yeux de Kahlan étaient révulsés par la terreur. Le pouvoir du Con Dar chancela puis s'estompa. Elle hurla d'angoisse devant ce qu'elle venait de faire.

Les deux gardes passèrent derrière elle. Chase tendit la main vers l'épée. Il fut paralysé sur place avant qu'il ne l'atteigne. Zedd leva les mains, mais il n'avait plus de pouvoir. Il courut vers eux, mais avant d'avoir pu faire deux pas, il heurta un mur invisible. Il était enfermé à l'intérieur, retenu comme un prisonnier dans une cellule de pierre. Il se répandit en injures contre sa propre stupidité.

Kahlan arracha un couteau de la ceinture d'un garde. Avec un cri d'angoisse, elle le brandit à deux mains pour le plonger en elle.

Michaël l'attrapa par-derrière, lui prit le couteau d'une torsion des mains et le tint contre sa gorge. Richard se rua furieusement contre son frère mais se fracassa contre le mur invisible et tomba à la renverse. Kahlan avait dépensé toute son énergie dans le Con Dar et était trop faible pour résister. Elle s'effondra en sanglotant. L'un des gardes la bâillonna, l'empêchant même de prononcer le nom de Richard.

Richard, à genoux, se traîna aux pieds de Darken Rahl et empoigna sa robe pour l'implorer.

— Ne lui faites pas de mal ! Je vous en prie ! Ne lui faites pas de mal !

Darken Rahl posa la main sur l'épaule de Richard.

— Je suis tellement heureux de voir que tu es revenu, Richard. Je l'espérais plus ou moins. J'admire ton dévouement envers tes amis.

— Je vous en supplie, implora Richard, en pleurs, ne lui faites pas de mal !

Darken Rahl sourit et se lécha le bout des doigts.

— Je suis navré que les choses aient dû se dérouler ainsi, Richard. Sincèrement. Ç'aurait été un plaisir de profiter de ta compagnie sous cette apparence. Bien que tu ne t'en rendes pas compte, toi et moi nous nous ressemblons beaucoup. Mais je crains que tu n'aies été victime de la Première Règle de Magie.

— Ne faites pas de mal à Maîtresse Kahlan, pleura Richard. Pitié !

— Si tu m'obéis, je tiendrai ma promesse, et elle sera bien traitée. Je pourrais même te transformer en quelque chose d'agréable, quelque chose que tu aimerais être, peut-être un chien. Je pourrais même t'autoriser à dormir dans notre chambre pour que tu puisses vérifier que je tiens ma promesse. Peut-être même que je donnerais ton nom à notre fils. Pour m'avoir aidé. Tu aimerais ça ? Richard Rahl. Amusant, tu ne trouves pas ?

— Faites ce que vous voulez de moi, mais ne faites pas de mal à Maîtresse Kahlan, je vous en prie. Dites-moi ce que vous voulez que je fasse, et je le ferai.

Darken Rahl posa sa main sur la tête de Richard.

— Bientôt, mon fils, bientôt. Attends ici.

Darken Rahl se détourna de Richard et contourna le cercle de sable pour se diriger vers Zedd. Ses yeux bleus se rivèrent sur le vieil homme. Zedd se sentait totalement impuissant.

Rahl s'arrêta devant lui et lissa ses sourcils.

— Quel est ton nom, l'Ancien ?

Zedd lui rendit son regard :

— Zeddicus Zu'l Zorander.

Il ajouta :

— C'est moi qui ai tué ton père.

Darken Rahl opina.

— Et tu sais que ton feu magique m'a également brûlé ? Tu sais qu'il m'a pratiquement tué alors que je n'étais qu'un enfant ? Et que j'ai subi le martyre pendant les mois qui ont suivi ? Et que jusqu'à ce jour je porte encore les stigmates de ce que tu m'as fait, à l'intérieur comme à l'extérieur ?

— Je suis désolé d'avoir blessé un enfant. Mais en ce qui vous concerne, j'appellerais ça un châtiment prématuré.

Le visage de Rahl ne manifesta aucune réaction.

— Nous allons passer beaucoup de temps ensemble, toi et moi. Je vais t'apprendre quel genre de douleur j'ai enduré, et davantage. Tu vas savoir à quoi ça ressemblait.

Zedd le regarda amèrement.

— Rien ne pourra égaler la douleur que tu m'as déjà infligée.

— Nous verrons, conclut Darken Rahl.

Zedd observa Rahl aller se tenir une fois de plus devant Richard.

— Richard ! hurla Zedd. Ne l'aide pas ! Kahlan préférerait mourir plutôt que de te voir l'aider !

Richard considéra distraitement le magicien avant de lever les yeux vers Darken Rahl.

— Je ferai n'importe quoi pourvu que vous ne lui fassiez pas de mal.

Darken Rahl lui fit signe de se remettre debout.

— Tu as ma parole, mon fils... Si tu obéis à mes ordres.

Richard acquiesça.

— Récite le Livre des Ombres Comptées, mon fils.

Richard se tourna vers Kahlan :

— Que dois-je faire, Maîtresse ?

Kahlan cria des mots étouffés au travers du bâillon qui lui serrait la gorge.

La voix de Rahl était calme, douce.

— Récite le Livre des Ombres Comptées, Richard, ou je demanderai à Michaël de commencer à lui couper les doigts. Un par un. Moins tu parleras, plus il la mutilera.

Richard se retourna vers Rahl, de la panique dans les yeux.

— *La vérification de la véracité des paroles du Livre des Ombres Comptées, si celles-ci sont prononcées par un autre, plutôt que lues par celui qui commande aux coffrets, ne peut être garantie que par la présence d'un Confesseur...*

Zedd s'affala par terre. Il ne pouvait croire ce qu'il entendait. Tandis qu'il écoutait Richard réciter le contenu du livre, il sut que Richard disait juste. Il reconnut la syntaxe particulière d'un livre de magie. Richard ne pouvait l'inventer. C'était le Livre des Ombres Comptées.

Le monde tel qu'ils le connaissaient arrivait à son terme. C'était le premier jour du règne de Darken Rahl. Tout était perdu. Darken Rahl avait gagné. Le monde lui appartenait.

Zedd s'assit, totalement anéanti. Quelques-uns des mots eux-mêmes étaient magiques, et seul celui qui possédait le don pouvait les conserver dans sa tête. Le fait que Richard parvienne à les réciter était une preuve qu'il était né avec le don. Né de la magie et pour elle. Richard avait beau détester la magie, il était magique par essence, ainsi que les prophéties le prédisaient.

Zedd se lamenta sur les choses qu'il avait accomplies. Il regrettait d'avoir essayé de protéger Richard des forces qui auraient cherché à l'utiliser, si elles avaient su qui il était.

Ceux qui étaient nés avec le don étaient toujours vulnérables étant jeunes. Darken Rahl en était la preuve. Zedd avait délibérément choisi de ne pas être le professeur de Richard, afin d'empêcher que ces forces apprennent son existence. Il avait à la fois craint et espéré que Richard possède le don. Mais il avait caressé l'espoir qu'il grandirait avant qu'il ne se manifeste. Alors Zedd aurait eu le temps de lui apprendre ses secrets. Avant que le don ne puisse le tuer. Ses efforts se révélaient désormais vains. Rien de bon n'en avait résulté.

Zedd pleura en se rappelant les moments agréables qu'il avait passés en compagnie de Richard. De belles années. Il n'en avait pas connu de plus enchanteresses dans sa vie. Des années loin de la magie. Avoir enfin quelqu'un qui l'aime sans crainte. Seulement pour lui-même. Avoir un ami.

Richard lisait le livre sans hésiter ni bredouiller. Zedd s'émerveilla qu'il le connaisse si parfaitement et se surprit à en être fier, tout en souhaitant alors que Richard ne soit pas aussi talentueux. La plupart des choses qu'il récitait étaient déjà effectuées, comme par exemple retirer le couvercle des coffrets, mais Darken Rahl ne l'arrêta ni ne le pressa de sauter ces passages de peur qu'il n'omette quelque chose. Il laissa Richard réciter le livre à son propre rythme, et se tint silencieux, écoutant attentivement. Occasionnellement, il lui demandait de répéter un paragraphe, pour être sûr de l'avoir bien compris, et se laissait de nouveau absorber par ses pensées tandis que Richard parlait d'angles solaires, de nuages et de schémas venteux.

L'après-midi s'écoula, Richard récitant, Rahl se tenant devant lui à l'écouter, Michaël pressant un couteau sous la gorge de Kahlan et les deux gardes lui tenant les bras. Chase restait figé sur place, la main à mi-chemin de son épée, et Zedd assis par terre, lugubre, enfermé dans sa prison invisible. Zedd se rendit compte que la procédure pour ouvrir les coffrets allait prendre plus de temps qu'il ne l'aurait cru. Elle prendrait toute la nuit. Il fallait lancer des sortilèges. Voilà pourquoi Darken Rahl avait besoin de tant de sable magique. Les coffrets devaient être placés ainsi car les rayons du premier soleil d'hiver les touchant, ils indiqueraient leur position dès qu'ils auraient chacun projeté une ombre.

Chaque coffret, en apparence identique aux autres, projetait une ombre différente. L'un ne projetait qu'une ombre, le deuxième en projetait deux, et le troisième trois. Zedd savait maintenant pourquoi on l'appelait le Livre des Ombres Comptées.

A certains passages, Darken Rahl demanda à Richard

de s'arrêter pendant que les enchantements étaient dessinés dans le sable magique. Certains des sorts portaient des noms que Zedd n'avait jamais entendus. Lorsque la nuit tomba, Rahl alluma des torches en cercles concentriques autour du sable. Dans leur lueur, il dessina les sortilèges au fur et à mesure que Richard récitait le livre. Tous restaient silencieux, l'observant tracer ses enchantements dans le sable. Zedd était impressionné par son assurance.

Les lignes géométriques étaient complexes, et Zedd savait qu'elles devaient être réalisées sans la moindre erreur. Dans l'ordre exact et chronologique. Il était impossible de les effacer et de recommencer. Se tromper était synonyme de mort.

Zedd avait connu des magiciens qui avaient passé des années à étudier un sort avant d'oser le dessiner dans le sable magique, de peur de commettre l'irréparable. Darken Rahl ne semblait pas avoir le plus petit doute. Sa main sûre se déplaçait avec précision. Zedd songea amèrement qu'ils auraient le mérite d'être tués par le meilleur. Il ne pouvait s'empêcher d'admirer sa maestria. Elle atteignait un niveau de compétence qui le saisissait.

Zedd se demanda quel coffret Rahl désirait. Il pouvait en ouvrir un à n'importe quel moment, affirmait le livre. Zedd savait d'après d'autres manuels d'instructions que tous ces éléments n'étaient qu'une précaution contre une utilisation trop facile de la magie. Zedd, pour autant qu'il le savait, ne possédait pas les connaissances nécessaires à cela. Darken Rahl avait étudié en prévision de cet instant pendant pratiquement toute sa vie. Son père avait probablement commencé son instruction alors qu'il n'était encore qu'un enfant. Zedd regrettait que le feu magique qui avait tué son père n'ait pas aussi tué Darken Rahl. Il considéra un moment cette pensée, puis la refoula.

A l'aube, après que les enchantements eurent été dessinés, les coffrets furent placés sur le sable magique. Chacun, distingué par le nombre d'ombres qu'il projetait, fut posé sur une figure précise. Des sorts furent lancés.

Alors que les rayons du soleil du second jour de l'hiver éclairaient la pierre, les coffrets furent de nouveau disposés sur l'autel. Zedd était stupéfait de voir que les coffrets, qui avaient projeté un nombre particulier d'ombres le jour précédent, en projetaient désormais un différent. Ainsi qu'il était indiqué, les coffrets furent placés de telle sorte que celui qui projetait une ombre soit à gauche, celui qui en projetait deux au milieu et celui qui en projetait trois à droite.

Richard poursuivait sans hésitation sa récitation :

— *Orden est prêt à être commandé. Là où une ombre est insuffisante pour acquérir le pouvoir de prolonger la vie du joueur, l'équilibre est trouvé en ouvrant le coffret aux deux ombres. Une ombre pour vous-même, et une autre pour le monde que vous commanderez par le pouvoir d'Orden. Un monde dirigé par un homme est signalé par le coffret avec deux ombres. Ouvrez-le pour obtenir votre récompense.*

Le visage de Darken Rahl se tourna lentement vers Richard.

— Continue.

Richard acheva.

— *Gouvernez comme vous l'avez choisi.* C'est la fin.

— Il doit y en avoir davantage.

— C'est la fin, Maître Rahl. *Gouvernez comme vous l'avez choisi.* Ce sont les derniers mots.

Rahl saisit Richard à la gorge.

— Tu l'as appris entièrement par cœur ? Le livre entier ?

— Oui, Maître Rahl, répondit Richard dans un souffle.

La figure de Rahl s'empourpra.

— Ça ne peut pas être vrai ! Ce n'est pas le bon coffret ! Le coffret avec deux ombres est celui qui me tuera ! Je te l'ai dit, je sais lequel des trois peut me tuer.

— Je vous ai rapporté tous les mots avec exactitude. Chacun des mots.

Darken Rahl relâcha la gorge de Richard.

— Je ne te crois pas.

Il regarda Michaël qui tenait toujours Kahlan.

— Tranchez-lui la gorge.

Richard tomba à genoux en hurlant.

— Pitié ! Vous m'aviez donné votre parole ! Vous

aviez dit que si je vous récitais le livre, vous ne lui feriez pas de mal ! Pitié ! Je vous ai dit la vérité !

Rahl leva la main à l'adresse de Michaël, mais garda les yeux fixés sur Richard.

— Je ne te crois pas. A moins que tu ne me dises la vérité immédiatement, je l'éventrerai. Je tuerai ta maîtresse.

— Non ! s'exclama Richard. Je vous ai dit la vérité ! Je ne peux pas vous en dire plus, ce serait un mensonge !

— C'est ta dernière chance, Richard. Dis-moi la vérité, ou elle meurt à cet instant.

— Je vous ai tout dit, pleura Richard. Je vous ai rapporté chaque mot avec exactitude.

Zedd se mit debout. Il regarda le couteau sous la gorge de Kahlan. Ses yeux verts étaient écarquillés. Il observa Darken Rahl. Celui-ci avait apparemment trouvé des informations dans une source autre que le Livre des Ombres Comptées. Et ses informations étaient en contradiction avec celles du livre. Ce n'était pas rare. Darken Rahl devait sûrement le savoir. Quand il y avait contradiction, les informations contenues dans le livre d'instructions se rapportant spécifiquement à cette magie devaient toujours avoir la préséance. Agir autrement était invariablement fatal. Zedd espérait contre tout espoir que l'arrogance de Rahl forcerait celui-ci à agir à l'encontre du livre.

Le sourire revint aux lèvres de Darken Rahl.

— Très bien, Richard. Je devais juste m'assurer que tu me disais la vérité.

— J'ai dit toute la vérité. Je le jure sur la vie de Maîtresse Kahlan. Chaque mot que j'ai prononcé est vrai.

Rahl acquiesça. Il fit un signe de la main à Michaël. Michaël relâcha le couteau. Kahlan ferma les yeux alors que des larmes coulaient le long de ses joues. Rahl se tourna vers les coffrets et expira profondément.

— Enfin, murmura-t-il. La magie d'Orden m'appartient.

Zedd ne pouvait le voir, mais il savait que Darken Rahl avait soulevé le couvercle du coffret du milieu, celui qui projetait deux ombres. Il le devinait d'après la lumière qui s'en échappait. Une lumière dorée s'éleva autour de Maître Rahl, l'illuminant d'une aura dorée. La lumière se déplaçait avec lui. Il s'éleva légèrement dans les airs et flotta jusqu'au centre du sable magique, les bras déployés, la lumière commençant à tourbillonner lentement autour de lui.

— Merci, mon fils, d'être revenu, d'avoir aidé le Père Rahl. Tu seras récompensé pour l'aide que tu m'as fournie, comme je l'ai promis. Tu m'as remis ce qui m'appartenait. Je peux le sentir. C'est merveilleux. Je sens le pouvoir.

Richard demeura impassible. Zedd s'effondra de nouveau par terre. Qu'avait fait Richard ? Comment avait-il pu donner à Rahl la magie d'Orden ? Lui permettre de diriger le monde ? Il avait été touché par un Confesseur, voilà pourquoi. Ce n'était pas sa faute, il ne contrôlait plus rien. C'était la fin. Zedd lui pardonna.

S'il en avait eu la puissance, Zedd aurait invoqué le Feu de Vie magique, et y aurait ajouté sa vie. Mais il n'avait aucun pouvoir en ce lieu. Il se sentait très fatigué, très vieux. Il savait qu'il n'aurait pas l'occasion de vieillir davantage. Darken Rahl y veillerait. Mais ce n'était pas pour lui-même qu'il était affligé, c'était pour le reste du monde.

Baigné de lumière dorée, Darken Rahl s'éleva lentement de quelques pieds au-dessus du sol, au-dessus du sable magique immaculé. Sa tête roula en arrière de ravissement et ses yeux se fermèrent. Ses cheveux blonds volaient au vent. Des étincelles de lumière tournoyaient tout autour de lui.

Le sable blanc se teinta d'une couleur dorée et continua à s'assombrir, jusqu'à adopter un ton brun. La lumière autour de Rahl s'assombrit également pour devenir ambre. Sa tête se baissa, ses yeux s'ouvrirent et son sourire s'évanouit.

Le sol trembla.

Un sourire s'épanouit sur le visage de Richard. Il alla récupérer l'Epée de Vérité, la colère de la magie de l'épée inondant ses yeux gris. Zedd se mit debout. La lumière autour de Darken Rahl se fit de plus en plus sombre. Ses yeux bleus s'écarquillèrent.

Un rugissement plaintif surgit du sol. Le sable noir sous les pieds de Rahl se fendit. Une lumière violette en jaillit et enveloppa le magicien jusqu'à l'attirer dans la faille où il s'engouffra.

Richard, dont la poitrine se gonflait, était pétrifié.

La prison invisible autour de Zedd se fracassa. La main de Chase acheva abruptement son trajet jusqu'à l'épée, la libérant brusquement tandis qu'il se ruait vers Kahlan.

La figure de Michaël blêmit. Ahuri, il regarda Chase terrasser l'un des gardes. Kahlan enfonça son coude dans le ventre de Michaël et lui arracha le couteau des mains. Désarmé, Michaël parcourut les environs du regard en de brefs mouvements de tête, les yeux farouches, et détala sur un chemin qui courait entre les arbres.

Chase et le second garde roulèrent à terre. Le garde cria, puis se tut. Chase jeta un coup d'œil à Darken Rahl et se précipita sur le chemin qu'avait emprunté Michaël. Zedd entrevit la robe de Kahlan alors que celle-ci disparaissait dans une autre direction.

Zedd resta immobile comme Richard. Ils étaient ensorcelés, et leurs regards se rivaient à Darken Rahl qui luttait, pris dans les rêts de la magie d'Orden. La lumière violette et les ombres ténébreuses le maintenaient fermement dans les airs au-dessus du trou noir.

— Richard ! hurla Rahl. Qu'as-tu fait !

Le Chercheur s'approcha du cercle de sable noir.

— Eh bien, seulement ce que vous m'aviez demandé, Maître Rahl, dit-il innocemment. Je vous ai dit ce que vous vouliez entendre.

— Mais c'était la vérité ! Tes paroles étaient exactes !

Richard acquiesça.

— Oui, c'est vrai. Mais j'ai omis quelques détails. J'ai relativement abrégé le dernier paragraphe. *Prenez garde. L'effet des coffrets est fluide. Il varie avec les intentions. Pour devenir Maître de tout, afin de pouvoir aider les autres, déplacez un coffret vers la droite. Pour devenir Maître de tout, afin que tous vous obéissent, déplacez un coffret vers la gauche. Gouvernez comme vous l'avez choisi.* Les informations était correctes ; le coffret qui projetait deux ombres était celui qui devait vous tuer.

— Mais tu devais te conformer à mes directives ! Tu as été touché par le pouvoir d'un Confesseur.

454

Richard sourit.

— Ah bon ? Première Règle de Magie. C'est la première parce que c'est la plus importante. Vous auriez dû vous en méfier davantage. Voilà le prix de l'arrogance. J'accepte ma vulnérabilité, pas vous.

« Je ne pouvais pas gagner avec vos règles, alors j'en ai inventé de nouvelles. Le livre déclarait qu'il fallait confirmer la vérité avec le concours d'un Confesseur. Vous pensiez vous en être acquitté. Première Règle de Magie. Vous avez cru parce que vous vouliez croire. Je vous ai battu.

— C'est impossible ! Comment aurais-tu pu savoir comment t'y prendre ?

— C'est vous qui me l'avez appris : rien, y compris la magie, n'est unidimensionnel. Il faut considérer l'ensemble. Rien de ce qui existe ne comporte un seul côté. Considérer l'ensemble.

Richard secoua lentement la tête.

— Vous n'auriez jamais dû m'apprendre quelque chose que vous ne vouliez pas que je sache. Une fois que je l'ai apprise, je suis libre d'utiliser cette connaissance comme bon me semble. Merci, Père Rahl, de m'avoir enseigné la chose la plus importante que j'apprendrai jamais — comment aimer Kahlan.

Le visage de Darken Rahl se tordit de douleur.

Richard regarda autour de lui.

— Où est Kahlan ?

— Je l'ai vue partir par là, dit Zedd.

Richard tourna les yeux dans la direction de la silhouette retenue par la magie d'Orden.

— Adieu, Père Rahl. Je crois que vous allez mourir sans moi.

— Richard ! s'exclama Rahl en regardant le Chercheur s'éloigner à grands pas. Richard !

Zedd demeura seul avec Darken Rahl. Il observa des doigts de fumée transparents s'enrouler autour de sa robe blanche, lui clouant ses bras le long du corps. Zedd s'approcha.

— Zeddicus Zu'l Zorander, tu as gagné jusque-là, mais peut-être pas complètement encore.

— Arrogant jusqu'au bout ?

Zedd haussa les épaules.

— Le Chercheur.

Rahl s'esclaffa, luttant contre la souffrance. Le regard aux yeux bleus revint sur Zedd.

— C'est ton fils, n'est-ce pas ? J'ai au moins été vaincu par du sang de magicien. Tu es son père.

Zedd secoua lentement la tête, un sourire nostalgique sur ses lèvres.

— C'est mon petit-fils.

— Tu mens ! Pourquoi le recouvrir d'une toile et cacher l'identité de son père, si ce n'est pas toi !

— Je l'ai enveloppé d'une toile parce que je ne voulais pas qu'il sache qui était le bâtard aux yeux bleus qui avait violé sa mère et était à l'origine de sa vie.

Les yeux de Darken Rahl s'écarquillèrent.

— Ta fille a été tuée. C'est mon père qui me l'a dit.

— Une petite ruse, pour la protéger.

L'expression de Zedd s'assombrit.

— Bien que tu n'aies pas connu son identité, tu l'as fait souffrir. Sans en avoir l'intention, tu lui as également donné de la joie. Tu lui as donné Richard.

— Je suis son père ? murmura Rahl.

— Quand tu as violé ma fille, je savais que je ne pouvais pas t'atteindre, et ma première pensée fut de la réconforter, de la protéger. Aussi l'ai-je emmenée au Westland. Elle y a rencontré un jeune homme, un veuf avec un bébé. George Cypher était un homme bon et brave. J'étais fier qu'il soit le mari de ma fille. George aimait Richard comme son propre fils, mais il connaissait la vérité, sauf à mon sujet. Cette partie-là était dissimulée par la toile.

« J'aurais pu haïr Richard pour les crimes de son père, mais j'ai choisi à la place de le chérir pour lui-même. Il s'est révélé être un homme exceptionnel, tu ne trouves pas ? Tu as été vaincu par l'héritier que tu désirais. Un héritier né avec le don. Voilà une chose rare. Richard est le véritable Chercheur. Du sang des Rahl, il a retiré la fureur de la colère. Mais du sang des Zorander, la capacité d'aimer, de comprendre et de pardonner.

Darken Rahl chatoyait dans les ombres de la magie d'Orden. Il se tordait de douleur tout en devenant aussi transparent que de la fumée.

— Quand on songe que les Zorander et les Rahl se sont fondus en une seule lignée. Cependant, Richard est toujours mon héritier. D'une certaine façon, bredouilla-t-il, j'ai gagné.

Zedd secoua la tête.

— Tu as perdu, de plus d'une façon.

La vapeur, la fumée, les ombres et la lumière tournoyaient en mugissant. Le sol tremblait violemment. Le sable magique, maintenant aussi noir que la nuit la plus profonde, était aspiré à l'intérieur du vortex. Les sons du monde de la vie et des enfers se mélangeaient en un hurlement terrible.

La voix de Darken Rahl semblait désincarnée.

— Lis les prophéties, vieil homme. Les choses peuvent ne pas être aussi définitives que tu le crois. Je ne suis qu'un agent.

Un point de lumière aveuglant embrasa le centre de la masse tourbillonnante. Zedd s'abrita les yeux. Les traits d'une lumière chauffée à blanc s'élancèrent vers le ciel et vers les ténèbres de l'abysse. Un cri perçant retentit. Un éclair illumina tout de blanc, puis le silence régna.

Prudemment, Zedd enleva la main de ses yeux. Darken Rahl avait disparu. Tout avait disparu. Le soleil d'hiver réchauffait le sol où seulement quelques instants auparavant se trouvait l'abysse obscur. Le sable magique s'était volatilisé. Le cercle nu de terre qu'il avait recouvert était intact. La rupture entre les mondes avait disparu. C'est du moins ce que Zedd espérait.

Le magicien sentit son pouvoir réinvestir tout son être. L'effet du sort avait pris fin.

Il se tint devant l'autel, déploya les bras face au soleil et ferma les yeux.

— Je révoque les toiles. Je suis celui que j'étais : Zeddicus Zu'l Zorander, magicien du Premier Ordre. Que tous le sachent à nouveau.

Le peuple du D'Hara était lié à la maison des Rahl, par un lien forgé magiquement il y avait bien longtemps, par ceux qui voulaient gouverner. Maintenant que les toiles étaient annulées, ce lien serait rendu visible pour beaucoup, et ils sauraient que Richard était dorénavant Maître Rahl.

Zedd devrait avouer à Richard que Darken Rahl était son père. Mais pas aujourd'hui. Il devait d'abord trouver les mots pour le dire. Il avait de multiples choses à lui raconter. Mais pas aujourd'hui.

Richard trouva Kahlan agenouillée devant l'un des bassins de dévotion. Le bâillon était toujours attaché autour de son cou, abandonné là lorsqu'elle l'avait retiré de sa bouche. Kahlan pleurait et ses longs cheveux tombaient en cascade sur ses épaules. Richard s'arrêta près des plis de sa robe blanche. Elle tenait la pointe du poignard contre sa poitrine.

— Ne fais pas ça, murmura Richard.

— Je le dois. Je t'aime.

Kahlan émit un petit gémissement.

— Je t'ai touché avec mon pouvoir. Je préfère mourir plutôt que de devenir ta maîtresse. C'est la seule manière de te libérer.

Elle eut un frisson éploré.

— J'aimerais que tu me donnes un baiser, puis que tu t'en ailles. Je ne veux pas que tu voies ça.

— Non.

Ses yeux se levèrent brusquement vers les siens.

— Qu'est-ce que tu as dit ? chuchota-t-elle.

Richard se campa les poings sur les hanches.

— J'ai dit « non ». Il n'est pas question que je t'embrasse avec ces motifs stupides peints sur ta figure. Ils me terrifient.

Ses yeux verts le regardaient avec incrédulité.

— Tu ne peux rien me refuser. Je t'ai touché avec mon pouvoir.

Richard s'accroupit à côté d'elle et détacha le bâillon de son cou.

— Eh bien, tu m'as ordonné de t'embrasser, dit-il en trempant le tissu dans l'eau, et je t'ai répondu que je ne le ferais pas avec ces motifs peints sur ta figure.

Il entreprit d'effacer les éclairs dessinés sur son visage.

— Alors, je crois que l'unique solution est de s'en débarrasser.

Elle resta à genoux, paralysée, pendant qu'il nettoyait le rouge qui souillait son visage. Quand il eut terminé, il jeta le chiffon et s'agenouilla devant elle, glissant les bras autour de sa taille.

— Richard, je t'ai touché avec la magie. Je l'ai senti. Je l'ai entendu. Je l'ai vu. Comment se fait-il que le pouvoir ne t'ait pas piégé ?

— Parce que j'étais protégé.

— Protégé ? Comment ?

— Par mon amour pour toi. Je me suis rendu compte que je t'aimais plus que la vie elle-même et que je préférais m'abandonner à ton pouvoir plutôt que de vivre sans toi. Rien n'aurait pu être pire que de vivre sans toi. Je suis prêt à tout abandonner pour toi. J'ai offert au pouvoir tout ce que je possédais. Tout mon amour pour toi. Après m'être rendu compte à quel point je t'aimais, à quel point j'étais prêt à t'appartenir quelles qu'en soient les conditions, j'ai compris que la magie ne pourrait plus me faire aucun mal. J'étais protégé, parce que j'ai déjà été touché par ton amour. Si j'avais eu le moindre doute en ton amour, la magie se serait introduite dans cette lézarde et m'aurait enchaîné. Mais je n'avais aucun doute. Mon amour pour toi est lisse et sans faille.

Elle lui adressa son sourire.

— C'est vraiment ce que tu ressentais ? Tu n'avais aucun doute ?

Richard lui rendit son sourire.

— Eh bien, pendant un moment, quand j'ai vu ces éclairs sur ta figure, je dois admettre que je me suis inquiété. Je ne savais pas ce qu'ils signifiaient. J'ai dégainé l'épée pour essayer de gagner du temps, pour réfléchir. Mais je me suis rendu compte que ça n'avait pas d'importance. Tu étais toujours Kahlan, et je t'aimais toujours. Je désirais plus que tout te prouver mon amour et mon affection, mais je devais tromper Darken Rahl.

— Ces symboles signifient que moi aussi j'ai tout abandonné pour toi, dit-elle.

Kahlan passa ses bras autour de son cou et l'embrassa. Ils étaient agenouillés sur le carrelage devant le bassin des dévotions, serrés l'un contre l'autre. Richard pressait ses lèvres sur les siennes. Il en avait rêvé des milliers de fois. Il l'embrassa encore jusqu'à ce qu'il soit pris d'étourdissements, puis l'embrassa encore, ne prêtant aucune attention aux gens éberlués qui les observaient.

Richard n'avait aucune idée du temps qu'ils passèrent là, mais il décida finalement qu'il valait mieux retrouver Zedd. Tendrement enlacés, ils revinrent au Jardin de Vie, s'embrassant encore une fois avant d'en franchir les portes.

Zedd se tenait campé une main sur sa hanche décharnée, l'autre caressant son menton. Il inspectait l'autel. Kahlan tomba à genoux devant lui, prenant ses mains dans les siennes, les baisant.

— Zedd, il m'aime ! Il y avait un moyen, et il l'a trouvé.

Zedd fronça les sourcils.

— C'est bien.

Kahlan se releva.

— Vous saviez comment y parvenir ?

Zedd parut indigné par cette question.

— Je suis un magicien du Premier Ordre. Bien sûr que je le savais.

— Et vous ne nous en avez jamais parlé ?

Zedd sourit.

— Si je vous en avais parlé, ma chère petite, ça n'aurait pas eu d'effet. Le fait de savoir à l'avance aurait pu jeter une ombre de doute entre vous. Cette ombre aurait entraîné un échec. Pour être le véritable amant d'un Confesseur, il faut s'engager totalement pour faire fi de la magie.

— Vous semblez en savoir beaucoup à ce sujet, sourcilla Kahlan. Je n'en avais jamais entendu parler. Combien de fois cela s'est-il déjà produit ?

Zedd se frotta le menton en méditant.

— Voyons, une seule fois d'après ce que j'en sais.

Ses yeux se posèrent sur le couple.

— Mais vous n'êtes pas autorisés à en parler tout comme il ne m'était pas permis de le faire. Peu importe la douleur que ce secret peut vous causer, peu importe les conséquences. Vous ne pourrez jamais le révéler. Si une seule autre personne venait à connaître ce secret, cela détruirait à jamais son pouvoir. Voici l'une des ironies de la magie. Il faut accepter l'échec avant de pouvoir réussir. C'est une des lois de la magie. Il faut en accepter les règles. Afin de protéger l'espoir pour l'avenir.

Kahlan acquiesça.

— Je le promets.

— Moi aussi, dit Richard. Zedd, est-ce que tout est terminé ? En ce qui concerne Darken Rahl, je veux dire. Est-ce qu'il est mort ?

Zedd adressa à Richard un regard que celui-ci trouva étrange.

— Darken Rahl est mort.

Il posa sa main fine sur l'épaule de Richard.

— Tu as été magistral, Richard. Mais tu m'as fait une peur bleue.

Richard sourit fièrement.

— Juste une petite ruse.

— Plus qu'une ruse, mon garçon. Bien plus.

Ils se tournèrent tous en entendant quelqu'un approcher. C'était Chase qui traînait Michaël derrière lui. Chase le bouscula, le forçant à se tenir devant Richard.

L'humeur de Richard s'assombrit à la vue de son frère.

— Je refuse d'être traité de cette manière, petit frère.

Son ton était aussi condescendant qu'il l'avait toujours été.

— Tu ne sais pas de quoi tu te mêles. Ce que j'essayais de réaliser, comment j'aurais aidé tout le monde en unifiant le Westland et le D'Hara. Tu as condamné ces peuples à des souffrances inutiles. Darken Rahl les leur aurait épargnées. Tu n'es qu'un idiot.

Richard songea à tout ce qu'il avait traversé en compagnie de Zedd, de Chase et de Kahlan. Il songea à tous ceux qu'il connaissait et qui avaient péri entre les griffes de Rahl. Au nombre incalculable de ses victimes. Il songea à tous les tyrans autorisés à prospérer sous le règne de Darken Rahl, depuis Darken Rahl lui-même jusqu'à la Princesse Violette. Il songea à ceux qu'il avait tués. Il éprouvait du regret et du chagrin pour les choses qu'il avait dû accomplir.

Le bruit métallique de l'Epée de Vérité envahit l'atmosphère. Les yeux de Michaël s'écarquillèrent en voyant sa pointe contre sa gorge.

Richard se pencha un peu vers son frère.

— Accorde-moi le salut du perdant, Michaël.

Le visage de Michaël s'empourpra.

— Plutôt mourir !

— Je suis heureux de voir que nous avons une chose en commun, Michaël. Nous accepterions tous deux de mourir pour ce en quoi nous croyons.

Il détourna son regard de Michaël et le dirigea vers la grosse hache qui pendait à la ceinture de Chase. Ses yeux se braquèrent sur la figure sévère du garde-frontière.

— Exécute-le, murmura-t-il. Montre sa tête à sa garde personnelle. Dis-leur qu'il a été exécuté par mon ordre, pour trahison envers le Westland. Le Westland devra se trouver un autre Premier Conseiller.

Le gros poing de Chase attrapa Michaël par les cheveux. Michaël hurla, tombant à genoux, effectuant le salut du perdant.

— Richard ! Pitié, je suis ton frère ! Ne fais pas ça ! Ne le laisse pas me tuer ! Je suis désolé, pardonne-moi. J'avais tort. Pitié, Richard, pardonne-moi !

Richard toisa son frère, qui était agenouillé devant lui, les mains jointes. Richard tendit l'Agiel, souffrant de la douleur qu'il lui infligeait. Des visions déferlaient dans son esprit.

— Darken Rahl t'avait dit ce qu'il allait me faire subir. Tu savais. Tu savais ce qui allait m'arriver. Michaël, je te pardonne tout ce que tu as fait à mon encontre.

Michaël s'affaissa de soulagement. Le Chercheur se raidit.

— Mais je ne peux pas te pardonner ce que tu as fait aux autres. Tous ceux qui ont perdu la vie à cause de toi. C'est pour ces crimes que tu seras exécuté.

Michaël cria et pleura pendant que Chase le traînait à l'écart. Richard regarda la scène avec peine, tremblant, alors que son frère était emmené sur le lieu d'exécution.

Zedd posa sa main par-dessus celle de Richard sur l'Agiel.

— Lâche-le, Richard.

Les pensées de Richard masquaient la douleur qu'il lui infligeait. Il regarda Zedd, planté devant lui, sa main osseuse sur la sienne. Il vit des choses dans les yeux de son ami qu'il n'avait jamais vues auparavant : une compréhension partagée de la douleur. Il lâcha l'Agiel.

Les yeux de Kahlan se fixèrent dessus tandis qu'il retombait contre son torse.

— Richard, es-tu obligé de le garder ?

— Pour l'instant, oui. C'est une promesse que j'ai faite à quelqu'un que j'ai tué. Quelqu'un qui m'a aidé à comprendre combien je t'aime. Darken Rahl croyait que ça me ferait échouer. C'est le contraire qui s'est produit. Si je m'en débarrassais maintenant, je renierais ce qui est à l'intérieur de moi. Ce que je suis.

Kahlan posa la main sur son bras.

— Pour le moment, je ne comprends pas. Mais un jour, j'espère qu'il en sera autrement.

Richard parcourut le Jardin de Vie du regard, songeant à la mort de Darken Rahl, à celle de son père. Il lui avait rendu justice. Il avait mal mais la douleur s'estompa quand il réalisa qu'il avait achevé la tâche que son père lui avait confiée. Richard s'était rappelé à la perfection chacun des mots du livre. Son devoir était accompli. Son père pouvait reposer en paix.

Zedd remit de l'ordre dans ses robes en râlant.

— Tudieu ! Un endroit aussi vaste doit contenir quelque chose à manger, ne croyez-vous pas ?

Richard sourit, passant un bras autour de chacun de ses compagnons, et les guida hors du Jardin de Vie jusqu'à une salle à manger. Des gens étaient assis aux tables comme si rien n'avait changé. Le trio en dénicha une dans un coin. Des serveurs apportèrent des assiettes de riz, des légumes, du pain bis, du fromage et des bols de soupe. Les serveurs, surpris mais souriants, continuèrent à en apporter davantage à Zedd qui vidait d'un air résolu les assiettes de nourriture.

Richard prit du fromage et, à son plus grand étonnement, découvrit qu'il avait un goût écœurant. Il le rejeta sur la table en affichant une moue dégoûtée.

— Quel est le problème ? demanda Zedd.

— Ce doit être le fromage le plus ignoble que j'aie jamais mangé !

Zedd le renifla et en prit une bouchée.

— Ce fromage est tout à fait correct, mon garçon.

— Parfait, alors mange-le.

Zedd ne fut que trop content. Richard et Kahlan mangèrent de la soupe avec du pain bis et sourirent pendant qu'ils regardaient leur vieil ami s'empiffrer. Zedd fut enfin repu, et ils reprirent leur route.

Alors qu'ils longeaient les couloirs, les cloches retentirent en un unique et long carillon, appelant les gens aux dévotions. Kahlan observa avec un froncement de sourcils tout le monde se rassembler dans les cours, se courber vers le centre en psalmodiant. Puisque Richard avait modifié les paroles de ces dévotions, il n'en ressentait plus l'attrait. Ils dépassèrent un certain nombre de cours tandis qu'ils poursuivaient leur chemin, et chacune était remplie de gens en prière. Richard se demanda s'il devait faire quelque chose à ce sujet, les arrêter d'une façon ou d'une autre, mais il décida finalement qu'il avait déjà fait l'essentiel de sa tâche.

Le trio émergea des couloirs caverneux dans le soleil hivernal. Ils firent une pause. Richard fut ébahi quand il vit tant de gens rassemblés là.

Déployés en rang, des milliers d'hommes se tenaient le front haut. A leur tête, au pied de l'escalier, il y avait les gardes personnels de Michaël, autrefois appelés la Milice, avant que Michaël ne leur retire ce nom. Leurs cottes de mailles, leurs boucliers et leurs bannières jaunes étincelaient sous le soleil. Chase se tenait devant eux, les bras croisés. Près de lui, fiché dans le sol, se dressait un piquet sur lequel était empalée la tête de Michaël. Richard demeura stupéfait par le silence. Si quelqu'un, à un kilomètre de distance, avait toussé, il l'aurait entendu.

La main de Zedd posée sur le dos de Richard le força à descendre l'escalier. Kahlan lui prit le bras, qu'elle serra, et se redressa tandis qu'ils descendaient les séries de degrés et les larges paliers. Richard aperçut Rachel qui tenait Sara d'une main. La main de Siddin partageait l'étreinte de la poupée. Siddin vit Kahlan et lâcha la poupée pour courir à sa rencontre. Kahlan rit et la ramassa. Il sourit à Richard et baragouina quelque chose qu'il ne comprit pas, avant de se jeter au cou de Kahlan. Après l'avoir enlacé et lui avoir parlé à voix basse, elle le reposa et lui tint fermement la main.

Le capitaine de la Milice s'avança.

— La Milice est prête à vous jurer sa loyauté, Richard.

Le commandant de l'armée du Westland s'avança aux côtés du capitaine.

— Ainsi que l'armée du Westland.

Un officier D'Haran s'approcha.

— De même que les forces D'Haran.

Richard les dévisagea avec hébétement, clignant des yeux. Il sentait la colère monter en lui.

— Personne ne va jurer sa loyauté à personne, encore moins à moi ! Je suis un guide forestier. Rien de plus. Enfoncez-vous bien ça dans le crâne. Un guide forestier !

Des milliers d'yeux étaient fixés sur lui. Il jeta un regard à la tête ensanglantée de Michaël fichée sur la pique. Il ferma les yeux un moment, puis se tourna vers quelques soldats de la Milice et désigna la tête.

— Enterrez-la avec le reste du corps.

Personne ne bougea.

— Immédiatement !

Ils sursautèrent et exécutèrent ses ordres. Richard reporta son regard vers l'officier D'Haran qui se tenait devant lui. Tout le monde attendait.

— Faites-le savoir : toutes les hostilités sont terminées. La guerre est finie. Veillez à ce que toutes les forces soient rappelées dans leurs patries, que toutes les armées d'occupation se retirent. Je souhaite que tout homme qui aurait commis des exactions à l'encontre de gens sans défense, qu'il soit fantassin ou général, soit jugé et, s'il est déclaré coupable, soit puni conformément à la loi. Les forces D'Haran doivent aider à apporter de la nourriture aux personnes qui, sans aide, mourront de faim durant l'hiver. Le feu n'est plus proscrit. Si vous rencontrez une force qui refuse de se plier à ces ordres, vous devrez vous en occuper.

Richard désigna le commandant de l'armée du Westland.

— Prenez vos hommes et aidez-le. Ensemble, vous serez trop nombreux pour qu'on vous ignore.

Les deux officiers ouvrirent grands leurs yeux. Richard se pencha vers eux.

— Ça ne se fera pas tout seul.

Les deux soldats se frappèrent le cœur du poing en guise de salut et s'inclinèrent.

Les yeux de l'officier D'Haran se rivèrent à ceux de Richard. Son poing était toujours contre sa poitrine.

— A vos ordres, Maître Rahl.

Richard le regarda avec surprise, puis se reprit. Cet homme devait simplement être habitué à dire « Maître Rahl ».

Richard remarqua un garde sur le côté. Il le reconnut. Il s'agissait du capitaine des sentinelles du portail devant lequel Richard était passé en quittant le Palais du Peuple pour la première fois. Celui qui lui avait offert un cheval et l'avait prévenu à propos du dragon. Richard lui fit signe d'avancer. L'homme vint se planter avec raideur au garde-à-vous, l'air quelque peu embarrassé.

— J'ai un travail pour vous.

L'homme patienta en silence.

— Je pense que vous serez à même de le mener à bien. Je veux que vous rassembliez toutes les Mord-Sith. Jusqu'à la dernière.

— A vos ordres.

Il parut blêmir.

— Elles seront toutes exécutées avant le coucher du soleil.

— Non ! Je ne veux pas qu'elles soient exécutées !

Le soldat cligna des yeux, confus.

— Que dois-je en faire ?

— Vous devez détruire leurs Agiel. Jusqu'au dernier. Je ne veux plus jamais voir d'Agiel.

Il présenta celui qu'il portait au cou.

— Sauf celui-ci. Vous devrez ensuite leur donner de nouveaux vêtements. Elles doivent être traitées avec gentillesse et respect.

Les yeux de l'homme s'écarquillèrent.

— Gentillesse, murmura-t-il, et respect ?

— C'est ce que j'ai dit. Vous devrez leur confier des missions afin d'aider le peuple. Elles doivent apprendre à traiter les gens comme elles seront traitées : avec gentillesse et respect. Je ne sais pas comment vous allez vous y prendre, vous devrez donc trouver tout seul.

L'homme se renfrogna.

— Et si elles refusent de changer ?

Richard lui lança un regard mauvais.

— Dites-leur que si elles refusent, alors elles trouveront le Chercheur et son épée blanche en travers de leur route.

Le garde sourit, se frappa le cœur du poing en guise de salut et s'inclina élégamment.

Zedd se pencha en avant.

— Richard, les Agiel sont magiques. On ne peut pas les détruire aussi simplement.

— Alors aide-le, Zedd. Aide-le à les détruire. Ou enferme-les loin d'ici. Je ne veux plus que quiconque souffre à cause d'un Agiel.

Zedd eut un petit sourire et opina.

— Je serai heureux de t'assister dans cette tâche, mon garçon.

Zedd hésita, se frottant le menton avec un long doigt, puis parla doucement.

— Richard, tu crois vraiment que ça va marcher : rappeler les soldats chez eux et demander à l'armée du Westland de les aider ?

— Probablement pas. Mais il est impossible de connaître à l'avance les résultats de l'utilisation de ta Première Règle. Elle devrait au moins nous permettre de gagner du temps jusqu'à ce que nous puissions ramener tout le monde chez soi, afin que tu puisses reconstruire la frontière. Alors nous serons en sécurité. Nous en aurons fini avec la magie.

Un rugissement surgit du ciel. Richard leva les yeux et vit Ecarlate décrire des cercles. Le dragon descendit en spirale. Des hommes reculèrent, hurlant et se dispersant quand ils virent qu'elle allait atterrir au pied de l'escalier. Ecarlate se posa dans un battement d'ailes devant Richard, Kahlan, Zedd, Chase et les deux enfants.

— Richard ! Richard ! appela Ecarlate, bondissant d'une patte sur l'autre, les ailes déployées, frémissante d'excitation.

Son énorme tête rouge s'abaissa jusqu'à lui.

— Mon œuf a éclos ! C'est un magnifique petit dragon, comme tu l'avais prévu ! Je veux que tu viennes le voir ! Il est si vigoureux. Je parie qu'il volera d'ici un mois.

Ecarlate parut soudainement remarquer tous les hommes qui l'entouraient. Sa tête scruta les environs et les passa en revue. Ses gros yeux jaunes clignèrent, sa tête s'abaissa jusqu'à Richard.

— Des problèmes ? Tu as besoin du feu d'un dragon ?

Richard sourit.

— Non. Tout va bien.

— Bien, alors, grimpe, et je vais t'emmener voir le bébé.

Richard passa le bras autour de la taille de Kahlan.

— Si vous acceptez d'emmener aussi Kahlan, j'adorerais venir.

Ecarlate toisa Kahlan des pieds à la tête.

— Si elle est avec toi, elle est la bienvenue.

— Richard, dit Kahlan, et Siddin ? Weselan et Savidlin doivent être morts d'inquiétude à son sujet.

Ses yeux verts sondaient profondément les siens. Elle se pencha davantage et chuchota :

— Et nous avons une affaire à terminer dans la maison aux esprits.

Son bras se resserra autour de sa taille, et un petit sourire illumina ses lèvres.

Avec difficulté, Richard arracha son regard de Kahlan et considéra Ecarlate.

— Ce petit a été dérobé au Peuple de Boue lorsque vous avez emmené Darken Rahl là-bas. Sa mère doit être aussi angoissée que vous l'étiez pour votre œuf. Après nous avoir montré votre petit dragon, pourrez-vous nous y transporter ?

Les grands yeux d'Ecarlate dévisagèrent Siddin.

— Je crois que je peux comprendre les soucis d'une mère. Accordé. Grimpez.

Zedd s'avança, les mains sur les hanches, incrédule.

— Vous acceptez qu'un homme vous chevauche ? Vous ? Un dragon rouge ? Vous acceptez de l'emmener là où il le souhaite ?

Ecarlate souffla de la fumée sur le magicien, l'obligeant à reculer d'un pas.

— Un homme, non. C'est le Chercheur. Il me commande. Je pourrais le transporter jusqu'aux enfers et le ramener si tel était son souhait.

Richard monta sur les épaules d'Ecarlate. Kahlan lui tendit Siddin. Richard l'installa dans son giron et prit la main de Kahlan qui balança sa jambe par-dessus Ecarlate. Elle passa les bras autour de la taille de Richard, les mains contre son torse, la tête contre ses épaules, l'étreignant fermement.

Richard se pencha un peu vers Zedd.

— Fais attention à toi, mon ami. L'Homme Oiseau sera content d'apprendre que j'ai finalement décidé de prendre une femme du Peuple de Boue pour épouse. Où nous retrouverons-nous ?

Zedd tendit un bras décharné et posa une main sur la cheville de Richard.

— Je serai à Aydindril. Viens me rejoindre quand tu seras prêt.

Richard adressa au magicien son froncement de sourcils le plus grave.

— Et puis nous allons avoir une discussion. Une longue discussion.

Zedd acquiesça avec un sourire.

— Oui, je l'espère bien.

Richard sourit à Rachel, fit un signe de main à Chase, puis tapota l'une des écailles d'Ecarlate.

— Direction le ciel, ma belle amie !

Ecarlate émit un rugissement enflammé tandis qu'elle s'envolait, les rêves et la joie de Richard s'élevant avec elle.

Zedd regarda le dragon s'élever dans le ciel, gardant ses soucis pour lui-même. Chase caressa les cheveux de Rachel, puis croisa les bras.

— Il donne beaucoup d'ordres pour un guide forestier.

Zedd s'esclaffa.

— En effet.

Un petit homme chauve dévala l'escalier, une main levée, leur faisant signe.

— Magicien Zorander ! Magicien Zorander !

Il s'arrêta finalement en haletant.

— Qu'y a-t-il ? s'enquit Zedd.

Il lutta pour reprendre haleine.

— Magicien Zorander, il y a un problème.

— Quel genre de problème ? Et qui êtes-vous ?

L'homme se pencha, d'un air conspirateur, baissant la voix.

Ses yeux en bouton de bottine inspectèrent les alentours.

— Des problèmes dans la crypte, répéta-t-il.

— Quelle crypte ?

Les yeux de l'homme semblèrent étonnés de la question.

— Eh bien, la crypte de Panis Rahl, le grand-père de Maître Rahl, bien sûr.

Les sourcils de Zedd se froncèrent.

— De quoi s'agit-il exactement ?

L'homme amena nerveusement ses doigts à ses lèvres.

— Je ne l'ai pas vu moi-même, Magicien Zorander, mais mes gens ne mentiraient jamais. Jamais. Ils me l'ont dit, et ils ne mentiraient jamais.

— Qu'y a-t-il ? mugit Zedd. Quel est le problème ?

Les yeux de l'homme scrutèrent de nouveau les environs, sa voix s'abaissa jusqu'à devenir un murmure.

— Les murs, Magicien Zorander. Les murs.

Zedd serra les dents.

— Qu'est-ce qu'ils ont, les murs ?

L'homme braqua des yeux écarquillés vers le magicien.

— Ils fondent, Magicien Zorander. Les murs de la crypte sont en train de fondre.

Zedd se raidit et lui lança un regard furieux.

— Tudieu ! Est-ce que vous disposez de pierre blanche. De pierre blanche provenant de la carrière des prophètes ?

L'homme opina énergiquement.

— Bien sûr.

Zedd fouilla dans ses robes et en sortit une petite bourse.

— Scellez l'ouverture de la sépulture avec de la pierre blanche provenant de la carrière des prophètes.

— La sceller ? hoqueta-t-il.

— Oui, scellez-la. Ou le palais entier va fondre.

Il lui tendit la bourse.

— Mélangez cette poudre magique avec le mortier. L'opération doit être effectuée avant le coucher du soleil. Compris ? Scellée avant le coucher du soleil.

L'homme acquiesça, arracha la bourse des mains de Zedd et remonta l'escalier aussi vite que ses courtes jambes pouvaient le porter. Un autre homme, plus grand, les mains passées dans les manches de ses robes blanches brodées d'or, le dépassa en descendant. Chase lança un regard furieux à Zedd, enfonçant l'index dans sa poitrine.

— Panis Rahl, le grand-père de Maître Rahl ?

Zedd s'éclaircit la gorge.

— Oui, euh, il va falloir que nous ayons une discussion.

L'homme en robes blanches s'approcha.

— Magicien Zorander, Maître Rahl est-il dans les parages ? Nous devons aborder certaines questions.

Zedd regarda d'un air dubitatif le dragon qui disparaissait dans le ciel.

— Maître Rahl sera absent quelque temps.

— Mais il reviendra ?

— Oui.

Zedd reporta son regard vers le visage interrogateur de l'homme.

— Oui, il reviendra. Il vous faudra juste patienter jusque-là.

L'homme haussa les épaules.

— Nous avons l'habitude, ici, au Palais du Peuple, d'attendre que le Maître revienne.

Il se tourna et entreprit de partir, mais s'arrêta lorsque Zedd le rappela.

— J'ai faim. Y a-t-il quelque chose à manger dans le coin ?

L'homme sourit et pointa le bras vers l'entrée du palais.

— Bien sûr, Magicien Zorander. Permettez-moi de vous conduire jusqu'à une salle à manger.

— Qu'en dis-tu, Chase ? Tu as envie de manger avant que je m'en aille ?

Le garde-frontière considéra Rachel.

— Manger ?

Elle sourit et approuva avidement.

— Très bien, Zedd. Et où est-ce que tu t'en vas ?

Zedd arrangea ses robes.

— Voir Adie.

Chase arqua un sourcil.

— Un peu de repos et de détente ?

Il sourit.

Zedd ne put s'empêcher de sourire un peu.

— C'est cela. Et je dois l'emmener à Aydindril, au Donjon des Magiciens. Nous avons beaucoup de choses à lire.

— Pourquoi veux-tu emmener Adie à Aydindril ?

Zedd jeta un regard oblique au garde-frontière.

— Parce qu'elle sait plus de choses sur les enfers que n'importe quel être vivant.

Composition Nord Compo
Achevé d'imprimer en Europe (France)
par Brodard et Taupin à La Flèche (Sarthe)
le 15 mai 1998. 1303U-5
Dépôt légal mai 1998. ISBN 2-290-04895-X

Éditions J'ai lu
84, rue de Grenelle, 75007 Paris
Diffusion France et étranger : Flammarion

4895